KRISTAN HIGGINS

L'Amour
et tout ce qui va avec

Traduction de l'anglais (États-Unis) par
JEANNE DESCHAMP

Titre original : ALL I EVER WANTED

Ce livre est publié avec l'aimable autorisation de HARLEQUIN BOOKS S.A.

© 2010, Kristan Higgins.
© 2012, HarperCollins France pour la traduction française.
© 2018, HarperCollins France pour la présente édition.

Tous droits réservés, y compris le droit de reproduction de tout ou partie de l'ouvrage, sous quelque forme que ce soit.

Toute représentation ou reproduction, par quelque procédé que ce soit, constituerait une contrefaçon sanctionnée par les articles 425 et suivants du Code pénal.

Cette œuvre est une œuvre de fiction. Les noms propres, les personnages, les lieux, les intrigues, sont soit le fruit de l'imagination de l'auteur, soit utilisés dans le cadre d'une œuvre de fiction. Toute ressemblance avec des personnes réelles, vivantes ou décédées, des entreprises, des événements ou des lieux, serait une pure coïncidence.

HARPERCOLLINS FRANCE

83-85, boulevard Vincent-Auriol, 75646 PARIS CEDEX 13
Tél. : 01 42 16 63 63
www.harpercollins.fr
ISBN 979-1-0339-0258-4

Ce livre est dédié avec affection et gratitude à Carol Robinson, qui a été ma super amie depuis que je suis toute gamine. Je t'adore, Nana.

1

Lorsque l'homme que j'aimais se mit en marche vers mon bureau, l'image de la biche percutée par un camion s'imposa à mon esprit. J'étais la biche — symboliquement parlant, j'entends — et Mark Rousseau, le poids lourd du destin.

Tout le problème était là, en fait : la biche se pétrifie, comme chacun sait — d'où l'expression : « comme un animal figé dans la lumière des phares ». La biche et moi (Callie Grey, trentenaire depuis ce matin, 9 h 34) avons conscience que le danger vient droit sur nous. Mais nous restons figées, que ce soit face à un trente-cinq tonnes (dans le cas de la biche) ou à un homme arrivant sur moi d'un pas athlétique (dans mon cas personnel) — sourire permanent scotché aux lèvres, belle chevelure de poète, magnifique regard sombre, pétillant d'humour. J'attendais donc, en ouvrant des yeux de cervidé. C'était vraiment trop bête (si l'on peut dire) car, à part avec Mark, je n'étais pas tellement du genre « biche ». Je tenais beaucoup plus de l'adorable hérisson déluré, ou de toute autre bestiole rigolote du même genre.

— Bonjour, Callie, dit Mark en souriant.

Boum! Le choc venait de se produire. Le soleil entrant à flots par les hautes fenêtres du bâtiment ancien où nous travaillions, Mark et moi, l'auréolait comme une créature peinte par Michel-Ange. Irrésistible. Même le vieux gilet sans manches tricoté une décennie plus tôt par sa mère rehaussait son pouvoir d'attraction. C'était un truc sans forme et sans couleur qu'il traînait depuis des années sans parvenir à s'en séparer.

Un bon fils *et* un dieu du sexe.

Deux Callie semblaient coexister en moi. L'une, plutôt avisée et douée d'une solide raison (je la représentais sous les traits de Michelle Obama), et la seconde, fleur bleue et amoureuse, que je baptisais Betty Boop. Idéalement, Michelle aurait dû filer une bonne claque à Betty et lui faire entendre raison une fois pour toutes. Mais, hélas, cette nouille de Betty prenait chaque fois le dessus pendant que la première Dame, consternée, se résignait à la regarder se ridiculiser en silence.

— Salut, Mark, dis-je, sentant mes joues s'empourprer.

Logiquement, une exposition quasi quotidienne pendant quatre ans aurait dû me procurer un début d'immunité contre Mark. Mais il n'en était rien. Ma poitrine se gonflait de désir et d'amour, ma gorge se faisait plus sèche que le sable du désert, mes pieds et mes mains fourmillaient. Je visais une attitude dégagée du type « Collaboratrice compétente », mais je savais que le résultat tirait plutôt du côté « Adoration Pathétique ».

Mark vint s'appuyer à ma table de travail, ce qui amena son entrejambe à… *Voyons*… une cinquantaine de centimètres de mon visage, puisque j'étais assise. Une proximité à laquelle je ne prêtai, bien sûr, qu'une attention distraite.

— Joyeux anniversaire, Callie.

Il réussit à prononcer ces deux mots comme s'il s'agissait de la déclaration la plus intime, la plus suggestive de la création. Visage : en fusion. Cœur : emballé.

Callie, à un demi-centimètre de l'orgasme :

— Merci.

— Je t'ai apporté un cadeau, bien sûr.

Sa voix murmurante, grave, douce, veloutée. Celle-là même dont il usait sur l'oreiller, comme j'étais bien placée pour le savoir. Car, oui, Mark et moi avions eu une histoire ensemble. Pendant cinq semaines. Cinq *merveilleuses* semaines. Quasiment cinq semaines et demie, même, si on analysait l'affaire d'un peu près. Ce que j'avais fait.

De sa poche arrière droite, il sortit un petit paquet rectangulaire. Mon rythme cardiaque connut une accélération notoire pendant que des pensées contradictoires me bombardaient le cerveau. *Un bijou ?* s'extasiait Betty. *C'est significatif, non ? Un cadeau sentimental, romantique. Oh ! mon Dieu... Oh ! mon Dieu...* Michelle, de l'autre côté, restait pragmatique : « Bon. Garde la tête froide, ma fille. Déballe d'abord, tu t'emballeras ensuite. »

— Oh... mais, Mark, merci ! Il ne fallait pas ! m'écriai-je d'une voix frémissante.

Dans le bureau voisin du mien, Fleur Eames fit claquer bruyamment un tiroir. La cloison entre nous n'atteignant pas le plafond, on entendait tout. J'en conclus que mon amie et collègue cherchait à m'arracher à mon état de béatitude et me conseillait de me secouer. Fleur, qui était concepteur-rédacteur à l'agence, savait tout de ma passion pour Mark. *Tout le monde* savait, en fait.

Je m'éclaircis donc la voix et tendis la main vers le paquet que Mark tenait toujours à la main. Il ne le lâcha pas tout de suite, mais le retint un instant en souriant. Le papier d'emballage était d'un joli jaune tonique. Ma couleur préférée. Avais-je eu l'occasion d'informer Mark de cette préférence ? Et avait-il enregistré ce détail, tout comme j'enregistrais ceux qui le concernaient ? Oui, bon, d'accord, je surinterprétais le moindre détail, comme d'habitude. Mais pour une coïncidence, ce serait vraiment une coïncidence, non ? Il laissa tomber un sourire vers moi et mon cœur caracola, ralentit, hésita avant de repartir dans un galop effréné. Oh ! mon Dieu... Etait-ce possible ? Aurait-il décidé que l'heure était venue de renouer ?

Il y avait maintenant quatre ans que je travaillais pour Mark. Et nous étions la seule agence de pub et de relations publiques dans tout le Vermont du Nord-Est. Nous fonctionnions avec une toute petite équipe — juste Mark et moi, Fleur, Karen, la chef d'agence, et Pete et Leila, les deux pâles génies informatiques du service de création artistique. Ah oui, j'oubliais Damien : assistant personnel de Mark/réceptionniste/esclave volontaire.

J'adorais mon boulot. Et j'y excellais, comme l'indiquait le grand poster, sur mon mur, qui avait bien failli me valoir le prix Clio, l'équivalent d'un oscar dans le domaine de la pub. La cérémonie des Clio Awards en question avait eu lieu onze mois plus tôt à Santa Fé. Et dans cette belle ville romantique, Mark et moi avions enfin fini par nouer une très jolie idylle. Mais notre histoire d'amour n'avait pas, semblait-il, démarré au bon moment. « Erreur de timing », avait diagnostiqué Mark. Pour lui, du moins. Quelle femme amoureuse de vingt-neuf ans se serait laissé arrêter par des problèmes d'emploi du temps en de telles circonstances ? Non, le blocage était venu du côté de Mark. Et de Mark seulement.

Mais à présent… ce cadeau. Et si le « bon moment » était arrivé ? Peut-être qu'aujourd'hui, alors que j'entrais dans la troisième décade de mon existence, à l'âge où une femme avait statistiquement plus de chances de se faire dévorer par un grizzli que de trouver à se marier — peut-être qu'aujourd'hui, la chance allait tourner en ma faveur ?

— Ouvre ton paquet, Callie, ordonna gentiment Mark.

Et j'obéis en espérant qu'il ne voyait pas mes mains trembler. Sous le papier jaune, je trouvai une boîte en velours noir. Oh ! Seigneur… Mordant ma lèvre inférieure, je levai les yeux vers Mark, qui haussa les épaules et me gratifia d'un nouveau sourire à tuer les cœurs.

— Ce n'est pas tous les jours que ma préférée fête son trentième anniversaire.

— Berk ! Une scène de guimauve !

Avec une moue écœurée, Damien apparut dans l'encadrement de la porte. Mark leva les yeux vers lui, puis les reporta sur moi sans rien dire.

— Bonjour, Damien, murmurai-je.

— Salut, répondit-il d'une voix dégoulinante de dédain.

Damien venait, une fois de plus, de rompre avec son petit ami et haïssait temporairement l'amour sous toutes ses formes.

— Mark, tu as Muriel sur la 2.

Quelque chose — une émotion — altéra brièvement les traits de Mark. De l'irritation, peut-être. Muriel était la fille de notre nouveau client, Charles deVeers, propriétaire et fondateur de Bags to Riches. L'entreprise fabriquait des vêtements d'extérieur à partir d'un mélange de fibres naturelles et de poches plastique recyclées. C'était notre plus gros compte, jusqu'à présent, un contrat faramineux pour Green Mountain, dont la majorité des clients venait de Nouvelle-Angleterre. Je n'avais rencontré Muriel qu'une seule fois et très brièvement. Mais Mark avait multiplié les allers et retours à San Diego, où était basé Bags to Riches. Une des clauses imposées par Charles deVeers était que sa fille Muriel vienne dans le Vermont comme chargée de compte, de façon à ce qu'ils aient un des leurs dans la place. Et comme Charles nous versait des sommes étourdissantes, Mark avait accepté.

Mark ne répondit pas à Damien. Ce dernier, frémissant du plaisir de tyranniser le boss, insista plus sèchement.

— Hou hou, Mark ! Muriel ? Tu te souviens ? Elle t'attend en ligne.

— Qu'elle attende donc encore un instant.

Mark me gratifia d'un clin d'œil.

— Ceci est important. Ouvre-moi cette boîte, Callie.

Damien soupira avec la théâtralité lourdement dramatique dont seuls les gays avaient le secret et regagna la réception.

Les joues en feu, j'ouvris l'écrin. C'était un bracelet fait de fines tiges d'argent entrelacées, dont les délicates circonvolutions rappelaient le lierre.

— Oh ! Mark, je l'adore…, chuchotai-je en l'effleurant.

Je me mordis la lèvre, les yeux déjà mouillés par les premières larmes de joie.

L'expression de Mark était presque tendre.

— Tout le plaisir est pour moi. Tu représentes beaucoup pour moi, Callie. Tu le sais, n'est-ce pas ?

Il se pencha pour me poser un baiser sur la joue. Chaque détail aussitôt se grava au fer rouge dans ma mémoire. La douceur de ses lèvres, l'odeur de son eau de toilette Hugo Boss, la chaleur de sa peau.

L'Espoir, qui était resté à l'état de cendres pendant dix mois, frémit et releva la tête.

Je fis un effort désespéré pour donner à ma voix des inflexions gaies et enjouées et pour surmonter son chevrotement.

— Tu crois que tu trouveras un moment pour passer à ma fête d'anniversaire, ce soir ?

En l'honneur de l'événement, mes parents réunissaient quelques amis chez Elements, le restaurant le plus sympa du coin, et j'avais invité toute l'agence. Rien ne servait de faire semblant : je venais de franchir la barre de la trentaine. Tant qu'à faire le grand saut, autant ramasser quelques cadeaux au passage.

Mark se redressa, déplaça la pile de documents qui couvraient le petit canapé dans mon bureau et s'assit.

— Ecoute, Callie... Il faut que je te dise quelque chose. Je crois que tu as rencontré Muriel ?

— Je l'ai croisée une fois, oui. Elle m'a paru très...

Voyons... Ensemble noir qui tue, escarpins ultraclasse, le genre à se prendre terriblement au sérieux.

— C'est une fille qui a l'air... rigoureuse.

— Oui, elle l'est... Nous sortons ensemble, Muriel et moi, Callie, annonça-t-il après un temps d'hésitation prolongé.

L'information mit quelques instants à se frayer un chemin le long de mes circuits neuronaux. De nouveau, j'étais cette crétine de biche qui attendait, immobile, plantée face au poids lourd. Mon cœur s'arrêta sur un dernier battement sonore. Pendant une seconde, je restai incapable de respirer. Michelle Obama, ses beaux bras croisés, me regardait en secouant tristement la tête. Je réalisai que j'avais la bouche ouverte. Je la refermai.

— Ah…, m'entendis-je prononcer.

Mark fixait le sol.

— J'espère que tu ne trouves pas cela trop… inconfortable, compte tenu de notre relation passée.

Dans ma tête, il y eut un grand fracas, un bruit d'eaux tourbillonnantes, comme un torrent chargé de neiges et d'alluvions. *Mark avait quelqu'un dans sa vie* ? Comment était-ce possible ? Si le timing était O.K. pour Muriel, pourquoi pas pour… ?

— Callie ?

Pour en revenir au choc, à la biche et au camion : il arrive que les biches, au lieu de tomber raides sur place, continuent de courir encore un peu sur leur lancée. Elles disparaissent d'un bond dans les bois et c'est comme si elles disaient : « Ouf ! Il s'en est fallu d'un cheveu. Heureusement que je m'en suis sortie… Car je m'en suis sortie, n'est-ce pas ? Le fait est que je me sens un peu bizarre… Il faudrait juste que je m'allonge une seconde. » Et *boum*. Finie, la biche.

Mark insista à voix basse.

— La dernière chose que je souhaite, c'est te faire souffrir.

« Dis quelque chose ! » ordonna la première Dame. Je pris ma voix la plus allègre :

— Non, non, pas du tout, vraiment. C'est juste que… Aucun souci, Mark. Vraiment aucun souci.

Il me semblait que je souriais et que je hochais la tête. Oui, je hochais la tête.

— Alors, ça fait combien de temps que vous vous… voyez, Muriel et toi ?

— Deux mois. C'est… c'est assez sérieux entre nous.

Il prit le bracelet dans l'écrin et le fixa à mon bras, ses doigts effleurant la peau sensible au creux de mon poignet. Je dus me faire violence pour ne pas lui arracher ma main.

Depuis des années que je connaissais Mark, je ne

l'avais encore jamais vu sortir avec qui que ce soit deux mois d'affilée. Deux semaines, oui, d'accord. Mais très franchement, je pensais que cinq semaines constituaient son record absolu.

Mon corps prenait acte du SCUD qu'il venait de recevoir. Ma gorge se serrait, mes muscles contractés passaient en mode « fuite face au danger », et une douleur aiguë me lacérait la poitrine.

— Bon, eh bien, tu sais quoi ? Il faut que je fasse renouveler mon permis de conduire. J'ai failli oublier. Qui dit anniversaire dit renouvellement de permis, pas vrai ?

Respire, Callie.

— Cela ne t'ennuie pas, Mark, si je prends un peu d'avance sur ma pause déjeuner pour aller au DMV ?

Ma voix se fit chevrotante et je toussotai en prenant grand soin d'éviter les yeux sombres et à présent emplis de compassion de Mark.

— Aucun problème, prends tout le temps qu'il te faut.

La gentillesse dans sa voix me donna instantanément des envies de meurtre.

— Je n'en ai pas pour longtemps, lançai-je joyeusement. Encore merci pour le bracelet. A plus tard.

Là-dessus, j'attrapai mon énorme fourre-tout rose, me levai en prenant grand soin de ne pas effleurer Mark, toujours assis sur mon canapé, le regard rivé droit devant lui.

— Callie, je suis profondément désolé.

— Oh ! mais non, quelle idée ! protestai-je de ma voix la plus guillerette. Il faut que je file, ils ferment à midi. A tout à l'heure, Mark.

Une demi-heure plus tard, je prenais ma place dans la queue au DMV — le bureau chargé de la délivrance et du renouvellement des permis de conduire. Les conséquences de la collision émotionnelle que je venais de subir commençaient à se faire sérieusement sentir. J'avais été fauchée sur place par l'homme que j'aimais

— et qu'à présent je détestais —, mais aimais quand même. Michelle Obama, désespérée par mon cas, m'avait abandonnée à mon sort. Et Betty Boop luttait contre les larmes. Tentant de maîtriser le train fou du désespoir, je regardai autour de moi : sol en carrelage gris crasseux. Murs blancs sans âme. Et moi au milieu d'une queue d'environ dix personnes. Les dix ayant tous l'air privés de vie, de joie, d'amour.

La scène aurait pu servir de décor à une pièce existentialiste écrite par un Français torturé. Non, l'enfer, ce n'était pas les autres. L'enfer, c'était le service de délivrances des permis. Des employés robotisés allaient et venaient mécaniquement derrière leur guichet. Ils haïssaient de toute évidence leur sort et hésitaient entre le hara-kiri ou le détournement de fonds pour échapper à cet enfermement lugubre. La pendule accrochée au mur semblait avoir été placée là dans le seul but de me torturer. *Le temps file, et toi, tu passes à côté de la vie. Tu parles d'un joyeux anniversaire !*

Ma respiration s'accélérait, et c'était comme si deux ruches d'abeilles en colère avaient pris pension dans mes genoux. Des larmes me brûlaient les yeux et mon stupide cadeau d'anniversaire me démangeait le poignet. La chose intelligente à faire serait de l'arracher, de le fondre et de couler une balle de pistolet pour tuer Mark. Ou moi-même. Ou d'avaler le bracelet tout rond pour qu'il s'entortille dans mes intestins, nécessitant une opération en urgence qui ferait que Mark se précipiterait à l'hôpital, comprenant enfin à quel point il m'aimait, tout compte fait. Et moi, je le repousserais, bien sûr. (« Oui, c'est ça, Callie, soupira Mme Obama, faisant une brève réapparition. Tu serais capable de tuer père et mère pour un seul regard de cet homme. »)

Oui, enfin, peut-être pas père et mère. Mais l'idée que Mark ait quelqu'un dans sa vie depuis deux mois et que c'était « assez sérieux »… La panique menaçait, béante comme les mâchoires d'un grand requin blanc. Qui l'aurait cru, honnêtement ? Cette idiote de Muriel, avec sa peau crayeuse et ses longs cheveux noirs, comme un vampire en chaussures italiennes de luxe… Quand diable avaient-ils commencé à sortir ensemble ? Quand, quand, quand ?

Oh ! mon Dieu, sauve qui peut ! Il faut que je sorte d'ici. Non, impossible. C'était le dernier jour pour renouveler mon permis sans risquer une amende. Et j'avais choisi une super-jolie tenue pour l'occasion, en plus. Un chemisier à impressions rouges et blanches, une jupe rouge courte, de grands anneaux d'or aux oreilles. Et mes cheveux tombaient juste comme il le fallait. Brillants et toniques à souhait. D'ailleurs, que ferais-je d'autre ? M'asseoir dans ma voiture et hurler de désespoir ? Attaquer un arbre à coups de pied ? Etrangler un caribou ? Ce n'était pas vraiment mon style. La seule idée qui me tentait vaguement serait d'aller me blottir dans mon rocking-chair pour bouloter de la pâte à gâteaux crue.

Un sanglot me piqua la gorge. Oh ! merde… Merde en boîte. Merde en barre.

— Suivant ! cria un des automates au guichet.

La queue se déplaça lourdement, progressant de quelques malheureux centimètres. L'homme derrière moi poussa un soupir clairement audible. Sans réfléchir plus avant, je plongeai la main dans mon sac, à la recherche de mon téléphone portable. Introuvable, évidemment. Mais où se cachait-il, cet instrument de malheur ? Tampon… non. Livre… CD… Photo de Josephine et Bronte, mes deux nièces. Même leurs beaux visages échouèrent à m'égayer. Où avais-je bien pu fourrer cet âne de téléphone ? Ah… Là. Je fis dérouler ma liste de contacts jusqu'à Annie Doyle et tombai sur sa messagerie. Oh non… Le bouquet ! Je le ressentais presque comme un affront personnel. Comment ma meilleure amie pouvait-elle être indisponible en un moment aussi crucial ? Aurait-elle cessé de m'aimer, elle aussi ?

Le train fou du désespoir prenant de la vitesse, je continuai à dérouler ma liste, à la recherche urgente de renforts. Ma mère ? Surtout pas. Ma tragédie personnelle achèverait de la persuader que le chromosome Y devrait être effacé définitivement de l'espèce humaine. Ma sœur ? Pas beaucoup mieux. Mais quelqu'un à qui parler, malgré tout. Par chance, Hester répondit. Elle devait être en pause, entre deux consultations.

— Hester ? Tu as une minute à m'accorder ?
— Hé là, ma petite sœur trentenaire ! Qu'est-ce qui t'arrive ?

La voix de ma sœur, à tendance sonore, explosa à mes oreilles. Je dus éloigner le téléphone avant de lancer mon lamento :

— Hester... Il a quelqu'un d'autre dans sa vie ! Il m'a offert un magnifique bracelet et il m'a embrassée, puis il m'a dit qu'il sortait avec Muriel. Cela fait deux mois et c'est assez sérieux, mais je l'aime quand même !

L'homme placé derrière moi dans la queue se racla ostensiblement la gorge.

— Hum... hum... Reprenez-vous, mademoiselle.

Sans réfléchir, je pivotai sur moi-même et le gratifiai d'un regard hostile. Il haussa un sourcil méprisant. Quel beauf, ce type ! Mais les têtes, il fallait le reconnaître, commençaient à se tourner dans ma direction. Par miracle, je ne repérai aucune personne de connaissance. Le DMV se trouvait à Kettering, la ville voisine de Georgebury où je vivais. C'était au moins une humiliation qui me serait épargnée aujourd'hui.

— Tu parles de qui, là ? De Mark ? voulut savoir Hester.

Comme si je lui avais parlé de quelqu'un d'autre que de Mark au cours de l'année écoulée. Au cours des *deux* années écoulées. Des *quatre*, même...

— Evidemment que je te parle de Mark ! Il est avec Muriel, la fille de notre plus gros client. C'est charmant, non ?

L'homme derrière moi s'éclaircit la voix de façon ridiculement appuyée.

— Tu sais très bien que je l'ai toujours trouvé snob, péteux et sans intérêt, ton Mark Rousseau.

— Tu n'es pas vraiment une aide, Hester !

Pourquoi Annie n'avait-elle pas répondu au téléphone ? Elle était tellement plus douée qu'Hester pour gérer ce genre de situation. Il fallait dire qu'à la différence de ma sœur, Annie, elle, était normale.

— Oui, bon, qu'est-ce que tu veux que je te réponde ? Que c'est un prince et un joyau ? Tu appelles d'où, au fait ?

— Du DMV. A Kettering.

— Tu t'occuperas de ton permis plus tard, non ?

— Mais il est sur le point d'expirer ! J'avais prévu de le renouveler aujourd'hui, c'était marqué sur mon agenda. Et il fallait que je m'échappe de l'agence... Je ne sais plus quoi faire de ma peau.

Un sanglot monta dans ma gorge.

— Oh ! Hester... J'avais toujours cru qu'à la longue...

Je repris ma respiration et m'efforçai de baisser d'un ton.

— Il me disait que c'était juste une question de timing, pour lui et moi. Et jamais je ne l'ai vu sortir plus de quelques jours avec une fille. Et là j'apprends que ça fait plusieurs mois que cette Muriel et lui...

Le sentiment de choc et de trahison était si fort que j'avais mal, physiquement mal, à la poitrine. Je pressai une main sur mon cœur blessé et sentis des larmes me brûler les joues.

La femme devant moi se retourna. Elle avait le visage buriné et la silhouette massive des agricultrices de la région. Avec un accent du Vermont à couper au couteau, elle s'inquiéta de mon sort et voulut savoir si ça allait.

Je lui adressai un vaillant sourire et lui répondis d'une voix mal assurée, et pas tout à fait convaincante, que tout allait pour le mieux.

— Je vous ai entendue parler au téléphone, mon petit. Et je vais vous dire une chose : les hommes peuvent être de sacrées peaux de vache, quand ils ont une donzelle en tête. Mon mari — Norman, qu'il s'appelle — arrive un soir à l'heure de la soupe, et voilà t'y pas qu'il m'annonce, sans faire ni une ni deux, qu'il veut le divorce parce qu'il couche avec la secrétaire de la coopérative. Après quarante-deux ans de vie commune ! Vous y croyez, vous ?

— Oh, mon Dieu, je suis désolée !

Je pris la main de l'agricultrice dans la mienne. Elle avait raison. Les hommes étaient des peaux de vache. *Mark* était une peau de vache. Je n'avais aucune raison de le pleurer. A part que je l'aimais, cette mauvaise graine. Je l'aimais même tellement que c'en était répugnant.

— Allô ? Je suis encore en ligne, Callie, me rappela sèchement ma sœur. Tu veux que je te dise quoi, alors ?

— Je ne sais pas. Ce que je dois faire, par exemple. Tu as une idée ?

— Sortir d'ici et poursuivre votre conversation ailleurs, par exemple ? suggéra le type derrière moi.

Au téléphone, Hester poussa un soupir d'impuissance :

— Pas la moindre, non. Ma plus longue histoire d'amour a duré trente-six heures. Et tu sais que je m'en porte plutôt bien, précisa-t-elle d'un ton soudain pensif.

— Hester... Je vais les voir ensemble tous les jours, protestai-je d'une voix mouillée.

A cette seule pensée, mon cœur se convulsa de désespoir.

— Ça craint, reconnut ma sœur.

— Ma pauvre enfant, compatit ma voisine de queue en serrant ma main plus fort.

Le travail ne serait plus jamais comme avant. Green Mountain Media, l'agence que j'avais contribué à mettre sur pied, serait désormais le domaine de Muriel. *Muriel*. Un prénom cruel de petite fille riche. Un prénom méprisant et glacial ! Tellement moins sympathique que « Callie », qui était mignon, spontané et amical.

Un nouveau sanglot m'échappa et M. Intolérant, derrière moi, grommela une protestation écœurée. C'en était trop. Je me retournai d'un bloc.

— Ecoutez, monsieur, je suis désolée si ma présence vous incommode, mais j'ai eu une sale journée, O.K. ?

Une très, très sale journée, même, d'accord ? Mon cœur est brisé, mon pote, est-ce clair ?

— Bon, bon, acquiesça-t-il froidement. Allez-y, je vous en prie, continuez à évacuer votre diarrhée émotionnelle.

Le rat ! Il avait l'air coincé de chez coincé, ce type. Il portait un costume, pour commencer (n'oubliez pas que nous sommes dans le Vermont, où la tenue décontractée fait quasiment office d'uniforme), coupe de cheveux militaire, des yeux bleus froids et de méprisantes pommettes slaves. Je me retournai sans un mot. Celui-là, très clairement, ignorait tout de l'amour. De l'amour qui finit mal. De l'amour rejeté. Et que pouvait-il comprendre de mon pauvre cœur, loyal et tendre ?

Cela dit, il n'avait peut-être pas tort sur tous les plans.

— Il vaut mieux que je te laisse, chuchotai-je à ma sœur. Je te rappelle plus tard, Hes.

— D'accord. Ce n'est vraiment pas de chance que la nouvelle tombe le jour de ton anniversaire. Mais si c'est à ton horloge biologique que tu penses, aucune inquiétude. Je peux te mettre enceinte en une minute, montre en main. Je connais les meilleurs donneurs de sperme de la région.

— Je ne veux pas que tu me mettes enceinte !

— Oh ! non, par pitié..., marmonna M. Pommettes Slaves.

L'agricultrice qui avait été trompée par son homme me jeta un regard interrogateur.

— Ma sœur est obstétricienne, spécialisée dans la procréation assistée, expliquai-je en m'essuyant les yeux. Elle a de très bons résultats.

— Ah, c'est un beau métier, commenta ma nouvelle copine. Ma fille a eu une FIV. Elle est maman de jumeaux de quatre ans.

— C'est merveilleux, murmurai-je d'une voix larmoyante.

— Suivant ! cria un des robots.

La queue poussive s'ébranla docilement. L'homme derrière moi émit son énième soupir.

Tous mes souvenirs avec Mark affluaient à ma mémoire

— notre premier baiser alors que je n'avais que quatorze ans. Puis, des années, plus tard, au travail, lui penché sur mon ordinateur, sa main sur mon épaule ; tous ces moments de complicité. La semaine précédente encore, en état de quasi-ivresse à force de déguster du sirop d'érable, chez un producteur qui avait fait appel à notre agence pour sa publicité. Notre premier baiser. Le mémorable voyage en avion jusqu'à Santa Fé. Ai-je déjà mentionné notre premier baiser ?

De grosses larmes filaient sur mes joues et je réprimai péniblement un sanglot.

Soudain, quelque chose de blanc apparut dans mon champ de vision. Je me retournai. M. Intolérant aux Cruelles Pommettes me proposait son mouchoir.

— Tenez, dit-il.

Et je le pris. Il était repassé. Peut-être même amidonné. Qui se promenait encore avec ce type d'objet périmé, de nos jours ? Je me mouchai énergiquement puis levai de nouveau les yeux vers lui.

— Gardez-le, suggéra-t-il en regardant au-dessus de ma tête.

— Merci, répondis-je d'une petite voix.

— Suivant ! ordonna le drone au guichet.

Une éternité plus tard, je me retrouvai enfin avec mon nouveau permis en main. Super. J'avais l'air d'une folle échappée de l'asile, sur ce document officiel. Les yeux enflés, des coulées de mascara, sourire pincé. Après tous mes efforts pour me faire belle ce matin.

En sortant mes clés de voiture de mon sac, je vis ma copine la fermière, chaussée de ces grosses lunettes de soleil que portent les personnes âgées après une opération de la cataracte. Je ressentis un grand élan du cœur pour elle. Moi, au moins, j'avais la chance de ne pas avoir été trompée par mon mari au bout de quarante-deux ans de mariage. Ce qui devait être l'horreur absolue, non ?

— Je peux vous offrir une tasse de café, madame ? lui lançai-je en me rapprochant.

— A qui, à moi ? C'est gentil. Mais j'ai du travail qui m'attend. Bonne chance, quand même, hein ?

Sur une impulsion, je lui jetai les bras autour du cou.

— Norman est un imbécile, lui assurai-je.

— Et je pense que vous êtes drôlement fine et dégourdie, jeune fille. Il ne sait pas de quoi il se prive, votre andouille de Mark.

— Merci.

De nouveau, les larmes menaçaient. Ma nouvelle amie monta dans sa voiture sur un dernier salut de la main.

Mon téléphone sonna. *Maman*. O joie…

— Joyeux aaaanniversaaaaire, Calliope ! chanta-t-elle d'une voix festive.

— Merci, maman. C'est gentil.

Je me demandai si ma mère remarquerait les accents plombés dans ma voix. Il n'en fut rien.

— Ecoute, j'ai du nouveau. Dave vient d'appeler. Un tuyau a éclaté chez Elements et tout le restaurant est inondé.

Elements étant situé dans une ancienne fabrique, vieille de plus d'un siècle et demi, ce genre d'incident était fréquent.

— Ce n'est pas grave, maman. Je n'étais pas vraiment d'humeur à sortir, de toute façon.

Au moins, je n'aurais pas à subir une fête d'anniversaire. Je pourrais rentrer chez moi et gober de la pâte à gâteaux crue, au lieu d'avoir à faire semblant de m'amuser.

— Mais bien sûr que si, tu es d'humeur à célébrer tes trente ans, Callie ! décréta joyeusement ma mère. J'ai déjà appelé tout le monde. Nous ferons le repas ici. Tout est déjà organisé. J'ai même trouvé un traiteur.

Mon cœur acheva de sombrer.

— *Ici* ? Qu'est-ce que tu appelles *ici* ?

— Mais au funérarium, ma chérie, bien sûr ! Où voudrais-tu que ce soit ?

2

— Trente ans déjà, ma petite Calllie ! Comme le temps passe...

A ma gauche, ma mère me tenait la main et la tapotait affectueusement.

— La famille de M. Paulson accueille ses visiteurs dans le salon de présentation Quiétude, précisa-t-elle d'un ton plus professionnel, lorsqu'un couple tiré à quatre épingles s'immobilisa, surpris, en voyant les ballons accrochés pour ma fête d'anniversaire.

Mon père, placé à ma droite, me serra dans ses bras avec tant de force que je faillis renverser mon second cocktail.

— Comment notre fille peut-elle avoir déjà trente ans, Eleanor, alors que sa mère en paraît à peine vingt-cinq ?

Ma mère fit mine de ne pas entendre mon père, ayant pris le parti de l'ignorer systématiquement, depuis leur divorce qui remontait à un siècle et quelques.

Snobé une fois de plus, mon père prit l'offense en homme.

— Callie, je suis tombé amoureux de toi au premier regard. Tu étais un si joli bébé ! Et tu es toujours aussi belle, d'ailleurs.

— Est-ce que... *ton père*... a bu, Callie ? demanda ma mère sans daigner lui jeter un regard. Si c'est le cas, s'il te plaît, demande-lui de partir.

Dans cette maison, « ton père » rimait toujours avec « cette sous-merde ».

— As-tu bu, papa ? demandai-je aimablement.

— Pas trop, non... Pas assez, devrais-je dire, ajouta-t-il d'un ton serein.

— Oyez, oyez, clamai-je avant d'avaler une large gorgée de mon cocktail rose.

Etant donné que : A) l'homme que j'aime, etc., etc. B) le *Requiem* de Verdi jouait en sourdine à l'arrière-plan, que C) ma fête d'anniversaire se déroulait en grande pompe... funèbre, j'avais décidé que D) je fêterais ce beau jour à l'aide d'une bouteille de whisky et un flacon de jus de canneberge.

Vexée de ne pas avoir réussi à froisser mon père, ma mère me jeta un regard noir. Je me ressaisis aussitôt.

— Super, cette fête, maman, mentis-je en souriant.

Amadouée, elle me serra la main plus fort.

— J'ai toujours pensé que ce bâtiment était le plus élégant de toute la ville. Tu m'excuses un instant, ma chérie ? Je vais voir un instant où en est notre M. Paulson.

Là-dessus, elle partit à petits pas pressés pour vérifier que la veillée funéraire, dans le salon de présentation voisin, se déroulait à la satisfaction générale.

Le funérarium Misinski était effectivement situé dans une très belle maison victorienne. Le premier étage abritait les bureaux et l'accueil, alors que ma mère et, depuis peu, mon frère Freddie vivaient au second et au troisième. Entre ces murs, j'avais grandi. C'était au sous-sol, naturellement, que le thanato pratiquait les opérations peu ragoûtantes. Aux yeux de ma mère, il n'y avait rien de choquant dans le fait d'organiser un anniversaire juste à côté d'une veille funéraire. Le funérarium Misinski appartenait à sa famille depuis trois générations, et la philosophie « La mort fait partie intégrante de la vie » était indélébilement inscrite dans ses gènes. Quoi de choquant si Freddie, lorsqu'il avait trois ans, n'acceptait de faire sa sieste que blotti dans un cercueil ? Et si la dinde de Noël voisinait dans le réfrigérateur avec les clients que ma mère gardait au frais ?

Dehors, le soleil brillait joyeusement, le Vermont bénéficiant de ses deux semaines d'été annuelles. Le ciel était beau et bleu, l'air sentait bon le pin. Mais ici, dans la salle de recueillement Sérénité, l'été restait à la porte. La maison funéraire était comme un microcosme atemporel, indifférent au passage des saisons. Du 1er janvier au 31 décembre régnaient l'odeur des lys, le son d'une musique classique toujours mélancolique, le mobilier sombre et massif, les cercueils... et les morts.

Je soupirai.

— Alors ? Comment va ma petite fille ? demanda papa. Tu as eu mon chèque, au fait ?

— Oui, je te remercie. Et j'ai une super-pêche, oui.

Avec mes parents, j'affichais toujours une positivité inébranlable, même si cela m'obligeait parfois à mentir comme une arracheuse de dents.

— Je peux te confier un secret, chaton ? demanda mon père, tout en saluant d'un geste de la main une connaissance qui se tenait à l'autre bout du salon funéraire voisin.

Je posai ma tête sur son épaule.

— Bien sûr, papa.

— Maintenant que je suis à la retraite, je vais m'occuper de ta mère.

— Ah bon ? De quelle manière ? m'enquis-je, imaginant quelque projet de vengeance.

— De quelle manière ? En lui faisant la cour. Pour la reconquérir.

Je me redressai en sursaut.

— Euh... au cas où tu l'aurais oublié : maman te déteste, papa.

Il eut un large sourire.

— C'est ce qu'elle croit. Mais ta mère est la seule femme que j'aie jamais aimée.

Il m'adressa le clin d'œil qui lui allait si bien. Mon père était un homme très séduisant : cheveux argent, yeux sombres, fossettes. Je lui ressemblais beaucoup, avec le gris des cheveux en moins. (« Mais ça ne saurait tarder, sanglota Betty Boop. *Et Mark est avec une autre ».)* Je bus une nouvelle gorgée.

— Je doute que ce soit une bonne idée, papa.

— Ah bon, pourquoi ?

Il paraissait déconcerté par mon manque évident d'enthousiasme.

— Peut-être, incidemment, parce que tu l'as trompée quand elle était enceinte de Freddie. Enfin, je dis ça comme ça, bien sûr.

Il hocha la tête.

— Ce n'est pas ce que j'ai fait de mieux dans la vie. L'infidélité, je veux dire. Mais c'était une erreur, ma petite Callie. Une erreur pour laquelle j'ai payé pendant vingt-deux ans. De l'eau a passé sous les ponts depuis. Elle me pardonnera, tu ne penses pas ?

— Tu l'aimes donc encore, papa ?

— Bien sûr que je l'aime ! Je n'ai jamais cessé d'aimer ta mère ! Tu veux bien m'aider alors, Callie ?

— Oups, pas sûr. Encourir les foudres de maman... Tu sais ce que c'est. Ça craint.

S'attirer la colère de ma mère équivalait à essuyer un cyclone de magnitude cinq. Avec plein de trucs dangereux et contondants qui vous volaient autour.

— Allez, chaton, insista mon père. Je croyais que nous étions du même bord, toi et moi. Nous sommes deux romantiques, non ? Dieu sait que je ne peux pas demander ce service à Hester.

— Je ne te le conseille pas, non.

C'était de « l'exemple déplorable » donné par mon père qu'était née la vocation de ma sœur : favoriser la procréation en faisant l'impasse sur toute contribution masculine directe.

— Tu crois vraiment que vous parviendrez à surmonter le passé, papa ? Que vous pouvez encore vous donner une chance d'être heureux, maman et toi ?

L'espace d'une seconde, l'expression éternellement optimiste de mon père vacilla.

— Si c'était à refaire, répondit-il calmement, les yeux rivés sur son verre, nous n'en serions pas là aujourd'hui, Callie. Nous avons été heureux, Eleanor et moi, tu sais. Et…

Son regard s'assombrit, comme si une lumière venait de s'éteindre.

— Oh ! papa…, murmurai-je, incapable de contenir la compassion qui me gonflait le cœur.

J'avais huit ans lorsque mes parents avaient divorcé, et tout ce que j'en avais saisi alors, c'est que mon univers d'enfant s'effondrait. Des années plus tard, lorsque Hester m'avait éclairée sur le motif de la séparation, j'avais été choquée et mécontente de ce qu'avait fait mon père. Mais il y avait si longtemps, maintenant, qu'il endurait son bannissement… Depuis, Hester lui adressait à peine la parole. Et ma mère gardait les couteaux émotionnels affûtés, comme c'était son droit. Quant à moi, pour quelle raison, je ne saurais le dire, mais je n'avais jamais réussi à haïr mon père. Son infidélité était un mystère que je souhaitais laisser inexploré. A ma connaissance et malgré son charme à la Gary Grant, mon père avait mené une vie monacale depuis l'instant où il avait quitté la maison. Je ne l'avais jamais vu avec une femme. Et aucune histoire croustillante ne circulait à son sujet. A priori, il avait commencé à expier ses fautes avant même la naissance de Freddie.

— Il fut un temps où elle m'aimait, observa-t-il calmement, presque comme s'il se parlait à lui-même. Je peux faire en sorte qu'elle se rappelle pourquoi.

Exact. Ils s'étaient aimés. Remisées dans un recoin secret, à l'écart des souvenirs de maman sanglotant sur le canapé — ou vomissant des insultes à l'intention de papa pendant que mon petit frère nouveau-né lui infligeait en hurlant cinq mois consécutifs de coliques du nourrisson —, je conservais quelques gemmes. Ma mère assise sur les genoux de mon père. Leur couple enlacé dansant dans le salon sans même le secours d'une musique, un jour où papa était rentré d'un voyage d'affaires prolongé. Le son de leurs rires qui s'élevaient derrière la porte close de leur chambre à coucher, aussi rassurants que l'odeur des petits pots de crème à la vanille, fraîchement sortis du four.

— Tu acceptes de me soutenir, alors, chaton ? demanda mon père. S'il te plaît ?

Je pris une profonde inspiration.

— Bon, allez, ça marche. Je ne dis pas que c'est gagné d'avance, mais je ferai ce que je pourrai pour te donner un coup de main.

Le visage de mon père s'éclaira et il redevint un George Clooney plein d'éclat.

— Ah, je savais que je pouvais compter sur ma grande fille ! Tu verras. Je saurai la reconquérir, ta mère.

Il me caressa la joue et je ne pus m'empêcher de sourire. Une peine d'exclusion de vingt-deux ans, cela devrait suffire non ? Papa méritait une seconde chance en amour.

Et moi aussi, d'ailleurs. Moi aussi ! Betty Boop cessa de pleurer et ouvrit des yeux soudain remplis d'espoir. *Vraiment ? Tu crois ?*

— Je te ressers à boire, chaton ?

Sans attendre ma réponse, mon père partit en direction du bar improvisé au fond de la salle de recueillement. Brusquement, je me sentis un peu moins lugubre. Mon père se préparait à reconquérir l'amour de sa vie. Alors pourquoi ne ferais-je pas une tentative, moi aussi ? Une fois, déjà, Mark m'avait choisie. Peut-être que j'avais été un peu trop enthousiaste, un peu trop crampon au cours de ces cinq semaines ? Et depuis Santa Fé, je soupirais après lui, le cœur gros. Peut-être que si je redevenais moi-même — la personne joyeuse, intelligente et aimable que j'étais dans le fond —, Mark se rendrait compte que c'était moi qu'il aimait, et pas Muriel. Et s'il me voyait avec un autre homme, cela lui procurerait, qui sait, le coup de pied aux fesses dont il avait besoin ?

Ma... — comment l'inconnu avait-il formulé ça, déjà ? — ah oui, ma « diarrhée émotionnelle » m'avait nettoyée. Purifiée. La vie était belle, comme on le voyait marqué sur les T-shirts. Ou elle pouvait le redevenir, en tout cas. J'étais capable de trouver quelqu'un d'autre. Et même si Mark persistait à ne pas vouloir de moi — l'idée me faisait frémir, mais je poursuivais mon raisonnement quand même —, d'autres possibilités s'offriraient. Assez joué les mal-aimées et les déprimées chroniques. J'étais Callie Grey, après tout. Et j'avais été élue « fille la plus populaire » de mon lycée, dans le temps. Oui, parfaitement. Tout le monde m'aimait, en fait.

— Elle est trop, trop belle, la déco, tante Callie !

Ma nièce Josephine, âgée de cinq ans, vint me tirer par la main. Aujourd'hui, elle était vêtue comme une pop star trash en miniature, avec un marcel taillé dans un filet de pêcheur sur un collant à motif léopard, avec une jupe rose courte et des tongs.

— Très très belle, oui. Presque aussi belle que toi, ma Josephine.

Elle leva vers moi un sourire rayonnant, me montrant une rangée craquante de dents de lait, et j'effleurai son petit bout de nez. Le salon Sérénité était tendu de guirlandes jaunes et roses. Des ballons aux couleurs assorties flottaient rêveusement devant le vitrail montrant Lazare se levant du tombeau. Mon gâteau d'anniversaire trônait à la place qui revenait normalement au cercueil. Bronte avait fabriqué un grand panneau proclamant « Joyeux trentième anniversaire, Callie ! ».

La salle de recueillement était pleine d'amis et de membres de la famille, plus quelques inconnus effarés qui avaient dû se tromper d'endroit et se croyaient à la veillée funéraire prévue dans le salon voisin. Il y avait là Freddie, mon petit frère, normalement inscrit à la prestigieuse université de Tufts, mais qui prenait une année sabbatique, au milieu d'un cursus apparemment dédié à l'art de faire sauter des cours et de cumuler les beuveries. Il leva son verre à ma santé et je lui adressai un signe affectueux de la main. Ma sœur, bâtie comme un buffle, le dominait de toute sa taille et lui faisait la morale en mode sermon aggravé, à en juger par l'expression éteinte dans le regard de Fred. Pete et Leila, mes deux collègues fusionnels, examinaient le plateau de fromages (j'adressai un remerciement muet à notre merveilleuse fromagerie Cabot's).

— Joyeux anniversaire, Calliope, lança derrière moi une voix basse et veloutée.

Mon utérus parut se ratatiner d'un coup et le sang se glaça dans mes veines.

— Tu es très belle, ce soir. Idéalement belle, si je puis dire.

— Merci, Louis, murmurai-je, cherchant désespérément des yeux un frère, une sœur, un parent, un ami (ou même un prêtre, juste au cas où Louis serait effectivement un vampire qui aurait besoin d'être exorcisé par un agent du Christ).

Louis Pinser, assistant funéraire de son état et bras droit de ma mère, était hautement apprécié d'elle et d'elle seule. Ses trois enfants ayant refusé de prendre sa suite dans l'entreprise familiale, ma mère avait dû se tourner ailleurs. De cet ailleurs (quelque part dans un lieu sombre, glauque et souterrain, je présume) avait surgi Louis, un individu replet, de haute taille, avec des cheveux qui se raréfiaient, des yeux verts légèrement globuleux et la voix basse, réconfortante (et terrifiante) requise chez un employé de pompes funèbres. Une fois, je l'avais surpris à réciter dans les toilettes, pour s'entraîner : « Mes sincères condoléances, mes sincères condoléances ». Inutile de préciser qu'il me trouvait *très* à son goût. Dès qu'il y avait un cas clinique quelque part, je me le ramassais à tous les coups.

— Et si nous nous éclipsions ensemble, tous les deux, pour fêter ton anniversaire dignement ? proposa Louis en abaissant son regard sur mes seins.

Il porta son verre à ses lèvres et sa langue apparut, cherchant la paille sans la trouver, tandis que son regard restait scotché sur mes obus. Berk. Berk. Berk.

— Ah ! Euh… C'est gentil de ta part, mais je suis… euh… J'ai eu une semaine non-stop, tu sais. Le boulot. Des choses et d'autres…

Je tournai la tête comme si je venais d'entendre un appel.

— Hester ? Tu as besoin de moi, tu dis ? J'arrive.

Là-dessus, je bondis dans le vestibule où je venais de voir disparaître ma sœur et pris quelques respirations profondes. La présence de Louis provoquait toujours chez moi des impulsions irrépressibles, comme sortir au grand air et jouer à des jeux innocents avec des enfants ou des chiots.

— Non, tu ne te feras pas défriser, répondait Hester à sa fille aînée. D'autres questions ?

Bronte se tourna vers moi.

— Une ado devrait avoir le droit de faire ce qu'elle veut de ses cheveux, non ? demanda-t-elle, espérant un témoignage de solidarité de la part de sa tante jeune et cool.

— Mmm… « Une mère a toujours raison. » C'est ce qu'on dit, je crois ?

— Ouais, ben ça se voit que tu n'as jamais été la seule élève noire de toute ta classe, grommela Bronte. Sans parler de mon stupide prénom.

— Hé, n'oublie pas que tu t'adresses à ta tante *Calliope*. Tu en connais, beaucoup, toi, des gens qui sont obligés de se farcir le nom d'une muse d'Homère ?

— Et moi, j'ai été nommée d'après la femme infidèle dans un roman puritain, intervint Hester. Toi au moins, tu portes le nom d'un auteur cool. Et rappelle-toi que ce n'est pas moi qui l'ai choisi.

Bronte avait déjà sept ans lorsque ma sœur Hester l'avait adoptée. Même si ma sœur était obstétricienne et qu'elle aurait pu avoir ses enfants par la méthode classique (enfin… par insémination artificielle, en tout cas), elle avait choisi l'adoption pour ses deux filles. Le père biologique de Bronte était afro-américain et sa mère de naissance coréenne. Le mélange avait donné une jeune fille saisissante de beauté. Mais le Vermont était l'Etat le plus blanc de toute l'Union, et Bronte avait du mal à assumer sa différence, surtout depuis qu'elle abordait les territoires compliqués de l'adolescence. Josephine, elle, était blanche et, par une de ces inexplicables coïncidences comme il en survenait parfois, ressemblait de façon troublante à Hester.

— Je vous préviens que dès que j'aurai seize ans, je transformerai mon prénom en Sheniqua, annonça Bronte en nous défiant du regard, Hester et moi.

— J'adore, répondit calmement sa mère.

Bronte, frustrée, partit à la recherche d'une compagnie plus gratifiante.

— Ça va mieux, toi ? demanda Hester.

— Oui, oui, impeccable, mentis-je, le cœur serré. Merci de m'avoir écoutée, tout à l'heure.

Ma mère sortit à pas feutrés de la salle de recueillement Quiétude et s'avisa de notre présence.

— Vous avez eu l'occasion de voir M. Paulson, les filles ? Du travail d'artiste, vraiment. Ce Louis a un tel talent, s'extasia-t-elle avant de disparaître dans la pièce voisine.

— Bon anniversaire, Callie.

Pete émergea du salon Sérénité avec sa contrepartie féminine fermement arrimée à lui.

— Nous aurions vraiment aimé rester…, dit Pete.

— … mais nous sommes obligés de partir, conclut son grand amour.

Leila tourna nerveusement la tête vers le salon voisin où on entrevoyait M. Paulson, de profil dans son cercueil. Je souris héroïquement.

— Un grand merci à vous deux d'être venus.

— Muriel débute quand, Callie ? s'enquit Pete.

Au son de ce prénom, mon visage s'empourpra.

— Aucune idée, répondis-je, feignant l'indifférence.

Les deux jeunes amoureux échangèrent un regard. *Pauvre Callie... Faisons comme si nous n'étions pas au courant, pour elle et Mark!*

— A lundi, Callie, dit Pete.

— Passe un bon week-end, ajouta Leila.

Ils s'échappèrent main dans la main, vers le soleil et la lumière. Juste avant que la porte du funérarium ne se referme, ma délivrance arriva.

— Viens dehors avec moi, Callie, ordonna ma meilleure amie. J'ai apporté du vin et le soleil brille. Il est hors de question que nous fêtions ton anniversaire dans un putain de funérarium à la con, nom de Dieu!

Bien qu'Annie fût bibliothécaire pour enfants, elle jurait comme un charretier dès qu'elle se trouvait à distance des jeunes oreilles innocentes. Une raison, parmi d'autres, pour laquelle je l'adorais.

Dehors, l'air était doux et sec. Et Annie arrivait munie d'une bonne bouteille et de verres en plastique. Elle m'embrassa vigoureusement puis m'entraîna le long du côté du bâtiment, en direction du beau jardin qui avait abrité mes jeux d'enfant.

— Hé là, hé là, que se passe-t-il, ici? Vous vous sauvez en douce, toutes les deux? Tu abdiques de ton trône, Callie?

Annie fit la grimace, mais je souris à Fleur.

— Viens te joindre à nous, Fleur. On est bien, dehors.

J'étais amie à la fois avec Annie et avec Fleur. Annie roulait hors catégorie, bien sûr, car nous nous connaissions depuis les bancs de la maternelle. Mais elle s'était mariée avec son petit ami d'enfance dès l'âge de vingt-trois ans, et avait eu Seamus, mon filleul que j'adorais, un an plus tard. La vie affective d'Annie, c'était du bonheur à tous les étages. Alors que Fleur était célibataire, comme moi. Et nous nous retrouvions parfois pour boire un verre ou manger un morceau ensemble, nous lamentant sur notre commune condition de solitaires. Depuis qu'elle avait passé trois semaines un été en Angleterre, Fleur avait adopté un accent britannique plus ou moins cohérent. Et elle pouvait être assez drôle lorsqu'elle s'y mettait. Annie et Fleur ne s'appréciaient que très modérément, ce que je trouvais assez flatteur pour moi.

Nous nous assîmes toutes les trois à la table de pique-nique que ma mère gardait toujours sous le grand érable du jardin, même si personne, à ma connaissance, ne venait plus manger là depuis longtemps. Une alouette chantait au-dessus de nos têtes, et une mésange à tête noire nous observait d'un œil plein de sagesse.

— Alors ? Ça casse, pour Mark et Muriel, hein ?

— Je ne te le fais pas dire, marmonnai-je en acceptant le vin que me tendait Annie.

Fleur alluma une cigarette anglaise, aspira longuement la fumée, puis la rejeta en détournant la tête.

— Tu seras mieux sans lui, décréta fermement Annie en remettant un gobelet en carton à Fleur.

Annie avait enduré un long courriel que j'avais pondu en lui fournissant tous les détails de ma tragédie personnelle.

— C'est un empaffé, ce Mark Rousseau.

— Ah non, sûrement pas ! protestai-je.

Et Fleur fit chorus :

— Mark est plutôt bien sur tous les plans, Annie.

— Callie, je suis désolée, mais je le déteste, ce type. Il t'a plaquée sous un prétexte à la con, du genre : « ce n'était pas le bon moment », et maintenant, il t'annonce qu'il a quelqu'un d'autre. Il n'est pas franc du collier, ce mec.

Par-dessus le bord de ses petites lunettes rondes cerclées d'or, Annie nous gratifia, Fleur et moi, d'un regard courroucé. Je soupirai.

— Je comprends ce que tu veux dire, Annie. Mais à part ces détails, Mark est… comment dire ? Assez idéal.

— Parce que tu le défends, en plus ? C'est carrément pathétique !

Je poussai un second soupir, plus profond encore que le premier.

— J'ai l'impression d'entendre mon grand-père.

Fleur rejeta une bouffée de fumée *very british*.

— Il faut te dire une chose, Annie. Ce n'est pas donné à tout le monde d'épouser son prince charmant du cours élémentaire. Pour nous autres, filles seules, il ne reste qu'un choix limité : le beau poisson se fait rare dans notre étang à célibataires. Et Marc est un brochet comparé à la petite friture ambiante. Alors si c'est l'amour de ta vie, Callie, je dirais, prends l'artillerie lourde et fonce. Et sans pitié pour les obstacles.

D'un regard levé au ciel, Annie rejeta les métaphores piscicoles et militaires de Fleur.

— Mark ne t'arrive pas à la cheville, Callie. Oublie-le et trouve quelqu'un d'autre.

— Ou essaie la voie de la reconquête indirecte, proposa Fleur. Rappelle-lui que tu es fabuleuse et convoitée. Affiche-toi avec un autre mec, rends-le jaloux, et pan ! Il oubliera sa Muriel.

Même si j'avais eu la même pensée un instant plus tôt, je tins ma langue.

— Je ne suis pas d'accord, protesta Annie. Oublie-le. Ecris : « Je vaux mieux que le trou du cul jadis connu sous le nom de Mark Rousseau » sur un papier, et scotche-le sur ton miroir de salle de bains.

— Tu cherches quelqu'un pour t'envoyer en l'air, Calorie ?

Mon frère venait d'apparaître par la porte donnant sur l'arrière.

— Mes potes à la fac te trouvent vachement bandante.

— Je ne veux pas d'un homme qui vit encore chez sa mère… Est-ce que Gerard Butler est encore célibataire ? m'enquis-je en me tournant vers mes amies.

— Là, tu vises quand même un peu haut, protesta Fleur.

— Et pourquoi pas Kevin Youkilis ? suggéra Freddie.

Comme ça, on aurait des places gratuites pour les matchs des Sox.

Annie secoua la tête.

— Ah non, pas Youkilis, il a une tête en forme d'ampoule. Pense à quoi ressembleraient tes futurs neveux et nièces. Pourquoi pas le joueur au centre, celui qui est mignon ? Ellsbury ?

Pendant que mon frère et mes amies égrenaient les suggestions les plus saugrenues, je continuais à réfléchir activement. Annie avait raison, il fallait que j'oublie Mark. Il y avait des mois maintenant que je me promenais avec du plomb dans le cœur. J'avais versé des litres de larmes sur Mark Rousseau, perdu des heures et des heures de sommeil et mangé des kilos de pâte crue. Il était temps de tourner la page et de passer à autre chose. Mon travail, que j'aimais, deviendrait une torture quotidienne si je ne me libérais pas des liens que Mark avait entortillés autour de mon cœur. Il était hors de question de continuer à ressentir ce que je ressentais, seule au beau milieu d'une histoire d'amour conçue pour deux.

Il fallait en finir.

Même si j'avais la conviction que Mark était l'homme de ma vie. Même si j'avais vécu avec la profonde certitude que nous finirions nos jours ensemble. Même si c'était un collier étrangleur que Mark m'avait passé autour du cœur.

3

En rentrant chez moi, ce soir-là, je trébuchai sur un membre — une mésaventure qui m'arrivait un peu trop souvent à mon goût.

— Noah ! hurlai-je. Si tu ne prends pas l'habitude de ramasser tes jambes, je vais t'en assener une sur le crâne !

La voix rouillée de mon grand-père s'éleva du living.

— C'est ça. Frappe donc un vieillard infirme !

— Tu crois que ce sont des menaces en l'air, vieil homme ?

Bowie, mon bâtard husky, bondit dans la cuisine, chantant sa joie et son amour canin. Sa queue me battait les jambes avec enthousiasme et ses poils tombaient par paquets sur le carrelage.

— Bonjour, mon Bowie, entonnai-je en retour, de ma voix haut perchée spécial chien. Mais oui, je t'aime aussi. Tu es mon plus beau, mon préféré ! Mon prince d'entre les princes.

Après quelques coups de langue et un mordillage de menton, Bowie décrivit quatre cercles en accéléré autour de moi puis repartit au petit trot vers le séjour. Je ramassai la jambe de Noah et suivis mon chien fidèle, me baissant pour embrasser la joue barbue de mon grand-père.

— Le médecin a dit qu'il fallait que tu mettes ta prothèse.

— Je l'emmerde, grommela Noah aimablement.

Son moignon était calé sur des coussins.

— Surveille ton langage, Grampy le Grincheux. Tu as des problèmes avec ta jambe ?

— C'est mon absence de jambe qui me pose problème. Mais pas plus qu'à l'ordinaire.

Noah frotta distraitement son membre amputé, sans détacher les yeux de l'écran de télévision. Mon grand-père, constructeur de bateaux de son état, était le fondateur et seul exploitant des Arches de Noah (un nom que j'avais trouvé quand j'avais quatre ans et dont je restais très fière). Ses bateaux avaient acquis une réputation quasi légendaire. Les skiffs, les kayaks et les canoës conçus, dessinés et fabriqués par Noah se vendaient à des milliers de dollars pièce. Ici, dans le Royaume du Nord-Est où abondaient les rivières sauvages, il était l'équivalent d'un dieu.

Malheureusement, Noah avait eu une petite attaque cérébrale, il y a deux ans. Et pour plus de malchance encore, il tenait justement à la main une scie circulaire en marche. La blessure qui en avait résulté avait été si profonde qu'il avait fallu amputer juste au-dessus du genou. Après l'opération, le chirurgien avait rassemblé la famille et conseillé de placer Noah dans une maison médicalisée pour personnes âgées. Noah, qui vivait seul depuis le lointain décès de ma grand-mère, avait pâli. Sur une impulsion, j'avais proposé de m'installer avec lui pendant quelques mois, le temps qu'il s'habitue à sa nouvelle situation. Et même si ce vieux rat grincheux n'irait jamais jusqu'à le reconnaître, j'aimais à penser qu'il avait apprécié mon geste.

Noah regardait une rediffusion de *La Prise la plus mortelle*. Nous adorions la téléréalité, l'un et l'autre, mais cette émission-ci était notre préférée. Je m'assis sur le canapé pendant que les courageux Alaskiens livraient bataille sur la mer de Béring. Bowie bondit aussitôt à côté de moi et posa sa belle tête grise sur mes genoux, levant vers moi des yeux éperdus d'amour. Mon chien avait un œil marron et l'autre bleu, ce qui lui donnait un regard irrésistible. J'émis un bruit de baiser à son intention, et il orienta vers moi ses jolies oreilles triangulaires, comme si un message crucial allait tomber de mes lèvres.

— Tu es le meilleur chien du monde, dis-je gravement.

Quelle nouvelle plus importante, après tout, pourrais-je avoir à lui communiquer ?

Jetant un regard autour de moi, je notai que Noah, une fois de plus, n'avait tenu aucun compte de mes plaidoyers désespérés pour que nous maintenions un cadre de vie à peu près décent. Des journaux traînaient autour de son fauteuil ; un bol où gluait un fond de glace fondue voisinait avec une bouteille de bière vide. Super-appétissant.

Noah et moi vivions dans une ancienne usine. Une moitié lui servait d'atelier, l'autre constituait notre logement. Au rez-de-chaussée se trouvaient la cuisine, un bureau et une énorme pièce de séjour avec des plafonds vertigineux soutenus par des poutres massives. En hauteur, courait une galerie qui donnait sur les deux chambres à coucher. La mienne était grande et ensoleillée, avec tout l'espace qu'il fallait pour un lit, un bureau et mon fauteuil à bascule qui était placé face à l'une des deux fenêtres donnant sur la rivière Trout. Je disposais également d'une salle de bains magnifique avec un Jacuzzi et une douche séparée. Noah avait ses quartiers à l'autre bout du couloir et nous faisions, par chance, salles de bains séparées. Il y avait quand même des limites à ce qu'une petite-fille pouvait endurer.

Pendant les pubs, Noah coupa le son.

— Alors ? C'était bien, ta fête d'anniversaire ?

Je marquai une hésitation.

— Finalement, maman l'a organisée au funérarium. Papa et maman étaient là tous les deux. Ça s'est bien passé.

— Mouais, je vois... Une vraie partie de plaisir, je parie.

— Je confirme que tu as eu raison de rester à la maison.

Noah fuyait les réunions de famille comme s'il s'agissait d'un nid grouillant de virus Ebola. Il n'avait jamais été proche de mon père, Tobias, qui était pourtant son fils. Remy, le frère aîné de mon père, était mort dans un accident de voiture à l'âge de vingt ans. Du peu que mon père m'avait confié à son sujet, j'avais déduit que Remy, un garçon rude, taciturne et habile de ses mains, avait été beaucoup plus conforme que lui aux espérances de Noah. Alors que mon père, grand bavard devant l'Eternel, avait passé sa vie à baratiner les gens, pire qu'un représentant de commerce. Le divorce de mes parents n'avait pas contribué à souder les relations entre mon grand-père et son fils. Noah, qui avait aimé passionnément ma grand-mère et l'avait soignée jusqu'au bout à travers la terrible épreuve d'un cancer du pancréas, avait fortement marqué sa désapprobation.

— Je t'ai quand même apporté un morceau du gâteau d'anniversaire, Noah.

— Je savais que j'avais une bonne raison d'endurer ta présence chez moi depuis tout ce temps. Tiens…

Il glissa la main dans sa poche de chemise et en sortit un petit animal de bois sculpté. Un chien. Un husky.

— Oh! Merci, Noah!

Je l'embrassai et il subit mon geste d'affection en grommelant une protestation. Toute sa vie, il avait fabriqué ces petits animaux pour ses enfants et petits-enfants. J'en avais déjà une belle collection.

— Tu as l'air un peu triste, observa-t-il.

Une remarque qui constituait une véritable incursion dans les terres du bon Dr Freud, venant d'un homme qui avait pour principe de ne jamais se regarder le nombril. Noah était l'un des êtres les moins expansifs que l'on puisse imaginer. Il ne prononçait que rarement le nom de son fils Remy, mais il y avait un portrait de lui dans sa chambre. Et c'était le seul objet de la pièce qui n'avait jamais besoin d'être épousseté. Lorsque mamie était morte j'avais six ans, à l'époque — Noah n'avait pas versé une seule larme. Mais son chagrin avait été palpable. Chaque semaine pendant des mois, je lui avais envoyé une petite carte dessinée par mes soins pour essayer de le consoler. Même lorsqu'on lui avait retiré la première fois les bandages qui couvraient son moignon, il s'était contenté de marmonner :

— Bon, ben, va falloir faire avec.

Pas d'apitoiement sur soi, pas de révolte, pas de lamentations défaitistes sur sa jambe perdue. Rien. J'aurais vraiment bonne mine à me plaindre de mon sort face à quelqu'un d'aussi profondément stoïque que Noah Grey.

Je tournai la tête vers lui, mais il avait toujours les yeux rivés sur l'écran muet. Je jetai un coup d'œil à mon poignet, où scintillait toujours le cadeau de Mark. Quel loser je faisais !

— Non, non, tout va bien, mentis-je. Mais, je pense que je devrais chercher un…

Un quoi ? Un « petit ami » ? L'expression paraissait ridicule, à mon âge.

— … chercher l'âme sœur.

Voilà qui n'était pas beaucoup mieux. Plutôt pire, en fait.

— Toi qui as vécu une longue vie, as-tu de sages conseils à me prodiguer ?

— Laisse tomber, bougonna Noah. Ça ne t'apportera que des larmes, des séparations et du chagrin.

Sous sa barbe blanche (Noah ressemblait à un Père Noël mal nourri et vaguement SDF), il esquissa l'ombre d'un sourire.

— Oublie les hommes et reste donc ici pour t'occuper de ton vieux grand-père.

— J'adore prendre soin de toi, pépé. Que dirais-tu d'un bon lavement avant d'aller au lit ?

— Surveille ta langue, pisseuse.

— Hé, tu dois être gentil avec moi ! C'est mon trentième anniversaire, ne l'oublie pas.

Bowie me lécha la main, puis roula sur le dos pour me présenter son ventre blanc, en manque de caresses.

— Sérieusement, ce ne serait peut-être pas une mauvaise

idée que tu vives ta vie, Callie, reprit Noah, à ma grande surprise. Tu n'es pas obligée de finir tes jours ici.

— Qui d'autre que moi pourrait te supporter, vieil homme ?

— Bonne question. Tu as l'intention de parler toute la nuit ou tu me laisses regarder la suite de cette affaire ?

— Je vais me coucher. Tu as besoin de quelque chose ?

Noah arracha les yeux de l'écran.

— J'ai tout ce qu'il me faut, ma chérie. Bon anniversaire, ma toute belle.

Ma toute belle ?

— Tu m'inquiètes, Noah. J'ai l'air défaite à ce point ?

Sa barbe blanche frémit.

— On ne pourra pas dire que je n'ai pas essayé.

Quelques minutes plus tard, lavée, brossée et vêtue de mon meilleur pyjama (short rayé jaune et rose et petit haut jaune uni), j'étais installée dans mon rocking-chair. Atteindre l'âge de trente ans représentait un tournant majeur dans la vie d'une femme. Et j'avais besoin de... oui, de quoi ? De faire le point. Pour cela, il n'y avait pas de meilleur endroit que mon fauteuil Morelock, que j'avais reçu pour mon anniversaire, très précisément vingt-deux ans plus tôt.

Le Vermont se divise en deux catégories : le nouveau Vermont et l'ancien. L'ancien Vermont est constitué de durs à cuire taciturnes qui ne prononcent pas les « R », gardent leurs pick-up de fabrication US pendant au minimum trente ans, ne sentent pas le froid et sont immunisés contre les taons.

Noah était « ancien Vermont », bien sûr. Il n'adressait peut-être pas la parole à son voisin mais, si celui-ci devait tomber malade, il n'hésiterait pas à lui couper et stocker sans rien dire ses dix stères de bois pour l'hiver.

Le nouveau Vermont... Eh bien, ce sont des gens qui conduisent des Prius et des Volvo, portent des chaussures de randonnée de luxe et étendent leur lessive au grand air, par militantisme plus que par souci d'économiser sur un sèche-linge. Ces gens-là étaient amicaux et conversaient volontiers. L'antithèse de Noah, en d'autres termes.

Tout comme mon grand-père, David Morelock avait fait partie des Vermontois ancienne version. Il était menuisier-ébéniste et, tout comme Noah, avait eu de l'or dans les mains. Un été, le hasard avait voulu qu'un journaliste passe ses vacances à Saint Albans, où vivait M. Morelock. L'homme des médias était tombé sur son atelier, avait appris que M. Morelock s'était formé à son métier sans faire d'études et qu'il ne se servait pas de machines à bois sophistiquées. Il se contentait d'aller dans sa vieille grange chaque matin et de laisser ses mains parler. Deux mois plus tard, un article sur M. Morelock était sorti dans le *New York Times*, et hop ! De simple artisan, il était devenu une légende américaine vivante. Le nouveau Vermont avait aussitôt décidé que posséder une pièce signée Morelock était un must. Et le vieil homme s'était retrouvé assailli de commandes. Avant l'article du *Times*, ses meubles s'étaient vendus à quelques centaines de dollars pièce. Après, ils s'étaient arrachés pour plus de dix fois cette somme. Ce qui avait beaucoup amusé leur créateur.

Le jour de mes huit ans n'avait pas été un moment faste dans mon histoire personnelle. Mon père avait quitté la maison une semaine plus tôt. Et dans le chaos ambiant, mon anniversaire était plus ou moins passé inaperçu. Non seulement ma mère était enceinte, brisée et furieuse, mais elle bataillait pour organiser un double enterrement, un couple s'étant empoisonné au monoxyde de carbone. Hester était partie passer l'été dans une espèce de colonie de vacances pour matheux hyperdoués. Résultat, ma mère m'avait versé en hâte une assiette de céréales, puis m'avait expédiée chez mon grand-père. Dès réception, Noah m'avait hissée dans la cabine de son camion, et nous avions mis le cap sur Saint Albans pour une raison qui m'est depuis longtemps sortie de la tête.

Pendant que les deux hommes conversaient, j'avais erré

comme une âme en peine dans la vieille grange pleine de courants d'air qui servait d'atelier au menuisier-ébéniste. J'avais ramassé des chutes de bois, dessiné mes initiales dans un tas de sciure et tenté de ne pas trop me laisser affecter par le fait que personne ne se souciait de mon anniversaire. A l'époque, déjà, j'avais compris que la vie des adultes était compliquée et parfois terriblement lourde à porter.

Et c'était alors que j'avais vu le fauteuil.

Il s'agissait d'un de ces rocking-chairs destinés à figurer de toute éternité en terrasse, sous un auvent de bois, devant une maison américaine qui se respecte. Fait en érable tigré couleur miel, ce fauteuil était une œuvre d'art, une vraie. Fin et élégant, il semblait briller d'un éclat qui venait de l'intérieur. Je jetais un petit coup d'œil du côté de Noah et de M. Morelock pour m'assurer qu'ils ne regardaient pas. Puis je donnai une impulsion au fauteuil et il commença à se balancer. Avais-je le droit de m'asseoir dedans ? Je ne voyais nulle part d'écriteau indiquant que c'était interdit. Le siège et le dossier étaient de proportions parfaites et s'incurvaient exactement là où il le fallait. Et lorsque je me berçais, le mouvement était lent et doux comme le flux d'une rivière.

Tout enfant que j'étais, j'avais conscience que ce fauteuil appartenait à une catégorie à part. Non seulement il avait une grâce particulière, mais c'était un rocking-chair heureux, si l'on peut dire. Le simple fait de s'y asseoir pouvait vous aider à vous sentir mieux. Même si vous n'aviez plus votre papa à la maison. Même si votre grande sœur était loin. Même si votre maman avait oublié de faire un gâteau pour votre anniversaire. Ce rocking-chair, lui, promettait un avenir meilleur. Le nœud qui s'était formé dans ma gorge le jour où mes parents m'avaient annoncé qu'ils se séparaient se desserrait lentement à mesure que je me berçais, consolée par la tendresse et l'harmonie du balancement.

Fermant les yeux, j'imaginais, pour la première fois,

ce que serait ma vie d'adulte. J'aurais un appartement en terrasse à Manhattan, d'où je dominerais toute la ville, au milieu de mon jardin suspendu, avec des citronniers et de grandes fleurs aux odeurs merveilleuses. Toute la journée, je travaillerais à la télévision, comme animatrice dans mon show préféré. Et le soir, mon mari serait Bryant Gumbel, le beau présentateur sportif qu'on voyait à la TV. Il m'apporterait une boisson avec de l'alcool dedans et nous parlerions de trucs vraiment adultes, et il ne me quitterait jamais, ce que je savais alors au-delà de tout doute possible.

— Il te plaît, ce rocking-chair, petite ?

La voix de M. Morelock me fit ouvrir les yeux en sursaut. Les joues en feu, je levai vers lui un regard inquiet.

— Il… il est très beau, avais-je marmonné, sans trop savoir si j'avais commis une bêtise ou non.

— Ton grand-père m'a appris que c'était ton anniversaire, dis-moi ?

Je regardai Noah, surprise qu'il ait été au courant. Mon grand-père m'adressa un clin d'œil.

— Oui, monsieur. J'ai huit ans.

— Et si je t'offrais ce fauteuil pour cette belle occasion ?

D'un coup, mes yeux s'étaient remplis de larmes et j'avais baissé la tête, le regard fixé sur mes genoux, sans parvenir à prononcer un mot. Noah m'avait prise dans ses bras et m'avait embrassée avec brusquerie en me disant que ce n'était pas le moment de chougner mais de remercier M. Morelock. Alors, je m'étais essuyé les yeux et j'avais fait ce qu'il m'avait dit.

Lorsque Noah m'avait raccompagnée chez moi, ce soir-là, il avait monté le fauteuil pour l'installer dans ma chambre.

— Tu feras bien attention à ton rocking-chair, petite fille, avait-il décrété. Car tu n'en verras jamais d'aussi beau.

— Ce sera mon fauteuil de l'Avenir Heureux, décrétai-je, très fière de lui avoir trouvé ce titre.

L'arrivée du fauteuil avait transformé ma chambre. Même mon beau couvre-lit rose et mon poster avec une licorne avaient soudain perdu de leur gloire première. Noah avait souri et m'avait ébouriffé les cheveux. Puis il m'avait laissée seule pour admirer mon nouveau trésor.

David Morelock était mort quelques jours plus tard, cette même semaine. Et sa disparition m'avait atteinte de plein fouet. C'était comme si j'avais appris la disparition du Père Noël ou d'une figure de ce type. Il fallait dire que j'avais le cœur lourd, à l'époque. Noah m'avait dit que mon fauteuil était le dernier meuble qu'avait fabriqué M. Morelock avant de mourir. Et que je devais en prendre un soin tout particulier, car il n'en avait que plus de valeur.

Et j'avais pris les recommandations de mon grand-père à la lettre. *Personne* n'avait le droit de s'asseoir dans mon rocking-chair. Même pas moi. Sauf dans les moments de grand chagrin où j'avais besoin d'être consolée.

Comme maintenant.

Et le fauteuil, comme chaque fois, opérait son petit miracle tranquille. Du dehors montaient les sons clairs de la rivière, ses gargouillis, son glissement rapide. Une chouette hululait au loin. Je me balançais, et la perfection du mouvement de bascule me ramenait à cette sensation précieuse entre toutes : le bonheur de se sentir vivant. Cher M. Morelock... Comme je l'aimais, ce jour-là. Alors que j'élevais un remerciement muet au créateur de mon fauteuil, je sentis la tension se retirer de mes épaules.

Quelque part, en ce monde, se trouvait un compagnon pour moi. Bryant Gumbel, hélas, était déjà pris. Mais ici même, dans nos vertes montagnes, il existait un homme qui me verrait, m'aimerait et penserait que j'étais la personne la plus merveilleuse sur terre. Nous nous marierions et il y aurait des jours où, à mon retour, le soir, nous nous assiérions ensemble, sur notre galerie de bois, et toutes mes espérances d'amour seraient accomplies.

Et c'est ainsi que j'écartai les sentiments de rejet,

d'humiliation et de découragement larmoyant qui m'avaient assiégée tout au long de cette journée. Faisant appel à l'inébranlable optimisme que j'avais cultivé ma vie durant, je pris une ample respiration. Si ample, même, que Bowie se dressa sur son séant et me regarda, la tête penchée, comme si je m'apprêtais à faire une déclaration mémorable.

— Allez, Bowie, l'exhortai-je, refusant de le décevoir. On va te trouver un papa.

4

Le mardi matin, j'assistai, comme chaque semaine, à mon cours de yoga pour troisième âge. J'avais certes entre quatre et cinq décennies de moins que la moyenne des participantes, mais étant raide comme un pied de lampe, je rassurais ces dames sur leurs capacités physiques et elles m'accueillaient à bras ouverts. Le fait que j'apporte mes célèbres biscuits aux pépites de chocolat était juste un bonus accessoire.

Je n'avais jamais réussi à entrer vraiment dans l'esprit du yoga. Je somnolais assez systématiquement pendant la phase de méditation profonde, et une de mes camarades de cours devait me ramener à la conscience d'un discret coup de coude. Leslie, notre prof, me considérait d'un œil désapprobateur en me voyant cligner des yeux d'un air ensommeillé. Cela dit, Leslie ne m'avait jamais regardée autrement que de travers, depuis que je l'avais battue d'une longueur en me faisant élire reine de promo, quelque douze années plus tôt. Mais j'aimais le yoga parce que j'adorais mes copines du cours et que je me disais qu'un minimum d'exercice, assorti à un alignement de mes chakras (même si je n'avais jamais vraiment saisi en quoi consistait le phénomène), ne saurait nuire. Il n'en restait pas moins embarrassant que je sois la seule à grogner de douleur lorsqu'il fallait faire le Singe Riant vers le Haut.

Le fait qu'il soit la crème des patrons faisait partie des (trop) nombreuses raisons pour lesquelles j'étais amoureuse de Mark. Il nous laissait libres de nos horaires, considérant que des employés heureux travaillaient plus efficacement. Aucun problème, donc, pour caler un cours de yoga dans mon emploi du temps ou pour accompagner une de mes nièces à une sortie de classe. Mark, d'autre part, nous encourageait à participer activement à la vie sociale de la petite ville. Il était, comme moi, natif de Georgebury, et nous offrions souvent nos services à titre bénévole dans le cadre associatif. C'était ainsi que nous avions prêté notre concours, quelques années plus tôt, pour lever des fonds en vue de la construction du Centre des loisirs des seniors. Et je m'étais fait quelques amis sympas au passage.

Je dois avouer aussi que j'appréciais d'être chouchoutée, dorlotée et au cœur de l'attention générale. Ces dames me considéraient à l'unanimité comme une « perle », destinée à connaître un magnifique avenir sentimental avec un homme sublime sur tous les plans. Souvent, j'entendais des remarques du type : « Tu as bien raison de prendre ton temps et d'attendre le bon, ma petite Callie. C'est mieux que de finir comme ma fille/petite-fille/nièce/ sœur/voisine/moi-même. » Et là, les histoires horribles commençaient. Même si je devrais sans doute passer cette petite faiblesse sous silence, *j'adorais* les entendre. Jody Bingham (qui, à soixante-seize ans, faisait encore le grand écart et s'enorgueillissait d'une paire de jambes en tout point sublimes) avait une amie qui avait épousé un homme déjà marié à une autre femme — et peut-être même à plusieurs. La fille de Letty Bakers avait convolé avec un drogué notoire qui s'était retrouvé menottes aux poings juste avant le repas de noces. La fille d'Elmira Butkes, Lily, avait divorcé deux fois et le dernier de ses ex était un poète qui, non content de n'avoir jamais gagné un kopek de sa vie, lui intentait un procès pour obtenir une pension alimentaire.

— Je me demande ce que j'ai fait au bon Dieu pour que ma fille tombe toujours sur des numéros pareils, soupira Elmira, alors que nous passions gracieusement dans la posture de la Girafe qui Regarde vers le Bas.

(Dans mon cas, cela ressemblait plutôt à la position de la girafe mourante, mais je faisais de mon mieux.)

— Ce n'est quand même pas si compliqué que ça, de décrocher un homme avec une coupe de cheveux normale et une bonne mutuelle, non ?

Nous émîmes toutes des murmures compatissants, ce qui nous valut un regard de reproche de Leslie, qui détestait qu'on bavarde pendant le cours.

— Ah oui, tiens, poursuivit Elmira. J'ai emmené mon Fluffers chez le nouveau véto, cette semaine, et j'ai appris qu'il était célibataire. Pas Fluffers, bien sûr. Le vétérinaire. J'ai appelé Lily tout de suite en sortant pour lui conseiller d'essayer de mettre la main dessus et de ne pas le laisser filer. Mais comme d'habitude, elle ne veut rien entendre.

— Et si tu allais faire un tour chez ce nouveau véto, toi, Callie ? suggéra Jody en tombant sans effort en grand écart. Un vétérinaire, c'est presque aussi bien qu'un médecin.

La frimeuse me sourit et m'adressa un clin d'œil pendant que je bataillais pour essayer de suivre son exemple. Comment Jody parvenait à sourire pendant cet exercice d'écartèlement était un mystère de la physique et des gènes.

Mmm... le nouveau véto ? méditais-je, in petto. Pas une mauvaise idée, en effet. J'avais travaillé pour son prédécesseur, le Dr Kumar, lorsque j'étais adolescente. Tout le monde adorait le Dr Kumar. Il offrait du café et des gâteaux à ses clients dans la salle d'attente, donnait son numéro de téléphone privé et chantait pour rassurer les animaux effrayés jusqu'à ce qu'ils lui mangent littéralement dans la main. Il avait le cœur si tendre qu'on l'avait souvent vu pleurer plus fort encore que le maître, lorsque Brutus ou Félix devait être « délivré de ses souffrances ». Le Dr Kumar venait de prendre sa retraite et projetait d'emmener la charmante Mme Kumar faire de longs voyages.

Mais pour en revenir au nouveau véto, si le Dr Kumar lui avait vendu son cabinet, c'est qu'il devait avoir des qualités humaines comparables aux siennes. Nous avions déjà tant de points communs, d'entrée de jeu. Les vétérinaires aimaient les animaux, forcément. Et moi aussi ! Avec une note d'espoir dans le cœur, je me contorsionnai dans la posture du Héron tordu vers l'ouest et me promis de prendre rendez-vous le jour même. Cela valait le coup de faire un essai. J'étais décidée à tenter ma chance sur tous les fronts. La veille, déjà, pour commencer, je m'étais inscrite sur un site de rencontres en ligne. Annie en avait retiré plus d'excitation que moi, car sa dernière première sortie avec un garçon remontait à l'âge de quatorze ans. Plusieurs de nos amis, y compris Karen, notre chef d'agence, avaient trouvé leur conjoint sur la toile, alors pourquoi pas moi ? Même si rencontrer quelqu'un « à l'ancienne » ne m'aurait pas déplu. Mes grands-parents maternels, par exemple, avaient fait connaissance au-dessus d'un cadavre, en passant leur diplôme pratique de thanatopraxie. Bon, d'accord, ce n'était pas tout à fait le modèle de situation romantique auquel j'aspirais, mais quand même...

Dans le temps, avant Mark, j'avais eu deux ou trois relations. N'allez pas vous imaginer que j'étais un thon : les hommes m'appréciaient, foi de muse homérique. J'étais assez attirante, si je puis m'exprimer ainsi. Des yeux bruns souriants, des cheveux brillants (et ils avaient intérêt à l'être, vu les sommes massives que j'investissais en produits capillaires), une adorable fossette au creux de la joue gauche. Je m'étais un peu arrondie au cours de l'année écoulée, en essayant de réparer mon pauvre cœur blessé à grands renforts de pâte crue. Mais j'entrais toujours dans la catégorie « bien roulée, aux courbes harmonieuses ». Mon Wonderbra et moi étions capables de produire de très jolis décolletés. Et les hommes se retournaient encore sur notre passage. J'étais adulée par les Rats de Rivière, un club de canoë-kayak local qui portait mon grand-père aux nues. Je rencontrais des clients qui, à l'occasion, étaient des individus mâles célibataires de mon âge ou approchant.

En dépit de l'exemple désastreux donné par mes parents, de la répugnance qu'inspirait à Hester la simple idée du mariage et des souffrances inhumaines qu'avait endurées mon grand-père dans son veuvage, j'étais restée incurablement optimiste. Pour moi, l'amour rendait l'être humain meilleur. Aimer donnait le sentiment d'être protégé, précieux, et d'avoir été *choisi*. Choisi... Quel mot magnifique ! En aimant, l'être humain se bonifiait, devenait plus noble, plus vaste, plus généreux.

J'ouvris grand les bras dans la posture du Gorille Généreux et tentai d'entrer dans la pleine acceptation de mon sort karmique, comme Leslie nous encourageait à le faire. *Mmm... Le nouveau véto, disions-nous.* Professionnellement actif, niveau d'éducation élevé, forcément intelligent. Un homme qui pouvait aisément soutenir la comparaison avec Mark. Sans l'ombre d'un doute, ce nouveau véto était également drôle, tendre et affectueux. J'étais prête à parier qu'il cuisinait divinement et qu'il avait des abdos comme Ryan Reynolds — qu'il avait tout comme Ryan Reynolds, en fait.

Euh... Me monterais-je un peu trop la tête ?

Je réussis à décrocher un rendez-vous chez le Dr McFarland en toute fin d'après-midi, après avoir expliqué à Carmella — qui était déjà l'assistante du Dr Kumar — que je souhaitais faire examiner Bowie, dont le comportement me paraissait inquiétant.

— Je vois, oui, répondit Carmella d'un ton assez sec.

— Je crois qu'il a dû manger un truc, précisai-je pour donner de la crédibilité à mon histoire.

Ce n'était qu'un demi-mensonge. Bowie ingurgitait

quotidiennement les objets les plus improbables : une chaussette, un bout de bois, un sac de haricots rouges congelés. Il lui était même arrivé de dévorer un pied de Noah. Un pied en caoutchouc, j'entends, attaché au bout d'une très vilaine prothèse.

Mais pendant que je me préparais à notre rendez-vous (j'étais rentrée pour récupérer mon chien, bien sûr, et j'en profitais pour me refaire une petite beauté), Bowie, le traître, affichait une forme olympique. Il avait le poil lustré, chantait et jappait avec allégresse, et cligna de ses beaux yeux pairs lorsque j'ajustai mon décolleté. Serait-il judicieux de changer de haut ? Oui. J'enfilai un petit truc vert clair à manches courtes et laissai les deux boutons du haut ouverts. Irais-je jusqu'à trois ? Non, trois feraient mauvais genre.

— Essaie au moins de te tenir tranquille, Bowie. Je ne te demande pas de mentir, mais ce n'est pas non plus le moment de nous faire des doubles saltos arrière.

Après avoir changé de boucles d'oreilles pour les assortir à mon chemisier, j'ajoutai un collier bleu et vert et finis par décocher un clin d'œil à mon reflet.

— A-do-ra-ble, me félicitai-je. Allez viens, Bowie.

En temps normal, j'aurais pris mon vélo. Bowie étant un husky, il était né pour tirer. Noah et moi avions fabriqué un superbe petit harnais que j'avais fixé sur ma bicyclette. Et mon chien ne demandait pas mieux que de me transporter jusqu'aux sommets de nos collines environnantes. Mais aujourd'hui, j'étais condamnée à prendre le volant de Lancelot, ma Prius verte. Difficile d'exiger de mon chien de me tirer sur cinq kilomètres alors qu'il était censé donner des signes de faiblesse alarmants. Songeant soudain que mon mensonge pourrait être de mauvais augure, j'élevai une rapide prière à saint François, protecteur de tous les animaux, ainsi qu'à Balto, le chien de traîneau légendaire, afin qu'il n'arrive rien de fâcheux à mon Bowie par ma faute.

Le temps était humide, avec un ciel d'un bleu pas

tout à fait convaincant. Les météorologues annonçaient des températures avoisinant les trente degrés, ce qui constituait le record estival absolu, par ici. Le Moustique — notre « oiseau » emblématique du Vermont — régnait en maître, et cela tombait finalement assez bien que je fasse le trajet en voiture.

Georgebury était une ville typique du Vermont. Enfin, typique de la partie « Royaume du Nord-Est » de l'Etat, plutôt, où les montagnes, trop basses et accidentées, ne se prêtaient pas à la pratique des sports d'hiver. Loin des stations de ski chic, Georgebury était un peu miteuse sur les bords et nous, ses résidents, l'aimions ainsi. Le centre-ville était concentré sur le flanc d'une colline et se résumait à quelques magasins, services publics et restaurants. Le tout logé dans de vieilles bâtisses en brique, construites à une époque plus soucieuse d'architecture qu'aujourd'hui. En témoignaient les voûtes des fenêtres, les décorations élaborées, les plafonds hauts et les beaux parquets anciens aux larges lattes. Green Mountain Media occupait un bâtiment en pan coupé situé à l'intersection en forme de V de Allen et River Street. Sa forme triangulaire rappelait le célèbre Flatiron Building, à New York.

Je passai sans ralentir devant l'agence et grimpai en direction de la partie plus résidentielle de la ville. Là se trouvaient les grandes maisons victoriennes construites par les propriétaires d'usines, aux temps de la prospérité industrielle. Je longeai le parc, le lycée, la mairie, le pensionnat privé, ainsi que la maison funéraire Misinski, peinte dans de jolis tons de vert, de jaune et de rouille. Le grand corbillard garé juste devant rappelait les fonctions du lieu.

Même si rien ne justifiait ce choix de trajet, je bifurquai sur Camden Street. Juste histoire de faire un peu de tourisme, me mentis je à moi-même en cherchant des yeux une éventuelle voiture de location qui aurait pu appartenir à Muriel. Je ralentis, presque à mon corps défendant. J'avais toujours adoré la maison de Mark. C'était une grande villa de style Craftsman avec un auvent en pierre et un énorme bouleau doré dans le jardin à l'arrière. Inutile de préciser que je m'étais projetée maintes fois en occupant des lieux. Onze mois plus tôt, j'avais passé quatre nuits ici, dans la maison de Mark. Dans le lit de Mark. Ma poitrine se serra à la vue du jardin où auraient dû jouer nos enfants. « Cela n'arrivera pas, me rappela la première Dame. Ce n'est pas toi qu'il a choisie. Passe ton chemin. »

— Oui, bon, ça va, marmonnai-je.

Michelle O. avait raison au moins sur un point : rien ne servait de s'attarder, la maison étant clairement déserte. Peut-être que Muriel logeait ailleurs ? Et que cette histoire de sortir-ensemble-sérieusement n'était pas si définitive que ça ?

Je poussai un soupir, accélérai et redescendis de la colline par l'autre versant. Le cabinet vétérinaire était situé à quelques kilomètres du centre-ville. Je me garai, attrapai la laisse de Bowie et défis sa ceinture de sécurité pour chien.

— Allez viens, mon Bowie. On va faire connaissance avec ton nouveau docteur.

J'eus du mal à garder l'équilibre lorsque mon chien bondit vers la porte. Il adorait le Dr Kumar, bien sûr, et chantait souvent avec lui alors que l'ancien vétérinaire lui faisait sa sérénade. Bowie me tira énergiquement jusqu'au comptoir.

— Salut, Carmella. Je viens consulter pour Bowie.

— Pour Bowie, vraiment ? demanda-t-elle en haussant un sourcil sagace.

— Il a dû manger une saleté, lui rappelai-je gravement.

Nouveau haussement de sourcils ironique.

— Tous les animaux de Georgebury se sont donné le mot, on dirait.

Du menton, Carmella désigna la salle d'attente. Je tournai docilement les yeux dans cette direction.

Aïe, aïe…

La pièce était… comble. Et pas seulement pleine, mais pleine de femmes. De femmes jeunes et… comment dire ? Un peu comme moi… Genre sur leur trente et un. Genre pimpante. Genre *célibataire*. Mince. Il y avait là Lily Butkes, qui avait dû finir par écouter sa mère. Sur ses genoux trônait un énorme chat persan qui me dévisagea d'un œil hautain. Amy Wilder, qui me précédait d'une année au lycée, serrait dans ses bras un chihuahua tremblant.

Amy m'accueillit avec un sourire entendu.

— Salut, Callie.

Ah, zut… Amy était grande, plutôt très attirante. Avec une silhouette de mannequin. De mannequin aggravé, même.

— Ah, tiens, Amy. C'est sympa de te revoir, lui lançai-je d'une voix allègre.

Se trouvaient également là deux jeunes femmes que je ne connaissais pas, l'une arborant un fox-terrier obèse et l'autre un python enroulé sous le bras. Plus au fond, était assise Jenna Sykes, une autre ex-camarade de classe, qui me sourit avec assurance. Un minuscule chiot endormi était blotti contre son épaule à la manière d'un enfant. *Ouille.* Voilà qui serait difficile à battre. Un chiot représentait un atout non négligeable dans une chasse à l'homme, a fortiori quand l'homme en question se trouvait être vétérinaire. Je me demandai s'il s'agissait d'un achat stratégique que venait de faire Jenna. L'idée n'était pas idiote, quand on songeait aux investissements consentis par nous autres, les femmes, pour essayer de décrocher un mâle : coupe de cheveux et couleur, maquillage et lotions hydratantes, des crèmes miracles pour diminuer d'un côté et pour augmenter de l'autre, de la lingerie fine, des vêtements flatteurs, des chaussures, des gels… Et tout ce que nous attendons d'eux, en échange, c'est qu'ils soient à peu près propres.

Carmella sortit le dossier médical de Bowie et le fixa sur un panneau.

— Tu peux aller t'asseoir, Callie.

— Merci, Carmella. Viens, Bowie.

Je poussai et tirai mon chien qui cherchait à renifler chaque centimètre carré du sol, sa queue recourbée balayant énergiquement l'espace, son épaisse fourrure de husky se détachant par paquets.

— Allez viens, Bowie. Sois gentil.

Il renifla le genou de la propriétaire du python, le trouva à son goût et tenta de plonger le museau dans son entrejambe.

— Bowie, non ! Arrête ! Veux-tu te tenir tranquille !

Je ramenai à moi l'Hercule libidineux qui me servait de chien.

— Désolée, vraiment. Bowie est affreusement sociable.

Elle fixa sur moi ses yeux froids de reptile et brossa ostensiblement les poils de Bowie sur son genou. Vous savez ce qu'on dit au sujet des gens qui ressembleraient à leurs animaux de compagnie, n'est-ce pas ? Vrai !

— Jenna, tu peux entrer en salle 3, lança Carmella. Amy, ce sera la 2 pour toi !

Jenna se leva, son chiot toujours endormi dans son cou, et me jeta un second sourire confiant. Amy se leva à son tour, avec un ondoiement de hanches qui aurait fait un assez bon effet sur un podium, et partit vers le fond du couloir. Un peu plus tard, on entendit une voix de basse lointaine, puis le rire haut perché d'Amy. *Mmm...*

Je restai assise à attendre, tandis que les minutes s'égrenaient lentement. *Mais non, ce n'est pas perdu d'avance, Callie, les hommes nous aiment,* me répétai-je pour me réconforter. La suivante fut la Femme au Python, et j'avoue que je la regardai s'éloigner avec soulagement. Ce serpent n'avait cessé de fixer Bowie d'un air féroce. *Je ne suis pas assez gros pour te manger,* semblait penser la créature. *Mais quand même...*

De l'endroit où j'étais assise, je ne pouvais même

pas voir le Dr McFarland. Et pas de petit café non plus pour tuer l'attente. A ma grande déception, le nouveau véto semblait avoir renoncé à maintenir la sympathique tradition du café et des gâteaux servis en salle d'attente. Bon, je ne faisais pas preuve d'une grande originalité en me présentant ici avec mon chien. Mais qui ne tente rien n'a rien.

Ah, tiens... Jenna sortait de la salle de consultation, l'air courroucé, avec son chiot à présent bien réveillé, qui se tortillait en couinant dans ses bras. Sourcils froncés, elle régla Carmella puis trouva mon regard.

— Autant aller voir Jones à Kettering, marmonna-t-elle. C'est un vrai con, ce type. A peine si on peut lui tirer un bonjour et un au revoir.

Tête haute, elle quitta le cabinet au pas de charge.

— Bye, Jenna.

Quelques minutes plus tard, ce fut au tour d'Amy de réapparaître, avec son chihuahua plus stressé que jamais. Amy tendit sa carte de crédit à Carmella, soupira bruyamment et se tourna vers moi.

— Je te souhaite bien du plaisir. Si tu es là pour la raison que je pense, du moins.

— Euh... merci, murmurai-je sombrement.

Enfin, mon tour arriva. J'essuyai une touffe de poils de Bowie de ma jupe (j'avais rusé et choisi le blanc comme tenue de camouflage), m'armai de courage et m'engageai dans le couloir.

— Ah, tiens, Callie !

C'était Earl, mon grand ami l'assistant vétérinaire.

— Hé, Earl !

Je lui jetai les bras autour du cou.

— Ne me dis pas que ton Bowie est malade ?

— Oh ! juste un petit peu, admis-je en rougissant.

— Ah, je vois, dit-il avec un petit clin d'œil entendu.

Dommage qu'Earl ait dépassé la soixantaine. J'avais toujours eu un faible pour cet homme-là. J'entrai dans la salle de consultation portant le numéro 4 et m'assis sur un petit banc de bois. Du temps de M. Kumar, il y avait eu des dessins humoristiques collés un peu partout, avec des chiens jouant au poker ou aux dominos. Tous ces posters avaient disparu et les murs étaient repeints dans une nuance taupe que je trouvais plutôt sympa. Pour le reste, la pièce était aussi neutre que possible : table d'examen en métal, petit réfrigérateur pour les vaccins, une balance et un poster sur les maladies causées par les tiques. Ce décor me plongea très vite dans une agréable somnolence. Et Bowie semblait partager mon état. Il bâilla et se coucha à mes pieds.

Ce lieu ramenait en moi beaucoup de souvenirs heureux et quelques autres, un peu moins gais. Enfants, il nous était interdit d'avoir des animaux. Lorsque j'avais neuf ans, ma mère avait bien essayé d'adopter un chat, mais il s'était glissé un jour dans un cercueil inoccupé et en était ressorti d'un bond en pleine veillée funéraire, suscitant un sentiment d'horreur dans la famille du défunt. Si bien que maman avait envoyé Domino finir ses jours dans une ferme.

Mais j'avais toujours adoré les bêtes et, pour mes quatorze ans, M. Kumar me laissa venir pour que je nettoie les cages. Plus tard, il m'avait autorisée aussi à laver les chiens. Lorsqu'un animal de compagnie mourait, M. Kumar me demandait d'écrire à la main le poème du *Pont de l'Arc-en-Ciel* pour qu'il puisse le poster au propriétaire endeuillé. A la seule pensée de ce poème, ma gorge se nouait déjà.

Le *Pont de l'Arc-en-ciel* disait que lorsque votre animal chéri mourait, il arrivait dans un endroit merveilleux, avec du soleil, de grandes prairies fleuries et plein d'amis chiens ou chats. Il retrouvait la jeunesse et la santé, et il était très heureux. Tout près, se trouvait un beau pont en forme d'arc-en-ciel, mais votre chien ne le traversait jamais. Il se contentait de jouer et de manger des steaks. Mais un jour... un jour, votre animal domestique dresse l'oreille. Il entend quelque chose à distance et commence à trembler. Se peut-il que ce soit… ? Il se met à courir, à courir… vers vous ! Oui, c'est vous, vous venez de mourir et vous arrivez au ciel. Et, durant tout ce temps, votre animal de compagnie vous a attendu. Il se précipite vers vous, vous lèche le visage, agite la queue. Et vous l'embrassez et le serrez contre vous. Vous êtes tellement heureux de retrouver un vieil ami ! Et finalement, vous traversez le pont de l'Arc-en-Ciel côte à côte pour atteindre le paradis, le vrai, et vous avez l'éternité ensemble devant vous.

Bon, j'étais en train de sangloter, apparemment.

— Je t'aime, Bowie, gémis-je en me penchant pour caresser mon chien.

Bowie n'avait que trois ans, et donc, avec un peu de chance, j'avais encore de longues années devant moi avant de me préparer en vue des ponts arc-en-ciel. Bowie me lécha joyeusement les joues et entonna sa mélopée canine.

— Je t'aime, mon chien, répétai-je, en larmes.

La porte s'ouvrit et je me hâtai de souffler sur le duvet blanc qui me restait collé aux lèvres. En m'essuyant les joues, je levai les yeux.

— Bonjour, docteur.

Oh ! non ! Grosse cata. C'était le type du DMV. Celui qui m'avait conseillé vertement de me ressaisir. Il examinait le dossier de Bowie et ne me vit pas dans un premier temps.

— Ian McFarland, dit-il distraitement.

Puis il se figea en me reconnaissant.

— Ah…

— Enchantée, murmurai-je, les joues en feu.

Il fronça les sourcils.

— Mais que vous arrive-t-il ?

— Rien. Tout va bien… Enfin, je pleurais un peu, mais c'était juste à cause du poème du *Pont de l'Arc-en-Ciel*, que vous connaissez naturellement aussi bien que moi. Je venais de m'en souvenir et ça m'a rendue un peu… sentimentale. Vous savez ce que c'est.

Je fouillai frénétiquement dans mon sac pour essayer de trouver un mouchoir. Je n'en avais pas emporté, apparemment.

— Tenez.

Le visage fermé, Ian McFarland me tendit pour la seconde fois un mouchoir immaculé.

— Merci, dis-je en me levant.

Il fit aussitôt un pas en arrière, comme si ma *diarrhée émotionnelle* présentait des risques aigus de contagion. Il n'était pas très beau, en plus. Ou du moins… On pouvait éventuellement lui concéder un certain charme cruel, du style gangster russe, avec pommettes acérées, cheveux blonds trop courts et yeux bleus sibériens. L'impression générale qui se dégageait de lui était… désapprobatrice.

Autant dire que je jouais de malchance. Cet individu n'avait rien d'un véto au grand cœur, susceptible de pleurer avec moi sur le *Pont de l'Arc-en-ciel* ou de m'inviter à dîner. Il ressemblait plus à un type capable de me tuer rien qu'avec son petit doigt.

— Bonjour, répétai-je, consciente que c'était sans doute à moi de m'exprimer. Je suis Callie. Callie Grey.

Au son de ma voix, Bowie gémit et frappa le sol de sa queue pour montrer qu'il m'approuvait de grand cœur. Ian McFarland consulta sa fiche.

— Alors, que lui arrive-t-il, à votre chien ?

Anticipant un petit massage du ventre, Bowie roula sur le dos et s'offrit. Surprise, il était… vous voyez ce que je veux dire. Excité. Intéressé. Emoustillé.

Arrachant mon regard de cet étalage de virilité canine, je déglutis.

— Eh bien, Bowie a mangé je ne sais quoi ce matin. Ce qui lui arrive assez souvent, il faut le dire. Bowie, lève-toi.

Mon chien était castré, bien sûr. Mais même s'il ne pouvait être papa, il n'en avait pas moins des élans sexuels. Et Ian MacFarland semblait être son type d'homme. Bowie ne m'obéit pas et resta couché, à s'exhiber fièrement.

— Qu'a-t-il mangé, votre chien ? Vous le savez ?

— Euh... le journal, je pense ? Mais ce ne serait pas la première fois. J'imagine que ça va aller.

— Vous devriez être attentive à ne pas laisser traîner vos journaux n'importe où.

Ian McFarland nota quelque chose sur le dossier. *Propriétaire de chien irresponsable,* j'imagine. Puis il leva son regard vers moi. Eh oui : désapprobateur.

— Comment se comporte-t-il ?

Comme une bête en rut ?

— Euh, j'ai trouvé qu'il était un peu... déprimé. Pas tout à fait lui-même. Alors...

Je souris faiblement pendant que Bowie agitait la queue en entonnant son fameux solo canin.

Le véto le regarda faire un instant, puis me considéra d'un air lourdement cynique. Je déglutis.

— J'ai pensé que ce serait une bonne mesure de précaution de le faire examiner, au cas où. Il m'a paru... pas tout à fait dans son assiette.

Bowie jugea le moment opportun pour bondir sur ses pattes avec vivacité et me regarder, la tête inclinée, en poussant un petit jappement, comme pour m'encourager à poursuivre mon histoire. *Et alors ? Et alors ? Que s'est-il passé ensuite ?*

— Pas tout à fait dans son assiette, donc ? répéta patiemment McFarland.

— Oui, éteint. Voilà ! Je l'ai trouvé éteint.

Comme je gardais les yeux rivés au sol, il soupira, posa le dossier sur le comptoir et croisa les bras sur la poitrine.

— Mademoiselle Grey...

— Oui ?

Il laissa passer un petit temps de silence pendant lequel j'eus droit au plein impact de son regard arctique.

— Je vais vous confier quelque chose. Vous êtes la huitième jeune femme, cette semaine, qui arrive avec une vague plainte au sujet d'un animal de compagnie qui aurait « mangé une cochonnerie ». Sept de ces jeunes personnes étaient célibataires. Et d'après mes souvenirs de notre rencontre au service de délivrance des permis, vous êtes seule, vous aussi.

— Ouah… Il y en a qui ont un ego solide, par ici, marmonnai-je en tirant sur la laisse de Bowie, qui manœuvrait en direction de la jambe de M. McFarland.

— Deux des chiens étaient censés avoir avalé un torchon. Lorsque j'ai expliqué à leur propriétaire que ce type d'ingestion pouvait avoir des répercussions graves sur le système digestif de leur animal, elles ont assez brutalement modifié leur version initiale du récit. Un perroquet pourrait — mais ce n'est pas certain — avoir ingurgité un jouet en plastique. Un chat aurait mangé une bague. Lorsque j'ai voulu faire une radio, la propriétaire a soudain retrouvé l'anneau dans sa poche. Et *quatre* chiens, mademoiselle Grey, auraient boulotté un journal et semblent… ne pas être tout à fait dans leur assiette.

— Ah tiens, c'est drôle, une coïncidence pareille ! commentai-je avec mon plus charmant sourire.

Il haussa un sourcil. Ecrasant à souhait, le vétérinaire. Jenna avait raison. C'était peut-être bien un con, ce type.

— Vous savez quoi, docteur McFarland ? bredouillai-je. Vous avez un tout petit peu raison… Je vais vous expliquer ce qu'il en est vraiment, dans mon cas.

Je marquai une pause. Il attendit. J'attendais aussi. Qu'une inspiration heureuse se présente.

— Bowie a effectivement mangé le journal ce matin. J'avais l'intention de venir vous rendre une petite visite, de toute façon, et comme mon chien paraissait un peu *mélancolique*, je me suis dit : autant combiner… Il se trouve que je travaillais, à l'occasion, pour le Dr Kumar… Vous étiez au courant ?

Le Dr Mc-Coincé secoua la tête avec une visible indifférence.

— Je lavais les chiens, faisais un peu de nettoyage, me rendais utile de toutes sortes de façons.

McFarland soupira et regarda sa montre.

— Toujours est-il que je suis à présent dans la publicité et les relations publiques. Et je… euh… sais à quel point le Dr Kumar était apprécié, ici. C'était la crème des hommes, et j'imagine que ce n'est pas simple pour vous de prendre sa suite. Alors, je me suis dit que vous auriez peut-être besoin d'un petit coup de pouce pour vous faire connaître. Que les gens sachent que vous êtes aussi attentionné et amical que notre docteur K. Je vois bien que votre clientèle de femmes célibataires vous crée un petit pic de fréquentation en ce moment. Mais la vague risque de retomber assez vite.

Il fronçait les sourcils. Enfin… Un peu plus qu'avant, disons. Je poursuivis sur ma lancée :

— Vous l'ignorez peut-être, mais nous avons un autre cabinet vétérinaire à Kettering, qui n'est qu'à un quart d'heure d'ici. Pour les gens qui vivent à l'ouest de la grande rue, c'est à peine plus loin que d'aller chez vous. J'ai donc pensé que vous pourriez avoir besoin de quelqu'un pour vous faire un peu de relations publiques. Et je suis venue faire un saut pour vous proposer mes services.

Pas mal, mon petit baratin improvisé. J'en restai comme deux ronds de flan, comme dirait mon cher grand-père. *Tu ne t'en es pas trop mal sortie,* reconnut Michelle O. *Même si je suis contre le mensonge, bien sûr.*

— Pourquoi ? ajoutai-je innocemment. Vous pensiez que j'étais venue vous faire un numéro de charme ?

Le Dr McFarland resta de marbre.

— Désolé, mais je n'ai pas l'intention de faire de la pub.

— Il s'agirait plutôt de relations publiques, dans votre cas, précisai-je aimablement.

Bowie m'encouragea d'un balayage de queue suivi d'un jappement bref.

— Non merci. Voulez-vous que j'examine votre chien, alors, oui ou non ?

— Oui, bien sûr. Tant que nous sommes là.

Il ne leva pas les yeux au ciel, mais je sentis qu'il n'en était pas loin. Il s'agenouilla près de Bowie, qui tenta aussitôt de le monter pour un petit exercice sexuel à sec.

— Stop, ordonna le Dr McFarland.

A ma grande surprise, Bowie obéit et lui lécha le visage, obtenant un rapide sourire en retour. Un sourire. Une sensation chaude et inattendue se déclencha au creux de mon ventre. Dr McFarland... *Ian*. Beau prénom. Ian McFarland. Oui, ce nom m'allait bien. Ian tira un stéthoscope de sa poche et le posa contre le flanc de Bowie, maintenant gentiment la tête de mon chien pour qu'il ne recommence pas à le lécher.

— Ainsi, les femmes de Georgebury sont venues faire le siège de votre cabinet ! m'exclamai-je, pour bien montrer que je ne faisais pas partie des Hordes Déchaînées des Sans-Hommes du Vermont. On ne peut pas vraiment leur en vouloir. Ce n'est pas facile de rencontrer du monde, par ici. C'est quand même drôle, sept personnes avec...

— Mademoiselle Grey ?

Il leva ses yeux bleus vers moi et, soudain, me submergea cette même sensation chaude, liquide. Fondante. Ses yeux, il fallait le reconnaître, étaient magnifiques, et il y avait une telle profondeur dans son regard... Comme si... comme si, peut-être, il éprouvait quelque chose ? Quelque chose pour moi ?

— Vous pouvez m'appeler Callie, suggérai-je d'une voix soudain voilée. C'est le diminutif de Calliope. La muse d'Homère.

— Callie, alors.

Ton nom. Il a prononcé ton nom. Les cils de Betty Boop clignèrent.

— Oui ? soupirai-je.

— Je ne peux pas entendre le péristaltisme intestinal de votre chien si vous parlez en même temps.

— Oui, bien sûr... Le... péristaltisme, en effet. Faites ce que vous avez à faire. C'est vous le véto. Examinez ce qu'il y a à examiner... Bon chien, Bowie... Bon chien...

Je fermai les yeux, fermai ma bouche, me tins coite. Et crus entendre le soupir découragé de la première Dame.

Après auscultation soigneuse, le vétérinaire rendit son diagnostic.

— Tout va bien.

Il se leva et griffonna quelques mots sur le dossier.

— Tâchez de placer les journaux hors de sa portée. Vous pourrez régler auprès de Carmella en sortant.

Je me sentis rougir stupidement.

— Entendu. Ravie d'avoir fait votre connaissance.

— De même.

Je le suivis hors de la salle de consultation. Bowie poussa un jappement enthousiaste, puis bondit, me plaquant avec force contre le dos de McFarland. Le vétérinaire se retourna, sourcils froncés.

— Oups ! Je suis désolée, vraiment...

Je tirai de toutes mes forces sur la laisse pour éloigner Bowie de son nouvel objet de convoitise : un magnifique setter irlandais. Lorsqu'elle nous vit, la chienne s'assit et agita amicalement sa queue en plumeau.

— Oh ! Elle est superbe, cette chienne. Elle est à vous ?

— Oui.

Il fixa mon chien gémissant d'un œil dissuasif, comme le père d'une gracieuse adolescente regarderait le jeunot boutonneux susceptible de briguer sa fille.

— Bowie, stop !

Je donnai un coup sec à la laisse. Mon chien montrait de nouveau de nets signes d'excitation.

— Comment s'appelle-t-elle ?

— Angie.

— *Aaaanngie* !

J'avais toujours adoré cette vieille chanson des Rolling Stones que j'entonnai aussitôt, avec force trémolos, bruyamment accompagnée par la basse canine de Bowie. Angie marqua son appréciation par des mouvements de queue enthousiastes. Son maître, lui, garda le silence.

— Son nom ne vient pas de la chanson ?

— Non. Elle s'appelle Four D Mayo's Angel, expliqua-t-il d'un ton qu'il croyait sans doute patient. J'ai préféré ce diminutif.

— C'est un chien de race, donc ?

— Oui, voilà.

Au lieu de tenir ma langue, je m'enfonçai un peu plus encore.

— Bowie est un bâtard.

— J'ai vu ça, oui.

— Oui, naturellement... Vous êtes vétérinaire.

Callie, essaie de limiter les dégâts et ferme-la, s'énerva Michelle.

— Angie, va te coucher, ma fille, ordonna le bon docteur.

Sa chienne me salua d'une dernière oscillation de la queue puis s'exécuta docilement. Bowie émit un jappement mélancolique en voyant sa belle s'éloigner.

— Bon, eh bien, à un de ces...

Mais le Dr McFarland s'engouffrait déjà dans la salle d'examen suivante pour se charger du fox-terrier obèse et de sa propriétaire. Je tournai les yeux vers mon chien, qui me rendit un regard confiant et attendit mon verdict.

— Bon. Ça aurait pu mieux se passer, admis-je tout bas.

A l'accueil, Carmella prit pitié de moi.

— Divorce mal surmonté, je crois, chuchota-t-elle.

— Ah, d'accord... Dommage.

Mon expédition à Humiliation-city me coûta soixante-quinze dollars. Michelle en conclut que j'avais reçu une bonne leçon et que cela m'apprendrait à ne plus gaspiller le temps d'autrui. Betty regretta la paire de chaussures qu'elle aurait pu dégoter en solde pour la même somme.

Sur le parking, je retrouvai la fille au python qui installait son animal de compagnie sur le siège passager. Et je ne pus m'empêcher de me questionner sur les occupations de la charmante bête pendant que sa maîtresse tenait le volant.

— Une perte sèche de temps et d'argent, conclut

sobrement Dame Python, alors que j'ouvrais la portière pour Bowie.

Avec un soupir solidaire, je souscrivis à ce constat.

De retour à la maison, je barrai d'une croix « *nouveau véto* » sur ma liste et consultai mes mails. Hier, alors qu'Annie était censée préparer la nouvelle année scolaire, elle avait présélectionné plusieurs candidats, ravie de son incursion dans l'univers de la rencontre en ligne. *Il a l'air absolument génial, ce type!* avait-elle écrit en joignant un lien. Doug336. Que signifiaient ces chiffres, au juste ? Que 336 Doug en ligne recherchaient l'amour sur leur écran ? Cela faisait beaucoup de Doug en ce bas monde. Je soupirai et contemplai la photo encadrée que j'aurais dû jeter à la corbeille.

Elle avait été prise l'année précédente, au cours du pique-nique annuel de l'entreprise, deux mois avant l'épisode fatal à Santa Fé. Mark avait organisé des activités de « construction d'équipe », incluant des séances de paint-ball et autres exercices physiques. Et même si nous avions tous râlé, alléguant que nous aurions préféré une croisière cocktail, je m'étais éclatée. Surtout lorsqu'il avait fallu s'affronter par équipes de deux, dans le lac. Et qui, à votre avis, avait été l'équipière choisie par le patron ? Moi-même qui vous parle. Pete nous avait photographiés ensemble, trempés et triomphants, alors que j'étais juchée à califourchon sur le dos de Mark, les bras amoureusement passés autour de son cou. Ce fut une journée de pur bonheur. Un bonheur que Mark, m'avait-il semblé, partageait aussi.

Fiche-moi cette photo à la poubelle, conseilla Michelle.

Je n'en fis rien. Mais j'en détachai quand même stoïquement les yeux pour cliquer sur le lien.

— O.K., Doug336. Prenons rendez-vous.

5

Je connaissais Mark pratiquement depuis que j'étais née. Et, comme la plupart des enfants autour de moi, je l'admirais de loin. J'avais beau être mignonne et plutôt chouette, *il* avait quand même deux ans de plus que moi. *Il* était le fils du maire et *il* vivait dans les hauteurs chic de Georgebury. Mark n'avait pas grandi dans un funérarium comme moi, mais dans une vraie maison où il disposait d'un étage entier pour lui seul. Il était enfant unique, il était grand, il était athlétique, il était beau. De mon point de vue d'adolescente, Mark Rousseau avait été à peu près aussi inaccessible que Leonardo DiCaprio. On pouvait les regarder de loin l'un et l'autre, broder d'interminables rêveries à leur sujet. Mais leur adresser la parole ? Même pas la peine d'y penser.

Vint alors la fête d'anniversaire des quatorze ans de Gwen Hardy. Une vraie boum, avec salle de jeux et placard à balais. Le décor initiatique classique. Même si plusieurs de mes camarades de classe avaient déjà acquis une riche expérience en matière de roulage de pelles, pelotage, passage de pognes et autres étapes de la sexualité adolescente, je n'avais, pour ma part, même pas atteint le stade du main-dans-la-main-avec-un-garçon. Jack Fiore m'avait demandé de sortir avec lui lorsque j'étais en cinquième. Mais je lui avais dit que mes parents étaient beaucoup trop stricts. Non pas que ma famille ait été le moins du monde attentive à mes faits et gestes, mais cela m'avait paru plus simple que de pénétrer dans les eaux troubles des amours adolescentes.

Anthony Gates me déclara sa flamme quand j'étais en quatrième. Et de nouveau je brandis la carte parents, tout en me répandant en plates excuses. Je lui assurais que je le trouvais vraiment très bien, mais que mon père… hou là ! Merci mille fois, en tout cas (tôt dans la vie déjà, comme vous le voyez, je maîtrisais l'art du rejet amical).

La vérité étant que je croyais à l'Amour. Après le départ de mon père, j'avais décidé que la vie serait heureuse, envers et contre tout. J'aidais ma mère à s'occuper de mon petit frère et je me montrais gaie le matin pour compenser l'humeur d'Hester. Je sortais toujours discrètement à l'heure dite, lorsque mon père venait nous chercher pour ses jours de garde, et faisais mine d'adorer le bowling parce qu'il aimait cette activité. Je faisais du thé à ma mère lorsqu'elle revenait du travail. Rangeais régulièrement ma chambre. Souriais lorsque j'avais envie de pleurer. Et si les larmes venaient quand même, je m'arrangeais pour que ça se passe en silence, dans un placard.

Mais l'amour serait ma récompense. J'y aspirais de toute mon âme et j'étais déterminée à l'obtenir. Et pas avec un garçon ordinaire, s'il vous plaît. Lorsque l'amour viendrait, il balaierait tout sur son passage ; il arriverait comme une évidence, comme un éblouissement — une certitude irréfragable. Il s'avancerait vers moi avec un grand A. Ce serait le même genre d'amour qui avait poussé Johnny Depp à se balancer suspendu à une corde devant les fenêtres de l'hôpital psychiatrique dans le film *Benny and Joon*. Ou qui avait amené John Cusack à brandir un gros lecteur de musique sous la pluie battante afin de laisser les paroles d'une chanson de Peter Gabriel parler d'amour pour lui. Mes parents, à l'évidence, avaient échoué misérablement dans ce domaine, mais je ne reproduirais pas leurs erreurs (quelles qu'elles aient pu être). Hester était amère et cynique car elle avait déjà seize ans lorsque papa était parti et qu'elle avait analysé et décrypté l'échec parental. En tant qu'enfant du divorce, ma sœur avait pris le parti exactement inverse du mien : elle s'était juré qu'aucun homme, jamais, n'aurait de prise sur son cœur. Même pas une mini-prise. Rien. Elle poussait des soupirs excédés lorsque je pleurais devant une comédie romantique et me conseillait d'arrêter de me conduire comme une nouille. Mais je restais incurablement optimiste et sentimentale.

Bon. Revenons au sous-sol chez Gwen. Ses parents étaient à l'étage au-dessus et regardaient une série comique à la télé pendant que nous, les jeunes, nous livrions à un jeu passionnant, « Action ou Vérité ». Chaque fois qu'il y avait un gage, il consistait à s'enfermer dans le débarras avec un partenaire du sexe opposé et à s'embrasser. Avant la fête, Annie et moi avions passé un bon millier d'heures à discuter du choix idéal de notre partenaire de placard à balais. Annie avait tranché pour Jack Doyle, qui était très mignon et qu'elle avait fini par épouser. Quant à moi... je n'avais pas vraiment de préférence marquée. Jusqu'au soir de la boum.

Gwen, qui vivait dans le voisinage des Rousseau, avait eu l'audace de proposer à Mark de venir. Et Mark — pour quelque raison miraculeuse restée à jamais inexplorée — avait accepté de faire un saut. Ce fut un moment de triomphe pour Gwen. Mark avait seize ans et conduisait une voiture ! Il faisait du foot *et* jouait à la crosse ! Il se rasait, même ! Et Mark, comme nous le savions toutes, sortait avec Julie Revere. Or, la petite sœur de Julie prenait le bus avec le cousin de Corinne Breck. Laquelle Corinne, qui était dans notre classe, disait que son cousin disait que la sœur de Julie disait que Julie disait qu'elle était prête à *aller jusqu'au bout* avec Mark.

La présence de Mark nous avait toutes électrisées. Aucune des filles n'avait touché aux cubes de fromage apéritif de peur d'avoir des trucs collants dans ses bagues d'orthodontie. Et nous ne buvions pas de jus de fruits mais du Coca light, comme les grandes. J'étais ravie d'avoir mis ma jupe courte en jean avec un pull en angora rose. Et Mark avait jeté un coup d'œil sur mes seins en entrant (merci à toi, ô, mon soutien-gorge rembourré !). Il m'avait fait rougir violemment, même si j'avais fait mine de ne rien remarquer.

Lorsque le tour de Mark était arrivé, je n'avais même pas entendu la question à laquelle il était censé répondre. Je ne percevais plus que le rugissement du sang à mes oreilles. Et mon visage était en feu. J'adoptai une pause décontractée et, quand les yeux sombres de Mark s'immobilisèrent sur moi, je lui adressai un petit sourire, même si mon cœur cognait à me rendre malade. Il se leva, traversa le cercle et tendit la main vers moi.

— Allez, jeune fille. Il est temps de venir t'encanailler avec moi, dit-il avec le sourire en coin qui devait me torturer pendant la décennie et demie suivante.

Gwen, ainsi que mes amies Carla et Jenna, tombèrent dans un silence stupéfait, les traits déformés par la jalousie — l'idée qu'il m'ait choisie étant aussi amère à leurs yeux qu'elle était miraculeuse pour moi. Annie évita de me regarder, ce dont je lui fus reconnaissante, car si elle l'avait fait, j'aurais pouffé. Mais je voyais à son expression qu'elle était aussi contente que moi. Ou presque.

Je me levai, lissai ma jupe, pris la main de Mark et le suivis dans le débarras. Le moment était tellement irréel que je flottais presque. Mark Rousseau me tirait par la main ! Et m'entraînait avec lui pour m'embrasser ! Même en rêve, je n'aurais jamais osé fantasmer jusque-là.

Le débarras était plein, avec une évacuation d'air conditionné qui passait au milieu, et nous dûmes nous serrer l'un contre l'autre. Mark sentait bon, un mélange de savon et de sueur, et j'entendais le son grave de sa respiration. Il prit mon autre main. Mes paumes étaient moites alors que les siennes étaient chaudes et sèches.

Ma température corporelle s'envola, franchissant la barre des fièvres tropicales.

— Tu es mignonne, Callie, chuchota-t-il.

C'était la première fois qu'il prononçait mon prénom. Mon exaltation était telle que je crus que j'allais vomir.

— Merci, murmurai-je en retour, en ravalant un peu de bile.

Mon cœur battait si fort et si vite qu'il me paraissait impossible qu'il ne puisse l'entendre.

— Tu as déjà embrassé un garçon ?

Bien que l'obscurité fût complète, je perçus le sourire dans sa voix. Je me mordis la lèvre.

— Euh… non. Pas vraiment, quoi.

— Tu es d'accord si je t'embrasse maintenant ?

— Oui, réussis-je à balbutier.

Ce fut un baiser doux et patient. Chaste et merveilleux. Quelque chose se dénoua dans mon ventre lorsque ses lèvres, chaudes et assurées, se murent contre les miennes. Et soudain, pour ma plus grande honte, un gémissement m'échappa. *Ce genre* de gémissement. Mark rit doucement et se rejeta en arrière.

— Alors ? Ça te va ? demanda-t-il.

— Mmm…, répondis-je, trop horrifiée pour prononcer un mot.

Il m'embrassa alors une seconde fois. Mais pas du tout avec la même patience. Le premier baiser avait été magique et planant. Le second était… brûlant, adulte, plus profond et, oh, mon Dieu, *excitant*. Mes genoux faiblirent. Mon ventre fourmillait. Les mains de Mark glissèrent jusque sur mes fesses et il m'attira contre lui. *Oh !*

Puis tout s'arrêta net.

— Bon. Voilà qui est fait, trancha-t-il avec le ton nonchalant propre aux mecs vraiment cool.

Il s'écarta et ouvrit la porte du placard. La lumière aveuglante et les gloussements de mes camarades agirent comme la sonnerie exaspérante du réveil lorsqu'il vous arrache d'un rêve fabuleux.

Mon premier baiser ! Reçu de Mark Rousseau en personne ! Un baiser parfait et sans fausses notes ! Et le second... *oh, la vache* ! Je regagnai en flottant ma place dans le cercle, à côté d'Annie. Elle me posa une question et je murmurai quelques syllabes indistinctes. Mais je n'entendais rien, ne voyais rien, ne remarquais même pas les regards curieux ou envieux de mes amies. Mon cœur cognait, cognait, cognait et cognait de plus belle. *Mark Rousseau m'a embrassée. Mark Rousseau m'a embrassée.*

Naturellement, je tombai raide dingue amoureuse de lui. Et m'arrangeais pour me trouver sur son chemin chaque fois que l'occasion se présentait. Pendant les matchs de football, je me précipitais vers la buvette lorsque je pensais qu'il risquait d'y être afin que nous tombions *par hasard* l'un sur l'autre. Il disait toujours « Salut », et parfois même « Salut, Callie ». De temps en temps, je passais devant chez lui en vélo (bon, d'accord, jusqu'à quatre ou cinq fois par semaine). J'allais même jusqu'à m'inscrire au club de course à pied car ils s'échauffaient à côté de l'équipe de crosse.

Mark ne rompit pas avec Julie Revere. Ne fit pas hurler Peter Gabriel sous mes fenêtres. Ne se balança pas à une corde pour m'entrevoir derrière le carreau.

Mais il disait bonjour. Ce qui était déjà énorme, venant d'un mec de terminale. L'année suivante, il partit à l'université. Mais je me gardais bien d'avoir le moindre petit ami. Juste au cas où il se souviendrait soudain de mon existence, je préférais être immédiatement disponible. Rien de tel n'arriva. Lorsque Mark s'installa à Chicago, je finis par laisser entrer un garçon ou deux dans ma vie. A mon tour, je quittai Georgebury pour l'université. Et j'eus une vraie histoire avec un de mes condisciples. Je me crus même un temps amoureuse, même si le A majuscule n'était pas au rendez-vous.

Une fois mon diplôme en poche, je vécus quelques années de joyeuse pauvreté à Boston. Mais la vie citadine n'était pas faite pour moi. J'aimais pourtant mon job dans une grosse agence de relations publiques, même si mon salaire était plus que médiocre. J'avais des amis super, des amants occasionnels, mais le Vermont me manquait. Et ma famille aussi — surtout Bronte et Josephine. Je décidai donc qu'il était temps de rentrer au bercail. De m'installer. Et de m'acheminer tranquillement vers mon amour avec un grand A.

Je retrouvais l'air pur du Vermont, ses torrents fougueux, le funérarium et la lumière douce des étés de chez nous. Mon père et ma mère parurent l'un et l'autre réjouis de me revoir. Freddie, dont le QI frisait le génie, s'ennuyait à mourir à l'école et fut heureux d'avoir une victime de plus à torturer à la maison. Je « baby-sittais » mes nièces, rédigeais des comptes rendus des réunions du conseil municipal pour le journal local, passais de longues soirées amicales avec Annie et Jack et, pour le reste, gagnais ma vie comme serveuse. Je me disais qu'une opportunité professionnelle finirait bien par se présenter.

Et elle se présenta. Mark revint de Chicago, où il avait fait un début de carrière prometteur, et ouvrit Green Mountain Media. C'était comme si le destin faisait entendre sa voix, non ? Car, bien sûr, j'avais posé ma candidature. Mais *trois cents* autres personnes avec moi. Des emplois comme celui-là étaient rarissimes dans le secteur. Et tout Georgebury était en émoi. Je portais mon ensemble jupe et pull favori, acheté sur Beacon Street à Boston, m'efforçant d'avoir une allure créative, originale et professionnelle à la fois. Je passai encore plus de temps à me coiffer que d'habitude et préparai mon entretien en m'entraînant devant le miroir.

Lorsque j'entrai dans le bureau de Mark, l'ancienne attirance me retomba dessus d'un bloc. Mon premier amour avait encore gagné en séduction, en virilité, en carrure. Et il se montra ouvert, charmant et accessible. Mark me questionna au sujet de mes études, de Boston, de mon ancien emploi. L'essentiel de mon travail là-bas ayant consisté à maquiller des termes peu ragoûtants comme « aspect graisseux des matières fécales » sur des notices de médicaments. Je l'admis en toute franchise, ce qui me valut un bel éclat de rire de Mark. Il me confia qu'il adorait Back Bay, qu'il essayait d'assister à au moins un match des Sox par an et s'étendit sur la coïncidence que constituait notre retour commun à Georgebury. De mon côté, je veillai à lui poser des questions sur son agence, à mentionner ma créativité et mon excellente éthique professionnelle, et abondai dans son sens au sujet des Sox.

Il consulta de nouveau mon CV.

— Je dois te dire, Callie, que tu figures parmi les candidats les plus qualifiés que j'ai vus jusqu'à présent. Tu as un parcours très intéressant.

J'en avais les orteils qui se retournaient de bonheur dans mes escarpins flambant neufs.

— Merci.

— Je ne peux pas encore m'engager car j'ai encore quelques autres postulants à voir, mais je pense que je te recontacterai. Tu auras de mes nouvelles vendredi au plus tard.

— Très bien. Mais prends ton temps. C'est une décision importante. Il s'agit de bien équilibrer ton équipe.

Il avait hoché la tête, l'air satisfait.

— Tu as raison. Merci d'être venue.

— Tout le plaisir était pour moi.

Je me dirigeai vers la porte, excitée par l'entretien et toute vibrante de la présence physique de Mark, lorsqu'il me rappela.

— Callie ?

Je me retournai.

— Oui ?

— Dis-moi : on ne se serait pas embrassés dans un placard, toi et moi, dans le temps ?

Mon visage s'embrasa.

— Euh... Tu sais... Je ne...

Il haussa un sourcil et sourit. Lentement.

— Callie, Callie... Tu n'as pas oublié ton premier baiser, quand même ?

Je fis mine de grimacer.

— O.K., je me rends. Oui, nous nous sommes embrassés dans un placard. Je n'étais pas certaine que ce soit un sujet à aborder au cours d'un entretien d'embauche.

Il se mit à rire.

— Je ne vois pas en quoi cela aurait pu te desservir. Au contraire.

Le sourire qu'il m'adressa alors m'alla droit à l'entrejambe. Je me raccrochai à la poignée de la porte en élevant une muette prière : *Faites que j'aie l'air moins ravagée par ma libido que je ne me sens l'être.*

— Je crois me souvenir que ce fut plutôt... agréable, ajouta-t-il.

Mon cœur cognait anarchiquement dans ma poitrine.

— Je crois m'en souvenir également. Bon, ç'a été sympa de te revoir, Mark.

— Je t'appelle bientôt.

Ce ne fut pas une vaine promesse. Il appela et j'obtins le poste. Mais même si je me répétais que je n'avais plus quatorze ans, qu'il serait stupide de gâcher une magnifique opportunité professionnelle et que les histoires de cœur n'avaient pas leur place dans une nouvelle entreprise, je retombai amoureuse sur-le-champ. Mark était la crème des patrons : énergique, bosseur, reconnaissant envers sa petite équipe pour les efforts accomplis.

J'adorais mon travail. Comme l'agence était minuscule, je participais à tous nos projets, au départ. Et Mark avait vite pu constater qu'il ne s'était pas trompé en m'embauchant. Ce qu'il ne se privait pas de proclamer à voix haute. Il flirtait à l'occasion, me disait souvent que j'étais jolie. Un compliment qu'il faisait tout aussi régulièrement à Karen, à Leila, puis, plus tard, à Fleur. Mais il n'avait jamais franchi la limite, même si je lui en donnais régulièrement l'ordre dans ma tête.

Jusqu'à l'année dernière, lorsque nous avons été nominés pour les Clio Awards.

Un hôpital pédiatrique avait fait appel à notre expertise, ce qui représentait une belle victoire pour nous qui n'avions que quelques années d'existence. Mark et moi, pour le coup, avions décidé de faire un carton. Deux jours durant, nous étions restés bouclés en salle de conférences, n'en sortant que tard le soir, bien après l'heure du dîner. Nous continuions à travailler, même à l'heure des repas, sirotant du café, noircissant des centaines de feuilles de papier dans les délires du brainstorming. Quels étaient les avantages de cet hôpital particulier ? Comment démontrer aux patients qu'il était inutile de se déplacer à Boston en avion pour obtenir une qualité de soin optimale ? Quelle sorte de service un parent attendait-il d'un hôpital pour enfants ? Et qu'est-ce qui pouvait les conduire à choisir précisément celui-ci ?

Ce fut là, quelque part au cours de l'après-midi du second jour, que l'inspiration frappa. Mark était en train de me sortir un blabla sur des statistiques hospitalières et je levai la main pour lui imposer silence. Puis je prononçai le slogan, lentement et à voix haute. Je dessinai rapidement une ébauche sur mon carnet et cherchai le regard de Mark. Il resta bouche bée, ses yeux sombres rivés sur moi.

— C'est exactement ça, Callie, chuchota-t-il.

Une semaine plus tard, nous passions aux prises de vue. Je choisis moi-même l'enfant, qui était un vrai petit patient, trouvai le médecin adéquat, parcourus de long en large la pièce qui devait servir de décor et parlai longuement avec Jens, le photographe, pour lui préciser ce que je voulais en matière d'éclairage et de point focal.

L'affiche finale fut un close-up d'un petit garçon de

trois ans dans les bras d'un médecin. La tête de l'enfant reposait sur l'épaule de la femme et son regard fixait l'objectif. Le médecin avait le visage détourné, et on ne voyait d'elle que sa chevelure grise et le stéthoscope autour de son cou. Le petit garçon portait une chemise blanche avec de fines rayures rouges et la pédiatre était en blouse blanche. Comme les murs étaient blancs également, tout l'accent était mis sur le visage de l'enfant : ses très beaux yeux verts, immenses et confiants. Et le petit sourire sur ses lèvres. Mon slogan avait été on ne peut plus simple : « Comme si c'était le nôtre ». Et dessous : « Hôpital pour enfants du Northeast ». Juste ça. Le directeur du conseil d'administration de l'hôpital avait eu les larmes aux yeux en découvrant la photo.

Lorsque le comité d'organisation des Clio Awards avait appelé, Mark et moi étions fous de joie. Il allait de soi que nous assisterions à la cérémonie ensemble. Pour nous, cette récompense représentait une belle consécration : un festival de trois jours avec les meilleures agences de pub du monde. Et nous, Green Mountain Media, y étions conviés ! J'étais sur un petit nuage. Dans l'avion pour Santa Fé, Mark s'assoupit très vite. Une brume de désir m'enveloppa, tout auréolée de tendresse. Quoi de plus bouleversant au monde que de contempler l'être aimé dans l'abandon d'un sommeil ô combien mérité ? *Soupir.* Je me félicitais de la propension des compagnies aériennes à entasser leurs passagers comme autant de sardines en boîte. Pour une fois que je pouvais observer Mark à loisir, sans crainte d'être surprise à le dévorer des yeux ! Ses cheveux très bruns ondulaient dans son cou, ses cils étaient longs, veloutés et fournis. Même la façon dont son torse se soulevait et retombait sous sa chemise bleu clair électrisait ma libido.

Au milieu de ma rêverie extasiée s'était élevée la voix du pilote, annonçant avec un aimable accent du Texas que nous entrions dans une zone de turbulences.

— Nous vous prions donc de rattacher vos ceintures,

de relever vos tablettes et de redresser le dossier de votre siège.

J'obéis, m'assurai que Mark était bien attaché et remballai mon ordinateur portable pour le glisser sous le siège devant moi. Très vite, je fus secouée comme une poupée de chiffon. L'avion tanguait et roulait, tel un jouet livré aux caprices des vents. Ma ceinture me sciait l'estomac, mes cheveux s'envolaient au-dessus de ma tête. Au cœur de ce rodéo infernal, un horrible sifflement se fit entendre et les masques à oxygène tombèrent. Mark, réveillé en sursaut, tendit le bras vers moi, cherchant par réflexe à me protéger.

— Hé ! C'est quoi ce bordel ?

L'avion vibra de nouveau et roula sur sa gauche. J'agrippai le bras de Mark alors que je me sentais pencher vertigineusement, pendant que mon ordinateur glissait à mes pieds. Je sombrai dans une terreur blanche. L'avion oscillait, se balançait d'un côté, puis de l'autre ; les passagers hurlaient ou priaient, combinaient parfois l'un et l'autre ; les moteurs rugissaient. Le regard de Mark trouva le mien. A ce moment précis, l'avion descendit tout droit. Des tasses, des journaux et des sacs heurtèrent le plafond. Les cris redoublèrent. Incapable de prononcer un mot, j'attrapai l'appui-tête devant moi d'une main et celle de Mark dans l'autre. L'avion se stabilisa mais fut pris de nouvelles secousses.

— Ici, de nouveau, votre commandant de bord. Nous avons quelques petits problèmes, annonça le capitaine Hewitt aussi calmement que s'il regardait pousser des champignons. Accrochez-vous bien, car ça va secouer un peu.

Alors qu'il parlait encore, l'avion recommença à descendre en accéléré de quelques... quelques quoi ? Centaines de mètres ? Nous étions prisonniers d'une boîte en métal en train de tomber du ciel. Ma bouche s'ouvrit, mais aucun son n'en sortit.

— Putain de putain de putain de putain…, marmonnait Mark en une litanie continue.

— Mon Dieu, mon Dieu, venez-nous en aide. Seigneur Jésus, sauvez-nous, psalmodiait en gémissant la femme assise devant moi.

L'avion se cabra plus violemment encore et un cri collectif s'éleva. *Nous allons mourir,* proclama une petite voix calme, quelque part dans la partie de mon cerveau qui n'avait pas succombé à la panique. Derrière nous, quelqu'un se mit à vomir et j'eus un haut-le-cœur. *Nous allons nous écraser au sol. Oh, mon Dieu, tout est fini.* La peur électrisait mon corps, mes yeux écarquillés voyaient tout, enregistraient chaque détail : l'homme assis de l'autre côté de la rangée, les mains posées sur la tête. *Je vous salue, Marie pleine de grâce…* Partout, des déchets, des ordures. Qui aurait pu imaginer qu'il y avait tant de détritus dans un avion ? A deux rangs du nôtre, une petite fille sanglotait. « Maman, dis-leur d'arrêter, s'il te plaît, maman. Je veux que l'avion s'arrête. »

De nouveau, quelqu'un rendit bruyamment. Des gens pleuraient, accrochés à leurs téléphones portables : « Je crois que c'est fichu. Adieu, je t'aime tellement. » Mais Mark et moi restions simplement accrochés l'un à l'autre pendant que l'avion plongeait et tremblait. Mark poussa ma tête sur mes genoux — en *position de crash* ! Et qui survivait à un crash aérien ? Je tremblais comme une feuille et mes joues étaient inondées de larmes… Josephine, Bronte, Hester, Freddie, mes parents. Qui s'occuperait de Noah, dorénavant ? Et Bowie ? Comprendrait-il, dans son cerveau de chien, que sa maîtresse était partie à tout jamais ?

L'avion se cabra encore, s'inclina, puis retrouva une position plus stable. Et là, au milieu du chaos et de la terreur, je vis la terre ferme en dessous de nous… des lumières. Nous avions perdu de l'altitude et l'avion poursuivait sa descente, toujours avec les mêmes soubresauts. Une aile pencha puis se redressa. On entendit le train d'atterrissage sortir, et je crois que de ma vie je n'avais entendu un son aussi beau et rassurant.

— Je crois qu'on va peut-être s'en sortir.

La voix de Mark était tendue. Il tenait ma main tellement serrée dans la sienne que j'avais perdu toute sensation.

— On va s'en sortir… On va s'en sortir…

Lorsqu'on entendit le caoutchouc toucher le tarmac, une clameur s'éleva dans l'avion. Tout le monde sanglotait, applaudissait, criait de joie et de soulagement.

— Bienvenue au Nouveau-Mexique. Et désolé pour ce petit rodéo aérien improvisé.

La voix du commandant de bord tremblait, à présent que le danger était passé. Le personnel de cabine fut autorisé à se détacher. Blancs comme des linges, ils quittèrent leurs sièges. Sans attendre l'extinction du signal, les passagers se débarrassèrent de leurs ceintures, impatients de quitter l'avion. Certains étaient encore en larmes, d'autres juraient énergiquement. Mais tous, nous étions indemnes, heureux et miraculeusement vivants.

Je me tournai vers Mark et nous nous regardâmes. Ce fut là qu'il m'embrassa, ses mains en coupe autour de mon visage en larmes. Il était trempé de sueur.

— Pas même une égratignure, dit-il d'une voix rauque.

Je hochai la tête, la gorge encore trop nouée par la terreur pour prononcer un mot. J'avais failli mourir mais je n'étais pas morte. Jamais encore je n'avais ressenti une impression aussi irréelle. Nous étions tombés du haut du ciel, et malgré tout retombés sur nos pieds.

Debout dans l'allée centrale, en attendant l'ouverture des portes, tremblant comme une junkie en cure de désintoxication, je trouvai bizarre de faire des gestes aussi anodins que de récupérer mon sac à main et mon ordinateur, de défroisser ma jupe. Autour de moi, les passagers ouvraient les compartiments à bagage, pendus à leur téléphone pour rassurer leurs proches sur leur sort. Pour ma part, je ne disais toujours rien.

— Tout va bien, Callie ? demanda Mark.

Je fis oui de la tête. Et me rendis compte que je pleurais toujours à chaudes larmes. Lorsque nous passâmes devant l'équipage, je leur jetai les bras autour du cou et les embrassai un à un. Mon Dieu, comme je les aimais ! Lorsque j'arrivai au pilote, je vis distinctement qu'il était le bras droit du Seigneur. Pas juste un homme entre deux âges avec une grosse moustache blonde.

— Merci. Merci du fond du cœur, sanglotai-je.

Il me tapota l'épaule.

— Bon, bon... Nous sommes tous arrivés sur la terre ferme sains et saufs, n'est-ce pas ? Merci d'avoir voyagé sur nos lignes, jeune fille.

On n'échappe pas tous les jours à la mort de justesse, pas vrai ? Ce fut une affirmation de vie que de poser le pied sur la terre ferme, de respirer l'air frais du dehors. Et savez-vous ce qui est également une affirmation de vie ?

Le sexe.

A la sortie de l'avion, Mark me saisit la main et ne la lâcha plus. Nous n'échangeâmes pas un mot ; nous nous enfilâmes juste dans un taxi, toujours cramponnés l'un à l'autre. Entrâmes dans l'hôtel. Main dans la main, nous avons traversé le hall et pris l'ascenseur. Nos chambres se trouvaient à deux étages différents mais Mark appuya d'autorité sur le bouton du neuvième où il était logé. Il m'entraîna hors de la cabine d'ascenseur, le long du couloir, nos hanches se heurtant tandis que nous tirions nos valises, nos doigts étroitement entrelacés. Nous nous engouffrâmes sans une hésitation dans un de ces espaces agréablement standard, rassurants et confortables, que l'on nomme chambre d'hôtel. Dès l'instant où nous franchîmes la porte, Mark m'attira contre lui et m'embrassa comme s'il voulait me vider de ma substance. Laissez-moi vous dire que nous avons fait bon usage de l'immense lit en 180.

Et ce fut merveilleux. Je n'avais encore jamais été amoureuse — pas comme cela, en tout cas. Le tremblement dans les doigts de Mark lorsqu'il avait déboutonné ma chemise, le poids de son corps ouvrant le mien, sa bouche sur la mienne, cet incroyable sourire… c'était l'Amour. L'Amour tel que je l'attendais. Frappé du sceau de l'évidence.

Le lendemain matin, Mark proposa de faire sauter la conférence. Nous n'étions obligés de nous montrer qu'à la cérémonie, après tout. Et à présent que nous étions passés si près de la mort, nous avions conscience de la vanité de ces terrestres honneurs. Nous flânâmes dans la belle ville rose de Santa Fé, admirant les maisons en adobe, garnies de guirlandes de piments séchés, achetant des souvenirs amérindiens pour Josephine et Bronte. Lorsque la chaleur devint intenable, nous nous réfugiâmes au cinéma pour nous embrasser pendant toute la durée du film, comme deux adolescents. Le soir, pour dîner, nous avons découvert que la sauce chili verte était un nectar des dieux. A se demander comment nous avions pu vivre sans elle, jusque-là.

Le jeudi soir, notre affiche remporta un Clio de bronze. Pas mal, mais anecdotique par rapport au reste. Nous étions ensemble et seul notre amour importait vraiment. C'est ce que je croyais, en tout cas.

Car nous nous tenions, à l'évidence, à l'aube d'une relation significative, vouée à se terminer par un mariage, suivi d'un ils-vécurent-à-jamais-heureux. J'avais connu Mark presque toute ma vie, après tout. Je travaillais avec Mark… je travaillais *pour* Mark. Il n'aurait jamais couché avec moi s'il n'avait pas eu des intentions sérieuses à mon égard. Notre expérience de quasi-mort imminente avait juste servi à lui ouvrir les yeux sur le trésor qu'il avait sous le nez : moi. Face au spectre d'une fin proche, il avait compris que j'étais LA femme de sa vie. L'unique. Et ses priorités étaient devenues très claires. Elémentaire, non ?

Eh bien, non. Pas tant que ça.

A la fin de la conférence, Mark m'annonça qu'il me retrouverait dans le hall d'entrée de l'hôtel. Je regagnai donc ma propre chambre. C'était là un premier signe auquel j'avais choisi de ne pas prêter attention : même si j'avais dormi dans la chambre de Mark, il ne m'avait pas invitée à la partager. Je me douchai, me préparai, m'habillai donc dans mon propre espace. Mais vu que nous avions payé pour les deux chambres, il aurait été idiot de ne pas en profiter, non ? Je chantonnai tout bas en préparant mes bagages. Josephine ferait une petite demoiselle d'honneur adorable. Annie serait mon témoin. Et je demanderais à mes deux parents de m'accompagner jusqu'à l'autel pour ne pas créer de rivalités. Un mariage d'hiver avec un thème de Noël ? Ou les traditionnelles noces du mois de juin ? Mark et Callie. Callie et Mark. Cela sonnait à la perfection, non ? C'était en tout cas mon avis.

Lorsque je le retrouvai dans le hall, il parlait dans son i-Phone et leva à peine les yeux à mon arrivée. Je lui pardonnai ce petit moment d'inattention. Dans le taxi, il appela un client. Pas de problème. Lorsque je lui fis part de ma nervosité à l'idée de remonter dans un avion, il me répondit avec une pointe d'impatience : « Voyons, Callie. Statistiquement, les chances pour qu'un tel événement se reproduise à quelques jours d'intervalle sont quasiment inexistantes. Ne sois pas stupide. » Je lui souris courageusement, reconnus qu'il avait raison et m'exhortai à ne plus faire ma Betty Boop. Pendant le vol du retour, il détacha à peine les yeux de son ordinateur portable. Mais quoi de plus normal ? Nous étions, après tout, débordés de boulot. Je fis mine de travailler aussi, même si je passais mon temps à écouter les bruits du moteur, guettant le moindre signe de défaillance. Je m'efforçai d'adhérer au côté Michelle Obama de ma personnalité, de mettre en avant mon intelligence et ma raison, au lieu d'écouter le fracas désordonné de mon cœur.

Pendant les cinq semaines qui suivirent, j'essayai de me sentir heureuse. J'avais Mark. Enfin… en partie. Et il m'aimait… ou du moins, je tentais de toutes mes forces de m'en persuader. Pendant cinq semaines, je m'acharnai à ne pas voir les signes, fis mine de ne pas remarquer la distance croissante entre nous, me démenai plus que jamais pour être parfaite, drôle et adorable, et lui pardonnai toutes ses défections. Jusqu'à la trente-huitième nuit de notre relation où il m'invita pour la soirée.

En entrant chez lui, après la fraîcheur de la nuit automnale, je fus d'abord agréablement surprise. La table était mise, il avait cuisiné un repas, prévu des bougies et même allumé une flambée. *Et voilà!* exultai-je. *Il a juste eu besoin d'un peu de temps pour s'habituer à sa nouvelle vie. Mais il a clairement envie de poursuivre. Pourquoi, sinon, se serait-il donné tant de mal? Il a peut-être une idée en tête? Une bague de fiançailles sous le coude?*

Pour la première fois depuis Santa Fé, je me détendis. Bien sûr que Mark m'aimait. Pourquoi en serait-il autrement?

Il me servit un verre de vin ainsi que des toasts avec des œufs de lump. Puis il rompit avec moi.

C'était juste un petit problème chronologique, expliqua-t-il. L'agence était en pleine phase de démarrage, et dans ces conditions, une relation sérieuse... Non, décidément, le moment était mal choisi. Il était certain que je le comprenais et que je partageais son avis.

— Oh! répondis-je faiblement. Eh bien... J'imagine que nous pourrions nous donner un peu d'espace, nous voir moins souvent?

Mark darda sur moi ses yeux d'un beau brun liquide. Son regard était mélancolique, désarmant.

— Callie, tu es tellement... extraordinaire. Mais je ne suis pas à un stade de ma vie où je peux m'investir autant que tu le mérites. Et ce ne serait pas juste pour toi d'être avec un homme qui ne se donne pas entièrement. Ce n'est pas une question de sentiments... Tu es importante pour moi. Tu le sais, n'est-ce pas?

— Oui, bien sûr, murmurai-je, au bord des larmes.

Donc... tu préférerais qu'on poursuive un peu au feeling et qu'on refasse un point dans... disons six mois ?

Une bûche craqua dans la cheminée, soulevant une gerbe d'étincelles. Mark émietta un canapé.

— Pour être tout à fait franc, je ne peux pas me projeter aussi loin dans le futur. J'aurais voulu pouvoir le faire, mais... je ne peux pas exiger de toi d'attendre jusqu'à ce que je sois en mesure de m'engager vraiment.

— Oh ! mais... ça ne me dérange pas d'attendre !

Hé ho, fillette ! Tu crois que tu peux descendre encore plus bas dans l'abjection ? lança avec exaspération Michelle Obama.

— C'est que, tu comprends... Ces moments passés à Santa Fé ont été tellement magiques..., plaidai-je d'une voix brisée.

— Magiques, oui... Il nous restera toujours Santa Fé, conclut-il dans une piètre imitation de Humphrey Bogart.

Voilà qui ressemblait terriblement à une rupture définitive ! Je me mis à balbutier.

— Je sens quelque chose de tellement fort, entre nous... Un lien incroyable. Et je...

Brusquement, je compris le sens profond de l'expression : « Etre *désespérément* amoureux ». Même Michelle se radoucit : « S'il le sentait aussi, tu n'aurais pas à essayer de le convaincre, ma chérie. »

Je choisis de ne pas l'entendre.

— Tu ne crois pas qu'il serait dommage de gâcher ce que nous ressentons l'un pour l'autre, Mark ?

Comme je détestais lui parler ainsi... Mais je me débattais dans un tel cauchemar, en voyant ma belle histoire d'amour s'effondrer ! Même si je haïssais ma propre faiblesse, je faisais bon marché de ma dignité, prête à la sacrifier pour n'importe quelle miette misérable que Mark consentirait à m'accorder.

— S'il te plaît, Mark...

Il écrasa le reste de son toast entre ses doigts.

— Eh bien... Callie, tu es une fille fantastique, et

j'aurais aimé me trouver à un autre stade de ma vie que celui où je suis maintenant. Mais voilà…

Il prit un air à la James Dean, tête baissée, avec un sourire penaud.

— Ça ne changera rien entre nous, hein ? Nous restons amis ? Je te garde à dîner, j'ai cuisiné pour toi.

Ne reste pas. Si tu as un minimum d'amour-propre, tu te lèves et tu sors.

Je déglutis.

— Bien sûr que nous restons amis, Mark.

Il retira son assiette de toasts.

— Super. Je savais que tu comprendrais, Callie. Dieu merci, tu n'es pas une de ces hystériques incapables de vivre seule, pas vrai ?

Il m'adressa son classique sourire complice.

— Je meurs de faim ! On passe à table ?

— Et comment !

Je me levai comme un automate et le suivis dans la salle à manger. Pendant l'heure qui suivit, Mark m'entretint de ses parents et de leur croisière en Norvège, évoqua deux de nos clients et déplora l'injustice qui voulait que les Yankees aient encore une fois remporté le titre en ligue majeure de base-ball. Et pendant tout ce temps, je murmurai quelques monosyllabes, hochai la tête et ingurgitai même son fichu dîner pendant que mes pensées tournaient fébrilement en rond. Comment, mais comment en étais-je arrivée là ? D'une manière ou d'une autre, j'avais paraphé et signé que j'acceptais cette situation. Cette non-situation, plutôt. Mark avait orchestré la manœuvre avec brio, évitant avec élégance les scènes, les pleurs et les drames accompagnant une rupture franche. Si bien que nous étions là, tranquilles, à dîner face à face, redevenus bons amis et bons collègues en moins de temps qu'il n'en fallait pour le dire. Je devais reconnaître qu'il s'y était pris assez magistralement.

Le temps de rentrer chez moi, ce soir-là, et j'avais réussi à me convaincre de la sincérité de Mark. Cette histoire de timing… un argument parfaitement acceptable, après tout ! Tout ce qu'il m'avait dit était vrai, sincère. Mark avait raison. Je méritais un homme qui se donnerait entièrement ! Pendant un court laps de temps, Betty Boop et moi-même gardâmes espoir. J'essayais d'être guillerette et attendais que Mark s'aperçoive de nouveau de mon existence. Je continuai à me tenir prête, à disposition, pour qu'il puisse s'offrir à moi et me donner tout ce que je méritais. Mais le temps passa, mon éternel optimisme s'éroda petit à petit, jusqu'au moment où je dus m'incliner devant l'évidence : il ne voulait pas de moi.

J'aurais dû le haïr, mais c'était impossible. Déjà, parce que je l'aimais (le diable est dans les détails). Il était drôle, talentueux, c'était un patron merveilleux qui aimait ce qu'il faisait et valorisait ses employés. Il m'envoyait des mails désopilants ou des liens sur des sujets d'actualité bizarres, ou me décochait, en pleine réunion, un SMS avec un commentaire drôle sur un client. S'il lui venait une inspiration, il m'appelait à la maison. Et lorsqu'il me complimentait sur mon travail, j'étais transportée de fierté et de joie… une joie qui retombait comme de la cendre dès qu'il tournait le dos.

Ces trois jours à Santa Fé avaient été si idéalement heureux que je ne parvenais pas à les laisser derrière moi. J'aurais dû appeler Annie et me prendre une cuite en faisant une overdose de chocolats à la liqueur. Dresser la liste des bonnes raisons que j'aurais eues de haïr Mark. Mais je n'en fis rien. J'étais en tout point la fille de mon père et, si j'avais pu revenir en arrière dans le temps, j'aurais enduré ce vol de cauchemar pour la seconde fois, rien que pour revivre les moments les plus heureux de ma vie, lorsque tout ce dont je rêvais au monde m'avait été offert sur un plateau.

6

Le lundi, j'avais rendez-vous à l'heure du déjeuner avec Doug336. Notre relation prenait tournure. Autrement dit, nous avions échangé quelques mails, puis nos photos respectives, avant de visiter nos pages Facebook mutuelles. Le cyber-rituel de base qui tenait lieu d'interaction humaine de nos jours. Annie était très confiante.

— Ça va t'aider à te sortir du marasme, tu verras.

Comme si elle était une grande experte en matière de cœur brisé, après les six maigres heures où Jack et elle avaient été séparés, au cours de leur année de première !

— Je te promets que Mark ne sera bientôt plus qu'un lointain souvenir.

Possible, admis-je, tout en choisissant mes vêtements du jour avec plus de soin encore qu'à l'ordinaire. Non seulement j'allais déjeuner avec un homme qui était peut-être Le bon, mais Muriel entamait sa première journée de travail à Green Mountain Media. L'idée seule me donnait des crampes à l'estomac.

— Mais non, mais non, admonestai-je mon reflet dans le miroir. Tout va bien se passer. Et regarde-toi : tu es jolie comme un cœur !

J'avais vraiment besoin d'appréciations positives, aujourd'hui. Et de tenir fermement mon rôle de jeune directrice artistique cool et créative. J'avais arrêté mon choix sur une petite robe formidable, jaune or, appariée à une paire de talons rouges qui déchirait. Collier en grosses perles orange et rouge. Sac en daim orange.

Damien me regarda me débattre avec la porte pour entrer avec un plateau couvert de scones.

— Tu peux m'aider, Damien, s'il te plaît ?

— Je suis occupé, rétorqua-t-il, comme l'indiquait l'unique feuille de papier qu'il tenait à la main.

— Tu es vraiment un rat, grommelai-je en me frayant un chemin à l'intérieur. Pas de scones pour toi.

— Je suis au régime… Elle est là, précisa-t-il à voix basse.

Je marquai un temps d'arrêt.

— O.K. Super. Génial.

Avec une grimace exprimant un mélange de compassion et d'écœurement, il s'assit à son bureau.

Les locaux de Green Mountain Media formaient un triangle. Le domaine de Damien se trouvait à la base. C'était un espace ensoleillé avec plusieurs de nos affiches encadrées aux murs, de grands ficus, un canapé et une table basse en face du bureau de verre de Damien. Ensuite venait le service de création artistique, un espace ouvert où régnait un joyeux chaos. Un lieu plein à craquer de Macs à grands écrans, d'imprimantes, de scanners et de kilomètres de câbles et de cordons. Pete et Leila, maîtres incontestés en leur domaine, y communiquaient à coups d'acronymes propres aux geeks de leur espèce. A l'endroit où le triangle allait en se rétrécissant se trouvait le bureau de Karen, qui était grand et sombre à cause des stores toujours fermés (nous suspections Karen d'avoir des vampires parmi ses ascendants, car elle détestait le matin et la lumière). Le domaine de Fleur était juste en face. En temps que directrice de création, j'avais un espace plus grand, plus près du sommet du triangle où officiait Mark. Depuis ce matin, le bureau vide en face du mien était occupé par la dernière en date de nos recrues : Mlle deVeers.

Je me rapprochai à contrecœur. Mark se tenait dans l'encadrement du bureau de Muriel.

— Salut, Callie.

Il me sourit, comme s'il s'agissait d'un lundi matin ordinaire.

— Salut, patron, lançai-je, rassurée d'entendre que ma voix sonnait normalement.

Je m'immobilisai, encombrée par le plateau de scones qui commençait à peser. La bride de mon sac glissa sur mon épaule.

— Bonjour, Muriel. Bienvenue à Green Mountain Media.

Elle était debout à côté de Mark, une hanche arquée.

— Salut, rétorqua-t-elle en m'examinant des pieds à la tête, les narines frémissantes. Comment vas-tu, Calliope ?

— Super. Et toi ? Tu t'organises ?

— C'est fait.

Muriel était belle, pas moyen de le nier. Ses longs cheveux noirs rassemblés dans la nuque en une torsade sévère mettaient en valeur son visage étroit de reine des glaces. Ses yeux étaient d'un étonnant gris pâle scintillant et sa peau plus blanche que blanche, avec juste deux cônes d'un rouge fiévreux sur les joues, comme si elle était consumée par la phtisie. Elle portait un ensemble noir très ajusté, qui sentait son Armani — et paraissait fine et maléfique, avec sa chemise de soie noire. Elle devait faire au maximum un trente-six et je me sentis aussitôt trop ronde, trop molle et globalement trop volumineuse.

— Bon, je vais peut-être aller poser ces scones sur...

Muriel me coupa froidement la parole.

— Je peux te parler un instant ?

Je posai les yeux sur Mark, qui me retourna un regard inexpressif.

— Euh... oui. Bien sûr.

Mark s'écarta pour me céder le passage.

— Je vous laisse entre filles, alors. C'est joli, ce que tu portes aujourd'hui, Callie.

— Merci.

Il sourit et ferma la porte. Posant le plateau sur la seule surface disponible, le bureau de Muriel, je commençai à avoir un peu chaud, tout à coup. Le parfum de Muriel saturait l'atmosphère. Je me forçai à sourire.

— C'est super, ici.

Super si on aimait les atmosphères froides et stériles, du moins. Le domaine de Muriel avait été remis à neuf pendant le week-end et le bureau standard avait disparu, remplacé par quelque chose de blanc, de lisse et d'ultramoderne. Un somptueux fauteuil en cuir blanc complétait l'ensemble. Aux murs étaient accrochées quelques photos d'Ansel Adams — en noir et blanc, forcément. Connaissant la fortune des deVeers, il s'agissait à coup sûr d'originaux. Bibliothèques et casiers noirs — murs blancs. Une photo de Muriel avec M. deVeers en tenue de ski en haut d'une montagne. La mère de Muriel était morte lorsqu'elle était encore enfant, crus-je me rappeler.

Muriel prit place dans son fauteuil de reine des banquises.

— Assieds-toi, dit-elle en me regardant avec ses yeux gris scintillants.

J'obéis, avec l'impression d'avoir été convoquée dans le bureau du proviseur, ce qui, je vous le jure, ne m'était jamais arrivé dans la vraie vie.

— Je t'offre un scone, Muriel ? Je les ai faits ce matin.
— Non merci.

Elle plaça ses mains devant elle sur la surface lisse du bureau. Je lui jetai un regard interrogateur.

— Alors ? Que voulais-tu me dire ?

Elle m'examina de nouveau de la tête aux pieds, comme si elle tenait un insecte sous la lentille de son microscope.

— J'ai pensé qu'il valait mieux que tu saches que je suis au courant, pour la petite passade entre toi et Mark, il y a quelque temps.

« Passade » ? C'était ainsi qu'il lui avait parlé de nous ? Mon cœur tressaillit. Tout en moi tressaillit, en fait. Car elle sourit, d'un petit sourire mauvais, à la Cruella de Vil.

— Je ne voulais pas que tu te sentes obligée de le

cacher. Ça ne doit pas être facile d'avoir ce genre de sentiments pour son employeur.

— Oh ! ce n'est pas un problème, mentis-je vaillamment. J'ai connu Mark toute ma vie et nous sommes de très bons amis. Mais merci, en tout cas.

Je m'efforçais de me montrer aussi calme, froide et nonchalante qu'elle, même si je bouillais comme une cocotte sous pression.

Muriel haussa un noir sourcil soyeux.

— Mmm... Je t'admire de pouvoir passer outre. Je ne sais pas si je serais capable de travailler avec l'homme que j'aime, si nos sentiments n'étaient pas réciproques.

Impressionnant ! Sérieusement, hein ? Il fallait un culot d'acier pour proférer une vacherie pareille avec autant de calme et d'aplomb.

— Je peux t'assurer que la situation ne me pose aucun problème, rétorquai-je d'une voix claire, même si ma gorge se nouait dangereusement.

— Eh bien, tant mieux pour toi, Callie. Maintenant, excuse-moi, mais j'ai du travail.

Je me levai, les jambes flageolantes, et me dirigeai vers la porte.

— Callie ? rappela Muriel tout en griffonnant quelque chose sur un carnet.

— Oui ?

Elle ne leva pas les yeux.

— Tu oublies ta collation.

— Les scones sont pour tout le monde, protestai-je, sur la défensive. Je fais toujours de la pâtisserie le lundi. Pour les réunions de production.

Elle ne répondit pas, se contentant de me jeter un bref regard sceptique, comme si elle pensait que j'allais bondir de l'autre côté du couloir avec mes scones et engloutir la douzaine d'affilée.

Prenant soin de ne pas laisser le plateau la heurter, au hasard, en pleine figure, je le pris et sortis, fermant sans bruit la porte derrière moi.

L'essence même de la publicité est de faire en sorte que les gens aspirent à quelque chose. En tant que directrice de création, j'avais mission, en gros, de trouver le concept, l'idée de base d'une campagne de pub. Mais pour moi, c'était beaucoup plus que cela. Je vivais mon boulot comme quelque chose de magique. Lorsque je m'occupais d'un compte, on m'offrait la possibilité de redéfinir un produit, de me centrer uniquement sur ses qualités, de convaincre les autres de sa valeur, de sa désirabilité. En substance, je ne voyais que le positif. Ce qui avait toujours été mon point fort.

Mark était responsable de comptes pour tous nos clients, même si je savais que Fleur avait bon espoir de s'élever dans la chaîne alimentaire. Pour le moment, elle était en dessous de moi, et se chargeait de la basse besogne qui consistait à rédiger la copie avant de me la confier pour approbation et remaniements éventuels. Pete et Leila s'occupaient de l'aspect graphique : mise en page, polices de caractères, agencement de couleurs et autres joyeusetés. Karen réservait les espaces publicitaires, payait les factures et était en relation avec nos vendeurs. Quant aux fonctions de Damien, elles consistaient à répondre au téléphone, à prendre des rendez-vous et à aduler Mark sans modération.

A notre petite équipe venait désormais s'adjoindre Muriel. Jusqu'à maintenant, personne dans l'agence n'avait travaillé que sur un seul compte. Mais Bags to Riches était notre premier très gros client. Ils voulaient une énorme campagne nationale sur tous les supports : radio, presse, TV, internet, affichage. Ce matin, Muriel était censée nous présenter en détail les attentes de Bags to Riches. Nous commencerions ensuite à jouer avec quelques idées. J'avais déjà préparé quelques maquettes.

Dix minutes plus tard, donc, l'équipe au complet se retrouva en salle de conférences. Je posai mes scones au milieu de la table.

— Mmm… Tu es bénie des dieux, Callie.

Pete en piqua un sur le plat, en sectionna un bout et commença à nourrir Leila à la becquée, comme un cardinal mâle prenant soin de sa femelle.

— Ils ont l'air délicieux ! s'exclama Mark en m'adressant un de ses sourires. Muriel, Callie est une pâtissière hors pair. Tu veux en goûter un ?

Elle leva vers lui un regard confiant.

— Plutôt deux fois qu'une, je meurs de faim.

— *Oh ! bloody hell !* s'écria Fleur, qui avait la prétention de ne jurer que dans le plus pur anglais britannique. Ne me dis pas que tu peux manger des hydrates de carbone tout en gardant cette silhouette ! La vie est vraiment trop injuste. Je suis Fleur Eames, au fait.

Fleur cessa d'agiter son sachet de thé dans son mug et serra la main de Muriel.

— Désolée d'arriver en retard, *folks !* Vous ne devinerez jamais ce qui m'est arrivé ! J'ai bien cru que cette idiote de biche allait me foutre mon pare-brise en l'air.

— Tu as renversé une biche ? m'écriai-je un peu trop vite.

Fleur me jeta un regard en coin.

— Presque. Mais j'ai eu tellement peur que j'ai dû m'arrêter au bord de la route pour m'en griller une petite.

— Enchantée, dit Muriel.

Fleur la gratifia d'un sourire.

— Je me réjouis de ta présence parmi nous, Muriel. J'ai entendu plein de bonnes choses à ton sujet.

— Lèche-cul, chuchota Damien en prenant sa place coutumière à côté de moi.

Mark ouvrit la réunion.

— O.K., tout le monde est là ? Je propose qu'on commence. Vous avez tous fait connaissance avec Muriel et nous avons les scones de Callie pour soutenir nos efforts.

Il m'adressa un clin d'œil complice et je dus faire un effort pour sourire en retour. Ah, cette bonne vieille Callie, si pâtissière dans l'âme…

— Muriel, tu démarres ? Dis-nous tout ce que nous avons besoin de savoir au sujet de Bags to Riches.

— Avec plaisir. Pour commencer, je veux que vous sachiez tous à quel point je suis heureuse d'être parmi vous.

Elle promena un sourire sur chacun d'entre nous, puis s'éclaircit la voix en jetant un coup d'œil sur ses notes.

— Bags to Riches est une société qui fabrique des vêtements d'extérieur à partir d'un mélange original de coton et de sacs en plastique recyclés.

Elle parlait d'une voix confiante et sonore, comme si elle s'adressait à un stade de foot au complet.

— Nos vêtements ciblent une clientèle jeune et aisée, des amateurs de sports d'extérieur, comme la randonnée et le VTT.

Muriel se tut et, le regard grave, prit le temps de nous dévisager tour à tour. Les traits impassibles, Damien me décocha un coup de pied sous la table.

— Notre objectif est de toucher cette population à travers différents médias et d'augmenter les ventes. Merci.

Là-dessus, Muriel se rassit. Mark lui jeta un regard déconcerté, mais elle lui sourit avec modestie avant de baisser les yeux sur ses mains.

— Mmm… O.K. Super, Muriel… Voyons, Callie… Des idées ?

Je jetai un coup d'œil à Mark puis à Muriel. Les informations qu'elle venait de donner étaient si basiques que même un élève de CM2 aurait pu faire sa présentation. Lorsque Mark nous présentait un compte, il nous fournissait toujours une foule de détails : la durée de la campagne, les marchés qui étaient porteurs et ceux qui l'étaient moins, les produits dérivés, etc.

— Tu… euh… as terminé, Muriel ? m'enquis-je prudemment.

— Absolument, Callie. Mark m'a dit que tu présenterais quelques-unes de tes idées. On peut les voir ?

Je cherchai le regard de Pete, qui haussa les épaules.

— Bon, la spécificité de l'entreprise, à l'évidence, c'est l'élément sac en plastique recyclé. C'est donc là-dessus que nous mettrons l'accent.

— Evidemment, murmura Muriel.

Je me tournai vers elle.

— Mon premier projet cible le consommateur masculin jeune : diplômés d'université, jeunes adultes de vingt-cinq à quarante ans, gagnant plus de cinquante mille dollars par an.

Je me penchai pour prendre ma première affiche (je n'ai rien contre PowerPoint, mais j'ai tendance à être de la vieille école, pour mes briefs création) et lus l'accroche à voix haute. *Laisse ta marque, sauve la planète. Vêtements d'extérieur BTR*. L'affiche montrait un beau mec en sueur, son sac à dos à côté de lui, debout au sommet d'une montagne, dominant des étendues sauvages.

Mark sourit et je ressentis l'habituel fourmillement de plaisir au creux de mon ventre.

— Chouette boulot, commenta Leila.

— A croquer, susurra Karen en mordant dans son scone. Je parle du gars sur la photo, bien sûr.

Satisfaite, je poursuivis sur ma lancée.

— Je propose que nous tournions toutes nos pubs dans des parcs nationaux. Si BTR accepte de cracher un peu d'argent, nous pourrons ajouter un truc du genre « Nous sommes fiers de sponsoriser Yellowstone Park » ou autre. Et…

— Mais ça ne va pas du tout ! Il ne porte même pas de vêtements Bags to Riches ! protesta Muriel.

Un silence tomba dans la salle de conférences.

— Il s'agit d'une ébauche, Muriel, expliqua Mark en lui tapotant la main. Une maquette.

Comme elle le regardait sans comprendre, il expliqua patiemment :

— Ce n'est pas la vraie pub. C'est juste une idée. Un projet.

— Ah bon… Eh bien…

Elle plissa les yeux en examinant l'affiche.

— Le nom de la société, c'est Bags to Riches. Pas BTR.

Je rebondis là-dessus :

— Oui, justement. Je ne pense pas que Bags to Riches convienne. C'est un peu… comment dire ? Connoté. Ça véhicule l'idée que quelqu'un s'enrichit dans l'affaire. Et même si je suis persuadée que ce sera le cas, ce n'est pas forcément l'impression qu'il serait judicieux de donner.

Ma réflexion fit rire tout le monde sauf Muriel.

— Je doute que mon père accepte, marmonna-t-elle. Bon allez, on passe à la suite, Callie. Tu as autre chose à nous montrer ?

Je jetai un regard à Mark, qui gardait les yeux fixés sur le plateau de la table.

— Oui, j'ai autre chose, Muriel. Passons au public-cible féminin.

Je sortis ma maquette suivante, dont j'étais assez fière. C'était une photo d'archive où on voyait une femme grimpant dans un canyon, accrochée au-dessus d'un précipice, trempée de sueur et le visage crispé par la concentration. « Habillée comme un sac ? Non, habillée *avec des sacs*. Sportswear BTR. »

— Fantastique, Callie ! s'exclama Pete.

Mark hocha la tête d'un air approbateur.

— En plein dans le mille.

Je souris.

— Je ne sais pas exactement quel budget on peut mettre, mais j'aimerais faire appel à une ou deux célébrités, connues pour leur engagement environnemental — Leonardo di Caprio, par exemple.

— Pourquoi lui ? Il fait de la rando ? demanda Muriel.

Je demeurai coite un instant. Regardai Mark, soudain très occupé à gribouiller sur son carnet. Jetai un coup d'œil à Damien, qui ouvrait des yeux ronds.

— Si nous associons un visage connu à la marque, surtout s'il s'agit de quelqu'un qui défend une cause, nous désignons BTR comme…

— Pas BTR, Bags to Riches, rectifia Muriel.

Je pris mon mal en patience.

— D'accord... Les gens s'identifient aux célébrités, n'est-ce pas ? C'est pourquoi J. Crew vend tout ce que porte Michelle Obama.

— J. Crew n'est pas notre concurrent, Callie, coupa Muriel d'un ton condescendant.

Leila fit une discrète grimace. Je répondis stoïquement :

— Oui, je sais, Muriel. Je veux simplement dire que la première Dame a une influence. Et que son impact s'exerce dans n'importe quelle campagne de pub, que ce soit pour vendre du lait ou des baskets. Donc, si nous avons le visage de Leo associé à BTR, les ventes vont forcément grimper.

— C'est intéressant, en effet, concéda Muriel.

Autour de la table, les regards évitaient de se croiser. C'était le B-A BA de la pub. Pire que ça, même. Le niveau zéro. Je jetai un regard à la dérobée du côté de Mark. Avec une expression très tendre, il se pencha pour poser sa main sur celle de Muriel.

— Cela fait beaucoup de choses à assimiler à la fois. Bon, tout cela a été très constructif. Merci, Callie. Nous reviendrons vers toi prochainement pour parler de l'étape suivante. Ah oui, très important : l'équipe de BTR vient ici en fin de semaine. Nous organisons une petite manifestation vendredi. Participation obligatoire.

Damien prit un air suspicieux.

— Quelle genre de manifestation, exactement ?

— Une rando en montagne pour que Charles puisse contempler la beauté du Vermont au coucher du soleil... Avec apéritif et dîner à la clé, précisa Mark face à l'expression douloureuse de Damien.

Juste avant le déjeuner, Fleur se glissa discrètement dans mon bureau et ferma la porte derrière elle.

— *Oh ! Bloody hell !* Mark a perdu la tête ou quoi ?

Qu'il se tape cette greluche, c'est son problème, mais l'embaucher ? Elle ne connaît strictement rien à la pub.

Avec un soupir lugubre, Fleur se laissa tomber sur mon canapé. Si elle avait été sincèrement choquée, elle aurait perdu son accent britannique. J'avais déjà remarqué qu'elle parlait comme tout le monde lorsqu'une émotion prenait le dessus. Comme l'accent était toujours fermement en place, j'en conclus qu'elle était venue là pour une grande séance de débinage.

— C'est l'agence de Mark, objectai-je calmement en levant le nez de mon ordinateur. Et je suis sûre que Muriel va... Elle apprendra rapidement. Son père veut qu'elle se charge du compte, de toute évidence.

— Callie..., chuchota Fleur. J'ai tellement plus d'expérience qu'elle !

L'accent venait de tomber. Et j'eus le fin mot de l'histoire :

— Ce n'est pas parce que mon père n'est pas dirigeant de société que je dois me laisser commander par cette connasse glaciale qui ne comprend rien au film !

Je secouai la tête.

— Ne te prends pas la tête avec ça, Fleur. Continue de faire un boulot de qualité, et Mark y reconnaîtra les siens.

— Elle gagne plus que moi. Plus que toi, même. Je le tiens de source sûre, c'est Karen qui me l'a dit.

— Karen n'aurait jamais dû...

— O.K., O.K., elle n'a rien dit. Je suis juste tombée sur des documents alors que je passais dans son bureau pour tout autre chose.

Elle soupira.

— J'ai pensé qu'il fallait que tu sois au courant. Toi et Mark, après tout, vous... Enfin...

L'accent était de retour. Je regardai ma montre.

— Il faut que je file, Fleur. Désolée mais j'ai un rendez-vous pour le déjeuner.

— Ah, mais oui ! Le plan B !

Sourcils froncés, je fermai un fichier à l'écran.

— Quel plan B ?

— Rendre Mark vert de jalousie, chuchota-t-elle les yeux brillants.

— Oh ! je ne pense pas que...

— Ne t'inquiète pas, inutile de te justifier. Je t'accompagne jusqu'à la porte.

J'attrapai mon sac en soupirant — Fleur pouvait être épuisante, par moments. Nous passâmes devant la réception, où Mark était occupé à signer un papier pour Damien.

— Amuse-toi bien à ton rendez-vous ! cria Fleur alors que je m'apprêtais à tirer la porte.

Mark et Damien levèrent les yeux.

— Tu as un rendez-vous ? se récria Damien comme si je venais d'annoncer que je changeais de sexe.

Je rougis.

— Je vais déjeuner avec une connaissance, c'est tout.

Mark me regardait d'un air... entendu. Et il souriait. De ce genre de sourire qu'ont les hommes lorsqu'une femme... Lorsqu'il... Zut, je perdais le fil de mes pensées. Il y avait une chaleur dans son regard, comme si nous partagions un secret, lui et moi, et sa bouche aux lèvres généreuses esquissa un sourire. Pendant une seconde, je...

— Excitant, tout ça, ironisa Damien. Bye bye, ma caille !

Le regard de Mark glissa sur mes jambes. Lorsqu'il releva les yeux, il m'adressa un clin d'œil.

— Amuse-toi bien.

Mon andouille de cœur fit un bond.

— A tout à l'heure.

« Oublie-le », ordonna Mme Obama. « Je fais ce que je peux », lui rétorquai-je en silence.

Doug336 et moi étions convenus de nous retrouver au Café & Tartine, l'un des trois restaurants que totalisait notre charmante cité. C'était juste un bistrot, surtout connu pour ses cafés, la déclinaison habituelle d'espressos, de macchiatos, cafés à la noisette et autres spécialités crémeuses et mousseuses. Mais ils servaient également des soupes et des sandwichs pour le déjeuner. Le cadre était agréable, avec des murs en brique, une variété de plantes vertes et un beau carrelage ancien au sol avec des motifs élaborés.

— Salut, Callie, me lança le propriétaire à mon entrée.
— Ça va, Guy ? Que proposes-tu de bon, aujourd'hui ?
— Du pain de seigle avec bœuf fumé, mayonnaise et emmental. Ou un sandwich à la viande hachée, petits oignons frits, fromage fondu et poivrons grillés.

Les deux me mettaient en appétit. Mais les deux étaient redoutables et exigeaient d'ouvrir grand la bouche en utilisant un maximum de serviettes en papier. C'était plutôt le genre de plaisir à vivre en solitaire, sans avoir à s'inquiéter de la graisse susceptible de vous dégouliner sur le menton. Les premières impressions étaient importantes, et je ne voulais pas que Doug336 se retrouve avec une image mentale de moi parée d'une grosse tache grasse sur la poitrine.

— Je prendrai la soupe du jour, plutôt, décidai-je à regret.
— O.K., ça roule, lança Guy gaiement.

La porte du café s'ouvrit à ce moment précis, livrant passage à ma mère et à son assistant mortuaire. En me voyant, le visage au teint crayeux de Louis s'anima d'un éclat libidinal souterrain.

— Ha ha... En voilà une qui est si jolie qu'on la mangerait toute crue.

Je me hâtai d'embrasser ma mère en prenant soin de la placer en écran entre Voldemort et moi.

— Salut, maman ! Bonjour, Louis.
— Tiens, c'est drôle de tomber sur toi, ma chérie. Et Louis a raison, tu es très en beauté, aujourd'hui.

Avec son petit sourire de Grinch, Louis manœuvra pour se rapprocher de moi. Oh ! mon Dieu... Il arrivait tout droit du travail, apparemment.

— Louis, tu... tu as encore tes gants !

Je déglutis, cherchant à refouler les images qui me mitraillaient le cerveau avec une redoutable netteté. S'il avait des gants en latex, c'est qu'il préparait... quelqu'un.

— Oups !

Sans détacher les yeux de moi, il retira ses gants, lentement, comme s'il se livrait à un strip-tease, puis il se racla bruyamment la gorge pour tenter de dégager son écoulement rétro-nasal. Horreur et frémissement.

Ma mère, imperturbable, étudiait la liste des plats à emporter.

— Calliope, sais-tu que *ton père* a essayé de m'appeler ? Naturellement, je ne décroche pas. A-t-il une tumeur au cerveau, ou autre chose de dramatique dont je devrais être informée ?

— Euh... non, pas de tumeur au cerveau. Il a plus de temps disponible, maintenant qu'il est à la retraite. Il éprouve peut-être juste le besoin de... parler ?

Ma mère me jeta un regard dubitatif et ne fit aucun commentaire.

— Je pensais justement à toi aujourd'hui, Calliope. A la façon dont je... t'exposerais, me chuchota Louis à l'oreille en haussant un sourcil anémique.

— Arrête, Louis ! C'est monstrueux, comme technique de drague. Et terrifiant, par-dessus le marché.

Il ne répondit pas, se contentant d'arborer un sourire satisfait. Je battis en retraite sans demander mon reste.

— Bon, je vous laisse, j'ai rendez-vous avec un ami. Bon appétit à vous deux.

Là-dessus, je me réfugiai dans un coin derrière une plante verte. Le café commençait à se remplir et je saluai les uns et les autres, vu que je connaissais plus ou moins tout le monde à Georgebury. Je vis Shauneee Cole, membre actif des Rats de Rivière. Plus loin, Dave, le frère d'Annie, gesticulait en parlant dans son téléphone portable.

— Ah tiens, voilà la plus belle ! Ça va, Callie ? me lança-t-il en s'interrompant dans sa conversation.

Je lui rendis son signe joyeux de la main. J'avais un faible pour Dave depuis toujours. Encore quatre minutes et Doug336 serait en retard, constatai-je en consultant ma montre rouge Hello Kitty en édition collector. Je décidai de lui laisser encore dix minutes avant de lever le camp. Sachant que pour Mark, bien sûr, j'aurais attendu des heures sans broncher. D'ailleurs, je ne l'avais pas seulement attendu des heures, mais des mois, voire des années. Pour oublier la petite douleur acérée que me procura cette pensée, j'écrivis un texto à Annie. *Me prépare à rencontrer Doug336. Choisis la couleur de ta robe pour le mariage. Rapport détaillé suivra.* Annie s'intéressait de près à mon parcours sentimental, ayant décidé que je devais impérativement connaître un bonheur domestique égal à celui qu'elle avait trouvé avec Jack.

Ah ! Doug336 franchissait la porte. Je lui fis signe, pas trop vigoureusement pour n'avoir l'air ni psychotique ni aux aguets. Doug ne me vit pas. Mais le type qui entrait derrière lui, si, hélas. Et, comme par hasard, il s'agissait de Ian McFarland, le vétérinaire. Il se figea, me gratifia d'un petit signe de tête, puis fixa fermement son attention sur la liste des plats du jour.

Pas de panique, Ian ! Je ne suis pas ici pour toi. Je me levai pour aller saluer mon Doug. Face à mon approche, McFarland garda son attention rivée sur le tableau, me rappelant Josephine dans ses jeunes années, lorsqu'elle se couvrait les yeux pour se rendre invisible.

— Salut, Doug.

Je lui décochai mon beau sourire à mille watts et notai du coin de l'œil que mon ami le vétérinaire poussait un discret soupir de soulagement. Celui-là, franchement ! Il était grave, comme aurait dit Bronte.

Doug me considéra avec enthousiasme.

— Ah, salut Callie ! Content de te rencontrer en live.

— Je nous ai pris une table dans le fond. Tu veux commander quelque chose ?

Il m'adressa un sourire entendu.

— Je ne suis pas venu ici pour la nourriture. Conduis-moi.

Il me plaisait, ce Doug336. Il était mignon. Et comme cela tombait bien, que notre Dr McRigide puisse constater de visu qu'un homme s'intéressait à moi !

— Comment allez-vous, docteur McFarland ? lançai-je allègrement.

— Bien, mademoiselle Grey, je vous remercie, marmonna-t-il sans détacher les yeux de sa liste des spécialités du jour.

— Je peux vous appeler Ian ? demandai-je, rien que pour le plaisir d'être pénible.

Il me jeta un regard rapide puis retourna à son menu.

— Mais naturellement.

— Je vous souhaite une journée merveilleuse, Ian.

Je me tournai vers mon compagnon. *Eh oui, Ian, je déjeune en compagnie. Et il est plus beau gosse que toi.*

— Tu es encore plus jolie que sur ta photo, commenta Doug lorsque nous fûmes assis.

Je lui souris.

— Merci.

Il était assez beau, avec des cheveux longs et sombres, des yeux noisette. Bien fichu, jean et T-shirt. Un bracelet tissé, fabriqué avec une fibre brillante. Il y avait une éternité que je n'avais pas été à un premier rendez-vous. A bien y réfléchir, j'expérimentais pour la première fois une situation de tête-à-tête avec un homme qui ne m'avait jamais été présenté.

Je souris de manière à montrer ma fossette, ce qui marchait toujours assez bien pour moi.

— Alors ? Où commençons-nous ? J'avoue que c'est la première fois que je rencontre quelqu'un en ligne.

— Une vierge internet, murmura Doug. Classe.

Je clignai des yeux.

— Et si on échangeait quelques infos de base ? suggéra t il.

Une soudaine hésitation me saisit.

— D'accord. Eh bien, je travaille dans une agence

108

de pub… J'ai une sœur plus âgée et un frère plus jeune. J'ai vécu dans le Vermont presque toute ma vie, même si j'ai fait mes études en Pennsylvanie, puis travaillé quelques années à Boston. Je n'ai jamais été mariée, pas d'enfants, deux nièces.

— Tu vis seule ?

— Non, avec mon grand-père. Il est… euh…

Je m'interrompis, répugnant à aborder les problèmes de Noah avec un inconnu.

— On s'entend bien, lui et moi.

— Moi aussi, j'ai une coloc, expliqua Doug. C'est une harpie, mais la maison lui appartient. Ça complique un peu les choses.

— Ah, zut. Tu cherches un autre logement ?

— Il s'agit de ma mère, en fait. Je n'ai pas trop le choix.

Aïe. Un gros point en moins pour Doug336.

— Il suffirait que tu déménages, non ?

— Je suis fauché, admit-il avec un sourire d'autodérision.

Deux points en moins. Je n'avais rien contre les faibles revenus, mais un homme de trente-trois ans habitant chez sa maman… On ne pouvait pas dire que les indicateurs positifs pleuvaient, en l'occurrence. *Mark est avec Muriel*, me rappela Michelle Obama. *N'oublie pas que tu passes à autre chose*. Bon, d'accord. Avec ça, le vétérinaire revêche venait de s'installer à une table proche. Et, pour des raisons évidentes, je voulais qu'il me voie en interaction positive avec un individu mâle de mon âge.

— Alors que fais-tu dans la vie, Doug ?

Du coin de l'œil, je vis Ian déplier son *Wall Street Journal*. Avant que Doug puisse répondre, ma mère et Louis se présentèrent à notre table, munis de leurs repas à emporter dans des sacs en papier kraft.

— Callie ? Mais tu as un *rendez-vous* ? s'écria ma mère, sans prendre la peine de gommer le sentiment d'horreur dans sa voix.

Louis vint se coller quasiment contre moi.

— Bonjour... Je suis Louis, l'ami de cœur de Calliope.
Je secouai la tête.

— Faux ! Maman, Louis, je vous présente Doug...
Doug, ma mère, Eleanor Misinski et Louis Pinser, son assistant.

Doug se déclara enchanté.

— Quelles sont vos intentions vis-à-vis de Callie ? s'enquit Louis de sa voix veloutée de tueur en série. Sont-elles sérieuses ? Dois-je m'inquiéter, Calliope ?

— Bon, O.K., bye bye, Louis. Tu peux nous laisser, maintenant. Allez, ouste ! Du balai.

Ma mère prit Louis par le bras et le tira de quelques pas en arrière.

— Amusez-vous bien, dit-elle, du ton sombre et compatissant dont elle usait avec les familles endeuillées.

Elle soupira tragiquement — pauvre femme, sa fille n'avait-elle donc rien retenu des leçons qu'elle lui prodiguait depuis l'enfance ? Puis elle poussa Louis jusqu'à la porte d'entrée.

Je pris une profonde inspiration et, toute honte bue, reportai ma souriante attention sur l'homme en face de moi.

— Désolée, Doug. Tu t'apprêtais à me parler de ton métier.

Son visage s'éclaira.

— Je suis artisan créateur. J'utilise un matériau organique pour des applications inattendues, afin de sensibiliser le public aux dons que nous devons à la seule nature.

C'était, de toute évidence, un discours appris par cœur auquel Doug avait souvent recours. Il se renversa contre son dossier et m'adressa un large sourire.

— Ah, je vois..., dis-je en hochant la tête.

J'essayais de ne pas le ranger d'emblée dans la série standard des amateurs de muesli/créatifs/baba-cools du Vermont. Il fallait dire que je vivais dans un Etat où il était impossible de faire deux pas sans tomber sur un potier, un tisseur ou un sculpteur. Mon grand-père entrait dans la catégorie des grands créateurs, même si je savais que Noah aurait préféré se crever les deux yeux avec une fourchette avant de s'affubler de ce titre.

— Et qu'est-ce que tu crées, alors ? demandai-je en prenant une cuillerée de soupe.

Mmm... Brocoli et fromage. Délicieux.

— Je fabrique des cache-pots en cheveux humains.

Je m'étranglai. Pris une serviette en toussotant, crachotant et pleurant. Mon regard larmoyant tomba sur le bracelet à son poignet. Berk... Des cheveux humains ! Je m'étranglai un peu plus encore, l'horreur et l'hilarité m'assaillant à parts égales.

— Ouah ! m'exclamai-je faiblement.

Ian McFarland tourna un regard surpris dans ma direction et je m'efforçai de lui sourire en lui adressant un faible signe de la main.

— Ça va ? s'inquiéta Doug.

Je réussis à reprendre ma respiration.

— Oui, oui... Des cheveux humains, tu dis ? Intéressant.

Doug se rengorgea.

— Je sais. Il n'y a plus personne sur ce créneau, de nos jours. Et j'ai pris le contrôle du marché.

— Parce qu'il y a un marché pour le macramé en cheveux humains ?

Troisième et dernier point en moins ! Je refrénai la tentation de baisser le pouce, comme un empereur aux jeux du cirque. Mais sérieusement, Doug366 n'était pas homme à remplacer un Mark Rousseau dans mon cœur.

L'appétit coupé, j'écoutai d'une oreille pendant que Doug partait dans des considérations extatiques sur les différences de résistance, de reflet, d'éclat des différents types de cheveux : la rousse, la brune, la fort rare blonde naturelle. Glissant un coup d'œil subreptice sur ma gauche, je vis que Ian était plongé dans un article. Agréable façon d'occuper sa pause de midi : lire et manger figuraient parmi mes passe-temps préférés. Et il avait commandé le sandwich au bœuf fumé, le veinard. Je lui enviais le contenu de son assiette.

En face de moi, Doug rit d'une de ses propres remarques et je revins à la conversation en cours.

— Et tu les sors d'où, ces cheveux, alors ? demandai-je, vaincue par la curiosité. D'un salon de coiffure ?

— Pas d'un coiffeur, non. J'ai mes sources.

Il leva les yeux pour examiner mon crâne.

— Les tiens sont très beaux, au fait.

Je déglutis.

— Et si on allait chez moi ? suggéra-t-il.

— Pour que tu puisses me scalper ?

Et dire que je trouvais que Louis donnait la chair de poule ! J'avais trop hâte d'appeler Annie.

— Mais non !

Doug se mit à rire.

— Pour batifoler un peu. Ma mère a le sommeil lourd.

— Hou là… Désolée, Doug. Mais je ne crois pas que ça puisse coller entre nous. Je suis sûre que tu es très… créatif et très drôle. Mais je ne vois pas d'avenir pour nous.

— Bon, d'accord. Merci de m'avoir fait perdre mon temps.

Doug se leva et partit au pas de charge, comme un gamin de trois ans à qui on refuse une glace. Des têtes se tournèrent. Je me demandai si quelqu'un avait remarqué son bracelet en cheveux naturels. Ou sa calvitie qui brilla au soleil lorsqu'il franchit la porte.

Je tournai les yeux vers Ian McFarland. Il avait le regard rivé sur moi, et ses yeux d'un bleu froid me considéraient comme si j'étais une bestiole réduite en bouillie sur le bord d'une autoroute.

— Tout va bien, Callie ?

— Je me porte à merveille, oui, Ian. Vous êtes content de votre sandwich ? Ma soupe était délicieuse. Oups ! Vous avez vu l'heure ? Il faut que je me dépêche. Passez une excellente journée !

7

Pénétrer dans l'atelier de Noah, c'était comme entrer dans une cathédrale.

Le vieux bâtiment d'usine avait fait partie, dans le temps, des scieries du Vermont qui avaient présidé à la naissance de Georgebury. La hauteur sous plafond était de douze mètres, si bien que la salle était remplie d'échos, comme un canyon. Les murs étaient en brique rudimentaire, le sol fait d'un plancher en chêne non verni, aux lattes larges et irrégulières, devenu lisse, sombre et doux sous un siècle et demi de pas. L'établi de Noah occupait tout un mur, éclairé par une vieille lampe en cuivre. Dans un coin, se trouvait un hideux fauteuil de repos en plaid où mon grand-père faisait parfois la sieste et que les services de santé auraient dû lui retirer d'office. L'espace immense était imprégné par des émanations de bois depuis sa création.

D'autres odeurs étaient présentes, bien sûr : le polyuréthane, la fumée du fourneau à bois contre le mur opposé, les agréables senteurs huileuses qui se dégageaient des outils de Noah et parfois des bouffées de chien mouillé, puisque Bowie passait ses journées avec mon grand-père. Mais, dominant royalement tout le reste, s'imposaient les parfums du cèdre, du pin et du chêne. Même quand je vivais à Boston, l'odeur du bois fraîchement coupé me faisait me retourner et chercher mon grand-père des yeux.

En ce moment, Noah avait trois bateaux en chantier à différents stades d'achèvement. Le premier était un de ces kayaks qui avaient fait de lui une sommité dans l'univers des amateurs de navigation à rame. Long et fin, avec une proue si effilée qu'elle découpait l'eau comme une lame, il était conçu pour la course en océan. La seconde embarcation était faite, selon les termes de Noah, pour « les idiots comme toi, Callie ». Mon grand-père désignait par là les gens qui aimaient se balader à la rame sur un lac et regarder les arbres et les petits oiseaux. Ce modèle-là était difficile à faire chavirer. Mais il n'en restait pas moins gracieux et élégant. Le troisième bateau était aussi une splendeur dans son genre : un canot de pêche des Adirondacks. Et même s'il n'était qu'à moitié terminé, je l'imaginais très bien avec Gatsby le Magnifique à son bord, jetant sa ligne tout en soupirant après cette vache de Daisy.

Je criai le nom de mon grand-père.

— Ho hé, Noah ?

Bowie leva le museau, jappa gaiement et bondit sur ses pattes pour trotter à ma rencontre. Je tapotai sa belle tête massive.

— Alors, mon beau chien. Tu sais où est passé Noah ?

— Par ici, par ici, grommela mon grand-père en émergeant de la pièce à l'arrière où il rangeait ses fournitures. Qu'est-ce que tu veux ?

— Oui, je vais bien, merci. C'est adorable de t'inquiéter de moi.

Noah roula les yeux dans les orbites et attendit.

— Je voulais juste te rappeler, cher Noah, que tout le monde vient dîner ici ce soir. Et qu'il serait temps que tu sortes de ton antre et que tu passes sous la douche.

Mon grand-père se rembrunit et me fit penser plus que jamais à un Père Noël bougon, avec une gueule de bois fracassante.

— Je suis vraiment obligé ? Je crois me souvenir qu'une bonne moitié des membres de ma famille m'insupporte.

— Arrête de gémir. D'ailleurs, ce n'est pas la moitié de ta famille que tu ne supportes pas. Juste un gros tiers.

— Bon, bon… Qui vient ?

— Les suspects habituels : Freddie, Hester, les filles, maman… et papa.

— Hein ? Quoi ? Tes deux parents à la fois ? Ta mère est au courant ?

J'admis que non.

— J'ai pensé qu'il valait mieux lui faire la surprise.

Noah passa une main noueuse dans ses épais cheveux blancs.

— Mon fils est une andouille. Et ta mère, je la vois d'ici. Elle va l'étriper à coups de fourchette. Tu cherches les ennuis ou quoi ?

Je pris une profonde inspiration.

— Le fait est que… Papa veut se remettre avec maman, et il m'a demandé de lui filer un coup de main pour faciliter le retour d'affection.

— Il n'aurait jamais dû la quitter, ce triple idiot. Tu crois que je me suis intéressé aux autres femmes, moi, une fois que j'ai eu épousé ta grand-mère ?

Je souris.

— Oui, je sais. Quant à papa… il a bien le droit de tenter sa chance.

— C'est un éternel adolescent, ce garçon, si tu veux mon avis.

— Il a toujours été un très bon père, protestai-je.

Et c'était vrai. A part sa phase d'infidélité, donc.

— Un bon père respecte la mère de ses enfants, bougonna Noah.

— Oui, bon, O.K… Tout le monde vient, en tout cas.

— Je prendrai mon dîner dans ma chambre.

— Sûrement pas, non. Ce soir, c'est dîner en famille. Même Freddie se déplace.

Noah grogna de plus belle.

— Tiens, parlant d'éternelle adolescence… Il a enfin terminé ses études, ton frère ?

— Non. Il prend une année sabbatique pour réfléchir à ce qu'il veut faire, comme il te l'a déjà expliqué dix-huit fois. Hester vient avec les filles, et bien sûr, moi, ta préférée, je serai là. Donc, tu manges avec nous.

Je le tirai hors de l'atelier pour le conduire jusque dans la cuisine, où une odeur de poulet rôti nous accueillit chaleureusement.

— J'ai encore du ponçage à terminer, protesta Noah.

— Tu sais très bien que je le ferai pour toi plus tard, vieillard indigne ! Alors pas d'excuse. Tu manges avec nous.

Noah s'assit en soupirant et entreprit de détacher sa jambe.

— Tu es tellement cruelle avec moi, Callie... Elle est dure, ta maman, mon pauvre Bowie.

Je me relevai après avoir vérifié l'état de cuisson de mon poulet.

— Dure, moi ? Cruelle, moi ? Alors que je viens de passer deux heures à nettoyer la maison de fond en comble ? *Y compris* la bauge infâme qui te sert de chambre et dont j'ai sorti, entre parenthèses, pas moins de quatre assiettes crasseuses et six verres pas moins glauques. Sans parler de la bouteille de whisky dont tu crois que j'ignore l'existence. Je ne cuisine pas ton repas tous les soirs, vieil homme ? Et je ne passe pas tes bateaux au papier de verre chaque fois que tu te plains de ton arthrose, alors que nous savons l'un et l'autre que tu as juste horreur du ponçage ? Et ENLÈVE-MOI cette jambe de la table.

Noah soupira avec résignation.

— Bon, bon, je n'ai rien dit. Il y en a des pires que toi.

Il n'était pas inhabituel que j'organise des dîners en famille à la maison. Les invitations tombaient même régulièrement, une fois par mois. Mais, en temps normal, je convoquais mes parents en alternance. Lorsqu'elle poussa la porte, une heure plus tard, ma mère ne formula aucune objection en trouvant mon père déjà dans la place. Elle ne dit rien, non. Mais elle sourit. Ce qui était beaucoup plus terrifiant encore.

— Ah tiens, Tobias, lança-t-elle d'une voix mélodieuse et létale.

Si un cobra pouvait parler, je suis sûre qu'il s'exprimerait exactement sur le même ton. Mon père, qui était en train d'embrasser Freddie, soutint héroïquement son regard féroce.

— Bonsoir, Eleanor. Tu es très en beauté, aujourd'hui.

— Bien joué, papa, commenta Freddie en se servant un verre de vin. La flatterie est une bonne stratégie de reconquête.

Apparemment, mon jeune frère avait également été mis dans le secret des intentions paternelles.

Ma mère examina son ex de la tête aux pieds.

— Merci, Tobias. De ton côté, tu sembles... en grande forme. Tu en es où, de ta syphilis, au fait ?

— Je n'ai jamais eu de..., commença mon père d'un ton abrupt.

Puis il se souvint qu'il faisait la cour à la femme de sa vie et poursuivit plus aimablement.

— Je suis en parfaite santé. Et toi, comment te portes-tu ?

— Comme un charme, répondit ma mère sans ciller.

Je jure que la température de la pièce était soudain descendue d'au moins cinq degrés. J'embrassai Eleanor sur la joue.

— Salut, m'man.

— Calliope ! Comme c'est gentil de nous avoir invités. Et quelle heureuse idée d'avoir inclus... *ton père*.

— J'ai peur, chuchota Freddie en me décochant un clin d'œil. Serre-moi dans tes bras, Callie.

— Je te sers un peu de vin, maman ?

— Très volontiers, oui.

— Tout va bien au funérarium ? demandai-je, avec l'espoir de regagner quelques points dans l'estime maternelle en abordant un sujet cher à son cœur.

Le ton de ma mère se radoucit.

— Très, très bien, oui. Louis a fait une reconstruction magistrale sur un homme qui a été frappé par un démonte-pneu malveillant. Alors que sa tête ressemblait à un plat de spaghettis à la tomate.

Freddie parut fasciné.

— Qu'est-ce que tu appelles un démonte-pneu malveillant ? J'imagine que ça ne devait pas être joli à voir ?

— Ce n'est rien de le dire, mon chéri. On ne pouvait même plus distinguer où était son...

— Stop ! criai-je. Maman, s'il te plaît...

Ma mère marqua un certain étonnement.

— Comment peux-tu être une pareille mauviette, ma pauvre Callie, alors que tu as pour ainsi dire grandi entre deux cercueils ? Tu as pourtant la mort dans le sang, toi aussi !

— Il n'y a pas l'ombre d'une trace de thanatophilie dans *mes* gènes, rétorquai-je avec impatience. Et personne ne m'a demandé mon avis sur le lieu où j'ai grandi.

Ma mère me considéra avec une certaine froideur puis se tourna vers son fils.

— Quoi qu'il en soit, son visage était...

— Ah tiens, j'entends Hester et les filles qui arrivent. Je vais à leur rencontre !

Je m'évadai en courant dans la nuit fraîche et bruineuse.

— Ce n'est pas la voiture de papa, au moins ? s'inquiéta Hester en ouvrant sa portière.

Voir ma sœur s'extirper péniblement de sa Volvo me servit de signal de rappel : sombre avenir pour moi si je continuais d'abuser de la pâte à gâteaux crue.

— Ma tatie chérie !

Josephine me passa les bras autour de la taille.

— Tatie, tatie ! Tu veux bien me faire des tresses, dis ? Et puis, je fais partie de la chorale de l'école. Et on va chanter des chansons pour Noël. Allez, fais-moi mes tresses ! *S'il te plaît !*

— C'est génial, pour la chorale, ma puce. Je te ferai tes tresses un peu plus tard, d'accord ? Salut, Bronte.

Son casque vissé sur les oreilles, l'aînée de mes nièces me jeta un regard noir.

— Salut.

Ah, les douceurs de l'adolescence...

— Je suis tellement contente de te voir, Bronte. Je t'adore. Tu es magnifique et intelligente.

— Calme ta joie, Callie, maugréa-t-elle.

Mais j'eus quand même droit à une bise avant qu'elle ne se traîne d'un pas désenchanté en direction de la porte d'entrée. Hester m'attrapa par le bras.

— Sérieusement, c'est la voiture de papa ?

Je soupirai.

— Oui. J'ai pensé que ce serait sympa de réunir tout le monde.

— Sympa ? Comme de se faire arracher la rate par un lion affamé en étant encore consciente ?

— Oui, voilà. C'est exactement le résultat que je vise ! Bon... Il ne faut pas dramatiser non plus, Hester. Ce n'est pas la première fois qu'ils cohabitent quelque part ensemble.

— En public, seulement. Pour les grandes occasions. Avec plein de gens autour pour distraire, faire blocage, limiter les dégâts !

Ma sœur me considéra d'un air découragé.

— Tu es idiote, tu le sais ? Qu'est-ce que tu cherches, là ? A les réconcilier ?

— Eh bien, papa, euh... Bon, laisse tomber.

— Papa quoi ? Il est mourant ?

— Mais non ! Maman et toi, vous êtes tellement... Il aimerait faire amende honorable.

— Il rêve, marmonna Hester. Je crois que je vais vous laisser les filles et aller m'allonger sur l'autoroute, avec l'espoir de me faire écraser.

— Quelle savoureuse idée ! Ramène tes fesses à la

maison et arrête de gémir. J'ai fait un dîner somptueux. Entre !

Ma sœur obéit. J'aspirai une grande bouffée d'air humide et froid, récitai une courte prière pour la paix et lui emboîtai le pas.

Les moments passés en famille chez nous étaient... comment dire ? Infernaux. Totalement infernaux. Comme j'étais l'enfant du milieu, je servais de référent, de confidente, d'hôtesse et de martyre. Avais-je le sentiment qu'il fallait réunir la famille, de temps en temps ? Sûrement. Est-ce que je *voulais* voir les miens rassemblés ? Théoriquement, oui. Concrètement, surtout pas.

Mais mon père m'avait demandé de l'aider. Et même s'il avait probablement autant de chances de réussir qu'un poussin de survivre en traversant un circuit de Formule 1, je me devais de lui apporter mon soutien. Si je ne le faisais pas, personne d'autre ne s'y collerait.

Pendant des années, mon père avait été l'image même du charmeur penaud... *Oui, je sais, je me suis tellement mal comporté, mais n'ai-je pas toujours le rire facile et les yeux qui pétillent ? L'un de vous trois aurait-il besoin d'une nouvelle voiture ?* Ma mère, d'un autre côté, restait cantonnée dans son personnage de reine offensée et ne manquait jamais une occasion de rappeler à mon père qu'elle n'avait ni oublié ni pardonné. Freddie s'entendait plus ou moins avec tout le monde. Hester, comme ma mère, gardait une nette rancœur, mais elle tolérait la présence de notre père et admettait qu'il était un bon grand-père pour Josephine et Bronte.

Quant à Noah, c'était un vieux Vermontois intraitable. Ma grand-mère et lui s'étaient rencontrés à dix-sept ans. Mariés à dix-huit, ils avaient continué à s'aimer imperturbablement pendant trente-neuf ans. Mon grand-père nous considérait tous comme une bande d'arriérés sur le plan affectif. Et il n'avait peut-être pas complètement tort.

Tassé dans un coin, Noah assistait à la conversation d'un œil sombre.

— Bon, et si on mangeait ? lança-t-il. Je crève de faim. Et cette bière est chaude et éventée, pire qu'une assiette de pisse.

— C'est élégant, comme image, papi Grinch, commenta Bronte.

— Tu me critiques, toi aussi ? Et dire que je commençais juste à t'apprécier.

— Je vais aller te chercher une autre bière, papa, proposa l'auteur de mes jours.

— Bonne idée, fiston. Pour une fois que tu fais quelque chose d'utile de tes dix doigts... Et tiens, en parlant d'incapables, quand vas-tu te décider à terminer tes études dans ton université pour fils à papa, Freddie, et arrêter de saigner tes parents aux quatre veines ?

— Dans cinq ans, si tout se déroule bien, Noah, répondit gaiement mon frère. J'ai décidé de me réorienter dans la parapsychologie et de devenir chasseur de fantômes. Qu'est-ce que tu en penses ?

Noah, qui n'avait pas compris que son petit-fils le menait en bateau, en postillonna d'indignation dans sa bière. En temps normal, ma mère défendait toujours Freddie. Mais elle ne fit aucun commentaire, cette fois-ci, occupée qu'elle était sans doute à essayer de transformer mon père en statue de sel ou quelque chose de ce genre.

— J'adore les dîners en famille, maugréa Hester.

— Et moi donc, renchéris-je.

— Au fait, tu veux bien être accompagnante pour une sortie des farfadets, la semaine prochaine ? J'ai un colloque à Boston.

— Pas de souci, oui. C'est quel jour ?

— Jeudi, après la classe. Josephine meurt d'envie d'y aller.

— *No problem.* C'est quoi, cette sortie ? Une visite des fromageries Cabot ?

J'étais à fond pour ce projet à cause du bar à fromages gratuit.

— Euh... Josephine ? C'est où la sortie avec les farfadets, la semaine prochaine ? demanda Hester.

Josephine, qui était occupée à caresser Bowie en envoyant de grosses touffes de poils sur le parquet que je venais d'aspirer, se leva d'un bond pour se jeter à mon cou.

— C'est une ferme, je crois. Tu veux bien venir, tatie ? Dis oui, s'il te plaît. Dis oui !

Aujourd'hui, elle portait une combinaison noire à paillettes, une jupette violette et des Crocs roses.

— Bien sûr que je vais t'accompagner !

J'avais encore des tonnes de vacances à prendre. Et Mark, qui n'avait pourtant ni neveux ni nièces, avait toujours été très coulant, dès qu'il s'agissait de Josephine et de Bronte. Penser à Mark me vrilla le cœur. Il avait embrassé Muriel lorsqu'elle avait quitté le travail aujourd'hui. Sur la joue. En murmurant « A tout à l'heure, chérie ». Loin de moi l'idée d'écouter aux portes, bien sûr. Mais ce classique *chérie*... Je n'y avais jamais eu droit, pour ma part. Juste un « ma belle », de temps en temps. Mais il le disait aussi à Karen. Que l'on pouvait définir en gros comme un barracuda sur pied. Une fois, il m'avait appelée « mon trésor », ce qui, comme par hasard, m'avait fait fondre. Pour mon père, aux temps heureux, ma mère était son « oiseau bleu du bonheur », tellement elle faisait sa joie. A l'instant présent, ma mère tripotait son couteau et le regardait avec une lueur calculatrice dans les yeux.

Je rassemblai mon troupeau de brebis égarées autour de la table, servis à boire à tout le monde, courus dans la cuisine nettoyer la fourchette de Josephine qu'elle avait fait tomber, déplaçai le centre de table composé de zinnias et de cosmos fraîchement cueillis par mes soins, passai un coup d'éponge suite à un verre renversé et réussis enfin à m'asseoir.

— C'est sympa de se retrouver, lançai-je à la ronde.

Personne ne me répondit, car ils étaient tous déjà occupés à vider leur assiette. Sept minutes plus tard, ce fut officiel : le dîner, qui consistait en mon célèbre poulet rôti à l'ail, une purée de pommes de terre à l'aneth, une sauce maison, des carottes braisées et des haricots verts aux amandes (deux heures de préparation) avait été consommé en moins de treize minutes. Il m'avait fallu plus de temps que cela pour dresser la table.

— Merveilleux, ma petite Callie, déclara mon père en me gratifiant d'un de ses regards pétillants.

— Faut que je retourne à l'atelier, grommela Noah en repoussant sa chaise pour sautiller hors de la salle à manger.

Je tentai de l'arrêter.

— Hé, Noah ! Stop ! Qu'est-ce que tu as fait de ta jambe ?

Il ne prit pas la peine de répondre.

— Elle est sous la table, constata Josephine en soulevant la nappe.

— Trop dégueu, grommela Bronte en jouant du bout de sa fourchette avec les légumes sur son assiette.

— Et si on jouait au Monopoly ? proposa mon père.

Il jeta un regard luisant d'espoir à ma mère, qui fixait la nappe, perdue dans des fantasmes de démembrement et autres opérations exercées sur son ex-mari.

— Je crois me souvenir que tu avais une préférence pour le pion en forme de fer à repasser, Eleanor.

— C'est comme ça que tu dragues, papa ? ricana Freddie. Il va falloir que tu révises un peu ta technique.

— Et si on jouait à la DS ? plaida Josephine. Callie, on peut jouer à la console ?

Ma mère examina sa manucure. Les expositions répétées au formaldéhyde lui avaient fait des ongles superbes et particulièrement solides.

— Ces jeux ont des noms vraiment surprenants, ironisa-t-elle. On console les déesses.

Mon père lança un rire tonitruant.

— J'aime beaucoup ton humour, Ellie. Et ce Monopoly,

alors ? Ça te dit, Bronte, mon cœur ? Tu as envie de jouer une partie avec tes vieux grands-parents ?

— Non, maugréa Bronte en croisant les bras sur son absence de poitrine.

— Fred, remue tes fesses et aide Callie à débarrasser, intima Hester en envoyant un coup de pied à notre petit frère.

— Tu n'as qu'à l'aider, toi. Comme tu as un arrière-train beaucoup plus volumineux que le mien, tu devrais être d'autant plus efficace.

— Moi, j'ai travaillé toute la journée. Alors que tu passes ton temps assis sur ton petit cul de flemmard.

— Tu occupes tes journées à engrosser les femmes. Qui te dit que je n'en fais pas autant ? rétorqua Freddie en haussant les sourcils d'un air innocent.

Bronte pouffa. *Ah, la famille…* En attendant, personne ne m'aidait. Je descendis encore quelques gorgées de chardonnay pour me donner des forces, pris une profonde inspiration, puis souris.

— Tout va bien, tout va bien, chantonnai-je stoïquement.

— Callie est en train de perdre la tête sous notre nez, commenta Freddie.

Je lui souris, reconnaissante qu'une personne au moins, dans cette famille, m'accorde un minimum d'attention.

— Au fait, Cal, tu as trouvé un mec avec qui coucher ?

Hester lui envoya un second coup de pied.

— Il y a des enfants dans cette pièce, Fred. En plus de toi et de tes six ans d'âge mental.

Maman me considéra pensivement.

— Si tu veux vraiment te marier, Callie, pourquoi ne laisserais-tu pas sa chance à Louis ? Il est bourré de talent, ce garçon.

Mon frère hurla de rire.

— C'est vrai, Callie. Cet homme a un art consommé pour arranger un cadavre, alors…

— Fred, arrête… Maman, j'aimerais autant qu'on ne

mentionne pas Louis à cette table. Et je te rappelle que papa vient de te demander de jouer au Monopoly avec lui.

Ma mère posa un regard réfrigérant sur son ex-mari.

— Qu'est-ce que tu me veux, exactement, Tobias ? demanda-t-elle d'une voix sifflante.

Bronte fit la moue.

— Il n'y a pas de dessert ?

— Si, si, dépêchez-vous d'aller le chercher, toutes les deux. Le gâteau est dans l'arrière-cuisine. Vous pourrez faire des parts, Josephine et toi, d'accord ? La glace est dans le congélateur, au sous-sol.

Mon père se rembrunit. Il avait sans doute compté sur la présence des filles pour lui servir de bouclier. Mais même s'il paraissait légèrement refroidi, il n'en monta pas moins au créneau.

— Puisque tu me poses la question, Eleanor : j'ai pensé que nous pourrions laisser le passé derrière nous. Et renouer.

Ma mère ne dit rien.

— Tu es la seule femme que j'aie jamais aimée.

L'impression de sincérité que donnait mon père fut minée par le regard assorti d'un clin d'œil qu'il coula dans ma direction. Hester eut un haut-le-cœur démonstratif et parut sur le point de recracher son vin. Mais mon père n'en eut cure. Il savait qu'elle était cynique et qu'il ne pouvait compter sur elle pour le soutenir dans sa mission chevaleresque.

Ma mère lui jeta un regard presque charmé, comme un chat s'émeut devant un souriceau imprudent... *Hé, c'est gentil de me distraire. Maintenant, si tu veux bien, je vais te dévorer en commençant par les pattes.*

— Continue, je t'en prie, l'incita-t-elle.

Mon père, qui aurait été capable de se faire renverser par un tank sans s'en apercevoir, poursuivit naïvement :

— Toi et moi, nous ne rajeunissons ni l'un ni l'autre, Eleanor. Tu n'as jamais eu d'autre homme que moi. C'est ce qu'affirme notre fils, du moins.

Fred émit un son étranglé. A la différence d'Hester et de moi, il n'avait jamais appris à tenir sa langue lorsque nos parents cherchaient à nous extorquer des informations l'un sur l'autre.

— Il est temps de songer à nos vieux jours, Ellie. Tu n'as pas envie de finir ta vie seule, n'est-ce pas ? Et il nous reste encore quelques belles années devant nous.

Il se redressa. Avant de gratifier maman de son regard pétillant et de son sourire plissé.

— Alors qu'est-ce que tu en dis ? Tu es prête à nous donner une seconde chance ?

Ma mère sourit. Fred, Hester et moi nous rejetâmes légèrement en arrière en vue de l'explosion imminente.

— Eh bien, Tobias, comme je suis sobre, je n'ai même pas besoin de me donner un temps de réflexion. La réponse, forcément, est non.

— Pourquoi ne pas faire au moins une tentative ? protesta mon père. Si ça ne marche pas, cela t'aura au moins permis d'essayer quelque chose de différent.

De nouveau, ma mère eut ce même sourire *presque* (toute la nuance étant dans ce « presque) affectueux.

— Pourquoi diable me remettrais-je avec toi, Tobias ?

Mon père me jeta un regard inquiet qui ressemblait à un appel au secours.

— Eh bien... parce que je t'aime, Eleanor.

Je devais lui concéder quelques points pour son courage.

— Malgré mon attitude répréhensible, je n'ai jamais cessé de t'aimer.

Il réussit à caser son plus beau sourire à la Clooney. *Oui, j'ai un petit côté mauvais garçon, mais elles ne te font pas craquer, mes rides du sourire ?*

— Pendant les deux dernières décennies, j'ai regretté amèrement mes actes et je me suis remis en question.

Mon père avait apparemment préparé son discours. Ma mère lui répondit avec la voix douce et glacée qui avait jadis semé la terreur dans nos cœurs d'enfants.

— Je ne te demande pas quel intérêt cela présente pour toi, Tobias, mais ce que j'aurais à y gagner, moi ?

Mon père hésita.

— Une compagnie. Une camaraderie retrouvée.

— Lorsque j'en éprouverai le besoin, je prendrai un chien.

Papa s'agita sur sa chaise.

— Bon, d'accord, je vais être direct : une vie sexuelle ?

— Qu'en dites-vous, ô ma fratrie ? Si nous laissions nos parents tranquilles un instant ? suggérai-je avec le tact qui me caractérise.

Mais ni Hester ni Fred ne bougèrent.

— Je m'éclate. C'est mieux que l'Ile de la Tentation, commenta Freddie, en prenant une gorgée de bière.

Hester semblait tout aussi fascinée, mais sur un autre mode : plutôt comme un médecin légiste face à un cadavre particulièrement malmené.

Ma mère, qui avait toujours réponse à tout, ne dit rien. Un silence que mon père prit pour un encouragement.

— Tu te souviens, Eleanor ? Comme l'élan restait intense entre nous ? Jamais le désir ne s'est usé. C'était ce qu'il y avait de plus beau dans notre mariage, conclut-il avec un haussement de sourcils hollywoodien.

— A l'exception des trois enfants magnifiques que vous avez mis au monde, peut-être ? suggéra Freddie.

— Cela doit bien vouloir dire quelque chose, poursuivit mon père, sans tenir compte de l'interruption de son fils. Quand une telle attirance physique existe entre deux personnes, c'est qu'il y a une raison.

Je soupirai.

— Dommage que nous n'ayons pas des parents républicains. Je parierais ma chemise qu'ils ne s'exprimeraient pas ainsi devant leurs enfants.

— Il n'y a plus de républicains dans le Vermont, répliqua Hester en soupirant. Ils se sont éteints tout naturellement, comme les Shakers. Il reste du vin ?

Mon père et ma mère se regardaient fixement en

silence. L'espoir — un germe infime — se leva dans mon cœur. Et si l'affaire était moins désespérée que je ne le pensais ?

— Il t'a toujours aimée, maman, observai-je doucement.

Maman sourit. D'un vrai sourire.

— Je vais réfléchir.

— Quoi ? balbutia Hester.

Freddie siffla entre ses dents.

— A condition que…, dit maman.

— Que quoi ? demanda précautionneusement mon père.

— Que tu me présentes chacune des femmes avec qui tu as couché pendant que je portais notre fils.

Le sang se retira du visage de mon père. J'eus une image de mon germe d'espoir, broyé sous les solides chaussures maternelles.

— Eh bien… euh… Il n'y en a eu que deux, Eleanor.

Elle haussa un sourcil sévère.

— Bon, O.K., elles étaient trois… Mais de là à savoir ce qu'elles sont devenues… C'est à peine si je me souviens d'elles. Je crois qu'elles ont déménagé. L'une est partie… euh… en Nouvelle-Zélande. Et l'autre… ça doit être en France.

— De fait, je sais où elles sont. Toutes trois vivent dans un rayon de moins de cent cinquante kilomètres. J'ai suivi leur parcours au fil des ans. Ah, qu'est-ce que j'aime Google ! rétorqua ma mère en gratifiant ses trois enfants d'un regard rayonnant d'affection.

Hester ferma les yeux et secoua la tête.

— Donc, si tu es sincère, que tu m'aimes réellement et que tu espères ressusciter ce qui est mort entre nous, voilà ce qu'il te reste à faire, conclut-elle avec une évidente autosatisfaction.

Cette fois-ci, c'était une certitude : maman prenait un réel plaisir à enterrer les gens.

Une fois mon père reparti tête basse, Hester et les filles remontées en voiture, et Freddie planqué dans l'atelier avec Noah pour une séance de ponçage, je me retrouvai face à une énorme vaisselle, ma mère à mon côté, torchon en main.

— Voilà qui fut intéressant, observai-je en rinçant un verre à vin.

Ma mère le récupéra sur l'égouttoir et entreprit de l'essuyer avec une vigueur déconcertante.

— Très intéressant, en effet.

Je la détaillai du coin de l'œil. Ma mère n'était pas mal, dans son genre. Forte ossature, traits énergiques, de la gentillesse dans le regard. Elle n'était pas laide, mais on ne pouvait pas dire qu'elle était belle non plus. Il se dégageait d'elle une impression de… compétence. Mon père, de l'autre côté, faisait tourner la tête des femmes entre dix-sept et quatre-vingt-quatorze ans, et était assez incompétent dans pas mal de domaines. Alors que ma mère aurait sans doute vaincu les Nazis à mains nues et grimpé dans un tank pour le conduire jusqu'aux Alliés, mon père, lui, se serait contenté de hisser le drapeau blanc en ayant bon espoir que tout s'arrangerait pour le mieux.

— Tu es vraiment prête à réfléchir, pour la proposition de papa, alors ?

— Tu plaisantes, Calliope ! Il m'a trahie.

Je plaçai un nouveau verre sur l'égouttoir.

— Oui, c'est un fait établi. Aucun pardon possible, donc ?

— Il y a des années que j'ai pardonné à ton père, mentit-elle en évitant mon regard.

— Réellement, maman. Parce que…

— Et si on parlait de *ta* vie amoureuse, ma chérie ? Ça a donné quelque chose, avec le type débraillé du café ?

— Il n'était pas si débraillé que…

Torchon brandi, elle s'attaqua aux assiettes.

— J'en conclus que c'est non. Pourquoi cette envie de rencontrer des hommes célibataires, tout à coup ?

Je pensais que tu recourrais à Hester, sur le front de la reproduction.

— Non, répondis-je lentement. J'ai... j'ai toujours eu envie de me marier. De concevoir ma descendance selon la méthode ancestrale. De vivre heureuse et d'avoir beaucoup d'enfants.

— C'est ce rocking-chair qui a signé ta perte, marmonna ma mère.

— Le fauteuil en lui-même n'y est pour rien, maman. Ce n'est pas parce que ça n'a pas marché pour papa et toi, que...

— Ma chérie, je te mets au défi de trouver trois couples mariés depuis plus de dix ans qui vivent un bonheur sans nuage. Ensemble, je veux dire... Tiens. Relave-moi donc cette assiette, elle est encore sale.

Je réfléchis, tout en m'exécutant docilement.

— Facile : Noah et Mamie. Nana et Dimpy.

Je venais de nommer mes grands-parents des deux côtés.

— Et parmi les couples qui se sont formés *après* la dernière guerre mondiale ?

— Annie et Jack !

— Ça en fait un. Tu en as un deuxième en vue ?

Je fis la grimace.

— Voyons... Hum... Bon, d'accord, tu as gagné. Mais il reste que papa était sincère, maman. Je le crois vraiment. Il ne s'est jamais remis de votre rupture, tu as pu le constater aussi bien que moi. Et toi, tu as passé vingt ans à le haïr avec une violence à faire trembler les murs. Et tu sais ce qu'on dit, n'est-ce pas ? L'amour et la haine sont les deux faces d'une même médaille.

Ma mère me jeta un regard qui n'appartenait qu'à elle : un mélange de pitié, de patience et d'écœurement horrifié.

— Tu es tellement naïve, Callie...

J'en convins. Mais je ne pouvais oublier le visage de mon père le jour de l'anniversaire de mes trente ans.

— Il n'empêche que je garde le souvenir du couple que vous formiez lorsque vous étiez ensemble. Quand je pense à l'amour, au mariage, à la rencontre d'un homme qui m'aimerait pour ce que je suis, et à toutes ces conneries, je te revois toujours avec papa, valsant les yeux dans les yeux dans le salon au retour d'un de ses voyages.

A ma profonde surprise, les yeux de ma mère se remplirent de larmes.

— C'est quand même lui qui a tout gâché, non ? murmura-t-elle d'une voix étranglée.

— Il y a vingt ans, oui. Peut-être qu'un vrai pardon est devenu possible, après toutes ces années ?

Elle soupira.

— Quand quelqu'un trahit ta confiance, Callie, c'est comme s'il t'arrachait un morceau du cœur. Et à ma connaissance, ce morceau perdu ne se régénère pas.

Je songeai à Mark et à toutes les années passées à espérer. A attendre. A nous imaginer ensemble dans la maison de mes rêves. Puis je me le représentai avec Muriel.

O.K. Ma mère avait peut-être raison quelque part.

8

— Oups ! Quelle horreur !

Je vérifiai dans le miroir mais n'y trouvai que la confirmation de ce que je redoutais. Pour me remonter le moral, je me tournai pour examiner mon côté pile. Grossière erreur.

— Oh non, Bowie ! Regarde de quoi j'ai l'air !

Mon chien se leva et vint me lécher le genou en signe de compassion. Puis il s'effondra sur le dos et réclama une séance de massage. Je me contentai d'une rapide caresse ventrale puis me concentrai sur le problème en cours.

Ce matin, au travail, Muriel avait reçu un gros carton en provenance de la société de son père. Avec beaucoup d'aplomb, elle avait procédé à une distribution générale, en commençant par Damien à la réception, puis en remontant vers Pete et Leila. Elle avait enchaîné sur Karen et Fleur, puis terminé sa tournée par Bibi. Je ne l'avais encore jamais vue aussi excitée, riant avec Fleur, plaisantant avec Pete, distribuant des vêtements comme si elle se prenait pour le Père Noël : des T-shirts dans des teintes variées avec le logo de Bags to Riches (un sac plastique flottant au vent) ; des shorts de marche multipoches — sympas, type bermuda, descendant jusqu'aux genoux. Des chaussures de marche pour certains d'entre nous. Quelques sacs à dos.

Vint alors mon tour.

— Tiens, c'est pour toi, Callie.

Elle me tendit un T-shirt d'une couleur bilieuse, puis

plongea la main dans son carton pour en sortir une poignée de tissu. Une petite poignée de tissu.

Je cillai, levai le vêtement à la lumière. *Oh non...* Il ne s'agissait pas d'un short de marche, mais d'un cycliste. Le genre de machin collant que portaient les coureurs du Tour de France, tous épais comme des mantes religieuses.

— Il ne te reste pas un short de randonnée, plutôt ?

Muriel fit mine de regarder dans son carton.

— Non, désolée. Enfin, il y en a encore quelques-uns, mais ils sont à ma taille.

Sous-entendu : c'est à peine si tu pourrais y glisser le bras.

— Callie, s'il te plaît, ne te formalise pas pour si peu. Du moment que tu portes la marque Bag to Riches, le type de short n'a aucune importance.

Aucune importance ? Je soupirai face au miroir de ma chambre. Mlle Muriel deVeers devait peser moins de quarante-huit kilos tout habillée. Sans une once de graisse, bien sûr. Rien que du muscle revu et dessiné par des heures d'entraînement acharné avec un coach privé — celui-là même (d'après Fleur) qui houspillait les participants en surpoids du jeu télévisé « Qui Perd Gagne ». Un moment de téléréalité auquel j'assistais souvent avec plaisir en m'envoyant un demi-litre de crème glacée. Si Muriel portait ce cycliste, elle aurait l'air mince et sportive. Quant à moi... Je donnais surtout l'impression d'avoir passé le cap du premier trimestre. À part que je n'étais pas enceinte, hélas. Pas d'un enfant, en tout cas. Mais de crème glacée à la vanille. Voilà. C'était tout à fait ça. J'avais un bébé-bouffe dans le ventre.

Le lendemain après-midi, je devais participer à la randonnée d'entreprise obligatoire avec Charles deVeers et quelques cadres de BTR. Mark nous avait fortement encouragés à venir avec des amis pour montrer à quel point nous étions tous motivés par un style de vie sain et sportif. Si cela vous paraît prétentieux, pénible et affecté, je peux vous assurer que vous n'avez pas tort. Pete et

Leila étaient des zombies qui se cognaient aux portes et aux cloisons, trop absorbés dans leur cyber-univers pour se soucier de la vraie vie. Le dernier sursaut sportif de Karen remontait à ses années de lycée, lorsqu'elle faisait partie de l'équipe de jeu de palet. Quant à moi, je me faisais tirer par mon chien dans les montées lorsque je me promenais en vélo. Même en kayak, j'avais la pagaie indolente.

Avec ça, nous étions censés atteindre un sommet à mille deux cents mètres en empruntant un sentier si raide qu'on disait que même les cerfs en tombaient. Une perspective peu rassurante, de mon point de vue.

Mais pire encore que la marche, il y avait l'accoutrement. Et je maudissais Muriel. Que sa manœuvre ait été délibérée ne faisait aucun doute. Elle voulait me faire paraître molle, lente et gonflée de toutes parts. Et comme je l'étais, l'effet produit serait exactement celui qu'elle visait.

— Berk ! criai-je, faisant sursauter mon chien.

Comme je m'effondrais sur le bord de mon lit, la ceinture du short satanique me scia le ventre. Ce qui, hier encore, m'apparaissait comme un petit bourrelet somme toute assez sympathique, était devenu un amas de *graisse molle*. Je jetai un coup d'œil à mon rocking-chair. Mais il n'avait manifestement aucune solution à me proposer. Il ne semblait même pas vouloir m'adresser la parole. *Lorsque nous sommes ensemble, toi et moi, ce n'est pas pour aborder des questions superficielles. Compris ?*

— Compris, acquiesçai-je, consciente que je devrais arrêter de dialoguer, non seulement avec Betty Boop et Michelle Obama, mais également avec mon mobilier.

Devant l'expression soucieuse de mon chien, je me penchai pour lui effleurer le museau.

— Non, non, ne t'inquiète pas, Bowie. Avec toi, je continuerai toujours à communiquer. Et si tu me mangeais un ou deux kilos de graisse, ça te dirait ?

Mon chien me lécha la main à trois reprises mais n'alla

pas plus loin. J'avais déjà essayé mon panty sveltesse, mais pas moyen de marcher des heures en montagne avec ce machin sur le dos. Et même si je passais une commande expresse pour un vrai short de randonnée chez BTR, il n'arriverait pas à temps.

J'attrapai mon téléphone et appelai Hester.

— Hé, tu ne pourrais pas me prescrire une pilule miracle qui me ferait maigrir de cinq kilos d'ici demain ?

— Non. Mais je peux venir te couper la tête, si tu veux. Cela te soulagerait déjà d'un grand poids.

— Tu n'es vraiment pas coopérative, Hester ! Je dois porter un cuissard de cycliste demain, et j'ai un ventre comme une pastèque et…

— Je raccroche, annonça ma sœur.

Elle joignit le geste à la parole. Je ne pouvais pas vraiment lui en vouloir. Il fallait admettre que ma requête était pathétique. Mais quand même… Il devait exister une solution. Je repris mon téléphone et essayai Annie, généralement beaucoup plus compréhensive sur ce genre de questions.

— Tiens, Callie, salut. Qu'est-ce qui t'arrive ?

— Il faut que je perde mon ventre en une nuit, annonçai-je sans ambages.

J'entendis des casseroles tinter à l'arrière-plan.

— Qu'est-ce que tu prépares à manger, pour ce soir, Annie ?

— Evitons peut-être ce sujet, si tu as décidé de maigrir, rétorqua mon amie, non sans sagesse. Seamus ! Crache-moi ça tout de suite ! Non, je ne veux rien savoir. C'est cru.

— Embrasse-le pour moi, ton bout de chou.

— Callie te fait un bisou, Seamus… Crache ça, je te dis.

Elle reporta son attention sur moi.

— Alors, quel est le problème ?

— Randonnée en montagne pour le boulot. Muriel maigrichonne. Ventre de femme enceinte. Port obligatoire de short moulant. Faut-il en dire plus ?

— Oooh... D'accord, je comprends. Je peux faire quelque chose pour toi. Tu as un stylo pour écrire ?

Annie n'était pas ma meilleure amie pour rien.

Trois quarts d'heure plus tard, ayant réintégré ma tenue habituelle, je poussai la porte de « L'Herbe Heureuse » et entrai en territoire inconnu. C'était nouveau, c'était bio et il y régnait une odeur assez particulière, quelque part entre le foin, l'ail et le chanvre indien.

— Je peux vous aider ? demanda la jeune femme à la caisse.

Elle sourit et repoussa une mèche de cheveux fins et plats derrière une oreille.

— Pas pour le moment. Je commence par jeter un coup d'œil, O.K. ?

Pas question d'admettre que j'étais une andouille superficielle qui voulait faire bonne figure devant son ex-petit ami et sa nouvelle copine. J'avais prévu de faire le tour des rayons, de repérer le produit que je cherchais et d'expliquer éventuellement que je travaillais dans la publicité et que je faisais une petite étude de marché.

Lorsque Annie m'avait confié le nom du saint Graal de la perte de poids par les méthodes naturelles, j'avais fait une petite recherche sur internet. Et les témoignages en ligne m'avaient paru encourageants. Une femme (Cindy G., d'Alabama) avait fondu de trois kilos et demi d'un coup juste avant une réunion d'anciens élèves. Une taille complète de vêtements en moins !

— Alors ? Comment vont les affaires ? demandai-je en faisant mine de m'intéresser aux produits de soins capillaires.

Une marque de shampoing contenait des œufs, du miel et du yaourt. De quoi combiner douche et petit déjeuner d'un seul geste.

— Le magasin marche très bien. Vous êtes d'ici ?

Nous bavardâmes aimablement pendant que j'inventoriais les rayons. Soins de beauté. Amélioration des compétences sexuelles. Fortification de la mémoire. Modification des attitudes négatives (je pourrais peut-être en verser quelques gouttes dans le café de ma mère). Ah, nous y voilà… Santé intestinale. Et victoire ! Le produit de mes rêves : la boisson dépurative et purgative pour régime en phase d'attaque du Dr Duncan.

Je soulevai la boîte et l'examinai, comme par simple curiosité.

— Mmm… intéressant.

La publicitaire en moi se demandait si un nom moins tarabiscoté ne permettrait pas d'améliorer les ventes. L'aspect de la boîte donnait l'impression que le bon Dr Duncan l'avait assemblée en aveugle, tout en regardant la télévision. Elle était cabossée et avait été fermée avec du rouleau adhésif. On voyait sur le dessus une photo floue du Dr D, un homme très barbu, très souriant et très mince. La réplique à l'arrière était mal centrée. Tssst… Je tâcherais de joindre le Dr Duncan et de lui prodiguer quelques conseils.

La lecture de l'étiquette me fit frémir. *Le thé purgatif, dépuratif et assainissant du Dr Duncan, cent pour cent biologique et cent pour cent naturel, c'est la détoxification garantie des poisons modernes que vous ingérez au quotidien* — au secours ! —, *maximisant les capacités de votre foie à filtrer les déchets toxiques* — Berk ! — *blabla blabla blabla…* Ah voilà !… *en se fixant sur vos cellules graisseuses pour les éliminer, vous permettant de donner un coup de pouce à votre amaigrissement tout en améliorant votre état de santé, avec des résultats tangibles et mesurables en l'espace de quelques heures.*

Bon, d'accord. Il fallait que je me prépare à passer la nuit aux toilettes, c'était clair. Regrettant de ne pas faire partie de la catégorie des gens raisonnables à qui il ne serait jamais venu à l'idée de vouloir perdre trois kilos en une nuit, je pris la boîte. *N'achète pas ce truc pour gogos,* me conseilla Mme Obama. Oui, bon, facile à dire pour elle, avec sa silhouette de rêve et sa pratique quotidienne du Pilates. Et puis mon bon sens était paralysé par la vue de mon ventre en état pseudo-gestationnel. Sans compter que cette infusion miracle avait marché pour Cindy G...

Je jetai un coup d'œil autour de moi. Personne dans la boutique hormis la vendeuse. Parfait. Naturellement, je ne me contenterais pas d'acheter l'infusion purgative. Il fallait que je dissimule ce truc-là sous d'autres achats. J'attrapai un shampoing à la cire d'abeille. Une crème hydratante, pourquoi pas ? Du thé vert pour remplacer le café que Noah buvait à longueur de journée. Ah oui, un baume coloré pour les lèvres qui plairait à Josephine. Un gel douche à l'abricot pour Bronte. Des biscuits bio pour Bowie qui, il fallait le reconnaître, préférait les hamburgers au fromage. J'apportai le tout à la caisse, avec le purgatif dissimulé sous le reste.

— Ah, mais je vois que vous avez trouvé votre bonheur ! roucoula la vendeuse d'un air extatique.

Je répondis sur le même ton.

— Oui, oui, j'ai pris des petits trucs sympas pour mes nièces.

— Ah, génial ! Je suis ravie, assura-t-elle en me regardant droit dans les yeux, comme si elle le pensait profondément.

Elle passa le lecteur de code-barres sur le shampoing en fredonnant doucement puis leva les yeux et sourit en direction de la porte.

— Bonjour ! Bienvenue à l'Herbe Heureuse.

Je me retournai machinalement et tressaillis. C'était Ian McFarland. Mince ! Aucune femme ne tient à être surprise en train d'acheter un amincissant miracle. Et encore moins lorsque le produit en question s'appelle « boisson purgative », et que l'homme à qui elle a affaire l'a déjà vue sous son plus mauvais jour en deux autres circonstances... J'inclinai discrètement le buste au-dessus de la caisse, un bras drapé sur le visage flou et barbu du Dr Duncan. Et décidai de jouer la carte de l'amabilité.

— Salut, Ian, gazouillai-je.

— Bonjour, Callie.

Sa voix et son regard étaient neutres. Il me gratifia d'un petit hochement de tête. Point final.

Cela dit, il se souvenait de mon prénom. Rien que de très normal, me direz-vous. Mais quand même. Cela me fit l'effet d'un compliment. Et Ian était... je ne sais pas. Grand. Fort. Masculin. Un grand type viril. Et j'aimais les grands mecs très mecs. *Ressaisis-toi, Callie*, m'ordonna ma Michelle imaginaire. *Oui, madame*, répondis-je docilement. *Désolée*. Mais alors même que je lui présentais mes excuses, mon attention flottante revint se poser sur Ian.

C'était la première fois que je le voyais autrement qu'en costume, et j'avais du mal à détacher les yeux de son jean qui le moulait de façon tout à fait attachante. Avec sa chemise polo d'un rouge éteint, il avait l'air dangereux, juste comme il faut — dangereux, dans la catégorie « excitant ». Comme si, d'une minute à l'autre, il pouvait recevoir un appel d'une mystérieuse agence gouvernementale, et disparaître soudain pour aller tuer quelqu'un. Comme Clive Owen dans *La Mémoire dans la Peau*. A tous les coups, Ian avait une cicatrice virile quelque part... Oui. Là, justement. Tout près de l'œil. J'étais prête à parier une grosse somme en cash qu'il s'était battu au couteau.

J'aurais également donné ma main à couper que cet homme-là savait embrasser. Quand on a un physique comme le sien, on embrasse forcément comme un dieu, mesdames. C'est en tout cas ce que j'avais appris en lisant certains romans. Tout commençait par un enlacement brutal. Un baiser violent, emporté. Qui, petit à petit, se radoucissait. Et le baiser de s'éterniser... Serrée contre son thorax en acier, ses bras autour de moi comme deux anneaux de métal, je me sentirais toute douce, fondante et réceptive. Alors que lui serait dur, brûlant et émetteur…

Ah, zut ! J'étais en train de le fixer. Et lui me regardait en retour. En haussant un sourcil clairement interrogateur. Les joues en feu, je farfouillai dans mon sac à la recherche de mon portefeuille. J'avais un purgatif à acheter, après tout.

— Je suis un peu pressée, chuchotai-je.

— Aucun problème, susurra la vendeuse en rangeant le shampoing. Vous cherchez quelque chose de particulier, aujourd'hui ? demanda-t-elle à Ian.

— Vous avez de la glucosamine en comprimés de mille milligrammes ?

— Pour votre chienne ? m'exclamai-je.

Il reporta son regard bleu glacé sur moi.

— Pour Angie, oui.

Au moment précis où il baissa les yeux sur mes achats, je m'aperçus que j'avais bougé. Horrifiée, je me jetai en avant pour dissimuler mon purgatif dépuratif et assainissant.

— Je donne de la glucosamine à Bowie, me hâtai-je de préciser. Tous les jours. Le Dr Kumar me l'a recommandé bien qu'il soit jeune. Bowie, je veux dire. Il n'a que trois ans. Pour le Dr Kumar, je ne saurais le dire exactement. Ce n'est plus vraiment un jeune homme puisqu'il est à la retraite et que ses fils ont terminé leurs études. Je dirais cinquante-cinq ans. Soixante maximum. Vous avez rencontré ses fils ? Ils sont formidables.

Ian ne répondit pas. Je ne lui en tins pas rigueur. Il y avait quelque chose chez Ian McFarland qui induisait chez moi un réflexe de bavassage intempestif. Voilà : un schéma répétitif semblait se mettre en place. Je fermai brièvement les yeux, puis je lui souris et réussis à rester coite. Dans mon dos, la femme la plus heureuse du monde finissait de passer mes produits en caisse.

— Et voilà. Cela vous fera 97 dollars et 46 cents, chanta-t-elle.

— Hein ?

Elle souriait comme une guenon.

— Oui, je sais. C'est à cause du purgatif du doc...

— Aucune importance, vraiment ! Tout est bio, donc ça vaut largement ce prix. Pas de problème.

Cent dollars pour quatre bricoles. La vache !

— J'ai vraiment hâte d'essayer le shampoing, observai-je d'une voix plus normale, dans l'espoir d'orienter Miss Herbe Heureuse sur une autre piste que le Dr Duncan et sa cure miracle.

La vendeuse glissa une mèche anémique derrière une oreille.

— Vous verrez. Le shampoing est vraiment merveilleux, je l'utilise aussi.

Encourageant...

— Super.

— Et voilà, lança-t-elle en me tendant mon sac de courses comme si elle me remettait le prix Nobel. Faites de votre journée un moment super-magique !

— Je... O.K. Merci.

Le sac cramponné contre ma poitrine, je passai à côté de mon ami le vétérinaire. Et ce fut plus fort que moi.

— Passez une journée super-magique, Ian, susurrai-je.

— Toutes mes journées le sont, murmura-t-il en retour.

Sa réponse m'arrêta net. Je jetai un bref regard en arrière. On ne pouvait pas dire que Ian souriait. Pas exactement. Sa bouche formait la ligne mince habituelle. Mais ses yeux... ses yeux plus bleus que bleus... Et voilà que cela recommençait, ce petit mouvement brûlant et doux au creux de mon ventre.

Pendant tout le trajet du retour je pensai à ce presque sourire. Et je dois reconnaître que ce fut une bien plaisante distraction.

Le Dr Duncan était un génie, dus-je reconnaître en m'inspectant dans le miroir le lendemain après-midi.

Il ne me restait plus qu'à lui écrire pour lui témoigner ma gratitude (en me présentant comme Hester G., du Vermont, pour punir ma sœur de m'avoir refusé son aide). Le tout sans douleur, et sans passer la nuit allongée à même le sol, sur le carrelage de ma salle de bains. Ce qui n'aurait pas été si épouvantable, au demeurant. Car elle était magnifique. Ce qui continuait de me surprendre, d'ailleurs, car Noah était la dernière personne au monde que j'aurais imaginée vouloir investir dans une salle de bains de luxe. Mais il n'en avait pas moins construit celle-ci, avec un lavabo sur colonne, une cloison de douche fabriquée avec de très belles briques de verre et une énorme baignoire Jacuzzi que je n'utilisais jamais mais que je me promettais régulièrement d'investir. La propre salle de bains de Noah était beaucoup plus utilitaire. Peut-être avait-il prévu qu'il aurait un jour besoin d'un descendant pour habiter chez lui. Et qu'il avait choisi ce moyen pour l'attirer. Quelle qu'ait pu être sa motivation, ma reconnaissance lui était acquise. C'était toujours un plaisir de se faire belle dans cette pièce.

Et d'autant plus, aujourd'hui, alors que mon ventre, sans avoir disparu, avait notablement rétréci. Comment, au juste, je n'en savais trop rien puisque les perturbations attendues de mon système digestif ne s'étaient pas produites (Merci, docteur Duncan !), mais j'étais plutôt canon, s'il m'était permis d'émettre cette haute opinion sur moi-même. Magnifiquement en chair et pleine de courbes appétissantes, n'en déplaise à Muriel deVeers. Si j'étais l'équivalent de... voyons... une très belle pièce de bœuf, Muriel, elle, serait un maigre lacet en cuir brut. Mark m'avait dit une fois (à Santa Fé) qu'il aimait qu'une femme soit femme. Epanouie, en gros.

Je tirai en souriant sur l'élastique de mon cycliste et passai dans ma chambre, où Freddie m'attendait. Vautré dans mon *rocking-chair* !

— Sors de là immédiatement ! Fred ! Allez, bouge ta carcasse, immonde engeance...

— Hé ! Calmos ! Je suis adulte. Je ne vais rien renverser, maugréa mon frère tout en obéissant quand même.

— Pour commencer, tu n'es pas adulte. Deuxièmement, c'est un fauteuil particulier et tu le sais.

Je me précipitai vers mon rocking-chair bien-aimé. Le pauvre. Avoir eu à supporter mon aimable abruti de frère.

— Je le garde pour plus tard, ce fauteuil, Freddie.

— Pour en faire quoi, exactement ? voulut savoir mon frère en se laissant tomber sur mon lit.

— Pour quand je vivrai heureuse et aurai beaucoup d'enfants.

— C'est nul.

— Oui, je sais.

Mais ce fauteuil représentait mon avenir et je n'avais pas l'intention de le gaspiller avec des individus d'une propreté douteuse comme Freddie.

— Nul ou pas, personne ne s'assoit dans ce fauteuil. C'est la règle et je suis ton aînée, donc ton chef. Basta. Tu es prêt ?

— Ouais, ouais. C'est pathétique, quand même, que tu n'aies pas d'amis et que tu sois obligée de traîner ton frère à une sortie avec les gens de ton boulot.

— Et avec Bowie aussi, ne l'oublie pas.

En entendant son nom, mon chien bondit avec tant d'enthousiasme que ses quatre pattes décollèrent du sol.

— Oui, mon Bowie, on va faire une grande promenade. Oui... Oui... C'est promis, mon chien.

Je reportai mon attention sur mon frère.

— Et, entre parenthèses, *j'ai* des amis, mon petit coco. Mais Seamus avait un match de foot, donc Annie n'était pas libre. Et Dave a refusé de venir car Damien et lui sont en phase de rupture.

Dave n'était pas seulement le frère d'Annie, mais également l'amant de Damien. Les deux hommes maintenaient leur relation incandescente en alternant les ruptures en série et les retrouvailles spectaculaires.

— Cela dit, si tu as envie que les gens t'apprécient, tu

as bien fait de m'inviter plutôt qu'Hester. Aucun risque que je me lance dans un discours sur les torsions ovariennes. Et puis je suis beau, j'ai un puissant charme naturel et je suis capable de grandes prouesses athlétiques.

Je lui appliquai une tape affectueuse sur la tête.

— En voilà un qui n'a pas de problèmes d'ego, au moins.

— C'est dur de se plaindre quand on est moi, admit-il.

Ce n'était pas faux. Mon joli jeune chiot de frère tenait de notre père. Et ressemblait aussi à mon oncle Remy, tel qu'il apparaissait sur la photo qu'en gardait Noah.

Nous dévalâmes l'escalier et je m'arrêtai devant la porte de l'atelier.

— On y va, Noah ! A ce soir.

La scie d'établi était en marche, donc je lui fis signe de la main pour qu'il sache que je partais. Noah éteignit son engin.

— Tu t'en vas où comme ça ?

— Une sortie avec le boulot. Le dîner est dans le four.

— Qu'est-ce que tu m'as préparé ? demanda-t-il, sourcils froncés.

Mon cher papi câlin détestait dîner seul.

— Des lasagnes végétariennes.

Noah se rembrunit un peu plus encore.

— Tu verras, tu vas adorer, j'ai mis un maximum de fromage. Il faut qu'on file, Noah. Freddie, dis au revoir à ton grand-père.

— A bientôt, Grampy, dit Fred en souriant.

— Salut, bougre d'âne, bougonna aimablement Noah. Garde l'œil sur ta sœur et n'oublie pas que tu as promis de venir m'aider demain, espèce de fainéant de bon à rien.

A 17 heures, pile à l'heure dite, je m'immobilisai sur le petit parking au départ du sentier, au pied du mont Chenutney. Mark se porta aussitôt à notre rencontre et Bowie, avec un aboiement joyeux, se précipita pour lécher le genou de mon boss.

— Super ! Vous arrivez juste à temps. Venez, que je

vous présente nos amis de chez BTR. Et merci d'avoir amené de la compagnie, Callie. Pete et Leila sont juste venus à deux. Salut, Fred.

— Ça roule, Mark ? demanda Freddie, toujours affable.

Mark était un peu tendu, à l'évidence. Les gens de chez BTR étaient arrivés quelques heures plus tôt, mais seuls Mark et Muriel avaient déjeuné avec eux. Cela m'avait fait un petit coup au cœur. D'habitude, j'étais toujours de la partie lorsqu'il s'agissait de cultiver les relations avec la clientèle. Cela dit, il s'agissait peut-être plutôt d'une... Aïe, le mot me faisait souffrir... « réunion de famille », en quelque sorte. Muriel. Son papa. Son compagnon.

Nous nous joignîmes au reste du groupe, qui ne brillait pas par son aspect aventureux et athlétique. Damien, qui m'avait confié un jour que Giorgio Armani représentait l'Américain idéal à ses yeux, avait l'air assez ridicule dans son accoutrement BTR, comme si une épingle piquait une partie sensible de sa personne. Pete et Leila, dont on ne voyait généralement que la tête et les épaules dépasser de leur ordinateur, allaient et venaient sans but, main dans la main, affichant des jambes d'une blancheur presque obscène, même au vu des normes de la Nouvelle-Angleterre.

Muriel, en revanche, avait belle allure. Silhouette longue et élancée, un short de marche couleur fauve et une chemise de randonnée sans manches avec l'inscription « Bags to Riches » dans le dos. Ses cheveux noirs étaient relevés en queue-de-cheval. Elle paraissait heureuse et détendue. Ce qui n'était pas son expression habituelle.

Mark m'entraîna vers le petit regroupement formé par les gens de chez BTR.

— Charles ? lança-t-il d'une voix forte et un peu trop enjouée. Je vous présente Callie Grey, notre fantastique directrice artistique. Elle est très motivée par la campagne de pub pour BTR, n'est-ce pas, Callie ?

— Absolument enthousiasmée, oui !

Je décochai à M. deVeers mon fameux sourire lumineux pendant que mon chien s'affalait sur le dos.

— C'est un grand moment pour moi, de faire enfin votre connaissance, monsieur deVeers. J'admire beaucoup ce que vous faites pour l'environnement.

Le regard de Charles deVeers s'attarda un instant sur ma poitrine puis remonta promptement.

— Heureux de faire votre connaissance, moi aussi, Callie... Très heureux, même. Je vous présente Anna, ma vice-présidente marketing, et Bill, mon directeur des ventes.

Il y eut un échange énergique de poignées de main, et de sourires étincelants. Bill et Anna étaient jeunes, sportifs, quasiment jumeaux dans leur perfection physique : même chevelure blondie par la mer et le soleil, même hâle, même dentition rutilante. Le portrait type du jeune cadre dynamique made in Californie.

Charles deVeers me passa paternellement le bras autour des épaules.

— Mark me dit que vous avez quelques idées brillantes pour nous, Callie ?

— Je crois, oui. J'ai hâte de vous les montrer, ajoutai-je avec un nouveau sourire.

— Pas aussi hâte que moi, murmura-t-il d'une voix suggestive.

Hum... Mon propre père était un séducteur, lui aussi, et donc je ne pouvais pas retenir ses tendances au flirt contre lui. Il se pencha pour caresser mon chien, qui se mit aussitôt à chanter de plaisir.

— C'est une bête magnifique que vous avez là, Callie. Un beau chien pour une belle femme.

Je ne pus m'empêcher de rire.

— Quel charmeur vous faites, monsieur deVeers.

— Appelez-moi Charles.

L'échange entre nous était totalement innocent. Et puis zut, j'aimais les hommes. Surtout ceux de l'espèce qui m'aimait.

— Papa ?

Muriel vint s'interposer entre nous d'autorité et glissa un bras sous celui de son père.

— On y va ? Si nous voulons être redescendus à la tombée de la nuit, il vaut mieux ne pas traîner.

Elle me considéra avec froideur. Son regard glissa sur moi, de la tête aux pieds, et ses narines frémirent. Juste à ce moment, la Mini Cooper de Fleur, aux couleurs du drapeau anglais, arriva en trombe sur le parking. Fleur en descendit, vêtue d'une tenue de marche classique, comme Muriel (j'étais la seule à être accoutrée d'un truc moulant). Comme Muriel, l'allure de Fleur était athlétique. Elle avait dit qu'elle viendrait avec un invité surprise. Quels mots curieux avait-elle employés, déjà ? Ah oui, quelqu'un « avec du potentiel ». Son passager sortit de la Mini et je doutai un instant de mes yeux. Mais ma vue ne me trompait pas : il s'agissait bien de Ian McFarland.

— *Hey, folks !*

L'accent de Fleur avait basculé, pour l'occasion, du britannique distingué au cockney relâché.

— Salut ! lançai-je à leur approche.

Fleur fit les présentations. Alors qu'il échangeait une poignée de main avec Mark, Ian glissa un regard dans ma direction. *Eh oui, Ian, bien deviné. La diarrhée émotionnelle, le DMV, c'est effectivement lui.*

Cinq minutes plus tard, nous étions partis, le long du sentier et en direction des bois. Notre colonne avançait en ordre hiérarchique. Mark, en tête, avec Muriel et Charles, suivis par Anna et Bill. Puis venait le reste de la troupe, formant une grappe assez relâchée... Fred, Damien, Pete, Leila, Fleur, Ian et votre servante. Karen était excusée. Elle s'était malencontreusement foulé la cheville la veille en regardant la télévision.

— Alors, Fleur, comment as-tu rencontré notre ami le docteur des animaux ? lui demandai-je à mi-voix.

— Nous nous sommes connus via Tony Blair.

Tony Blair était son terrier obèse, hargneux et mordeur.

— Il avait dû manger une cochonnerie car il n'était plus tout à fait lui-même. Un peu… éteint, dirais-je.

— Je vois.

Je coulai un rapide regard vers Ian. Zut, zut, zut ! Si seulement j'avais inventé un prétexte un peu plus élaboré que cette histoire de journal avalé par Bowie. Mais bon… Tout cela appartenait désormais au passé.

Notre balade commençait par un très joli chemin large et plat en pleine forêt. De petits panneaux de bois où on voyait un cerf chuter d'un plan incliné étaient fixés aux arbres, balisant notre itinéraire. Le sentier se fit plus étroit à mesure qu'il s'élevait. Notre file commença à s'étirer, l'écart se creusant entre les pelotons de tête et de queue.

Ce fut alors que mon estomac émit le plus étonnant des borborygmes. *Squeerrrllllerrrgghh…* Le son inattendu me fit sursauter. Pourquoi cette vigoureuse protestation, tout à coup ? J'avais pris le temps de déjeuner, pourtant. Enfin, disons que j'avais juste croqué deux carottes pour éviter de contrecarrer l'action providentielle de la tisane magique du Dr Duncan. Mais quand même… *Squeerrrllllerrrgghh.*

Oh ! mon Dieu… Une légère crampe me contracta le côté gauche du ventre et je fis la grimace. Catastrophe.

— Tu as faim ? demanda Freddie.

— Non. Pas vraiment.

Ce n'était pas un mensonge.

Gluuurrghhh. Je tentai de contracter les muscles de mon ventre pour lui imposer silence. Sans succès. *Goooorrrrggggh…* Curieux, ces manifestations. Et le son s'amplifiait ! Ian me jeta un regard en coin mais ne fit aucun commentaire.

Ce fut le moment que choisit Charles deVeers pour décider qu'il aspirait à ma compagnie. Il se retourna pour me faire signe.

— Callie ? Venez donc nous rejoindre devant pour que nous puissions bavarder un peu.

— Avec plaisir ! criai-je en retour.

Gluuuurrgh...

— Désolée, vous autres. Le devoir m'appelle.

Génial. Non seulement mon estomac émettait des couinements de goule dignes de *l'Exorciste*, mais il fallait que je cavale sur un sentier en pente raide pour rattraper les huiles, avec Bowie batifolant à mon côté. Mon short cycliste se rappelait à mon souvenir, le traître. Etait-ce à cause des sacs plastique qui en formaient le matériau de base ? Le tissu n'était pas très respirant, en tout cas. Et j'avais les cuisses asphyxiées. Repoussant les moucherons qui me dansaient autour de la tête, j'essayai de ne pas en avaler alors que, le souffle court, je me hâtai pour rejoindre les Sportifs.

— Alors ? Comment ça se passe, ici ? lançai-je en rejoignant le peloton gagnant. Ces bois ne sont pas magnifiques, monsieur deVeers ?

— Je vous ai dit de m'appeler Charles, me rappela-t-il avec un sourire plus qu'engageant.

Il devait bien avoir soixante-dix ans, mais il n'était même pas en nage. Sa fille non plus, d'ailleurs, mais dans le cas de Muriel, je n'étais pas surprise. Je la soupçonnais d'avoir du sang de reptile dans les veines.

— Tiens, j'ai adoré votre idée pour notre nouveau logo, au fait. Adieu le grand nom à rallonge avec le sac flottant. Bonjour, l'acronyme BTR, simple et élégant.

— Je suis très contente que cela vous plaise, dis-je sans oser regarder Muriel.

— Callie, j'étais en train de parler à Charles de la campagne publicitaire que nous avions faite l'année dernière pour une station de ski, dit Mark.

Il m'adressa un regard que je déchiffrai sans difficulté. Il voulait mon aide pour distraire et amuser le client. Et il savait que j'avais des talents inégalables dans ce domaine.

Je souris à deVeers.

— Ah, ce fut quelque chose, Charles.

Wwweeerrrrgghhh... Je me hâtai d'éclater de rire pour

couvrir les gargouillis et les clapotis qui montaient de mes intérieurs. Ce dernier borborygme était-il terminé ? Non, apparemment. *Boooorrr...* Je parlais de plus en plus fort pour étouffer le son, en priant pour que le bruit de nos pas roulant sur les cailloux domine mon fracas intestinal.

— Nous tenons à bien connaître les produits sur lesquels nous travaillons, bien sûr. Donc nous sommes montés là-haut pour nous faire une idée. Mais si Mark est né sur des skis… moi, non.

— Oh oh…, commenta Charles.

— Le ski, c'est ma passion, intervint Muriel. Et si on retournait se faire quelques belles descentes dans l'Utah, papa ?

— Oui, oui, ma chérie. Mais poursuivez votre histoire, Callie.

Muriel pinça les lèvres.

Wwwwweeeerrrrrgghhh.

— Vous avez faim, mon petit ? demanda Charles en poursuivant son ascension à grands pas infatigables.

— Un peu. J'ai préféré faire l'impasse sur le déjeuner pour ne pas m'alourdir dans la montée. Mais tout va bien, assurai-je avec mon sourire le plus radieux, tout en essayant désespérément de tenir le rythme.

Je me penchai pour caresser mon chien, dans l'espoir que le mouvement aurait un effet apaisant sur mon *alien* intérieur. Une nouvelle crampe me lacéra le côté et j'eus du mal à respirer. Je toussai pour dissimuler le phénomène.

— Quoi qu'il en soit, Mark m'a dit de ne pas m'inquiéter et de monter tranquillement sur le télésiège avec Skip, le directeur de la station. Que je n'avais pas de souci à me faire, car nous n'étions pas là pour skier, de toute façon.

Je jetai un regard à Mark.

— Voilà ce qu'il m'a dit, pas vrai, Mark ?

— Aujourd'hui encore, je reste tenaillé par les remords, assura Mark en m'encourageant du regard à poursuivre.

Je travaillai avec lui depuis suffisamment longtemps

pour déchiffrer ses signaux. Il voulait que je chauffe un peu le public. Je m'exécutai donc, élaborant mon anecdote où il était question de ma panique sur le télésiège, de mon refus d'en descendre, de la façon dont je m'étais cramponnée à Skip, empêchant le pauvre homme d'en sortir, lui aussi. Tant et si bien que nous étions repartis vers le bas de la montagne, puis remontés une seconde fois. Jusqu'au moment où j'avais emmêlé mes skis à ceux de Skip et qu'il avait fini par chuter de quelques mètres sur la neige dure et glacée. Les pisteurs avaient dû nous récupérer l'un et l'autre sur un brancard. J'aurais été incapable de regagner le bas de la station par mes propres moyens, pas plus à pied que sur une paire de skis.

— Mais vous avez quand même décroché le compte ? s'enquit Charles en riant.

— Bien sûr !

Beeeeerrroooo.

— Ha ha ha ! m'esclaffai-je bruyamment. Comment aurait-on pu nous le refuser ? Skip était tellement impressionné que j'aie accepté de m'élever de trois mille mètres vers le sommet d'une montagne que je me savais incapable de redescendre, qu'il nous a confié sa campagne de pub sans hésiter.

— Si je comprends bien, vous êtes prête à faire n'importe quoi si un client vous le demande ? releva Charles en me décochant un clin d'œil.

— Dans les limites du raisonnable, oui.

Malheureusement, mes crampes d'estomac empiraient. Et le sentier s'élevait en virages de plus en plus serrés. Avec un peu de chance, ma respiration bruyante couvrirait la suite des bruits saugrenus qui montaient de mes entrailles torturées. Je sentis monter un début de vertige.

— Elle est très drôle, votre histoire, Callie. Mark, vous avez là un joyau ! proclama Charles en passant un bras autour de mes épaules. Elle est formidable, cette jeune femme.

— Je n'arrête pas de le lui dire.

Mark me sourit et je lus la gratitude dans ses yeux. Un instant, ce fut comme avant : Mark et moi, ensemble, faisant équipe, portant l'agence à bout de bras.

Muriel eut un mouvement d'impatience.

— J'ai hâte d'être au sommet. Et si on grimpait un peu sérieusement, au lieu de traînasser ? Papa, tu crois que tu réussiras à tenir mon rythme ou tu crains de ne pas pouvoir me suivre, à ton âge ?

— Voilà une déclaration de guerre ou je ne m'y connais pas.

Charles ôta son bras de mes épaules.

— On y va, alors ? Mark ? Callie ? Vous êtes dans la course ?

— A fond, acquiesça Mark.

Je me retournai et fis mine de chercher Freddie des yeux.

— Je crois que je vais peut-être plutôt attendre mon frère.

Fred et les autres étaient à présent à une bonne cinquantaine de mètres derrière nous. Quant à mon ventre, ce n'était plus qu'un douloureux champ de bataille labouré par une suite continue de spasmes.

Charles me sourit avec bonhomie.

— A tout à l'heure, au sommet, alors.

Le trio partit en tête, à grandes enjambées athlétiques. Bowie gémit tristement, rêvant de s'élancer à leur suite. Dès qu'ils furent à distance raisonnable, je chancelai jusqu'à un rocher plat et m'allongeai, un bras jeté en travers du visage. Ce short de vélo était une torture. Si seulement je pouvais l'enlever, enfiler un pyjama et me rouler en boule devant la télé, avec des sanitaires à proximité !

— Hé, Callie, ça va ? demandèrent Pete et Leila en chœur, en arrivant à ma hauteur.

— Oui, oui, très bien. Je fais juste une petite pause, mentis-je en levant un instant les yeux.

Je faisais plutôt ma petite purge, en l'occurrence.

— Tu es pâle comme la mort, observa Damien qui arrivait sur les talons des deux graphistes.

— Et toi, tu as l'air d'un singe, dans ta tenue de marcheur, ripostai-je sans grande conviction.

— Allez, on se retrouve au sommet. Ne t'inquiète pas, on est presque à mi-chemin.

Leila m'appliqua une petite tape encourageante sur la cuisse et repartit à l'assaut de la montagne.

Presque à mi-chemin. Mon Dieu, abrégez mes souffrances. Et pourquoi ces deux informaticiens censément anémiques étaient-ils en aussi grande forme ?

Bwihhhheeerrrgghh... Aïe, ouille. Ce dernier spasme m'avait carrément déchiré le ventre. Je ne revoyais que trop clairement la scène dans *Alien*. Si seulement la créature voulait bien sortir et mettre un terme à mon calvaire. Purger et purifier, mon Dieu... Les douleurs de l'enfantement seraient-elles comparables à ce que je ressentais ? Je sentis une nouvelle éruption de sueur s'ajouter aux précédentes. Et je tentai la respiration dite du « petit chien » recommandée aux parturientes. Si seulement Hester avait été là, elle aurait pu me poser une épidurale. Bowie leva les yeux vers moi avec un regard d'adoration inquiète. Je réussis à lui sourire faiblement.

— Hé, Calorie ? Tu n'aurais pas apporté une bière, par hasard ?

C'était Fred, mon cher et toujours compatissant petit frère.

— Non, répondis-je faiblement. Je suis en train de mourir.

Bowie tenta une manœuvre de réanimation et me lécha le visage.

— Je t'appelle un corbillard, me promit Fred aimablement.

Je me redressai tant bien que mal en position assise.

— C'est rassurant d'avoir un frère comme toi. Si je meurs, tout va à mes nièces, tu m'entends ? Fleur, tu es témoin. Il n'aura rien.

— C'est noté.

Ma collègue se laissa choir à côté de moi.

— Oh ! *folks*, quel calvaire… Je m'enverrais bien une petite tasse de thé pour me remettre.

Fleur était hors d'haleine, ce dont je lui fus reconnaissante. Ian, en revanche, affichait une forme insolente. Il m'ignora (ce dont je me réjouis, car je ne voulais plus entendre l'ombre d'un commentaire sur mon tintamarre intestinal). Glissant les mains dans les poches de son short de marche — de facture classique, pas un machin en plastique qui faisait transpirer —, Ian s'intéressa à la vue. Je m'y intéressai également, mais mon horizon à moi, c'était lui. Pas mal, les jambes. Il avait dû faire du foot quand il était plus jeune. Un cul d'enfer. De belles épaules larges.

— Quel spectacle, observa-t-il calmement.

Pendant une fraction de seconde, je crus qu'il parlait de lui-même, mais non. Toute à la joie de vivre la désagrégation de mon appareil gastro-intestinal en direct, j'avais oublié de regarder autour de moi. L'endroit où je m'étais écroulée dominait le lac du Héron d'une hauteur de six cents mètres. Les eaux d'un bleu profond scintillaient entre les pins. Le mur épais de verdure n'était interrompu que par d'impressionnantes colonnes de granit abandonnées par les glaciers quelques milliers d'années plus tôt. Le soleil, fort encore, mais déjà en phase déclinante, dorait les hauts cumulus qui montaient à l'horizon, détachant leurs formes bourgeonnantes sur fond de ciel pâlissant. Le spectacle était en effet grandiose.

Gluuurrreeeeggghh. Je repliai les bras sur mon ventre dans l'espoir d'étouffer le son, en comptant sur le chant des oiseaux pour parfaire le camouflage.

— Mais enfin, pourquoi il gargouille comme ça, ton ventre ? s'étonna Freddie à haute et intelligible voix.

Il fut un temps où je l'aimais beaucoup, mais là, maintenant, ce n'était plus vraiment le cas.

— Je ne suis pas très bien, admis-je faiblement en risquant un coup d'œil vers Ian.

Peut-être accepterait-il de m'anesthésier immédiatement pour mettre un terme charitable à mes souffrances. En aucun cas je ne pourrais poursuivre mon chemin jusqu'au sommet, avec l'*alien* qui se nourrissait de moi. *Squeeeergh...* Bowie émit un gémissement solidaire, en frappant le sol de sa queue.

— Qu'est-ce que tu veux, alors ? demanda Freddie. Que je reste avec toi ou que je continue ?

J'esquissai un geste vague en direction du pic.

— Tu continues, bien sûr.

Le garder auprès de moi n'aurait aucun intérêt. Freddie faisait partie de ces gens que la maladie et la souffrance avaient tendance à rendre hilares. Par maladresse plus que par méchanceté, certes. Mais je ne voulais pas l'entendre rire bêtement de mon malheur.

— Tu demanderas à quelqu'un du groupe de te ramener à la maison. Je retrouverai les autres tout à l'heure au restaurant, pour le dîner.

— O.K., ça roule. A toute.

Leste comme un bouquetin, Freddie s'élança sur le sentier. J'aurais dû emmener Hester.

— Amuse-toi bien, Fred !

Mais il était déjà hors de portée de voix. Bowie jappa par deux fois puis entreprit de lécher sa patte avant.

— Tu as parlé de quoi avec l'équipe BTR, alors ? voulut savoir Fleur.

— Oh ! de tout et de rien. Il n'a pas été question de la campagne de pub.

Je lui jetai un regard en coin.

— Il y aura bientôt une vraie réunion de boulot. Et je suis sûre que tu y seras conviée.

— Peut-être, oui.

Elle m'adressa un sourire tendu. Même si c'était un plaisir de travailler avec Fleur dans l'ensemble, je savais qu'elle rongeait son frein de me savoir au-dessus d'elle dans la chaîne de commandement. Elle avait cinq ans de plus que moi, et il n'y avait pas grand-chose à grimper en matière d'échelons, chez Green Mountain Media.

Fleur sourit à Ian.

— Bon, je propose qu'on décolle, O.K. ? Mark va nous faire une crise si l'équipe au grand complet lui fait le coup de se dégonfler.

Elle me jeta un regard en coin.

— Désolée. Ce n'est pas très sympa, ce que je dis.

— Ne t'inquiète pas pour ça. Allez-y et profitez de la balade. Dis à Mark que je vous retrouverai tout à l'heure, au resto, O.K. ?

— Entendu. A plus, Callie.

Elle se leva d'un bond.

— Tu viens, Ian ?

Bowie se leva en agitant la queue. Il aurait été capable de faire plusieurs allers et retours vers le sommet sans ressentir la plus petite trace de fatigue.

Ian, qui était resté debout à contempler la vue, se retourna pour m'examiner d'un regard attentif.

— Je vais rester avec Callie, plutôt.

Je protestai en sursaut.

— Ah non ! Surtout pas. Allez, disparaissez de ma vue, vous deux. Je suis tout à fait capable de redescendre seule.

Fleur me jeta un regard acéré.

— Il est vraiment temps de nous remettre en route, Ian, insista-t-elle, sans l'ombre d'un accent britannique.

Je fis un louable effort pour ne pas haleter (ou gémir).

— Oui, oui. Filez, tous les deux. Je vais parfaitement bien.

Goorreeeecchh...

— Je reste, répéta Ian.

— Je n'y tiens vraiment pas, répondis-je fermement.

— Moi si.

Les mains enfoncées dans les poches, il demeurait campé là sans bouger.

— S'il vous plaît, non.

— Je reste.

Le regard de Fleur glissa de l'un à l'autre.

— Ian a raison. Nous allons te tenir compagnie tous les deux, Callie.

Il secoua la tête.

— Non, vas-y, Fleur. C'est ta sortie d'entreprise. Il faut continuer avec les autres.

Mon *alien* lança une nouvelle offensive et je tressaillis. Fleur soupira d'un air vexé.

— Bon, d'accord. Je te retrouve en bas tout à l'heure, alors.

— Il se peut que j'aie à partir avant. Je suis de permanence à la clinique vétérinaire, ce soir.

Fleur serra les lèvres, puis se hâta de dissimuler sa contrariété sous un franc et radieux sourire.

— Bon, je te reverrai probablement en bas. C'est vraiment gentil de ta part de prendre soin de cette pauvre Callie. Tu es un prince.

Elle eut un mouvement vers lui, comme pour l'embrasser. Mais Ian resta impassible, droit et distant, les mains toujours enfoncées dans les poches. Fleur se détourna et battit en retraite. Très vite, le son de ses chaussures de marche s'évanouit dans le silence.

Ian s'assit à côté de moi.

— Ça va ?

— Super, oui, Ian. Il est inutile de me tenir compagnie.

— Je peux prendre votre pouls ?

— Non, ce n'est pas nécessaire. J'ai juste… euh… fait l'impasse sur le déjeuner, c'est tout. Je n'ai pas besoin d'infirmière. Même pas d'un vétérinaire.

Il ne répondit pas et resta assis en silence, le regard rivé sur les arbres. La forêt était magnifique, profonde, et ruisselait de lumière. Et, comme le dormeur du val, je m'y serais volontiers endormie d'un sommeil définitif.

Le silence était tissé de chants d'oiseaux, du murmure du vent et du léger ronflement de Bowie. L'*alien* semblait se calmer un peu avec le repos (mon Dieu, oui, s'il vous plaît !) et la brise légère qui sentait le pin dissipait petit à petit la lourdeur qui m'embrumait le cerveau. Mon estomac émit un petit grognement, rien de tonitruant.

— Vous pourriez essayer de manger de l'herbe pour vous faire vomir, suggéra Ian. Ça marche pour les chiens.

Je tournai la tête vers lui. Il regardait toujours droit devant lui, les yeux perdus dans la forêt. J'en profitai pour examiner son profil aigu.

— Merci pour le tuyau. J'en ferai bon usage.

Il posa les yeux sur moi et je sentis mes joues brûler. Son regard était singulièrement direct.

— Vous êtes de la région, Ian ?

— Je suis venu m'établir ici il y a deux mois. Je vivais à Burlington, avant.

— Et où avez-vous grandi ?

— Un peu partout.

— Fils de militaire ?

— Non.

J'attendis un instant qu'il fournisse plus d'explications, mais il en avait apparemment terminé avec le sujet.

— Donc, Fleur vous a invité à notre petit événement sportif d'entreprise ?

Il se pencha pour caresser Bowie, qui agita la queue en signe d'approbation.

— J'avais cru comprendre qu'il s'agissait d'une manifestation publique organisée par la mairie.

— Quoi qu'il en soit, je vous ai gâché votre randonnée et j'en suis désolée.

— J'ai du mal à croire qu'un individu normalement doué d'intelligence puisse acheter un « thé purgatif et dépuratif », commenta-t-il en haussant un sourcil.

Affres de la honte. Entre l'Humiliation et moi, les dernières frontières venaient d'être effacées.

— Bowie, pourrais-tu avoir la gentillesse de mordre le Dr McFarland, s'il te plaît ?

Bowie roula sur le dos. *Voici mon ventre, au cas*

où quelqu'un ici serait d'humeur à le gratouiller. Ne sachant quoi faire de moi-même, je gratifiai mon chien d'un massage maison. Mes tourments gastro-intestinaux semblaient s'être calmés de façon durable.

— Je crois que je vais redescendre, maintenant. Je me sens beaucoup mieux. Vous pouvez grimper rejoindre les autres.

— Je vous raccompagne jusqu'à votre voiture, annonça-t-il à ma grande surprise.

Il se leva et me tendit la main. Après un temps d'hésitation, je l'acceptai. C'était une main comme je les aimais, calleuse, chaude et forte. La main d'un homme qui savait aider, soulager, guérir les animaux. Un courant électrique monta le long de mon bras et redescendit tout droit jusqu'à l'aine. Il me fallut un moment pour m'apercevoir que Ian avait lâché prise et que j'avais gardé mon bras tendu. Rougissant de nouveau, je mis ledit bras au travail et m'emparai de la laisse de Bowie.

— C'est un magnifique coin de montagne, commenta Ian en prenant le sentier à la descente.

— Ne manquez pas de revenir dans un mois, un mois et demi. Si la vue vous paraît belle maintenant, vous verrez, dans six semaines…

Nous descendîmes en observant un silence amical. Mon ventre était encore un peu douloureux mais les spasmes avaient cessé. Bowie renifla et tira jusqu'à ce que je me décide à lui enlever sa laisse pour le laisser courir librement.

— C'est une belle bête, votre Bowie.

— Merci. Comment va Angie ? Elle n'est pas marcheuse ?

— Je ne pensais pas que les chiens étaient autorisés. Mais elle va bien, merci.

Je me battais un peu avec les moustiques, à cause de mes fichus vêtements en plastique qui me faisaient transpirer. Le département R & D de BTR devrait se pencher d'un peu près sur le problème. Je jetai un coup d'œil à Ian, qui paraissait frais et dispos comme au sortir de la douche. Ses yeux arctiques étaient presque de la couleur du ciel, aujourd'hui. Ian était vraiment grand, vu de près. Je pense qu'il avoisinait le mètre quatre-vingt-dix. J'éprouvai soudain une envie assez impérieuse de le découvrir torse nu. Il devait y avoir pas mal de belles choses à voir, sous cette chemise. J'étais prête à parier que ses épaules...

Ian interrompit le cours libidineux de mes pensées.

— Donc, Mark, votre employeur... C'est lui, l'homme pour qui vous pleuriez toutes les larmes de votre corps, l'autre jour, au DMV ?

Ma mâchoire se crispa. Mon ventre aussi, ce qui se traduisit par un nouveau borborygme.

— Oui, répondis-je sèchement. Pourquoi cette question ?

— Sans raison. Ce fut une journée mémorable, c'est tout.

— On peut le dire, oui, marmonnai-je.

Il n'ajouta rien. Un oiseau moqueur lança quelques notes vigoureuses au-dessus de nos têtes. Mon estomac se contracta comme en réponse mais, par chance, aucun gargouillis sonore n'en résulta.

— Avez-vous des frères et sœurs, Ian ? demandai-je après un temps de silence.

Il me regarda comme s'il cherchait à deviner quelles arrière-pensées calculatrices cachait une question aussi tortueuse et indiscrète.

— Mmm... Oui. Un frère. Alejandro.

— Oh ! J'adore ce prénom ! Zorro ne s'appelait pas Alejandro ?

Je vis un coin de ses lèvres se relever.

— Je ne sais pas.

— Alejandro McFarland. Drôle de combinaison.

— Nous n'avons pas le même père. Son nom de famille est Cabrera.

— Ah, c'est mieux, en effet. C'est un beau mec, non ? Il a un nom à être magnifique.

Je fus récompensée par un rapide sourire — un vrai,

avec plissement sexy des petites rides sous les yeux. Elles se dessinaient en éventail autour d'un regard d'une beauté presque choquante. Je rougis légèrement et détournai la tête.

— Callie, vous m'avez parlé de relations publiques, l'autre jour. Qu'entendiez-vous par là, exactement ?

Je tombai des nues.

— Vous avez eu une baisse de clientèle ?

— Légère, oui, admit-il sans me regarder. Quelle sorte de projet pensiez-vous me soumettre l'autre jour, lorsque vous êtes venue me voir au cabinet ?

Je n'avais aucun projet en tête, Ian, car j'étais juste venue voir si tu étais de l'étoffe dont on fait les amants potentiels.

— Eh bien, en gros, nous nous emploierions à donner de vous l'image de quelqu'un de vraiment... accessible.

Ian ne dit rien.

— Vos clients ont dû vous dire et redire à quel point le Dr Kumar était merveilleux, adorable, doux avec les animaux. Et sa réputation n'était pas usurpée. A côté de lui, forcément, vous risquez de donner l'impression d'être un peu... froid. Mais ne vous inquiétez pas. Nous ferons en sorte que les gens vous aiment.

Il me jeta un regard sombre.

— J'en déduis qu'ils me trouvent détestable, à l'heure qu'il est ?

Je me mis à rire.

— Mais non, ne le prenez pas mal. Nous ferons en sorte qu'ils vous aiment davantage. Vous pouvez me faire confiance. C'est une de mes grandes spécialités.

Ian ne fit aucun commentaire.

— Nous transformerions Ian, ce vétérinaire distant et un peu hautain qui n'aime pas les femmes célibataires, en... voyons... l'équivalent humain d'un golden retriever. Chaleureux. Affectueux. Câlin. Mais oui, bien sûr ! Epatant ! Ce sera la campagne « chaudoudou » !

— Je n'ai rien contre les femmes célibataires, Callie.

Mais je n'apprécie pas qu'elles me fassent perdre mon temps en feignant d'avoir un animal de compagnie malade.

— Un point pour vous, docteur McFarland. Même si je n'ai rien à avouer.

— Je n'ai pas l'intention, d'autre part, d'essayer de me faire passer pour ce que je ne suis pas, poursuivit-il sèchement. Je suis un vétérinaire compétent. Cela devrait suffire.

— Je suis d'accord avec vous, Ian. Mais si votre chiffre d'affaires est en baisse, il se peut que vous ayez à vous vendre un peu autrement. Ce qui ne veut pas dire changer la personne que vous êtes. Mais juste faire un petit effort supplémentaire. Je crois deviner que, même si vous êtes parfaitement qualifié, vous n'êtes peut-être pas très... euh... détendu dans vos échanges avec autrui.

Il ne dit rien, mais j'eus le sentiment d'avoir mis le doigt sur un point névralgique. Ses cils, que je n'avais pas encore remarqués jusque-là, étaient blonds. Blonds et assez épais, tels qu'ils apparaissaient sous mon regard fasciné, alors que le soleil les éclairait de biais.

— Je pourrais le faire en free-lance. Cela vous coûterait moins cher. Et cela restera un petit secret entre nous.

En vérité, il faudrait que je pose d'abord la question à Mark, mais j'étais quasiment certaine d'obtenir son accord. L'agence facturait systématiquement plusieurs milliers de dollars pour un compte. Et le projet de Ian serait beaucoup plus modeste que cela.

Pendant quelques secondes, Ian garda le silence. Puis il hocha la tête.

— Je vais y réfléchir.

— Entendu, Ian. Prenez votre temps.

Ah, vision paradisiaque : nous arrivions au départ de la piste. Mieux même, sur le parking où ma fidèle Lancelot m'attendait, prête à me conduire à la maison, où je retrouverais toutes les commodités du monde moderne. J'aurais le temps de prendre une douche, de me changer et de me pomponner avant de retrouver les autres pour le dîner.

Je me penchai pour attacher la laisse de Bowie.

— Merci d'être resté avec moi, Ian.

— De rien.

Il se tenait les bras croisés, les jambes écartées, un peu comme un capitaine de navire sur le pont de sa frégate.

Pas mal. Plutôt attirant, même.

— Bye, Ian.

— Bye.

Là-dessus, je tirai sur la laisse de Bowie et courus me réfugier à bord de ma voiture.

9

La semaine suivante, je chantais à pleins poumons.
— *Boom-boom-boom, gotta get-get !*
— *Boom-boom-boom, gotta get-get !* martelèrent obligeamment mes élèves en écho.

J'étais ravie de ma classe. Même si c'était déjà la septième fois que nous reprenions la même chanson. Et même si Jody Bingham était la seule, jusqu'à présent, à avoir mémorisé les pas.

Mark m'avait accordé une journée de congé. Cet après-midi, je devais chaperonner Josephine à sa sortie de farfadets. Et j'avais profité de mon temps libre pour faire un tour au Centre de loisirs des seniors à l'heure du déjeuner (petite ville, peu de distractions, une compagnie dont je savais qu'elle appréciait ma mine souriante... vous voyez le tableau). J'avais trouvé mes copines du cours de yoga mécontentes et désappointées : Leslie, la prof, ne s'était pas montrée pour assurer son cours hebdomadaire de « Détente et assouplissements ». Répugnant à laisser passer une occasion d'être une *perle*, je branchai mon iPod sur la stéréo et me lançai à l'impro dans ma première leçon de hip-hop. Car moi, Callie Grey, qui vous parle, j'avais appris quelques figures simples (provoquant d'ailleurs la consternation horrifiée de ma cothurne Kiara, qui se trouvait, elle, être une danseuse confirmée). Eh oui. J'étais clairement la fille blanche la plus branchée du Vermont — ce qui, certes, ne voulait pas dire grand-chose, mais quand même.

J'entrecroisai les bras, avec un authentique air de caillera de banlieue — tel que je l'imaginais, en tout cas.

— Un pas sur le côté, un en avant, frappez ! Retour ! Et encore ! N'oubliez pas les bras ! hurlai-je, donnant le maximum dans le registre de la fille jeune, cool et dans le rythme.

Et même si ma tentative n'allait pas bien loin, mon public était assez ignorant pour que je me sente hissée au rang de la star hip-hop incontestée du moment.

— Boom-boom-boom ! chantaient ces dames en écho.

— Attention à votre hanche, Mary ! criai-je pour couvrir la musique. Il ne s'agit pas de perdre votre investissement. Carol, regardez-vous, jouez-la trash à fond. Ça y est, vous avez chopé le mouvement !

Le changement de style musical (Leslie ne jurait que par une muzak sirupeuse à base de harpe et de flûte qui rendait narcoleptique ou éveillait des envies de meurtre) nous avait déjà attiré tout un public. Dans le fond, parmi la douzaine de messieurs du troisième âge qui suivaient notre show improvisé d'un œil approbateur, j'eus le choc de découvrir Noah. Il était accompagné de Josephine, qui dansait avec un talent certain et nous faisait honte à toutes. Debout, un peu en retrait, Bronte endurait — grâce à sa tante chérie — un de ces moments de cuisante mortification adolescente portée à la puissance mille. Je pointai le doigt vers elle et en rajoutai encore une couche en hip-hopant de plus belle, récoltant pour ma peine une mimique dégoûtée de ma nièce.

A la fin de la chanson, je chancelai jusqu'à la chaîne stéréo pour éteindre la musique.

— Vous avez été grandioses, mesdames. Bientôt, nous tournerons une vidéo de rap pour la télévision.

Mes groupies éclatèrent de rire, manifestement ravies de leur nouveau statut, et attrapèrent des serviettes pour éponger leur front ridé.

— Alors, ça se passe bien au travail, Callie ? me

demanda Jody en s'étirant les bras dans le dos comme s'il s'agissait de deux bandes de caoutchouc.

— Ça va, dis-je, ne mentant qu'à demi.

Après la grimpette de la semaine dernière, le dîner s'était déroulé dans la joie et la bonne humeur avec le père de Muriel et ses deux sbires. Charles avait manœuvré de manière à me placer à côté de lui, et notre duo m'avait paru être un franc succès. Le groupe m'avait taquinée sur mes « vapeurs » de l'après-midi (je m'étais tenue à mon histoire de déjeuner manqué) et nous avions beaucoup ri, échangé tout un tas d'histoires et passé un très bon moment. Seule ombre au tableau : les regards venimeux de Muriel, assise juste en face de moi. Son agressivité m'avait déplu. De quoi avait-elle donc si peur ? Que j'allonge son précieux père de force sous la table pour abuser sauvagement de lui ? Charles deVeers m'apparaissait comme un de ces inoffensifs charmeurs vieillissants dont le seul tort était d'apprécier la compagnie des femmes. Voyant que je refusais d'afficher la contrition voulue, Muriel employa une stratégie plus payante en embrassant Mark.

Cette manœuvre-là fonctionna bien, en revanche.

Je chassai cette image de mon esprit. Si Mark avait envie d'être avec Muriel, c'était son problème. De mon côté, j'étais censée passer à autre chose.

— Donc, tu es heureuse, là-bas ? demanda Jody.

— Bien sûr. Ravie !

— Tant mieux pour toi, ma belle. A bientôt.

Elle me serra affectueusement le bras (je ne pus retenir une petite grimace de douleur) puis se dirigea vers Noah en affichant un sourire conquérant. *Alors là, tu perds ton temps, ma pauvre Jody. Si tu crois que Noah regardera un jour une autre femme que mamie !*

— Je ne me suis jamais autant amusée, me confia Elmira Butkes. Tu nous referas un nouveau cours la semaine prochaine ? Le yoga, c'est nettement moins marrant. J'ai adoré la musique ! Les Black-Eyed quoi, tu dis ?

Elle sortit un stylo et un bout de papier de son énorme sac en vinyle.

— Les Black-Eyed Peas, précisai-je en espérant que son appareil auditif avait filtré le chapelet d'obscénités qui émaillaient les paroles de la chanson. Mais je ne peux pas vous faire un cours régulier. C'était la seule danse que je connaissais. Je n'ai qu'une seule corde à mon arc.

— *Toi* ? N'importe quoi. Tu es bourrée de talent !

— Pas pour le hip-hop, en tout cas, intervint Bronte en se joignant à nous. Tu ne devrais plus jamais danser en public, Callie. Et je le dis sérieusement. Et puis tu es beaucoup trop vieille pour écouter les Black-Eyed Peas.

Je fis mine d'être vexée.

— Alors là ! Je suis chébran et mega cool. D'ailleurs, qui t'a fait connaître ce groupe, pour commencer, hein ?

Bronte roula les yeux et soupira d'un air de martyre.

— C'est bon, c'est bon, Callie.

— Qu'est-ce que tu fais là, ma chérie ?

— A mon âge, maman refuse encore que je rentre toute seule en car. Donc elle m'a expédiée chez Noah, genre. Parce que mamie, euh… *travaille*, précisa ma nièce avec un léger frisson. Et comme Noah devait déposer Josephine ici pour que tu la récupères, il a évidemment fallu que je vienne aussi, car personne n'a encore compris, dans cette famille, que je n'avais plus l'âge d'être traînée partout comme un meuble.

Je fus impressionnée, à la fois par l'humeur rebelle de ma nièce et par son choix de vocabulaire. Incapable de résister à la tentation, je tapotai son adorable joue ronde.

— Qu'est-ce qui te met en colère comme ça, Bronte ?

— Oh ! rien. C'est juste à cause de cette connerie de soirée dansante père-fille à l'école ce week-end. Et moi je ne peux pas y aller, évidemment.

Elle me jeta un de ces regards que seuls les adolescents

parvenaient à produire : rage, dédain et vulnérabilité s'y exprimaient dans un même élan.

— Mais ton papi ira avec toi, Bronte ! Il adore danser, en plus !

— Je ne veux pas y aller avec mon *grand-père* ! Si je ne peux pas me pointer là-bas avec un père, laisse tomber.

Ses yeux se remplirent de larmes. Bronte ne l'avait jamais connu, mais son père biologique était mort en Irak. Et Hester, fidèle à ses principes, avait toujours refusé de fournir une figure paternelle de remplacement.

— Et je parie qu'il va falloir que j'aille avec toi et Josie faire sa stupide sortie pour bébés-scouts ?

— Non, tu n'es pas obligée, ma chérie. Tu peux rester avec le vieil homme grincheux, si tu préfères.

J'examinai un instant son visage buté.

— Tu veux qu'on en parle, toutes les deux, de cette question du père ?

— Non.

Prenant soudain conscience qu'elle traitait sa tante préférée avec un mépris qu'elle réservait normalement à sa mère, Bronte me sourit du bout des lèvres.

— Mais merci quand même, Callie.

— De rien. Tu sais que je suis toujours là, hein ?

— Je ne risque pas d'oublier. Tu me le dis une fois par semaine.

Sur cette tirade exaspérée, elle s'éloigna d'un pas traînant. Mon admiration pour ma sœur grandit. Avoir des enfants était une chose. Mais aborder avec eux les rivages de l'adolescence tenait du parcours du héros.

J'étais contente d'échapper à l'agence, en tout cas. L'ambiance avait changé, à Green Mountain, depuis que l'équipe de BTR était retournée à San Diego. Après leur départ, Mark avait plus ou moins cessé de m'adresser la parole. Nous étions tous surchargés de travail, d'accord. Mais quand même. En tant qu'enfant du divorce, je trimballais quelques petites séquelles… D'une manière ou d'une autre, je me sentais toujours responsable de l'humeur qui régnait dans mon entourage. Si je me montrais assez gaie et gentille, me disais-je, tout le monde serait heureux. Quand l'ambiance tournait au vinaigre, c'était signe que je ne faisais pas assez d'efforts. Voilà le sentiment que j'avais avec Mark, ces derniers jours : que d'une façon ou d'une autre, je ne me montrais pas à la hauteur. Quant à Muriel, ce n'était même pas la peine d'en parler. A quoi elle servait à l'agence, je n'en avais encore aucune idée, même si elle était à son bureau, toute la journée, dans ses tenues de femme fatale en noir et blanc — je ne lui avais encore jamais vu porter une seule couleur — à faire cliqueter son clavier.

— Tu viens, tatie Callie ?

Josephine se pendit à mon bras avec tant d'énergie qu'elle faillit me le déboîter.

— On peut y aller, s'il te plaît ? S'il te plaît ? Tu es prête ?

— Presque prête, ma puce. Je passe juste chez moi me changer et on y va. Tu as la feuille avec les explications ?

— Oui, dans mon sac à dos. Allez viens, je ne veux pas arriver en retard, tatie !

— Nous ne serons pas en retard, ma crevette. Viens ici. Tu es devenue trop grande pour que je te porte ?

Je la soulevai en riant dans mes bras.

— Oups, oui ! Tu es bien trop lourde. Hou là ! Je vais te lâcher.

Je fis mine de la laisser tomber, un jeu qu'elle affectionnait depuis toujours, et fus récompensée par son jeune rire musical.

Je la reposai, pris sa main et me dirigeai vers Noah. Et, tenez-vous bien, il était en pleine discussion. Avec Jody. Une femme qui n'était même pas liée à lui par le sang ! Du jamais vu. Jody avait opéré un véritable petit miracle car Noah, sans paraître exactement joyeux, n'avait pas couru vers la porte pour autant.

Je fis signe à mon grand-père.

— Noah ? Je pars avec Josephine à sa réunion de farfadets. Bronte reste avec toi.

Il se tourna vers l'aînée de mes nièces, qui lisait *L'Iliade* dans un coin.

— Super. Tu pourras poncer pour moi.

— O joie, ô félicité inespérée, rétorqua Bronte sans lever les yeux de sa lecture.

— C'est une maligne, celle-ci, commenta Noah sans réussir à réprimer un sourire de fierté.

— Un enfant qui lit, c'est un trésor, acquiesça Jody.

Je me penchai pour embrasser Noah.

— Tu sais qu'elle est pas mal du tout, Jody Bingham ? lui chuchotai-je à l'oreille.

Il me donna un coup sur l'épaule.

— Aïe ! Tu m'as fait mal. Je vais peut-être porter plainte. Au revoir, Jody. Au revoir Grampy, je t'aime !

— Au revoir Grampy, je t'aime ! reprit Josephine en écho.

Même s'il avait horreur de ça, je l'avais mis en valeur.

Une demi-heure plus tard, j'étais propre, je sentais bon et j'avais enfilé un pantalon confortable qui me permettrait de manger mon content de fromages chez Cabot. Et tant pis pour mon petit ventre un peu rond. Josephine s'amusait à sauter sur mon lit pendant que Bowie scandait ses bonds joyeux par des aboiements.

— Jo ? Donne-moi les instructions pour ta sortie, ma puce.

Ma nièce atterrit d'un bond sur le parquet et courut ouvrir son sac à dos.

— Tiens. Je peux mettre de ton gloss pour les lèvres ?

— Oui, oui, vas-y, marmonnai-je en prenant connaissance des indications.

Ah, mince... Ce n'était pas la crèmerie que nous allions visiter mais le cabinet vétérinaire de Georgebury. Ian, en d'autres termes. La sortie des farfadets avait dû être organisée très à l'avance, du temps du Dr Kumar. Impossible d'imaginer Ian accueillant de son plein gré une horde indisciplinée de petites filles de cinq ans.

Vingt minutes plus tard, ma supposition fut confirmée.

— Le Dr McFarland sera là dans un instant, promit Carmella pour la cinquième fois.

— Marissa, non ! Ne mange pas ça !

Je criai pour couvrir le vacarme.

— Ce sont des croquettes pour chiens. Recrache-les tout de suite !

Je me tournai vers Carmella et lui glissai à mi-voix :

— Il se cache ?

— Je crois. Quand je lui ai appris, ce matin, que nous avions une visite de farfadets au programme, il a fait une tête… comme s'il avait des calculs aux reins qui ne voulaient pas passer !

Nous rîmes toutes les deux de bon cœur.

— Et au niveau de la clientèle ? Ça tourne ?

Carmella se rembrunit.

— Eh bien, c'est un peu calme, en fait. Notre M. Kumar, c'était impossible de ne pas l'aimer. Mais avec ce nouveau… ça ne passe pas tout à fait aussi bien. Tu sais comment sont les gens, avec leurs animaux. Ils veulent un vétérinaire qui s'extasie sur leur chien ou leur chat autant qu'eux. Et le Dr McFarland est un peu iceberg sur les bords, si tu vois ce que je veux dire.

— Je vois très bien, oui.

A l'évidence, Ian avait besoin de mon secours professionnel.

Comme les filles n'avaient pas encore commencé à casser le matériel et que Michaela, l'autre accompagnante, soudoyait nos troupes en leur offrant force barres chocolatées, j'en profitai pour m'éclipser et aller voir ce que devenait notre hôte. Le cabinet paraissait désert. Je croisai un assistant sur le départ. Un jeune type que je ne connaissais pas. Nulle part je ne vis trace de mon vieux camarade Earl.

Je franchis une porte ouverte et le magnifique setter de Ian se leva gracieusement à mon entrée. Je m'agenouillai pour la saluer.

— Bonjour, mon Angie.

Manifestement incapable de me contrôler, j'entendis la voix de Mick Jagger franchir le seuil de mes lèvres.

— Angie... *Aaaaaangie...*

A ce moment précis, Ian sortit de son bureau, avec une expression proche de celle que venait de me décrire Carmella. Il était en costume, mais à la place de la veste, il portait sa blouse blanche de laboratoire avec son nom brodé en noir. Sa chemise était bleue, sa cravate rouge, et il avait l'air... officiel. Raide. Mais plutôt pas mal de sa personne. A part Louis-le-Sinistre, je ne connaissais aucun homme qui pratiquait le costume. Dans le Vermont, on faisait plutôt dans la flanelle et le sportswear. Ian se distinguait du lot. Une fois de plus, l'image d'un assassin russe me vint à l'esprit. Je lui souris et Angie agita la queue.

Il cligna des yeux, comme pour s'assurer que sa vue ne le trompait pas lorsqu'il me vit là, assise à même le sol à côté de son chien.

— Callie ? Mais qu'est-ce que vous faites ici ? Ne me dites pas que vous êtes la mère d'une de ces... de ces... !

Il déglutit. De mon côté, j'en perdis le sourire.

— Voilà, c'est sur ce plan-là que je pourrais peut-être vous aider, Ian.

Je me levai.

— Aurait-il été si difficile de me saluer par un « Bonjour, Callie, quel plaisir de vous voir » ? Et est-il à ce point impensable qu'un homme ait pu m'apprécier au point de me faire un enfant ?

Pas étonnant, si les affaires marchaient au ralenti. Ian se frotta le menton.

— Je ne voulais absolument pas dire que... Mais peu importe.

Il jeta un coup d'œil dans le couloir. Le niveau sonore,

dans la salle d'attente, atteignait celui d'un stade de football en plein délire. Je pris pitié de lui.

— Je suis venue ici avec ma nièce. Ne vous inquiétez pas. Nous ferons en sorte que la visite se passe de la façon la plus indolore possible.

Il paraissait sceptique.

— Allez, courage, Ian. Vous êtes un grand garçon. Et elles ne mordent pas. Enfin… Mariah et Paige peut-être. Mais les autres sont totalement inoffensives.

Je poussai la porte donnant sur la salle d'attente et élevai la voix.

— Les filles, écoutez-moi ! Le Dr McFarland est ici et il est très heureux que vous soyez venues voir comment il s'occupe des animaux. Docteur McFarland, un grand merci à vous d'avoir accepté de nous recevoir.

Il regarda les petites filles comme un veau blessé pourrait saluer l'arrivée d'un banc de piranhas sous-alimentés.

— Bonjour, dit-il.

— J'ai trois chiens, cria Keira Kinell en soulevant sa jupe-short pour danser sur place. Des pures races ! Ils font quatre mille dollars chacun ! C'est papa qui l'a dit !

Hayley McIntire ne voulut pas être en reste :

— Et moi, j'ai un chat qui s'appelle Eddie et il est trop mignon !

— Pas vrai ! Pas vrai ! intervint Josephine avec vigueur. Tu n'as pas de chat ! Je le sais parce que je suis venue chez toi. C'est un faux, ton chat !

Tess McIntyre, la sœur jumelle de Hayley, remit les pendules à l'heure.

— Il est pas faux, il est imaginaire ! Et comme il ne t'aime pas, il s'est caché !

— Moi, j'ai un poney, deux chiens et un hamster, énuméra Kayelin Owens. Mais le hamster, il est mort. Je l'ai trouvé tout roulé, dans sa cage. J'ai pleuré et ma maman, elle m'a dit qu'il était au ciel. Alors on l'a enterré dans le jardin.

Ian arborait une expression de martyr, comme si on

lui plantait des électrodes à différents endroits sensibles du corps. Je ne pus m'empêcher de sourire.

— Le Dr McFarland va nous faire visiter son cabinet, les filles. Vous allez découvrir comment il soigne les animaux que nous aimons et ce qu'il fait pour les garder en bonne santé. D'accord, Ian ?

— D'accord, oui. Euh... S'il vous plaît, ne touchez à rien et suivez-moi.

— Bonne chance, lança Carmella en entamant un jeu de solitaire sur son ordinateur.

Michaela et moi nous employâmes à mettre les filles plus ou moins en rang deux par deux. Et tout le monde emboîta le pas à Ian.

— Voici donc la salle d'opération — ne touche pas à ça, s'il te plaît, demanda Ian à Keira, qui commençait à manipuler une bouteille d'oxygène.

Keira le jaugea d'un regard rapide pour voir s'il convenait d'obéir ou non. Estimant, à raison, qu'elle pouvait passer outre sans grand risque, elle toucha de nouveau la bouteille. J'intervins à ma façon.

— Les mains dans les poches, Keira !

Elle maugréa quelque chose mais obéit sur-le-champ. Ian prit une profonde inspiration.

— Eh bien, c'est ici que nous procédons quand nous...

— Tu retires des itérus ? demanda Josephine, très fière de son vocabulaire de fille de médecin.

— Parfois, oui. Nous appelons cela une stérilisation.

— Et les pénisses, tu les coupes aussi ?

Je me mordis la lèvre pour ne pas rire.

— Pas exactement, non... Une jeune chienne ou une jeune chatte ne doit pas avoir de portée tant que...

— Une portée de musique ? s'étonna Caroline Biddle.

— Mais non ! cria Keira. Ça veut dire des bébés ! T'es vraiment bête comme tes pieds, toi la nouillasse !

Caroline resta interdite, comme si on l'avait giflée. Je jetai un regard sévère à la petite peste.

— Keira, tu n'as pas à parler comme ça ! Présente tes excuses à Caroline !

— Dé-so-lée ! chantonna Keira, sans la moindre sincérité.

Mes mâchoires se crispèrent et je sentis monter dans ma poitrine quelque chose de laid et de vénéneux qui ressemblait à de la haine. Keira, qui venait d'une famille de néo-Vermontois parvenus, était une enfant gâtée, moqueuse, souvent agressive. Caroline, elle, relevait de l'enseignement spécialisé. Elle jouait souvent avec Josephine et c'était une petite fille douce, fragile, délicate comme un papillon. J'ignorais au juste quel était son problème mais, comme j'intervenais de temps en temps dans la classe de maternelle de Josephine, je savais que Caroline avait de petits retards de développement.

Je lui pris la main et l'embrassai, recueillant en retour un petit sourire tremblant. Je me surpris à souhaiter un tas de malheurs à Keira. Que le plus beau cirque du monde vienne à Georgebury et qu'elle en soit privée. Alors que Caroline, elle, aurait droit à une place au premier rang. Que ses chiens de race mangent les têtes de toutes ses poupées Barbie. Que… enfin, qu'il lui arrive quelques petits ennuis, quoi. Mais rien de trop moche quand même, car elle n'était encore qu'une enfant. Ce n'était pas elle, mais ses parents, qui méritaient des claques.

— Des fois, y a des chiens qui meurent ici ? demanda Hayley.

— Oui, répondit Ian.

Toutes, nous attendîmes la suite, mais rien ne vint.

— Et les chiens-fantômes, ça existe ? insista Hayley, dans l'espoir d'entendre un récit un peu plus coloré.

— Non.

Enfonçant les mains dans ses poches, Ian retomba dans un silence pesant.

— J'ai envie de faire pipi ! chuchota Marissa.

Michaela l'emmena dans le couloir. Je me résignai à reprendre les choses en main.

— Docteur McFarland, pouvez-vous nous parler des opérations les plus courantes que vous pratiquez ici ?

Il me jeta un regard reconnaissant.

— D'accord. Nous avons les stérilisations donc, pour éviter que les animaux… euh… aient des bébés. Parfois il arrive qu'un chien ou un chat ait quelque chose de coincé dans l'estomac ou les intestins. Alors il faut les opérer pour enlever l'élément étranger. Je retire aussi des tumeurs, je remets des os cassés en place… Ne touche pas à ça, s'il te plaît.

Hayley avait entrepris d'actionner la pompe d'un brassard gonflable servant à prendre la tension.

— Nous pourrions peut-être passer à la suite de notre visite, docteur McFarland ? suggérai-je.

Il s'essuya le front avec sa manche.

— D'accord. Allons à côté.

— Une fois, je me suis cassé la jambe, raconta Paige alors que la horde de farfadets se remettait en mouvement. J'ai pleuré, pleuré, pleuré. Et à l'hôpital, ils m'ont même donné des bonbons.

— Moi, ma maman, elle a crié trop, trop fort, quand elle a eu mon petit frère, indiqua Leah Lewis. Elle dit que c'est très beau d'avoir un enfant, mais moi, j'ai pas envie d'avoir mal comme ça. Je ne veux jamais avoir de bébés. Juste des chiots.

Nous rassemblâmes les filles dans le couloir.

— Ian, pourquoi n'examineriez-vous pas Angie pour nous montrer comment se passe une visite-type ? lui suggérai-je à voix basse. Remettez-leur ensuite un petit souvenir en partant, et hop, le tour sera joué.

Il me jeta un regard mi-découragé mi-exaspéré.

— Je n'ai pas de souvenirs, ici, Callie. C'est un cabinet vétérinaire que je tiens, pas une boutique de cadeaux.

— Des abaisse-langues. Des compresses. Elles ont cinq ans. Ce n'est pas la valeur marchande qui les intéresse.

Il hocha la tête. Puis déglutit. Je lui posai la main sur le bras.

— Vous vous en sortez très bien. Ce ne sont que des enfants.

Il me jeta un regard sombre, comme si je lui avais dit : *C'est juste un nid de vipères venimeuses, Ian.* Mais il alla quand même chercher Angie dans son bureau. Avec Michaela, je réussis à caser tous nos farfadets dans une salle d'examen. Puis je m'employai à canaliser la petite troupe surexcitée.

— A trois, tout le monde s'assoit, O.K. ? Une... deux... trois.

Comme par miracle, elles se laissèrent toutes choir en tailleur à même le sol. Lorsque Ian entra avec Angie, ce fut l'émerveillement.

— Elle est trop belle !
— Je veux un chien comme ça !
— On peut monter à cheval dessus ?
— Sûrement pas, non, répondit Ian.

Mais il souriait. Il souleva Angie avec beaucoup de douceur pour la placer sur la table d'examen.

— Voici Angie, ma chienne.
— Elle sait faire des tours ? demanda Josephine. Le chien de ma tante, il la tire dans les montées quand elle fait du vélo !
— Incroyable ! C'est vrai ?

Ian jeta un coup d'œil dans ma direction. Ses yeux pétillaient et je sentis comme un papillonnement dans ma poitrine.

— Non, Angie n'est pas une chienne de cirque. Mais elle est bien élevée et très obéissante. Bon... Alors, la première chose que je fais quand quelqu'un vient me voir avec son animal, c'est d'essayer de devenir son ami. Comme ça... « Bonjour, Angie. Tu es une gentille chienne, je crois ? »

— Et des fois le chien te répond ? demanda Hayley.

Les autres petites filles pouffèrent de rire. Ian eut un sourire hésitant, comme s'il n'était pas vraiment certain d'être inclus dans la plaisanterie. Mon cœur tressaillit.

Je compris soudain que sous ses airs d'assassin russe parlant comme un iceberg, Ian McFarland pouvait être tout simplement un peu… timide.

Et je m'en trouvais bizarrement attendrie.

Ian montra aux filles comment il procédait pour une consultation de routine. Pendant qu'il auscultait Angie, il réussit à retenir leur intérêt un bon moment. Un exploit, sachant qu'un enfant de cet âge avait la capacité d'attention d'un oiseau-mouche.

— Moi, je voudrais trop être vétérinaire quand je serai grande, soupira Caroline en remontant les lunettes aux verres épais qui lui tombaient sur le nez. Il faut être forte en classe ?

— Oui, super-forte. Donc toi, tu pourras pas, parce que t'es trop bête, riposta Keira.

Ses mots étaient acérés et cruels comme autant de lames de rasoir. Je restai un instant muette. Caroline baissa la tête. Sortant de mon état de stupeur, je me levai d'un bond.

— Keira, en voilà assez. Sors d'ici, tu nous attendras dans le couloir.

Si seulement le règlement des farfadets m'avait autorisée à faire… je ne sais quoi… pour lui ouvrir les yeux sur sa cruauté destructrice ! Mes propres yeux se remplirent de larmes de colère et d'impuissance et je serrai les poings.

Michaela posa la main sur l'épaule de Keira.

— Je m'en occupe.

Keira protesta énergiquement pendant qu'on la guidait hors de la pièce.

— J'ai rien fait de mal ! C'était pas un mensonge ! C'est vrai qu'elle comprend jamais rien en classe !

Un silence consterné tomba après son départ. Les dix autres fillettes présentes semblaient avoir compris que Keira avait franchi une limite. Josephine — je l'aurais embrassée — posa gentiment la main dans le dos de Caroline. Mais la fillette restait immobile, les yeux rivés au sol.

Ian s'agenouilla devant elle et expliqua très sérieusement :

— Pour être vétérinaire, il faut un grand cœur. Tu en as un, toi ?

Caroline ne releva pas les yeux.

— Je ne sais pas, chuchota-t-elle.

— Si, si, elle en a un ! témoigna Josephine avec ferveur.

— C'est vrai, confirma Hayley.

— Et tu serais douce et patiente ? Parfois les animaux ont peur et il ne faut pas les brusquer, poursuivit Ian, toujours avec le même air de gravité.

Tête basse, elle acquiesça presque imperceptiblement.

— Il faut aussi aimer tous les animaux. Pas seulement les chiens et les chats.

— Je les aime, chuchota-t-elle. Même les serpents.

— Eh bien, normalement, tu devrais faire un très bon vétérinaire.

Caroline leva les yeux vers lui.

— Sérieux ? demanda-t-elle d'une voix tremblante.

Ian hocha la tête.

Mes larmes débordèrent d'un coup et, en cet instant, j'aimais Ian McFarland. Beaucoup, même. Et, de mon point de vue, Josephine et Hayley méritaient l'une et l'autre une médaille d'honneur. Je m'essuyai discrètement les yeux pour éviter que les autres filles ne me voient pleurer.

Ian se leva et sortit un stéthoscope de la poche de sa blouse. Il le tendit à Caroline.

— Tu veux écouter le cœur d'Angie ?

— Moi aussi, je peux ? voulut savoir Marissa.

— Et moi ? Et moi ? réclamèrent les autres en chœur.

Excitée de pouvoir manipuler du vrai matériel médical, Caroline en oublia la remarque perfide de Keira. Angie, bonne fille, dut sentir qu'elle avait besoin d'un petit supplément d'amour car elle lui lécha le visage. Le sourire de Caroline illumina la pièce.

Une demi-heure plus tard, les filles étaient de retour dans la salle d'attente et le climat était à l'euphorie. Ian leur avait donné à chacune une paire de gants en latex. Ma talentueuse nièce avait réussi à gonfler le sien comme un ballon de baudruche en forme de pis. Et toute la bande de farfadets avait improvisé un jeu de volley hilarant. Je rejoignis Ian, qui observait la scène derrière la porte fermière qui donnait sur les salles de consultation.

— Vous avez été formidable. Surtout avec Caroline.

Il salua ma remarque d'un petit hochement de tête guindé.

— Merci pour votre aide, Callie.

Je lui décochai un sourire.

— Alors ? Ça a été dur à vivre, pour vous ?

— Un peu, admit-il.

Un coin de ses lèvres se souleva en une ébauche de sourire. Je vis qu'il aurait eu besoin de se passer un coup de rasoir. Et une étrange faiblesse me prit soudain aux genoux.

Ce fut le moment que choisit Hester pour franchir le seuil de la porte.

— Hé là, ma Josephine ! claironna-t-elle en soulevant sa fille dans ses bras pour lui appliquer un baiser sonore sur la joue. C'était bien, chez le véto, alors ?

Le regard de Josephine brilla.

— Trop bien ! On a soigné son chien !

Hester posa sa fille et nous rejoignit de sa démarche pesante. Elle souriait jusqu'aux oreilles.

— Tu sais quoi, Callie ? Ma patiente de cinquante-quatre ans est enceinte ! Ce n'est pas extraordinaire, ça ?

— Fantastique, oui. Hum... Hester, je te présente Ian McFarland, le nouveau vétérinaire. Ian, ma sœur, Hester Gray.

— J'ai pensé à faire véto, moi aussi, corna Hester de sa voix tonitruante. Mais je ne suis pas vraiment une fana des petites bêtes. Et mes notes n'étaient pas assez élevées. Du coup, j'ai fait banalement médecine, à John Hopkins. Vous étiez où, vous ?

— A Tufts University.

— La meilleure ! tonna Hester. Notre frère y était inscrit et il vient juste d'abandonner, cet idiot.

— Comment s'est passé ton colloque ? demandai-je.

— Super. Ils ont sorti un tas de nouveaux traitements hormonaux pour ragaillardir Mlle Ovule et galvaniser M. Sperme. Bon, allez, il faut que je me grouille. A bientôt, Callie. Ravie d'avoir fait votre connaissance, Owen.

— Ian, rectifiai-je.

Mais ma sœur avait déjà passé la porte. Je me tournai vers Ian.

— Elle est gynéco. Spécialisée dans les problèmes de fécondité.

— Je me souviens, oui.

Comme je lui jetai un regard interrogateur, il précisa :

— Au DMV.

— Vous adorez remettre cet épisode sur le tapis, n'est-ce pas ?

Il haussa un sourcil amusé.

— Sa fille est son portrait craché.

— Je sais. C'est d'ailleurs assez amusant, car les deux filles de ma sœur sont adoptées... Vous avez des enfants, Ian ?

Il secoua la tête.

— Non. Mon ex-femme... Non, nous n'avons pas eu d'enfants.

Il y avait autre chose là-dessous, apparemment. Mais notre conversation s'arrêta là, interrompue par l'arrivée de la dernière fournée de mères venues chercher leurs farfadets. En tête arrivait Taylor Kinell, celle qui avait enfanté Keira-la-Cruelle. Taylor portait des vêtements très chers, très ajustés, et très peu adaptés à son âge : un T-shirt anémique, si fin qu'il n'était guère plus gros que de la gaze, un jean taille ultra-basse, qui avait sans doute été déchiré à la main par le couturier. Elle se pencha et ouvrit grand les bras à sa fille, nous offrant une vue plongeante sur son string et sur le tatouage au bas de son dos.

— Bonjour, ma petite chérie, roucoula-t-elle dans la direction générale de Keira alors qu'elle avait les yeux fixés sur Ian.

Ah, d'accord. *Mère de l'Année exhibe ses appâts devant Véto Sexy ?* En effet, oui. Sans surprise, elle retira ses lunettes de soleil Prada et gratifia Ian d'un sourire explosif.

— Excusez-moi, j'ai de la paperasse à faire, marmonna-t-il en prenant la fuite vers son bureau.

On ne pouvait décemment lui en vouloir. Je m'affublai d'un sourire artificiel et m'avançai vers la mère de Keira.

— Taylor, nous avons eu un petit problème avec Keira aujourd'hui. Elle…

— Maman ! maman ? Maaaman ! Tu m'avais promis que tu m'emmènerais au restaurant ! S'il te plaît, maman. Je déteste manger à la maison. On y va ? Maman, je m'ennuie trop ici. C'était nul. Allez, maman !

— Mais bien sûr, ma chérie. Je t'avais promis qu'on irait manger quelque part. Où aimerais-tu dîner, ma poupée ?

Sans paraître écouter, Keira continua de tirer sur le bras trop maigre de sa mère, avec une force telle que j'étais surprise qu'elle n'ait pas encore réussi à l'arracher et — Keira étant Keira — à entreprendre de le ronger sur place.

— Keira, je suis en train de parler à ta maman, lui expliquai-je patiemment.

Ce n'était qu'une petite fille, après tout. L'origine de sa méchanceté était sans doute à chercher dans l'acquis plus que dans l'inné.

— Mais j'ai faaaaaim ! On y va tout de suite, maman ?

— Taylor, Keira s'est moquée deux fois d'une de ses camarades, aujourd'hui. Et, comme vous le savez, la cruauté est interdite chez les farfadets — comme n'importe où ailleurs, en fait. Keira, dire des choses méchantes, cela fait du mal aux autres, ma puce.

— M'en fous.

Eh bien... Je me tournai de nouveau vers Taylor.

— Vous connaissez les principes scouts. Keira ne pourra pas rester si elle n'apprend pas à se comporter de façon un peu plus respectueuse. Keira, tu aimerais que quelqu'un te dise que tu es bête ?

— Personne ne te dirait jamais une chose pareille car tu es bien trop vive et intelligente, ma chérie, se hâta de riposter Taylor en me jetant un regard meurtrier. Quant aux farfadets, nous avions l'intention d'arrêter, de toute façon. C'est un peu trop gnangnan à notre goût. Allez viens, mon ange. Tu auras deux desserts ce soir. On y va.

Ma pression sanguine s'éleva dangereusement. Taylor pensait-elle rendre service à sa fille en l'élevant de cette façon ? Cela me faisait presque de la peine pour Keira. Dans dix ans, au lycée, elle serait la fille populaire méprisée, sans amies véritables. Et on la critiquerait sans merci dans son dos, alors qu'elle continuerait de brandir la fortune familiale comme son unique et pitoyable bouclier.

Sarah Biddle, la mère de Caroline, vint me saluer en tenant sa fille par la main.

— Merci d'avoir accompagné les filles, Callie.

Elle rayonnait de joie de revoir sa petite fille. Ça, au moins, c'était une mère !

— Tout le plaisir était pour moi... Michaela t'a dit ce qui s'était passé ?

— Mmmoui, répondit-elle, le regard éloquent. Tu pourras dire au Dr McFarland qu'il est mon héros du jour.

Je souris.

— Entendu, je transmettrai. Je regrette de ne pas avoir pu faire plus.

Penser au petit visage désolé de Caroline me serra le cœur. Sarah sourit.

— Ne t'inquiète pas, tu n'y peux rien. Caroline, remercie Callie pour le bon moment que tu as passé, ma puce.

La petite fille m'enlaça affectueusement les jambes.

— Merci, Callie. A bientôt. Je t'aime très fort.

Je lui souris avec tendresse.

— A bientôt, trésor. Moi aussi, je t'aime très fort.

Je les suivis des yeux, toutes les deux, mère et fille toujours main dans la main. Radieuse, le visage levé, Caroline racontait ses aventures à sa mère. Je ne pus m'empêcher de ressentir une pointe d'envie en les voyant ensemble, si proches que rien d'autre ne semblait compter. Le père de Caroline était un type en or, qui considérait sa femme et son enfant comme les deux rayons de soleil éclairant son existence. Ils étaient un peu comme Annie, Jack et Seamus. Unis, liés, émerveillés de s'aimer autant. Leur petite famille était le cœur tendre du bonheur, et tout le reste formait la sauce autour.

Les derniers farfadets partirent et un calme soudain tomba dans le cabinet.

— Callie ?

Je tressaillis. Ian s'était risqué hors de son bureau à présent que la voie était libre.

— Je peux vous voir un instant ?

— Oui. Oui, bien sûr.

— Ian, je vous dis à demain, lança Carmella. Contente de t'avoir revue, Callie. Tu t'es débrouillée comme un chef avec la bande de rase-moquette.

Je la remerciai avec un large sourire avant de suivre Ian dans son bureau où Angie dormait, roulée en boule sur son lit pour chien. Dire que la pièce était rangée aurait été un euphémisme. Mais je ne retrouvais pas ici la vacuité stérile qui caractérisait l'espace en noir et blanc de Muriel. Mon propre bureau était joyeusement encombré et frisait par moments le chaotique, avec des post-it dans tous les sens, des photos partout, des tasses de café vides et autres objets adventices de la même eau. Ian, lui, était visiblement très ordonné. Il avait affiché ses diplômes, les premières années à l'université de New York, puis son doctorat à Tufts. Sur les étagères, des rangées de manuels et d'ouvrages professionnels, une petite sculpture de chien. Au mur, un assez beau tableau représentant un voilier généreusement peint à l'huile, avec une texture intéressante.

Mais ce qui retint immédiatement mon intérêt fut la photo encadrée sur le petit meuble de classement derrière son bureau. On y voyait une version rajeunie de Ian avec une femme absolument magnifique. De longs cheveux blonds, une peau comme du lait et une ossature du visage qui pouvait rivaliser avec une Natalie Portman. Ils souriaient l'un et l'autre et je ressentis un pincement inattendu au cœur. Ian avait vraiment l'air très heureux sur ce portrait.

— C'est votre femme ?

Il jeta un coup d'œil sur la photo.

— Ex-femme.

Pas si « ex » que ça, mon vieux, si tu gardes sa photo sous ton nez pour te torturer.

— Elle est très belle.

— En effet.

Il ne fournit aucune précision. Un long silence tomba.

— Ian ?

— Oui ?

— Vous vouliez me parler, souvenez-vous. Cela dit, si vous préférez que nous continuions à nous taire, ce n'est pas un problème pour moi.

Il ferma brièvement les yeux.

— Je vais devoir faire appel à vos services. Si vous estimez réellement pouvoir faire bouger les choses sur le front de la clientèle.

Je le fis tressaillir en frappant dans mes mains.

— Ah, chouette ! La campagne chaudoudou ! Bonne initiative, Ian. Ça va être super.

— Je n'en doute pas. Une vraie partie de plaisir.

— Hé, ne faites pas cette tête. Ce n'est pas une visite chez le dentiste !

A cet instant, mon estomac gronda. Ian me jeta un regard découragé.

— Oh non, ça recommence.

— Mais non, mais non. C'est une banale réaction de faim. J'ai eu une grosse journée. J'ai enseigné le hip-hop à des vieilles dames puis j'ai chaperonné les farfadets. On mange un morceau ensemble, ça vous dit ? On pourrait discuter en dînant.

Ian accueillit ma proposition avec une méfiance manifeste.

— Bon, d'accord, acquiesça-t-il après une délibération intérieure.

— Je vous propose d'aller chez Elements. C'est près de chez moi, je pourrai faire un saut à la maison et me munir de mon ordinateur portable.

— Comme vous voudrez.

Il me regarda un long moment sans ciller. Et ses yeux étaient si... bleus. Betty Boop replia les mains sous son menton et soupira, la bouche en cœur.

Je finis par me souvenir qu'il s'agissait d'un rendez-vous professionnel et non d'une invitation au bal.

— Mmm... Vous savez où se trouve le restaurant ? Le trajet est un peu compliqué, car il faut prendre une rue à sens unique et tourner ensuite dans une espèce de parking, mais qui ne ressemble pas vraiment à un parking, plutôt à une allée. Ensuite, il suffit de...

— Et si je vous suivais en voiture, tout simplement ? suggéra-t-il sèchement.

— Docteur MacFarland, ce serait une riche idée.

10

Vingt minutes plus tard, je me garai devant l'Arche de Noah. Ian s'immobilisa derrière moi, descendit de voiture et me jeta un regard interrogateur en découvrant l'enseigne.

Je lui expliquai la situation tout en fouillant dans mon sac pour tenter d'en extirper mes clés.

— Il s'agit de l'atelier — et de la maison — de mon grand-père. Je vis chez lui. Entrez avec moi, je vais vous le présenter.

Bowie me retrouva avec le degré de joie propre à un parent retrouvant son enfant après des années de guerre et de séparation. Il chantait son bonheur, poussait de petits aboiements aigus, me donnait des coups de tête, hérissant mon jean d'une couche de duvet canin.

— Salut, Bowie, le saluai-je de ma voix spéciale chien. Bonjour, mon bonhomme. Ta maman t'a manqué, hein ? Oui, oui, je vois bien. Tu te souviens de Ian, le docteur ?

Bowie répondit par l'affirmative en se dressant sur ses pattes arrière pour monter sur la jambe de Ian. Ses jappements se teintèrent d'une nuance amoureuse.

— Arrête, Bowie. Descends ! ordonna Ian.

Mon chien interpréta ces mots comme une déclaration d'amour et peut-être même, aussi, une promesse de hamburger. Il tourna sur lui-même en agitant furieusement la queue tandis que de gros paquets de pelage s'envolaient sur le courant d'air qu'il créait par son propre tourbillon.

— Les huskies doivent être brossés une fois par jour, observa Ian. Vous le saviez ?

— Mais c'est ce que je fais ! Vous connaissez Eva Potts ?

Ian secoua la tête.

— Elle est tricoteuse. Elle carde le sous-poil de Bowie, le file et le met en pelote.

— Ah, murmura Ian d'un air sceptique.

— J'ai un pull fait avec la laine de mon propre chien. Bon, d'accord, je ne le porte pas, car ça fait un peu incestueux sur les bords, même pour une dog-addict comme moi. Mais c'est sympa, non ?

Le souvenir de M. Cheveux Humains me traversa l'esprit et je réprimai un frisson.

— La perte de poils est le prix à payer pour avoir le meilleur chien du monde. Pas vrai, Bowie ? Mlle Angie est dehors dans la voiture, tu savais cela, mon Bowie ? Tu sens son odeur ?

Je me penchai pour caresser mon chien, qui me récompensa en modulant quelques trémolos, tout en clignant son œil marron d'un air complice. Je lui rendis son clin d'œil.

— Oui, maman t'aime, Bowie.

— Vous lui parlez toujours de cette façon ? demanda Ian avec une pointe d'amusement dans la voix.

Je me redressai.

— Bien sûr. Comme ça, il sait que c'est à lui que je m'adresse. Pourquoi ? Vous vous entretenez en italien avec votre Four D Angel Mayonnaise ? Ou en chinois mandarin ?

Et là, miracle, Ian sourit.

Oh... Oh oui... Vraiment décoiffant, le sourire. Mes parties féminines se contractèrent et je les sentis soudain toutes vibrantes et en éveil. Il avait suffi d'un sourire pour que je palpite de partout. Mais pas n'importe quel sourire, croyez-moi. Ian avait l'air un peu... comment dire... sympathiquement loufoque, quand il souriait.

Peut-être à cause de ses irrésistibles petits plis du sourire, tellement inattendus. Toujours est-il qu'il n'avait plus rien d'un assassin russe, tout à coup. Bien au contraire.

Il était... Je ne sais pas. Mes neurones s'embrouillaient et une sensation de flou me colonisait la tête. Mais une vision très nette se fit jour dans mon esprit : je me réveillais au côté de Ian, et il me souriait avec ce même sourire ébouriffant qu'en cet instant. Je me réveillais *nue* auprès de Ian, pour être exacte. Ah oui, voilà un visuel auquel je pourrais me raccrocher : un corps chaud, souriant, déshabillé, viril, fort et...

— Callie ! Une chance que tu sois à la maison, pétard de bois ! Cette vieille saloperie de jambe ne veut rien entendre et pas moyen de... Hé ! Mais vous êtes qui, vous ?

Mon angélique papi câlin entra en sautillant dans le séjour, brandissant sa prothèse à la manière d'une batte de base-ball.

— Noah, je te présente Ian MacFarland. Ian, voici mon grand-père, le constructeur de bateau légendaire, Noah Grey.

— C'est un honneur pour moi, monsieur, dit Ian.

Ouille...

— Un honneur ? Quel honneur ? éructa Noah. Et qu'est-ce que vous fichez ici avec *ma* petite-fille ? Vous ne couchez pas avec elle, j'espère ?

— Non, monsieur.

— Purée, Noah, ton sens de l'accueil m'éblouira toujours !

Noah ne parut même pas m'entendre.

— Vous croyez m'amadouer avec vos belles manières ? vociféra-t-il en foudroyant Ian du regard.

— Non, monsieur.

Ian tourna vers moi des yeux rieurs.

— Ian est le nouveau vétérinaire, Noah, et je vais m'occuper de ses relations publiques. Alors arrête de nous faire un fromage et passe-moi ta jambe.

Il me remit sa prothèse, sans cesser de regarder Ian de travers.

— O.K., Noah, où est ton jersey ?

Je faisais allusion à l'espèce de chaussette qui aidait à maintenir la prothèse en place.

— Est-ce que je sais, moi, où je l'ai foutu, ce machin ?

Il me semblait bien que j'oubliais quelque chose.

— C'est beaucoup plus confortable si tu l'utilises.

— Qu'est-ce que tu en sais, toi ? Tu t'es coupé la jambe pour faire le test ?

— Non, mais il se pourrait que je te tronçonne la jambe qui te reste si tu n'arrêtes pas de râler, Grampy chéri. Ian, accompagnez-moi au premier étage, sinon mon grand-père vous mangera tout cru.

Ian m'emboîta le pas. Erreur. Ne laissez jamais un homme gravir un escalier derrière vous, car pas moyen de dissimuler la marchandise, si vous voyez ce que je veux dire. Je montai en courant pour limiter les dégâts.

— Désolée pour mon grand-père. C'est seulement lorsqu'il a mal qu'il est irritable comme ça.

— Vous n'avez pas à vous excuser.

Ian attendit sur la galerie pendant que je m'engouffrais dans la chambre de Noah pour lui prendre un nouveau jersey. Je filai ensuite le long du couloir afin de récupérer mon ordinateur et, soyons franche, me passer un petit coup de peigne. Je fermai la porte de ma chambre derrière moi et pris une profonde inspiration.

Mon cœur battait un peu trop vite, et pas seulement parce que je venais de monter l'escalier en courant. Mes joues étaient, par ailleurs, un peu brûlantes. J'étais… comment dire ? En émoi. Arrachant mon jean couvert de poils, j'ouvris mon armoire surencombrée et examinai son contenu. Une jupe, sans hésitation. J'avais des jambes extra. Mais pas trop sexe quand même, la jupe. Il s'agissait d'une réunion de travail, après tout. Choisissant une adorable petite jupe écossaise dans des tons de rose et de vert, avec des plis sympas côté pile, je l'assortis avec un top vert sans manches et un cardigan dans la même matière. Puis j'exhumai mes escarpins à bouts ouverts en daim dans le même ton.

— J'arrive dans une seconde! criai-je à Ian tout en envoyant un coup de pied dans mon linge sale pour le faire disparaître sous le lit.

Ian n'avait aucune raison d'entrer dans ma chambre, bien sûr. Mais cela me faisait un effet étrange de le savoir là, tout près. Un effet excitant, même. J'avais lu quelque part qu'un homme a en moyenne une pensée de nature sexuelle toutes les dix secondes. Peut-être que Ian entretenait des fantasmes sur moi en cet instant même. Des fantasmes érotiques, bien sûr. Carrément chauds. De longs, brûlants et torrides fantasmes où nous tomberions enlacés sur mon grand lit, où ses lèvres seraient dans mon cou et où ses mains caressantes se fraieraient un chemin jusqu'à...

Michelle Obama s'éclaircit discrètement la voix. *Hou hou! On redescend sur terre, Callie?* Mmm... exact. J'avais une mission professionnelle en free-lance. Ce qui ne m'empêcha pas de courir vers mon ordinateur pour envoyer un mini-mail à Annie: *Je sors dîner avec le nouveau véto. Pour des raisons purement pro mais j'ai la libido qui monte en flèche.* Voilà. Je me dis qu'elle serait fière de moi. Je refermai mon portable et le fourrai dans sa housse. Puis je courus me mettre un peu de gloss et passer une brosse dans mes cheveux.

— Et voilà. Fin prête, annonçai-je en ouvrant la porte.

Ian tourna les yeux et, aucun doute possible, son regard s'arrêta sur mes jambes. Excellent choix, cette petite jupe. Il ouvrait de grands yeux, même. Incroyable. Mes jambes l'estomaquaient, visiblement.

— C'est un fauteuil Morelock que je vois?

Je souris avec modestie.

— Merci. Il est vrai que j'ai fait pas mal de course à pied dans le temps et... Pardon?

— Votre rocking-chair? Vous savez qui l'a fabriqué?

C'était peut-être la première fois que je ne me réjouissais pas qu'on s'intéresse à mon cher fauteuil.

— Oui, c'est un Morelock, en effet. Vous avez l'œil, Ian.

— Je peux le voir ?

Je rougis. Ian demandait à entrer dans ma chambre ! Betty Boop étouffa un petit cri surexcité et battit des cils. *Pour admirer le mobilier,* souligna la première Dame.

— Oui, bien sûr, marmonnai-je.

Il entra sans même honorer d'un regard mon grand lit accueillant. Démoralisant. Enfin... Le fauteuil était unique et superbe. Et j'étais quand même assez contente que Ian l'ait repéré. C'était, après tout, mon bien le plus précieux sur terre, la première chose que j'essaierais de sauver en cas d'incendie après Bowie et Noah (même si Noah poussait le bouchon un peu loin, ces derniers temps).

— Où l'avez-vous trouvé ?

Ian ne toucha pas le fauteuil et, par chance, ne me demanda pas s'il pouvait l'essayer.

— C'est M. Morelock lui-même qui me l'a offert, murmurai-je, les yeux rivés sur mon cher rocking-chair. Pour mon huitième anniversaire.

Ian me regarda d'un air surpris.

— Vous connaissiez Morelock personnellement ?

— Je ne l'ai vu qu'une seule fois, mais Noah et lui étaient amis. De fait, ce fauteuil est le dernier qu'il ait jamais fabriqué.

Ian hocha la tête et ne fit pas de commentaire. Je tournai les yeux vers lui.

— Bon, on y va ? On peut marcher, si vous voulez. Ce n'est pas loin.

— D'accord.

— Vous voulez faire entrer Angie ici ? Noah ne s'en formalisera pas. Il adore les chiens.

— Je veux bien, oui. Ce serait super.

Cinq minutes plus tard, nous marchions côte à côte, suivant les méandres de la rue sinueuse. Le soleil se couchait ; les oiseaux chantaient dans les arbres. A quelques mètres, la Trout roulait ses eaux rapides, soupirant et murmurant sa jolie chanson de rivière. Le scénario aurait pu être romantique. Mis à part que mon ordinateur me cognait la hanche à chaque pas et que Ian ne me décrocha pas un mot pendant tout le trajet. Qui fut bref, par chance, car mes exquis petits escarpins me serraient les pieds dans un étau mortel.

— Callie Grey ! ronronna une voix masculine au moment où je poussai la porte. Seigneur, quelles jambes fabuleuses ! Ne sont-elles pas la preuve qu'un Dieu d'amour existe ?

Ian parut déconcerté. Je me mis à rayonner et embrassai le possesseur de la voix. Dave, le frère d'Annie, était partiellement propriétaire et pleinement gérant d'Elements. Et je l'aimais à la folie, bien sûr. Avec sa beauté rude et son visage mal rasé, il ressemblait aux pêcheurs de crabe en Alaska de mon émission de téléréalité préférée. A la différence près que Dave, lui, savait s'habiller.

Il passa un bras possessif autour de mes épaules et examina Ian de la tête aux pieds.

— Alors ? A qui ai-je l'honneur ? Moi, c'est Dave, ami et protecteur de Callie et semi-propriétaire de ce beau lieu.

Sur l'initiative de Dave, les deux hommes échangèrent une poignée de main.

— Dave, je te présente Ian McFarland, notre nouveau vétérinaire. Je dois l'aider pour un projet, donc il nous faudrait un box avec banquette. J'ai apporté mon ordinateur.

— Bien sûr. Par ici.

Dave nous précéda à travers la salle de restaurant. Elements, comme l'Arche de Noah, était une ancienne usine, ce qui se traduisait par des sols inégaux, des murs en brique et beaucoup de caractère. Toute une troupe de Rats de Rivière était agglutinée au bar et un chœur s'éleva sur notre passage.

— Tchô, Callie ! Comment va ton grand-père ?

Je saluai tout ce petit monde en riant.

— Coucou, les gars ! Je n'ai pas le temps de discuter avec vous maintenant, car je suis en bien meilleure compagnie qu'avec vous autres.

— Bien répondu !

— Je peux me joindre à vous, Callie ? lança Shaunee Cole en levant son verre de Martini à ma santé.

— Epouse-moi, Callie ! brailla Jake Pelletier, qui était déjà passé trois fois devant le maire.

Comme il n'avait que quarante ans, nous considérions qu'il avait encore en lui le potentiel pour six ou sept mariages supplémentaires.

— Toujours la Reine du Bal, Callie, conclut Dave en roulant les yeux dans les orbites. Vous avez vu, Ian ? Elle reste la grande favorite, notre Callie.

Il nous indiqua notre box, qui était placé à proximité du bar et juste en dessous de la grande décoration murale en cuivre (autrement dit, la meilleure table de tout Elements), puis nous tendit ses menus, ses spécialités du jour, ses cocktails, sa carte des vins et j'en passe.

— Et comment se porte ton lunatique collègue, avec son caractère de cochon ? finit par demander Dave.

Sa réconciliation avec Damien était inévitable et imminente. Mais je ne pouvais lui en faire la remarque, bien sûr. Ce serait gâcher l'intensité dramatique des retrouvailles.

Je pris l'air sombre de circonstance.

— Il est renfrogné, malheureux et amer.

— Tu dis ça uniquement pour me faire plaisir.

Dave m'adressa un clin d'œil. C'était vraiment trop bête qu'il soit de l'autre bord. Dave et moi, nous aurions fait ensemble des enfants superbes.

— Bon, je vous laisse vous mettre au travail, tous

les deux. Je vous souhaite un agréable dîner. Enchanté d'avoir fait votre connaissance, Ian.

Dave me prit la main, l'embrassa, puis s'éloigna pour aller faire son numéro de charme à une autre table.

— Vous avez des quantités d'amis dans cette ville, commenta Ian en dépliant sa serviette pour la placer sur ses genoux.

Je pris une gorgée d'eau.

— Bientôt, vous en aurez autant que moi. Georgebury est une toute petite ville. Les gens se connaissent tous. Vous devriez adhérer à l'association des Rats de Rivière. C'est un club de canoë-kayak. Enfin... en principe.

— Bonne idée, cria Shaunee. Entrez dans le club, Roméo ! Et nous nous chargerons de vous corrompre.

Je répondis tout haut, de façon à être entendue du bar :

— Oui, les Rats de Rivière sont formidables. Si on apprécie les fêtards imbibés qui ont pour but principal, dans la vie, de se noyer dans l'alcool autant que possible.

— Ouais, ça nous définit tout à fait ! approuva la joyeuse bande de compères.

Les Rats de Rivière trinquèrent et se frappèrent mutuellement dans la paume. Je souris.

— Callie, on va finir la soirée au Joyeux Gueulard, cria Mitch Jenkins. Rejoins-nous là-bas plus tard, si tu peux.

— Peut-être, oui. Rien n'est impossible.

D'un œil attendri, je regardai la bande de huit à neuf Rats se lever et sortir du restaurant en riant et se bousculant. Puis je reportai mon attention sur Ian, qui les observait également.

— C'est une sacrée bande d'hurluberlus, commentai-je.

— Ils sont membres d'un club de canotage, vous dites ?

— D'un club de cuite, oui. Deux ou trois fois par mois, ils font une descente de rivière en kayak, mais plusieurs fois par semaine, ils se retrouvent pour boire des coups. En octobre, ils organisent une petite régate rigolote.

Je pris une gorgée d'eau.

— Ils adorent mon grand-père. Il est leur constructeur fétiche.

Mark était un membre des Rats de Rivière, mais seulement de nom. Je me demandai si Muriel adhérerait aussi. J'espérais bien que non.

Ian hocha la tête et prit un menu relié de cuir. Il n'était vraiment pas bavard, cet homme. Nous étudiâmes chacun notre carte en silence. Mais je jetai de fréquents coups d'œil de l'autre côté de la table. Petit à petit, je m'y faisais bien, moi, à cette personnalité slavo-taciturno-impénétrable.

Une fois nos commandes passées, j'en vins aux choses sérieuses.

— Bon. On se met au boulot, Ian ? Il vous faudra un site internet, bien sûr. Avec une section qui s'intitulera « A propos du Dr McFarland ». C'est assez classique. On va peut-être commencer par là, d'ailleurs.

Je sortis mon portable de sa housse, le mis en marche et attendis, les doigts suspendus au-dessus du clavier.

— C'est parti. Parlez-moi de vous, Ian.

— J'ai fait mon premier cycle à l'université de New York, puis j'ai poursuivi en véto à Tufts.

— Oui, j'ai vu vos diplômes. Quoi d'autre ?

— Mon sujet de recherche portait sur la dégénérescence articulaire, et j'ai enseigné à UVM avant de reprendre le cabinet du Dr Kumar.

Je tapai quelques lignes.

— Parfait. Passons à des aspects plus personnels, à présent.

Il se tint aussitôt sur la défensive.

— Qu'est-ce que vous voulez savoir ?

— Ce qui vous a poussé à vous installer dans notre bel Etat du Vermont, pour commencer ?

Il regarda fixement son set de table et déplaça sa fourchette d'un demi-millimètre.

— J'aimais bien la Nouvelle-Angleterre. Et Laura est de Boston.

Ah, *Laura...* J'éprouvais un vif intérêt pour Laura.

— Vous avez vécu dans le Vermont après votre mariage ?

Est-ce que vous vous parlez toujours ? L'aimes-tu encore ? La plaie est-elle toujours ouverte ?

— Oui. A Burlington.

Il prit une inspiration. Ce n'était pas ainsi, de toute évidence, qu'il aurait aimé occuper sa soirée s'il avait eu le choix. Mais il poursuivit quand même.

— J'ai aussi passé un été à Georgebury quand j'étais enfant.

— Non, c'est vrai ?

L'idée que Ian ait pu séjourner dans le secteur m'enthousiasmait, bizarrement.

— J'ai séjourné chez mon oncle.

— Comment s'appelle-t-il ? Je le connais peut-être ?

— Carl Villny. C'était le frère de ma mère. Il est mort il y a environ dix ans.

Villny. Un nom russe, sauf erreur. Réprimant un sourire (*ton oncle n'aurait-il pas été une taupe soviétique, par hasard ?*), je secouai la tête.

— Le nom ne me dit rien... Donc, ça vous a plu de passer un été ici et, une fois divorcé, vous avez eu envie de revenir ?

Il hocha la tête.

J'attendis la suite. Souris fermement. Et le résultat vint.

— Euh... comme je vous l'ai déjà dit, j'ai beaucoup vécu à gauche et à droite quand j'étais enfant. Ma... euh... ma mère travaille beaucoup dans les pays du tiers-monde. Je crois que nous avons dû déménager au moins quinze ou vingt fois. Nous ne restions jamais au même endroit très longtemps.

— Ouah ! C'est peu conventionnel, comme enfance !

Il recommença à déplacer les couverts.

— Ne mettez pas ça dans le site.

— Pourquoi ?

— C'est sans rapport avec ce qui nous occupe.

Je notai une certaine crispation au niveau de ses mâchoires.

— L'enjeu est le suivant, Ian : si les gens ont le sentiment de vous connaître un peu, ils se sentiront plus en confiance.

Il changea de position sur la banquette.

— D'accord. Mais je ne veux pas qu'on mentionne mon enfance itinérante, sur le site.

Je haussai les épaules.

— Bon… Alors dites-moi pourquoi vous aimez les animaux.

Il plissa les yeux.

— C'est un peu mièvre comme question, non ?

Je grinçai des dents.

— Dans l'absolu peut-être, mais pas pour vos clients, docteur McFarland. Pourriez-vous, s'il vous plaît, me fignoler une réponse ?

— Les animaux sont loyaux. Question suivante ?

Ce fut à mon tour de soupirer profondément.

— O.K. Si je mets mon ordinateur de côté, on pourrait faire comme si j'étais votre sœur et discuter gentiment, d'accord ?

— Non.

— Pourquoi ? Si vous voulez que je fasse ce travail pour vous, j'aurais besoin de votre collaboration active.

— Je ne peux pas faire comme si vous étiez ma sœur.

Venant d'un autre, je l'aurais entendu comme un compliment, voire comme une manœuvre de séduction. Mais dans le cas de Ian, je savais que c'était à prendre au sens littéral. Je levai les yeux au ciel, mis mon ordinateur de côté et renonçai pour le moment.

Le serveur nous apporta notre dîner — une truite aux amandes pour moi, avec un joli petit monticule de haricots verts et un risotto qui dégageait le plus merveilleux fumet. Ian, lui, avait pris le saumon grillé et les pommes au four. Nous mangeâmes d'abord en silence.

— Voilà ce que nous pouvons faire, déclarai-je après

un temps de réflexion. Si vous n'avez pas trop envie de parler de vous, nous dirons simplement que vous avez passé un été ici étant enfant, que vous êtes tombé amoureux du Vermont et que, dès que l'occasion de revenir s'est présentée, vous l'avez saisie. Nous mettrons une très belle photo de vous avec votre Angie : le vétérinaire super-sexy avec la chienne de sa vie — et non pas sa chienne de vie.

Ceci me valut un petit sourire. *Mmm...* Petit mais irrésistible. Cela dit, j'étais en mode professionnel et ce fut à peine si je m'en aperçus.

— Ensuite, nous demanderons à vos clients de nous confier des photos d'eux avec leur animal domestique. Il faudra signer des décharges, mais ce n'est pas un problème. Nous aurons une section appelée « Posez la question au Dr McFarland ». Les gens pourront écrire et demander pourquoi Médor a rongé la plus belle paire de chaussures de maman. Et vous répondrez d'un ton aimable et accessible.

Je m'interrompis pour savourer une bouchée de ma truite.

— Ça vous convient, jusqu'ici ?
— Oui.
— Je pense aussi que vous devriez organiser une foire aux animaux domestiques.
— Ça consisterait en quoi, au juste ?
— Un genre de journée portes ouvertes à votre cabinet. Les gens viendront avec leurs compagnons à quatre pattes et vous distribuerez des friandises pour chiens, chats et gerbilles. Nous pourrions peut-être nous assurer le concours d'un entraîneur qui donnera plein de judicieux conseils.
— Ce n'est pas une mauvaise idée.
— Il y aura une démonstration d'agilité canine, bien sûr. Ce qui ne serait pas trop le style de Bowie. Je peux peut-être demander à Noah de fabriquer un petit traîneau, comme ça Bowie tirerait... Aïe, non, il y aurait

des questions d'assurance. Non, non on laisse tomber... Ah, tiens, et si vous faisiez venir un communicateur animalier ?

— Je ne crois pas en ces pratiques.

— Aucune importance. Ça pourrait être amusant. Je vais voir si on peut avoir une équipe cynophile, un maître-chien avec un chien policier. Pour les petits, on leur tatouera des animaux sur la peau. Et on proposera des maquillages. Et des ballons en forme de caniche... Ah, ça va être génial, Ian !

J'en sautai presque sur ma banquette tellement j'étais excitée. Ian n'aurait qu'à aller et venir dans la foule, comme un archiduc débonnaire ou un aristocrate russe. Et tout le monde verrait qu'il n'était pas rigide et distant, mais juste un peu timide.

— Qu'est-ce que vous en pensez, Ian ?

— Cela me paraît...

Terrifiant, complétai-je pour lui.

— ... tout à fait bien, Callie, répondit-il à ma grande surprise. Je n'y aurais jamais pensé spontanément, mais pourquoi pas ?

J'en avais le rouge de la fierté aux joues.

— Il faudra programmer ça assez vite. L'hiver est précoce dans le Vermont.

Mon téléphone, à ce moment, émit un signal.

— Excusez-moi un instant. Juste au cas où ce serait Noah qui aurait besoin de quelque chose.

Ce n'était pas un appel au secours de mon grand-père, mais un texto d'Annie. *Si le véto te fait flasher, fonce !*

— C'est votre grand-père ? demanda Ian.

Il s'était penché au-dessus de la table, le front barré par une petite ride d'inquiétude. Il avait de très belles mains, notre Ian McFarland. Fortes. Expertes. Patientes.

— Noah va bien, lui assurai-je d'une voix soudain voilée. C'est juste... Non, aucun souci, vraiment.

Mon cœur s'ouvrit dans ma poitrine, comme soulevé par une grande vague, lente et douce. Sentir ces mains-là sur moi, je serais pour. Tout à fait pour, même. Je me redressai un peu contre mon dossier et intimai à ma Betty intérieure de mettre une sourdine.

— Alors, Ian… Vous avez quelqu'un dans votre vie en ce moment ? m'entendis-je demander.

Michelle Obama poussa un soupir découragé.

Ian se figea. Et je reconnus, devinez quoi ? le regard de l'animal pris dans le faisceau des phares.

— Je ne tiens pas à m'investir dans une relation pour le moment. Mais merci quand même.

C'était, à l'évidence, une réplique bien rodée. Je m'appliquai à ouvrir de grands yeux surpris.

— Non, non, Ian ! Je ne vous demande pas cela pour moi ! C'était juste pour vos relations publiques. Si vous aviez eu une compagne, nous aurions pu… Mais peu importe, puisque la question ne se pose pas. O.K. On passe à autre chose.

J'avais le visage en feu, évidemment. Les secours arrivèrent sous une forme inattendue.

— Callie ! Quelle bonne surprise ! Et quelle chance aussi, comme tu ne passes quasiment plus jamais à la maison. Asseyons-nous ici, à la table voisine de celle de notre fille.

Mes parents, conduits par Dave, se dressaient devant moi à la manière d'un mur.

— Salut, maman. Soir, p'pa ! La forme ?

Je me levai pour les embrasser. Maman d'abord, pour éviter qu'elle ne m'assassine ; puis papa, qui me parut un peu moite. Ma mère avait cette expression typique qu'elle n'arborait qu'en présence de mon père : froide, distante, avec une petite moue, comme si elle avait le cœur au bord des lèvres. Papa, de son côté, affichait stoïquement sa mimique à la Clooney et son éternel regard pétillant.

Il saisit mon visage entre ses paumes, comme pour dire à ma mère : « Regarde, c'est beau ce que nous avons fait ensemble, non ? Alors, s'il te plaît, ne me fais aucun mal. »

— Comment va mon chaton ? N'est-elle pas jolie, Ellie, notre fille ?

— Papa, maman, je vous présente Ian McFarland, le vétérinaire qui a repris le cabinet du Dr Kumar.

Mon père serra vigoureusement la main de Ian et lui mit une grande claque sur l'épaule.

— Ravi de vous rencontrer, jeune homme. Je suis Tobias Grey, le père de Callie.

Ian hocha la tête.

— Enchanté, monsieur et madame Grey.

Ma mère plissa les yeux d'un air menaçant.

— Je ne suis pas *madame* Grey... Eleanor Misinski. *Enchantée.*

— Désolé. Heureux de faire votre connaissance, madame Misinski.

— Appelez-moi Eleanor, dit-elle, aussi accueillante qu'une vipère souriante.

— Que faites-vous ici ensemble ? m'étonnai-je.

Une soirée en amoureux ? Non. Ce serait trop espérer.

— Ton père et moi attendons... une de ses amies proches.

Mon père déglutit, le visage blême.

— Ah, je vois.

Le « Tour des catins », comme l'avait qualifié ma mère la dernière fois que je l'avais eue au téléphone.

— Voici vos menus, annonça Dave en tirant une chaise pour ma mère. Vous désirez boire quelque chose, monsieur Grey ? Madame Misinski ?

— Une bouteille entière de vodka *Grey* Goose, rien que pour célébrer l'homonymie, s'esclaffa mon père en tapotant l'épaule solide de Dave.

Mon pauvre papa... Il était terrifié, et à juste titre. Pressentant en moi une âme secourable, il me jeta un regard appuyé.

— Callie, ma tourterelle, pourquoi ne vous joindriez-vous pas à nous, ton ami et toi ?

Hein ? Quoi ? Ah non ! Ça, jamais.

— Ce serait édifiant pour toi, Callie, insista ma mère. Reste et découvre ce que faisait ton père pendant que j'étais enceinte de ton petit frère. Ton…

Elle s'interrompit pour examiner Ian de la tête aux pieds, cherchant à déterminer à quelle catégorie elle avait affaire.

— … ton compagnon de table est le bienvenu aussi, naturellement.

— Non. Impossible, vraiment impossible. Nous sommes en réunion de travail… Ian, rasseyons-nous, voulez-vous ? Nous avons encore pas mal de choses à mettre au point.

A mon grand désespoir, Ian consultait son téléphone.

— Je suis désolé, Callie. Je dois vous laisser. Je suis de garde à la clinique vétérinaire.

— Ah, mais oui, c'est vrai, vous êtes de garde. C'est sûrement une urgence. Mince ! Allons-y directement, Ian.

— Vous pouvez rester avec vos parents, assura-t-il gravement.

J'émis à mi-voix un « chut » sifflant.

— Au revoir, maman ! Au revoir, papa ! Dave, je t'appellerai pour te donner mes coordonnées bancaires par téléphone, d'accord ?

J'attrapai hâtivement mon portable et saluai mes parents d'un signe de la main.

— Je ne vois pas ce qui t'empêche de rester, Calliope, intervint ma mère, l'œil rivé sur la carte de cocktails. Il vient de te dire qu'il n'a pas besoin de toi.

— Mmm…, marmonnai-je, le moral dans les chaussettes.

— Fais un effort, Callie, intima ma mère d'un ton d'acier.

Ian enfila sa veste.

— Je file. Merci pour le dîner, Callie.

— Ne m'abandonnez pas, chuchotai-je. Soyez charitable et emmenez-moi avec vous.

— Callie, je n'invente rien. Regardez par vous-même.

Il me montra son téléphone et j'eus un rapide aperçu du texte... *Urgence... chien... voiture.* Pendant que je lisais, il se tourna vers mes parents.

— Ravi d'avoir fait votre connaissance.

— Tout le plaisir était pour moi, mon garçon, lança mon père d'un ton faussement jovial, tout en regardant avec impatience par-dessus son épaule pour voir s'il n'y aurait pas moyen d'accélérer la commande de boissons.

— Vous êtes un homme cruel, Ian McFarland, murmurai-je sombrement.

Mais il avait déjà presque atteint la porte. Et merde. Adieu la cavalerie, partie au secours des blessés. La vie était trop injuste. Je me résignai à mon sort et me glissai en soupirant sur une chaise entre mes parents.

— Bon. Je suppose que nous en sommes à la première étape du Tour des catins.

— Voilà, acquiesça ma mère.

Mon père rit nerveusement.

— Le Tour des catins, vous dites ? Elle est bonne, celle-là ! Quel humour délicieux, Ellie...

D'un regard anxieux, il vérifia toutes les sorties. Par chance pour lui, Britanny, la serveuse, arriva, tout affairée, dans un grand bruit de tablier. Je lançai d'emblée ma commande.

— Je prendrai un cocktail maison. Grand format. Méga, même.

— Vous me mettrez la même chose, enchaîna ma mère.

L'espace d'un instant, je vis quelque chose vaciller dans ses yeux, mais la lueur disparut avant que je puisse déterminer quelle émotion elle reflétait.

Les yeux de mon père pétillaient désespérément.

— L'unanimité est faite ! Trois cocktails géants pour fêter notre petite réunion de famille.

Je pris une profonde inspiration et revêtis mentalement mon armure.

— Alors, comment as-tu réussi à persuader... euh... comment s'appelle-t-elle, papa ?

Il me regarda, les yeux vides.

— Qui ?

— Ta... Enfin, la dame qui vient ce soir.

— Ah...

Il regarda nerveusement ma mère, mais elle restait parfaitement calme. Calme à la manière des lézards, cela dit : froide, impassible, avec des yeux qui ne cillaient pas.

— Elle s'appelle...

— Tanya, l'interrompit ma mère. Ce qui me paraît être un prénom de circonstance. Tanya la Traînée. Ça marche aussi bien pour une stripteaseuse que pour une dealeuse de drogue, tu ne trouves pas ?

— Mmm..., murmurai-je. Alors, comment as-tu réussi à la persuader de venir vous retrouver, maman et toi ?

— Elle ne sait pas que je serai là, répondit ma mère.

Papa lança :

— Alors ? Ça vient, ces cocktails géants ?

Dix minutes plus tard, alors que j'arrivais presque à bout de mon Martini et que je commençais à me sentir un peu moins terrassée, je vis mon père se figer. Il se leva, jeta un regard à ma mère, qui fit un signe impérieux de la tête.

— Tanya ? appela mon père faiblement. Par ici.

La femme qui s'avança vers nous ne présentait aucune ressemblance discernable avec la lascive briseuse de ménages que nous avions tous imaginée. Tanya devait bien peser cent kilos, et ses joues rondes et rouges évoquaient deux pommes d'api. Avec ses longs cheveux gris nattés, sa robe paysanne violette, ses sandales orthopédiques et ses petites lunettes de grand-mère aux verres teintés bleus, elle aurait pu faire de la figuration dans une rétrospective plombée du festival de Woodstock.

— Eh bien ! s'exclama-t-elle en s'avançant lourdement. Tu n'as pas changé d'un iota, Tobias Grey !

Par réflexe, mon père la gratifia d'un de ses sourires étincelants à la Clooney.

— Et toi, euh... Bonsoir.

Tanya se pencha pour embrasser mon père sur la joue, mais il eut un léger mouvement de recul. Elle découvrit alors ma présence et celle de ma mère.

— Bonsoir, dit-elle, visiblement déconcertée.

— Bonsoir, marmonnai-je, le nez plongé dans mon verre.

Ma mère la salua en lui adressant un drôle de petit sourire. Vous voyez ce que je veux dire ? Il s'agissait indiscutablement d'un sourire, mais on sentait que, juste derrière, les emmerdes allaient vous tomber dessus, drus comme des grêlons.

— Euh… Tanya, assieds-toi, je t'en prie, suggéra mon père, le visage un peu blafard. Voici ma fille, Calliope et euh… mon ex-femme, Eleanor.

— Ah…, dit Tanya. Bonjour.

Elle jeta un regard peu amène à mon père.

— N'est-ce pas charmant de se retrouver tous ainsi ? susurra ma mère.

Si j'avais été pourvue de testicules, je crois qu'elles se seraient rétractées de terreur. Mon père déglutit.

— Tobias, explique donc à Tanya — oh, comme c'est mignon. Tobias et Tanya… Tanya et Tobias. Cela sonne si joliment ! — Tobias, dis-lui pourquoi elle est ici.

Mon père et Tanya s'assirent. Tanya commençait à comprendre que la soirée qui s'annonçait ne serait pas tout à fait conforme à ce qu'elle en avait espéré. *Fuyez, ma bonne dame,* l'exhortai-je mentalement. *Fuyez pendant qu'il en est encore temps,*

Mon père grimaça un sourire.

— Eh bien, voilà. Ma femme… euh… enfin, au temps où elle l'était encore…

— Qui voudrait un peu de fougasse maison ? lança joyeusement Brittany en posant une corbeille sur la table.

Alors que je venais de dîner avec Ian, je me jetai dessus, arrachant un morceau encore chaud que je me fourrai dans la bouche. C'était presque aussi efficace que la pâte à gâteaux crue.

Mon père essuya la sueur qui perlait à son front.

— Un peu de fougasse pour accompagner l'apéritif, mesdames ?

Il m'arracha la corbeille des mains et la présenta à ma mère, qui secoua la tête, puis à Tanya.

Britanny revint à la charge.

— Bon, me voilà. Qui veut passer commande ? Mais vous aimeriez peut-être que je vous apporte des menus supplémentaires ?

— Nous aurions besoin d'un peu de tranquillité, pour le moment, lui indiquai-je en mâchant.

— Bien sûr. Appelez-moi lorsque vous serez prêts. Je m'appelle Brittany, au fait.

Ma mère fixa un œil glacial sur le badge fixé à sa blouse.

— Oui, merci. Il aurait été difficile de l'ignorer.

Brittany prit la fuite sans demander son reste.

— Qu'est-ce qui se passe, alors ? demanda Tanya sous le regard de plus en plus menaçant de ma mère. Je croyais qu'il était juste question d'échanger quelques nouvelles autour d'un verre.

— Eh bien, voilà. Eleanor et moi, nous envisageons éventuellement de nous réconcilier. Mais elle aimerait… comment dire… exorciser le passé. On peut dire ça comme ça, Ellie ?

— On pourrait, oui. Car voyez-vous, Tanya, vous couchiez avec mon mari alors que j'étais enceinte de notre troisième enfant. Une réalité que j'ai trouvée assez… déstabilisante.

— Non, vous plaisantez ?

Tanya jeta un regard féroce à mon père.

— Tu trompais ta femme enceinte ? Espèce d'infâme individu !

— Je le regrette profondément. C'était assez nul. Amoral. Déplorable, marmonna mon père.

— Déplorable, oui. Si j'avais été au courant, je t'aurais pendu par les génitoires, Tobias Grey.

Le visage de mon père perdit le peu de couleurs qu'il lui restait. Ma mère croisa les bras sur la poitrine.

— N'oublions pas le rôle que vous avez joué dans l'histoire, observa-t-elle d'une voix acide. Vous avez couché avec un homme marié. D'après Tobias, vous saviez qu'il n'était pas célibataire.

— Oui, je le savais. Et alors ?

Mon père se raidit. Ma mère se raidit. J'attrapai un nouveau morceau de fougasse et l'enfournai.

— Ce que j'ignorais, en revanche, c'est que vous étiez enceinte, poursuivit Tanya. Sinon, j'aurais gardé mes distances. Il a affirmé que vous étiez séparés.

Elle gratifia mon père d'un regard presque aussi terrifiant que celui, reptilien, de ma mère.

— Je venais de perdre mon mari l'année précédente. J'éprouvais le besoin de vivre une histoire sans lendemain. Un soir, j'ai dîné avec votre Toby, nous avons couché une fois ensemble et l'histoire s'est arrêtée là.

Elle se tut un instant.

— Ce n'est pas le moment de ma vie dont j'ai été le plus fière, mais je me sentais plus seule que seule. Et j'étais libre. Votre mari aurait dû apprendre à garder ses distances. Je pense que s'il y a des reproches à faire, c'est à lui qu'il faut les adresser.

— Oh ! c'est ce que je fais, croyez-moi, répondit ma mère.

Mais elle paraissait un peu moins remontée. Comme si elle prenait conscience que la première station sur le chemin de croix des « catins » n'avait pas été aussi effroyable qu'elle se l'était imaginé.

Tanya nous dévisagea tous les trois.

— D'autres questions, encore ?

Ce fut plus fort que moi. J'éprouvai une forme de sympathie pour cette femme.

— Je suis d'accord avec Tanya. Vous vouliez la rencontrer, c'est fait. On peut peut-être s'arrêter là, non ? Tout le monde a eu ce qu'il attendait.

Je jetai un coup d'œil à la hippie vieillissante, le cœur serré par un sérieux début de compassion.

— Je crois que nous avons terminé, Tanya. Désolée, vraiment, de vous avoir infligé cette scène.

Puis, poussée par le besoin irrépressible de faire bonne impression sur la terre entière, j'ajoutai :

— Et j'adore vos... euh... chaussures, au fait.

Tanya se leva avec beaucoup de dignité et nous regarda un à un. Posément, elle prit son verre à eau et lança le contenu au visage de mon père. Puis elle s'empara de la corbeille avec la fougasse ET du petit beurrier, et sortit tout droit du restaurant, sous l'œil fixe de Dave qui la laissa partir bouche bée.

Mes parents restèrent assis en silence. L'eau ruisselait des cheveux de mon père pour couler sous son col de chemise.

Je pris une longue, longue inspiration.

— Merci infiniment de m'avoir obligée à rester. Je commande une double part de cheese-cake. Et à vos frais.

11

Le lundi matin, j'arrivai au bureau, rayonnant de mon habituelle aura positive (ou que j'imaginais telle, en tout cas). Sur le marché de la bonne humeur, j'avais quasiment le monopole, d'ailleurs : Pete et Leila étaient tellement fusionnels qu'ils avaient plus ou moins créé un langage qui leur était propre, tels des jumeaux élevés sous la louve. Karen restait imbuvable jusqu'à 10 heures du matin au plus tôt. Passer devant son bureau était périlleux, sauf si on était prêt à lui jeter un morceau de viande crue ou un double espresso. Damien estimait qu'une attitude souriante entacherait sa dignité. Et Fleur préférait faire irruption à l'agence avec un retard systématique de dix minutes et des histoires de gueules de bois, de week-ends passés à New York et de cigarettes qu'il fallait allumer d'urgence pour pouvoir commencer à fonctionner.

Ce matin, elle fendit le couloir toutes voiles dehors.

— Hello, Callie ! Ça va, vieille branche ? Quoi de neuf, ce matin ?

— Pas grand-chose.

Fleur était beaucoup plus amicale avec moi lorsque Muriel n'était pas dans les parages. J'avais déjà noté le phénomène et choisi de ne pas relever. Mark et Muriel n'étaient pas encore arrivés, d'où le « vieille branche » enjoué.

— Alors, ce week-end, Fleur ?

— Je suis sortie avec un gros nul, Callie, tu ne peux pas t'imaginer... Si je te raconte, tu meurs.

Elle entreprit alors de m'assassiner avec un récit à rallonge où il était question d'un homme, d'une perche à grande bouche et d'un string ficelle, mais, entre les expressions familières et la légère ivresse induite par la nicotine, elle était plus difficile à suivre que jamais. Je n'en hochai pas moins la tête avec l'enthousiasme voulu chaque fois que je le jugeai nécessaire.

— Mais parlons de toi, Callie : ça ne doit pas être la joie de les voir ensemble, tout le temps. Ils sont vraiment très amoureux, tu ne crois pas ?

Avant que je puisse trouver une réponse appropriée, elle glissa au sujet suivant.

— Quoi qu'il en soit, je voulais te parler de ce type-là, le véto... Tu le revois ?

— Euh... oui. La dernière sortie de scouts de ma nièce était à son cabinet. Je vais peut-être faire un petit boulot pour lui.

— Ah bon ?

Fleur m'adressa un rapide sourire et entreprit de se remettre du rouge à lèvres, puis de remodeler sa coupe de cheveux « boyish » avec les doigts.

— Bon. Il a l'air mimi comme tout, non ?

— Tout à fait, oui, acquiesçai-je.

Même si ce n'était pas forcément le mot « mimi » qui me venait à l'esprit lorsque je pensais à Ian. Ce qui m'arrivait apparemment assez souvent. Il avait été plus ou moins présent dans mon esprit tout le week-end, entre les séances de ponçage pour Noah, des essais de nouveaux mouvements de hip-hop ponctués par les fous rires horrifiés de Bronte, du baby-sitting pour Seamus et une sortie kayak avec Josephine. Je l'avais prié par mail de m'envoyer une photo de lui avec Angie. Mail dont j'attendais toujours la réponse, d'ailleurs. J'avais également passé un paquet de coups de fil en vue de la foire aux animaux de compagnie, prévue pour dans quinze jours.

— Moi aussi, je l'ai revu, précisa Fleur avec désinvoiture. Au Café & Tartine. On s'est bu un petit café, tous les deux. J'ai senti que j'avais mes chances avec lui.

— Ah oui ? Il m'a pourtant dit que... Enfin, bon. Laisse tomber.

— Quoi ? insista-t-elle.

J'hésitai à répondre.

— Il m'a expliqué qu'en ce moment, il ne souhaitait pas avoir quelqu'un dans sa vie. Mais il se peut qu'avec toi, ce soit différent.

Elle eut un petit sourire narquois.

— Peut-être, oui. Allez, on se met au boulot ? A toute.

S'il existait un couple improbable au monde, c'était bien celui que Fleur serait susceptible de former avec Ian McFarland. Je me demandai comment il fallait comprendre ce café pris ensemble. Connaissant Fleur, il était possible qu'ils se soient juste croisés dans la rue. Dieu sait qu'elle avait tendance à romancer sa vie amoureuse. Mais que Ian puisse songer à sortir avec elle ? Non, impossible. Fleur était un véritable moulin à paroles, elle était en représentation permanente, inventait les histoires les plus outrancières et... « Allons, allons, Callie, protesta ma Michelle intérieure. Ne sois pas mauvaise langue, s'il te plaît. »

« Non, madame. Bien, madame. » J'avais du travail qui m'attendait, d'ailleurs. J'allumai mon ordinateur et attendis, le regard perdu dans le vague, que mon fond d'écran s'affiche. Enfin... pas tout à fait dans le vague. J'avais les yeux rivés sur une photo de Mark et moi à la cérémonie des Clios Awards. Je portais une robe formidable, couleur prune, avec des fleurs un peu plus claires cousues sur le corsage. Un décolleté généreux. J'avais l'air tellement heureuse... Et Mark aussi, d'ailleurs. Nous *avions* été heureux.

« Mets-la à la corbeille », suggéra Michelle. Elle avait raison, comme d'habitude. Mais je n'étais pas encore tout à fait prête à franchir le pas.

Je détachai de force mon attention de la photo et

souris. Feindre un sourire pouvait mener à un sourire véritable, avais-je lu quelque part. Et sourire pour de bon était excellent pour la santé. Mais mon cœur n'en continuait pas moins de soupirer en silence.

Autour de 10 heures, il y eut un branle-bas de combat dans l'entrée.

— Laisse-moi souffler une minute, Damien, O.K. ? lança Mark d'une voix exaspérée.

Ho ho… Mark ne perdait jamais son calme, à l'agence. Y aurait-il de l'eau dans le gaz, avec Muriel ? Betty Boop reprit aussitôt du poil de la bête.

Mark entra tout droit dans mon bureau. Lequel bureau parut rétrécir aussitôt. Je l'accueillis avec un grand et beau sourire.

— Salut, Mark.

Non seulement il ne me sourit pas en retour, mais il ferma la porte et posa les poings sur les hanches.

— Qu'est-ce que j'entends ? Tu travailles en free-lance pour je ne sais quel vétérinaire, maintenant ?

— Je vais m'occuper des relations publiques du type qui est venu à la randonnée avec l'équipe de BTR. Ce n'est pas un client assez important pour l'agence. Il s'agit juste de faire un site internet, deux ou trois petits trucs comme ça. Si je facture deux cents dollars, ce sera le bout du monde.

Je m'interrompis, sourcils froncés.

— Mais je t'ai expliqué tout ça par mail, ce week-end.

— C'est à moi de juger si un contrat intéresse l'agence ou non, Callie ! vociféra-t-il.

J'en clignai des yeux de surprise.

— Tu n'as jamais été opposé à ce que je fasse des petites missions ici et là, jusqu'ici, Mark. Le centre d'activités pour nos amis les seniors, la crèche, le…

— Oui, bon… Mais tu aurais quand même pu me demander mon avis.

— C'est ce que j'ai fait, Mark. Je t'ai envoyé un mail.

— O.K., O.K.

Il respira un grand coup, soupira et s'assit sur mon canapé en passant la main dans ses cheveux.

— Il se passe quelque chose entre le véto et toi ?

Je faillis m'étrangler.

— Euh... non. Non, Mark.

Il me regarda longuement.

— Et tu as quelqu'un d'autre, ces temps ?

Sa voix était douce, veloutée, presque caressante — c'était sa voix de Santa Fé. J'eus du mal à reprendre mon souffle.

— Ce... ce n'est pas vraiment ton problème, si ?

Mon cœur fit un bond dans ma poitrine. Mark observa Fleur à travers la cloison de verre semi-opaque. Elle s'activait sur son clavier, mais je la soupçonnais d'avoir l'oreille tendue pour ne pas manquer un mot de notre conversation.

— Non, c'est vrai, je n'ai pas à te poser cette question.

Il scruta le sol à ses pieds.

— C'est juste que... Je suis désolé, Callie. Je viens de me comporter comme un con.

— Ce n'est pas grave.

Ma voix frémissait un peu. J'avais une sensation de chaleur dans le ventre et des picotements dans les genoux.

J'entendis alors la voix de Muriel et le son de sa porte de bureau qui se refermait. Je pensai soudain à respirer — ce que j'avais oublié de faire depuis un bon moment.

— Autre chose, Mark ? demandai-je, d'une voix de nouveau normale.

— Oui, en fait, il y a autre chose.

Il tint de nouveau les yeux rivés au sol.

— J'ai examiné ton idée pour Hammill Farms. Et ça ne me convient pas. Il faudra que tu m'apportes un nouveau concept.

Je restai bouche bée.

— Sérieusement ?

— Sérieusement, oui. J'aimerais que tu trouves autre chose.

— Je... je... *Réellement*?

— Oui, Callie, confirma-t-il d'une voix plus dure. Réellement.

Hammill Farms figurait parmi nos plus gros comptes — le second, juste après BTR. La famille Hammill produisait du sirop d'érable dans le Vermont depuis cent cinquante ans. Et l'exploitation acéricole voulait être reconnue pour la qualité et l'authenticité de ses produits. Ils étaient prêts, pour cela, à y mettre le prix. John, le propriétaire, était possédé par la passion de la sève d'érable — à force de dégustations, il avait bien failli nous enivrer, Mark et moi, lorsque nous étions allés visiter son exploitation. Cela s'était passé la semaine précédant mon anniversaire. La semaine avant l'arrivée de Muriel.

Nous avions prévu de montrer le concept à John cette semaine, et je considérais, honnêtement, qu'il s'agissait d'une de mes meilleures campagnes. Dans le spot télévisé, on entendrait le narrateur annoncer : *John Hammill est un homme possédé.* Puis nous montrerions John, à l'image d'un maître de chais, lever un verre de sirop à la lumière et se perdre en considérations poétiques sur l'épaisseur, le grade, les nuances de saveurs. Dans la séquence suivante, nous verrions John en action, parcourant les érablières, examinant amoureusement ses arbres, parlant des conditions de culture, évoquant la tradition tout en vérifiant coulées et entailles. Pour clore : John versant du sirop sur une pile de pancakes et prenant une bouchée. Un dernier gros plan sur son visage le montrerait marqué par un plaisir presque orgasmique. La voix du narrateur reprendrait : « Seul un homme comme celui-ci pouvait fabriquer un sirop d'érable comme celui-là. » Un fondu enchaîné sur la ferme sous la neige, puis le slogan s'afficherait. *Le sirop d'érable des Fermes Hammill : la perfection depuis six générations.* Ce même thème serait repris dans les pubs presse et sur internet.

Mais ma grande fierté, c'était le narrateur, que l'on entendrait aussi dans les publicités radiophoniques :

Terry Francona, le manager des Boston Red Sox. Lorsque j'étais allée la première fois à la ferme, j'avais vu une photo de M. Francona dans le bureau de John. Après avoir appris que Terry Francona était passé à l'exploitation l'automne précédent, avec sa famille, j'avais écrit à l'agent de M. Francona et envoyé un énorme panier avec les produits de la ferme : sirop d'érable, sucre d'érable, mélange pour pancakes, T-shirts — tout le bataclan. Je m'étais étendue sur l'honneur que Terry avait fait à Hammill Farms en venant la visiter, puis j'avais souligné le rôle crucial que jouait ici le dynamisme des exploitations familiales. Et le résultat était là : Terry avait accepté. Les innombrables fans des Red Sox en Nouvelle-Angleterre reconnaîtraient tous cette voix mythique.

Le concept était excellent. Il n'y avait rien à redire.

— Ce n'est pas ce que nous recherchons, insista pourtant Mark, face à mon silence stupéfait.

— Mais qu'est-ce que tu veux exactement ?

J'en balbutiai presque. C'était la première fois que Mark était en désaccord avec l'un de mes concepts. Il lui était arrivé de remanier un peu ici et là, de faire quelques suggestions. Mais il n'avait jamais rien rejeté de moi avant aujourd'hui. Enfin... rien de mon travail, du moins. Car moi, il m'avait rejetée sans hésiter.

— Je crois que nous recherchons quelque chose d'un peu plus... farfelu.

— Farfelu ?

— Oui.

Il évita mon regard.

Mon cœur battait si vite que j'en avais la nausée. Un autre mot que Mark avait utilisé venait de m'interpeller.

— Et qui est ce « nous », Mark ?

Son expression se durcit presque imperceptiblement.

— Eh bien, Muriel a remarqué que... enfin, elle pense que c'est un peu... Cela ne correspond pas à ce que nous attendons.

Muriel.

— Je maintiens que le projet est bon, Mark.

Il serra les lèvres.

— Tu as droit à ton opinion, Callie, et je la respecte. Mais je veux autre chose. Nous sommes attendus chez John vendredi matin.

— Et vous avez quelque chose de particulier en tête, Muriel et toi ?

— Ecoute-moi !

Mark avait crié si fort que je tressaillis.

— Tu n'es pas infaillible, merde ! Tu es très douée, très créative — nous sommes tous d'accord là-dessus —, mais pourrais-tu nous fournir un autre concept ? J'en aurais besoin pour jeudi après-midi, si cela ne pose pas trop de problèmes, O.K. ?

Je déglutis non sans mal.

— Oui, bien sûr, Mark. Je... je m'y mets, tout de suite. A quelle heure, la réunion de travail chez John, vendredi ?

— Ta présence ne sera pas nécessaire, rétorqua-t-il durement.

Là-dessus, il quitta mon bureau. La porte restée grande ouverte m'offrit une vue imprenable sur la splendeur *black and white* du domaine de Muriel. Elle était occupée au téléphone, mais elle me gratifia d'un très vilain petit sourire.

Une petite musique sur mon ordinateur m'indiqua que j'avais un message instantané. « Il est jaloux ! » écrivait Fleur. Je ne comprenais même pas de quoi elle voulait parler.

Mes mains tremblaient et mon cœur en bégayait dans ma poitrine. Ainsi, Muriel était passée à l'attaque et me sapait mon travail. Et Mark lui prêtait une oreille complaisante. Il n'y avait rien qui clochait dans mon concept pour Hammill Farms. Rien. Trouver mieux promettait d'être long et laborieux.

Et je n'étais pas conviée au rendez-vous client. C'était une première. Une très amère première.

Pendant trois jours et demi, je travaillai comme une furie. Pete et Leila restèrent tard le soir à l'agence, à mettre en place les storyboards pour les spots télévisés, améliorer les présentations PowerPoint et préparer la campagne presse. Pendant trois nuits d'affilée, je travaillai à la fois à l'agence et à la maison, collée à mon ordinateur jusqu'à 1 heure du matin, réglant mon réveil à 6 heures. Au travail, je gardai la porte de mon bureau hermétiquement close. Autour de moi, cependant, tout le monde se comportait comme si de rien n'était. Mark disait bonjour, Muriel faisait semblant de sourire. Fleur m'envoyait des mails de réconfort tout en faisant amie-amie avec mon ennemie — manœuvrant sans complexes sur les deux fronts.

Le jeudi à midi, j'avais deux nouvelles campagnes publicitaires complètes. Ni l'une ni l'autre n'était à la hauteur de la première, mais elles tenaient la route. J'attendis 13 heures (Mark avait dit qu'il les voulait dans l'après-midi, n'est-ce pas ?) pour frapper à la porte ouverte de son bureau. Il était au téléphone mais il me fit signe d'entrer.

— ... Bon, maman, il faut que je te laisse. A dimanche soir, alors, pour le dîner, O.K. ? Ah, super, je suis content qu'elles t'aient plu. Oui, moi aussi, je t'aime.

Il sourit et raccrocha.

— Ah, Callie !

Comme s'il ne m'avait pas envoyée bouler la dernière fois. Comme si l'ambiance entre nous était au rose.

— Comment va ta mère ? m'enquis-je poliment.

— En pleine forme. Merci de t'inquiéter d'elle, Callie. Que se passe-t-il ?

— Tu as un moment pour que nous regardions les deux nouveaux concepts pour Hammill ?

Il me regarda, bouche bée.

— Ah... Eh bien, en fait, je... euh... ça tombe bien que tu sois là, tiens.

Il se leva pour aller fermer la porte et revint, les mains jointes dans le dos.

— Je jetterai un œil là-dessus tout à l'heure, mais il se trouve que nous avons mis au point autre chose. Une petite idée sympa qui nous est venue.

Je le fixai, incapable de prononcer un mot.

— Nous allons soumettre notre petit projet à John. Mais laisse quand même tout ça ici, au cas où.

Il passa une main dans ses cheveux et me regarda d'un air contrit.

— Je ne comprends pas... Qu'est-ce que vous avez mis au point, tous les deux ? demandai-je faiblement.

Il fit la grimace.

— Eh bien, Mur et moi, nous improvisions librement autour de deux ou trois idées à la maison et...

Ce fut la goutte qui fit déborder le vase.

— Ah vraiment, Mark ? Je viens de passer trois jours entiers là-dessus ! Et même chose pour Pete et Leila. Qui sont tes employés, au cas où tu n'y penserais plus. Nous nous sommes démenés comme des dingues, sur ces deux projets pendant que « *Mur* » et toi...

Ma voix se brisa.

— Tiens. Garde-les.

Jetant les maquettes et les DVD sur sa table basse, je me détournai pour quitter le bureau. Mes mains étaient glacées et les larmes menaçaient dangereusement.

— Callie, non ! Attends, ma biche. Ne pars pas.

Il se servait de sa voix. *Cette* voix. Basse, charbonneuse, sensuelle. La « biche » éprouva une bouffée de colère intense et acérée, brûlante comme un rasoir abandonné en plein soleil. En cet instant, je le *haïssais*. Lui aurais volontiers mis un coup de poing dans les dents.

Mais plus que lui encore, je me haïssais, moi, car cette voix continuait d'exercer son ascendant. Merde, merde et merde.

Il se rapprocha un peu.

— Callie, allons...

— Quoi ? ripostai-je hargneusement.
— Callie, regarde-moi. Tourne-toi. S'il te plaît.
Je pris une profonde inspiration et obéis.
Mark inclina la tête et me regarda dans les yeux.
— Muriel ne représente pas une menace pour toi. Elle se fait juste les dents. Et elle a un certain talent, je t'assure.

Un certain talent, oui ! Restait à savoir lequel.

— S'il te plaît, ne le prends pas mal. Je soumettrai tes idées aussi.
— Tu fais ce que tu veux, Mark. C'est toi qui diriges cette agence.
— Oui, c'est moi, en effet.
Il y avait une nuance d'avertissement dans sa voix.
— Mais toi, Callie, tu es un élément vital de notre structure et tu le sais.
Je serrai les poings.
— Oui, je le sais. Et je viens de passer trois jours et demi à me creuser la cervelle, à travailler comme une malade, à monopoliser le département artistique, aux dépens de tous nos autres projets. Et pourquoi ? Pour remplacer une campagne parfaitement valable par deux autres qui ne serviront jamais à rien. Et tout ça parce que ta chérie se pique de jouer à la directrice artistique.

« Voilà qui est bien répondu ! » applaudit Mme Obama. Mais je n'étais pas si fière de moi, de mon côté. Et s'il me licenciait sur-le-champ ? Je ne lui avais encore jamais parlé sur ce ton. Parce qu'il ne m'en avait jamais donné l'occasion, cela dit.

Mark fit un pas de plus dans ma direction. Il était le seul d'entre nous à ne pas avoir de cloisons de verre dans son bureau. Mon rythme cardiaque s'accéléra, mes joues étaient brûlantes.

— Tu as raison. Et je suis désolé. Pour quantité de raisons, Callie.

Ma gorge se serra de colère impuissante. De chagrin, aussi. Elle se serra pour mon cœur en peine. Pour toutes ces années passées à l'aimer jusqu'au ridicule. « Ne flanche pas, maintenant, me houspilla Michelle. Tu t'en sortais si bien ! »

— Regarde-moi, Callie, intima Mark doucement.

Michelle soupira de découragement. « Et voilà. C'est reparti pour un tour. »

Les yeux de Mark étaient absurdement irrésistibles. D'un brun profond, avec de longs, longs cils fournis. Ce n'était pas juste. Des yeux pareils, cela aurait dû être interdit par la loi. Comme s'il lisait dans mes pensées, Mark esquissa un très léger sourire. Et là, j'étais perdue pour de bon. Pendant une fraction de seconde, j'eus le sentiment d'être de retour dans le débarras, au fond du sous-sol de Gwen Hardy, et une vague brûlante de nostalgie balaya mes dernières velléités de révolte. C'était tout simplement démoralisant.

— Personne ne peut te remplacer, Callie. Personne.

Je pris une inspiration tremblante. La perplexité, la colère, mais aussi l'espoir — l'éternel, l'imbécile espoir — me barattaient le cœur.

— Merci. J'apprécie. Mais je ne suis pas sûre de tenir longtemps dans cette situation, Mark, murmurai-je, au bord des larmes.

— Je ne veux pas t'entendre dire des choses pareilles, protesta-t-il en prenant mes deux mains entre les siennes. Fais-moi confiance. Ça va se tasser ; petit à petit, Muriel trouvera sa place. Sois patiente, tu veux bien ? S'il te plaît ?

Ses pouces glissèrent sur le dos de mes mains, lentement, presque tendrement. Puis il desserra ses doigts.

— Voilà que je te fais pleurer maintenant, murmura-t-il. Attends, je vais te trouver un mouchoir en papier.

Il t'utilise, me signala Michelle.

Et le pire, c'est que je le savais déjà.

Mark et Muriel partirent pour Hammill Farms vers 9 heures, le vendredi matin. Damien était du voyage, affecté au soutien logistique et à la prise de notes. La matinée me parut interminable. Je tournai en rond, m'acquittai de petites tâches, écrivis des mails à des clients et des sous-traitants, effaçai de vieux fichiers. J'avais le plus grand mal à rester assise.

Enfin vers 14 heures, je les entendis revenir. Un profond silence tomba dans l'agence. Tout le monde faisait mine de travailler alors que chacun retenait son souffle dans l'attente du verdict. Notre premier élément de réponse fut donné par Muriel qui longea le couloir à petits pas furieux, dans sa jupe noire serrée, et s'engouffra dans son bureau en faisant claquer la porte. Elle ne me jeta même pas un regard. Mark et Damien arrivèrent juste derrière et passèrent directement dans le domaine privé de Mark, où ils s'enfermèrent.

Une demi-heure plus tard, Damien s'éclipsait du bureau directorial. Je reçus un mail dans les deux minutes qui suivirent.

Un coup, un but. Tu emportes la mise haut la main. John a choisi ton premier projet. Bisous, bisous. Damien.

12

En sortant du travail, ce jour-là, je tirai Damien de force jusqu'au Joyeux Gueulard, bar résolument marqué par l'esprit « Ancien Vermont ». Les narines de Damien frémirent lorsqu'il examina la banquette.

— Tu es folle, je ne m'assois pas sur ce truc-là. Je vais choper des morpions.

— Oh! arrête! C'est toi qui n'as pas voulu mettre les pieds chez Elements parce que Dave y travaille et que vous ne vous êtes pas encore rabibochés...

Damien soupira lugubrement sans rien dire.

— Et puis, ajoutai-je, j'ai un rendez-vous ici, tout de suite.

Eh oui. Un nouveau morceau choisi dans le florilège de mes rencontres en ligne. Je coupai Damien avant qu'il puisse émettre une remarque acerbe sur la médiocrité de ma vie amoureuse.

— Et c'est ici qu'ils font les meilleurs cocktails citron-liqueur d'abricot de toute la Nouvelle-Angleterre.

Les sourcils parfaitement lisses de Damien se soulevèrent lorsque je mentionnai sa boisson préférée.

— Bon, d'accord. Mais c'est bien parce que c'est toi. Et parce qu'il s'agit d'une journée mémorable, acquiesça-t-il en posant son postérieur avec la plus extrême précaution.

Je lançai d'office la commande.

— Deux cocktails à l'abricot, Jim!

Je crus rêver lorsque je vis mon petit frère accoudé au bar.

— Et je t'interdis de servir Freddie ! Il n'est pas majeur !

Jim envoya son poing dans l'épaule de mon frère.

— Dis donc, toi, espèce de petite canaille ! Tu as osé te ramener ici avec une fausse pièce d'identité !

Freddie poussa un cri.

— Hé, arrête ! J'ai eu vingt et un ans en avril ! Ma propre sœur l'a peut-être oublié, mais c'est la stricte vérité.

Je me mordis la lèvre et fis le calcul.

— Oups, il dit vrai ! Désolée, Jim...

Freddie me fit un doigt d'honneur tout en souriant avec affection. Lorsque nous fûmes servis, Damien prit une gorgée de sa boisson, poussa un soupir d'aise et me raconta toute l'histoire, avec plein de fioritures et de piques mauvaises — exactement comme je l'espérais.

Déjà, pour commencer, John Hammill avait été surpris de ne pas me voir, ayant cru comprendre (à raison) que c'était moi la créatrice de génie à Green Mountain. Il était ensuite resté sceptique, et avait même paru vaguement offusqué par l'idée de Muriel.

— C'était un dessin animé, Callie ! s'esclaffa Damien en reprenant une généreuse gorgée de son cocktail. Avec un écureuil, tu vois le genre ? Donc la charmante bête, nommée Kiki l'Ecureuil, grimpe sur un tonneau contenant du sirop d'érable, saute dedans et se met à nager là-dedans tout en lapant le sirop avec délectation. S'élève alors une petite voix aiguë à vous coller la chair de poule — je mettrais ma main au feu que c'est celle de Muriel : « Tellement bon que même un écureuil s'en mettrait plein le ventre ».

Pouffant d'horreur, je portai ma main à la bouche.

— Oh non ! Mais qu'est-ce que ça veut dire ?

— Aucune idée.

Damien riait si fort qu'il s'en étrangla presque. C'était tellement contagieux que je ne pus faire autrement que de me joindre à lui. Hors d'haleine, il reprit son récit.

— C'est là que John secoue la tête et dit : « Franchement, je ne le sens pas du tout, ce concept. Qui aurait envie d'acheter mon sirop d'érable après avoir vu des rongeurs tournicoter dedans ? La prochaine fois, vous me mettrez quoi ? Des rats ? » Et M. & M. qui échangeaient des regards surpris, comme s'ils ne comprenaient vraiment pas qu'il puisse rejeter leur super-projet !

— Et ensuite ? Que s'est-il passé ? demandai-je en sirotant voluptueusement ma boisson de fifille à l'aide d'une paille.

— Alors Mark a dit : « Bon, nous avons quand même une seconde possibilité. » Là, il montre ton concept et John s'enthousiasme à fond ! J'ai même cru qu'il allait en mouiller son pantalon. Il en était fou ! Il a bondi de sa chaise lorsqu'il a appris que LE Terry Francona prêterait sa voix.

Je me laissai mollement aller contre mon dossier.

— Bon, c'est bien. Je suis contente que mon idée ait plu à John. C'est une crème, ce type.

J'étais ravie au-delà de toute espérance, bien sûr. Mais je n'en avais pas moins travaillé trois jours pour rien à cause d'un caprice de « Mur ». Et ça, c'était moins drôle. Beaucoup moins drôle.

— Donc, tu as gagné, Callie, conclut Damien en terminant sa boisson. Quelle est ta prochaine étape ?

Je pris une profonde inspiration et laissai filer l'air lentement.

— Je ne sais pas, en fait… Tu crois que ça va durer, avec Muriel ? Entre elle et Mark, je veux dire ?

Damien soupira.

— C'est difficile à dire. Ce n'est pas celle que j'aurais choisie pour lui, ça, c'est sûr.

J'ouvris la bouche pour répondre, mais la refermai aussitôt. Annie venait d'entrer et elle m'écorcherait vive si elle m'entendait parler de Mark. Elle était venue pour assister discrètement à ma rencontre avec Ron, sur qui je focalisais en ce moment mes espoirs dans ma quête de l'Elu. Vous noterez que je ne passais pas *tout mon temps* à pleurer sur mon patron, mon véto et autres individus mâles sentimentalement indisponibles.

Damien regarda sa montre.

— Bon, je file. J'ai des projets plus excitants que de traîner ici avec toi et les bouseux du coin. Sans vouloir te vexer, bien sûr. Bye bye, ma caille.

— Tu vas finir par soulever une foule en colère contre toi, si tu continues avec ces « bye bye, ma caille », Damien. Et je serai en tête de la horde, bâton brandi.

A ma grande surprise, il m'embrassa sur la joue.

— Merci pour le coup à boire, Callie. Et encore bravo… Hou là ! s'interrompit-il, les yeux tournés vers la porte. C'est le mec avec qui tu as rendez-vous, qui vient d'entrer ? Il regarde autour de lui avec une expression indécise et l'air furtif d'un rat cherchant…

Je marmonnai à Damien de la fermer et me levai pour faire signe. Comme électrifiée, Annie se précipita aussitôt vers moi. Freddie suivait sur ses talons.

— Alors, c'est lui ? Le type à qui tu viens de faire signe ? Il est mignon ! Enfin… pas trop mal. Il a au moins l'avantage d'être grand.

Je donnai mes instructions en hâte.

— Va t'asseoir quelque part où tu peux nous entendre.

Annie se glissa dans le box juste derrière le mien.

— Viens avec moi, Fred, ordonna-t-elle. Mais pas un mot, surtout.

— Je ne suis pas sûr qu'il connaisse l'usage du savon, murmura Damien en plissant les narines. Je me sauve ! Tchuss, ma puce.

Ma touche internet du jour commença à se frayer un chemin dans ma direction. Le Joyeux Gueulard était un lieu immense, sombre et caverneux, qui facilitait l'alcoolisme et les amours clandestines. A mesure que Ron approchait, mon moral baissait d'autant. « Non, non, pas de préjugés négatifs, ma fille. Il a sûrement des profondeurs cachées. Enfin… Espérons-le. »

— Ça promet, chuchota Freddie dans mon dos.

— Fred, si tu oses…

Mais le combat était perdu d'avance. Les petits frères étaient conçus pour harceler, tourmenter et tyranniser leurs grandes sœurs. Et Fred était un exemple du genre.

Il était d'ailleurs trop tard pour dire quoi que ce soit, car Ron était arrivé à ma table.

Damien avait vu juste. Il n'était pas tout à fait propre. Pas franchement crasseux non plus, remarquez. Mais il fallait dire que j'étais là, sur mon trente et un, dans une superbe petite robe verte ajustée. J'avais même enfilé mes escarpins orange à talons hauts pour mettre *la* petite touche de couleur contrastée. Et Ron… Ron se présentait en bleu de travail et chemise assortie.

— Callie ? demanda-t-il, avec un grand froncement de sourcils.

— Oui, c'est moi. Bonjour, Ron. Je suis ravie de vous rencontrer, gazouillai-je, en priant pour que cette affirmation imprudente devienne réalité.

Autour de lui flottait une odeur herbeuse, pas franchement désagréable.

— Asseyez-vous, Ron.

Il obéit. C'était un type solide, charpenté, avec un côté viril plutôt rassurant. Nous étions passés par l'habituel va-et-vient de mails et je l'avais trouvé agréable. Amical. Il posait des questions, répondait aux miennes. Nos genoux se heurtèrent sous la table. Je me hâtai de changer de position. Pour éviter de donner des encouragements involontaires. Et, accessoirement, pour ne pas me salir.

— Désolé pour le retard. Mais c'était mon tour de traite, ce soir.

— Ah, vous trayez ! Euh… des vaches, je suppose ?

A ton avis, Callie ? Des singes ? J'entendais déjà ricaner mon frère. Et Annie émit un petit son réprobateur.

— Enfin, je veux dire… vous êtes éleveur, c'est ça ? Dans la production laitière ?

Il confirma d'un signe de tête.

— C'est super, dis-je. J'adore les vaches.

Surtout de loin, dessinées en couleur sur le flanc des véhicules de Ben & Jerry's, nos deux célébrissimes fabricants de glaces du Vermont qui vendaient dans le monde entier. Le regard de Ron tomba sur ma poitrine. Mince. Mon adorable petite robe avait un décolleté assez marqué. Rien de vulgaire, cela dit. Mais relativement généreux quand même. Quand on a du beau monde aux avant-postes, on s'en sert pour détourner l'attention des petits ventres ronds et autres incommodités. Telle, du moins, avait été ma philosophie jusqu'à présent. Mais le regard de Ron me parut très... scrutateur. Comme s'il se livrait à un rapide calcul pour évaluer mon propre rendement sur le plan laitier.

— Vous ne fournissez pas Ben & Jerry's, par hasard ?

Il ne saurait nuire de connaître quelqu'un qui aurait ses entrées chez...

— Non.

— Les fromageries Cabot, peut-être ? J'adore leur fromage.

— Non.

Freddie pouffa. Mais je restai déterminée à charmer coûte que coûte.

— En tout cas, je suis contente qu'on se voie enfin en face à face.

Ron ne répondit pas.

— Vous voulez commander quelque chose ? proposai-je. Une boisson ? Un snack ?

Il tourna la tête vers Jim, qui cria :

— Qu'est-ce que je te sers, l'ami ?

— Bière, répondit Ron.

— Laquelle ? On a de la Coors, de la Coors Light, de la Bud, Amstel, Amstel Light, Miller, Miller Light...

— Bud.

Ron reporta son attention sur moi. Prit une profonde inspiration. Expira longuement. Puis son regard replongea en chute libre sur mes roudoudous. Je penchai la tête sur le côté, afin que mes cheveux brillants détournent son attention de mes pommes de Vénus.

— Et si vous me parliez de vous, Ron ?

— Je suis fermier, marmonna-t-il sans relever les yeux.

— Oui. Nous avons déjà abordé ce sujet, je crois. Il y a longtemps que vous êtes dans le métier ?

— Ouais.

A côté de ce gars-là, même Ian faisait figure de bavard pathologique en pleine envolée logorrhéique. Derrière moi, ça rigolait sec dans le poulailler, en plus. Je me promis de m'en souvenir à Noël et de priver les deux traîtres de cadeaux.

— Ah, d'accord.

Silence.

— Et... euh... Vous disiez que vous étiez divorcé ?

— Ouais.

Rien de plus. Ma Betty Boop intérieure se frotta les mains. « Cet homme représente un défi de taille, ma petite Callie. Mais nous ne nous avouons pas vaincues. Il va nous apprécier, forcément. N'oublions pas que nous sommes adorables. »

Je regardai autour de moi. Au-dessus du bar, on voyait les Sox à l'écran. Parfait. Une discussion virile, voilà ce qu'il fallait à un type comme Ron. Et j'étais capable de feindre un intérêt pour le base-ball avec les meilleurs d'entre eux.

— Ron, vous vous intéressez au sport, je parie ?

Il avait toujours les yeux fixés sur mes globes d'ivoire. Bon, j'avais mis cette robe de ma propre volonté, et donc je ne pouvais décemment m'irriter de son intérêt soutenu pour mes agréments.

— Ron ? Hou hou ?... C'est ici que ça se passe, l'ami.

Je claquai des doigts. Ah... Quand même. Un contact visuel. Je souris pour lui montrer ma compréhension.

— Vous aimez le base-ball ? Qu'est-ce que vous en dites, de nos Sox ? Ils arrivent seconds. Pas mal. Pas mal du tout, même. Sacrés Yankees, pas vrai ?

Je souris tristement. Je parcourais souvent la page sport du journal afin de joindre ma voix aux propos de comptoir du moment. Mais là encore, Ron resta assis sans réagir. Il était peut-être diabétique, ou un truc comme ça. A tous les coups, il faisait une hypoglycémie. Je me sentais souvent comme ça lorsque je me passais trop longtemps de pâte crue.

— Ro-on ? Vous aimez le base-ball ?

— Non, marmonna-t-il.

Et son regard retomba sur mes rondeurs pigeonnantes.

— Tout va bien, Ron ? Vous n'êtes pas malade, au moins ?

— Non, non, ça va.

Derrière moi, Freddie étouffait un fou rire. Est-ce que je pouvais le frapper, sous cet angle ? Hélas, non. Quant à Ron, il ne détacherait manifestement pas les yeux de mes petits coussins de nuit si je n'utilisais pas la manière forte. Je pris la serviette en papier qui accompagnait ma boisson, la dépliai et m'en servis de paravent.

— Ron ? On pourrait essayer la méthode civilisée, là ? Vous étiez plus bavard que cela dans vos mails. Il y aurait moyen d'avoir une conversation ?

Il haussa les épaules.

— Ben... les mails...

Sa voix se perdit dans un murmure.

— Quoi, les mails ? insistai-je.

Il se gratta vigoureusement la tête.

— C'est ma tante qui les écrit.

Derrière moi, Annie et mon frère s'en étranglaient presque.

— D'accord. Eh bien, dites à votre tante qu'elle est charmante. Peut-être aura-t-elle envie de venir boire un verre avec moi ? Qu'est-ce que vous en pensez ?

Rien. Aucune réaction.

— Bon, je crois que nous allons nous arrêter là, Ron, tranchai-je gentiment.

— Ouais, d'ac. Ça marche. Tu veux venir avec moi à la maison regarder du porno ?

Oups ! Le bouquet.

— C'est... c'est gentil, mais non merci, Ron. Prenez soin de vous, Ron.

Trente secondes plus tard, alors que Ron n'était plus qu'un souvenir olfactif qui s'attardait sous la forme d'un très léger relent de fumier, Fred et Annie me rejoignirent en titubant de rire et s'effondrèrent sur la banquette en face de la mienne.

— Oh ! J'espère que tu vas l'épouser, celui-là ! commenta mon cher Freddie.

Annie s'essuya les yeux.

— Tu devrais vraiment me laisser faire une présélection.

— N'oublie pas que le mec aux cheveux humains, c'est toi qui l'avais retenu !

— Lui, au moins, il était propre !

— Oui, enfin... Moyennement.

Je soupirai.

— Fred, si tu offrais à boire aux deux femmes de ta vie ?

— Mais avec plaisir, Calorie ! Jim, tu peux remettre un de ces machins sirupeux à ma sœur ? Et toi, Annie ? Qu'est-ce que tu prends ?

Elle déclina à regret.

— Je ne peux pas rester. Aujourd'hui, c'est soirée « On se distrait en famille ». Nous jouons au mini-golf.

— C'est ça, remue le couteau dans la plaie, ô épouse comblée et mère de famille accomplie !

Annie sourit avec modestie pendant que je poursuivais pensivement.

— Je ne comprends pas, les gars. Si j'étais quelqu'un d'autre, je serais attirée par moi. Alors pourquoi faut-il que je bataille autant ? J'ai un humour super, je m'habille à la perfection, je suis chaleureuse... J'adorerais sortir avec moi. Pas vous ?

— Toutes considérations incestueuses mises à part ? demanda Freddie. Oui, je serais partant.

— Moi, je t'aurais draguée, c'est sûr, acquiesça Annie. Si j'avais été homosexuelle, je n'aurais pas hésité un instant.

— Merci, à vous deux.

Annie sourit, m'embrassa et repartit vers la Maison du Bonheur. Restée seule avec Freddie, je commandai des *nachos* et nous parlâmes boulot en mangeant. Du mien, d'abord. Puis de l'absence du sien. Et de ce qu'il pourrait faire de lui-même dans l'existence.

— Et pourquoi pas avocat ? Tu adores t'écouter parler.

— C'est vrai. Mais je ne suis pas certain que l'univers ait besoin d'un avocat véreux supplémentaire. Tiens, pour changer complètement de sujet : je crois que la halte suivante du « Tour des catins » est prévue pour bientôt.

— Encore une partie de plaisir en vue… Pauvre papa. Et tout ça pour rien.

Fred vida sa bière.

— Oh ! je ne sais pas… Je pense que ça peut déboucher sur quelque chose.

— Entre papa et maman ? Sérieux ?

— Sérieux. J'ai l'impression qu'ils vont y arriver, tous les deux. Je peux me tromper, bien sûr. Il faut bien un début à tout.

Je levai les yeux au ciel.

— Toi et ton petit ego…

Ma voix se perdit dans un murmure. Mark et Muriel venaient d'entrer dans le bar.

Aux temps heureux, Mark avait l'habitude de nous emmener en bande au Joyeux Gueulard lorsque nous avions décroché un contrat ou après une semaine de travail intense. Muriel portait toujours la jupe noire, la chemise blanche et les talons aiguilles vertigineux qu'elle avait mis pour parader à Hammill Farms le matin même. Mark avait une main posée au creux de son dos, et il la guida jusqu'à une table placée de l'autre côté du bar. En s'asseyant, elle leva les yeux vers lui et rit en réaction à une de ses remarques.

Ils avaient l'air... heureux. Ma présentation pour Hammill Farms avait été plébiscitée ; celle de Muriel ridiculisée. Et elle était là : mince, rieuse et jouissant d'un tête-à-tête amoureux avec Mark.

Mon cœur se retourna dans ma poitrine comme une tortue placée sur le dos et sombra lentement dans l'abîme. Il ne restait plus trace de mon sentiment de triomphe. Michelle O s'insurgea : « Je vais te mettre une claque, si tu continues. Personne ne peut te donner un sentiment d'infériorité sans ton consentement. Alors ressaisis-toi, et un peu plus vite que ça ! »

« Facile à dire quand on vit à la Maison Blanche ! C'est peut-être vous qu'on vient d'inviter à regarder une vidéo porno à la ferme ? Et puis la citation n'est même pas de vous, mais d'Eleanor Roosevelt ! »

Freddie m'effleura le bras.

— Hé ho, Callie ? Tu es quand même encore un peu jeune pour parler toute seule dans ta barbe.

Il s'interrompit pour suivre la direction de mon regard.

— Ho ho, mais qui vois-je là ? Ne serait-ce pas l'inaccessible Mark Rousseau ? Tu veux que je grimpe sur ton dos pour qu'on lui montre comme on est mignons, tous les deux ?

— Chut ! lui intimai-je d'une voix sifflante.

Le fait est qu'adolescente, au temps où Mark était mon unique obsession, j'emmenais souvent mon petit frère avec moi dans mes tournées. Je pensais donner ainsi de moi une image émouvante et très mature. « Comme elle est touchante, cette Callie Gray qui s'occupe si bien de son petit frère qu'elle aime tendrement. » Bon, Freddie, je l'aimais pour de vrai, bien sûr (la plupart du temps, en tout cas), et il était toujours ravi lorsque je le sortais du funérarium pour faire un tour à vélo — ou, en effet, sur mon dos. Un jour, j'avais commis l'erreur de confier à mon accessoire scénique préféré que j'étais amoureuse d'un certain garçon. « Celui-là », lui avais-je glissé à l'oreille, en regardant Mark courir sur un terrain de foot. Et cette petite verrue de Fred n'avait jamais oublié.

— Je reviens dans une seconde, Fred. Je vais aux toilettes.

— Ah, je vois ! Les abîmes du dépit amoureux, commenta mon frère avec un large sourire. Ce n'est vraiment pas beau à voir, tu sais.

Dans le miroir au-dessus du lavabo, je constatai que j'avais les joues en feu. Mes mains tremblaient. Et mon cœur était secoué aussi.

Parce que, bêtement, je m'étais monté la tête. Sans la moindre raison objective, bien sûr, mais... En bref : après ma discussion avec Mark dans son bureau et son affirmation que j'étais irremplaçable, le tout suivi par la consécration éclatante de mon talent, j'avais imaginé que... peut-être... les choses allaient évoluer autrement...

Michelle Obama avait décidément raison. J'étais une idiote.

— Andouille ! lançai-je à mon reflet.

— Pardon ?

Je me retournai et vis une jeune femme sortir des toilettes.

— Oh ! pardon ! Je m'adressais à moi-même... J'*adore* votre sac à main. Ce ne serait pas un Kate Spade, par hasard ?

Elle sourit.

— Vous avez l'œil, bravo. La couleur est extra, non ? Hé, je rêve, ou ce sont des chaussures Jeffrey Campbell que vous avez aux pieds ? Oh ! mon Dieu... Elles sont sublimes.

Je lui rendis son sourire.

— Je ne vous le fais pas dire.

Ah, les accessoires féminins... Rien de tel pour créer un moment de complicité intense.

La fille était jolie... Elle était belle, plutôt. Des cheveux blonds coupés court, un sourire lumineux, des yeux verts. Une beauté à la Michelle Pfeiffer. J'avais aussi vaguement l'impression d'avoir déjà vu ce visage quelque part. Mais je ne parvenais pas à la remettre.

— Alors, c'est qui, l'andouille ? s'enquit-elle d'un ton amical en se lavant les mains.

— C'est moi. Ou peut-être lui. Ou les deux à la fois.

Elle fit la moue en tirant une serviette du distributeur.

— C'est lui. J'en suis sûre.

Je lui adressai un large sourire.

— Merci. Vous êtes à l'évidence très intelligente.

Avec un rire amusé, elle jeta les serviettes en papier dans la poubelle.

— Alors ? Qu'est-ce qui vous amène dans notre charmante bourgade ? demandai-je, sachant qu'elle n'était pas de Georgebury.

— Oh ! je suis juste en transit. Je pensais passer chez un ami à l'improviste mais il n'était pas chez lui.

Une rencontre sexuelle qui avait mal tourné, diagnostiquai-je en la regardant sortir ses clés de voiture de son merveilleux sac à main.

— Dommage. Bon retour, alors. Et soyez prudente sur la route.

— Merci. Cela m'a fait plaisir de bavarder avec vous.

— Pareil pour moi.

J'en avais chaud au cœur. Les gens étaient formidables. J'*adorais* les gens. La plupart d'entre eux, en tout cas.

Je souris avec détermination à mon reflet et quittai les toilettes pour regagner ma table. Le Joyeux Gueulard était plein à craquer, ce soir-là, et j'en connaissais, bien sûr, les neuf dixièmes. Les Rats de Rivière étaient regroupés autour du bar, considérant qu'il était de leur devoir sacré de soutenir les deux uniques établissements de la ville qui servaient de l'alcool. Shaunee Cole se défendait contre les assiduités de Harmon Carruthers qui, imperturbable, poursuivait activement ses avances. Jim O'Byrne s'était endormi, le front reposant sur un verre à liqueur.

— Hé, Callie, comment va ton grand-père ? demanda Robbie Neal.

Il avait été nommé président des Rats de Rivière cette année. C'était un type assez sympa, marié à ma prof d'EPS de sixième.

— Il viendra pour la régate ? Ce sera le week-end juste avant Halloween, n'oublie pas.

Je saluai d'un signe de la main quelques autres Rats.

— Je le travaillerai au corps, c'est promis.

— Sa présence serait un honneur pour nous. Tu crois qu'il acceptera de faire don d'un kayak, pour une tombola que nous organisons ?

— Si c'est pour une bonne cause, peut-être. Mais probablement pas pour financer une de vos beuveries.

Au fil des ans, Noah avait été amené à offrir quelques-uns de ses bateaux pour soutenir des collectes de fonds, même s'il se faisait un point d'honneur de râler haut et fort lorsqu'on le sollicitait. Cinq années plus tôt, il avait fait don d'un superbe canot avec des sièges cannés pour un gala de charité organisé à l'intention d'un hôpital pour enfants. Le canot s'était vendu pour plus de vingt mille dollars. Noah avait été fier et écœuré à parts égales.

— Joey Christmas vient de se prendre un diagnostic de cancer dans la figure. Et il n'a pas d'assurance-maladie.

— Dans ce cas, vous pouvez compter sur Noah.

Cela me prendrait une bonne heure, pendant laquelle il me faudrait gémir et plaider, alors que le dénouement positif était écrit d'avance. Mais telle était la tradition.

— Je peux donner quelque chose aussi, si tu veux.

Robbie m'adressa un clin d'œil.

— Un lot de type « Dix minutes seul avec toi » pour le gagnant ? Nous aurions plein d'enchères là-dessus.

Son regard tomba sur mes seins et il émit un soupir approbateur.

— Dix minutes, Robbie ? C'est tout le temps qu'il te faudrait ?

Il eut un sourire amusé.

— Et Joey, alors ? demandai-je. Il tient bon ?

— Tu le connais. Il est trop coriace pour qu'une saloperie de crabe en vienne à bout. Tu veux boire un verre, Callie ?

Je notai que Shaunee avait laissé la main d'Harmon posée sur sa hanche. Il y avait des années que ces deux-là faisaient mine de ne pas sortir ensemble.

— Non merci, Robbie. Il faut que j'aille faire ma fée Clochette et répandre de la poussière magique.

Il hocha la tête, comme si ce que je venais de dire tombait sous le sens. Je me tournai vers Jim toujours endormi sur son verre et secouai la tête.

— Ne laissez pas Jim reprendre le volant, surtout. Même à pied, d'ailleurs, il tomberait dans la rivière et se noierait sur-le-champ.

— A coup sûr, oui ! Salue Noah de notre part, O.K. ?

— Je vais tâcher d'y penser, oui.

Je me frayai un chemin au milieu d'une mer de tables et atteignis ma destination. Muriel me tournait le dos et Mark, l'air grave, lui parlait de près, en lui tenant la main. *Poussière de fée,* me rappelai-je à l'ordre. Au moment où j'arrivais à leur table, je perçus les paroles de Muriel.

— C'est juste qu'elle n'arrête pas de la ramener.

Je m'arrêtai net.

— Non, Mur, je t'assure qu'elle n'est pas comme ça. Elle a juste beaucoup plus d'expérience que toi. Tu y arriveras, toi aussi.

— Alors pourquoi faut-il qu'elle étale son triomphe comme ça ? Franchement, c'est insupportable...

Etaler mon triomphe, moi ? Jamais de la vie ! J'avais eu la victoire modeste, au contraire (ce qui, croyez-moi, avait exigé des trésors de maîtrise).

Je passai à l'action, sourire aux lèvres.

— Ah tiens, salut, vous deux ! Ça va ?

Le visage de Mark s'éclaira.

— Callie ! Qu'est-ce que tu fais ici ?

— Je buvais un verre avec un ami... Bonsoir, Muriel.

Deux cônes rouge cramoisi dévoraient ses joues blafardes.

— Tu veux te joindre à nous ? proposa Mark, très à l'aise.

— Volontiers, oui. Juste une seconde.

Je tirai une chaise et m'assis.

— J'ai entendu qu'il y avait eu un moment... délicat, chez Hammill, aujourd'hui.

Je crus entendre un son sifflant en provenance de Muriel et je tournai vers elle un regard magnanime.

— J'ai trouvé ça plutôt mignon, l'idée de l'écureuil. Pas mal du tout, pour un premier essai.

— Merci. Comme c'est gentil...

Son ton était si acide que je crus qu'elle allait me dissoudre sur place.

— Si, à l'occasion, tu as envie de me soumettre un de tes projets, ma porte est toujours ouverte, suggérai-je aimablement.

Les yeux de Muriel n'étaient plus que deux fentes minces d'où sourdait un éclat assassin.

— Merci.

Je pris une profonde inspiration. *Tu te comportes très bien*, approuva Michelle.

— Allez, je vous laisse, tous les deux. Passez une bonne soirée.

Mark me jeta un regard chaleureux.

— Merci, Callie, à bientôt... Tu vois ? l'entendis-je commenter alors que je m'éloignais. Elle ne cherche pas du tout à t'enfoncer, mon cœur.

Ce dernier mot se ficha dans mon flanc à la manière d'une flèche empoisonnée, et je dus me forcer pour continuer à avancer. *Mon cœur*. Mark m'avait appelée ainsi, une fois. C'était à Santa Fé, devant la vitrine d'un antiquaire où je m'étais arrêtée pour admirer un bracelet à breloques. « Allez viens, mon cœur. Nous avons mieux à faire que du lèche-vitrines. » Ce que nous avions de mieux à faire est une question à mille points. Je vous donne quand même quelques indices : hôtel ; lit ; deux adultes consentants.

Ainsi Muriel était « son cœur », à présent.

Freddie et moi passâmes encore quelques heures au Joyeux Gueulard, faute d'avoir de projet plus consistant l'un et l'autre. Je passai à l'eau minérale après avoir commandé un hamburger. Fred, lui, poursuivit à la bière et nous regardâmes les Sox perdre face aux Angels à la dixième manche. Je vis M. & M. s'éclipser à la sixième. Comme fans de base-ball, ils se posaient là. Même les Sox ne les intéressaient pas ! Ils ne me fascinaient pas tant que ça, moi-même, mais il y avait quand même des limites.

Je constatai que mon frère, nouvellement buveur légal, ne tenait plus très bien sur ses jambes.

— Je te raccompagne en voiture, Fred.

— Je peux rentrer à pied, dit-il d'une voix pâteuse.

— Non, je te reconduis. Mais je n'ai pas l'intention de te border. Je te dépose devant l'entrée.

— Ça roule. Merci, sœurette.

Cinq minutes plus tard, mon frère franchissait la porte du funérarium. Et ma bonne humeur forcée retomba sur-le-champ. Pas un bruit dans la rue. Il n'était pas loin de minuit et la *nightlife* à Georgebury n'était pas vraiment trépidante. Pendant quelques minutes, je restai assise dans ma Prius silencieuse, à respirer.

Mon cœur.

Le mien était à la fois douloureux et froid comme la pierre. Je passai la marche arrière et repartis. Mais pas en direction de la maison. J'imposai silence à ma première Dame intérieure et descendis Main Street, pour passer à côté de la Georgebury Academy. Je bifurquai à gauche sur Camden Street et m'immobilisai juste avant le sommet de la colline. Je coupai mes phares et demeurai assise là.

Le rez-de-chaussée de la maison était encore éclairé et baignait dans une lumière douce et chaleureuse. Je frissonnais dans la fraîcheur de la nuit. L'automne arrivait vite, dans le Vermont. En dépit de ce qu'affichait le calendrier, l'été nous avait déjà tiré sa révérence. Le vent frais de la nuit m'apporta quelques notes de musique. Je ne parvins pas à l'identifier, mais elle me parut… sophistiquée. Du jazz, peut-être ?

Les lampes de la cuisine s'éteignirent. La cuisine où j'avais un jour préparé un repas pour Mark. Une silhouette passa devant la fenêtre éclairée du living. Mark. Il s'immobilisa et se retourna pour regarder derrière lui. Muriel apparut, alors, fine et spectrale dans sa minceur extrême. Elle repoussa ses cheveux dans son dos puis se pencha pour actionner un interrupteur, enfouissant le rez-de-chaussée dans un manteau de ténèbres. Quelques secondes plus tard, la lumière se fit à l'étage. Dans la chambre de Mark.

Leur chambre.

Ma gorge était serrée par les larmes et j'avais l'estomac rongé par l'aversion que je m'inspirais. Pourquoi l'aimais-je toujours ? Après l'enfer qu'il m'avait fait traverser cette semaine, c'était à peine pensable. Et pourtant, je ne parvenais pas à l'oublier. Qu'est-ce qui avait fait défaut entre nous ? Santa Fé avait été le sommet du bonheur pour moi. Pourquoi pas pour Mark ? Que trouvait-il chez Muriel deVeers — ce demi-spectre qui pouvait rivaliser en froideur avec les corps reposant dans le sous-sol chez ma mère — qui avait été absent chez moi ? Si j'étais si irremplaçable que ça, s'il continuait à me parler avec ces accents de velours dans la voix, pourquoi était-ce Muriel et pas moi qui partageait son lit ?

« Callie, secoue-toi. Tu es garée dans sa rue, comme une imbécile solitaire, pendant qu'il est là-haut avec une autre femme. C'est ce genre de personne que tu as envie d'être ? » s'éleva une voix. Et cette fois, elle ne ressemblait même pas à celle de Michelle Obama.

Elle ressemblait à la mienne.

13

— Ho hé, doucement, fillette ! Nous ne sommes pas venues ici pour faire de l'exercice, protestai-je alors qu'Annie pagayait vigoureusement.
— Comment ça, pas d'exercice ?
— Bien sûr que non. Il s'agit uniquement de contemplation paysagère. Oh ! regarde ! Un plongeon huard ! Salut, bel oiseau.

On était samedi matin et une semaine s'était écoulée depuis ma petite crise d'espionnite aiguë. Un épisode qui, quelques jours durant, m'avait laissé un goût amer en bouche. Pagayer sur le lac était LE remède assainissant auquel aspirait mon âme nauséeuse. Et lorsque Annie avait téléphoné, ce matin, me suppliant de la sortir de chez elle avant qu'elle ne procède « à un massacre général », selon ses propres termes, je lui avais suggéré une sortie en kayak. Naturellement, une fois arrivée chez elle, il avait fallu que je l'arrache de force aux douceurs du foyer alors qu'elle couvrait l'adorable minois de Seamus de baisers. Suite à quoi j'avais dû la tirer des bras de Jack pendant qu'ils se bécotaient indécemment dans l'entrée.

— Franchement, je vous trouve répugnants, tous les trois, décrétai-je en embarquant Annie manu militari.
— A bientôt, Callie, lança Jack affectueusement.
— Tu n'as pas de frère jumeau ? Non. Alors oublie-moi, camarade.

Annie, hélas, était une athlète. Alors que j'avais la pagaie nonchalante, elle fonctionnait comme un vrai petit moteur qui nous propulsait à vive allure... et qui attendait de moi que je suive le mouvement.

Je tournai la tête pour me faire entendre.

— C'est sympa d'avoir une compagnie humaine, pour une fois.

— Bowie n'est pas jaloux ?

— Bien sûr que si. Il a fallu que je négocie en lui donnant trois os et une crêpe.

Faire du kayak — de cette manière, en tout cas — était une activité à couper le souffle. Le genre « voyons-si-ces-rapides-furieux-me-tueront-ou-non », ce n'était pas du tout pour moi, en revanche. Annie et moi, nous nous contentions de faire tranquillement le tour du lac Granit, en suivant le rivage où de petites vagues frappaient doucement la roche. Une tortue serpentine fit surface, tout près, puis replongea sous l'eau en troublant à peine la surface de quelques rides délicates.

Aujourd'hui, l'air était doux, le ciel gris et paisible. Au début, il avait fait un peu frisquet, mais à force de manier la pagaie, nous commencions à nous réchauffer. Le lac était alimenté par des sources, et si limpide qu'on pouvait voir le fond tapissé par les rochers qui lui avaient donné son nom. Autour de nous se dressait un mur presque ininterrompu de verdure — des pins, des pruches, des érables et des chênes. Dans très peu de temps, les teintes des feuillages vireraient. Les quelques pointes de jaunes et de rouges qui avaient flirté avec nous depuis août envahiraient soudain les frondaisons, dans un incroyable chatoiement de couleurs. Nos paysages se mettraient à flamboyer, suscitant un choc esthétique si intense que nos yeux éblouis se demanderaient comment tenir une année entière privés de cette splendeur.

— Et tes parents, alors ? Comment vont-ils ? demanda Annie.

Mmm... Bonne question. Je me saisis du prétexte pour cesser de pagayer et me tourner vers mon amie.

— Comment dire ? Le « Tour des catins » en est à

sa seconde étape, semble-t-il. Je n'y ai pas assisté cette fois. Merci, mon Dieu ! Mais d'après Hester, la deuxième « briseuse de couple » était aveugle. Et lorsque maman a vu la canne blanche et le chien-guide, elle a perdu courage. Elle s'est levée de table et a laissé mon père lui offrir un verre.

— Elle estimait qu'elle avait été suffisamment punie pour ses fautes ? Qu'elle avait été privée de vision pour prix de son péché ou un truc comme ça ?

Je secouai la tête.

— Justement, non. Cette femme était malvoyante de naissance. Du coup, j'avoue que je me pose des questions.

— A quel sujet ?

— Eh bien, la première maîtresse de mon père était veuve. La seconde aveugle. Que sera la troisième ? Une réfugiée politique ? Peut-être que mon père était...

Annie soupira.

— Ne le dis pas, surtout.

— Ne dis pas quoi ? Comment sais-tu ce que je pense ?

— Je le sais parce que je te connais comme si je t'avais faite, et que tu as toujours été d'une indulgence décourageante dans tes jugements sur autrui.

— Et alors ? C'est une qualité, non ?

— ... surtout en ce qui concerne les hommes, poursuivit Annie sans tenir compte de mon interruption. Et encore plus lorsqu'il s'agit de ton père. Et tu t'apprêtais à sortir une théorie du style « Mon père faisait dans l'humanitaire ». Je me trompe ?

— Tout à fait. Je sais qu'il a brisé le cœur de ma mère. Mais Annie, il faut quand même reconnaître que...

— Stop ! Je devrais te mettre une claque.

— Entre toi et Michelle Obama..., marmonnai-je en mon for intérieur.

J'enchaînai d'une voix normale.

— Ce qui me chiffonne, c'est que ma mère le torture. Elle est comme un requin qui aurait déjà mangé un morse, et puis qui verrait un bébé phoque et l'avalerait aussi. Pas parce qu'il a faim. Mais seulement parce qu'il en a le pouvoir.

— Elle a de bonnes raisons d'être furieuse, Callie.

— Depuis vingt-deux ans ?

Annie se renfrogna.

— Je ne sais pas. Mais s'il prenait seulement à Jack l'idée de me tromper, je le découperais en tranches.

Je ne pus m'empêcher de sourire.

— J'adore quand tu tiens ces discours sanguinaires, Annie. Ça te va comme un gant.

— Mouaich... Recommence à pagayer ou je te découpe aussi !

Je me retournai et obéis. Un moustique gros comme mon pouce vint me vrombir plaintivement aux oreilles, se préparant à prélever son demi-litre de sang réglementaire. L'eau clapotait doucement autour du kayak. Nous avancions à une bonne vitesse... bien plus vite que lorsque j'étais seule avec Bowie, ce fichu animal refusant mordicus de donner un coup de main.

Annie m'enfonça les côtes avec sa pagaie.

— Oh ! regarde ! Un homme !

— A la bonne heure. Allons le kidnapper et forçons-le à m'épouser.

Annie se mit à rire.

— D'accord... Tiens, je crois qu'il est en train de dessiner ! C'est excitant, non ?

— Seulement si je suis Rose et nue, et que je porte le Cœur de l'Océan tandis que Leonardo Di Caprio esquisse quelques derniers croquis frénétiques de ma personne avant de mourir d'hypothermie dans l'Atlantique Nord, murmurai-je avec un soupir de pur délice.

— Et si tu arrêtais une fois pour toutes de regarder tous ces films sentimentaux ?

— Jamais de la vie. Et ne commence pas à me faire la leçon, jeune fille. Ton propre mari n'a-t-il pas dit : « Tu es ma moitié, mon double et mon tout », au moment de faire sa demande en mariage ?

— Je regrette encore de te l'avoir confié... Allons voir à quoi ressemble notre dessinateur solitaire.

Au rythme où Annie menait le kayak, je pus rapidement distinguer la silhouette de plus près. Il s'agissait en effet d'un homme. Et pas de n'importe quel homme : c'était Ian en personne, assis en tailleur sur un vieux ponton, avec Angie allongée près de lui. Il dessinait bel et bien, un carnet d'esquisses ouvert sur les genoux. Il leva la tête à notre approche.

— Bonjour ! gazouilla Annie.
— Salut, Ian, enchaînai-je.
— Bonjour.

Il nous regarda approcher du ponton, nos intentions ne faisant guère de doute : troubler la belle sérénité de sa parfaite matinée de solitude.

— Ian, je vous présente mon amie, Annie Doyle. Annie, notre nouveau vétérinaire, Ian McFarland.

— Enchantée ! s'exclama Annie. Je suis vraiment très, très heureuse de faire votre connaissance.

Je rougis jusqu'à la racine des cheveux. Car elle avait cette voix gourmande... vous savez ? Celle-là même dont elle usait face à un plat à vous faire fondre les papilles. « Oh oui, oh oui, approchez donc ces sublimes *tagliatelle al pesto* ! »

J'envisageai un instant de lui assener ma pagaie sur la tête.

— Vous dessinez, Ian ? demandai-je.

Il regarda son carnet, puis le crayon qu'il tenait à la main. *Eh oui, Ian, j'ai de grandes capacités de déduction.*

— Je dessine, oui.

La queue d'Angie balaya le ponton en signe de confirmation.

— On peut apponter ici deux minutes ? J'ai vraiment besoin de me dérouiller les jambes.

Annie avait toute la subtilité d'une bête sauvage chargeant sa proie. Ian marqua une légère hésitation.

— Oui, bien sûr. Je vous en prie.

Ian vint tenir le kayak pour nous permettre de nous extirper de notre embarcation. Une fois sur le ponton, Annie repoussa ses lunettes sur son nez.

— Alors ? Vous habitez par ici, Ian ?

— Oui, là-bas.

Il désigna un point invisible dans les bois. On discernait juste le tracé d'un sentier qui zigzaguait entre les pins et les rochers de granit. Je vis une clairière mais pas de maison.

— Il est à vous, ce ponton ? voulut savoir Annie.

Il aurait sans doute été plus simple de lui demander directement ses relevés de compte. La connaissant, ce serait sans doute sa requête suivante.

— Oui, c'est un ponton privé, en effet.

Le regard de Ian glissa rapidement dans ma direction.

— Callie m'a dit que vous aviez eu recours à ses services pour vous faire un peu de pub ? Avec elle, vous êtes tranquille. Elle a un talent fou. Vous avez de la chance. Vous êtes tombé sur la meilleure.

— Annie, arrête ! J'ignorais que vous dessiniez, Ian ?

J'aurais pu mentionner cette information sur son site : activités de loisir consacrées au dessin et à la peinture. Et à être trop poli pour virer des visiteuses indésirables.

— Le tableau qui est dans votre bureau... Il est de vous, n'est-ce pas ?

Il me regarda, l'air modérément surpris que j'aie deviné.

— Oui, il m'arrive de peindre à mes moments perdus.

— J'aime bien votre technique. Vous avez le pinceau consistant et la gouache généreuse.

— C'est une critique d'art avertie, en plus, intervint Annie avec une feinte gravité.

Ian sourit. Et mon bas-ventre chanta en réponse. Zut ! Afin de couvrir mon rougissement, je me penchai pour caresser Angie, qui agita poliment la queue.

— Ah, mince ! s'écria soudain Annie. Mon match de foot ! Enfin, pas le mien, celui de mon fils. Oh, Ian, comment avais-je pu oublier ? Il faut absolument que j'y assiste. Je vais appeler Jack pour qu'il vienne me chercher, O.K. ?

Je fronçai les sourcils.

— Je croyais que Jack et Seamus allaient au cinéma ?

— Non, non. Seamus a un match, articula Annie en me faisant de grands yeux.

Elle avait déjà sorti son portable.

— Jack, tu peux venir me chercher, mon amour ? Non, non, tout va bien. Mais je viens juste de me souvenir du match… Le *match !* Oui, bon, ce serait bien que tu viennes tout de suite. Je suis à… Excusez-moi, votre adresse, Ian ?

— Au 75, Bitter Creek Road.

Ian me regarda puis porta son attention sur le kayak.

— Vous arriverez à rentrer seule ?

— Sans problème, répondis-je, résignée.

Annie était résolue à orchestrer un rapprochement stratégique entre Ian et moi. Jouer l'entremetteuse était une de ses désastreuses manies, qui avait donné jusqu'à présent zéro couple heureux et deux cousines fâchées à mort.

— Cela vous ennuie si j'emprunte ce joli sentier, Ian, et que je gambade jusqu'à votre maison pour attendre mon mari ? chantonna Annie en refermant son téléphone.

Je levai les yeux au ciel.

— Evite le gambadage, O.K. ?

Ian semblait dépassé par l'ampleur de l'assaut.

— Euh… oui, pourquoi pas ? Je vais vous montrer le chemin.

Avec un sourire jusqu'aux oreilles, Annie se mit en marche.

— Alors, Ian, parlez-moi de vous, lança-t-elle joyeusement.

Et, sans lui laisser le temps de répondre, elle entreprit de le renseigner sur la merveille absolue que j'étais.

— Callie et moi sommes amies depuis que ma famille s'est installée ici, quand j'avais six ans. Elle est venue droit sur moi, m'a dit bonjour et, depuis, c'est pour la vie !

Le sentier qui partait du lac était ravissant et juste assez large pour deux personnes. Le vent avait balayé les nuages mais les bois étaient si épais que le soleil ne filtrait que par endroits, projetant au sol des taches mouvantes d'or liquide. La chienne de Ian trottinait en silence à mon côté. Je caressai sa tête soyeuse.

— Alors, Angie, qu'en dis-tu ? Tu es la plus belle fille du monde, c'est ça ?

Elle acquiesça d'un aller et retour caudal.

— Angie, Aaaaaangie…, chantai-je tout bas.

C'était, après tout, une tradition entre nous.

Devant moi, Annie jacassait sans interruption. Ian se frottait la nuque d'un air perplexe, confronté à des questions subtiles du type :

— Vous êtes marié, Ian ?

— Divorcé, répondit-il en tournant les yeux vers moi comme pour me supplier de lui venir en aide.

— Oh ! comme c'est triste ! lança Annie d'une voix chantante. Depuis longtemps ?

— Deux ans.

Annie tourna vers moi un visage atroce, censé exprimer l'espoir et la joie.

— Oh ! mais je suis sûre que vous allez vite trouver quelqu'un de merveilleux qui…

N'y tenant plus, je rugis.

— Regardez ! Une biche !

L'animal s'enfuit, effrayé, et bondit dans les bois, offrant une dernière vision fugace de sa queue blanche. Je profitai de la diversion pour pincer Annie. Fort.

— Ar-rê-te ! articulai-je sans bruit.

— Quoi ? répondit-elle innocemment. C'est votre maison, Ian ? Elle est magnifique.

Nous étions arrivés. Je m'immobilisai net. Un jardin apparaissait entre les arbres, à la lisière de la forêt. L'herbe avait été fraîchement fauchée et l'air embaumait. L'ancienne ferme haute d'un étage avait des flancs de bois sous son beau toit en ardoise grise. La construction était ancienne, d'un modèle architectural classique de la Nouvelle-Angleterre, mais la maison avait été restaurée récemment ou je me trompais fort. La peinture venait d'être refaite depuis peu et les fenêtres paraissaient neuves.

Je me tournai vers Ian.

— Elle est très belle.

— Merci. Euh… Vous voulez boire un café, peut-être ?

Il était clair qu'il se sentait acculé à faire la proposition. Annie darda sur moi un regard réjoui.

— Ah, un café ! J'en rêve !

Nous contournâmes la maison, passant le long d'une rangée de vieux lilas dont je ne pouvais qu'imaginer le parfum au printemps. En découvrant la façade de l'ancienne ferme, je m'arrêtai de nouveau.

Devant nous s'étendait un pré où fleurissaient les grandes tiges jaunes des verges d'or mêlées aux dernières suzanne aux yeux noirs. Des libellules irisées se livraient à de gracieuses acrobaties aériennes et des pinsons chanteurs voletaient entre les hautes herbes. Un mur en pierre bordait un côté du jardin. Un vrai mur de pierres, de l'espèce qui fait écrire les poètes — irrégulier et sincère. L'allée de gravier menait jusqu'à la route, invisible de la maison. La déneiger en hiver promettait d'être un sacré travail mais qui avait envie de penser à l'hiver ? A distance se dressait un grand bouquet d'érables, déjà rougis en leur sommet. Ian aurait droit à un spectacle somptueux dans quelques semaines.

— Entrez, dit-il.

Avais-je précisé qu'il portait un Levis délavé ? Réprimant un soupir lascif, je lui emboîtai le pas pour monter sur la galerie en façade. Je me retournai pour voir la vue (je parle du paysage et non de son fessier, même si les deux étaient à couper le souffle). Le grand balcon de bois donnait à l'ouest. Parfait pour les couchers de soleil. Il n'y avait pas de rampe et rien n'obstruait la vue sur l'étendue d'or des prés. C'était le genre d'endroit où je pourrais rester assise une journée entière, à écouter les oiseaux et le murmure du vent dans l'herbe, en humant la revigorante odeur des pins.

— Tu viens, Callie ? appela Annie avec impatience.

Je m'arrachai non sans mal à la vue.

— J'arrive.

— La maison est une pure splendeur, me chuchota Annie. Et lui n'est pas mal non plus. Tu as vu ses yeux, dis donc ! La vache !

— Tu peux baisser d'un ton, *s'il te plaît* ?

Ian était déjà à l'intérieur.

— Si seulement j'étais célibataire... Non, sérieux, je crois que je vais quitter Jack. Qu'est-ce que tu en dis ?

— Super. J'ai toujours eu un faible pour ton mari. Et je crois que j'ai mes chances.

Ayant momentanément réussi à imposer silence à Annie, je franchis le seuil. La sobriété épurée de l'intérieur offrait un contraste intéressant avec le côté « ancien Vermont » de l'extérieur. On voyait aisément qu'un architecte y avait mis sa patte, tant l'impression générale était lisse, équilibrée, parfaite : des parquets de bois exotique précieux ; des bibliothèques aux lignes modernes, des luminaires en métal aux formes singulières. L'effet global était très contemporain, à la limite du sévère. Mais d'une grande beauté, malgré tout. Des meubles d'allure coûteuse étaient disposés savamment, renforçant la tonalité d'ensemble un peu froide. Aucun endroit, a priori, pour s'effondrer et s'avachir dans un confortable laisser-aller. J'eus une pensée émue pour le canapé que j'avais apporté chez Noah, dont le cuir usé et l'assise fatiguée semblaient inviter à prendre son élan pour se vautrer. Mais la maison était magnifique.

Et propre. Immaculée, même. J'étais moi-même une femme d'intérieur très honorable. Mais rien à voir avec ce que j'avais sous les yeux. La cuisine qui ouvrait sur le séjour était équipée aussi en éclairages métalliques sophistiqués. Et les plans de travail épurés étaient fabriqués dans la même ardoise que le toit.

Ian était déjà occupé à doser son café en grains.

— Il y a longtemps que vous vivez ici ? demanda Annie en me faisant signe de la suivre.

— Pas très, non, répondit-il sans la regarder. Quatre mois.

— Et quel âge a la maison ?

J'étais presque surprise qu'elle ne sorte pas son téléphone pour photographier méthodiquement les lieux.

— Elle a été construite en 1932. Mon oncle l'a achetée dans les années 1960. Après son décès, je l'ai rachetée à la banque. Lorsque j'ai pris le cabinet, j'ai entrepris de la faire restaurer.

Annie plaça sa main de façon à la dissimuler aux yeux de Ian et frotta deux doigts sur son pouce, d'un geste qui disait clairement : « Y a de l'argent. » Elle m'adressa un hochement de tête assorti d'un sourire. Je soupirai.

Angie dressa les oreilles lorsqu'un bruit de moteur se précisa au loin. On entendit des pneus crisser sur le gravier.

— Ah zut, voilà Jack ! s'exclama Annie. Je suis ravie d'avoir bavardé un moment avec vous, Ian. Mais il faut que je file !

Le front plissé de Ian indiquait une perplexité manifeste.

— Et votre café, alors ? Votre mari est le bienve…

— A très bientôt ! cria-t-elle en franchissant la porte au pas de course.

— Je croyais qu'elle avait très envie d'un café, votre amie ?

Le regard de Ian était rivé sur la fenêtre. Nous vîmes passer la voiture de Jack qui faisait demi-tour pour repartir.

— Elle souffre de troubles psychologiques. Désolée.

Je regardai autour de moi.

— Vous avez créé un lieu magnifique, Ian.

— Merci.

Il ouvrit un meuble de rangement et je crus voir le rayon vaisselle d'un grand magasin de luxe. Des tasses alignées à la perfection, toutes de la même couleur et du même format. Chez moi, la collection de mugs était des plus disparates, allant du modèle épais et irrégulier que Josephine avait fabriqué pour moi en maternelle à la fine porcelaine précieuse qui avait toujours servi à ma grand-mère pour boire son thé. Ian, lui, avait six exemplaires identiques, tous vert pâle et aussi racés que le reste de sa déco intérieure. Tous ses verres étaient assortis, six de chaque taille, dressés comme de vaillants soldats rompus à une discipline de fer.

La pensée qui m'avait vaguement taraudée toute la semaine revint soudain me taquiner.

— J'ai appris que vous aviez bu un café avec Fleur, l'autre jour ?

Il leva la tête.

— Fleur ? Qui est Fleur ?

N'en dis pas plus, Ian. J'ai la réponse à ma question.

— Mmm... Ma collègue ? La petite sœur de Tony Blair ? Celle avec qui vous êtes venu randonner l'autre jour.

— Ah oui... Je crois que je l'ai croisée en ville, l'autre fois.

Il reporta son attention sur ses préparatifs.

— Je peux jeter un coup d'œil dans votre séjour ?

— Oui, faites. Je vous en prie.

Avait-il soupiré ? Possible.

Je déambulai dans la pièce à vivre et repérai trois photos encadrées au mur, toutes de format identique, avec des passe-partout blancs et des cadres noirs. Une feuille d'érable, une feuille de chêne, une feuille de fougère. Des études prises en gros plan, avec un sens certain du cadre et du détail.

— C'est vous qui les avez prises ? Elles sont chouettes.

— Oui, c'est moi. Merci, répondit-il avec cette politesse un peu solennelle que je commençais à trouver attachante.

La machine à café émit ses premiers gargouillis. Ainsi Ian McFarland avait un côté artistique. Sympa. Très sympa, même. Sa bibliothèque était essentiellement scientifique. Je repérai un thriller : *Parasitologie générale chez l'animal expérimental*. Berk. *Le Diagnostic différentiel chez le petit animal.* A côté des livres professionnels, figuraient quelques romans virils. *Voyage au bout de la solitude, le Vieil Homme et la Mer.* Ah ! Il avait *Toutes les Créatures du Bon Dieu* de James Herriot ! Une si jolie histoire écrite par un vétérinaire anglais.

— J'ai adoré ce livre quand j'étais petite, Ian !

Il tourna la tête, vit le roman en question et sourit presque.

— Moi aussi.

Je replaçai le livre et poursuivis ma visite jusqu'à tomber sur une photo de Ian avec une femme d'une soixantaine d'années, mince, attirante, avec des yeux très bleus, flanquée d'un homme absolument… renversant. Ho ho… Serait-ce notre *Alejandro* ? Nom d'un haricot. Rien qu'à le regarder, j'éprouvai déjà un léger vertige érotique.

Je pris le cadre pour le montrer à Ian.

— C'est votre famille ?
— Oui.
— Votre frère est marié ?
— Oui.

Normal. Il y avait une autre photo de sa mère avec… un visage que je reconnus. J'attrapai le cadre avec un petit cri.

— Hé ! Je rêve ou c'est Bono ?

Ian sourit.

— Vous ne rêvez pas. Ils se sont connus à une fête humanitaire quelque part en Afrique… Au Nigéria, je crois.

— Ouah ! J'ai toujours pensé que Bono et moi, nous finirions notre vie ensemble.

— Il est marié aussi, dit Ian.

— Vous retournez le couteau dans la plaie.

Je notai que certains livres n'étaient pas en anglais.

— Vous lisez couramment l'espagnol ?

Je rejoignis Ian dans la cuisine alors qu'il ouvrait un second rangement mural, tout aussi immaculé que le premier. Il sortit un pot à lait ainsi qu'un sucrier assorti à ses tasses.

— Oui, je suis parti vivre en Amérique latine lorsque j'avais huit ans. J'ai passé deux ans au Chili, trois en Afrique. Je parle aussi un français assez honorable. En swahili, je me débrouillais pas mal non plus, mais j'ai presque tout oublié.

— Ah, c'est vraiment top !

Il ne répondit pas.

— Ou peut-être pas tant que cela ?

Ian sourit avec réticence et sortit de fines petites cuillères en argent d'un tiroir. Son rituel était si précis que j'avais l'impression d'assister à une cérémonie du thé japonaise. Mes placards comptaient, eux aussi, quelques délicats crémiers et sucriers, mais relégués sur les étagères du haut, à prendre la poussière. Et mes efforts de présentation pour servir le café se bornaient à renifler le paquet de lait entamé pour vérifier qu'il n'avait pas tourné. Ian ouvrit son réfrigérateur. Au secours ! Il y régnait la même propreté obsessionnelle que partout ailleurs. Des barquettes soigneusement emballées dans du papier d'alu étaient alignées dans un ordre parfait.

— Vous aimez cuisiner, Ian ?

— Non, je manque de temps. Je prends presque tous mes repas chez le traiteur.

— Vous viendrez à la maison un de ces soirs et je vous mitonnerai un vrai dîner.

Il émit un vague son qui ne disait ni oui ni non et leva les yeux, allant presque jusqu'à rencontrer mon regard.

— Cela vous plaisait, alors, de vivre un peu partout dans le monde, lorsque vous étiez enfant ?

La machine à café émit un bip et Ian parut content d'avoir quelque chose à faire de ses mains.

— Avec le recul, j'apprécie l'expérience, oui. A l'époque, c'était un peu plus compliqué.

Il me tendit ma tasse pleine et but une gorgée de son propre café. Je constatai qu'il le prenait noir. Ainsi, tout le cérémonial avec crémier et sucrier n'avait été mis en œuvre qu'à ma seule intention. Flatteur, non ?

— Merci, Ian. Et désolée de vous avoir envahi.
— Aucun problème. J'apprécie d'avoir de la compagnie.
Je souris.
— Je crois que vous me mentez, Ian.
— Un petit peu seulement.

Mon sourire s'élargit. Ian McFarland faisant de l'humour ! Qui l'aurait cru ? Angie parut approuver, car elle agita la queue en respirant bruyamment.

— Asseyez-vous, proposa-t-il.

Nous passâmes dans le séjour où il prit place dans un fauteuil blanc (blanc ? Avec un setter irlandais à la maison ? Mais Angie était manifestement plus disciplinée que l'engin aussi poilu qu'adoré que j'avais chez moi). Je choisis le canapé vert pâle en prenant bien soin de ne pas l'éclabousser avec mon café.

Dehors, une mésange à tête noire chantait avec insistance. Angie s'allongea gracieusement à côté de Ian et posa la tête sur ses pieds.

— Vous devriez recevoir du monde, ici, Ian. Avez-vous déjà invité vos collaborateurs ?
— Non.
— Vous avez tort. M. Kumar le faisait. Et vous avez une équipe formidable. Il y a des années que je connais Earl et Carmella.

Mon hôte ne fit aucun commentaire.

— Mon propre employeur nous reçoit chez lui de temps en temps. Cela entrerait parfaitement dans le cadre de votre campagne « chaudoudou ».

Je souris et pris une gorgée de son café, qui était corsé, avec un petit goût de noisette. Sa mère le lui envoyait peut-être de Colombie. Ou d'ailleurs.

Ian reposa sa tasse.

— Je ne sais pas si vous avez remarqué, Callie, mais « chaudoudou », ce n'est pas le terme qui me caractérise le plus directement.

Il aligna son dessous de verre pour le placer parallèlement au bord de la table.

— Bien sûr que j'ai remarqué que vous étiez assez formel, Ian. Mais ce n'est pas un problème. Nous ne cherchons pas à mentir. Juste à faire en sorte que les gens vous aiment un peu plus.

— Je me fiche que les gens m'aiment ou non, Callie. Tout ce que je veux, c'est maintenir ma clientèle.

Ses mâchoires commençaient à se crisper un peu.

— Ce que vous parviendrez à faire en étant un peu plus « chaudoudou » que maintenant.

Je lui souris pour lui montrer que l'opération se déroulerait sans douleur.

— Vous êtes assez forte, là-dedans, n'est-ce pas ?

— Forte pour quoi ?

— Pour manier les gens.

Je clignai des yeux.

— Ouille, Ian.

— Quoi ?

Il me considérait d'un œil impassible, sans se rendre compte qu'il venait de m'enfoncer un couteau dans le cœur. J'ouvris la bouche puis la refermai avant de parvenir à prononcer un mot.

— Qu'est-ce que vous entendez par là ? Si vous voulez dire que je parle aux autres avec politesse et intérêt, alors, oui, Ian, c'est vrai que je fais ça assez bien. Peut-être pourriez-vous prendre exemple. Et merci pour le compliment.

— Ce n'était pas un compliment. Juste une observation.

— Pourquoi êtes-vous si dur avec moi ?

— Je ne cherche pas à être cruel, Callie. Je fais juste... un constat. Vous déployez d'énormes efforts pour vous faire aimer des autres. Et tout le monde n'a pas besoin de ce genre... de mise en scène. Pas moi, en tout cas.

— Non, pas vous, bien sûr. Vous, vous êtes parfait sur tous les plans.

Il fit rouler ses yeux

— Ce n'est pas du tout où je cherchais à en venir.

— Vous voulez en venir où, alors ?

Ma voix montait en volume et j'avais chaud au visage.

— Juste que vous vous donnez beaucoup de mal pour quelque chose… qui n'en demande peut-être pas tant.

— Et qu'est-ce qui vous permet de penser que vous êtes si bien informé à mon sujet ? m'enquis-je sèchement.

Il haussa les épaules.

— Je vous ai vue à l'action. La dame âgée dans la queue, au DMV. Le type avec ses bijoux en cheveux humains. Tous ces individus vaguement éméchés, chez Elements. Le dénommé Charles deVeers, l'autre jour, à la randonnée. Vous faites votre numéro avec les gens, vous les travaillez au corps.

Je posai bruyamment ma tasse sur la table basse et eus la satisfaction de voir le visage impavide de Ian se crisper lorsque le café faillit gicler sur le tapis.

— Je ne fais pas mon numéro, Ian. Je suis sympa, je suis gaie. Je suis mignonne et je suis intelligente. Les gens m'aiment parce que ce sont des qualités attachantes. Beaucoup plus que d'être… euh… voyons, glacial et psychorigide, par exemple ?

Il se contenta de me regarder sans ciller, et je ne pus déterminer s'il était en colère, amusé, ou simplement insensible. Ma gorge se noua soudain sans prévenir.

Je me levai.

— Je crois que je ferais mieux de rentrer. Merci pour le café. Il était délicieux. Et votre maison est magnifique.

— Et voilà, vous recommencez à passer de la pommade, observa-t-il.

— Je suis simplement polie, Ian ! C'est comme ça que j'ai été éduquée. Je suis désolée si vous me prenez pour une lèche-bottes pas sincère.

Il se leva d'un bond, fit un pas vers moi, puis s'immobilisa et enfonça les mains dans les poches.

— Non, Callie, ce n'est pas ce que je pense de vous.

Il eut un petit mouvement perplexe de la tête.

— Je ne sais pas comment notre conversation en est arrivée là.

— Moi non plus, marmonnai-je.

— Quoi qu'il en soit, ce n'était pas mon intention de vous vexer. Il est clair que mes paroles ne vous ont pas fait plaisir, mais tout ce que je voulais dire, c'est que...

Son regard dériva sur son chien, puis sur sa bibliothèque.

— ... c'est que vous n'êtes pas obligée de faire tant d'efforts.

Il laissa tomber un court silence et ses yeux, non sans mal, trouvèrent les miens.

— Pas avec moi, en tout cas.

Ah... *Aaah*.

Soudain consciente que j'avais la bouche ouverte, je la refermai. Que répondre ? « Merci » ? « Va te faire foutre » ? Ou : « Ce n'est pas que je tienne à me comporter ainsi, mais c'est enraciné en moi depuis si longtemps. »

Pourquoi ne l'embrasserais-tu pas, plutôt ? suggéra Betty Boop en battant des cils.

— Je vous raccompagne jusqu'à votre kayak.

— Merci, murmurai-je faiblement.

Le retour vers le ponton me parut nettement moins long que le trajet en sens inverse. Pas un mot ne fut échangé entre nous. J'essayais de démêler ce que Ian venait de me dire. Au cas où il y aurait eu... quelque chose. Ce n'était pas un homme simple à déchiffrer, Ian McFarland.

Les nuages étaient de retour, même si quelques flèches d'or perçaient encore la surface du lac. Il me restait environ une heure avant le début de la pluie. Si mon interprétation des signes était correcte. Ce qui, il faut le reconnaître, ne m'arrivait que rarement.

Les yeux rivés sur mon kayak, je pris congé.

— Bon. A bientôt, alors.

— Je vous aide à monter à bord ?

Je piquai un fard. On pouvait toujours compter sur mes joues pour se manifester.

— Je veux bien, oui.

Je me raccrochai à son bras tendu et fus envahie par un sentiment de profonde sécurité, avec cette main chaude et forte qui tenait la mienne. Hélas… Dès l'instant où je fus dans le kayak, il lâcha prise.

— N'oubliez pas, hein ? Le week-end prochain, c'est la foire aux animaux domestiques.

Il était resté debout sur un rocher, les mains enfoncées dans les poches arrière de son jean.

— Je n'oublie pas.

— Je… je vous appellerai pour les derniers détails. Mais tout est quasiment réglé.

— Je vous fais confiance.

Ses yeux déconcertants étaient rivés sur moi. Bleus, si bleus. *Dis quelque chose, Ian*, l'exhortai-je en silence.

— Vous voulez que je vous pousse ?

Ce n'étaient pas les paroles que j'espérais.

— Volontiers, oui.

Il se pencha et donna une vigoureuse impulsion au bateau, le propulsant au-delà du ponton. Je lui fis un grand signe de la main.

— Merci, Ian.

— Cela m'a fait plaisir de boire un café avec vous.

Sur ces mots, il se détourna et reprit le chemin en sens inverse, disparaissant presque aussitôt entre les arbres. Je pris une profonde inspiration et me mis à pagayer avec une énergie inhabituelle. J'étais à la fois heureuse et soulagée de m'éloigner.

« Vous n'êtes pas obligée de faire autant d'efforts. Pas avec moi, en tout cas. »

Si ça signifiait ce que je voulais que ça signifie, il s'agissait des plus belles paroles qu'un homme ait prononcées à mon intention depuis très, très longtemps.

Mais bon… J'étais quand même la reine absolue de l'erreur d'interprétation.

14

Evénement inhabituel, pour ne pas dire rarissime : ma sœur se présenta chez moi, un soir, sans prévenir.

— Hester ? criai-je pour couvrir les couinements de Bowie qui bondissait entre nous. Quelqu'un est mort ?

— Non, pourquoi ? Quelqu'un est mort, ici ?

Je soupirai.

— Non. Ma question était juste destinée à souligner que tu ne viens jamais ici, normalement.

— Puis-je en déduire que tu es ravie d'avoir ma visite, et que tu es prête à m'offrir quelque chose d'alcoolisé à me jeter dans le gosier ?

— Oui, absolument, Hester.

— Oh ! C'est quoi, ce boucan ? lança Noah en provenance du salon.

— Nous avons de la visite, hurlai-je en retour.

Hester fit rouler ses yeux.

— Je ne sais pas comment tu fais pour vivre avec lui. Et toi, le chien, si tu ne lâches pas ma jambe tout de suite, tu vas te retrouver castré si vite que tu ne verras même pas le bistouri approcher.

— J'essaie de regarder *Top Model USA* ! beugla notre cher grand-père. Allez jacasser dans votre chambre, les pisseuses.

Je passai dans la cuisine pour sortir une bouteille de vin blanc du réfrigérateur.

— Il est à fond dans les futurs mannequins, notre

Noah. Il est sûr que Tenisha va gagner, mais vu ses photos de la semaine dernière, ça sent la cata.

Hester soupira.

— J'ai besoin de tes conseils, Callie.

Ma main s'immobilisa un instant alors que je m'apprêtais à attraper deux verres. Voilà qui était nouveau.

— Mes conseils ? D'accord. On monte dans ma chambre ?

— Ce n'est pas trop tôt, marmonna Noah lorsque nous passâmes à côté de son fauteuil. Bonsoir, Hester.

— Salut, le grincheux.

— C'est l'hôpital qui se fout de la charité, grommela Noah.

Arrivée à l'étage, Hester prit place sur mon lit, respectant spontanément l'interdit qui pesait sur mon rocking-chair. Elle se servit un verre de vin et le remplit jusqu'à ras bord.

— Ça va, toi ? demanda-t-elle.

Puis elle descendit la moitié de son verre d'un trait.

— Mmm... Pas trop mal. Et toi ?

— C'est le bonheur, le grand, le vrai, annonça-t-elle d'un ton sinistre.

Je pris ma chaise de bureau.

— Et en quoi puis-je t'aider ?

— Bronte passe par une phase compliquée, en ce moment.

Je hochai la tête.

— La classique entrée en adolescence, tu veux dire ? Ou un problème plus précis que ça ?

— Elle dit qu'elle se sent comme une « cas soc'» : adoptée, métisse, famille monoparentale, grand-mère avec funérarium.

— Mouais...

— Ce matin, donc, au petit dèj, elle débarque avec la longue liste des trucs qui font qu'elle ne se sentira jamais normale, en commençant par la couleur de sa peau et en terminant par son petit orteil gauche qu'elle a de travers...

Je souris.

— Je dois reconnaître que cet orteil m'a toujours fait dresser les cheveux d'horreur.

Hester commença par me rendre mon sourire puis, d'un coup, ses yeux se remplirent de larmes.

— Elle a conclu en annonçant que s'il y avait *une chose* sur sa liste qu'elle voulait vraiment changer, c'était le fait d'avoir une mère célibataire.

J'en restai un instant le souffle coupé.

— Elle veut retourner en famille d'accueil ?

— Non, idiote. Elle veut que j'épouse quelqu'un.

— Ah, O.K., oui. Logique.

Enfin... Peut-être pas tant que ça, vu la mère célibataire en question.

— Et maintenant, Hester ?

Les larmes de ma sœur redoublèrent.

— Je me suis tellement battue pour faire quelque chose de bon de ma vie, Callie... Tu connais la chanson : ne finis pas comme maman, tiens-toi loin des hommes, surtout, adopte un enfant qui a besoin d'un foyer, sois stable, sécurisante, stricte et aimante. Et là, clac : une flèche en plein tendon d'Achille !

— On dit que les enfants ont le nez pour ça, murmurai-je en lui faisant passer une boîte de mouchoirs.

— Exactement. J'ai vécu jusqu'à maintenant sans jamais éprouver le besoin d'un homme. Si l'envie m'effleurait, il suffisait que je regarde maman pour qu'elle me passe aussitôt. Et maintenant mes enfants veulent un père ! Avoue que ça craint, merde !

— Ecoute, explique-lui que les hommes, ce n'est vraiment pas pour toi. Dis-lui à quel point tu l'aimes et tout ça...

— Mais c'est ce que j'ai fait ! s'écria Hester en s'essuyant les yeux.

Elle se moucha si bruyamment que Bowie se leva d'un bond et poussa un aboiement aigu.

— Bronte a répliqué qu'elle avait fait un gros effort d'adaptation pour devenir ma fille, et que le moins que je puisse faire, c'est d'en consentir un aussi de mon côté.

— Cette petite est brillante, murmurai-je.

— Je sais.

Bronte avait déjà sept ans lorsque Hester l'avait adoptée, la tirant de sa quatrième famille d'accueil. Née dans le comté de Queens, à New York, Bronte avait été une petite citadine pur jus, terrifiée à l'idée de devoir quitter la grande ville. Pendant des mois, le silence du Vermont l'avait empêchée de dormir. Et c'était à peine si elle avait prononcé un mot durant sa première année à Georgebury.

Hester se laissa tomber à plat dos sur mon lit et scruta le plafond.

— Donc, ma demande est la suivante : peux-tu m'aider à trouver un mec ? Je pensais à ce type-là, le nouveau véto.

— Ah...

J'hésitai un instant.

— En fait, Hes, il me plaît assez.

— Bon, bon... Tu as quelqu'un d'autre, alors ?

Ma sœur se fichait clairement que ce soit Ian ou un autre.

— Tu as vraiment envie de trouver quelqu'un, Hester ?

— Non. Mais je veux faire preuve de bonne volonté, quand même.

Elle fixa son regard sur moi.

— Voilà ce qu'on fait quand on a des enfants : on essaie. Et quand Bronte constatera à quel point c'est le bazar, ces histoires de rencontres homme-femme, elle cessera de réclamer un père. Je l'emmènerai chez le coiffeur se faire défriser, et elle passera à autre chose.

— Ah oui, bon plan. Même s'il est tordu et pas tout à fait sincère.

— Exactement. Alors ? Tu as des noms à me donner ? Tu connais tout le monde, dans ce patelin.

— Faut-il qu'ils soient beaux, financièrement autonomes et normaux ?

Hester haussa les épaules.

— Je n'en demande pas tant. Juste qu'ils soient célibataires.

— Bon, d'accord. Alors, j'ai des tas d'hommes à te proposer. Je vais te dresser une liste. J'ai un gars qui fait du macramé avec des cheveux humains, un exploitant agricole qui ni ne parle ni ne se lave, Jake Pelletier et ses trois ex-femmes...

Je levai les yeux vers ma sœur.

— Il y a déjà de quoi faire, non ?

— Parfait. Voilà qui devrait calmer Bronte rapidement.

Hester me remercia et je vis qu'elle était sincère.

— Je savais que je pouvais compter sur toi, Callie.

Le jour de la foire aux animaux domestiques se leva, lumineux et serein. On n'aurait pu imaginer matinée d'automne plus parfaite. L'air était vif, le soleil généreux, et les arbres, du jour au lendemain, avaient viré au sublime. Sérieux : les frondaisons incandescentes semblaient éclairées d'un feu intérieur. C'était comme si la nature avait érigé ses propres cathédrales.

— Tu veux aller voir Dr Ian ? Tu veux ? Tu veux ? lançai-je à Bowie de ma voix spécial chien.

La perspective suffit à le faire bondir sur ses pattes. Cela dit, il avait tendance à bondir à peu près pour n'importe quoi.

Je m'habillai avec soin. Ni robe ni jupe aujourd'hui, hélas, mais je voulais quand même faire bonne figure en ma qualité d'organisatrice. Et je n'aurais pas le temps de chômer. Il faudrait mettre en place le cours d'agilité canine, les séances de maquillage, les rafraîchissements à servir. Josephine et les farfadets seraient déguisés en chat ou en chien et feraient la quête pour la SPA. Le Centre d'activités des seniors déléguait sa chorale — le Chœur antique (l'idée du nom venait de moi. Pas mal, non?). Leurs chansons auraient toutes un thème animal, allant d'une interprétation de « Barracuda » à celle d'« Eye of the Tiger ». Elles n'avaient pas froid aux yeux, mes camarades du centre. J'avais l'assurance, depuis hier, que le sergent Davis, de la police d'Etat, viendrait en duo avec son chien policier. Bethanne, la communicatrice animale qui travaillait également comme infirmière dans la même clinique qu'Hester, était enchantée d'avoir l'occasion d'exercer son sixième sens. J'avais même, au prix d'âpres négociations — et c'était là mon plus grand exploit du jour — réussi à convaincre Noah de venir sculpter ses petits animaux de bois et de les vendre pour aider à financer un petit refuge pour chiens et chats. Toute l'équipe de Ian — Carmella et les deux assistants — serait également présente pour le soutien logistique.

Si ma carrière dans la pub tournait court, je pouvais toujours me reconvertir dans l'événementiel. Sur cette pensée revigorante, je m'examinai dans le miroir.

— Tu es très mignonne, décrétai-je à voix haute.

Je souris pour me le prouver. Me souvins alors de ce qu'avait dit Ian au sujet de ma façon de trop en faire. Soupirai.

En traversant ma chambre, je jetai un coup d'œil à mon rocking-chair. Le soleil entrait à flots par les fenêtres, éclairant le beau bois d'érable couleur de miel. Je caressai le dossier d'un doigt et imprimai un léger mouvement pour actionner le balancement. Le mouvement régulier et doux suscitait toujours le même envoûtement en moi. « Il attend », pensai-je. Attend de trouver enfin son véritable usage, au-delà du moment de réconfort occasionnel. Mais ce n'était pas le bon moment. Pas encore, en tout cas.

— Allez, hop, Bowie. On y va!

Mon signal du départ me valut un aboiement joyeux,

trois cercles de derviche tourneur et une grande envolée de duvet blanc. Noah m'attendait dans la cuisine. Il avait un air renfrogné et un pull sans manches enfilé sur sa chemise en flanelle — ce que Noah appelait « s'endimancher ».

— Tu es très beau, Grampy.
— Je t'ai demandé ton avis, à toi ?

Il se souvint alors qu'il m'aimait et me pinça le menton.

— Toi aussi, tu es toute belle, ma grande.
— Tu n'as pas picolé, au moins ?
— Et voilà ce que je récolte dès que je fais un effort pour être agréable, bougonna-t-il en clopinant jusqu'à la porte. Allez, ouste, hisse tes fesses dans ce camion, pisseuse. Je prends le volant.

Lorsque nous arrivâmes au cabinet vétérinaire, les premiers participants étaient déjà sur place. Quelques farfadets, une poignée de scouts. Le disc-jockey. Bethanne, la communicatrice animalière. Hester était installée sous une tente et beuglait dans son éternel téléphone portable.

— Non, non, pas d'inquiétude, c'est normal. Ça vient du traitement hormonal. Dites quand même à votre mari de cacher ses armes. Ou de les placer dans un meuble qui ferme à clé. Autant mettre toutes les précautions de notre côté.

Sans cesser de parler et de gesticuler au téléphone, Hester salua notre arrivée d'un bref hochement de tête. Fred, que j'avais réussi à enrôler comme assistant avec force chantage et pots-de-vin, déroulait une rallonge pour installer la sono. Il m'adressa un salut de la main.

— Hé, l'idiot ! lançai-je avec un large sourire.
— Tcho, l'abrutie !
— Tu as vu Ian ?
— A l'intérieur, je crois.

Je le trouvai dans son cabinet, en effet. A se mordiller l'ongle du pouce, l'œil rivé sur la fenêtre, comme si des hordes de Mongols s'apprêtaient à descendre sur son fief.

Et il était en costume.

— Viens là, Ian, décrétai-je, le tutoyant d'office, dans le feu de l'action.

Sans perdre de temps en politesses inutiles, je le tirai par la manche et l'entraînai dans son bureau.

— Allez, hop ! On se déshabille ! Tout de suite.
— C'est assez direct, comme entrée en matière.
— Très drôle. Un *costume,* Ian ?
— Eh bien, j'ai pensé que...
— Enlève ta cravate, lui intimai-je en desserrant le nœud. Et débarrasse-toi de ta veste.

Je la fis glisser de ses épaules. De ses épaules larges. Très masculines. Mes mouvements ralentirent. Parce que l'odeur de Ian... Il sentait bon, vraiment très bon. Une odeur de pluie, propre et claire. Je voyais battre son pouls à la base de son cou. Sentais la chaleur qui émanait de son corps... de son corps presque collé contre le mien. Et je regardai ses cils peu ordinaires, blonds et étonnamment touchants, qui atténuaient la sévérité de ses traits. Il y avait comme une trace de sourire dans ses yeux. Et ses lèvres étaient presque à portée des miennes. Si je me haussais sur la pointe des pieds...

— Doc ?

Earl, mon vieux copain, apparut dans l'encadrement de la porte.

— Oh ! désolé... Je ne savais pas que...

Soudain consciente que j'étais plus ou moins en train de dévêtir mon client dans son bureau, je reculai précipitamment d'un pas. Ou deux. Peut-être même de trois. Je m'éclaircis la voix. Toussotai.

— Vous avez besoin de quelque chose, Earl ? demanda Ian.
— Le policier voulait savoir si vous aviez des anti-inflammatoires à lui filer pour son chien ?
— Bien sûr. Je lui porte ça tout de suite.
— Encore désolé, dit Earl.
— Mais non, pas du tout ! protestai-je d'une voix

chantante. Nous avions juste un petit problème de... dysfonctionnement vestimentaire.

— Appelez ça comme vous voudrez.

Earl m'adressa un clin d'œil et disparut.

Je tournai les yeux vers Ian et tentai de me ressaisir, malgré la soudaine faiblesse qui me tombait dans les jambes.

— Désolée, Ian. Je voulais juste, euh... Le costume ne correspond pas vraiment à l'image que nous cherchons à créer. Tu aurais été parfait avec des Dockers, une chemise bleue pour faire ressortir tes yeux et...

J'étais en train de piquer un fard. Quelle surprise !

— Etant de sexe masculin, je pense rarement, le matin, au lever, à assortir mes vêtements à mes yeux.

Il y avait une note d'amusement dans sa voix. Je pris une inspiration tremblante.

— Eh bien, tu devrais pourtant, car tes yeux sont magnifiques. Bowie a un œil de la même couleur que les tiens, d'un bleu très pur, comme le ciel. Mais son autre œil est marron. A l'image des miens. Un œil comme le tien ; l'autre comme le mien. Amusant, non ? Enfin, je n'y mets aucune signification particulière, hein ? Bon, O.K. Je ne dis plus rien.

Ian se mit à rire et le son se répercuta tout droit jusque dans mes organes de la reproduction. Résistant à la tentation de faire ma Bowie et de me jeter sur le dos pour m'offrir inconditionnellement, je fixai mon attention sur la fenêtre. Une vague de désir me tordait le ventre et j'avais la peau parcourue de frémissements. Il fallait dire que le rire de Ian m'avait prise par surprise. Et quel rire ! Profond. Séducteur. Totalement atypique.

— Et là ? C'est mieux ?

Je reportai mon attention sur lui. Déglutis.

— Bien. Très bien.

Il avait retiré sa cravate et son veston, roulé les manches de sa chemise, défait quelques boutons. Serait-il inconvenant de lui lécher le cou ? Probablement, oui. Je m'éclaircis la voix.

— Et si tu allais te montrer un peu dehors ? La fête commence dans dix minutes.

Quelques heures plus tard, le verdict, tomba, unanime : la foire était un succès. Un énorme succès, même.

Des chiens de toutes races et de tous formats s'ébattaient dans l'enclos que Freddie et moi avions baptisé : « Dog-city ». La course d'obstacles n'avait pas donné grand-chose, nos participants canins ayant surtout été motivés à marquer leur territoire. Mais les farfadets avaient annexé les lieux pour se livrer à leurs propres compétitions. Pour l'instant, c'était Tess McIntyre qui avait négocié le parcours d'obstacles canin dans les meilleurs temps. Le Chœur antique donnait une version très swing d'une chanson rebaptisée le « Cha-cha-cha du toutou ».

Les interprétations de Bethanne confirmaient, à la satisfaction générale, que les animaux domestiques des uns et des autres aimaient passionnément leurs maîtres respectifs. Noah sculptait sans relâche et Jody Bingham se chargeait de la vente. Les enfants couraient partout, le visage peint en tigre, en chat, en chien ou en guerrier écossais (le guerrier était Seamus, mon cher filleul, qui avait exigé de se transformer en William Wallace dans *Braveheart* plutôt que de se laisser grimer en Tigrou). Le chien policier détecteur de drogue s'était intéressé de très près à Freddie. Mais mon frère avait clamé haut et fort qu'il s'agissait juste d'un peu d'herbe aux chats. Le flic avait fini par fermer les yeux, après un petit sermon sur l'interdiction maintenue de la culture du cannabis. Bronte avait été chargée de promouvoir la Cause féline, une association qui, comme son nom l'indiquait, se préoccupait de placer des chatons. En expliquant aux gens que le miracle de l'adoption lui avait permis de vivre une vie nouvelle en tout point lumineuse, ma nièce avait réussi à fourguer déjà quatorze félins.

Et Ian avait été formidable. Vraiment. Un peu guindé, d'accord. Mais il avait fait de réels efforts. Serré des mains par dizaines, admiré des animaux de compagnie, répondu aux questions d'Elmira Butkes qui trouvait que son chat Fluffers, âgé de vingt et un ans, « manquait un peu de vitalité ». Lorsque Ian voulut mentionner la longévité moyenne du chat (treize ans), je lui donnai un méchant coup de coude dans les côtes et il changea d'angle d'attaque, affirmant haut et fort qu'avec un peu de vitamine B12, tout rentrerait dans l'ordre. Il prit même le micro pendant quelques douloureux instants et remercia l'assistance d'être venue, encouragea tout le monde à s'amuser et à faire un don à la SPA. Ce fut très bref, un brin solennel, mais sympa.

Annie vint me rejoindre alors que je surveillais les opérations d'un œil d'aigle.

— Alors ? Tu es dans quel état ?

— En ébullition sexuelle aiguë, admis-je à voix basse.

Elle émit un son appréciateur.

— Qui ne le serait pas ? Il est excitant. Il est dangereux. Il est rugissant comme un fauve, grondant comme un fleuve.

— Cruel comme un assassin russe, murmurai-je.

Annie hocha gravement la tête.

— Tout à fait. Je parie qu'il serait capable de te tuer rien qu'avec son petit doigt.

Nous n'étions pas amies jurées pour rien, Annie et moi. J'arrachai mon regard de Ian, occupé à admirer un chaton fraîchement adopté par une fillette.

— Avant que j'oublie : Damien veut qu'on fasse circuler la nouvelle, en direction de Dave, qu'il est prêt à se réconcilier, O.K. ? Je considère que l'information est passée.

— Message reçu cinq sur cinq.

Damien m'avait coincée dans mon bureau la veille

pour me faire son annonce, fatigué de ses deux mois de célibat. Annie secoua la tête.

— Combien d'hommes gays bien habillés trouve-t-on dans le secteur, franchement ? Ils sont obligés d'être ensemble. C'est la loi des nombres.

— Calliope, tu as l'air positivement comestible, lança derrière moi une voix soyeuse par trop familière.

Je fis un bond. Eh oui… C'était bien Louis, pâle, moite et sûr de lui, semblable à un Gollum penché sur un Frodon endormi.

— Ah, Louis ! Annie, tu te souviens de Louis, n'est-ce pas ? Oups ! Il faudrait peut-être que je me remue un peu. A un de ces jours, Louis ! J'ai. Des choses. A faire. Annie, aide-moi, veux-tu ? Aide-moi à faire des choses.

— Tu peux compter sur moi, dit Annie.

— Et sur moi aussi, enchaîna Louis en haussant un sourcil anémique. Je suis doué de mes mains. Doué. De mes. Mains.

J'eus un moment d'inspiration.

— Tu sais quoi, Louis ? Ma sœur a besoin d'aide. Tu peux aller la voir là-bas ?

J'indiquai l'endroit où Hester semblait somnoler sur une chaise longue.

— Si tel est ton bon plaisir, alors j'aiderai ta sœur, murmura Louis avant de s'éloigner de son pas glissant de vampire.

— Ça, c'est un coup de vache, commenta Annie. Ah, voilà Ian ! Salut, Ian. Vous êtes magnifique, aujourd'hui !

Elle avait repris sa voix tagliatelle.

— Bonjour, Annie. Euh… merci.

Il se tourna vers moi.

— L'unité cynophile doit repartir, Callie. Tu voulais lui dire au revoir ?

— Oui, attends, je regarde si j'ai le chèque.

Je vérifiai sa présence dans mon petit sac à dos en cuir.

— C'est tout bon. Allons voir notre maître-chien.

— Ah zut, j'entends Seamus qui m'appelle ! mentit Annie. Je vous laisse. Salut, les enfants.

Ian et moi nous mîmes en chemin vers le policier qui officiait un peu plus loin sous un aulne, en compagnie d'un très beau berger allemand.

— Alors, Ian ? Que penses-tu de la manifestation ?

Il posa les yeux sur moi.

— Que du bien. Bravo, Callie. Tu as drainé plein de monde.

— Je trouve que tu t'en es bien sorti aussi.

Je me risquai à lui serrer le bras d'un geste amical. *Mmmh...* Bien, le bras. Solide et musclé à force de soulèvement de chiens et de projection de chats. Ou de quelque autre activité à laquelle se livraient couramment les vétérinaires.

L'officier dévoué eut droit à un don pour son syndicat et à nos remerciements. La foire tirait à sa fin, même si Josephine s'était emparée du micro pour donner la sérénade aux derniers badauds avec sa chanson favorite du moment, dont les paroles étaient à faire dresser les cheveux sur la tête. Seamus se tenait juste derrière elle et marquait le rythme avec la tête. Annie et moi avions bon espoir de parvenir un jour à les marier, tous les deux.

— Ho hé, Callie ? cria Noah. Je rentre !

Il se frottait la jambe, mais il fit quand même l'effort de gratifier Ian d'un petit signe de la tête.

— Pas de souci, Noah. Il faut que je reste encore un peu pour ranger, mais ne t'inquiète pas pour moi. Je trouverai quelqu'un pour me raccompagner.

Je n'étais pas pressée, pour être franche. Il était 16 heures, et nous étions samedi. Je n'avais pas de projets, même si les Rats de Rivière m'avaient proposé de me joindre à l'une de leurs beuveries. Il me semble que c'était leur soirée Mojito mensuelle. A ne pas confondre avec leur soirée cocktail mensuelle, leur soirée bière, leur soirée vin, leur soirée rhum arrangé...

— Je peux te reconduire chez toi, proposa Ian.

— Merci, oui, je veux bien.
— Bon, j'embarque ton chien, Callie.

Noah s'éloigna en boitillant en direction de son gros pick-up. Sa claudication était plus accentuée encore qu'à l'ordinaire.

— Sa jambe lui fait mal, murmurai-je. Il déteste porter sa prothèse. Nous avons déjà essayé huit modèles différents. Tiens, ça ne t'ennuie pas de t'arrêter à la pharmacie, au retour, pour que je lui achète de la crème cicatrisante ? Il n'en a plus et je suis sûre qu'il ne pensera pas à en prendre au passage.

Je regardai ma montre.

— Ah, mince... La pharmacie sera déjà fermée.
— J'ai de la crème Lanacane dans mon cabinet.
— Vraiment ? C'est génial ! Tu vois que tu te mets à être gentil, toi aussi ? Tu fais ça très bien, comme moi.

Il me jeta un regard tolérant et je souris.

Nous avions presque atteint son bureau lorsqu'une Saab nouveau modèle vint se garer sur le parking. La conductrice descendit et je la reconnus d'emblée. La fille des toilettes du Joyeux Gueulard. Celle qui m'avait dit que je n'étais pas idiote.

— Tiens, comment va, Kate Spade ?
— Ah ! La fille aux chaussures de rêve !

Son regard tomba alors sur Ian et son expression se radoucit.

— Salut.
— Bonsoir.

Si nous avions été dans *Starwars*, j'aurais senti la Force frémir, si vous voyez ce que je veux dire. Ian s'était figé dans une immobilité de statue.

— Je ne me doutais pas que tu avais organisé une... une manifestation, commenta la nouvelle arrivante en montrant les barnums en cours de démontage.

Ian hocha la tête sans fournir d'explication. Ils se regardèrent longuement, et l'air, autour d'eux, se mit soudain à crépiter.

— Je peux te parler une minute, Ian ?
— Bien sûr.
Il se tourna alors vers moi.
— Callie, apparemment, vous vous êtes déjà rencontrées je ne sais comment, mais je te présente Laura Pembers. Mon ex-femme.

J'entrepris, avec un air ô combien détaché, de faire le tour du bâtiment avec Angie. Mais impossible de trouver un endroit où j'aurais pu espionner Laura et Ian. Il aurait fallu que je grimpe sur un escabeau et que je presse mon oreille contre la vitre. Mais, pour mon plus grand malheur, je ne voyais rien qui ressemble de près ou de loin à une échelle.

Les derniers participants de la foire remontèrent en voiture et partirent l'un après l'autre, m'adressant des compliments et de grands signes de la main. J'embrassai mes nièces et réussis à coincer Seamus dans un coin pour lui faire aussi un bisou. Il était arrivé à un âge où il avait à la fois horreur et très envie de ce genre de manifestation publique d'affection. Avec un petit soupir, je me laissai tomber dans l'herbe, au pied d'un poirier dont les feuilles argentées chantaient doucement sous la brise. Angie vint me tenir compagnie et s'allongea près de moi, les pattes avant délicatement croisées, digne comme la reine d'Angleterre. Je caressai sa robe soyeuse et fus récompensée lorsqu'elle posa le museau sur mes genoux.

Ainsi l'ex-femme de Ian était superbe, hyper sympa et — beaucoup plus important encore — avait un goût très sûr en matière d'accessoires. Je me souvins que son visage m'avait paru familier lorsque je l'avais croisée dans les toilettes du bar. Rien d'étonnant, puisque je l'avais vue en photo, dans le bureau de Ian. Je l'aurais sans doute identifiée du premier coup si elle n'avait pas changé de couleur de cheveux et de coupe. « Divorce mal surmonté », avait commenté Carmella, le premier jour, lorsque j'avais consulté pour Bowie. Ian, lui, m'avait déclaré expressément qu'il ne voulait pas de femme dans sa vie pour le moment. Je savais donc, à présent, comment il fallait comprendre son « Vous n'avez pas besoin de faire tant d'efforts avec moi ». Ses mots pouvaient se traduire plus prosaïquement par : « Ne te fatigue pas à essayer avec moi, Callie, c'est grillé d'avance, de toute façon. » D'ailleurs, il me l'avait fait clairement sentir, non ? Les actes étaient plus éloquents que les paroles. Il ne m'avait jamais touchée sauf pour m'aider à monter dans mon kayak. Le moins qu'on puisse dire, c'est qu'il ne flirtait pas avec moi. Bon, d'accord, il avait ri, ce matin. Mais j'étais le genre de fille avec qui on riait facilement.

J'entendis une portière de voiture se refermer puis un bruit de moteur. Laura ralentit en passant à ma hauteur.

— C'était sympa de te croiser une seconde fois, Callie ! cria-t-elle de loin.

Angie poussa un petit « wouf ». Je me levai pour lui adresser de grands signes de la main.

— A bientôt, Laura !

Je retournai vers le bâtiment où je trouvai Ian planté à l'endroit où la Saab avait été garée, les mains enfoncées dans les poches, le regard fixe.

Il sursauta à mon approche.

— J'ai oublié le Lanacane. Désolé. Entre avec moi un instant.

Je le suivis dans son bureau et attendis pendant qu'il disparaissait dans le couloir. Quelques minutes plus tard, il était de retour, avec sa veste et sa cravate sur le bras, le tube de crème à la main. Son visage était tendu et il veilla à ne pas croiser mon regard.

— Tout va bien, Ian ?
— Ça va, oui.
— Tu as envie d'en parler ?
— Non.

— O.K. Merci pour la crème, en tout cas. Noah t'en sera reconnaissant.

Ses mâchoires se crispèrent. Il réussit un instant à soutenir mon regard puis détourna de nouveau les yeux.

— Elle se remarie.

Je me mordis la lèvre.

— Oh ! Ian... Je suis tellement désolée.

Il secoua la tête.

— Non, c'est bon. J'étais déjà au courant. Elle m'avait écrit il y a un mois pour me l'annoncer. Il y a déjà un moment que je ne l'avais pas revue, c'est pour ça.

Il marqua un silence.

— Ce mariage est une bonne chose. Leur couple tient la route.

Il haussa les épaules avec une nonchalance qui ne trompa personne.

— On y va ?

Il appela Angie, qui se précipita à la nanoseconde où il prononça son nom. La Belle sauta à l'arrière de la Subaru où elle avait son lit pour chien. J'ouvris la portière passager, m'installai et bouclai ma ceinture.

— Merci de me raccompagner, Ian.

— De rien. Merci pour ce que tu as fait aujourd'hui. C'était vraiment très bien.

Je vis qu'il avait l'esprit ailleurs. Pour une fois, je réussis à tenir ma langue et me contentai de regarder par la vitre. L'automne était arrivé, embrasé et ardent. Les champs affichaient leur santé éclatante et des vaches en noir et blanc s'alignaient le long de la barrière de bois, près de la ferme Valasquez. Mais j'avais le cœur lourd pour Ian.

En arrivant devant l'Arche de Noah, il coupa le contact et garda les yeux rivés droit devant lui.

— Callie...

Il prit une profonde inspiration mais n'alla pas plus loin, se contentant de relâcher lentement son souffle.

— Oui, Ian ? l'encourageai-je (avec tact, me sembla-t-il).

— Laura aimerait que j'assiste à son mariage.

Il se tourna pour me regarder et attendit en silence.

— Ah… Et tu as envie d'être des leurs ?

— Pas franchement, non. Mais j'irai probablement quand même, admit-il en contemplant fixement ses mains.

— Et tu te sens comment, à la pensée d'assister à ce mariage ? poursuivis-je, m'essayant à la psychologie de comptoir.

— Comment je me sens ? Eh bien, comme une merde.

La sincérité de sa réponse me fit rire.

— J'éprouverais la même chose, à ta place.

— C'est le week-end prochain.

— Déjà ?

Il reprit une nouvelle inspiration, si profonde qu'il en grinça des dents.

— Tu accepterais de venir avec moi ?

Je ne l'avais pas vue venir, celle-là. Mais bien sûr, il lui fallait quelqu'un ! Et plus spécialement quelqu'un comme moi (sans vouloir me vanter, bien sûr) : une fille jolie, bourrée de charme et de talent, et propriétaire d'une collection de chaussures inégalable.

— Mais évidemment que j'accepte ! Quelle question !

Je voyais déjà la scène devant moi. Je flirterais avec lui, je serais belle à damner un saint, nous danserions ensemble et tout le monde verrait que Ian relevait la tête et allait de l'avant.

— Tu peux dire à tout le monde qu'on sort ensemble. Je ferai ça très bien, tu verras. Et je…

L'air effaré, il me coupa net dans mon élan.

— Non ! Ce n'est pas du tout ce que je te demande. Je ne t'invite pas pour parader à mon bras. Ce n'est pas un rencard que je te propose.

— Ah bon…

Mon enthousiasme — et mon moral — retombèrent d'un coup. Qu'attendait-il de moi, au juste ? Que j'enfile une livrée et une casquette et que je fasse le chauffeur ?

Ian se tourna vers moi, le regard soudain paisible.

— J'aimerais que tu viennes en tant qu'amie, Callie.

Mon cœur parut vouloir cesser de battre un instant. Venant de cet homme, le mot prenait une dimension vertigineuse. Son *amie*. Je chuchotai :

— D'accord. Avec le plus grand plaisir, Ian.

Ian glissa la main dans sa poche et en sortit un papier plié qu'il me tendit.

— Le mariage aura lieu près de Montpelier. Il va falloir y passer la nuit mais je t'offre ta chambre d'hôtel.

Je jetai un rapide coup d'œil sur l'invitation.

— Ou, si tu veux, on fait chambre commune, en tout bien tout honneur ? Ce sera toujours ça d'économisé. Tiens, et si on organisait une soirée pyjama ? On passe commande au service d'étage, on regarde des films toute la nuit, on enchaîne sur une bataille de polochons...

— Je te paie ta chambre, répéta-t-il.

Mais il était là, le petit sourire dans ses yeux. J'ouvris ma portière.

— A la semaine prochaine, alors.

— C'est tenue de soirée obligatoire, au fait.

— Ah, j'adore ! J'ai une robe d'enfer. C'est trop cool. Tu vas voir comme on va s'amuser, Ian !

Me souvenant soudain que le pauvre cœur de Ian était en miettes et qu'il se préparait à voir la femme qu'il aimait épouser un autre homme, je me hâtai de rectifier :

— Non, je déconne. Ça craint et on va s'ennuyer comme des rats morts.

Ian fit rouler ses yeux.

— Je sais que je vais regretter cette initiative.

Je sortis de la voiture et pointai mon index sur lui.

— Tu ne regretteras rien du tout, Ian McFarland. J'y veillerai personnellement.

15

— Bronte, explique à ta tante pourquoi tu t'es retrouvée dans le bureau du principal aujourd'hui, suggéra Hester le mercredi suivant.

Nous avions été convoquées l'une et l'autre à la troisième étape du « Tour des catins ». Et j'avais proposé à ma sœur de passer la prendre chez elle, Hester ayant horreur de conduire de nuit.

Bronte soupira et s'affaissa sur sa chaise.

— J'ai dit à Shannon Dell que j'étais l'enfant naturelle de Barack Obama. Et quand elle m'a répondu qu'elle ne me croyait pas, je lui ai expliqué que les services secrets avaient déjà mis toutes ses lignes téléphoniques sur écoute, et que tout le monde sait maintenant que c'est une morveuse qui ferait mieux de se mêler de ce qui la regarde.

Elle leva les yeux vers moi.

— Et j'ai prononcé quelques gros mots, conclut-elle sa confession.

Les bras croisés sur la poitrine, Hester me regarda, attendant ma réaction. Je posai les mains sur les épaules de ma nièce.

— Le président n'est pas un mauvais choix, mais j'avais beaucoup aimé la version avec Morgan Freeman.

— Callie ! s'écria Hester.

— C'est très mal de mentir, me hâtai-je de rectifier. Tu n'as pas honte, Bronte ?

Ma nièce me gratifia d'un grand sourire complice.

Au premier étage, on entendait Josephine chanter une chanson de Shakira où il était question « d'une louve dans le placard ». Je tournai un regard interrogateur vers Hester.

— Il faudrait peut-être la censurer un peu, non ?

— Je pense que ça passera tout seul. Tous les « Baby Einstein » que je l'ai obligée à regarder devraient finir par faire leur effet. J'ai dépensé des milliers de dollars pour acheter cette fichue série de DVD éducatifs.

— Alors comme ça, papi va vous présenter une de ses ex-maîtresses, ce soir ? demanda Bronte avec désinvolture en examinant ses ongles.

Hester, qui venait de boire une gorgée d'eau, s'étrangla et faillit tout recracher.

— Comment le sais-tu, Bronte ? demandai-je, sidérée.

— Parce que j'espionne et que j'écoute aux portes.

— Mon admiration ne cesse de croître, marmonnai-je. Oui, en effet, c'est le programme prévu pour notre soirée, à ta mère et à moi. D'ailleurs, je propose qu'on y aille tout de suite, Hester. J'aurai besoin de boire un verre avant.

Je tournai les yeux vers Bronte.

— Juste un verre de vin, pas plus. Car je ne conduis jamais lorsque j'ai bu de l'alcool. Et tu ne le feras pas non plus, d'accord ?

— Callie... Je n'ai que treize ans, me répondit-elle patiemment. Essaie, genre, de doser tes sermons, en respectant une progression chronologique, d'accord ?

Elle me gratifia malgré tout d'un bisou, puis se précipita en courant dans l'escalier pour demander à Josephine si elle voulait manger une glace en regardant Bob l'Eponge.

— Elle m'épate, ta fille, dis-je à ma sœur alors que nous faisions route vers Elements.

— Bronte est géniale, c'est sûr. Mais ce n'est pas la première fois qu'elle s'invente un père à l'école. Le mois dernier, c'était Denzel Washington.

Je ne pus m'empêcher de rire.

— Elle a un goût sûr, cette petite.
— Et moi, j'ai un rencard, figure-toi, claironna Hester.
— Ah, chouette ! Avec qui ?
— Louis.

Je pris une douloureuse inspiration. Bon, d'accord, j'avais moi-même orchestré cette affaire en lui envoyant Pinser. Mais l'image mentale qui se formait dans mon esprit n'était pas des plus appétissantes.

— Courage, murmurai-je.
— Oui, bon, on verra…

Comme elle ne fit pas d'autres commentaires, je changeai de sujet.

— Tu en penses quoi, toi, du… euh… « Tour des catins » ?

Elle haussa les épaules.

— Je ne sais pas. Ça évoque plutôt pour moi une forme de triturage compulsif — genre grattage de vieilles croûtes… Attention, tu vas bientôt tourner à droite, là, précisa-t-elle en désignant un panneau au loin.

— Oui, Hester, je sais. Je vis à moins d'un kilomètre d'ici et je connais cette ville depuis toujours ou presque. Quant à Elements, j'y dîne deux fois par semaine.

— A la caserne des pompiers, tu prendras à gauche. Alors, raconte-moi pourquoi tu as accepté d'assister au pugilat de ce soir.

— Notre mère me terrifie et je n'ose pas lui désobéir.

— Maman ? C'est une bonne pâte ! Tu as une image d'elle complètement biaisée. Il faut toujours que tu lui donnes le mauvais rôle.

— Et ton image de papa ? Elle n'est pas biaisée, peut-être ?

Hester et moi, nous retombions très vite dans les vieux réflexes querelleurs propres à toutes les fratries, du type « Non, c'est toi ! Non, c'est moi ! ».

— Papa est une merde. Maman enceinte, et lui baisant à gauche et à droite. C'est mathématique, non ? Ce n'est même pas la peine d'être sorti de Harvard pour déterminer qui des deux est en tort dans l'affaire.

— Oui, je sais. Cela fait vingt-deux ans que le verdict de culpabilité est tombé. Jusqu'à quand faudra-t-il que papa expie ses fautes ? A combien de décennies est fixé le délai de prescription ?

Avant qu'Hester puisse répondre, je poussai la porte de chez Elements, où Dave m'accueillit démonstrativement.

— Callie ! Oh ! mon Dieu ! Belle comme l'astre du jour !

Il serra ma main dans sa poigne vigoureuse et me planta un baiser sur la joue.

— Bonsoir, Hester. C'est toujours un plaisir de te voir.

Ma sœur lui jeta un regard noir. Dave avait beau être gay, il n'en restait pas moins un homme — autrement dit un individu détestable à ses yeux.

— Tu as croisé Damien récemment, Dave ?

— Non, mais j'ai reçu hier une carte à la fois très mystérieuse et très romantique...

Dave m'adressa un sourire à la Brad Pitt qui me fit fondre. La vie était injuste. Les meilleurs étaient tous soit homosexuels soit mariés.

Dave changea brusquement d'expression.

— Vos parents sont arrivés, les filles. Et l'autre dame aussi... Préparez-vous mentalement, murmura-t-il en me jetant un regard sombre.

Il nous précéda jusqu'à leur table. Et je ralentis le pas avant même de l'atteindre. Mes parents avaient passé l'un et l'autre le cap de la soixantaine. Freddie était un bébé surprise, né une semaine avant l'anniversaire des quarante ans de notre mère. Mais même en ramenant les aiguilles du temps vingt années en arrière, la... euh... « maîtresse » de mon père avait dû être déjà passablement antique. Franchement, c'était à peine si elle paraissait encore vivante.

La minuscule vieille dame ratatinée était installée dans un fauteuil roulant entre mes deux parents. Maman lui essuyait le menton avec une serviette de table et papa tapotait sa main frêle, tavelée de taches brunes. A notre approche, un courant d'air souleva quelques fines mèches de cheveux gris clairsemés.

— Oh non… Ce n'est pas possible !

Le chuchotement d'Hester résonna un peu plus fort qu'un cri.

— Trop, c'est trop. Désolée, faut que j'aille aux toilettes.

Elle prit la fuite et m'abandonna au moment précis où notre mère repéra ma présence.

— Callie, viens donc te joindre à nous.

Je refermai ma bouche qui béait et me présentai à leur table. Il devait sûrement y avoir une erreur.

— Salut la compagnie !

J'étais vraiment la fille de mon père quand il s'agissait de faire bonne figure.

— Bonsoir, m'man. Salut, p'pa.

Je me tournai vers l'inconnue qui, tout compte fait, semblait respirer encore.

— Bonsoir, je suis Calliope Grey, la fille de Tobias.

Elle voulut me tendre la main, mais sa tentative pour lever le bras échoua.

— C'est elle ? chuchotai-je à mes parents.

— Qu'est-ce qu'elle dit, la petite ? demanda la vieille dame d'une voix chevrotante.

Nom d'un haricot ! Ainsi, il s'agissait bel et bien de la « troisième catin ».

— Callie est ma fille, annonça mon père d'une voix forte. Callie, je te présente Mae Gardner.

— Je suis très heureuse de faire votre connaissance, mentis-je bravement.

— Oh ! mais je vais très bien, mon petit, vraiment.

Elle sourit, montrant une notable absence de dents. Mon regard interrogateur se posa sur ma mère, qui le soutint froidement. Ce n'était jamais facile de déchiffrer ce que ressentait maman.

Non sans effort, Mae tourna la tête du côté de mon père.

— J'étais bien contente que tu m'appelles, tu sais. Pour

être franche, je ne me souviens plus très bien qui tu es, mais une petite sortie, à mon âge, ça change drôlement les idées. Presque tous mes amis sont morts aussi, il faut dire... C'est mon arrière-petit-fils qui m'a emmenée en voiture. Il vient tout juste d'avoir son permis mais il s'est bien débrouillé. Nous n'avons même pas eu d'accident.

— Ah, fantastique, opinai-je, après un temps de silence, mes parents étant occupés à se taire et à se regarder fixement.

Hester ne semblait pas pressée de venir me prêter main-forte. Je la repérai de loin, en train de gesticuler, téléphone en main, faisant mine d'être accaparée par une patiente.

— Et il est ici ?

— Qui cela, mon petit ?

— Votre arrière-petit-fils.

— Il m'attend dans la voiture. Il ne faut pas vous inquiéter pour lui car il a un petit gadget étonnant : c'est un appareil photo qui parle, ou une radio, ou je ne sais quoi. Il a même un clavier dessus pour écrire. Vous imaginez cela, vous ?

— Euh... oui, un peu, balbutiai-je. La technologie moderne est remarquable, en effet. Et vous avez quel âge, Mae, si je puis me permettre de poser la question ?

— Quatre-vingt-cinq ans. Votre papa, je l'ai rencontré, dans le temps. C'est bien votre papa, je crois ? Qu'est-ce que nous nous sommes amusés, tous les deux. Pas vrai, Lenny ?

— Tobias, rectifia gentiment mon père.

— Oh ! pardon ! Pourquoi ai-je dit Lenny ? C'est que j'avais un cousin qui portait ce nom. Il a combattu en Europe pendant la Seconde Guerre mondiale. Et moi, je lui envoyais des paquets avec des biscuits, des conserves et du chocolat.

Sur cette évocation lointaine, Mae s'endormit, son petit menton osseux reposant entre deux clavicules maigres. Pendant un instant, un silence de mort plana autour de la table. Puis Mae émit un petit ronflement qui nous confirma qu'elle relevait toujours du monde des vivants.

— Je n'arrive pas à croire, Tobias, que tu aies pu me tromper avec une femme de cet âge ! s'emporta ma mère d'une voix sifflante.

— Mae avait vingt-deux ans de moins, à l'époque, murmura faiblement mon père.

Je m'interposai à voix basse pour ne pas réveiller notre compagne de table.

— Stop ! Pas de dispute devant les enfants, s'il vous plaît !

— Mêle-toi de ce qui te regarde, Callie, me lança ma mère.

— Quoi ? Tu m'as *obligée* à venir. Et où est passée la serveuse ? Pourrais-je avoir un peu d'alcool, s'il vous plaît ? Dire que j'aurais pu être chez moi, à regarder mon émission de téléréalité préférée, et vous…

— Callie, calme-toi. Tobias, j'attends des explications. D'abord cette espèce de veuve baba cool, puis la malvoyante, et maintenant… l'ancêtre de Bette Davis ! Comment faut-il que je le comprenne ?

— Elles, au moins, avaient besoin de moi. Ce qui n'était pas ton cas, Eleanor, lâcha mon père en redressant brusquement la taille.

— Ah, d'accord. C'est moi qui suis en faute, maintenant !

Mae bougea dans son sommeil. « Dans le tiroir de gauche », marmonna-t-elle. Puis elle reprit sa position et recommença à ronfler doucement.

— Je ne dis pas que tu es fautive, répliqua mon père d'une voix plus calme. J'ai mal agi en brisant nos vœux de mariage. Je sais que je t'ai fait beaucoup de mal.

Sa voix se raffermit.

— J'ai reconnu mes torts et cela fait à présent plus de deux décennies que je bats ma coulpe et que je t'assure que je suis prêt à tout pour essayer de réparer ce que j'ai fait. Et je crois que je l'ai prouvé amplement en exhumant ces trois femmes de mon passé et en les réintroduisant dans notre vie devant nos enfants.

Ma mère ne répondit pas mais ses doigts étaient crispés sur la tige de son verre. Seule la tension dans ses épaules indiquait qu'elle écoutait.

— Mais il serait peut-être temps que tu assumes ta part de responsabilité, Ellie, enchaîna mon père avec une fermeté inhabituelle. Dès l'instant où nous avons emménagé à Georgebury, tout a changé. J'étais devenu pour toi comme... comme une sorte d'appendice. Tu étais accaparée par les filles et par l'entreprise familiale ; lorsque je rentrais le soir, j'étais l'obstacle qui grippait les rouages de ton organisation bien huilée. Tu n'avais qu'une hâte : que je reparte sur les routes.

— Oh ! papa, ce n'est pas vrai ! protestai-je. Personne n'avait envie que tu t'en ailles. C'était super chaque fois que tu étais là.

— Laisse-moi finir de parler, s'il te plaît, mon chaton.

— Et si j'allais prendre un verre au bar pour que vous puissiez vous expliquer tranquillement ?

Maman secoua la tête.

— Non, Callie, tu restes où tu es. Nous pourrions avoir besoin de toi si elle se réveille... Et ce que tu racontes est totalement inexact, Tobias, ajouta-t-elle avec un regard glacial pour mon père.

— Inexact, vraiment ? Callie, il ne t'est jamais arrivé de te sentir négligée ou oubliée parce que ta maman était à tel point obsédée par ses morts, si soucieuse de leur offrir un adieu exemplaire, de réconforter et de soutenir tout le monde sauf son mari et ses enfants ? Dis-moi que ça n'a jamais été le cas, mon trésor ?

— Euh... J'aimerais user de mon droit à garder le silence.

Je fis de grands signes désespérés à Dave.

— Il y a moyen de boire quelque chose dans cet établissement ? Je prendrai un grand verre de ce que tu voudras avec beaucoup d'alcool dedans.

Dave fit la grimace, inquiet — et à juste titre — à l'idée de s'approcher de notre table.

— Callie a été malheureuse, Eleanor. Et la même chose vaut pour Hester. Et je suis sûr que Freddie l'a ressenti aussi. Quant à moi, Ellie…

La voix de mon père se brisa soudain.

— … c'était à peine si tu savais encore qui j'étais.

Ses yeux étaient humides de larmes.

— Je m'en suis souvenue suffisamment pour tomber enceinte de notre troisième enfant, riposta sèchement ma mère.

Mais elle paraissait un peu moins sûre d'elle, malgré tout.

— Oui, parlons-en. C'était la première fois que nous faisions l'amour après un an et demi d'abstinence !

Je fermai les yeux. Si un alien devait frapper et me réduire à néant, il fallait que ce soit là, immédiatement, sur-le-champ.

— Et j'étais tellement heureux de l'arrivée d'un nouveau bébé dans notre vie…, poursuivit mon père. Mais toi, pas du tout. Tu étais consternée par cette grossesse.

Maman n'avait pas l'air très à l'aise.

— J'avais trente-neuf ans, Toby.

Toby ? Il y avait plus de vingt-deux ans qu'elle ne l'avait pas appelé ainsi.

— C'était un nouveau bébé, Ellie ! *Notre* bébé. Mais chaque fois que j'abordais le sujet, que je me demandais comment nous allions l'appeler, que je proposais de prendre quelques jours de vacances avant son arrivée, tu me jetais un regard noir et tu quittais la pièce.

— J'aime Freddie ! protesta maman, en dépliant les mains, paumes ouvertes, comme pour plaider l'absolution.

— Je sais. Mais tu avais cessé de m'aimer, moi. Je ne sais pas comment ça a commencé, mais c'était ainsi, et j'avais beau me démener, je ne parvenais pas à regagner ton amour. Et c'est vrai, j'ai vécu trois fumeuses aventures d'une seule nuit et je suis désolé, plus que désolé et vraiment fatigué d'être désolé depuis vingt-deux ans.

Le visage de mon père se froissa.

— Je voulais être utile, désiré, apprécié. Et je me suis comporté comme un idiot. Si je pouvais revenir sur mes erreurs, Dieu sait que je le ferais. Je m'arracherais le cœur si ça pouvait servir à quelque chose, mais reconnais au moins que cela n'est pas arrivé comme un coup de tonnerre dans le ciel d'un bonheur conjugal sans nuage, Ellie.

Ma mère se tenait silencieuse, les lèvres entrouvertes, les yeux écarquillés. Mon père se leva et écrasa furtivement une larme.

— Désolé pour cet étalage, Callie.

Un jeune homme se présenta alors à notre table.

— Bonsoir, tout le monde. Vous en avez terminé avec Goggy ?

Ni l'un ni l'autre de mes parents ne lui répondit. Je souris machinalement.

— Euh... oui. Je crois qu'elle s'est endormie pour la nuit. Votre arrière-grand-mère est délicieuse, vraiment.

Je me hérissai en prononçant ce pieux mensonge.

— Vous avez besoin d'aide pour charger le fauteuil dans la voiture ?

— Je me débrouille, pas de souci. Merci de l'avoir invitée. Normalement, elle est au lit à 19 heures. C'est une grande soirée pour elle.

Il poussa son ancêtre endormie vers la porte et disparut. Sans prononcer un mot, mon père sortit à son tour, la tête rentrée dans les épaules. Je le suivis des yeux. Me tournai vers ma mère.

— Maman ? Hou hou ! Ça va ?

Elle cligna des yeux et ferma enfin la bouche.

— Oui, oui. Tout va parfaitement bien, merci.

Elle avait l'air d'aller comme quelqu'un qui vient de prendre une méga-claque dans la figure. Ne sachant quoi dire, je lui pris la main. Elle serra mes doigts d'un geste reconnaissant.

— Où est partie la mamie ? Et papa ? s'enquit Hester de sa voix tonitruante. Désolée d'avoir été sollicitée au téléphone. J'ai tout loupé, c'est ça ?

Je posai ma main libre sur le bras de ma sœur.

— Pas maintenant, Hes. Allez viens, maman. On te raccompagne chez toi.

Ma sœur ouvrit de grands yeux.

— Hé ! Mais c'est que je n'ai encore rien mangé, moi !

— Tu te commanderas une pizza en arrivant, murmurai-je d'une voix sifflante. Ce n'est vraiment pas le moment.

Je déposai Hester chez elle, lui promis de l'appeler plus tard, puis je raccompagnai ma mère au funérarium. Fred, qui venait de décapsuler une bière, la reposa en nous voyant traverser le vestibule.

— Hé, maman ? Il s'est passé quelque chose ?

Ses yeux sombres, tellement semblables à ceux de notre père, étaient emplis de sollicitude.

— Soirée difficile, murmura maman en lui effleurant machinalement l'épaule, avant de se retirer dans le salon de recueillement Quiétude où elle s'installa dans la rangée du fond.

Je briefai mon frère à voix basse sur les événements de la soirée.

— Pauvre papa, conclut-il quand j'eus terminé mon récit. Et pauvre maman aussi, d'ailleurs.

— A qui le dis-tu ? Elle avait l'air sonné, comme s'il l'avait frappée. Et papa... Il pleurait, Fred.

J'en avais moi-même les larmes aux yeux.

— Ah non, ne commence pas, toi, bougonna Fred avec une voix qui ressemblait soudain beaucoup à celle de Noah. Vingt-deux ans maintenant qu'ils sont divorcés, et ils continuent de pourrir la vie de leur progéniture ! Allez, allez...

Il me fit une bise rapide sur la joue, puis s'inquiéta de notre mère.

— Tu veux un bol de soupe, m'mam ?

— Euh… oui, volontiers, acquiesça-t-elle mécaniquement au bout d'un temps de silence.

Fred me posa la main sur l'épaule.

— Tu peux rentrer, si tu veux. Je m'en charge.

— Merci, frérot.

Je me dressai sur la pointe des pieds pour embrasser sa joue râpeuse. Je n'en revenais pas que mon petit frère ait besoin d'un rasage. Et encore moins de le voir se comporter en adulte responsable.

En sortant, je roulai jusque chez mon père. Mais sa petite maison était plongée dans le noir et il ne répondit pas lorsque je frappai à sa porte. Un fauteuil de bois me tendait les bras sur la galerie. J'y pris place un moment pour écouter le silence de la nuit. Mon père avait trouvé cette location tout de suite après la rupture. Il aurait eu les moyens d'acheter, mais l'idée ne semblait pas l'avoir effleuré. Une chouette hulula sur les branches d'un arbre proche, et dans l'air flottait comme une promesse de pluie. En d'autres circonstances, j'aurais été sensible à la poésie de l'instant. Mais ce soir, je ne ressentais qu'une profonde solitude. Avec un soupir, je me levai et regagnai ma voiture.

Une demi-heure plus tard, je me balançais dans mon rocking-chair et attendais que sa magie opère, tout en boulotant sans conviction de la préparation à gâteaux Betty Crocker. *Allez, fauteuil, fais ton boulot,* l'exhortai-je mentalement. Je me souvenais d'une publicité pour un bain moussant lorsque j'étais enfant. « Emporte-moi », criait la ménagère surmenée. Et quelques secondes plus tard, elle se retrouvait dans les bulles jusqu'aux oreilles, allongée dans une baignoire de rêve. Étrange que je sois moi-même en possession d'une telle baignoire sans jamais l'utiliser pour autant. Non, pour moi, il n'y avait qu'un remède et c'était mon fauteuil des lendemains qui chantent. Mais les stocks de lendemains heureux semblaient en baisse, ces jours-ci.

Je fermai les yeux et renversai la nuque contre le dossier de bois d'érable. Parfois, c'était comme si je passais ma vie entière à pelleter du brouillard... à faire des efforts démesurés pour être l'adorable hérisson Sonic aimé de tous. Il y avait des jours où l'optimisme était comme un manteau mal coupé, lourd et inconfortable.

Allongé à mes pieds, Bowie gémit et releva la tête pour me lécher la cheville.

— Merci, Bowie. Tu es le meilleur, chuchotai-je tristement.

J'avais beau me démener, je ne parvenais pas à regagner ton amour.

La dernière fois que j'avais vu mon père pleurer, c'était juste avant mon huitième anniversaire, lorsqu'il était parti de la maison pour de bon. Hester, furieuse, s'était enfermée dans sa chambre. Elle refusait de lui adresser la parole depuis des semaines. Maman était dans le sous-sol et recourait à son dérivatif favori : la préparation funéraire des corps. J'étais donc la seule présente pour les adieux de papa.

— A mercredi alors, mon lapin, cria-t-il dans l'escalier à l'intention de ma sœur.

— Je t'interdis de m'appeler encore comme ça, putain ! hurla Hester à travers sa porte fermée.

Je vis le visage de mon père se crisper. Il se tourna vers moi. Debout dans l'entrée, entouré de valises et de cartons, il se pencha pour m'embrasser.

— Tu verras, chaton. Tout sera presque comme avant. Je ne serai pas très loin. Juste à quelques rues d'ici.

Il me sourit et cela me fit mal de le voir. Car ce n'était pas un vrai sourire, juste une contorsion du visage destinée à donner le change pour ne pas faire de mal à un enfant.

Je mentis à mon tour :

— Oui, je sais, papa. Elle est chouette, ta nouvelle maison.

— Va jouer, maintenant, Callie.

Et je compris qu'il ne voulait pas que je le regarde partir. Il me serra contre lui si fort que je crus étouffer. Puis il me poussa doucement en direction de l'escalier.

Ce fut plus fort que moi. Debout devant la fenêtre de ma chambre, mon coussin Hello Kitty pressé contre ma bouche pour étouffer mes sanglots, je regardai mon père aller et venir avec ses valises, courbé par le chagrin et pleurant ouvertement. Le coffre béant avala ses possessions. Lorsque tout fut chargé, il leva les yeux sur la façade. Je lâchai mon coussin et pressai la main contre la vitre. Et là, je me forçai à sourire — un vrai, joli sourire — pour que mon père n'ait pas à partir avec l'image de sa petite fille en pleurs gravée dans son cœur.

Mais, après cela, sa personnalité à la Clooney avait pris le dessus et il s'était toujours montré plein d'entrain. Déterminé à être drôle, il s'arrangeait pour nous faire passer de bons moments, malgré l'hostilité d'Hester et les chipotages de Freddie. Il promenait son air de petit garçon pris en faute en présence de maman, qui réagissait avec un dédain glacial. Pendant toutes ces années, j'avais toujours pensé que mon père était heureux à sa manière. J'étais loin de me douter de la profondeur de son chagrin. Loin de mesurer l'étendue de sa solitude.

Je me penchai pour fouiller dans mon sac et finis par y trouver mon portable. En appelant mon père, je tombai directement sur sa boîte vocale et attendis le bip. « Papa ? Je voulais juste te dire que je t'aime. Et que tu es un super-papa. Ah oui, je suis libre demain pour jouer au bowling, O.K. ? Bisous, je t'aime. »

J'avais beau me démener, je ne parvenais pas à regagner ton amour.

Les mots faisaient écho. Apparemment, nous avions d'autres points communs, mon père et moi, que des yeux bruns pétillants et des fossettes. N'était-ce pas ce que j'avais fait toute ma vie avec Mark ? Je m'étais démenée sans compter pour qu'il s'intéresse à moi. Et lorsque, enfin, il avait daigné me glisser dans son lit pendant quelques brèves semaines, j'avais fait des efforts encore plus démesurés pour être parfaite. Même lorsqu'il avait décidé de mettre notre relation sur « pause », j'avais continué à essayer.

A essayer d'être drôle. A essayer d'être positive. A essayer de ne pas laisser mes sentiments transparaître. A essayer de ne pas lui en vouloir alors que jour après jour, semaine après semaine, sa désinvolture me rongeait le cœur.

Parfois, être optimiste, ça demandait simplement trop d'efforts.

Le doigt au-dessus de la touche « appel », j'hésitai un instant à joindre Ian, car quelque chose me disait qu'il comprendrait. Puis je me souvins qu'il avait ses propres deuils à faire. Avec un profond soupir, je posai mon saladier de préparation pour gâteaux sur le parquet et le donnai à lécher à Bowie. Il agita vigoureusement la queue et vida le plat en deux coups de langue.

Puis, comme je ne trouvais rien de plus réjouissant à faire, je procédai à ma toilette et me glissai dans mon lit, en caressant l'épaisse fourrure de mon chien jusqu'à ce que le sommeil nous emporte l'un et l'autre.

16

Lorsque j'ouvris les yeux, le lendemain matin, la vie me parut déjà nettement plus souriante. Les effets positifs d'une bonne nuit de sommeil, etc., etc. Et puis, j'avais eu ma dose de broyage de noir et de pensées sinistres.

— Allez, terminé. On oublie Jojo la Déprime. Je l'ai tuée dans mon sommeil, celle-là. Aujourd'hui est un nouveau jour, Bowie, mon beau Bowie, mon icône pop des années 1980 !

Mon héros canin me lécha le visage pour exprimer vigoureusement son accord. Je chantai sous la douche, en duo avec mon chien. Puis j'enfilai une robe rose démoniaque avec des escarpins gris archi-sexy, je fis des crêpes pour Noah et l'embrassai en partant.

L'arrivée au travail acheva de me booster. Muriel était partie en Californie pour assister à une réunion BTR où sa présence était indispensable. Sans elle, l'agence retrouvait sa belle atmosphère d'antan. Damien rôdait partout en laissant fuser ses réflexions cassantes. Il s'attarda dans mon bureau pour m'informer que Dave et lui étaient de nouveau unis pour le meilleur et pour le pire (ils en étaient à leur cinquième réconciliation). Fleur raconta une anecdote hilarante sur la dernière en date de ses rencontres avec un « mec désastreux au possible ». Pete et Leila s'entretenaient dans leur langue primitive, riant de blagues auxquelles personne ne comprenait goutte mais qui nous faisaient sourire quand même.

Mark commanda des pizzas pour le déjeuner, et même Karen sortit de sa grotte obscure pour manger avec nous.

— Je vous annonce, les gars, que l'agence restera fermée demain, déclara Mark en brandissant sa part de napolitaine. Les Yankees et les Red Sox s'affrontent à Fenway. Et même si j'ai dû hypothéquer ma maison pour acheter les billets, vous le valez bien.

Des cris et des applaudissements s'élevèrent, bien que Karen fût la seule fan authentique de base-ball parmi nous. Des sorties comme celles-ci, Mark en avait organisé à Green Mountain depuis le début. Une fois, nous avions passé une journée entière chez les glaciers Ben & Jerry (le nirvana, croyez-moi). Nous avions aussi eu droit à une journée de ski (enfin, du ski bar pour la majorité d'entre nous, pendant que Mark et Karen s'étaient élancés sur les pistes). Une fois, déjà, nous étions allés tous ensemble à Fenway.

En sortant du travail, je fis un saut à la maison funéraire. Pas plus que ma mère, je ne fis allusion à la scène de débâcle de la veille en compagnie de Bette Davis. Louis et elle se congratulaient mutuellement au sujet d'un travail de restauration effectué sur un mort entré en contact étroit avec un granulateur de bois (inutile d'en dire plus, si ?). J'endurai la conversation aussi longtemps que je pus, puis j'embrassai ma mère et la laissai à son grand œuvre. A la maison, je préparai un dîner pour Noah, et j'appelai mon père ; une heure plus tard, je me retrouvai à la salle de bowling.

— Par ici, chaton ! lança-t-il de loin avec un grand signe de la main.

Je vis qu'il était redevenu son habituelle doublure de Clooney.

— Salut, p'pa !

Je l'embrassai sur la joue avec un peu plus de conviction qu'à l'ordinaire.

— Que tu es jolie, ce soir, ma chérie...

Je souris et tournoyai sur moi-même. Si mon père

était George Clooney, alors j'étais Audrey Hepburn (bon, d'accord, en version un peu arrondie), avec une jolie queue-de-cheval, un corsaire et une chemise blanche nouée à la taille.

— Stan, qu'est-ce que tu en dis ? Elle n'est pas belle, ma fille ? lança mon père à son grand ami qui venait d'arriver.

— Elle n'est pas belle, elle est splendide !

Stan m'adressa un clin d'œil tout en sortant presque religieusement sa boule de bowling de son étui.

— Tout va bien, papa ? Tu as le moral ?

— Bien sûr ! Parfois, ça soulage, de dire les choses qu'on a depuis longtemps sur la patate, tu vois ce que je veux dire ? Ta mère a beaucoup investi dans son personnage d'ex-épouse martyrisée. J'espérais faire bouger un peu les choses. Et j'y ai vraiment mis du mien. Maintenant… *Que sera, sera,* conclut-il en chantant.

Il me prit la main et me fit pirouetter sur place.

— Et à présent, mon petit soleil, on va voir si tu réussis à renverser quelques quilles.

Je choisis une jolie boule rose brillante (pour l'assortir à ma personnalité) et l'envoyai avec beaucoup d'enthousiasme et très peu de talent. Papa rit de bon cœur et me plaça un bras autour des épaules. Et nous suivîmes des yeux la boule qui se dirigeait droit vers la rigole.

Vers 17 heures, le lendemain, nous étions tous entassés dans le minibus de Karen, bourré de saucisses de Francfort, de snacks et de bières.

— Connards de Yankees, jura Karen, la main sur le Klaxon alors que nous faisions la queue pour quitter Boston. Quel putain de gâchis, alors que nous avions de si bonnes places, Mark ! Onze à deux. Ce n'est pas normal, merde !

— Moi, je n'ai pas eu l'impression de perdre mon temps du tout, commenta Damien. Ce Jeter a quand même de loin le plus beau cul de tout l'univers du base-ball. Et le bruit court qu'il serait homo.

Je secouai la tête.

— Ah non, jamais de la vie ! J'ai eu des vibrations cent pour cent hétéro quand il a posé son regard sur moi.

Damien ricana.

— Tu rêves, ma chérie. Ses yeux étaient rivés sur ma personne.

— Je suis prête à t'affronter en combat singulier.

— Tu gagnerais, intervint Mark en souriant, les yeux rivés sur son i-phone.

Oui, Mark et moi étions assis côte à côte. Pete et Leila, qui vivaient dans un état d'enlacement permanent, avaient réquisitionné les sièges du fond. Et, à en juger par les bruits de succion qui nous parvenaient, ils se roulaient pelle sur pelle. Damien avait la particularité commode de souffrir du mal des transports et s'arrogeait ainsi la place du passager à l'avant. Restaient Fleur, Mark et moi pour la seconde rangée. Avec Mark au centre, entre nous deux.

— Super-journée, Mark, lui dis-je.

— Oui, merci. Brillante idée, ce match, se hâta d'enchaîner Fleur.

Mark remit son téléphone dans sa poche.

— Cela m'a fait un bien fou d'être avec vous tous.

Son regard glissa sur mon visage et il me gratifia de son fameux sourire penché assorti d'un clin d'œil.

Je piquai un soleil et détournai rapidement la tête pour regarder Commonwealth Avenue. Mark rit doucement.

Vingt minutes plus tard, la tête de mon patron endormi reposait sur mon épaule et je sentais ses cheveux doux et ondulés me caresser la joue.

— Je me demande vraiment comment font les hommes pour dormir n'importe comment n'importe où, observa Fleur en essayant de se faire une petite place.

Ce n'était pas pour rien qu'il y avait le mot « mini » dans minibus.

Karen jeta un regard dans son rétro.

— Et toi, Callie, ça va, là-bas derrière ?

Tous, dans cette voiture, étaient au courant de ma passion malheureuse. Et tous avaient également la délicatesse de tenir leur langue. Même si Fleur haussa un sourcil suggestif.

— Pas de problème. Je lui donnerai un grand coup s'il commence à peser trop.

— Et moi, je le frapperai s'il continue de nous infliger sa Muriel, intervint Damien à mi-voix.

— Arrête, murmurai-je.

Il tourna la tête pour chuchoter.

— Sérieux, elle m'insupporte, cette fille, à se prendre pour le centre du monde.

Fleur dressa l'oreille et se pencha pour mieux entendre. Je protestai tout bas.

— Damien, stop ! Et si Mark t'entend ? Et si *Dieu* t'entend, surtout, et qu'il met une petite croix noire à côté de ton nom ? Mets donc ta langue acerbe au repos, espèce de médisant chronique.

Il haussa les épaules et regarda de nouveau devant lui.

— J'ai horreur des gens moraux. Tu es ennuyeuse comme la pluie, ma pauvre Callie.

— Je dirai à Dave que tu as été cruel avec moi. Tu sais qu'il m'adore, ton mec.

Damien se tourna de nouveau vers moi, son expression normalement dédaigneuse éclairée par un vrai sourire.

— Merci de ton aide, au fait.

— De rien. Achète-moi juste quelque chose de magnifique.

— C'est comme si c'était fait.

Puis le silence se fit et je me retrouvai livrée à moi-même, (enfin... en quelque sorte), à respirer l'odeur des cheveux de Mark et à demander à mon cœur d'être sage, malgré son inclination naturelle à folâtrer sans rime ni raison.

***

Arrivé le samedi, j'inspectai ma vaste collection de sublimes chaussures en me demandant s'il serait excessif de prévoir sept paires pour un séjour d'une nuit, lorsque Noah hurla d'en bas :

— Tu as une seconde ? J'ai besoin de ton aide à l'atelier.

Je jetai un coup d'œil à la pendule.

— C'est bon, j'arrive.

Ian passait me prendre à 14 heures et il était midi et quart. Je descendis donc, avec Bowie trottinant sur mes talons d'un pas léger, la tête levée vers moi comme si j'étais la personne la plus fascinante du monde. Ou, peut-être, comme si j'étais un individu susceptible de lui donner une tranche de bacon, ce qui était plus vraisemblable.

Noah fabriquait un kayak de mer, un bateau longiligne avec une forme de poisson et une proue fine comme une lame de rasoir. A mes yeux, cela ressemblait à un engin suicidaire, mais chacun, après tout, était libre de disposer de sa vie comme il l'entendait.

— O.K. Fais-moi glisser ça le long de ce bord, ordonna Noah en me tendant une fine bande de bois d'acajou.

Je m'exécutai sans manquer de le questionner.

— D'habitude, tu ne mets pas de moulures, sur tes kayaks ?

— Jamais, non. Mais ce marin d'eau douce en voulait et il était assez stupide pour me payer trois mille dollars de plus. Alors il les aura, ses moulures. Maintenant, si tu veux bien arrêter de jacasser et te mettre au travail ?

— Tout ce que tu voudras, Noah. Mais n'oublie pas que je vais à un mariage cet après-midi et que je n'ai pas encore fait mon sac.

Ian m'avait envoyé un mail pour me donner son heure d'arrivée ainsi qu'une liste assez sèche d'informations. Il avait réservé nos chambres au Capitol Plaza, un très bel hôtel ancien qui figurait parmi mes anciens comptes, à l'agence. (La Grâce d'hier, les Plaisirs d'aujourd'hui.)

J'étais contente que Ian ait choisi d'y passer la nuit. Pas parce qu'il se présentait un grand choix d'hôtels dans lequel il aurait pu puiser, même dans la capitale de notre Etat. Mais Montpelier n'était qu'à une heure en voiture de Georgebury et Ian aurait aussi bien pu décider de rentrer. S'il avait choisi de m'offrir une nuit dans un superbe hôtel, qui étais-je pour essayer de l'en dissuader ? *Accompagne-moi en qualité d'amie.* Le souvenir me fit sourire. Je serai une amie pour lui. Une super-amie, même.

— Alors, qui va me nourrir pendant ton absence ? bougonna Noah.

— Personne. En rentrant demain, je m'attends à trouver ton petit squelette décharné, assis seul à table, attendant tristement sa pitance. Ah, si seulement tu avais été capable de te déplacer, de téléphoner ou de cuisiner toi-même ton fichu repas... Mais au fait... Surprise ! Tu peux !

Noah émit un grognement contrarié mais je vis un sourire pointer sous sa barbe blanche.

— Tu es une petite maligne, toi, on te l'a déjà dit ?

— J'ai droit souvent à « sainte », quand on apprend que je cohabite avec toi. Mais maligne, non, jamais.

— C'est que tu ne dois pas écouter beaucoup ce qu'on te raconte, bougonna-t-il. Bon, maintenant, tiens-moi ça, bichette. Voilà. Ça va nous prendre un moment, je te préviens.

Je levai les yeux vers la pendule... 12 h 20. J'avais encore du temps devant moi. Mon grand-père tapait, jurait, sautillait (il se déplaçait en unijambiste, aujourd'hui), jurait encore. Il y avait longtemps que je n'avais pas eu l'occasion de l'aider, alors que j'adorais l'ambiance de l'atelier : l'odeur de cèdre et de fumée de bois, les mimiques de Noah, sa façon de siffloter sans mélodie particulière. Le temps semblait s'arrêter, ici, entre ces vieux murs que le passage des années avait laissés inchangés. Quand nous étions petits, déjà, Noah nous embauchait régulièrement pour l'aider. Et il était bon pédagogue, décrivant la résistance des différentes essences, expliquant sa façon de procéder. Je me sentais toujours en sécurité quand je travaillais pour lui.

Je vérifiai l'heure de nouveau. 12 h 47.

— Va me chercher un serre-joint, ma chérie.

Noah était d'humeur inhabituellement sereine, aujourd'hui. Je fourrageai sur son établi jusqu'à trouver l'outil désiré.

— Bon, très bien. Tiens-moi ça, maintenant.

Nous étions de l'autre côté du kayak et, au bout de quelques minutes, j'eus des fourmis dans les mains à force de garder la même position. Noah eut alors besoin que je lui ponce un bout de bois et je m'acquittai de cette nouvelle tâche. Au bout d'un moment, je m'inquiétai de l'heure. 12 h 51. Hé! Mais ce n'était pas possible!

— Noah? Elle marche, ta pendule?

Il me fit tenir une autre moulure.

— Ma pendule? Non, ça fait un moment qu'elle a rendu l'âme.

— Mais quelle heure est-il, alors? Il faut que je me prépare! Je n'ai même pas encore pris ma douche.

Il sortit sa montre à gousset.

— Dans cinq minutes, il sera 14 heures.

— Noah! Ian arrive dans cinq minutes! Tu ne veux pas appeler Freddie pour qu'il prenne ma place?

— Ne lâche pas tout maintenant, petite. J'ai presque fini.

— Mais il faut que...

— Calme-toi, Callie. Si tu t'arrêtes maintenant, il faudra que je reprenne du début. Tu ne voudrais pas me faire ça?

— Mais je ne voudrais pas non plus être en retard pour...

Les aboiements de Bowie se déchaînèrent au même moment. Quelqu'un frappait à la porte.

— Nous sommes dans l'atelier! criai-je.

— Jésus, Marie ! Tu as besoin de hurler comme ça, Callie ?

La porte s'ouvrit. Et patatras. C'était Ian. En pantalon de type sport chic et chemise. A la vue de mon pyjama de flanelle, son visage se figea.

— Pas de panique, Ian. J'en ai pour deux minutes !... Noah ! Nous allons à un *mariage*, bon sang !

— Bon, bon... Plus qu'un clou à mettre. Et voilà, princesse ! Toujours à râler pour rien !

Il tourna les yeux vers Ian.

— Bonjour.

— Bonjour, monsieur Grey. Hello, Callie. Il faut que nous partions tout de suite.

Sa mâchoire était crispée.

— Oui, oui, je sais. J'en ai pour deux minutes. Viens avec moi, là-haut. Tu pourras porter mon... mon sac.

Mon sac qui n'était pas fait, grâce à la pendule cassée de mon grand-père. Et, soyons francs : je n'étais pas vraiment du type « j'attrape ma brosse à dents et je suis prête ». Je me précipitai au premier étage avec Bowie bondissant joyeusement à mes côtés. Ian suivait le mouvement avec nettement moins d'*allegria*.

— Entre, entre ! lançai-je en atteignant ma chambre. Ou, enfin, non. Attends ici, sur la galerie, plutôt. Je suis désolée, Ian. Mon grand-père avait besoin de... Laisse tomber. Je suis prête dans deux minutes.

Le laissant se morfondre, sourcils froncés, je me ruai dans ma salle de bains. Il me fallait une douche, c'était évident. Je tournai les robinets, et pendant que l'eau chauffait, j'ouvris un tiroir à la volée pour en sortir ma trousse de toilette. Fond de teint, correcteur, poudre, blush, fard à paupières (trois nuances, bien sûr, à cause de la tenue de soirée obligatoire), eyeliner, mascara — non pas celui-là mais le truc de marque pour les grands jours. Où était passée ma brosse à sourcils ? Ah voilà ! Pince à épiler, gloss... non. Rouge à lèvres. Bon, d'accord les deux. Mais quelle nuance de...

— Callie, accélère, O.K. ? Nous sommes en retard !
— Deux minutes, Ian !

Rasoir. Shampoing. Après-shampoing. Mousse coiffante pour le volume. Un peu de gel. Un soupçon de laque. Gloss.

Je me débarrassai en toute hâte de mon pyjama, me jetai sous la douche, fis un shampoing rapide, appliquai un masque.

— On s'arrête à l'hôtel pour se changer ? criai-je.
— Je ne t'entends pas.

Je frémis. Il était énervé, de toute évidence.

— On passe à l'hôtel avant la cérémonie ? beuglai-je.
— Oui.

Je tressaillis. Sa voix était soudain toute proche.

— Tu es dans ma chambre ?
— Oui.

Le loquet de ma salle de bains était cassé. Pas bien gênant en temps normal. Mais il suffirait d'un courant d'air pour que Ian me voie nue comme au premier jour... Oh ! mon Dieu. Ian. Ma chambre. Je n'avais pas fait mon lit ce matin. Il devait y avoir huit robes, quelques soutiens-gorge, des culottes et... aaargh... Mes sous-vêtements de maintien ! Clairement visibles ! Merde. Merde. Merde.

Je me séchai en un tour de main et m'enroulai dans mon peignoir. Puis j'attrapai mes affaires de toilette ainsi que quelques serviettes propres et ouvris la porte.

— Hello ! Désolée pour ce petit retard.

Tout en parlant, je jetai les draps de bain pour couvrir les innommables étalés sur mon lit. Ian, debout, les bras croisés, contemplait mon fauteuil Morelock. Il me jeta un regard propre à reconstituer la calotte glaciaire arctique.

— Ton délai est passé depuis plus de onze minutes.
— Ian, je... Il faut que je jette ces quelques affaires dans un sac et ça ira nettement plus vite si tu sors d'ici, O.K. ? Alors ouste ! Dehors. Et toi aussi, Bowie. Je me dépêche, promis.

Le poussant presque physiquement hors de la chambre, je lui refermai la porte sous le nez.

— Je pars dans cinq minutes, prévint-il. Avec ou sans toi.

— Calme, calme. J'arrive.

Dix-neuf minutes plus tard, j'émergeai, sac en main, sur le palier. Ian était toujours là mais il me fusilla du regard.

— Merci d'avoir attendu quand même, Ian. Mais nous avons le temps, non ? Le mariage est à 17 heures.

— La cérémonie, oui. Mais il nous faut déjà une heure et demie pour nous rendre à l'hôtel où il faudra prendre le temps de nous changer. Et l'église où nous allons est à vingt minutes du centre-ville.

Il me jeta un regard qui disait clairement : « je pourrais te tuer avec mon petit doigt. »

— On mettra ce temps-là si tu conduis. Mais laisse-moi le volant et tu verras que nous y serons à l'heure et même avant.

— *Je* conduis, Callie.

Je regardai ma montre.

— Bon. Mais inutile de stresser. On peut y arriver. Ne sois pas si tendu.

— Je n'étais pas tendu il y a une heure, rétorqua-t-il, les mâchoires serrées.

— Oh ! zut ! Attends une seconde ! J'ai oublié un truc !

Il émit peut-être un grognement d'exaspération mais j'étais déjà dans ma chambre. J'en ressortis en courant, armée d'un CD.

— J'ai fait une compil pour le trajet.

— Monte dans la voiture avant que je t'étrangle.

— Tu trouves romantique de dire des choses pareilles alors que tu me sors ce soir ?

— Je t'ai déjà dit que ce n'était pas *romantique*, rétorqua-t-il sans l'ombre d'un sourire.

Je lançai en passant devant la cuisine :

— Au revoir, Noah, à demain ! Merci d'avoir fichu ma journée en l'air !

— De rien, de rien. Amusez-vous, tous les deux.

Dix minutes plus tard, Ian s'engageait sur l'autoroute. Toujours sans avoir prononcé un mot.

— Je suis désolée pour ce contretemps, vraiment.

Comme il ne répondait pas, je pianotai sur le lecteur de CD. Un disque en sortit.

— La première symphonie de Mahler ! C'est ce que ma mère passe dans ses salons funéraires ! Aïe, aïe. Ton cas est encore plus désespéré que je ne le craignais.

Rien. Pas une réaction. Même pas une amorce de sourire.

— Ian, s'il te plaît, ne sois pas furieux contre moi. Je regrette sincèrement de m'être laissé déborder.

Il tourna un instant les yeux vers moi puis reporta son regard sur la route.

— Je ne suis pas furieux, je suis inquiet à l'idée d'être en retard.

— On y sera à temps, Ian. Voici la sélection musicale que j'ai préparée pour notre trajet. Ce n'est pas tous les jours qu'on va au mariage de son ex, après tout. Donc, voici quelques classiques : « L'amour pue », bien sûr. « Puisque tu pars ». « L'amour gît en sang », de l'ami Elton John. Et un de mes favoris, « Shut up », autrement dit, « La ferme ! » des Black-Eyed Peas… Rappelle-moi de te raconter mon cours de hip-hop, à la maison du troisième âge… Et pour finir « Bon Débarras ». Je ne connais pas la chanson, mais le titre m'a paru approprié.

Victoire. J'avais réussi à lui arracher un sourire. Pas glorieux, le sourire, mais quand même. C'était un début.

— Je mets le CD, alors ?

— Vas-y toujours, acquiesça-t-il en changeant de voie pour doubler.

Je m'exécutai et les harmonies assez basiques du J. Geils Band emplirent l'habitacle. Je me renversai contre mon dossier et concentrai mon attention sur mon chauffeur.

Il était pas mal, son profil, à Ian. Pas du genre sculpté dans le marbre. Plutôt dans la roche brute. Beau ? Pas tout à fait. Mais incontestablement attirant.

— Alors, parle-moi du futur marié. Tu l'as déjà rencontré ?

Ian me regarda. Presque longuement. Au point d'éveiller chez moi un début d'inquiétude, sachant qu'il était quand même au volant.

— Il n'y a pas de marié, Callie.
— Comment ça ? Je croyais qu'on allait à un mariage ?
— Il n'y a pas de marié.
— Mais…

Ian me regarda de nouveau, le visage sombre.

Je déglutis.

— Oh… oh… Nom d'un haricot. Ian, tu te moques de moi ?

— Pas de marié, je te dis.

Je fouillai dans mon sac et en sortis l'invitation qu'il m'avait remise la semaine dernière…

Nous espérons le plaisir de votre compagnie à l'occasion du mariage de Laura Elizabeth Pembers et Devin Mullane Kilpatrick, samedi… etc. etc.

— Devin est une femme ?
— Oui.
— Oh ! mon Dieu, Ian.

Il tourna rapidement les yeux dans ma direction.

— Comme tu dis, oui.

Le choc me laissa un instant sans voix. Ce n'était pas étonnant qu'il ait tout le temps l'air crispé. Pas étonnant qu'il en veuille aux femmes ! Pas étonnant qu'il n'ait pas envie de se lancer dans une nouvelle histoire !

— Et toi, tu ignorais que… ?
— Oui.
— Et elle ne t'a pas…
— Non.
— Alors comment as-tu…

— Je les ai surprises ensemble au lit, Callie.
— Oh ! Ian...

Je lui posai la main sur le genou. Il contempla mes doigts un instant puis leva vers moi un regard de nouveau glacial. Bon. Je retirai ma main avec précaution — apparemment, un interdit du toucher était en vigueur entre nous. Et cela pouvait se comprendre, après tout. L'ex-femme de Ian était gay. Pour un choc, c'était un choc.

Pétard. De. Bois.

Ian sortit sur une aire de repos. Il gara sa voiture avec soin sur un espace tracé, même s'il n'y avait pas d'autres véhicules dans le secteur. Puis il tourna vers moi un visage sans expression. Ses mains étaient toujours crispées sur le volant.

— Nous nous sommes rencontrés à l'université. Elle était en droit. C'était mon premier véritable amour et elle rassemblait en elle toutes les qualités que je recherchais chez une femme. Nous sommes sortis ensemble pendant deux ans et nous nous sommes mariés tout de suite après la fin de nos études. Devin était sa meilleure amie depuis le lycée. L'ironie veut qu'elle ait même été témoin à notre mariage. Au bout d'environ trois années de vie commune, je suis rentré un jour à la maison plus tôt que d'ordinaire. Et je suis tombé au mauvais moment. D'autres questions ?

Des *milliers* de questions. Mais je n'en posai qu'une seule :

— Tu l'aimes encore ?
— Si je la détestais, crois-tu que j'irais à son mariage ?
— Bien sûr. Tu pourrais faire une scène, piquer une crise monumentale, te soûler à mort, tripoter ton ex-belle-mère...

Il sourit malgré lui. Et j'eus un petit frémissement au cœur.

— Je ne la déteste pas.
— Tu n'as pas répondu à ma question.

Mes joues s'enflammèrent. Il baissa les yeux.

— Si je l'ai épousée, c'est parce que j'avais des sentiments profonds pour elle. Je crois que je l'aimerai toujours un peu.

— Et pourquoi, exactement, as-tu accepté d'assister à ce mariage, Ian ?

Il soupira, passa la marche arrière et quitta l'aire de repos.

— Va savoir... Une façon de tourner la page ?

Il s'engagea de nouveau sur l'autoroute. Je ne disais rien mais j'étais impressionnée. Ian avait pris sa femme sur le fait en train de le tromper dans leur espace commun. Et il acceptait d'assister à son mariage.

Ma poitrine, soudain, semblait un peu trop étroite pour contenir mon cœur.

Je fis attendre Ian une seconde fois, cet après-midi-là. Pas à dessein, je le jure. Mais, arrivée à l'hôtel, je fus confrontée à la nécessité de reprendre ma coiffure de fond en comble. Donc nouvelle douche. Je voulais être éblouissante, ce soir. Ian ne le savait peut-être pas (et le souhaitait peut-être encore moins), mais il s'apprêtait à trouver en moi LA compagne de soirée idéale. Et une des conditions nécessaires et obligatoires était que je sois renversante. Je passai donc du temps avec mon fer à friser et autres accessoires.

— Callie ! C'est l'heure ! appela Ian dans le couloir.

— Une seconde ! Je suis presque prête !

Un mensonge éhonté, bien sûr. Je me maquillai avec un soin maniaque, regard charbonneux, un rouge à lèvres pas trop appuyé, une goutte de parfum sur les poignets et dans le cou. Le collier de perles de ma grand-mère et les boucles d'oreilles assorties. Puis j'enfilai la robe. Elle était longue. Elle était rouge. Elle mettait mes seins en valeur. Quant à mes chaussures — oui, je sais, faites tout exprès pour défier les lois de l'équilibre —, mais tellement jolies...

— Callie, cette fois, c'est décidé : je pars sans toi.
— Tu aurais tort.
— Nous sommes en retard. Pour la seconde fois. Tu as cinq secondes, Callie. Pas une de plus. Si je me présente là-bas sans toi, ce ne sera pas forcément ce qui peut m'arriver de pire. *Cinq... quatre... trois...*

J'attrapai ma pochette de soirée...

— *Deux !*

... jetai un dernier coup d'œil dans le miroir et ouvris la porte au moment du « *Un !* » final.

— Et voilà !

Oh ! nom d'un chien ! Il était en smoking. J'avais oublié de me préparer à cette éventualité. Il ressemblait à un espion-tueur sur le point d'infiltrer un dîner de chefs d'Etat. Ian était grand, blond, dangereux. Et viscéralement excitant. Ses yeux bleus restèrent rivés aux miens. Et vous savez quoi ? Il y avait très longtemps — trop longtemps — que je n'avais pas fait l'amour. Et j'étais prête à réparer ce retard ici même, à l'instant, dans ce couloir. Sacré. Nom. D'un. Pétard.

Son regard descendit le long de mon cou, s'attarda sur ma poitrine pendant quelques gratifiantes secondes. Puis il se centra de nouveau sur mon visage.

— On y va ? dit-il en s'éclaircissant la voix.

J'émergeai de mon état de sidération pré-coïtale.

— « On y va ». C'est tout ce que tu trouves à me dire, Ian ? Bon... je vais te donner l'exemple.

Je lui souris et laissai mon regard glisser sur sa personne. *Wooooow...*

— Oh ! Ian, tu es superbe, ce soir ! A toi, maintenant.

Il sourit presque.

— Tu es jolie. Allez, go.

Je soupirai.

— J'ai du boulot, avec toi, Ian McFarland.

Traverser le vestibule du plus bel hôtel de Montpelier

fut malgré tout une expérience assez mémorable. Des têtes se tournaient sur notre passage, des gens souriaient et je me sentais comme Julia Roberts dans *Pretty Woman* — avec le facteur prostitution en moins, *of course*.

Ian ne dit pas grand-chose dans la voiture. Son système GPS nous guida le long du Capitole au dôme doré, de charmants immeubles en brique, des boutiques accueillantes et des restaurants du centre de Montpelier, d'où émanaient des fumets succulents. Nous franchîmes le pont.

— Tu es stressé, Ian ?
— Oui.
— Je suis toujours d'accord pour jouer le rôle de ta compagne en titre.
— Non merci.
— Tu es horriblement vexant. Et dire que j'ai mis cette robe exprès pour toi.

Ian n'avait pas l'air amusé du tout. Tout semblait tendu chez lui, même ses yeux, si tant est que ce fût physiquement possible.

— Désolée, marmonnai-je en ajustant mon bracelet. J'essayais juste de détendre l'atmosphère.

Mon regard tomba sur son GPS, un truc de type Tom-Tom.

— Je peux jeter un coup d'œil ? J'envisage d'en acheter un.
— Vas-y, répondit Ian en suivant les instructions.

Je regardai l'écran. Mignon. Il y avait une flèche tout en bas que j'effleurai. Elle donnait nos quatre indications suivantes. Ce serait un excellent achat pour moi, en effet. Les routes du Vermont étaient notoirement mal signalisées. Je pressai un bouton pour revenir à l'écran précédent. « Echappe ? » proposa l'appareil. J'acceptai.

— Au prochain carrefour, je tourne à gauche ? demanda Ian.
— Attends, laisse-moi regarder... Oh ! Oups... Il n'y a plus rien à l'écran.

Ian me gratifia de son regard arctique.

— J'ai juste touché une flèche. Puis ça a demandé si je voulais sortir et j'ai accepté, c'est tout.

Il freina un peu abruptement.

— Tu as annulé les instructions !

— Oh ! Désolée… Il ne me semble pas, pourtant. Mais…

Il me prit le GPS des mains. Appuya sur un bouton, pianota sur le clavier avec une énergie qui me parut excessive. Grogna tout bas. Actionna encore d'autres touches. Puis reposa le boîtier.

— Ne touche plus à rien, surtout.

— O.K., patron… Désolée, encore.

Dix minutes plus tard, nous nous garions devant l'église unitarienne universaliste de Willington. De nombreuses voitures étaient stationnées autour, mais il n'y avait plus personne devant. Apparemment, tout le monde était déjà à l'intérieur. L'horloge digitale sur le tableau de bord indiquait 17 h 06. Merde.

Ian descendit de voiture et vint m'ouvrir ma portière.

— Jolie église, commentai-je.

Et elle l'était, effectivement. Grande, blanche, avec un clocher et du feuillage mordoré tout autour. Le paysage type que l'on retrouvait sur toutes les cartes postales du Vermont. Il fallut traverser une étendue de gazon ameubli par les pluies de la veille. Je dus marcher sur la pointe des pieds pour éviter d'y enfoncer mes talons.

— Euh… Ce serait trop te demander de passer la vitesse supérieure, Callie ?

Ian luttait visiblement pour ne pas perdre patience.

— Pas de problème.

J'accélérai au petit trot. Parvenu au pied des marches, Ian les gravit en courant pour m'ouvrir la porte. Même s'il était bourré de défauts, son savoir-vivre restait exemplaire.

Je pénétrai dans l'entrée avec Ian sur les talons puis

m'immobilisai si brusquement qu'il me percuta dans le dos.

— Callie ! Tu ne pourrais pas faire…

Il se tut soudain et il y eut un silence fracassant. Laura se tenait de dos et observait l'intérieur de l'église à travers une fente dans la porte. Elle portait une robe blanche qui lui arrivait aux mollets (une Vera, je pense) et des roses blanches étaient tressées dans ses beaux cheveux. En nous entendant entrer, elle se retourna et ses lèvres s'entrouvrirent sur une expression de surprise muette. Pendant quelques instants, personne ne dit mot. Jusqu'au moment où, évidemment, je rompis le silence.

— Salut.

Les yeux de Laura se remplirent de larmes.

— Tu es venu, chuchota-t-elle.

Ce n'était clairement pas à moi qu'elle s'adressait. Ian déglutit. Le vestibule était spacieux et très éclairé. Trois portes donnaient accès à l'intérieur de l'église. Je me dirigeai vers la plus éloignée.

— Je… je t'attends à l'intérieur, Ian.

Je tournai la poignée, qui résista. Zut. Je tentai ma chance avec la seconde porte. Fermée aussi. Pour franchir la troisième, il aurait fallu que je passe entre Ian et Laura, qui se regardaient fixement sans rien dire.

Bon. J'avais tout fait pour essayer de ne *pas* les espionner, mais j'étais coincée. M'efforçant d'être aussi discrète que le permettait le port d'une robe rouge décolletée, je me tassai dans un coin et me concentrai très fort pour me rendre invisible. Et cela faillit marcher. J'aurais pu aussi bien être un ninja dans la nuit noire aux yeux de Ian et de la mariée.

— Je pensais que tu ne viendrais pas, chuchota Laura.

Grâce à la superbe acoustique, je percevais chaque mot prononcé. Laura se mordilla la lèvre.

— Et il m'est venu à l'esprit, tandis que nous roulions jusqu'ici que… que je n'étais pas certaine de pouvoir aller jusqu'au bout si tu n'étais pas là. J'ai besoin de savoir que tu es désormais en paix avec ce qui s'est passé.

Ian fixa le sol pendant une fraction de seconde. Puis il lui prit la main et la regarda.

— Il allait de soi que je viendrais, Laura.

Et mes yeux se remplirent de larmes à cause de la gentillesse dans sa voix. Les joues de Laura ruisselaient.

— Je t'aimerai toujours, Ian. Tu le sais, n'est-ce pas ? Je m'en veux tellement d'avoir...

D'un doigt sur les lèvres, il lui imposa silence. Puis il sécha les larmes sur ses joues. Il la prit alors dans ses bras et la tête de Laura vint se nicher juste sous son menton.

— Ne pleure pas, Laura. Tout ce qui avait besoin d'être dit, tu me l'as déjà exprimé. C'est O.K., maintenant.

Etant du genre à fondre en larmes devant une pub de croquettes pour chiens, je dus me mordre la lèvre pour réprimer un sanglot. Tant de générosité, de magnanimité ! Je n'osais imaginer l'humiliation et le chagrin que Ian avait dû endurer. Il avait été trompé, berné, et on s'était probablement ri de lui dans son dos. Et néanmoins, il était là, le jour du mariage, offrant son pardon, déliant Laura de la culpabilité qui, à l'évidence, l'habitait encore, et lui donnant la bénédiction dont elle semblait avoir besoin.

J'aurais voulu que ma mère puisse assister à la scène.

Ian embrassa les cheveux de Laura puis fit un pas en arrière en la tenant toujours par les épaules.

— Tu es tellement belle, dit-il en souriant un tout petit peu.

Elle émit un sanglot tremblant.

— Allons, allons, pas de larmes. C'est une journée heureuse. Et tu vas finir par être en retard.

— C'est bien de toi de penser à regarder ta montre dans des circonstances pareilles !

Il sourit.

— Tu ne me referas pas. Et Devin t'attend là-bas dedans. Alors...

La lèvre inférieure de Laura trembla et elle sortit un mouchoir de sa manche.

— Merci, Ian, chuchota-t-elle d'une voix mouillée en s'essuyant les yeux.

Une porte s'ouvrit alors de l'autre côté du vestibule et un homme d'un certain âge apparut, vêtu d'un smoking. L'arrivant eut une réaction d'heureuse surprise en voyant Ian.

— Ian ! Ça fait drôlement plaisir de te voir ici, mon garçon !

Les deux hommes se serrèrent la main.

— Heureux de vous revoir, John.

Le monsieur se tourna vers Laura.

— Tout va bien par ici ?

Elle sourit et redressa la fleur à la boutonnière de son père.

— Tout va très, très bien, papa. On y va ?

Laura tourna la tête pour adresser un dernier regard à Ian.

— A tout de suite, Laura, dit-il doucement.

Il poussa la porte — celle-ci, évidemment, n'était pas fermée — et s'effaça pour me laisser passer la première. Quelques personnes tournèrent la tête à son entrée et un murmure collectif se propagea dans l'assistance. Les gens se donnaient des petits coups de coude en regardant dans notre direction. Mais Ian ne parut même pas remarquer leurs réactions. Nous trouvâmes un banc tout à fait à l'arrière.

La boule dans ma gorge était telle que j'avais du mal à respirer. Lorsque l'organiste commença à jouer, je glissai ma main dans celle de Ian.

Au bout d'un certain temps, il tourna la tête vers moi et marqua une réaction de surprise. Puis il glissa sa main libre dans la poche de sa veste et en sortit un mouchoir blanc immaculé. Car, fatalement, j'avais fondu en larmes.

— C'est tellement magnifique, ce que tu viens de faire, Ian.

Je pris une inspiration tremblante.

— Ressaisis-toi, Callie.

— « Reprenez-vous, mademoiselle. » Ce sont les premières paroles que tu as eues pour moi le jour où nous nous sommes rencontrés, murmurai-je en m'essuyant les yeux. Un jour, je le raconterai à nos enfants.

Il secoua la tête, mais il avait un sourire aux lèvres et il serra ma main un peu plus fort.

Et la garda dans la sienne pendant toute la durée de la cérémonie.

17

Lorsque nous défilâmes devant les mariées et leur famille pour les félicitations d'usage, Laura serra Ian dans ses bras, l'embrassa, puis se tourna vers moi.

— Callie ! Merci d'être venue ! Cela me fait vraiment plaisir... Et cette robe ! Un poème ! Elle est du tonnerre de Dieu.

Je souris modestement mais soulevai l'ourlet pour montrer mes chaussures.

— Non... ne me dis pas que... Ce sont des Manolo ? chuchota-t-elle du ton bas et révérencieux que méritaient de tels bijoux.

— Oui. Je les ai eues dans une boutique en liquidation pour...

— Bon, on continue ?

Ian me donna une petite poussée dans le dos et nous nous retrouvâmes face à la seconde mariée.

— Mes félicitations, Devin.

La voix de Ian était froide et la réponse de Devin manqua de chaleur.

— Bonjour, Ian.

Après ma première réaction de surprise, je me dis qu'ils avaient effectivement peu de raisons de s'apprécier. Devin se tourna vers moi. Elle portait un ensemble pantalon crème à la Hillary Clinton (l'horreur absolue) et pas de maquillage. Son look était à des années-lumière de celui de son épouse ultra-féminine. Mais elle avait malgré tout ce charme que donnent les visages bien charpentés.

Elle me détailla de haut en bas.

— Vous êtes la nouvelle compagne de Ian, alors ?

— Juste une amie, rectifiai-je, pour éviter à Ian de le faire. Enchantée, Devin.

Ian me présenta ensuite aux parents de Laura.

— John, Barbara... Calliope Grey, une amie de Georgebury. Callie, voici mes beaux... les parents de Laura.

La mère me prit la main et la garda serrée dans la sienne.

— Qui aurait cru que nous vivrions un jour une chose pareille ? Nous qui attendions des petits-enfants !

— Rien n'est perdu, lui assurai-je. Elles peuvent adopter. Ma sœur a eu recours à l'adoption pour ses deux filles.

— Nous avions toujours pensé que Ian ferait un si bon père... Il était merveilleux avec Laura. Sincèrement, il n'aurait pas pu être un meilleur...

Le père de Laura l'arrêta.

— Ça suffit maintenant, Barb. Ravi d'avoir fait votre connaissance, Callie. A tout à l'heure, à la réception.

Une fois dans la voiture, je me tournai vers Ian.

— Apparemment, l'orientation... euh... « saphique » de Laura n'a pas surpris que toi.

Il se frotta les yeux.

— Oui, je crois que ses parents ont été tout aussi... A priori, Devin était la seule à... Serait-il possible de parler d'autre chose, Callie ?

— Oui, oui, bien sûr. Tu veux qu'on s'arrête pour boire un verre, d'abord ? Un cri primal, peut-être ? Tu veux te déchaîner à coups de pied contre un poteau ?

Ian se cala contre l'appuie-tête.

— Peut-être que tu pourrais juste... te taire un moment.

— Désolée, murmurai-je, contrite. J'essayais juste d'égayer un peu l'atmosphère.

— Je n'ai pas besoin d'être égayé, Callie.

Il recula, s'engagea sur la chaussée, puis me jeta un regard en coin.

— J'ai apprécié que tu me tiennes la main, en revanche.
J'agitai mes cinq doigts.

— Ils sont à ta disposition quand tu veux. C'est compris dans le package de notre soirée galante.

— Callie, je t'ai déjà dit que…

Je soupirai.

— Oui, c'est vrai, *amicale*. Notre soirée *amicale* ensemble.

Déterminée à lui accorder quelques moments de tranquillité bien méritée, je me tus pendant le reste du trajet. La réception avait lieu dans une superbe gentilhommière dressée au sommet d'une colline. D'innombrables fenêtres donnaient sur un pré en pente douce. Le soleil embrasait l'horizon, offrant obligeamment un spectacle haut en couleur. Partout tremblaient les flammes fragiles des bougies, les arrangements floraux étaient opulents, des serveurs circulaient avec des cocktails et des hors-d'œuvre sur des plateaux. Peu ou prou, le décor que j'aurais choisi pour mon propre mariage, si cet heureux événement devait un jour se produire.

Ian connaissait beaucoup de monde parmi les invités, bien sûr, et il faisait de réels efforts de sociabilité. Mais ses épaules étaient crispées, il parlait peu, et souriait encore moins. Difficile de lui en vouloir, cela dit. Même quand il n'assistait pas au mariage de sa femme, il était plutôt renfermé. Mais il avait d'autres qualités. Comme, par exemple, le cœur le plus vaste de toute la Nouvelle-Angleterre, voire de toute la côte Est. Combien d'hommes seraient prêts à endurer ce qu'il s'infligeait aujourd'hui ?

Les commentaires allaient bon train, bien sûr. Il se montrait au mariage de Laura alors qu'elle épousait une femme — « l'autre femme », pourrait-on dire. Pendant que Ian échangeait des banalités avec des gens liés à sa vie passée, je mettais mes talents en œuvre pour prêter une oreille indiscrète à ce qui se racontait. J'entendis de nombreux « Il n'était pas bien malin, le pauvre. Incroyable qu'il n'ait pas remarqué ce qui se tramait sous son nez… ». Si Ian entendit ces commentaires, il n'en laissa rien paraître.

Quelques invités de Laura le retrouvèrent avec joie. Certains l'embrassèrent, d'autres lui tapotèrent la joue. La tante de Laura, une femme corpulente avec un fox-terrier coincé sous le bras, nous accula dans un coin.

— Mon Kato n'arrête pas de poser sa petite crotte dans la salle à manger, pas vrai, mon nounours ? Ian, mon grand, cela t'ennuierait de l'examiner ?

— Euh… non, pas de problème, Dolores.

C'était peut-être le bon moment, pour moi, de faire un tour aux toilettes. Sachant que ma robe ainsi que mon cycliste regainant nécessitaient un temps de manœuvre certain.

Je posai la main sur le bras de Ian.

— Je reviens dans une fraction de seconde.

Il hocha brièvement la tête puis concentra son attention sur Kato, qui dénuda ses dents minuscules d'un air adorablement féroce.

Cinq minutes plus tard, alors que j'ajustais mon cycliste sur mes cuisses, j'entendis de nouveau prononcer le nom de Ian. Et cette fois, l'appréciation portée sur lui était peu charitable.

— Tu as vu ça ? Ian qui se pointe au mariage ! Franchement, il se fout de la gueule du monde, non ? Qu'est-ce qu'il cherche ? A culpabiliser Laura et Dev ?

— Aucune idée, répondit une seconde voix. Franchement, je l'ai toujours trouvé glaçant, ce type.

Il était hors de question que je laisse passer ça. Je sortis des toilettes et affrontai le regard des deux langues de vipère.

— Ian est ici parce que Laura lui a demandé de venir avec insistance. Elle tenait beaucoup à sa présence.

— C'est votre version de l'histoire ? Et vous êtes qui, au juste ? demanda la première, d'un ton peu amical.

— Ce n'est pas ma *version* de l'histoire, c'est la simple réalité. Je suis Callie Grey et je suis la copine de Ian, affirmai-je, avec la certitude qu'ici au moins, il ne pourrait pas me contredire. Ravie de faire votre connaissance.

Si seulement Ian acceptait que je m'affiche comme son nouvel amour, pour montrer à tous ces gens qu'il était passé à autre chose, même s'il n'en était rien ! Mais non. Il s'acharnait à me présenter comme « une amie », ne me tenait pas la main, ne me souriait pas, ne se laissait aller à aucun geste suggérant qu'il était fou de mon corps. Ce qui était bien dommage. Car, soyons francs : je sentais des *choses*, de mon côté. Tout homme capable d'accomplir ce que Ian avait fait dans ce vestibule d'église… inutile de faire un dessin. Et avec ça, il était vraiment canon en smoking.

Nous traversâmes le dîner sans écueils majeurs, même si un hasard malin voulut que les deux teignes des toilettes soient placées près de nous. Si Ian se montra peu loquace, je compensai largement avec ma volubilité naturelle. Je notai que ses silences se prolongeaient, qu'il se repliait de plus en plus sur lui-même. La tension le rendait presque friable alors qu'il comptait sans doute les secondes en attendant qu'il soit décemment possible de partir.

Une des témoins fit un discours à rallonge, truffé de références obscures et de plaisanteries inaccessibles aux non-initiés. Lorsque l'allocution fut enfin terminée, nous levâmes bravement notre coupe de champagne et bûmes une gorgée.

— On s'éclipse ? lui chuchotai-je à l'oreille.

Il acquiesça d'un rapide signe de tête… au moment précis où Laura se leva pour prendre le micro.

— Tout d'abord, merci à tous d'être venus ce soir. Vous ne pouvez imaginer combien il est important, pour Devin et moi, que vous soyez là pour partager ce grand jour.

Elle marqua une pause et Ian parut se pétrifier, comme s'il pressentait ce qui allait lui tomber dessus.

— Mais parmi nous se trouve une personne particulièrement chère à mon cœur, et qui a beaucoup — qui a énormément — pris sur lui pour être des nôtres.

Oh ! mon Dieu... Pauvre Ian. J'en avais le ventre contracté d'horreur pour lui.

La voix de Laura se fit plus fragile :

— ... et je voulais dire à quel point je suis émue et reconnaissante, Ian, que tu aies eu la générosité et la noblesse de cœur d'être là, en cette circonstance. Tu es quelqu'un de tellement exceptionnel ! Merci, merci du fond du cœur. Je n'oublierai jamais ce que tu as fait pour moi.

Pas une seule tête, parmi les deux cents en présence, qui ne fût tournée vers le pauvre Ian. Il était pétrifié sur sa chaise, avec une expression sinistre sur son visage comme taillé dans le granit. De toute évidence, il n'aurait rien pu lui arriver de pire. Toute cette attention, toute cette *diarrhée émotionnelle* dirigée sur lui et rien que sur lui. L'assistance bourdonna, comme un essaim d'abeilles fascinées.

Je ne pouvais quand même pas rester assise là en le laissant livré à son sort. Je me penchai, avec un joli sourire aux lèvres, et l'embrassai sur la joue. Puis je répondis à Laura, la tête posée sur son épaule.

— Tu as raison, Laura. Il a l'âme d'un prince.

Des « oh ! » et des petits rires s'élevèrent. La mijaurée des toilettes fit une remarque coupante, mais, en tête de table, Laura jubilait.

— Absolument... Je crois que j'ai dit tout ce que j'avais à vous dire. Et maintenant, dansez, buvez, prenez du bon temps. Et encore merci.

Le fracas des conversations reprit et je levai les yeux vers Ian.

— Tu tiens bon, camarade ? chuchotai-je.

Il fixa sur moi ses yeux plus bleus que bleus.

— Oui. Merci.

Merci pour quoi, je n'en étais pas trop sûre. Peut-être était-il furieux ? Avec lui, c'était toujours difficile à dire.

— Si j'étais vous, je me méfierais, persifla la virago

des toilettes. D'ici qu'il vous transforme en gouine, vous aussi.

Sa compagne émit un petit rire. Quant à moi, je me contentai de sourire et de me blottir un peu plus étroitement contre mon homme. Puis j'adressai un clin d'œil à Madame Langue de Fiel.

— Aucun souci de ce côté-là. Je ne suis vraiment pas inquiète… Tu as envie de danser, Ian ?

— J'en rêve.

Il se leva et me tracta pratiquement jusqu'à la piste. Il n'y avait pas encore beaucoup de danseurs mais Ian ne parut pas s'émouvoir de ce détail. Sur scène, un groupe entamait sa seconde chanson et la chanteuse avait un joli talent. Ian glissa un bras autour de ma taille et nous prîmes position.

La vague de désir qui m'avait soulevée dès l'instant où je l'avais vu en smoking parut se renforcer encore.

— Comment te sens-tu, Ian ?

Mon chuchotement rauque rendait un son embarrassant, type nymphomane au bord de la crise de manque. Il pencha la tête sur le côté.

— Bien mieux, maintenant.

A l'endroit du féminin essentiel en moi, quelque part à l'intersection de mes cuisses, s'éleva comme un feulement insistant.

— Merci de m'avoir sauvé la mise, Callie.

Je piquai un fard soutenu.

— Oh… ce… ce n'était rien.

— C'était quelque chose, si.

Une ébauche de sourire lui plissa les yeux, et la tête me tourna si fort que j'en défaillis presque. Il sentait si merveilleusement bon… une odeur fraîche et élémentaire comme le printemps et la pluie. La chaleur de son corps semblait m'aspirer vers lui. Elle était heureuse, tellement heureuse, ma main, d'être logée dans la sienne. Et lorsque sa joue à peine râpeuse effleura la mienne, mes genoux se dérobèrent presque.

— C'est joli, cet endroit, fis-je remarquer.
— Oui.

La voix de Ian glissa comme une caresse sur une zone des plus sensibles de ma personne. Je pris une profonde inspiration et luttai contre la tentation de laisser mon Bowie intérieur prendre le dessus et lui grimper dessus sans retenue.

— Tout le monde nous regarde, Ian, chuchotai-je. Le moment me paraît bien choisi pour m'embrasser. Cela calmerait toutes les rumeurs.

Il rejeta la tête en arrière pour me regarder, et il y avait dans ses yeux... une émotion. Plus rien d'arctique, mais un sentiment qui tirait vers le chaud et le doux.

— Je n'ai pas l'intention de t'embrasser parce que toutes les têtes sont tournées vers nous, Callie, murmura-t-il.

Et son regard tomba sur mes lèvres.

Il ne m'embrassa *pas*, et ce non-baiser m'émut un peu plus encore. Pourquoi, je n'aurais su le dire, vu que mon sang avait migré joyeusement de mon cerveau pour descendre vers mes organes reproducteurs. Ian m'attira un peu plus étroitement contre lui, et nous ne dansions plus qu'à peine, à vrai dire, mais j'oubliai de respirer à force de sentir son corps contre le mien. Je n'avais qu'une obsession en tête : glisser mes mains sous sa veste, déboutonner sa chemise, l'embrasser dans le cou, attirer son visage contre le mien, sentir ses lèvres, sa bouche, goûter...

— Alors, on s'amuse les enfants ?
— Oui, beaucoup, articulai-je d'une voix méconnaissable.

C'était... le père de Laura. Enfin, quelqu'un comme ça. Le simple fait d'essayer de respirer me fit frissonner de partout. Ian me regarda et un léger sourire passa dans son regard.

— Bien, bien... Je suis content de te voir en si belle forme, fiston.

Le père de Laura tapa Ian dans le dos et poursuivit son chemin. Ian et moi échangeâmes un regard. Je déglutis.

— Tu as envie de rentrer, Callie ?

— Quand tu voudras, oui, murmurai-je d'une voix mal assurée.

— Je suis prêt.

Et mes chers genoux menacèrent encore une fois de lâcher.

Naturellement, il fallut prendre congé du couple de mariées. Laura embrassa Ian.

— Promettez-moi de venir nous voir bientôt.

Elle me serra aussi dans ses bras.

— Merci d'être venue, chuchota-t-elle. Tu lui fais un bien fou.

— Ah, balbutiai-je en rougissant jusqu'à la racine des cheveux. Bon, eh bien… euh… bonne chance pour tout.

Ian ne me prit pas la main pour marcher jusqu'à la voiture et se contenta d'ouvrir ma portière. Nous avions à peine parcouru un kilomètre qu'il se mit à pleuvoir à seaux. Alors que la pluie martelait le toit, mon stock de réflexions accrocheuses et de répliques désopilantes semblait à sec. Je ne regardais pas Ian et il ne prononça pas un mot. On n'entendait que le fracas de la pluie, le crissement des pneus sur les routes trempées et le va-et-vient pressé des essuie-glaces.

La pluie redoubla encore d'intensité lorsque nous atteignîmes Montpelier. Ian se gara sur le parking de l'hôtel, coupa le contact et posa un instant le front sur le volant.

— Je ne suis pas fâché que ce soit terminé.

Je posai les yeux sur lui pour la première fois depuis une demi-heure.

— J'imagine, oui.

Il se redressa et tourna la tête vers moi.

— Tu as été une parfaite compagne de soirée galante, Callie.

Et là-dessus, il se pencha pour m'embrasser.

Pendant quelques secondes, je restai sans bouger... le choc était si grand que je demeurai pétrifiée. Puis la réalité de sa bouche s'imposa à ma conscience. Chaude et douce, et assez parfaite, à vrai dire. Je soupirai et sa main vint se poser à l'arrière de ma tête. Ses doigts glissèrent dans mes cheveux et je m'aperçus que j'avais déjà attrapé les revers de sa veste de smoking. Je changeai de position pour faciliter un rapprochement, le baiser gagnant en profondeur. Et quel baiser, mon Dieu... Ian était aussi plaisant au goût qu'à l'odorat, et sa bouche était un palais de délices. Je glissai mes mains sous sa veste pour les remonter dans son dos, sentir le tracé rassurant de ses muscles. Un pied calé contre la portière, je me poussai pour me rapprocher un peu plus encore de sa chaleur réconfortante. Ian semblait entièrement concentré sur une seule chose : m'embrasser. Juste cela, ce délicieux, ce brûlant baiser... Et il savait ce qu'il faisait, le bougre. Je me sentais m'adoucir, m'amollir et fondre de partout, alors que Ian vivait un phénomène inverse. Il était de plus en plus tendu, de plus en plus dur — dur, et chaud, un havre de parfaite sécurité virile. Lorsqu'un son grave monta de sa gorge, un flux de satisfaction douce m'envahit. Il ressentait quelque chose pour moi. Du désir. Une attirance. Peut-être même de l'affection ? Il m'embrassa dans le cou et mes mains se crispèrent si fort sur sa chemise que je fus à deux doigts de la déchirer.

Une portière claqua alors, tout près, et je sursautai. Le frein à main (ou *quelque chose*... non, c'était bel et bien le frein) me labourait la cuisse. Je constatai que j'étais plus ou moins allongée sur Ian, étalée inconfortablement en travers du siège et sur mon conducteur. La pluie tambourinait toujours sur le toit et les vitres étaient embuées par un surcroît immodéré de production de vapeur animale.

Je notai que Ian respirait fort et vite. Et que son regard était fixe sous ses paupières mi-closes. Un lent sourire satisfait se dessina sur ses lèvres. Je déglutis. Mes mains étaient sur son torse… son large torse solide, et je sentais son cœur battre au grand galop, avec une rapidité tout à fait gratifiante.

— Qu'est-ce qu'on fait, Callie ? On rentre ? chuchota-t-il en glissant une mèche de mes cheveux derrière une oreille.

Je hochai la tête, n'étant apparemment plus en état d'articuler le moindre son.

Ian me poussa gentiment de mon côté de la voiture, car j'étais, semblait-il, tout aussi incapable de bouger que de parler. Mes jambes étaient agréablement faibles et tremblantes ; ma peau fiévreuse. Ian poussa sa portière et sortit. Il pleuvait si fort qu'il dégoulinait déjà lorsqu'il vint m'ouvrir.

— Tes chaussures machin chose ne résisteront jamais à ce déluge.

Là-dessus, il se pencha pour me prendre dans ses bras. Je poussai un petit cri en me retrouvant exposée à des trombes d'eau glaciale. Ian sourit, referma la portière avec le pied et me porta… oui, me *porta* jusqu'à l'hôtel. Et c'était si follement, si merveilleusement romantique que j'avais peine à croire que cela m'arrivait, à moi. Mon cœur allégé par le bonheur paraissait prêt à s'envoler de ma poitrine, comme une aigrette de dent-de-lion portée par la brise.

— Cela te plaît de traîner des femmes dans ton antre, Ian ? Tu dois te sentir viril et primitif, non ?

Il répondit en essayant de ne pas sourire. Ou de ne pas gronder comme un fauve, peut-être.

— Ce que je sens immensément, c'est ma future hernie. Et je te porte jusqu'à l'hôtel. Pas forcément dans mon antre.

— Dommage.

Il rit. Je fondis.

Hélas, nous avions déjà atteint la porte qu'un chasseur nous ouvrit avec diligence. Ian me déposa tout de suite en entrant et passa la main dans ses cheveux dégouttant de pluie. J'étais trempée aussi et la soie mouillée de ma robe collait à mes jambes. Mais Ian souriait toujours et, mon Dieu, c'était vraiment le jour et la nuit. D'espion-tueur russe, il passait à... je ne sais pas... dessert au chocolat ? Autour de ses yeux se dessinaient d'adorables petites rides heureuses, et ce n'étaient pas tant deux fossettes que deux petites lignes verticales qui marquaient ses joues. Et il avait l'air si heureux et si craquant, dans son smoking mouillé, que je l'aurais épousé sur-le-champ si un juge de paix avait eu la bonne idée de passer par là.

Je repoussai mes cheveux dégoulinants derrière mes oreilles. Tout cela me procurait un sentiment très positif. Comme si cette entrée en triomphe dans ses bras ne pouvait augurer que du bon.

— J'espère que je n'ai pas mis tes disques intervertébraux en vrac.

Bon, d'accord. J'aurais pu trouver plus raffiné, en matière de dialogue romantique. Mais j'avais la tête qui me tournait encore un peu. D'avoir été *portée*. J'ai déjà mentionné que Ian m'avait portée, n'est-ce pas ?

— Non, ne t'inquiète pas. Tu ne peux pas être plus lourde que le molosse des DeCarlo. Et je le soulève fréquemment.

Son sourire s'élargit.

— Quel joli compliment, Ian... Tu me fais rougir.

Son regard se posa sur mes lèvres. Le moment était arrivé. Celui où il faudrait aborder la question de sa chambre ou la mienne. Au cas où nous aurions l'intention d'agir pour ne pas laisser ce merveilleux baiser sans suite. Notre bon Seigneur savait à quel point j'étais partante. Et depuis ce soir, la réciproque semblait vraie aussi.

— Callie ?

Je tournai la tête en sursaut et restai bouche bée. Devant moi se tenait Charles deVeers. Le père de Muriel.

— Monsieur deVeers ? balbutiai-je.

— Allons, allons, vous m'aviez promis de m'appeler Charles.

Il me serra avec enthousiasme dans ses bras.

— Qu'est-ce que vous faites ici, mon petit ? Muriel vous a passé un coup de fil ?

Ma bouche s'ouvrit et se referma à plusieurs reprises avant que des mots n'émergent enfin.

— Charles, je vous présente Ian McFarland. Nous... nous revenons d'un mariage.

Les deux hommes se serrèrent la main.

— Je vous connais déjà, Ian, il me semble ? Mais oui... La randonnée en montagne ! Vous êtes l'ami de Callie, je crois ?

Ian me regarda. Ne dit rien.

— Euh... non, bégayai-je. Juste *un* ami.

Même si Ian avait passé la soirée entière à faire cette même rectification — et même si c'était un honneur, pour moi, qu'il m'offre son amitié — le mot me parut un peu... faible. Ian tourna la tête et regarda ailleurs.

— Alors que faites-vous ici, monsieur... euh... Charles ?

— D'après votre employeur, c'est le meilleur hôtel des environs. Je suis également descendu ici la dernière fois.

— C'est un très bon établissement, confirmai-je d'une voix faible. Vraiment. Nous avons fait une campagne de pub pour...

Le reste de ma phrase se perdit dans un murmure.

Bon, je reconnais que le Vermont est un Etat minuscule et très peu peuplé, où les vraies villes avec de vrais hôtels se comptent sur les doigts de la main. Pour se loger, Georgebury n'offrait en tout et pour tout que deux chambres d'hôtes. Rien de choquant, donc, dans le fait que Charles deVeers, homme d'affaires millionnaire, ait choisi cet hôtel pour y séjourner. A fortiori si Mark le lui avait recommandé.

Mais j'avais beau raisonner, je restais sous le choc quand même.

— Papa ? Qu'est-ce que tu fabriques ?

Muriel sortit du bar de l'hôtel. En me voyant, elle se

renfrogna. Puis elle sourit, de son sourire d'alligator, toutes dents sorties, avec des intentions clairement carnivores.

— Callie ! Qu'est-ce que tu fais ici ? Tu nous suis à la trace ?

Je tentai d'émettre un rire.

— Ian et moi revenons d'un mariage.

Je marquai un temps d'arrêt, hésitant à m'accrocher à la main de Ian. Je m'abstins.

— Tu te souviens de Ian, n'est-ce pas ?

Muriel me sourit avec hauteur.

— Oui, bien sûr. L'ami de *Fleur*. Bonsoir, Ian.

— Bonsoir.

Et là, bien sûr, Mark sortit du bar à son tour. En me voyant, il tressaillit et s'immobilisa net.

— Callie !

Il rougit et bafouilla.

— Ouah... Quel hasard ! Et... euh... salut, Ian... C'est bien Ian, n'est-ce pas ?

— Oui, c'est cela, confirma l'intéressé.

— Ravi de vous revoir. Le monde est petit... Incroyable.

Mark me jeta un regard en coin, avec l'air coupable d'un adolescent surpris à chaparder dans un magasin.

— Ne restons pas plantés là ! lança Charles de sa voix de stentor débonnaire. Joignez-vous donc à nous, tous les deux. Nous étions en train de boire un verre pour arroser une bonne nouvelle. Venez, venez !

Le regard de Mark se porta tour à tour sur moi et sur Muriel. Il déglutit.

— Ils étaient à un mariage, expliqua Muriel. Normalement, c'est encore un secret, mais préparez-vous à assister à un second.

Avec un large sourire, elle posa la main sur la poitrine de Mark. A son annulaire étincelait un solitaire assez gros pour étrangler mon chien. Le sang se retira de mon visage. Je clignai des yeux. Sans succès. Le diamant surdimensionné était toujours là.

— Félicitations, dit Ian.

— Allez, faites-moi plaisir, venez boire un verre de champagne en notre compagnie, insista Charles avec bonne humeur. Il y a matière à célébration, non ?

Mes yeux glissèrent de Mark au caillou. Du caillou à Mark. Même s'il affichait un sourire de circonstance, il ne parvint pas à soutenir mon regard.

Mark se mariait. Avec Muriel. Elle serait désormais une présence permanente. Il s'apprêtait à *épouser* ce... ce succube sans cœur, sans chaleur, sans couleur. Soudain consciente que j'avais oublié de respirer depuis un certain temps, j'inspirai une grande bouffée d'air. Mais mes cordes vocales restaient au point mort.

— C'est gentil, mais nous sommes trempés, en fait, intervint Ian.

Au son de sa voix, je refermai la bouche et parvins à articuler :

— Tous mes vœux de bonheur. A lundi matin, je suppose ?

Charles deVeers, toujours aussi jovial, prit congé d'un signe amical de la main.

— Une autre fois, alors. Passez une excellente nuit, les enfants.

Ian me pilota jusqu'à l'ascenseur. Sa main était chaude sur mon bras. Il me lâcha pour appuyer sur le bouton d'appel et je découvris soudain à quel point j'étais glacée lorsqu'il ne me touchait plus. Ian glissa les mains dans ses poches. Je pris une profonde inspiration pour essayer de me secouer les neurones.

— Ce fut... euh... bizarre, cette rencontre. Le monde est vraiment tout petit.

Je jetai un coup d'œil à Ian tout en essayant de me remettre les idées à flot. Il avait le regard ailleurs et notre baiser semblait remonter à quelques années-lumière.

— Ian ?
— Oui ?
— Je suis désolée... pour l'interruption.

J'étais plus que désolée, même. Consternée. Défaite.

Juste au moment où j'avais l'impression d'arriver quelque part, je sombrais dans une énorme ornière et me brisais un essieu.

La cabine d'ascenseur s'immobilisa avec un petit « ding ».

— Après toi, fut tout ce que me répondit Ian.

Nos chambres étaient l'une en face de l'autre, au quatrième étage. J'ouvris ma pochette de soirée et en sortit ma carte-clé. Ian prit la sienne dans sa poche. L'ambiance entre nous était morte, aplatie comme un hérisson écrasé au bord de la route.

Je me jetai à l'eau pour une tentative de rattrapage désespérée.

— Ian ? Tu veux entrer un moment ? Piller le minibar ? Partager une tablette de Toblerone ? Ou peut-être... parler ? Et d'autres choses aussi ?

Il hésita, mais la réponse était déjà inscrite sur ses traits.

— J'apprécie que tu sois venue au mariage de Laura, Callie. Tu as été vraiment très... secourable. Mais je ne pense pas que ce soit le bon moment pour un Toblerone... Ni pour autre chose, d'ailleurs.

Je pris une rapide inspiration, mortifiée de sentir les larmes me piquer les yeux.

— Bon, O.K., oui. Dors bien, Ian. A demain matin... A propos, si on pouvait ne pas partir trop tard, ce serait super. J'ai pas mal de choses à faire.

— Pas de problème.

Il introduisit sa carte et disparut dans sa chambre. Je posai le front contre la porte. Merde. Merde en boîte, merde en barre. J'avais tout fichu en l'air.

18

Après la nouvelle de l'officialisation de l'union de M. & M, une ambiance contenue régna à Green Mountain. Mark m'évitait. Lorsqu'il devait m'adresser la parole, il le faisait sur un ton professionnel et un peu trop allègre. Si le hasard nous mettait en présence seul à seule, il faisait mine d'avoir oublié quelque chose et s'éclipsait sur-le-champ. Un matin, je les entendis rire, Muriel et lui, derrière la porte fermée de son bureau. Puis un jour, à midi, les parents de Mark passèrent prendre le jeune couple au bureau pour l'emmener déjeuner au restaurant. Rien à faire : j'avais toujours autant de mal à y croire. Que Mark se marie, d'accord. Mais que parmi les milliards et les milliards de femmes présentes sur terre, il ait choisi précisément celle-ci, qu'il puisse aimer *Muriel* pour la vie, voilà qui dépassait mon entendement.

Même si je m'efforçais de ne pas me mêler aux séances potins, il était clair que mes collègues n'étaient pas enchantés par la perspective de ce mariage.

— Si ça l'amuse de l'épouser, qu'il l'épouse ! pesta Karen, que je croisai en arrivant le mercredi matin. Mais qu'on se la coltine tous les jours que Dieu fait au boulot, là non, c'est trop...

Hier, Muriel avait surpris Damien à parler d'elle et de Mark en utilisant le sigle « les M. & M ».

— Oh ! c'est trop mignon ! s'était-elle exclamée. Nous devrions rebaptiser l'agence M. & M. Media. Ce serait super, comme nom ! Qu'est-ce que tu en dis, mon chou ?

Mark avait marmonné une réponse et, plus tard dans la journée, j'avais vu Muriel jouer avec le terme M. & M. Media en diverses polices de caractères, sur son ordinateur. Le comportement de Muriel était peut-être devenu un peu plus plaisant, mais la voir diriger nos réunions de personnel hebdomadaires n'était pas un spectacle très engageant. Apparemment, elle avait renoncé à briguer la direction artistique et s'essayait à présent côté production.

— Callie, sur quoi travailles-tu cette semaine ? demanda-t-elle tout en me gratifiant de son habituel regard du type : « j'examine, je juge, j'élimine ».

Elle portait une robe en lainage blanc avec une large ceinture noire et de superbes chaussures en cuir à talons.

— Je travaille sur le site web de ton père et sur certains téléchargements pour…

— S'il te plaît, appelle l'entreprise par son nom, rectifia-t-elle d'un ton suave, tout en cochant quelque chose sur son carnet.

Damien émit un petit son dédaigneux et recommença à examiner sa manucure. Avant Muriel, l'animation des réunions de prod faisait partie de ses attributions. Et il manifestait son irritation par des soupirs profonds et des roulements d'yeux écœurés.

— Autre chose ? demanda Muriel.

— Oui. La pub pour l'hôpital à remettre au *Globe* et la présentation pour l'entreprise de BTP dans le New Hampshire. Demain, nous tournons les scènes d'automne pour Hammill Farms, donc il faudra que je sois sur place, bien sûr.

Muriel leva les yeux de son carnet pour me gratifier d'un sourire synthétique.

— Crois-tu vraiment que ce soit nécessaire ? Nous y serons, Mark et moi.

Je tentai de capter l'attention de Mark, mais il avait les yeux obstinément tournés vers la fenêtre.

— Ecoute, considérant que j'ai écrit le script et que le

concept est de moi, il me semble que la réponse est oui. Ma présence là-bas me paraît plus qu'utile, exposai-je calmement à Muriel.

Elle prit une voix apaisante.

— Callie, Callie, voyons… Inutile de monter sur tes grands chevaux. Nous sommes unanimes pour reconnaître que ta campagne est top. Je demande simplement s'il faut à tout prix que tu assistes au tournage, en revanche. Tu peux apprendre à déléguer un peu, de temps en temps. Ton patron y sera, après tout. J'imagine que tu te fies à son jugement ?

Le sourire hypocrite était toujours scotché sur ses lèvres.

— Mark ? demandai-je.

Il revint en sursaut à la réalité de la réunion.

— Euh… Je risque d'avoir besoin de toi ici, en fait.

J'hésitai une fraction de seconde.

— Bon. Eh bien, je resterai, dans ce cas.

Les yeux de diamant de Muriel scintillèrent de satisfaction.

— Super. Fleur ? Et toi ? Quels sont tes projets pour la semaine ?

Fleur redressa la taille.

— Oh ! Muriel, ces chaussures… Ce sont des Prada ?

— Quel faux-cul, celle-là, marmonna Damien.

Fleur lui jeta un regard noir, mais Muriel sourit.

— Des Chanel.

— Ah, classe. Eh bien, j'ai presque fini la rédaction du catalogue BTR, comme tu me l'as demandé. Y a-t-il autre chose que tu aimerais que je fasse ?

— Non, c'est parfait. Continue comme ça. J'ai adoré tout ce que tu m'as montré jusqu'ici.

Mon estomac se noua. Fleur était intelligente et diplomate. Et même si son comportement frisait la trahison, de mon point de vue, elle ne faisait, après tout, que soigner son avenir.

— Et toi, Pete ? lança Muriel alors que le concepteur

bâillait à s'en décrocher la mâchoire. Sur quoi travailles-tu cette semaine ?

— J'essaie d'introduire une prise USB dans le bon port.

Peter envoya un coup de coude à Leila, alors qu'ils se trouvaient, comme à l'ordinaire, collés hanche à hanche.

— Essaie un adaptateur, pouffa cette dernière.

A ma grande surprise, Muriel sourit d'un vrai sourire.

— Vous êtes tellement mignons, tous les deux ! A croire que l'amour est dans l'air.

Ce jour-là, je sortis du travail plus tôt qu'à l'ordinaire et Bowie m'accueillit avec d'heureux transports, comme si chacun de mes retours constituait un prodige miraculeusement renouvelé.

— Où est passé, Noah, Bowie ? Il est où, Grampy ?

Le pick-up de mon grand-père n'était pas garé dans l'allée, mais mon chien échoua à me fournir une explication. Noah avait dû s'absenter pour une course urgente. En temps normal, il avait recours à son esclave — moi — pour s'acquitter de ce genre de corvée, n'ayant guère de sympathie pour « les masses abruties », comme il aimait à qualifier ses semblables.

Il ne m'arrivait pas si souvent d'être seule à la maison et je dus admettre que j'appréciais ce moment de calme. Malgré toute l'affection que m'inspirait mon grand-père, mon indépendance me manquait. Avant l'accident de Noah, je louais un douillet petit appartement mansardé avec de grandes fenêtres. Chaque fois que mon père venait en visite, il se cognait la tête au plafond. Mais après toutes ces années de funérarium, j'avais eu beaucoup de plaisir à me sentir chez moi dans mon espace. Et, n'hésitons pas à le dire : j'aspirais à avoir un jour ma propre maison. Mon ambition n'était pas de rester la fidèle servante de Noah jusqu'à la fin de mes jours. Correction : je ne voulais pas passer ma vie à n'être *que* la domestique de

Noah. J'étais prête à le laisser cohabiter avec mon mari et moi autant qu'il le voudrait.

Non pas, cela dit, qu'un mari se profilât à l'horizon…

Je n'avais plus eu de nouvelles de Ian depuis notre retour en voiture de Montpelier, le dimanche précédent. Trajet qui avait été un modèle du genre, en matière de malaise, ambiance tendue et émission de platitudes. De ma part, en tout cas. Non, sérieusement, moi, Callie, me trouver réduite à sortir des inepties sur les couleurs des feuillages ! Ian avait fait des réponses polies et brèves. Nous n'avions pas abordé de sujet digne de ce nom. Et aucun mot n'avait été prononcé à propos de ce baiser que j'avais revécu au moins trois cents fois depuis.

« Tu as tout gâché, ma cocotte », déplora la First Lady en secouant tristement la tête.

« Comment cela, j'ai tout gâché ? rétorquai-je vertement. J'ai été surprise d'apprendre que Mark se mariait, c'est tout. C'est un péché, ça ? Et une femme de président n'a-t-elle rien de plus intelligent à faire dans la vie que de se mêler de mes histoires ? » Betty Boop ne m'était d'aucun secours, se contentant de larmoyer dans un coin de mon cerveau. Mais Michelle avait raison. J'étais personnellement responsable de ce fiasco. Ian avait dû retirer de la scène l'impression que j'étais encore amoureuse de Mark. « Es-tu bien certaine d'avoir tourné la page, d'ailleurs ? » demanda la première Dame.

Je fermai les yeux et soupirai. Je savais au moins une chose : je voulais rétablir les ponts entre Ian et ma personne. Trop mal à l'aise pour prendre mon téléphone, j'avais écrit puis effacé une trentaine de mails. Mais j'avais beau être douée pour pousser les gens à avoir irrépressiblement envie d'un tas de choses — douée aussi pour me faire aimer des autres, comme Ian me l'avait fait remarquer –, chaque mot que je lui écrivais sonnait faux. Je jetai de temps en temps un œil sur son blog « Posez vos questions à Ian, le docteur des animaux ». Et constatai qu'il répondait.

Un jour, à midi, je tombai sur Carmella chez Café & Tartine, et elle me confia que la clientèle avait afflué, depuis la foire aux animaux. C'était au moins ça de gagné. La campagne « chaudoudou » marchait du feu de Dieu. Mais en pensant à la scène que j'avais surprise dans l'entrée de l'église, la honte m'envahissait à l'idée d'avoir suggéré que Ian devait se montrer différent de l'homme qu'il était.

Je me débarrassai des escarpins qui me martyrisaient les pieds et montai dans ma chambre avec Bowie sur les talons. Pas un son dans la maison silencieuse, à part la pluie tambourinant sur le toit. Le fauteuil Morelock, placé devant la fenêtre, semblait suspendu dans l'attente. Attente de l'avenir radieux auquel je l'avais promis. J'hésitai un instant à me faire consoler par son bercement, mais je ne me sentais pas digne de mon Morelock, aujourd'hui.

Allongée sur mon lit, Bowie roulé contre moi, je réfléchis à l'avenir. Au boulot, ce n'était pas la joie. Muriel était là pour le long terme. Et j'avais tout gâché avec Ian.

Bowie dressa soudain les oreilles. Moi aussi, mais au sens figuré seulement. Oubliés mes ressassements sur mes déboires amoureux. « C'est juste la pluie », me dis-je. Mais le son se reproduisit. Un bruit sourd. Pas la pluie du tout.

Quelqu'un était là, chez moi. Et pas seulement chez moi, mais au premier étage. Une peur panique accéléra les pulsations de mon sang. Liquéfiée d'angoisse, je me redressai sans bruit.

Le quelqu'un en question se trouvait dans ma salle de bains.

Bronte, peut-être ? Il lui arrivait de venir de temps à autre. Mais, en l'absence de Noah, elle serait allée au funérarium. Freddie, alors ? Mon frère n'avait jamais été un grand adepte de la baignoire. Et si ce n'était pas Freddie… Peut-être qu'un tueur en série, fuyant la police, avait trouvé refuge dans notre maison jamais fermée, froidement ravi à l'idée qu'il avait une victime de plus sous la main ?

« C'est probablement une chauve-souris, andouille ! », intervint la première Dame. Cette pensée m'apaisa, même si le ton de Michelle manquait de respect. Elle avait probablement raison. Je ne détenais pas d'arme dans ma chambre, pas même une raquette de tennis. Mais j'avais acheté il y a quelques années une vieille rame de bois dans un vide-grenier, et l'avais accrochée en guise de décoration. Sur la pointe des pieds pour ne pas alerter mon éventuel Jack l'Eventreur, j'allai la décrocher.

Puis j'ouvris mon téléphone portable et pressai le 9 et le 1. Je gardai le pouce en suspens au-dessus de cette même touche, prête à appuyer le cas échéant. S'il y avait réellement quelqu'un dans ma salle de bains, je finirais de composer le numéro des urgences, puis jetterais le téléphone sous mon lit afin que le tueur ne puisse pas me l'arracher des mains et raccrocher. La police saurait remonter jusqu'à moi et viendrait à mon secours. Quant à Bowie, on pouvait espérer qu'il ne se contenterait pas de tourner autour de mon assassin en joyeux cercles concentriques. Ce chien saurait-il se battre pour la femme qui l'avait sauvé de la SPA ? Je cherchai des yeux mon fidèle ami et compagnon. Endormi sur le lit. Super.

Le cœur battant, je traversai ma chambre sur la pointe des pieds. La chose dans ma salle de bains était probablement juste un oiseau. Mais s'il s'agissait réellement d'un tueur en série ? Ou d'un terroriste ? « Ou d'un extraterrestre, peut-être ? » suggéra sarcastiquement Michelle.

Par chance pour moi, le loquet n'avait toujours pas été réparé. La porte était fermée, mais je pouvais l'ouvrir façon superflic, dans *New York, Section Criminelle*. Ma rame de bois dans une main, mon téléphone de l'autre, je pris une profonde inspiration, puis envoyai de toutes mes forces mon pied contre le battant.

Un homme nu se tenait de dos, incliné contre ma douche, dégoulinant d'eau. Je poussai un hurlement.

— Aaaaaaaah !

La porte ouverte à la volée heurta le mur puis se referma de nouveau et je bondis en arrière, lâchant au passage ma rame qui heurta le sol avec fracas. Bowie bondit sur ses pattes en aboyant hystériquement et vint se poster à mon côté. Un cri — un autre que le mien — déchira l'air et je hurlai en retour. Nom de Dieu, qui se trouvait là-dedans ? Que s'y passait-il ?

— Ici le 911. De quelle urgence s'agit-il ? s'éleva une voix.

Dieu merci, j'avais appuyé sur le 1 ! Béni soit mon pouce agile.

— Homme nu ! Homme nu ! hurla une voix — la mienne, apparemment.

Cache le téléphone ! intima mon cerveau. Je projetai mon portable de l'autre côté de la pièce et plongeai sur mon lit pour passer de l'autre côté. Bowie me suivit comme une fusée, en poussant des jappements suraigus pendant que je fuyais mon intrus dévêtu. Attrapant un oreiller, je le pressai contre ma poitrine en me recroquevillant dos au mur.

La porte de la salle de bains s'ouvrit de nouveau et je montai encore une fois dans les aigus.

— Bon sang de bois, Callie, tu pourrais arrêter de hurler ?

Mon cri s'étrangla à mi-chemin.

Mon grand-père. Enroulé dans un drap de bain. C'était *Noah*. Noah ! Si l'homme nu m'avait paru si étrangement incliné, c'était juste parce qu'il n'avait qu'une jambe. Je jetai l'oreiller par terre.

— Purée, Noah, tu as perdu la tête ou quoi ?

Je hurlai, le corps secoué de tremblements violents, soutenue par les aboiements indignés de mon chien.

— Je croyais que tu étais un tueur en série ! Je n'ai jamais eu aussi peur de ma vie.

— Pour t'entendre, je t'ai entendue, en tout cas ! Ce n'est pas humain de hurler comme ça. Et si j'avais été un assassin pour de bon, hein ? Tu crois que ton oreiller t'aurait sauvé la vie, petite tête ?

Mon cœur battait si fort et si bruyamment que ma « petite tête » en bourdonnait.

— Je... euh... Mais qu'est-ce que tu fabriquais dans ma salle de bains, au juste ?

— Et toi, pourquoi es-tu rentrée de ton travail avec deux heures d'avance ?

— Je suis partie plus tôt que d'habitude parce que... Mais dis donc, attends une seconde... J'ai entendu un autre cri, là-dedans, il me semble ?

— Mêle-toi de ce qui te regarde, bougonna Noah.

Mais il avait rougi. Envahie d'une soudaine suspicion, je plissai les yeux.

— Il y avait quelqu'un d'autre avec toi, dans la baignoire ?

Comme en réponse à ma question, Jody Bingham apparut, encore un peu mouillée et... vêtue en tout et pour tout de mon seul peignoir de bain. Elle me salua très calmement.

— Bonjour, Callie. Désolée si nous t'avons fait peur.

A distance, on entendit un hurlement de sirènes. Je pris une profonde inspiration.

— Euh... salut, Jody. Et désolée d'avoir composé le 911...

Lorsque la police, les ambulanciers et les pompiers volontaires (dont la moitié était constituée de Rats de Rivière) eurent écouté mon histoire pour la quatrième ou cinquième fois, qu'ils eurent fini de rire aux larmes et qu'il fut établi avec certitude que mon grand-père ne représentait pas une menace pour ma sécurité, tous ressortirent à la queue-leu-leu.

Robbie Neal, le président des Rats de Rivière, serra la main de Noah.

— C'est toujours un honneur et un plaisir de vous rencontrer, monsieur Grey.

— Arrête tes âneries et disparais d'ici, grommela Noah.

Robbie m'adressa un clin d'œil.

— Tu n'as pas la vie facile, Callie.

— Ce n'est rien de le dire. Au revoir Robbie.

Il n'avait pas fini de tirer la porte derrière lui et, déjà, il ouvrait son téléphone pour faire circuler la nouvelle.

— Noah, Jody, encore une fois, je suis dévorée par les remords. Mais la prochaine fois, méfiez-vous avant d'emprunter la salle de bains d'autrui, O.K. ?

Je remuai la soupe que j'avais fait cuire en vitesse pendant l'interrogatoire de police. Jody et Noah étaient assis à la table de cuisine, la mine penaude, comme il se devait.

Jody tenta une explication.

— Nous ne faisions rien de trop... Enfin, ce n'était pas aussi indécent que tu pourrais le penser, Callie. Ton grand-père avait mal à sa jambe et je lui ai suggéré de s'installer dans le Jacuzzi. Et la baignoire étant dans ta salle de bains...

— Mmm... Bon, Noah, la prochaine fois que ton pick-up sera dans l'atelier et que tu mijoteras un plan Q, laisse-moi un petit mot pour me prévenir.

— C'est quoi, un plan Q ? maugréa-t-il.

— A ton avis ? rétorquai-je, toujours un peu remontée.

Ce n'était pas tous les jours qu'on tombait sur son grand-père nu dans sa salle de bains. Dieu merci, d'ailleurs.

— Un plan Q, c'est quand deux personnes se retrouvent pour avoir des relations sexuelles, expliqua sereinement Jody. Depuis que Callie nous enseigne le hip-hop, mon vocabulaire s'est beaucoup enrichi.

Je portai la soupe sur la table et retournai chercher du pain et du fromage.

— Alors, ça fait combien de temps que vous couchez ensemble, tous les deux ?

— Oh ! nous ne couchons pas vraiment ensemble.

Nous avons juste des affinités électives, pas vrai, Noah ? demanda Jody en le regardant avec une vive affection.

— Pas de grands mots, surtout, marmonna-t-il.

Mais il avait les joues roses. Et lorsque Jody prit sa main dans la sienne, il ne chercha pas à la repousser.

A cet instant précis, la porte à l'arrière de la maison s'ouvrit, livrant passage au reste de la famille au grand complet : parents, frère, sœur et nièces.

Deux plis d'inquiétude barraient le front de mon père. Il vint à moi et me saisit par les épaules.

— Nous venons de recevoir un appel de Robbie Neal. Il paraît qu'un pervers est entré ici par effraction, chaton ?

— Un pervers, oui. Je n'ai jamais rien vécu d'aussi terrifiant.

Une fois de plus, je racontai mon histoire du Grampy nu dans la baignoire. Un récit qui semblait destiné à être adapté à la télé pour devenir une série d'anthologie.

— Oh ! c'est dégueu, commenta Bronte, le teint un peu gris.

Freddie, plié en deux, se balançait d'avant en arrière sur sa chaise en pouffant. Hester riait si fort qu'elle en avait les larmes aux yeux. Josephine écoutait d'une oreille en jouant avec une Barbie à un bras. Et mes parents étaient assis côte à côte sur le banc de cuisine.

Il y avait assez de soupe pour tout le monde et je confectionnai, vite fait, un super-crumble aux pêches pendant que les commentaires fusaient dans la bonne humeur générale. Et même si mon travail me plombait et que j'avais failli faire arrêter mon propre grand-père comme criminel sexuel, ce fut, en fin de compte, le repas de famille le plus joyeux et le plus détendu que nous avions connu depuis très, très longtemps.

Peut-être même depuis toujours.

19

Trois jours plus tard, consciente que j'avais tué dans l'œuf un début d'histoire avec Ian, je luttais ferme contre la déprime. Dix fois, j'hésitai à l'appeler, et dix fois, je me dégonflai au moment de composer le numéro. J'avais même joué avec l'idée de lui poser la question sur son site web : « Docteur McFarland, si un homme vous embrasse et que vous tombez, sans l'avoir nullement cherché, sur votre ex-petit ami, comment faire pour réparer les dégâts ? »

Mais aussi bien mon *Guide pratique de la rencontre amoureuse* que les forums sur le web déconseillaient activement de prendre ce genre d'initiative. D'après *Se trancher la carotide ou toutes les erreurs fatales que commettent les femmes en amour,* ainsi que *Pourquoi l'homme que vous aimez vous déteste,* la dernière chose à faire, dans une situation comme la mienne, était de relancer Ian moi-même. « Les hommes sont génétiquement programmés pour être des chasseurs-cueilleurs, avais-je lu dans l'un de ces doctes ouvrages. Visualisez-vous en mammouth laineux et laissez la chasse venir à vous. » J'étais un peu sceptique sur ce conseil, connaissant le destin réservé aux mammouths laineux, mais j'étais malgré tout sensible à la mise en garde. Ian avait tous mes numéros de téléphone, mon adresse mail, l'accès à ma page Facebook et mon adresse postale.

Et il ne faisait usage ni des uns ni des autres.

Sur le front de la rencontre électronique, il apparaissait qu'un bûcheron de cinquante-trois ans avec deux ex-femmes, sept enfants et neuf chiens s'intéressait à mon profil. J'avais clairement fait le tour de tous les individus masculins célibataires du nord-est du Vermont. Cheveux-humains, rétrospectivement, commençait presque à faire figure d'homme désirable.

Ce mardi, je retrouvai Annie pour un déjeuner rapide chez Café & Tartine. Le restaurant était bondé de seniors venus jusque chez nous en hordes organisées pour admirer les couleurs de l'automne. Et si j'obtins malgré tout une table à l'arraché, ce fut uniquement parce que j'avais dansé avec Gus à l'occasion d'une boum organisée jadis pour ses douze ans. Après avoir écouté le récit des triomphes de mon filleul dans la salle de classe, au stade et dans le cabinet du dentiste, je mis sur le tapis la douloureuse question de mon absence de vie amoureuse.

— Tu es sûre que je ne devrais pas l'appeler ? m'enquis-je pensivement en remuant ma soupe.

Annie mâcha son sandwich d'un air avisé.

— Laisse-lui un peu d'espace, à ton Ian.

— Je déteste laisser de l'espace. Je suis bien meilleure quand il s'agit d'étouffer, de harceler, de coller. L'espace, ça craint.

— Fais-moi confiance, rétorqua-t-elle en souriant. Je sais tout.

Arrivé le jeudi, je décidai qu'Annie ne savait rien du tout et que chasser, traquer, coller serait une bien meilleure politique. C'est pourquoi je résolus de prendre mon kayak pour faire un petit tour sur le lac Granit. Ce n'était pas comme si je n'avais jamais pagayé sur ce lac, après tout. Qu'y pouvais-je, si le ponton de Ian se trouvait incidemment sur ses rives ? J'avais commencé à me balader là-bas bien avant que le moindre vétérinaire ne s'établisse dans le secteur.

Je déchargeai le bateau, sortis ma pagaie du coffre de Lancelot et attachai mon gilet de sauvetage.

— Allez hop, Bowie ! Saute à bord !

Ravi, mon chien effectua un bond précis sur le siège avant. Vingt minutes plus tard, je repérai le ponton de Ian. Mais aucune silhouette solitaire ne s'y dressait. Et sa maison, hélas, n'était pas visible du lac. Dommage. J'avais vaguement espéré le trouver assis sur son embarcadère, à rêver de moi. Je restai un moment à flotter sur place, ballottée par les petites vagues qui venaient frapper les flancs du kayak. Puis, avec un long, long soupir, je retournai mon fidèle vaisseau et pris le chemin du retour. L'exercice et l'air frais m'avaient apaisée, malgré tout. Et il était difficile de rester déprimée avec Bowie qui, assis à l'avant, tout frémissant d'attention, s'intéressait au moindre poisson, à la moindre tortue — à la moindre amibe.

Cette semaine, le Vermont avait atteint le sommet de sa beauté automnale. La saison des feuillages culminait avec des couleurs si brillantes et si pures que la sensation était presque tactile. La soirée de début octobre était douce et le soleil couchant découpait de longues échardes d'or à travers le gris des nuages. Dans quelques semaines, toute cette beauté vibrante et échevelée ne serait plus qu'un souvenir d'une déchirante intensité à conserver jusqu'à l'année suivante. Et le long hiver blanc viendrait tout recouvrir.

Un autre kayak fendait le lac en sens inverse. Un couple qui devait avoir à peu près mon âge pagayait vigoureusement, les joues rosies par l'effort et la fraîcheur du soir.

— Quelle soirée magnifique, n'est-ce pas ? lançai-je au passage.

L'homme me répondit gaiement.

— Une soirée mémorable ! Vous savez quoi ? Nous allons nous marier. Elle vient d'accepter !

La jeune femme agita sa main gauche pour exhiber sa bague.

— Ah, super ! Mes félicitations ! criai-je gaiement.

Mais une vision gratifiante de leur kayak retourné et des deux fiancés à l'eau me traversa l'esprit comme un flash. Ils me firent de grands signes — amoureux de l'amour, amoureux de la vie — et poursuivirent leur heureux chemin.

Je regardai mon chien d'un œil renfrogné.

— Tu veux bien être mon homme, Bowie ?

Il le voulait, bien sûr. Se dégageant de sa place, il vint me lécher le visage.

— Tu vois ? Tu es très sensible à mes humeurs. Tu ne ronfles pas. Tu es plutôt attirant… Bon, stop. Ça suffit quand même, mon coco. Tu es un chien, après tout. On ne voudrait pas passer pour des pervers, toi et moi, n'est-ce pas ? Allez, va t'asseoir, maintenant.

Bowie retourna à son poste d'observation et recommença à guetter les petits poissons. Lorsque j'atteignis le rivage, le crépuscule s'épaississait déjà. Bowie descendit d'un bond et me regarda hisser le kayak sur le toit et retirer mon gilet de sauvetage. Je jetai un dernier regard sur le lac, puis j'ouvris à Bowie, lui intimai de monter et lui mis sa ceinture en embrassant sa grosse tête douce.

La mélancolie me retomba dessus lorsque je démarrai et avançai en cahotant sur la piste irrégulière qui tournait le dos au lac. Au travail, je ne vivais pas un cauchemar à proprement parler mais rien n'était plus comme avant. La veille, j'avais épluché les petites annonces, mais n'avais rien trouvé à part un poste de commercial pour une feuille de chou en plein déclin, à New Hamster. Difficile de démissionner dans une situation économique instable et de renoncer à un job qui présentait à peu près tous les avantages possibles et imaginables.

— Finalement, je vais peut-être entrer dans l'entreprise familiale, annonçai-je à Bowie. La mort comme gagne-pain, ce n'est pas trop mon truc. Mais j'aurais la sécurité de l'emploi.

Brusquement, une énorme dinde sauvage apparut à ma droite, émergeant des bois. Je n'avais jamais vu un volatile aussi énorme. Elle sprintait en agitant les ailes, se préparant clairement au décollage... et fonçant droit sur ma voiture.

— Hé ! Fais attention ! hurlai-je en pilant.

J'étendis le bras pour retenir Bowie qui jappa de surprise. La voiture s'immobilisa net ; nos ceintures se bloquèrent.

— Oh ! non, Bowie, quelle horreur... J'ai entendu le choc.

Le cœur battant, au bord de la nausée, je descendis de voiture, la main sur la bouche, me préparant à découvrir du carnage de dinde. Allongée sur le côté de la route, la bestiole souleva faiblement une aile qui retomba. Puis plus rien.

— Oh ! non ! m'écriai-je, effarée. Je suis désolée !

Je me tordais les mains en m'approchant du volatile immobile. Impossible de voir si elle respirait ou non.

— S'il te plaît, dinde, ne sois pas morte, suppliai-je faiblement.

Je retournai en pleurant ouvrir le coffre de ma voiture. Pourquoi avais-je acheté une Prius ? Si j'avais eu un véhicule moins silencieux, ce pauvre oiseau m'aurait entendue arriver !

— S'il te plaît, reste en vie, psalmodiai-je inlassablement.

J'attrapai la bâche que je gardais toujours dans ma voiture pour y poser mes pagaies mouillées. Bowie poussa un gémissement interrogateur.

— Nous l'avons heurtée, lui annonçai-je d'une voix noyée avant de retourner voir la dinde.

Ou le dindon, plus exactement, car il s'agissait d'un mâle. Il était affreusement inerte. Comme tous les volatiles de son espèce, ma victime était laide comme le péché. Dans le maigre reste de jour, je discernai son plumage noir à l'aspect terne, sa tête chauve à la peau épaisse et bleue, la caroncule rouge qui lui pendait sous la gorge. Il avait des pattes longues et puissantes, avec des éperons pour assurer sa défense. Mais que pouvait une malheureuse paire d'éperons contre une voiture ?

Les mains tremblantes de peur, secouée par une violente poussée d'adrénaline, je posai la bâche à côté de l'oiseau, puis je sortis ma pagaie de la voiture. Fermant les yeux pour surmonter l'horreur de ce que j'avais à faire, je fis rouler doucement le dindon sur la toile, avec un haut-le-cœur lorsque le corps s'immobilisa avec un son mou et inquiétant.

— Je suis désolée... tellement désolée, sanglotai-je.

Rassemblant les coins de la bâche de manière à ne pas avoir à toucher l'oiseau, j'essayai de le soulever. Mais le dindon devait peser dix bons kilos, et je dus le traîner en partie avant de le hisser tant bien que mal pour le balancer dans le coffre. Une serre dépassait de sous la bâche, ce qui me fit pleurer de plus belle. Pauvre bête innocente...

Les larmes me ruisselaient sur les joues. Je fermai le coffre, courus reprendre le volant et partis, le pied sur l'accélérateur, mes pneus dérapant sur la piste inégale.

De ma vie, je n'avais écrasé un animal en voiture. Pas même un écureuil ! Pas même un hérisson ! C'était un exploit, lorsqu'on vivait en pleine nature, et je n'en étais pas peu fière. Je m'entendais pleurer tout bas, une plainte basse, continue, que mon chien reprenait fidèlement en écho.

« Ne meurs pas, ne meurs pas ! » implorai-je doucement, sans m'occuper de Bowie qui tentait de se retourner sur son siège pour mieux renifler notre silencieux passager.

J'arrivai sur la chaussée goudronnée et accélérai, les arbres au bord de la route se confondant en un tourbillon de couleurs, comme une flamme dressée sur fond de crépuscule. Bitter Creek Road. Un virage marqué sur la gauche. Là. Le numéro 75, une boîte aux lettres noire marquant le chemin d'accès quasi invisible. Je virai si brutalement que la voiture zigzagua. Bowie aboya une protestation aiguë tout en essayant de rétablir son équilibre.

Dieu merci… Il y avait de la lumière. Il était chez lui.

Je bondis hors de ma Prius, ouvris le coffre, attrapai les bords de la bâche et sortis le paquet, puis je gravis maladroitement les marches au pas de course, grimaçant chaque fois que mes mollets heurtaient l'oiseau sans vie.

Ian ouvrait déjà la porte.

— Callie ? Que se passe-t-il ?

— Je l'ai tué !

Mes larmes se remirent à couler à flots. Je passai devant lui, traversai son séjour en titubant et déposai la bâche sur sa table.

— J'ai tué un dindon.

— Callie, c'est ici que je *mange,* protesta-t-il en examinant mon paquet. Et la grippe aviaire, ça te dit quelque chose ?

— C'était juste une invention de l'administration Bush pour semer la terreur dans la pop… Ian, tu peux l'examiner ? Au cas où il serait encore vivant ? S'il te plaît ?

Je pris une longue inspiration tremblante, puis je courus me laver les mains à l'évier. L'oiseau n'avait peut-être pas la grippe aviaire et je ne l'avais pas touché, mais quand même…

— Je vais voir ce que je peux faire, dit Ian en me suivant dans la cuisine.

— S'il faut que… que tu le délivres de ses souffrances, tu as ce qu'il faut ici ? demandai-je d'une voix entrecoupée de sanglots en m'essuyant les mains.

— Oui.

Il ouvrit un tiroir et en sortit des gants en latex, puis il me tendit une boîte de mouchoirs.

— Si tu l'as heurté, Callie, il est probablement mort, dit-il gentiment en enfilant les gants. Face à une voiture, ces oiseaux ne font pas le poids.

Je hochai la tête et continuai de verser ma larme. Je n'avais pas un amour immodéré pour les dindons, mais je ne les haïssais pas non plus. Et une chose était certaine : je ne voulais pas tuer d'animal. Même pour Thanksgiving, j'avais toujours un petit pincement au cœur. Je mangeais de bon appétit, d'accord. J'adorais la dinde. Mais quand même... avec le petit pincement au cœur.

Ian se dirigea vers la table, souleva l'oiseau emballé dans sa bâche et le posa par terre. Il s'agenouilla et découvrit le dindon.

— Il est immense, murmura-t-il.

Je m'approchai et, sans réfléchir, attrapai l'épaule de Ian en me mordant la lèvre. L'œil de l'oiseau était ouvert et il n'avait pas l'air de respirer.

— Il est mort? chuchotai-je, mes larmes coulant sur la chemise de Ian.

Il leva les yeux vers moi.

— J'ai l'impression, oui.

Je m'effondrai.

— Oh non, ce n'est pas vrai !

— Voyons, Callie...

Ian se releva. Retirant ses gants, il les laissa tomber par terre puis me saisit les épaules. Son regard était d'une désarmante gentillesse.

— Tu n'y peux rien. Ce genre d'accident arrive tout le temps.

Je luttai pour contenir mes sanglots.

— C'est la première fois que j'écrase un animal.

— Je l'enterrerai, si tu veux.

— Oh ! Merci, Ian...

Brusquement, un grand bruit d'ailes et de griffes se fit entendre. D'instinct, je me pliai en deux pendant que Ian faisait volte-face.

Le dindon n'était pas mort. Il paraissait même très vivant, au contraire. Dans un grand battement d'ailes, il réussit à se mettre sur ses pattes armées d'éperons. L'énorme bestiole émit un son menaçant, comme une sorte de grondement qui montait du fond de la gorge. *Gooooor... Gooooor...* Puis elle pencha la tête d'un air suspicieux.

— Tu m'as dit qu'il était mort ! chuchotai-je d'une voix sifflante.

— Il devait être en état de choc. Ne reste pas plantée là. Ouvre la porte, qu'il puisse sortir.

Je reculai doucement pour ne pas effrayer le volatile et ouvris la porte par laquelle je venais d'entrer. Ian s'approcha doucement de l'oiseau.

— Calme, le dindon… Calme. Allez, tu sors.

Il passa derrière lui et le dirigea vers la porte… et vers moi.

— Gentil dindon. Voilà…

Brusquement, l'oiseau agita ses ailes puissantes et sprinta droit sur moi. Je poussai un hurlement et l'animal, effrayé, vira sur sa gauche, heurta une petite table et la renversa. Il y eut un grand bruit, puis le dindon s'envola en hurlant des *glouglouglouglou…*

De la pièce voisine surgit soudain une boule de feu. Angie.

— Angie, non ! hurla Ian.

Mais Angie, en bon setter irlandais, fit ce que ses gènes lui commandaient. Elle s'élança vers l'oiseau, qui atterrit maladroitement sur la table de la cuisine. Angie bondit, le dindon vola, heurtant le lustre qui se balança follement. L'oiseau essaya d'atterrir sur la bibliothèque, échoua, faute de place, et vola lourdement jusqu'à moi.

— Non ! Va-t'en ! hurlai-je en tombant à genoux et en me couvrant la tête. Tue-le, Ian ! Tue-le !

— Callie, arrête de lui faire peur et de l'empêcher d'accéder à la porte. Et je ne vais sûrement pas le tuer ! Ce n'est pas toi qui pleurais de désespoir à cause de cet engin ?

L'oiseau se posa sur le canapé, puis se laissa descendre d'un coup d'ailes et courut jusqu'au petit salon voisin. Angie s'élança. Ian se jeta sur elle et réussit à l'attraper par son collier.

— Non, Angie, non. Couchée ! Callie, bouge-toi et ouvre les portes-fenêtres, nom de nom !

Je rampai sur le sol et fis glisser la porte coulissante qui donnait sur la terrasse extérieure de bois. Angie gémissait et cherchait à échapper à Ian, qui était à moitié couché sur elle. Dans le petit salon, on entendit un grand fracas et de nouveaux glougloutements.

— Allez, viens, dindon, par ici ! appelai-je doucement.

Quelque part dans le creux de mon ventre, le rire montait dangereusement.

Goooorrr... goooorrr...

— Entre dans le petit salon et fais-le sortir ! ordonna Ian.

— Non merci. Je refuse de mettre un pied là-dedans. Vas-y, toi.

Gooor, fit le dindon.

— Je tiens le chien !

Je rampai dans leur direction.

— Alors, passe-moi Angie. Mais je ne pénétrerai pas dans l'antre du lion. C'est un boulot d'homme, ça. Ça requiert de la testostérone. Et il pourrait me donner des coups de bec.

— Tu les mérites, ses coups de bec. C'est toi qui l'as renversé en voiture, après tout, marmonna Ian.

Il se leva, néanmoins, lorsque j'eus pris le collier de son chien.

— Ne lâche pas Angie, surtout.

— Non, docteur. Bonne chance, là-bas dedans. Je te laisse le blanc et je prendrai un pilon.

Ce fut plus fort que moi. Je pouffai de rire. Ian me jeta un regard noir.

— Super.

Il entra et Angie agita la queue, souhaitant bonne chance à son maître. J'attendis, enfouissant le visage dans la fourrure soyeuse du setter. Une... deux... trois...
Glouglouglou...

— Attention, il arrive ! cria Ian.

L'oiseau sortit comme une fusée en actionnant ses ailes et Angie tenta de m'échapper en aboyant à tue-tête. Du coin de l'œil, je vis une paire de pattes hideuses, sentit le vent des ailes et ne pus m'empêcher de crier.

— Ian, fais-le sortir !

— C'est facile de donner des ordres ! lança-t-il en se frayant un passage pour suivre l'animal.

Enfin, le dindon dut capter la promesse de la liberté car il tourna sa vilaine tête, repéra le grand dehors, sprinta à travers le séjour et franchit la porte à pleine vitesse. J'entendis exploser les aboiements de Bowie dans la Prius.

— C'est bon ? Il est en sécurité ? demandai-je en relevant prudemment la tête.

Sur un signe affirmatif de Ian, je laissai filer Angie, qui alla renifler un peu partout les bonnes odeurs de dinde. Je me remis sur pied et allai rejoindre Ian qui se tenait près de la porte, cherchant à reprendre son souffle.

— Tout compte fait, Ian, je crois que cette dinde n'était pas morte.

Il me regarda d'un œil sombre. Je me pliai en deux, secouée par un gros fou rire.

— Très drôle, dit-il sèchement. Tu devrais faire sortir Bowie. On peut le mettre dans le jardin à l'arrière avec Angie. Il est clôturé.

Il se détourna et passa dans la cuisine.

J'obéis, toujours hilare, et détachai mon chien.

— Désolée pour toi, Bowie, tu as loupé une belle corrida. Mais comme consolation, tu vas jouer avec Angie. Sympa, non ?

Je suivis mon chien dans la maison et perdis le sourire.

La maison de Ian, la magnifique maison de Ian — si élégante et ordonnée — était un naufrage. Deux tables retournées, un vase ou une coupe brisée et des éclats de verre gisant dans une petite mare. Quelques livres et des photos tombés des étagères. La table de cuisine était de guingois et une des chaises couchée sur le côté. Je jetai un coup d'œil dans le petit salon où régnait un chaos similaire.

Angie étant déjà dans le jardin, je fis passer Bowie

par la porte-fenêtre puis me retournai en me mordillant la lèvre.

— Désolée, Ian. Je vais nettoyer tout de suite.

Plusieurs enveloppes avaient volé sur le sol et je me baissai pour les ramasser. Entre les classiques factures, je repérai différents courriers pour Médecins Sans Frontières, une association de paralysés, une autre finançant des colonies de vacances pour enfants défavorisés et quelques autres ONG de la même eau.

— C'est la semaine des grandes résolutions humanitaires ?

— Juste ma culpabilité qui parle.

Ian releva sa manche. Sa manche ensanglantée.

— Ian, tu es blessé ! m'écriai-je en me précipitant vers lui.

— Une petite coupure.

— Comment est-ce arrivé ? Le dindon ?

Il tourna brièvement les yeux dans ma direction.

— Non. Juste l'angle d'une étagère.

Je lui pris le poignet et le retournai pour l'examiner. Ce n'était rien de méchant, juste une égratignure. Mais elle saignait abondamment.

— Où est ton matériel de premier secours ?

— Je peux m'en occuper.

Je pris soudain conscience que j'étais proche de lui au point de sentir la chaleur de son corps. Je m'aperçus aussi qu'il portait un jean et une chemise blanche. Que ses cils étaient longs, droits et qu'ils avaient quelque chose de tendre. Que son regard ne se dérobait pas au mien. Et que, même s'il était capable de soigner cette coupure en moins d'une minute, j'avais, moi, vraiment très envie de prendre soin de lui.

— J'insiste, Ian.

Un voile rauque assombrissait ma voix. Ian prit une serviette en papier et l'appliqua sur son avant-bras. Puis il désigna un rangement du menton.

— Là-bas dedans, alors.

Je trouvai sans difficulté la boîte en plastique soigneusement étiquetée « Premiers secours ». Je la sortis et observai le patient. Accoudé au bar, il tenait toujours sa serviette collée contre son bras. Et m'observait. Intensément.

Mes genoux faiblirent. Mon visage s'empourpra. Ma libido passa en mode alerte.

J'ouvris la trousse de secours, qui contenait une petite bouteille d'eau oxygénée, de la gaze, un tube de crème désinfectante, des pansements. Le tout en ordre parfait.

Je m'éclaircis la voix.

— Bon. On va commencer par nettoyer la plaie, d'accord ?

— Absolument, Callie.

Il y avait une pointe d'amusement dans son ton. Je lui pris la main — une si bonne main, grande, puissante, compétente. Exactement le type de main qu'on souhaite trouver chez un vétérinaire. Tenir sa main me rapprochait de lui, fatalement. Et la proximité entre nous avait un effet marqué sur moi. Mon cœur cogna plus fort lorsque j'ouvris le robinet pour lui tenir l'avant-bras sous l'eau, mon flanc pressé contre le sien. La sensation était magnifique. Il était grand, il était fort, il dégageait une chaleur merveilleuse et… « Concentre-toi, Callie. On a dit *premiers secours*, O.K. ? »

Bon. La plaie ne saignait plus. Ce n'était qu'une petite égratignure de rien. Mais vous savez quoi ? J'allais prendre le plus grand soin de cette mini-coupure.

Ian ne dit rien pendant que je désinfectai, tapotai, séchai. C'était déconcertant d'être proche de lui au point de voir son torse se soulever et retomber au rythme régulier de sa respiration. Son avant-bras était parfait, musclé et hâlé, avec juste ce qu'il fallait de poils blonds. Je vis bouger les tendons sous sa peau lorsqu'il déplaça sa main.

— Je vais juste… euh… mettre un peu de ce… euh… produit gluant, qu'en penses-tu ?

— Le plus grand bien.

Je risquai un rapide regard sur son visage et décelai une ébauche de sourire dans ses prunelles si bleues. Je me hâtai de baisser les yeux. Mes joues picotaient, signe précurseur d'un passage imminent à l'écarlate.

Sans lâcher sa main, j'appliquai de la pommade antibiotique (le terme que je cherchais !) sur la coupure, en faisant glisser mon index du poignet au creux de son coude. La peau était parfaite et je perçus la solidité des muscles en dessous. Délicieux. Vraiment délicieux. L'intérieur du coude était plus doux, en comparaison, et, du bout du doigt, je testai la différence de sensation.

Consciente que mes soins étaient en train de se muer en attouchements sur vétérinaire, je retirai ma main en sursaut et attrapai le rouleau de gaze. La coupure était si longue qu'il m'aurait fallu au moins neuf pansements, sinon. Le problème, c'est que je manquais d'habileté. J'entourai fermement le bras de Ian et entrepris de nouer les deux extrémités de gaze.

— Je crains que ça ne soit un peu serré.

Je levai les yeux. Un coin de ses lèvres était relevé. Il me montra sa main qui était en train de rougir alors que les veines se dessinaient sur son poignet.

— Oups ! Pardon !

Je me hâtai de défaire le bandage.

— Allez, on reprend le tournage. *Le Bobo de Ian*… Deuxième prise… Action !

Cette fois, la gaze n'était pas assez serrée et glissait sans arrêt. Avec cela, elle était un peu collante, à cause de l'excès de crème antibiotique. J'attrapai un pansement, l'ouvris et m'en servis pour maintenir la gaze en place. Puis j'en ajoutai un second. Josephine n'aurait sans doute pas fait pire. Même Bowie se serait mieux débrouillé, je crois. Sans compter que tous ces sparadraps collés sur les poils seraient douloureux à retirer. Malgré tous mes efforts, mon pansement continuait de s'affaisser. Je tentai de le redresser, mais il retomba aussitôt. Je finis par me contenter de lui tapoter le bras.

— Et voilà ! Terminé. Ça te va comme ça ?

Je levai les yeux vers lui, il souriait. Pas beaucoup. Juste un peu. Mais assez.

— Parfait, murmura-t-il.

Sans plus me poser de questions, je nouai les bras autour de son cou et l'embrassai avec la dernière conviction. Ses bras, le blessé et l'autre, m'entourèrent et il m'attira contre lui. Puis ses doigts se mêlèrent à mes cheveux et il me rendit mon baiser avec passion. Il était solide et... oh, tout simplement, incomparablement merveilleux. Ses bras étaient forts, ses muscles durs, et son odeur, son incomparable odeur de fraîcheur et de pluie, me plongeait dans un doux délire érotique. Je m'abandonnai contre lui, passai les mains dans ses cheveux courts et soyeux, et approfondis le baiser. Ce qui me valut un joli son de gorge rauque en retour. Mon Dieu, comme c'était bon d'être dans ses bras ! Il était enveloppant, rassurant. Si réel. Si stable. Si... chaud. Sa bouche était dure et tendre à la fois. Et il m'embrassait avec une telle intensité que je ne tenais plus vraiment sur mes jambes. Dans la lutte avec le dindon, ma chemise s'était échappée de mon pantalon et Ian glissa une main dans mon dos — brûlante sur ma peau nue. Ma jambe, cette coquine, s'enroulait autour de celle de Ian et je n'allais pas tarder, à ce rythme, à faire ma Bowie. La bouche de Ian vint se poser dans mon cou et sa main trouva mon sein. Le couvrit. Mes genoux lâchèrent alors, ma tête partit en arrière et je crus bien que j'allais glisser au sol, dans un état semi-liquide, en l'attirant sur moi.

Mais sa bouche trouva la mienne, de nouveau. Et là... O ce baiser, ce baiser fut un bouleversement, un tournant, une mutation dans mon existence. Et je ne dis pas cela pour le plaisir de faire de grandes phrases. Car ce baiser particulier semblait vouloir dire quelque chose, promettre quelque chose, ouvrir des horizons insoupçonnés. Il me fallut une bonne minute pour m'apercevoir que Ian me regardait. Je respirais vite et fort et, sous ma main, je sentais son cœur cogner à grands coups furieux dans sa poitrine.

Il ne dit rien pendant un bon moment, glissa juste une mèche de cheveux derrière une de mes oreilles et me regarda au fond des yeux.

— Je te garde ici, cette nuit, Callie ? chuchota-t-il en faisant aller et venir son pouce sur ma lèvre inférieure.

Je déglutis. Acquiesçai d'un signe de tête.

— Tu ne veux pas qu'on range d'abord ce bazar ? murmurai-je faiblement.

— Non.

Et il me prit par la main pour me conduire au premier étage.

20

Je me réveillai grosso modo douze heures plus tard, dans un état de totale et extatique lassitude. Eh oui, braves gens, il n'y avait pas eu beaucoup de place pour le sommeil au cours de la nuit qui venait de se dérouler.

Avant même d'ouvrir les yeux, je souriais déjà. Et je ronronnais même un peu, à vrai dire. J'avais le sentiment qu'il y aurait peut-être lieu de m'accorder une médaille. Quant à Ian, c'était sûr qu'il en méritait une aussi. Je me retournai et soulevai une paupière. Le réveil affichait 7 h 30. Nouvelle journée, nouvel amoureux, nouvelle vie. Je soupirai béatement. Ian McFarland était un homme qui ne faisait pas les choses à moitié, croyez-moi. Il m'avait rendue heureuse, si vous voyez ce que je veux dire. Très heureuse, même. Et pas qu'une fois.

Et je l'avais fait *sourire* : le seul souvenir de ce sourire suscitait une plaisante série de contractions dans mes parties féminines. Un sourire de Ian, c'était quelque chose. Il était si précieux qu'il valait toutes les attentes, ce merveilleux sourire loufoque qui me faisait fondre.

Quelque part vers 22 heures, il nous était revenu à l'esprit que nos chiens étaient encore dehors et qu'une dinde avait ravagé la maison. J'avais trouvé plaisamment intime de ranger et de nettoyer en compagnie de Ian, avec quelques crises de fou rire chaque fois que j'avais essayé de deviner quelle était la place pour chaque chose. Puis Ian nous avait préparé des sandwichs à sa façon, avec du pain complet, des bananes et du beurre de cacahuètes, qu'il nous avait servis au lit à minuit avec un verre de lait, pendant que nos deux chiens nous observaient sagement, dans l'attente que quelques miettes viennent voler dans leur direction. Et ensuite… ensuite, nous nous étions donné de nouveau beaucoup de joie, Ian et moi.

Bon, assez remué mes souvenirs de la nuit. Place à aujourd'hui ! Je descendis du grand lit de Ian pour regarder autour de moi. Ah, une robe de chambre… Un modèle en flanelle un peu vieillot. Je serais forcément à croquer, là-dedans, parce que c'était le peignoir de Ian et que Ian était maintenant mon homme. Je l'enfilai et respirai profondément son odeur, qui suscita une agréable sensation de faiblesse dans mes genoux.

En inspectant mon reflet dans le miroir de la salle de bains, j'emmêlai un peu mes cheveux et souris. Là. Très sensuelle. Telle une chatte tombée du lit. Je descendis comme sur un nuage, attirée par de riches arômes de café noir, et impatiente de voir Ian sourire de nouveau — car ses sourires étaient des cadeaux du ciel, ils étaient le soleil après la tempête, ils étaient l'explosion de floraison au printemps, ils étaient l'équivalent d'une préparation pour cookies Betty Crocker avec caramel salé et triple dose de chocolat. Dans mon ventre dansait un ruban ivre de bonheur encore incrédule. Ian McFarland m'aimait bien. Et peut-être même un peu plus encore.

Au pied de l'escalier, j'observai à la dérobée mon *amant*. Quel mot exquis ! Il était debout dans sa cuisine, déjà vêtu de pied en cap d'un de ses costumes, veste comprise. Il avait l'air… un peu tendu, en fait. Ses bras étaient croisés et il observait par la fenêtre nos deux chiens qui s'ébattaient gaiement dans l'herbe. Peut-être qu'ils étaient déjà un peu amoureux, eux aussi ? Mais Ian, lui… Son expression ne respirait pas la joie. Peut-être était-il juste un peu fatigué. Et ses traits s'illumineraient dès qu'il me verrait, moi, Callie Grey, son audacieuse amante.

Je m'adossai contre le montant de la porte et souris.

— Bonjour, Ian.

Il tourna la tête en sursaut.

— Ah, tu es réveillée... Je ne t'avais pas entendue te lever.

Il enfonça les mains dans ses poches. Non seulement il ne souriait pas, mais il avait l'air de faire un peu la tête.

Je rejetai mes cheveux dans mon dos.

Juste un discret petit rappel... *Regarde-moi, je suis tout échevelée et rompue d'amour car nous l'avons fait trois fois cette nuit.* Mais il ne parut pas réceptif à cette langoureuse allusion non verbale à nos ébats passés.

Sa mâchoire était du genre serré. Probablement pas très positif, tout ça. Mon sourire vacilla un peu.

— Tu es pressée, je suppose ?

Mon excellente humeur s'effondra à terre, frappée par une balle mortelle.

— Aïe ! Ce n'est pas tout à fait l'accueil que j'attendais.

Ian sortit une main de sa poche pour se frotter la mâchoire.

— Et tu t'attendais à quoi, au juste ? demanda-t-il, les yeux rivés au sol.

Il y avait une petite nuance d'incertitude dans sa voix. Enfin... ce fut l'impression que j'eus, en tout cas.

— Mais... je ne sais pas, Ian, répondis-je lentement. Pourquoi pas « Bonjour, Callie » ou « Nous avons passé une nuit incroyable, toi et moi », ou « Tu veux une tasse de café » ?

Ian ne répondit pas. Il avait toujours les yeux rivés au sol, comme si sa nuit avec moi avait été une grave erreur et qu'il se demandait comment se soustraire aux attentes que je pourrais avoir (et qui étaient effectivement les miennes). J'eus amplement le temps de m'interroger sur ce qu'il pensait, car il n'émit pas un traître mot, le bougre.

Une boule se formait dans ma gorge. La diarrhée émotionnelle ne pouvait plus être très loin.

— J'ai du café tout prêt, si tu en veux, finit-il par marmonner.

Et ce fut tout. Pas un mot de plus. Super, décidément. Il regarda sa montre.

— Tu sais quoi, Ian ? Je me passerai de café, je crois. Je vais m'habiller et te laisser tranquille, puisque c'est clairement ce que tu souhaites.

Je me retournai pour remonter dans sa chambre.

Avant d'avoir pu faire un pas, je me trouvai bloquée par la taille. Un petit cri de surprise m'échappa alors qu'il me tenait pressée contre son torse.

— Attends, Callie.

J'attendis. Déglutis. Attendis quelques secondes supplémentaires.

— Je suis désolé, chuchota-t-il enfin.

— Tu as de bonnes raisons de l'être.

Ma voix était un peu faible. Limite tremblante.

— Tu pleures ?

— Pas tout à fait encore. Mais pas loin.

Mais je ne pouvais m'empêcher de sentir une montée d'excitation, toute peinée que j'étais. Les mains de Ian remontèrent sur mes épaules et il me fit pivoter vers lui.

— On pourrait peut-être reprendre la scène du réveil au début ? suggéra-t-il le plus sérieusement du monde.

— Tu crois ?

— Oui, je n'avais pas... J'aurais dû penser à dire quelque chose. Quelque chose de différent.

Il avait les sourcils froncés, mais il me regardait droit dans les yeux.

— Bon, d'accord, alors. Recommence.

Il me salua d'un petit signe de la tête.

— Bonjour, Callie.

Je saluai à mon tour.

— Bonjour.

— Tu veux une tasse de café ?

— Non, merci. Pas dans l'immédiat.

— Nous avons passé une nuit incroyable.

Il déglutit. Ne sourit pas.

S'il voulait regagner un peu de terrain, il faudrait qu'il

fasse un peu mieux que de reprendre mes suggestions en écho. Ce n'était pas parce qu'il avait des yeux magnifiques et une voix profonde qu'il fallait que je fonde. Même si ça commençait à s'attendrir un peu, là-dedans.

Ian prit une profonde inspiration.

— Callie... Je ne sais pas vraiment si... Enfin, je ne suis pas complètement sûr... Pour la nuit écoulée, ce qu'elle représente pour toi...

Il s'interrompit, frustré, et passa la main dans ses cheveux.

— Je ne suis pas quelqu'un de normalement impulsif.
— Sans rire ? marmonnai-je.

Il ne sourit pas, se contenta de me regarder.

— Les aventures brèves, ce n'est pas trop mon truc, admit-il avec une expression qui frisait le carrément lugubre. Ça ne m'intéresse pas de coucher pour coucher.

Mes genoux faiblirent. Mon cœur fit de même.

— Moi non plus, chuchotai-je.

Il hocha à moitié la tête.

— Callie ?
— Oui ?

Les yeux rivés au sol, il hésita.

— Je sais que tu étais amoureuse de ton patron. Et l'autre soir, quand on l'a croisé à l'hôtel, j'ai eu l'impression que... Enfin, si tu as encore des sentiments pour lui, j'aimerais que tu me le dises.

Il planta de nouveau ses yeux dans les miens et ce fut un choc, ce regard et ce que j'y lisais.

— C'est fini.

Et c'était l'exacte vérité. Je n'aurais su dire à quel moment précis c'était arrivé, mais la page Mark était tournée.

— Tu es sûre ?

Je hochai la tête.

— Oui. C'est fini, fini.

Il laissa échapper l'air qu'il semblait avoir retenu jusque-là.

— Bon.

Son regard tomba sur ma bouche.

— Alors, Ian ?

Il attendit, mais comme je ne disais plus rien, il finit par s'éclaircir la voix.

— Dans ce cas, tu veux bien qu'on ait une relation stable, toi et moi, Callie ?

Ce fut plus fort que moi. Je me mis à rire, puis glissai les bras autour de sa taille, avec un sourire jusqu'aux oreilles.

— Oui, je veux bien avoir une relation stable avec toi, Ian.

— Bien. Très bien.

Il m'embrassa. Avec beaucoup de douceur et de gentillesse.

— Callie, je suis désolé si je suis un peu...

— Inadapté social ? suggérai-je.

Ian émit un rire surpris.

— J'allais dire « intimidé », mais ta formule marche aussi.

Je me rejetai en arrière pour mieux le regarder.

— Tu te sens intimidé, avec moi ?

Dieu sait pourquoi, cette idée me réjouissait au-delà de toute mesure.

— Je me sens terrifié, avec toi, rectifia-t-il avec un léger sourire.

Oh ! mon Dieu... Je ne fondais pas qu'un peu, j'étais carrément déliquescente. Je me dressai sur la pointe des pieds pour l'embrasser.

— Je ne t'inspire que de la terreur, ou il y a d'autres choses ?

— Maintenant que tu le dis...

Il m'entoura de ses bras, me souleva, et je nouai les jambes autour de sa taille pour qu'il me porte jusqu'au premier étage.

Bien, bien plus tard, il finit par rouler hors du lit.

— Je vais être en retard pour mes consultations, annonça-t-il en cherchant ses vêtements.

Mollement allongée contre les oreillers, je le regardai aller et venir.

— Pour la première fois ?

Il sourit.

— Effectivement, oui. Pour la première fois.

— Tu crois que le monde continuera de tourner ?

Ian se pencha pour m'embrasser, puis se redressa et boutonna sa chemise.

— Tu sais quoi ? Je crois que je m'en fiche complètement.

Et le sourire qu'il me décocha avant de partir me tint chaud pour le reste de la journée.

Lorsque je me présentai à l'agence avec un solide retard, Damien jeta un regard averti sur ma personne et sur la boîte de doughnuts que je tenais à la main.

— Oh ! oh ! Quelqu'un ici a pris son pied, cette nuit, on dirait ?

— Salut, Damien ! murmurai-je d'une voix vaporeuse. Quelle journée magnifique, non ?

— C'est qui, alors ? Je t'ordonne de me livrer son nom !

Je lui jetai un regard rêveur.

— Tu veux un doughnut ? J'en ai pris un au chocolat rien que pour toi.

Mark entra dans la pièce et regarda sa montre.

— Ah, tiens, Callie ! Tu n'as pas de soucis, au moins ? Tu n'arrives jamais si tard, d'habitude.

— Aucun souci, non.

— Elle plane dans un état post-coïtal, précisa Damien en haussant les sourcils.

Mark eut une réaction de surprise si marquée qu'il demeura muet.

— Ne t'inquiète pas. Je ferai l'impasse sur ma pause déjeuner pour rattraper le temps perdu, Mark.

— Ce ne sera pas nécessaire, Callie. Tu as largement donné de ton temps depuis...

Je l'entendis à peine alors que je flottais dans le couloir en direction de mon bureau.

Oui, j'étais amoureuse.

Il était temps.

21

Ian et moi, nous étions donc en couple (soupir de félicité). Bon, d'accord, mon chéri semblait parfois atteint d'une forme atténuée du syndrome d'Asperger, mais j'avais la générosité de le lui pardonner, car il embrassait merveilleusement et avait un tas d'autres belles qualités. Sans compter qu'il avait grandi ballotté d'un coin du monde à l'autre ET qu'il avait trouvé son épouse au lit avec une autre femme. Après tant d'épreuves, Ian avait bien droit à quelques petites particularités psychologiques. Le samedi, je l'embarquai à bord de mon kayak. Econduit, Bowie fit d'abord la tête, mais étant à moitié husky, il décida qu'il ne pouvait pas rester grincheux très longtemps, et passa dans le jardin de Ian pour chanter sa ritournelle à Angie et tenter de la monter.

Sous un ciel de plomb, nous pagayâmes jusqu'à une petite île couverte de pins et de rochers, avec pour seuls habitants une tribu d'écureuils. J'étalai une couverture et sortis le sac avec le Thermos de café et les cookies faits maison.

— Comment ces écureuils sont-ils arrivés ici, à ton avis ? demanda Ian en les regardant bondir ici et là.

— Ils ont des petites barques qu'ils fabriquent ici, sur l'île. C'est du bricolage artisanal.

— Autrement dit, tu n'en sais rien, conclut Ian.

— Exact. Viens t'asseoir ici, mon garçon.

Je tapotai la couverture à côté de moi.

— C'est une journée d'automne très douce, nous

vivons dans le plus beau coin d'Amérique et j'ai fait des cookies rien que pour toi. Même si Noah m'en a racketté quelques-uns au passage... Parlons de toi, tiens.

Ian fit la grimace mais obéit.

— Qu'est-ce que tu veux savoir ?

Je pris une bouchée de mon cookie, qui était, il faut le reconnaître, excellent.

— Pour commencer, d'où vient cette cicatrice passionnante, là, sous ton œil ? Je mise sur un combat au couteau avec une brute sanguinaire. Je me trompe ?

Il se mit à rire.

— Aussi étonnant que cela puisse paraître : oui. Je suis tombé d'une balançoire quand j'avais six ans.

— Bon, on restera sur la version « brute sanguinaire ».

Je souris et posai la tête sur son épaule.

— Dis-moi quelque chose sur ton enfance, alors.

Ian hésita.

— Si tu veux... Je t'ai déjà parlé de ma mère et de mon frère, n'est-ce pas ?

— Bien sûr. *Alejandro.* J'adore prononcer ce nom.

— En fait, Alé n'est pas réellement mon frère. C'est un cousin et Jane est ma tante. Mes parents sont morts dans un accident d'avion quand j'avais huit ans.

J'en perdis instantanément le sourire.

— Oh ! Ian ! Je suis désolée... Pauvre bout de chou que tu étais !

— Oui, ç'a été... dur, à l'époque. Je n'avais vu Jane qu'une seule fois avant l'accident. Et Alejandro a neuf ans de plus que moi. Mais Jane a fait ce qu'elle a pu, avec le fils de son frère sur les bras alors qu'elle était très prise par son travail.

— Pour Médecins sans Frontières ?

— Plus ou moins, oui. Elle est chirurgien plastique. Répare les palais fendus et des trucs comme ça. Alé est médecin aussi.

— Vous êtes proches, lui et toi ?

Il hésita.

— Sur certains plans, oui.
— Pourquoi n'es-tu pas allé vivre chez ton oncle à Georgebury, plutôt ?
— C'est ce que je voulais, à l'époque. Mais il buvait. Je l'aimais beaucoup mais il n'aurait pas pu élever un enfant.

Il y avait une histoire là-dessous, j'en étais sûre. Mais j'étais sûre aussi que Ian refuserait de me la confier. Pas maintenant, en tout cas.

Il changea abruptement de sujet, me confortant dans mes soupçons.

— Et ta famille ? Elle est comment ?

Je glissai ma main dans la sienne.

— Ils sont bien, très bien. Bronte, ma nièce de treize ans, fait du chantage à ma sœur, qui hait les hommes, pour l'obliger à se marier. Du coup, Hester sort avec l'assistant funéraire de ma mère. Ma seconde nièce ambitionne de devenir Lady Gaga quand elle sera grande. Mes parents, nous ne savons plus trop, à l'heure d'aujourd'hui, s'ils s'aiment ou s'ils se haïssent. Mon frère fume du shit, couche avec tout ce qui lui tombe sous la main et n'a aucun projet d'avenir. Et la semaine dernière, j'ai trouvé mon grand-père nu dans ma baignoire avec sa nouvelle copine.

Ian sourit et me combla, preuve que je n'étais pas difficile à satisfaire.

— Parlant de ton grand-père, il y a un musée à Greenledge.

— Le musée des Arts et Traditions ? Tous les gamins du Vermont y ont été traînés un jour ou l'autre en sortie de classe.

Ian hocha la tête.

— Ils consacrent une expo à David Morelock et j'ai acheté des billets pour le vernissage. Je pensais qu'on pourrait y faire un tour avec Noah.

Je levai les yeux vers lui et ma bouche s'ouvrit lentement.

— Oh ! Ian ! Merci !

— Ce n'est rien.
— Comment ça, « ce n'est rien » ? Noah va être… Tu sais quoi ? Tu vas te faire sauter. A l'instant même, mon cher.
— Si tu insistes…
Là-dessus, il m'attira sur lui et glissa les deux mains sous ma fourrure polaire. Et même si le ciel était gris, même s'il se mit à pleuvoir quelque part à mi-chemin, nous réussîmes à ne pas nous refroidir. Au contraire, même.

— Si je comprends bien, vous vous fréquentez, tous les deux ? voulut savoir Noah.
Ian était venu nous retrouver pour un dîner rapide avant la rétrospective Morelock.
— Oui, monsieur, nous nous fréquentons, acquiesça poliment mon amoureux.
— Avec des intentions honorables et tout le bataclan ?
— Arrête, Noah, intervint Jody, que l'on voyait fréquemment à la maison ces temps-ci.
Ian ne dit rien, se contentant de me regarder. Ses yeux se plissèrent un peu et mon conduit d'amour se contracta de bonheur. *Combien d'heures encore avant d'aller se coucher ?* se demanda Betty Boop. *Trop,* lui répondis-je.
Noah pointa sa fourchette sur Ian.
— Tu as intérêt à bien la traiter. Et ne vous embrassez pas devant moi, surtout. Nous sommes ici chez moi et j'ai des principes, jeune homme.
Je levai les yeux au plafond.
— Moi aussi, j'ai des principes. Le premier étant qu'on n'entre pas dans ma salle de bains sans permission.
Noah échangea un petit sourire avec Jody.
— Tu ne l'utilises jamais, ta belle baignoire.
— Et je ne m'en servirai pas à l'avenir, du coup.
Jody rit de bon cœur.
— C'est l'heure de se mettre en route, non ?
Ian hocha la tête.

— Merci pour ce bon dîner, Callie.

Je lui souris et tendis le pied pour lui effleurer la jambe sous la table. Oups. Je venais de heurter la prothèse de Noah. Je visais un peu plus sur la gauche. Là. Ian n'avait pas souvent l'occasion de manger des repas faits maison. Et j'avais bon espoir de remédier durablement à cette lacune.

Dans le musée des Arts et Traditions d'Amérique, comme dans tant d'autres, d'ailleurs, régnait une atmosphère presque sacrée. Dès l'entrée, le visiteur se trouvait face à une grande photo en noir et blanc de David Morelock, son visage ridé marqué par la concentration, alors qu'il rabotait une pièce de bois. Un nœud se forma dans ma gorge et j'adressai au vieil homme un salut muet : « Encore merci pour mon rocking-chair, David. J'espère que de là où vous êtes, vous voyez tout ce qu'il représente dans ma vie. »

Je jetai un coup d'œil à Noah et vis que son visage était marqué par la tristesse.

— Bon, dit-il sans me regarder. On se retrouve dans une heure, les jeunes ?

Je posai ma main sur son bras et il la serra rapidement avant de tourner son attention vers Ian.

— Tu as eu une belle idée de venir ici, mon garçon. Merci.

— Tout le plaisir est pour moi.

Nous les regardâmes s'éloigner, la main de Jody reposant sur le bras de Noah qui, pour une fois, avait pris sa canne. Je soupirai malgré moi.

— Je suis contente qu'ils se soient trouvés, Jody et lui. Tant de ses amis sont déjà partis…

— Il a quel âge, Noah ?

Une pointe de mélancolie me serrait toujours la gorge.

— Quatre-vingt-quatre ans.

— Il t'aime vraiment beaucoup, ton grand-père.

Je levai les yeux vers lui et souris, chassant mon blues au loin.

— Bon, allons voir si nous trouvons quelque chose d'aussi beau que mon rocking-chair.

Et nous partîmes déambuler dans l'expo. Chaque meuble était éclairé par en haut, ce qui renforçait le côté presque sacré de l'atmosphère. L'exposition avait attiré du monde et les gens autour de nous murmuraient avec le recueillement de circonstance. Chaque pièce était accompagnée d'un descriptif : *Desserte, 1984, chêne et merisier, fabriquée pour la famille Glidden de Bennington, Vermont, assemblage à tenon et mortaise... Table de salle à manger plaquée loupe d'érable avec incrustations d'acajou, 1993, fabriquée pour Edwin Whitney à New York.*

Il y avait des bancs, des petits buffets, des chaises de cuisine, des consoles. Chaque pièce était unique, avait un éclat propre, des lignes pures, une sorte de force intérieure créant une impression de rassurante permanence. M. Morelock avait assurément eu un don.

A la fin de l'exposition se trouvaient les pièces maîtresses : les fauteuils à bascule. Il y en avait quatre, arrangés comme sur une galerie de bois, semblant attendre la famille qui viendrait s'y bercer. Ian était visiblement admiratif.

— Ils sont superbes... Mais aucun d'entre eux n'est aussi beau que le tien, bien sûr, ajouta-t-il avec un sourire en coin.

— Le mien serait sa dernière œuvre, paraît-il. Autrement dit, son couronnement.

Une petite femme aux cheveux gris surgit soudain à mon côté, agitée comme une puce.

— Vous dites que vous possédez un rocking-chair de David Morelock ?

— En effet, oui, admis-je, avec un brin de fierté.

— Le dernier qu'il a fabriqué ?

Elle jeta un coup d'œil à Ian et s'excusa.

— Pardonnez-moi de vous avoir interrompus ainsi. Je suis Colleen McPhee, le conservateur de ce musée.

— Enchantée. Et mes félicitations pour l'expo. Elle est très réussie.

— Donc, vous avez son dernier fauteuil. C'est sûr ?

— M. Morelock est décédé trois jours après me l'avoir donné. Et mon grand-père m'a dit qu'il venait de le terminer.

— Il doit y avoir un nombre gravé dessous.

— Quatorze, oui.

— Oh ! mon Dieu... C'est bien cela. Vous êtes en possession de son œuvre ultime.

Elle prit une profonde inspiration, comme si la nouvelle lui avait coupé le souffle.

— Nous serions très intéressés par l'acquisition de cette pièce.

Je souris.

— Désolée. Mais je ne vendrai jamais mon fauteuil.

Elle sourit avec la détermination d'une femme habitée par une mission.

— La somme allouée à cet achat est généreuse, mademoiselle... ?

— Grey. Callie Grey. Et je ne vends pas.

— Sachez que je peux vous en offrir vingt-cinq mille dollars sur-le-champ.

— Nom d'un haricot !

Une somme pareille aurait pu constituer un premier apport pour l'achat d'une maison. Mais même si le montant me donnait le vertige, je restai sur mes positions.

— C'est très généreux, en effet. Mais je le garde.

Ian sourit en regardant le sol.

Le visage de Colleen McPhee se défit et sa voix perdit de son pétillement.

— Si jamais vous changez d'avis, n'hésitez pas.

— Je pense que vous apprécieriez de faire la connaissance de mon grand-père. Il s'agit de Noah Grey, de l'Arche de Noah. Vous avez entendu parler de lui ?

— Vous plaisantez ? Noah Grey se trouve ici ?

Je lui désignai la star en question, occupée à admirer une chaise de salle à manger avec Jody.

— Le monsieur avec la barbe blanche et la canne.

La vibrionique Mlle McPhee s'élançait déjà.

— Merci ! Ravie d'avoir fait votre connaissance !

Nous la vîmes fondre sur mon grand-père, dire quelque chose, puis joindre les deux mains sur la poitrine, manifestement partie dans de longues effusions.

— Tu t'y prends bien, avec les gens, commenta Ian.

— Je les manipule, tu crois ?

A son ébauche de sourire, je vis qu'il avait saisi l'allusion à la petite discussion que nous avions eue chez lui quelques semaines plus tôt.

— Je ne t'ai jamais vue assise dans ton rocking-chair, observa-t-il. Pourquoi ?

Je tournai un instant les yeux vers lui, puis fixai de nouveau le meuble exposé devant moi.

— Je le garde pour plus tard.

— Plus tard ? Pour quoi ?

J'hésitai.

— Pour... Je ne sais pas.

Pour le moment où je l'aurai mérité. Je glissai ma main dans celle de Ian et il me regarda. Il paraissait toujours un peu surpris — et heureux — lorsque je lui témoignais de l'affection. Mon cœur s'ouvrit presque douloureusement. Me dressant sur la pointe des pieds, je l'embrassai sur la joue.

— Je t'aime beaucoup, Ian McFarland.

Un sourire lui plissa les yeux.

— J'espère bien.

— Et tu as de l'affection pour moi aussi, bien sûr.

— Absolument. Tu es drôle à regarder.

— Comme un singe sur une piste de cirque ?

— Voilà. Tout à fait.

Je lui flanquai une bourrade à l'épaule.

— Je parie que tu n'aurais jamais imaginé te retrouver avec la folle du DMV.

— Tu gagnerais ton pari, en effet, admit-il calmement.

Je me tus un instant.

— Qu'as-tu pensé de moi, ce jour-là ?

Ses yeux pétillèrent.

— Je t'ai prise pour une droguée. Une junkie, même.

— Comme c'est gentil, Ian... Il faudra que je t'apprenne à mentir de temps en temps pour la bonne cause.

— C'était juste une déduction logique. Tu étais agitée, dispersée, fébrile.

— Excellent diagnostic, cher docteur.

— Tu ne tenais pas en place, ne terminais pas une seule de tes phrases. Cela ressemblait à des symptômes de manque.

— Flatteur, va.

Il me serra gentiment la main.

— J'ai pensé aussi que tu avais de beaux cheveux. Et de jolies oreilles.

De jolies *oreilles* ? Allez comprendre les fixations masculines ! Je vis un de ses sourires se dessiner, allumant dans ses yeux bleus un feu si doux que je me crus transportée sous un ciel chaud et lumineux de septembre.

— Et ma rebutante propension à extérioriser mes sentiments ? « Votre diarrhée émotionnelle », disais-tu. Tu avais l'air assez écœuré, dans mon souvenir.

Il leva ma main, l'examina.

— Oui, je l'étais. Dans un premier temps, en tout cas.

J'attendis la suite. Un couple passa devant nous, s'extasiant sur une commode qu'il regrettait de ne pas avoir les moyens de s'offrir.

— Et dans un second temps ? insistai-je face au silence prolongé de Ian.

— Après, je me suis demandé...

— Demandé quoi, Ian ?

Il ne répondit pas.

— Je me suis demandé quel effet ça ferait de pleurer

au DMV ? Rien de plus facile. Ils sont très doués pour ça. Et ça marche ! Presque tout le monde pleure… Sortir de là les yeux secs, ça, c'est un coup de chance.

Il chercha soudain mon regard et je reçus de plein fouet l'impact de tout ce bleu.

— Je me suis dit que ce n'était peut-être pas une si mauvaise idée que ça de se lâcher complètement.

Il évita de me regarder.

— Même si je te trouvais un peu fofolle, je t'admirais, malgré tout, d'être aussi… ouverte. Et spontanée.

Ses yeux vinrent se poser de nouveau sur moi avec une douceur nouvelle.

— … et tellement vivante, surtout.

Consciente que j'avais la bouche ouverte, je la refermai. Ce jour-là avait été un des moins glorieux de mon existence. Et Ian avait trouvé chez moi matière à admiration.

— Merci, chuchotai-je, sous le choc.

— C'est sincère.

— Callie, c'est toi qui m'as envoyé ce pitbull dans les pattes ?

Noah arrivait sur nous de sa démarche claudicante, avec Jody à son côté. Je m'arrachai de mon nuage.

— Oui, c'est moi. J'imagine que tu es impressionné ?

— Il y a des petites-filles qui devraient la fermer et qui ne le font pas, grommela-t-il.

— Il y a des petites-filles qui devraient étouffer leur grand-père dans leur sommeil mais qui s'abstiennent. Elles pourraient le faire, cependant, alors attention à toi, vieillard.

— Ils veulent un canoë pour leur collection, expliqua Jody. C'est un compliment, Noah.

— Je veux qu'on me foute la paix, maugréa-t-il.

— Tatatata… Tu es flatté, avoue-le.

— Dis donc, toi ! Un peu de respect pour tes aînés.

Il me jeta un regard mauvais, mais un sourire frémissait sous sa barbe. Il était enchanté, en fait.

Ian me tint la main pendant tout le trajet du retour. Et

ce simple et délicieux contact de paume à paume suffit à m'émoustiller passablement. Je sentais mon cœur ému et dilaté, suite à ses propos. Que le moment le moins brillant de mon existence ait, malgré tout, mis des aspects positifs de moi en lumière me rendait toute chose.

Ian s'immobilisa devant la maison de Jody et une conversation à voix basse s'engagea sur la banquette arrière.

— Je crois que je vais descendre ici, Callie, finit par annoncer Noah.

Je me retournai sur mon siège. Même dans la semi-obscurité, je vis que mon grand-père avait les oreilles écarlates. Je choisis de ne pas le taquiner.

— Entendu. A demain, alors. Passez une bonne nuit.

Noah porta son attention sur Ian.

— Encore merci, mon garçon. Et si d'aventure tu devais rester à la maison, cette nuit, arrange-toi pour être parti avant mon retour. Même si tu es très fréquentable, elle n'en est pas moins ma petite-fille. Et je n'ai pas envie de savoir à quel point elle est déjà grande, d'accord ?

— Je n'ai que deux syllabes à te répondre, Noah, ripostai-je : bai-gnoire.

Jody se mit à rire. Noah poussa sa portière en faisant un signe de la main à Ian.

— Il faudra que tu m'expliques comment tu fais pour la supporter.

Mais il se pencha pour me pincer gentiment le menton.

— Rentrez bien, les jeunes.

— Merci pour cette soirée magnifique, Ian, lança Jody.

Nous attendîmes qu'ils aient franchi le seuil avant de poursuivre jusque chez moi. Bowie nous accueillit en tournant comme un fou sur lui-même avec de petits jappements aigus. Puis il renifla les chaussures de Ian avec une religieuse ferveur.

Ian n'avait encore jamais passé la nuit chez moi. Logique, puisque Noah était normalement toujours présent. Un plaisant silence tomba pendant que nous nous regardions, lui et moi. Le réfrigérateur chantonnait doucement. Le vent d'automne soufflait en rafales, chassant une pluie de feuilles d'or qui tourbillonnaient devant les vitres.

— Il est déjà tard, observai-je.

Le code universel pour : « A toi de faire le premier pas, l'ami ! »

— Oui, acquiesça Ian.

Bon, d'accord. J'avais oublié à qui j'avais affaire.

— Tu as envie de passer la nuit ici ?

Mon cœur battit plus vite tandis que j'attendais sa réponse.

— Oui, répondit-il simplement.

— Et Angie ?

— Je l'ai nourrie avant de partir. Et elle a une chatière pour chien, à l'arrière.

On pouvait faire confiance à Ian pour l'organisation. Une soudaine timidité m'envahit.

— Bon...

Mais il m'embrassa alors, et ses lèvres étaient douces et patientes comme du velours. Qui aurait jamais imaginé que l'homme qui ressemblait à un tueur à gages russe mettrait dans ses baisers une pareille tendresse ? Si j'avais été de celles qui cherchent à lire entre les lignes — et Dieu sait que j'étais ce genre de personne —, j'en aurais conclu que si Ian m'embrassait ainsi, c'était pour m'exprimer quelque chose.

Que je comptais, pour lui, par exemple.

Le baiser changea de tonalité, se fit plus intense, plus impérieux. Ses mains glissèrent au bas de mon dos et il me serra fort contre lui. Il était si merveilleusement chaud...

— Tu viens te coucher ? chuchotai-je.

Je l'entraînai dans ma chambre en le tirant par la main et refermai la porte sous le nez de Bowie.

— Va dormir sur le lit de Noah, lui intimai-je par le battant entrebâillé.

Mon chien gémit mais finit par s'éloigner en trottinant.

Seule la lune éclairait ma chambre, et une pâle lumière blanche entrait par les fenêtres donnant sur l'est. Ian était resté debout à attendre, le regard rivé sur moi. Je retirai mes escarpins.

— Assieds-toi, murmurai-je.

Il se dirigea vers le lit mais je le retins par le poignet et désignai mon fauteuil Morelock.

— Non, là.

Le regard de Ian se posa sur le rocking-chair, puis revint sur moi. Mon cœur cognait fort. Je l'encourageai d'un petit signe de tête et me mordis la lèvre en le regardant se diriger vers le fauteuil. Il s'assit, les mains posées sur les accoudoirs de bois lisse et doux. Mon Dieu, comme mon rocking-chair lui allait bien... Comme s'il lisait dans mes pensées, il sourit et mon cœur fit un bond. Un bond vers lui.

— Viens là, Callie.

J'obéis et me blottis sur ses genoux. Le rocking-chair n'émit aucune protestation, ayant été fabriqué par le grand maître. Ian glissa les bras autour de moi et nous nous balançâmes doucement. Sa tête était posée contre mon cou — contre mon pouls qui galopait. Et nous restâmes ainsi un long moment, enlacés dans le fauteuil Morelock, mes doigts glissant dans les doux cheveux blonds de Ian, traçant les petits plis autour de ses yeux. Puis sa main remonta et il défit ma chemise, patiemment, bouton par bouton, en posant les lèvres sur chaque centimètre de peau qu'il dévoilait. Je me raccrochai à ses épaules, cherchant les muscles puissants sous mes doigts. La douce, douce sensation de liquéfaction se répandait en moi comme un élixir alors qu'il écartait ma chemise, suivant du bout des doigts la dentelle de mon soutien-gorge. Lorsque nos lèvres se trouvèrent, l'atmosphère changea, passa en mode électrique. Au beau milieu d'un baiser brûlant, marqué par l'urgence, Ian me souleva, et le fauteuil oscilla en silence lorsqu'il m'emporta vers le lit qui baignait dans une lumière pure, intemporelle et magiquement lunaire.

Et il n'y eut plus que le souffle du vent et les sons qui montaient de nous deux, ensemble — les sons doux et légers d'un homme et d'une femme en train de tomber en amour.

22

— Bonjour, Callie.
Ian m'attendait, le lendemain matin, lorsque j'entrai dans la cuisine en titubant. Tout ce bonheur nocturne m'avait scié les jambes. Bowie entonna son chant en guise d'hommage matinal et je tapotai sa bonne grosse tête poilue.
— Salut, lançai-je amoureusement à mes deux hommes.
— Tu as envie d'une tasse de café ?
Ian ouvrait déjà un placard et sélectionna deux mugs dépareillés.
— Très volontiers, oui.
— La nuit écoulée a été incroyable.
Il me sourit et mon cœur fit un petit saut périlleux arrière, roula sur lui-même, puis s'alanguit.
— Incroyable, oui, j'en conviens.
Ian me versa du café puis me tendit le sucrier.
— Tiens… Même si tu es déjà suave comme le miel, Callie.
— Oh ! Tu ne serais pas en train de flirter, par hasard ?
— Et voilà comme je suis récompensé pour mes tentatives, grommela-t-il.
Mais c'était du bonheur que je voyais dans ses yeux.
Juste à ce moment, son portable sonna. Ian jeta un œil sur l'écran et ses traits se figèrent. Laura, peut-être ? Depuis le mariage, son nom n'avait plus été mentionné entre nous. Ian prit la communication.
— Jane ?

Je tendis l'oreille. Serait-ce sa tante ? Ian évita mon regard.

— Oui, ça va, Jane. Et toi ?... O.K. Super. 19 heures. Tu as besoin d'indications ?... A ce soir, alors.

Il referma son téléphone et fixa le plan de travail sans rien dire. J'attendis sans poser de questions. Et ma patience fut récompensée.

— C'était ma tante. Elle est à Boston et veut dîner ici ce soir.

— Ah, super. Et *Alejandro* ? Il vient aussi ?

J'avais pris mon plus bel accent espagnol pour prononcer son nom, ce qui me valut un faible sourire.

— Non, juste Jane.

Il enfonça les mains dans ses poches et son sourire s'évanouit.

— Tu aimerais faire sa connaissance ?

— Ah oui ! Résolument ! Tu veux que je cuisine ?

— Non, non, ça ira. Je prendrai un truc tout fait.

— Ian, tu ne peux pas lui faire ça. Et si on l'emmenait au restaurant, plutôt ? Chez Elements ! Dave nous servirait comme des rois.

— Jane est anti-restaurants. Elle dit que c'est du gaspillage.

— Bon, je cuisinerai, alors. Cela me fait plaisir, d'accord ?

Il prit une profonde inspiration.

— Callie... Je sais que tu voudras faire une bonne impression et que tu déploieras tes...

— Que je déploierai mes quoi ?

— Que tu tenteras de faire d'elle ta nouvelle meilleure amie.

— Peuh... Ian, je ne déploie pas de stratégies de séduction. Les gens m'aiment parce que je suis sympa et attachante, souviens-toi.

— Je me souviens, Callie. Mais elle ne t'aimera pas.

La brutalité du pronostic me laissa un instant sans voix.

— Pourquoi ?

Il répondit avec précaution.

— Jane est très entière. Très passionnée. Elle n'approuve pas vraiment ce que je suis. Et elle estimera que tu es un peu... euh...

— Attends. Oublions mon cas pour le moment. Comment peut-elle être critique par rapport à *toi* ? Tu es son neveu, le fils de son frère. Je suis sûre qu'elle t'adore.

Ian but une gorgée de café.

— Elle voulait faire de moi un médecin. Et le fait que j'aie choisi une autre voie reste difficile à avaler pour elle.

Je le serrai spontanément dans mes bras.

— Je parie qu'elle est fière de toi quand même, Ian ! Tu es intelligent, tu es beau, tu es doué ! Avec plein de qualités super, comme savoir te faire aimer d'un chien et tuer des gens avec le petit doigt et...

Il secoua la tête.

— Tu déblatères, Callie.

Mais il y avait un sourire dans sa voix.

— Peut-être. Mais je me charge du dîner quand même, d'accord ? Donne-moi ta clé, comme ça je préparerai tout à l'avance et ce sera parfait. Elle est végétarienne ?

— Végétalienne, hélas.

— Alors, tofu ce sera. Pas de problème, je peux me dépatouiller avec le soja.

Je l'embrassai sur la joue.

— Ne t'inquiète surtout pas, Ian. Ça va être sympa.

Douze heures plus tard, c'était à peu près tout sauf sympa.

Ma première impression avait pourtant été favorable — j'observai Ian alors qu'il accueillait sa tante dans l'allée devant sa maison. Ils tombèrent dans les bras l'un de l'autre, puis Jane saisit le visage de Ian entre ses paumes et l'examina avec un sourire radieux. Un peu comme je regardais Bronte ou Josephine en m'exclamant :

« Mon Dieu, comme tu as grandi ! » *Tu vois ? lançai-je mentalement à mon amoureux. Elle t'adore !*

Mais ils entrèrent dans la maison, et là, tout alla de mal en pis. Le visage neutre, Ian nous présenta.

— Jane McFarland... Callie Grey.

— J'ignorais que tu avais quelqu'un dans ta vie, Ian ! s'écria sa tante en me jetant un regard surpris.

Sexagénaire avancée, Jane était un petit bout de femme à l'allure vive, très mince, avec un visage agréable et des cheveux gris naturels. Je lui souris.

— Ravie de vous rencontrer, madame. Ian m'a beaucoup parlé de vous.

— Mmm...

Jane déambula dans le séjour et regarda autour d'elle.

— Voici donc ta nouvelle maison, Ian. Eh bien, eh bien... C'est drôlement luxueux, tout ça.

S'il s'agissait d'un compliment, il était bien déguisé.

— Je te sers un verre de vin, Jane ? proposa Ian.

Elle garda les yeux rivés sur les rayons de la bibliothèque.

— Très volontiers. C'est quoi, cette odeur bizarre ?

Je me mordis la lèvre.

— Euh... le dîner ?

— Ah... Et quel est le menu ?

Certaine de réussir mon effet, je retrouvai le sourire.

— Eh bien, le repas est entièrement végétalien, comme Ian m'a dit que vous étiez...

Jane prit son verre de vin des mains de son neveu.

— Je ne le suis plus, en fait. Le régime était trop compliqué à suivre là où je vis, en Côte d'Ivoire. Compte tenu des difficultés d'approvisionnement, je me suis remise aux œufs et aux produits laitiers.

— Ah... Quoi qu'il en soit, nous avons prévu végétalien ce soir. Des raviolis aux betteraves rouges avec une sauce à base de fèves. Et des bouquets de chou-fleur à l'aigre-douce.

Rien de ce qu'un être humain normalement constitué aurait envie de manger, autrement dit.

— Avec une salade et un gâteau au chocolat.

— Allons bon ! Il y aurait de quoi nourrir un village africain au complet.

— Tiens, Callie.

Le visage parfaitement neutre, Ian me tendit mon verre.

— Alors, Ian ? Raconte-moi un peu où tu en es ? demanda Jane en s'installant sur le canapé.

Elle ignora superbement le guacamole que j'avais préparé. Ian s'assit en face d'elle.

— Mon cabinet tourne bien. Je suis assez content.

— Tu songes à terminer tes études ? s'enquit Jane avec un large sourire.

Ian tourna les yeux vers moi pour expliquer.

— J'ai fait une année de médecine avant de bifurquer sur véto. Non, Jane. Je n'ai pas l'intention de revenir en arrière.

Elle secoua la tête.

— Quel gâchis... Cassie, laissez-moi vous poser une question. Si vous aviez le choix entre sauver la vie d'enfants gravement malades et soigner des labradors obèses, que feriez-vous ?

Je reposai mon verre sur la table et cherchai le regard de Ian.

— Mon nom est Callie, pas Cassie. Et je pense que j'opterais pour la profession que j'aime.

— Mmm... Et que faites-vous dans la vie, d'ailleurs, Callie ? C'est bien Callie, n'est-ce pas ?

— Oui, le diminutif de Calliope. Je suis directrice artistique dans une agence de pub.

Elle haussa un sourcil sceptique.

— Et votre métier vous donne satisfaction ? Pousser le consommateur américain à augmenter ses achats inutiles ?

Je restai un instant décontenancée.

— Mon travail est varié, créatif, ouvert sur le monde. Je l'adore, en fait.

— Mmm...

Sans vouloir me faire mousser, la liste des gens qui ne m'aimaient pas se résumait jusqu'ici à Muriel. Je pouvais à présent ajouter le nom de Jane McFarland. Si j'avais rencontré Muriel sans que nous ayons été amoureuses du même homme, les choses se seraient peut-être passées autrement. Nous étions l'une et l'autre amatrices de chaussures de luxe, après tout. Un facteur à la base de maintes complicités féminines. Mais Jane... Jane, c'était une autre paire de manches.

Je fis une nouvelle tentative.

— Ian m'a dit que vous reveniez rarement aux Etats-Unis ?

Angie entra et, dans un élan de solidarité, vint s'asseoir à côté de moi.

— C'est exact. Trop de choses à faire, trop peu de temps, pas assez d'argent pour financer les programmes destinés à sauver des vies.

Jane regarda autour d'elle.

— Rien qu'avec le prix de ton chien, Ian, on pourrait sans doute nourrir une famille en Afrique pendant un an.

— Je n'ai pas acheté Angie. Je l'ai récupérée pour éviter qu'elle ne soit piquée. Comme Callie avec son chien, d'ailleurs.

Il me décocha un petit sourire.

— Tu as trouvé Angie dans un asile pour animaux, Ian ?

Il hocha la tête.

— Son premier propriétaire la frappait.

— Pauvre puce, susurrai-je en caressant la superbe chienne.

Angie agita la queue. Jane demeura de marbre.

— Et Alé ? Il en est où ? demanda Ian. Cela fait plusieurs semaines que je ne l'ai pas eu au téléphone.

— Alé a une vie admirable.

Jane se tourna vers moi.

— Mon fils, Cassie, est *médecin* dans un petit village du Honduras. Tu devrais aller le voir, Ian.

— Ça fait partie de mes projets.

Je tournai les yeux vers lui mais il n'apporta pas plus de précisions. Il se mit soudain à parler dans un espagnol rapide — c'était étonnant de l'entendre s'exprimer ainsi dans une langue que je ne maîtrisais pas. Jane répondit en quelques mots, puis Ian dit encore autre chose. Je ne compris rien à ce qu'ils racontaient (tout ce que je savais, en espagnol, c'était compter jusqu'à dix, et apparemment, Ian et Jane ne comptaient pas). Je perçus un seul mot, cependant, et c'était « Callie ». Avec un peu de chance, Ian mettait les points sur les i pour qu'elle retienne mon prénom.

— Désolé, murmura-t-il à la fin de leur bref échange.

— Ian, comment va… comment s'appelle-t-elle, déjà ? Laura ? s'enquit Jane McFarland.

Ian hésita.

— Elle s'est remariée il y a quelques semaines.

— Bon, j'espère que tu as compris la leçon, Ian. Ne fais plus rien de précipité, surtout. Le mariage est un frein, il bride notre liberté d'action. Au cas où tu changerais d'avis et que tu déciderais de reprendre ta médecine quand même, il vaudrait mieux que ton chemin soit libre d'obstacles.

Elle me jeta un regard, comme pour bien montrer où se situaient les éventuels « obstacles » en question.

— Je ne prévois pas de changer de vocation, Jane.

— Ne dis jamais « Fontaine, je ne boirai pas de ton eau ».

Je tentai de sauver Ian de ce rouleau compresseur.

— Vous avez déjà été mariée, madame McFarland ?

Elle me regarda comme si elle venait de se souvenir de ma présence et prit une gorgée de vin.

— Très brièvement, oui.

Bon. O.K. Ce n'était pas gagné, en effet.

— Ian m'a dit que vous connaissiez Bono ? lançai-je, dans l'espoir de parvenir à communiquer en terrain neutre.

Jane haussa un sourcil.

— Pourquoi ? Vous voulez des billets pour un concert ?
— Vous en avez ? ripostai-je du tac au tac.

Aucun des deux McFarland ne sourit. Inutile de jouer la carte de l'humour, donc.

— Je plaisantais, marmonnai-je.

Le téléphone de Ian émit un genre de bêlement discret.

— Excusez-moi un instant. Je suis de garde.

Portable en main, il disparut dans le petit salon adjacent en refermant la porte derrière lui. Il s'était peut-être arrangé avec Carmella pour qu'elle l'appelle. Dieu sait qu'à sa place, j'aurais combiné une échappatoire de ce genre.

Je considérai la parente de Ian d'un œil prudent.

— J'admire sincèrement ce que vous faites, madame McFarland.

Peut-être, avec un peu de chance, trouverions-nous un terrain d'entente en l'absence de Ian ? Mais elle rejeta mes paroles d'un geste sec.

— Inutile de vous donner cette peine.
— La peine de quoi ?
— De flatter mon ego.

Je restai bouche bée, mais elle poursuivit tranquillement.

— Ecoutez, jeune fille, je suis certaine que vous êtes charmante et tout ce qu'on voudra, mais si c'est ma bénédiction que vous cherchez, vous ne l'obtiendrez pas. Je garde toujours espoir que Ian trouvera sa vraie voie malgré les choix qu'il a pu faire jusqu'à présent. Ce serait un gâchis qu'il reste vétérinaire. Il a l'intelligence nécessaire pour devenir un excellent médecin. Alors il faudra me pardonner si j'ai de plus hautes ambitions pour lui, Cassie.

— *Callie*. Comme dans Calliope, la muse d'Homère, crus-je utile de clarifier, d'une voix un peu tendue.

— Mmm…

Je pris une inspiration. Un changement de sujet ne saurait nuire.

— Vous étiez proche de votre frère ?

Elle me jeta un regard scrutateur.

— Enfant, oui. Adulte, plus tellement.
— Cela n'a pas dû être facile pour vous de prendre en charge un petit garçon qui...
— Cela n'a pas été difficile du tout, Callie. Ian n'était pas encombrant et Alejandro, mon fils...

Je sais que c'est ton fils! fus-je tentée de rétorquer vertement, mais je tins ma langue.

— ... était déjà presque grand. Ian a suivi le mouvement et n'a jamais pipé mot.

Je me représentais sans mal un Ian de huit ans, mutique, solitaire et terrifié de vivre loin de ses repères familiers alors qu'il venait d'être brutalement privé de ses parents. Ma gorge se noua.

Jane soupira et prit une nouvelle gorgée de vin.

— Comment imaginer qu'après tout ce que je lui ai montré du monde, il finirait ici?

Je vérifiai d'un rapide coup d'œil que la porte donnant sur le petit salon était toujours fermée.

— Après avoir perdu ses parents et après avoir beaucoup... euh... voyagé durant son enfance, Ian aspire peut-être avant tout à une vie normale? Et le fait qu'il n'ait pas choisi d'être médecin ne fait pas de lui quelqu'un de mauvais pour autant. Il...

— Ecoutez, mon enfant, vous n'allez quand même pas me sermonner sur mon neveu alors que vous le connaissez depuis quoi... Un mois? Deux mois?

Je me mordis la langue. Fort. Et me demandai si Ian en avait encore pour longtemps au téléphone. Je n'osais imaginer ce que donnerait la soirée s'il partait pour une visite à domicile en me laissant seule avec Jane.

Comme en réponse à ma prière muette, Ian réapparut.

— Désolé pour l'interruption. Callie, tu veux bien m'aider une seconde dans la cuisine?

Je réussis à feindre un sourire.

— Bien sûr.

Je le rejoignis aux fourneaux pendant que Jane se levait pour réexaminer une fois de plus le décor.

— Ecoute, Callie, tu n'es obligée ni de me défendre, ni de te justifier, ni d'essayer d'obtenir son amour inconditionnel, d'accord ?

— Ce n'est pas évident d'entendre tout ça sans réagir, chuchotai-je.

— Je t'avais prévenue que tu lui déplaisais. Elle ne t'aimera que si tu décides de devenir médecin et d'aller vivre dans le tiers-monde, c'est clair ? Alors pourquoi ne pas essayer de laisser couler, tout simplement ?

— Mais j'essaie, Ian !

Il ne dit rien, se contenta de me fixer.

— Bon, d'accord, maugréai-je. Je ferai un effort supplémentaire.

— Merci, dit-il sèchement.

Nous retournâmes dans le living. Cette fois, je pris garde de m'installer sur le divan, à côté de Ian.

— Ainsi, tu aimes cet endroit ? demanda Jane.

— Oui.

— J'ai été impressionnée par les couleurs d'automne en roulant jusqu'ici.

Ian me jeta un rapide regard.

— Si tu as envie de rester quelques jours, on pourrait explorer un peu la région. Organiser une randonnée, même.

C'était peut-être sentimental de ma part, mais pendant une fraction de seconde, je crus voir le petit orphelin assoiffé d'amour cherchant désespérément un signe d'affection.

— Je vous prêterais mon kayak, proposai-je aussitôt.

Peut-être que si Jane restait, Ian et elle passeraient des moments heureux ensemble. Et qui sait si Jane ne finirait pas par se montrer plus tolérante vis-à-vis des choix de vie de Ian ?

— Nous avons ici des lacs et des rivières magnifiques, m'enthousiasmai-je. C'est en tout cas ainsi que nous les voyons, nous les Vermontois.

Ian m'adressa un rapide petit sourire. Mais Jane ignora les deux propositions.

— Je n'aurai pas le temps. Je repars dès ce soir, en fait. J'essaie de convaincre Pfizer de nous faire un don supplémentaire d'antibiotiques. Et j'ai une réunion à New York demain.

Elle haussa les sourcils.

— Tu as envie de m'accompagner, Ian ? Pour te faire une idée de la façon dont les compagnies pharmaceutiques violent le pauvre ?

Le visage de Ian reprit son expression neutre.

— Je travaille, demain, Jane.

— Mmm..., fit-elle.

Même si Jane McFarland consacrait sa vie à des buts incontestablement admirables, ce n'était pas quelqu'un de facile à aimer. Je commençai à sentir des élancements dans mon œil gauche alors que je l'entendais dérouler ses critiques à peine voilées. Ian écoutait, indifférent en apparence, mais la tentation de le défendre se faisait de plus en plus pressante. J'en arrivais à serrer physiquement les lèvres pour m'obliger à rester coite.

Le dîner fut pesant, laborieux et... immangeable. Les raviolis avaient un goût de café brûlé mêlé à une saveur aussi douceâtre qu'indistincte. Quant aux choux-fleurs à l'aigre-douce... Est-il utile de les décrire ? C'était résolument un plat à ne jamais refaire. Jane en était à sa quatrième tentative pour convaincre Ian de retourner en fac de médecine afin que, à l'image d'Alejandro-le-Parfait, il puisse la suivre dans sa Voie. Que son travail soit sacré, j'étais la première à le reconnaître. Mais Ian avait une autre vocation, point final.

Elle ne toucha pas au gâteau que j'avais fait, ce dont je ne pus décemment lui tenir rigueur. Note à moi-même sur le mariage entre tofu et chocolat : à classer dans les unions culinairement malheureuses. Avec un profond soupir, je mis une cuillère de sucre dans mon café.

— Mon petit, vous devriez vous informer sur les conditions de semi-esclavage dans lesquelles travaillent les coupeurs de canne à sucre dans des pays comme le

Brésil, observa Jane, daignant enfin s'adresser à moi. Mais c'est très condescendant de ma part de vous dire cela. Vous êtes peut-être très bien renseignée sur la question.

— Pas vraiment, non, admis-je avec un petit soupir.

— Cela ne m'étonne pas. La plupart des Américains ignorent tout de ce qui se passe dans le reste du monde.

Et vlan. Un millième point en moins pour Callie/Cassie, qui avait l'inconscience de sucrer son café comme une Américaine grossièrement ignorante qu'elle était.

Ce fut alors que nous entendîmes un petit grésillement. Au début, je ne compris pas de quoi il s'agissait. Jusqu'au moment où la voix de ma sœur explosa soudain dans la pièce : « Callie, tu sais quoi ? Je viens d'avoir une relation sexuelle. C'était génial ! »

— Oups ! Excusez-moi !

Je me levai d'un bond. Horreur et damnation ! Dans l'après-midi, j'avais mis mon téléphone mobile en mode talkie-walkie, parce que la réception était meilleure ainsi, à proximité du lac. Mais hélas, trois fois hélas, j'avais oublié de le couper.

Et Hester de poursuivre ses confidences. « Bon, d'accord, ce n'est pas la première fois que je ressens des trucs. J'ai mon ami le vibromasseur, après tout. Mais ça, c'était quand même autre chose. Rien à voir avec ce qu'on peut acheter en ligne, si tu vois ce que je veux dire. »

Où était passé mon sac, bon sang ? Sur le bar ? Non. Le bureau ? Pas plus. Ah, voilà... Près de la porte. La voix bruyante d'Hester continuait de tonner dans les profondeurs de mon immense fourre-tout orange. « Tu ne me croiras pas, mais j'ai cru que j'allais finir accrochée au plafond par les ongles. Je sais que tu m'as dit que tu couchais avec le véto et il a l'air d'assurer. Mais, sérieux, j'espère pour toi qu'il est moitié aussi bon que Louis au lit. »

— Oh non ! gémis-je en tirant sur la fermeture Eclair de mon sac.

Je cherchai désespérément dans mon bazar innommable : tampons, livre de poche, photos, portefeuille. Pas de téléphone. Oh ! pitié... « Tu n'es pas là, Callie ? Bon, tant pis, je voulais juste partager la grande nouvelle. Je baise avec un préparateur funéraire. A croire qu'à force de rigidité cadavérique, ils bandent plus dur que la moyenne... »

Ma main se referma enfin sur le maudit téléphone. « Bon, faut que je te laisse, Callie ! Je crois que c'est parti pour le second round. Bye ! »

J'enfonçai le bouton « off » et un silence assourdissant tomba dans la pièce. Mais vu le fracas du sang à mes oreilles, je n'étais pas en mesure de l'entendre. Je replaçai le téléphone dans mon sac et pris une grande bouffée d'air.

— Hum... Devinez quoi ? Ma sœur a trouvé un amant !

Ni Ian ni Jane ne prononcèrent un mot. Seule Angie agita gentiment la queue, ce dont je lui sus gré.

En regagnant ma place, j'avais le visage en feu. Je pris mon verre de vin et le vidai d'un trait. Et sans hésiter. C'était le seul élément amical présent à cette table.

— Je suis vraiment désolée, marmonnai-je.

Jane haussa les sourcils.

— Quelle délicieuse famille vous devez avoir.

Ce fut plus fort que moi. Je craquai.

— Eh bien oui, figurez-vous. Ils sont super, tous autant qu'ils sont. J'ai une famille formidable. Nous nous aimons, nous nous acceptons. Et nous ne nous retrouvons pas une fois par an pour nous dire à quel point nous sommes déçus les uns par les autres.

Ian émit un avertissement à voix basse.

— Callie...

Mais je ne l'écoutais pas.

— Ma sœur est peut-être un peu... bizarre. Mais c'est une excellente mère pour ses deux filles adoptives. Et il ne lui viendrait pas à l'esprit d'exiger qu'elles soient à son image.

— Callie, répéta Ian.

Jane, elle, paraissait juste amusée.

— Exprimez donc le fond de votre pensée, mon petit.

Je déglutis et desserrai les poings.

— Le fond de ma pensée ? C'est que vous pourriez peut-être arrêter de vouloir décider pour Ian de ce qu'il doit faire de sa vie. Il a déjà perdu ses parents quand il était petit...

— Jane connaît les circonstances de mon enfance, Callie, intervint Ian sèchement.

— Et vous feriez peut-être mieux d'arrêter de le harceler pour le convertir à votre mission, et de le laisser respirer une fois pour toutes !

Ian ferma brièvement les yeux. On entendait le tic-tac de la pendule de la cuisine. Angie soupira.

Et Jane demeura de marbre.

— Bon. Nous connaissons à présent vos positions, Cassie.

J'attendis que Ian rectifie mon prénom. Il n'en fit rien.

Je me levai, heurtant la table de la hanche et faisant gicler le café honteusement sucré que je n'avais pas touché.

— Bon. Il faut que je file. Très heureuse de vous avoir rencontrée, madame McFarland. Et bon retour. Quant à toi, Ian...

Mon cœur battait si fort que je crus que j'allais vomir. Et pas seulement à cause des raviolis (même s'ils aggravaient sûrement l'affaire).

— ... à bientôt.

Il posa les yeux sur moi et, pour la première fois depuis que je l'avais rencontré, je vis qu'il était en colère. Ma poitrine se noua. Comment pouvait-il être furieux contre *moi* ? Ne l'avais-je pas défendu ? Et moi, au moins, je le trouvais merveilleux tel qu'il était, merde !

Jane se leva très calmement.

— C'est à moi de partir, plutôt. Je dois me rendre à l'aéroport de Manchester. Ce n'est pas très loin, je crois ?

— Je vais t'imprimer un itinéraire, dit Ian. Tu viens avec moi, Jane ?

Il me jeta un regard réfrigérant et disparut avec sa tante dans le petit salon. Etais-je censée rester ? Disparaître maintenant alors qu'ils cherchaient une feuille de route sur Google serait sans doute mal venu. Comme je ne savais pas trop quoi faire de ma personne, je débarrassai la table, jetai la part de gâteau dédaignée par Jane à la poubelle, en y mettant un peu plus de force que nécessaire. Je me résignai à remplir le lave-vaisselle. Ian triait toujours les fourchettes, les cuillères et les couteaux. Et moi, vous savez quoi ? Je jetai le tout en vrac dans les paniers. Et plaf. Je déglutis pour contenir la boule qui insistait dans ma gorge. Leurs voix en espagnol me parvenaient de la pièce voisine. Super. Message reçu. « Nous ne voulons pas que tu saches de quoi nous nous entretenons. »

Quelques minutes plus tard, ils ressortirent dans le séjour.

— Ma foi, ce fut une rencontre intéressante, Callie, observa la tante de Ian avec une parfaite décontraction.

— Je le pense aussi.

Intéressant était un euphémisme.

— Merci d'avoir cuisiné pour moi, jeune fille.

Elle n'avait pas *l'air* de se moquer de moi.

— Mais je vous en prie.

Ian ouvrit la porte.

— Je te raccompagne à ta voiture, Jane.

Lorsqu'ils furent sortis, je pris une profonde inspiration. Les larmes me picotaient les yeux et j'avais la triste impression que la diarrhée émotionnelle était imminente.

Dans la lumière provenant du garage, je vis la haute silhouette de Ian à côté de celle de sa tante qu'il dominait d'une bonne tête. Ils parlèrent encore quelques minutes, puis Ian la serra dans ses bras, la soulevant légèrement du sol par la vigueur de son étreinte. Jane lui ébouriffa les cheveux d'un geste affectueux puis monta dans sa voiture de location et partit en marche arrière, ses pneus crissant sur le gravier de l'allée.

Ian revint en silence, le visage fermé. Angie, notant l'humeur de son maître, alla se terrer dans la pièce voisine. Je fus tentée de suivre son exemple.

— Alors ? murmurai-je faiblement.

Les bras croisés sur la poitrine, il fixa le sol d'un regard coupant comme un rayon laser.

— Je n'ai peut-être pas été tout à fait clair, tout à l'heure, lorsque je t'ai demandé de ne pas faire campagne pour moi, Calliope ?

C'était toujours mauvais signe, lorsqu'on utilisait mon vrai prénom.

— Si, tu as été clair.

— Mais cela ne t'a pas empêchée de militer quand même.

Je pris une inspiration tremblante.

— Bon, je suis désolée, mais je trouve qu'elle devrait être fière de toi. Voilà. Est-ce si condamnable ?

— Elle ne sera *pas* fière de moi, Callie. Et je n'ai pas besoin qu'elle le soit. Pas plus que je n'attends d'elle qu'elle t'approuve ou quoi que ce soit. Ce qui *m'a* gêné, ce soir, en revanche, c'est que tu ne respectes pas le fait que j'en sache un peu plus que toi au sujet de ma famille.

— Voilà qui est doctement exprimé, Ian.

Il ne parut pas enchanté par mon appréciation.

— Je suis également assez mal à l'aise avec la vision que tu as de moi en orphelin tragique. Jane a fait ce qu'elle a pu avec un enfant dont elle n'avait ni prévu ni désiré la venue. Et il n'y avait personne d'autre sur les rangs pour me proposer une meilleure solution.

Mes yeux se remplirent de larmes. Oh ! pauvre Ian... Lui, bien sûr, m'étranglerait si je le plaignais ainsi à voix haute. Mais quand même !

Il n'en avait pas fini avec moi, cependant :

— Je pense que ce qui s'est passé ce soir a plus à voir avec ton besoin d'être aimée qu'avec la relation entre Jane et moi.

— Absolument pas, non ! Elle a été dure avec toi. Et j'ai pris ton parti.

— Elle n'est pas dure, Callie, et je n'ai pas besoin d'être défendu. Crois-moi ou non, mais je sais m'y prendre avec elle.

— Alors pourquoi ne l'as-tu pas reprise lorsqu'elle m'a appelée Cassie ? Tu n'aurais pas pu faire au moins ça, Ian ?

Il leva les bras en signe d'exaspération.

— Elle connaît ton nom, Callie. Elle te cherchait et tu as mordu à l'hameçon. Je comprends ma tante. Je sais ce qu'elle veut de moi et je sais qu'elle ne l'obtiendra pas. O.K. ?

Petit à petit, il haussait le ton.

— C'est à toi que la situation posait problème, en l'occurrence. Pas à moi. Ma relation avec Jane est ce qu'elle est. Et ce n'est pas parce que tu as joué ta Mlle Rayon de Soleil toute la soirée que cela changera quoi que ce soit. Je te l'ai dit et redit, mais tu n'écoutes pas !

J'attrapai mon sac à main.

— Tu sais quoi, Ian ? Je suis désolée d'être sujette à tant de sentiments inopportuns. Je sais que tu détestes les démonstrations émotionnelles sous toutes leurs formes et je regrette de ne pas ressembler un peu plus à ta chienne, qui est en tout point parfaite, *elle*. Je suis désolée de vouloir que les gens m'aiment et m'apprécient alors que tu te tapes de l'affection des autres comme de ta première turbulette. Je suis désolée aussi que…

Je fus interrompue par un petit hoquet qui ne fit rien pour améliorer ma dignité.

— … désolée aussi, donc, de tenir suffisamment à toi pour me mettre en colère lorsqu'on te traite comme de la merde. Je suis désolée qu'Hester ait appelé et je suis désolée d'avoir poussé l'incorrection jusqu'à exprimer une opinion.

Je passai le talon de mes mains sur mes yeux.

— Ah non, ne pleure pas, Callie !

— Désolée encore une fois.
Sur ce, j'ouvris la porte et dévalai les marches de la galerie.
— Callie, attends !
Sa voix semblait défaite.
— Tu sais quoi, Ian ? Je m'en vais. A un de ces quatre.
Là-dessus, je montai dans ma fidèle Lancelot et m'éloignai dans la nuit.

23

J'étais partie de chez Ian, mais pour quelle destination, je l'ignorais encore. Noah m'avait fait comprendre qu'il ne serait pas seul ce soir. Et je ne voulais pas prendre le risque de les surprendre encore une fois en situation compromettante, Jody et lui. Hester était occupée aussi, même si mon cerveau hésitait encore à m'offrir une représentation de ma sœur en plein commerce sexuel avec Louis. Oh! mon Dieu, non... Il y avait déjà eu suffisamment de carnage, ce soir. Je savais qu'Annie m'accueillerait à bras ouverts, mais il était tard. Jack et elle étaient probablement pelotonnés sur leur canapé, à roucouler tant et plus.

Ce qui me laissait le choix entre ma mère et mon père. Et comme d'habitude, j'optai pour papa. Sa maison était plongée dans le noir et aucune voiture n'était stationnée dans l'allée. Mon père était peut-être sur les routes. Avec son club de bowling, il partait parfois un jour ou deux pour jouer dans d'autres salles. Je poussai la porte et entrai.

— Papa ? appelai-je à voix basse, juste au cas où il serait quand même à la maison.

Une voix masculine s'éleva du premier étage.

— Qui est là ?

Je poussai l'interrupteur pour éclairer le palier. Mon frère cligna des yeux et se couvrit le visage.

— Pétard, Callie ! Eteins-moi cette saloperie de lumière.

Je m'exécutai.

— Désolée. Qu'est-ce que tu fabriques ici ?

— Maman me tanne le cul pour que je fasse quelque chose de ma vie, en ce moment. Je me suis dit que je serais plus tranquille ici. Et toi, ô ma sœur ?

Je m'assis sur une marche d'escalier. Une fine lame de lumière rosâtre en provenance d'un lampadaire traversait la fenêtre donnant sur la rue.

— Je me suis disputée avec mon mec.
— Mark ?

Surpris, je levai les yeux. L'idée de Mark et moi ensemble paraissait déjà ancienne, comme un souvenir brumeux sur lequel je préférai ne pas me pencher de trop près.

— Non, Ian. Le véto. On... on sort ensemble.
— Et pourquoi vous vous êtes frités ?
— J'ai été prise de diarrhée émotionnelle, admis-je sombrement.
— Appétissant.

Les marches craquèrent, signalant l'arrivée de Freddie. Il s'assit à côté de moi et me passa le bras autour des épaules.

— Tu peux tout raconter à ton enfant prodige de frère.
— Sérieusement ? Tu ne le balanceras pas sur twitter ou un truc comme ça ?
— Bon, bon, puisque c'est toi, je me priverai d'un grand plaisir et je ne diffuserai pas le récit sur mon blog. Même pas sur YouTube.

Et c'est ainsi que je me retrouvai dans la position inattendue de confier mes péripéties sentimentales à Freddie. Il écouta, la plupart du temps en silence, émettant juste quelques sons d'horreur étranglés lorsque je mentionnai le coup de fil d'Hester.

— Alors qu'est-ce qu'il faut que je fasse, à ton avis ?

Je sentis les larmes me piquer de nouveau les yeux.

— Tu aurais dû rester et lui sauter dessus. Nous sommes très basiques, nous, les hommes. Nous pardonnons tout en échange d'un peu d'action.

— Tu n'es pas un homme, Freddie, mon chéri. Juste un enfant innocent.

Ma voix sonnait creux et mon humour tomba à plat.

— Et toi, Fred, alors ? Tu en es où ?

Il soupira.

— Je ne sais pas. Je manque d'objectifs.

Glissant mes pieds hors de mes chaussures, je renversai la tête contre le mur.

— C'est ce que nous avons tous constaté, mon cœur. Y a-t-il quelque chose dans la vie que tu pratiques avec passion ?

— A part baiser, tu veux dire ?

— Oui, Fred. Et j'aimerais autant ne pas entrer dans les détails de tes exploits sexuels, O.K. ? N'oublie pas que j'ai changé tes couches.

Freddie garda le silence un instant.

— J'aime bien rire et m'amuser. Mais ça ne fait pas un métier, j'imagine ? J'aime la marche, le kayak, la pêche. Mais je ne crois pas que le marché du guide de rivière soit très florissant.

— Cherche : Homme de Montagne, dis-je.

Il rit doucement et je tapotai son pied nu.

— Et en quoi es-tu bon, voire excellent ? Tu es un matheux de génie, tes blogs sont hilarants, tu as du succès sur Twitter, tu as construit un ordinateur à douze ans et hérité du charme légendaire de papa, donc tu serais doué pour le relationnel, voire l'entourloupe.

— Ben voilà, tout le problème est là. Je suis bon en tout. C'est le prix écrasant à payer pour le génie.

— Ce qu'il ne faut pas entendre... Je vais me coucher, sale gamin. Et toi ?

— J'ai l'intention de me coller devant la télé et de finir le stock de crèmes glacées de papa. Tu veux tenir compagnie à ton petit frère ?

— Pourquoi pas ?

Un quart d'heure plus tard, j'avais enfilé un pyjama

de papa et je regardais *Evil Dead III*, tout en travaillant activement de la cuillère pour soutenir Ben & Jerry.

En luttant ferme pour essayer de ne pas penser à Ian.

Le lendemain matin, je fis un saut à la maison pour me changer. Noah était levé (et seul), avec Bowie tout frétillant à ses côtés. Mon grand-père lui donnait distraitement des morceaux de bacon tout en parcourant le journal local.

J'émis un petit son admiratif en allant me servir une tasse de café.

— Eh bien ! Tu as fait ton propre petit déjeuner. Je suis vraiment très fière de toi... Ou Jody m'aurait-elle remplacée dans mon rôle d'esclave ? m'enquis-je en regardant autour de moi.

— Mets une sourdine, sale gamine. Tu ne vois pas que je suis en train de lire ?

Il leva les yeux et fronça les sourcils.

— Hé, mais qu'est-ce qui t'arrive ? Tu as une petite mine. Tu t'es disputée avec ton véto ?

Je le regardai un instant sans y croire. Toutes mes conversations avec Noah, en temps normal, se résumaient à « Trouve-moi ma jambe, pétard de bois ! », de son côté. Et le « Tout de suite, ô mon maître », que je donnais immuablement en réponse.

— Ouah ! Tu deviens observateur, Noah. Nous sommes en froid, oui.

Il me regarda un instant en silence.

— Les choses vont s'arranger. Ne te fais pas de souci.

— Je m'en fais quand même.

Ma gorge se serra.

— Ah, Callie, s'il n'y avait pas de disputes, il n'y aurait jamais de réconciliations non plus. Laisse-lui un peu de temps, à ce garçon. Il n'est pas habitué aux engins comme toi.

— Qu'entends-tu par « engin comme moi » ?

— Tu représentes un gros morceau.
— Merci, Grampy. Tu me remontes le moral.
— Tu occupes beaucoup d'espace, ma puce, tu cherches à résoudre les problèmes de la terre entière, à être l'amie idéale pour tous. Tu n'es pas obligée de faire tant d'efforts. Nous t'aimons telle que tu es.

J'avais déjà entendu cela quelque part, non ?

— Tu viens juste de me laisser entendre que tu m'aimes, Noah. Quelle sera la prochaine surprise ? Une carte pour ma fête ? Elle te transforme, ta petite affaire avec Jody Bingham.

Il sourit.

— Va savoir.

Le travail me parut interminable, ce jour-là. Je maintins la porte de mon bureau fermée, crachai de la copie et m'efforçai de rester à distance des autres. Mes pensées tournaient sans relâche autour de Ian, bien sûr, et je cherchai désespérément les mots justes qui nous rendraient l'un à l'autre. Car là où nous avions été, lui et moi... c'était bien. Un bon endroit. Un *très* bon endroit.

Ian ne se manifesta ni par téléphone ni par mail. Le seul message personnel que je reçus provenait de ma mère et me conviait à un rassemblement familial au funérarium ce soir-là. Pas de motif précisé. Sans doute une réunion au sommet pour débattre des projets de carrière de Fred.

Pas un mot de Ian, en revanche. Cinq, six fois, je pris mon téléphone pour l'appeler au cabinet, et cinq, six fois, je reposai le combiné.

Tu n'es pas obligée de faire tant d'efforts. Le problème, c'est que je ne savais pas me comporter autrement.

A 17 h 30, je rangeai mon bureau et pris congé de Pete et Leila. Damien, Fleur et Karen avaient déjà déserté les lieux. Et Muriel était partie une fois de plus en Californie. C'était déjà ça de pris.

— Passe une bonne soirée, Mark, lançai-je en m'arrêtant devant sa porte.

Il se leva et sourit.

— Toi aussi, Callie. Tu es bien jolie, aujourd'hui. Mais que dis-je ? Tu es jolie tout le temps. Si je suis encore autorisé à te faire des compliments, du moins ?

J'hésitai.

— Euh... Oui.

Mark m'indiqua les deux sièges vides devant son bureau.

— Tu as une seconde ?

— On m'attend, en fait.

— Juste une minute ?

Nous nous assîmes l'un et l'autre. Mark fixa ses mains.

— Nos conversations me manquent, admit-il à voix basse.

Son regard tomba sur mes lèvres avant de remonter fouiller le mien. Je modifiai ma position, de manière à prendre un peu de distance.

— De quoi souhaitais-tu me parler, Mark ?

Il soupira, passa la main dans ses cheveux.

— Je ne sais pas. Tu me manques, c'est tout, et j'espérais...

Il laissa filer un second soupir.

— Nous sommes amis depuis longtemps, pas vrai ?

— Assez, oui.

Il garda le silence un instant.

— Que penses-tu de Muriel et moi, Callie ?

Sa question me prit au dépourvu.

— Franchement, je n'en sais rien, Mark. Et je n'ai pas envie d'aborder le sujet.

Il secoua la tête et leva les mains en signe d'excuse.

— Non, non, tu as raison. Je suis désolé. C'est juste qu'une opinion féminine me serait utile. C'est tout. Je n'avais pas l'intention de te mettre mal à l'aise.

— Demande à ta maman, suggérai-je.

Il me décocha un de ses éternels sourires.

— Oui, ce serait plus approprié, c'est juste que...

Il baissa de nouveau les yeux sur ses mains et prit son air à la James Dean, tête basse, moue contrite.

— Il y a quelque chose chez toi, Callie... Une qualité unique. J'espère que tu en es consciente.

Son sourire s'évanouit.

— Tout à fait unique, même.

L'atmosphère dans le bureau parut se modifier. Mes genoux picotaient de façon inconfortable. Le regard de Mark tomba encore une fois sur mes lèvres et n'en bougea plus. Lorsqu'il reprit la parole, il murmurait presque.

— Je me surprends à penser souvent à Santa Fé, ces derniers temps.

Je restai un instant le souffle coupé.

— Je te demande pardon ?

Il plongea de nouveau son regard dans le mien, m'adressa un sourire désarmant et haussa les épaules.

— Je ne sais pas. C'était... unique. Un moment... vraiment unique.

Il n'avait donc pas d'autre adjectif à sa disposition, cet homme ? Je me levai très vite.

— Je dois partir, Mark. A demain.
— Callie ?

J'attendis, mais il soupira.

— Non, rien. A demain. Passe une excellente soirée.

Dehors, dans la rue, je pris quelques profondes respirations assainissantes qui formèrent des petites traces de buée dans le soir frais. Quel âne, ce Mark ! Qu'est-ce qu'il cherchait, au juste ? Je le savais bien, moi, que ce séjour à Santa Fé avait été *unique*. J'avais passé quasiment une année entière à essayer de me remettre de ce moment *unique* de mon existence. Le soir où il m'avait larguée, je n'avais pas manqué de souligner qu'il s'était passé quelque chose d'exceptionnel entre nous. Ce qui ne l'avait pas empêché de mettre fin à notre histoire. Et comment avait-il osé fixer mes lèvres comme ça, après tout ce qu'il m'avait fait endurer ?

Les odeurs âcres de fumées d'automne et de feuilles

décomposées finirent par m'apaiser. Jake Pelletier se gara devant le Joyeux Gueulard et leva la main pour me faire signe. Je lui rendis son salut puis grimpai vers le haut de la colline, direction la maison funéraire.

Je n'étais plus amoureuse de Mark. Vraiment. C'était juste sa façon de remuer les cendres et la boue d'un amour passé qui m'avait déstabilisée. Et, comme par hasard, il avait fallu que cela tombe le jour de ma première brouille avec Ian.

Parlant de brouille avec Ian, il était temps d'y mettre un terme. Temps de retomber dans ses bras pour une réconciliation éperdue sur l'oreiller. La soirée de la veille avait été tendue, nous nous étions querellés, et maintenant nous allions nous retrouver. Car une journée entière sans le voir, sans le lire, sans l'entendre ? Non, cela dépassait les limites de l'acceptable.

« En avant, ma fille », m'encouragea Mme Obama. Et la pensée me fit sourire. Mais tout d'abord, ma famille.

— Ah, Callie, te voilà ! s'exclama ma mère lorsque je franchis la porte privée de la maison.

Ma fratrie ainsi que mes nièces et parents étaient déjà là.

— Salut tout le monde, dis-je en me désentortillant de mon grand châle en pashmina rose (en solde, tout doux, super-qualité).

— Où est Grampy ? voulut savoir maman.

— Je suis venue directement en sortant du travail. Et contrairement à la croyance populaire, je ne suis pas le gardien de mon grand-père.

— Tu serais plutôt son esclave, commenta Fred.

— Absolument. Alors Fred, puisque tu es un assisté, chômeur professionnel et sans diplômes, pourquoi ne prendrais-tu pas la relève ?

— Je viens d'appeler chez lui et personne n'a répondu, insista ma mère.

— Il doit être avec son nouvel amour, suggérai-je. Salut, ma Josephine ! Comme ils sont beaux, tes cheveux !

Ma nièce m'ouvrit les bras et, même si elle commençait

à être un peu lourde, je la soulevai pour la renifler dans le cou et la faire rire aux éclats.

— Tu sens bon comme les fées, ma José.

Elle me rendit mon sourire puis se tortilla pour m'échapper et aller faire les poches de mon père — aptitude essentielle s'il en est. Papa m'adressa un clin d'œil et fit mine de ne pas remarquer que sa petite-fille s'entraînait sur lui au dur métier de pickpocket. Sa petite main ressortit avec un billet.

— Papie ! Regarde ! Je t'ai volé !

— Bonsoir, Callie, s'éleva la voix lisse de Louis.

Louis qui était sexuellement intime avec Hester. J'avais presque oublié ce détail. Par habitude, je reculai d'un pas.

— Inutile de battre en retraite, chuchota-t-il. Je suis passé à autre chose.

— C'est ce que j'ai appris.

Je déglutis péniblement.

— Nous avons un peu l'air d'un couple de foire, nous deux, non ? lança Hester en me tendant un verre de vin, en bonne sœur qu'elle était. Mais il n'y a pas d'athées sous une pluie de bombes, n'est-ce pas ?

— Mmm…, fis-je, ne souhaitant pas de précisions sur ce qu'elle entendait par cette loi de Murphy du combattant.

Hester était radieuse, au demeurant. Radieuse ! Depuis l'adoption de Bronte, je ne l'avais plus jamais revue aussi heureuse. Parlant de l'aînée de ma nièce, Bronte s'avança vers moi et fit mine d'avoir un haut-le-cœur en voyant sa mère main dans la main avec Louis.

Je secouai la tête.

— Dis donc, Bronte, c'est toi qui voulais une figure paternelle !

— Je pensais à Denzel Washington ! Pas à Dracula.

— Un prince des ténèbres reste un prince malgré tout.

— Mais de là à avoir envie qu'il couche avec ta mère…

— Oui, bon d'accord… Tu peux venir habiter avec Noah et moi, si tu veux, chuchotai-je à l'oreille de Bronte alors que Louis et Hester se regardaient dans les yeux, comme enveloppés d'un nuage électrique de phéromones souterrains.

— Bon, les enfants, rassemblez-vous, lança mon père. J'aurais aimé que mon père soit là... Callie, où est-il passé ?

— Il a réussi à enlever son collier et il s'est sauvé ! Sérieux, je ne sais pas, papa ! Il a quelqu'un dans sa vie, il n'a pas de comptes à nous rendre.

Mon père sourit, plus charmeur et Clooneyesque que jamais.

— Bon, tant pis. Mon oiseau bleu, tu veux l'annoncer toi-même ?

« Mon oiseau bleu » ? *Mon oiseau bleu !* Je retins mon souffle.

— Vas-y, toi, Tobias, dit ma mère.

Mon père enveloppa notre petite troupe d'un regard circulaire.

— Nous nous sommes réconciliés. Et nous nous remarions.

Ses yeux restèrent rivés aux miens un long moment. Mes larmes montèrent si vite que je dus me couvrir la bouche. J'étais abasourdie. Il l'avait reconquise. Il avait réussi !

Pendant une fraction de seconde, je me retrouvai à la fenêtre de mon ancienne chambre, à regarder mon père sortir ses valises, vingt-deux ans plus tôt. Et le souvenir de ce chagrin qui m'avait tordu et lacéré le cœur me communiqua un vertige. Ce jour-là, j'aurais donné vingt années de ma vie pour qu'il revienne. Et voilà qu'il était de retour. Ils allaient se marier. *Se marier.* Je sentais mon cœur grandir comme s'il menaçait de s'échapper de ma poitrine.

Fred applaudit.

— Bien joué, p'pa !

— Vous n'êtes pas déjà mariés, papie et mamie ? s'étonna Josephine.

Mon père secoua la tête.

— Tu veux être notre demoiselle d'honneur, ma chérie ? Avec une jolie robe à paillettes ?

— Oui, oui, Poppy. Elle pourra être noire, ma robe ?

Hester, décomposée, arracha sa main à celle de Louis.

— Maman, c'est une mauvaise blague ou quoi ? Tu n'as pas sérieusement l'intention de te remarier avec papa ?

Le regard inquiet de ma mère se posa sur mes nièces.

— Louis... Cela t'ennuierait d'emmener les filles ailleurs quelques minutes ?

— Bien volontiers. Vous venez, les enfants ? On va jouer au vampire dans la salle d'exposition.

Bronte se renfrogna.

— Et voilà, ça recommence. Je suis assez grande pour tout entendre et on me vire comme une petite gamine.

— Chouette, on va faire Dracula, se réjouit Josephine en glissant sa petite main dans celle de sa grande sœur.

L'aînée de mes nièces prit un air résigné.

— Oui, bon, ça va, je serai Van Helsing.

Louis referma la porte derrière eux.

— Je suis désolée ! tempêta Hester. Mais là, franchement, ça dépasse les bornes !

— Mais, Hester..., commençai-je.

Ma sœur secoua la tête.

— Désolée, Callie, mais je ne suis pas comme toi, à chanter des chansons arc-en-ciel et à voir la vie sur le mode cui-cui les petits oiseaux. Papa, tu as trompé maman quand elle était enceinte. Je pense que vous avez tous pu constater que je porte les cicatrices de cette trahison. Enfin, merde, quoi ! J'ai passé ma vie à fuir les hommes comme s'ils avaient la peste bubonique parce que toi, *maman*, tu me l'as appris !

Ma mère était bouche bée.

— Oh ! ma chérie... Mais je n'ai jamais eu l'intention de...

— Mais tu l'as fait !

— En attendant, si mes informations sont bonnes, tu

couches quand même avec le prince de la nuit, commenta Freddie.

— La ferme, gamin ! riposta-t-elle hargneusement.

Elle se tourna vers mes deux parents, qui rayonnaient encore quelques secondes plus tôt.

— Et maintenant, tu m'annonces que tu te remaries ! Tu reproduis la même erreur ? Tu as perdu la tête ou quoi ? Et s'il recommence à te tromper ?

Hester respirait vite et par à-coups. De ma vie, je ne l'avais vue dans un pareil état. Ma mère était livide et mon père avait perdu le sourire.

Il reposa son verre et alla se placer face à sa fille aînée.

— Hester, j'aimerais que tu me pardonnes, dit-il gentiment.

— Il n'en est pas question, putain !
— Pardonne-moi, Hester.
— Papa…
La voix d'Hester trembla un peu.
— S'il te plaît.

Il la regarda droit dans les yeux, sans sourire, sans clin d'œil, sans jouer de son charme.

— Tout ce que tu as dit est vrai, admit-il tristement.
— Evidemment que c'est vrai !
— Mais je te demande de me pardonner quand même. Tout simplement de me donner une seconde chance. Fais un geste, mon lapin.

Au son du diminutif qu'il lui donnait enfant, la lèvre inférieure de ma sœur trembla. Ses yeux humides de larmes se posèrent tour à tour sur ma mère, sur Fred et sur moi.

Fred l'encouragea gentiment.

— Allez, Hes. C'est vrai qu'ils ont commis des dégâts sur nous, mais comme tous les parents, en fait. Tu verras plus tard ce que tes filles diront de toi. Alors arrête de piétiner en rond et ne gâche pas leur bonheur retrouvé.

Ma sœur se tourna vers moi et nous nous fixâmes un instant en silence. La lutte du papillon contre le rhinocéros. Je souris, haussai les épaules et le papillon l'emporta. Ma sœur soupira profondément.

— Bon... Je suis en minorité, de toute façon.

Elle reporta son attention sur mon père.

— Tu nous emmènes à Disneyworld, les filles et moi. Tu me dois bien ça.

— Ton jour sera le mien.

Mon père passa les bras autour d'Hester et, au bout de quelques secondes, elle lui rendit maladroitement son étreinte. Et même si le cœur n'y était pas encore tout à fait, c'était un début.

Hester finit par lâcher papa pour s'essuyer les yeux.

— Je vous dis qu'elle n'est pas normale, cette famille, putain !

Je découvris que je pleurais (surprise !). Me tournant vers ma mère, je la serrai de toutes mes forces dans mes bras. Puis ce fut le tour de mon père, mon vieux diable de père, et je me suspendis à son cou.

— Tu l'as fait, papa ! Tu es le meilleur, chuchotai-je.

Mon père avait les larmes aux yeux, lui aussi.

— Merci, chaton. Merci d'avoir continué à croire en moi, envers et contre tout.

24

La soirée était déjà bien avancée lorsque je sortis du funérarium. Nous avions célébré la nouvelle en commandant des pizzas et commencé à faire fuser les idées pour organiser le mariage.

La nuit était froide et claire, annonçant les premières gelées matinales. Un croissant aigu de lune se balançait haut dans le ciel, et les feuilles tombaient, légères et silencieuses, alors que je descendais la colline à pied. Je vérifiai mes messages. Toujours rien. Je ne savais trop quel sens donner au silence de Ian, mais ma décision était prise : nous étions mûrs, lui et moi, pour une séance effrénée de sexualité réconciliatoire. Enfin, zut, si mes parents pouvaient s'aimer de nouveau malgré le passif entre eux, Ian et moi devrions pouvoir surmonter un petit différend. Je ferais juste un passage éclair à la maison pour voir où en étaient Noah et Bowie, puis j'enfilerais ma lingerie la plus sexy avant de filer sur Bitter Creek Road.

Le grand silence de la nuit était déjà tombé sur Georgebury. Dès 20 heures, la foule diurne désertait les trottoirs. Le Joyeux Gueulard donnait encore quelques signes de vie, mais partout ailleurs, les stores étaient baissés. Seul Green Mountain Media était encore éclairé. Mark n'avait pas encore quitté l'agence. Au passage, je vis sa tête brune penchée alors qu'il travaillait à son bureau, le long du pan coupé de notre immeuble Flatiron.

Je m'immobilisai pour regarder l'agence, notre belle

agence accueillante avec son éclairage doré. Et ma décision tomba : « Demain, je donne ma démission. »

Il était temps.

Un poids tomba de mes épaules. Ma poitrine se dénoua. Je finirais bien par trouver un autre emploi. Ou je me mettrais à mon compte. Je pouvais aussi aider Noah à l'atelier quelques mois jusqu'à ce qu'une nouvelle opportunité se présente. Mais il était temps de trancher les quelques liens effilochés qui me retenaient encore à Mark. Il avait été un élément quasi permanent de ma vie, brouillant presque toujours les eaux d'une façon ou d'une autre. Et enfin, *enfin,* j'en avais assez.

— Alors ? Qu'est-ce que vous en dites, Michelle ? exultai-je à voix haute.

La première Dame ne répondit pas, mais je ne fis pas cas de son silence. Je n'avais plus besoin d'entendre la voix de sa raison, à présent que la mienne s'élevait.

Arrivée à la maison, je trouvai le pick-up de Noah à sa place coutumière. J'entrai dans la cuisine et actionnai l'interrupteur. Pas une lumière allumée. Pas un bruit. Où était passé mon toutou ? D'habitude, il m'accueillait à la porte, reconnaissait le bruit de mes pas et se précipitait, tout frétillant de joie.

— Bowie ? Je suis là !

Seul le silence me répondit.

— Noah ?

Ce fut comme si le son de ma propre voix me revenait en écho. *Il a dû aller voir Jody et il a emmené Bowie avec lui, voilà tout.*

Mais le goût âcre de la peur m'emplissait la bouche. Mon sac glissa de ma main soudain trempée de sueur.

— Bowie ? appelai-je d'une voix faible.

Un petit son s'éleva alors. *C'est probablement Noah. Ils sont dans sa chambre avec Jody et s'ébattent en pleine sexualité gériatrique. Alors n'hésite pas à faire le plus de bruit possible.*

Mais je savais que ce n'était pas cela.

Le son se reproduisit. Aigu. Plaintif... Bowie ?

Allumant toutes les lumières de la maison sur mon passage, les jambes comme du plomb — parce que je savais, je savais déjà — je traversai la cuisine, puis le living. Mes mains tremblaient violemment lorsque je poussai la porte de l'atelier. Bowie pleura de nouveau. Plus fort, cette fois.

Ma main se posa sur l'interrupteur. Hésita. J'étais absolument certaine de ne pas vouloir voir la scène qui m'attendait. Sans allumer le plafonnier, je pénétrai dans l'aire de travail de Noah. Je connaissais le chemin, après tout.

— Grampy ? chuchotai-je.

J'entendis, pour toute réponse, la queue de Bowie frappant le sol.

Lentement, avec précaution, je m'avançai jusqu'à l'établi où je trouvai la vieille lampe en cuivre. Sa lumière douce me suffit pour découvrir ce que je savais déjà.

Mon grand-père était assis dans son vieux fauteuil, Bowie allongé à ses pieds. De nouveau, mon chien heurta le sol avec sa queue, mais il ne quitta pas son poste.

Les yeux de Noah étaient fermés. Plus que jamais, il ressemblait à un Père Noël famélique, avec sa barbe et ses cheveux blancs, ses belles mains habiles abandonnées sur ses genoux. Sans son froncement de sourcils habituel, son visage paraissait plus doux, plus serein. Les pattes-d'oie autour de ses yeux avaient été sculptées par le rire. Oui, mon grand-père avait eu un très beau sourire. Je n'avais jamais été dupe du personnage de vieux bougon qu'il affichait — pas vraiment. Quand on avait le cœur bon, cela finissait toujours par transpirer d'une façon ou d'une autre.

Il avait l'air paisiblement endormi, comme on dit. Un cliché, d'accord, mais rassurant. Car j'avais eu beau grandir dans un funérarium, les morts me fichaient une trouille bleue.

Bowie gémit de nouveau.

— Tu es un si bon chien, mon Bowie, chuchotai-je.

Je couvris la main froide et raide de Noah avec la mienne et m'agenouillai, consciente de la chaleur des larmes glissant sur mes joues. Il devait être là depuis un certain temps, car il faisait froid dans l'atelier et le poêle s'était éteint. Sans le crépitement du feu, le silence était total.

— Oh ! Noah, je regrette tellement de ne pas avoir été là, avec toi...

Ne sois pas idiote. Ce fut presque comme si j'entendais le son rocailleux de sa chère voix. Je réprimai un sanglot.

— Papa et maman sont de nouveau ensemble, donc tu n'as plus de souci à te faire au sujet de ton fils, d'accord ? Et je m'occuperai de Freddie. Il s'en sortira. Il est encore jeune, mais ça mûrit doucement dans sa tête. Et je sais que tu seras fier de lui.

Je pensai à ma grand-mère, qui avait été l'amour de sa vie. A M. Morelock et à mon oncle Remy, partis depuis si longtemps. J'espérais de toutes mes forces qu'ils seraient là, sous une forme ou sous une autre, pour accueillir Noah. J'étais heureuse d'avoir choisi d'habiter chez lui, de l'avoir charrié, aimé, soutenu. Heureuse qu'il ait vécu cette parenthèse amoureuse avec Jody dans ses dernières semaines de vie. Heureuse qu'il soit mort en travaillant dans l'atelier qu'il aimait, car un vieux Yankee du Vermont ne concevait pas de mourir autrement que debout, avec ses outils à la main. Et j'étais consolée de savoir que mon chien l'avait accompagné dans ses derniers instants, car Noah avait adoré Bowie.

J'embrassai mon grand-père sur le front et me relevai.

— Allez, viens, Bowie. Tu as fait du bon travail. Je vais te donner du jambon.

Mon chien, relevé de ses fonctions, me suivit dans la cuisine. Même si j'avais été élevée dans un funérarium, je ne savais pas trop quelle était la marche à suivre. Je donnai à Bowie sa récompense, décrochai le téléphone et composai un numéro par réflexe. *S'il te plaît, réponds.*

Mais il n'en fit rien.

« Vous êtes sur la messagerie de Ian McFarland. Veuillez laisser un message et je vous rappellerai dès que possible. »

— Ian ? murmurai-je d'une petite voix. Je sais que tu es un peu fâché contre moi, mais je me demandais si tu accepterais de venir me rejoindre car mon grand-père vient de mourir.

Deux heures plus tard, j'étais de nouveau seule dans la maison de Noah. Mes parents étaient arrivés presque sur-le-champ. Longtemps, mon père était resté debout en silence à côté de Noah, puis il l'avait embrassé sur la tête. Ma mère avait pris alors mon père dans ses bras en lui murmurant des paroles de réconfort. Robbie Neal, Rat de Rivière et secouriste, était venu confirmer que Noah Grey était effectivement parti vers l'autre bord. Shaunee, ambulancière bénévole à ses heures, me serra dans ses bras.

— Il a fait un infarctus, a priori, murmura-t-elle.

La police était venue poser les questions habituelles : quand j'avais vu mon grand-père pour la dernière fois, s'il avait eu des visiteurs inhabituels, etc. Ils procédèrent à quelques vérifications de routine, mais il était évident que le cœur de Noah avait tout simplement déclaré forfait. Louis était intervenu ensuite. Et pour la première fois, je n'avais pas eu de mouvement de recul et l'avais simplement trouvé efficace, discret, plein de tact et de gentillesse.

Mes deux parents s'étaient inquiétés à mon sujet et avaient proposé de m'accueillir ou de venir dormir chez Noah. J'avais décliné. Ils avaient décidé que nous attendrions le lendemain matin pour avertir Freddie, qui était sorti avec des amis, et Hester qui se couchait toujours avec les poules. Je m'étais portée volontaire pour informer Jody, de mon côté. Pauvre Jody…

Pendant que mon père s'entretenait dehors avec les secouristes, ma mère était venue s'asseoir à côté de moi à la vieille table de cuisine et m'avait caressé les cheveux, comme quand j'étais petite.

— Tu es sûre que tu ne veux pas que je vienne dormir ici, ma petite chérie ?

— Non, ça va aller, maman. Je ne suis pas déprimée. C'est juste, tu sais… le chagrin.

Bowie, qui avait pourtant beaucoup donné aujourd'hui, posa la tête sur mes genoux et cligna de son œil bleu en me regardant. Je lui souris et lui donnai la moitié du sandwich que ma mère venait de confectionner pour moi.

— Je vais rester tranquillement ici cette nuit et pleurer un bon coup, maman.

Elle m'examina d'un œil sévère, scrutant mes traits pour vérifier si je parlais vrai ou non.

— Bon, d'accord. Je t'appellerai demain matin.

— Merci, chuchotai-je. J'imagine que tu sais ce que Noah voulait, comme arrangements et tout ça.

Elle hocha la tête.

— Il m'avait déjà communiqué ses volontés après la mort de mamie. Il ne pensait pas lui survivre aussi longtemps.

Je levai les yeux sur le visage pensif de ma mère.

— Maman ?

— Oui, ma chérie ?

— Je suis tellement heureuse que papa et toi soyez de nouveau ensemble.

Des larmes roulèrent sur ses joues.

— Moi aussi, chuchota-t-elle.

— Tu es certaine de vouloir rester seule ici, chaton ? demanda mon père en entrant dans la cuisine.

— Oui, certaine, papa.

Je les serrai dans mes bras, leur assurai pour la dixième fois que « ça irait », puis les regardai monter en voiture. Mon père s'assit au volant et je vis ma mère prendre sa main dans la sienne et la porter à ses lèvres.

Je me détournai de la fenêtre et montai dans ma chambre pour me laver les dents et me mettre en pyjama. Ma gorge était serrée et douloureuse, et le silence de la maison pesait comme un manteau de plomb sur mes épaules. Dans un coin de ma chambre, face à la rivière, se trouvait mon rocking-chair. Sur l'étagère, juste au-dessus, s'alignaient dix-sept petits animaux de bois, sculptés par Noah au fil des ans. La certitude qu'il n'y en aurait plus jamais d'autres me contracta si douloureusement la poitrine que j'eus soudain de la peine à respirer.

Je descendis dans l'immense salle de séjour qui résonnait comme une cathédrale et m'assis sur le canapé. D'un bond, Bowie vint se blottir près de moi. J'aurais pu regarder notre émission de téléréalité préférée, mais la perspective de la voir sans Noah me parut insurmontable. Appeler Annie aurait été une possibilité, mais je n'avais pas trop le cœur à le faire. Je restai assise simplement dans la maison trop silencieuse. Lorsqu'on frappa à la porte, je tressaillis. Une tension d'attente que j'ignorais ressentir retomba, faisant place au soulagement. Il était là. Enfin.

Mais ce n'était pas Ian.

— Mark ? murmurai-je. Mais qu'est-ce que tu fais là ?

Je regardai derrière lui si quelqu'un d'autre arrivait. Ian, par exemple.

Le visage de Mark était solennel. Il me prit dans ses bras.

— Je viens d'apprendre la nouvelle… Je suis tellement désolé, Callie.

Il m'étreignit pleinement, pas seulement le haut du corps, mais une pression complète, des cuisses jusqu'au visage. Sa joue reposait contre la mienne, douce, chaude et fraîchement rasée. Il sentait comme il avait toujours senti — son eau de toilette Hugo Boss que j'avais aimée au point d'en acheter pathétiquement un flacon, juste après notre rupture. Que d'heures larmoyantes j'avais passées, à renifler cette stupide eau de toilette, en méditant sur ces fameuses cinq semaines.

Je me dépêtrai de ses bras.

— Merci, Mark... Comment l'as-tu appris ?

Je reculai d'un pas, laissant Bowie procéder à ses reniflements rituels. J'avais un peu chaud aux joues.

— Je me suis arrêté au Joyeux Gueulard pour boire un verre. C'est Shaunee qui me l'a dit.

Les nouvelles circulaient vite, dans des villes comme la mienne.

— Tu es seule, Callie ?

J'hésitai.

— Oui, pour l'instant. Entre. Tu veux boire quelque chose ?

— Volontiers, oui. Levons notre verre au vieux Noah.

Une partie de moi se hérissa. *Le vieux Noah ne t'a jamais aimé, Mark. Il te trouvait « péteux » et superficiel.* Mais Mark avait eu la gentillesse de venir. Et j'avais à lui parler, de toute façon.

Nous nous installâmes sur le vieux canapé en cuir, devant le feu, avec chacun deux doigts de whisky.

— A ton grand-père. Le meilleur constructeur de bateaux que la Nouvelle-Angleterre ait jamais connu.

— Santé, Mark. A Noah.

Je fis tinter bravement mon verre contre le sien. Je n'avais jamais aimé le whisky. Mark, lui, vida le sien d'un trait.

— Tu vas prendre un congé, bien sûr. Prolonge-le aussi longtemps que tu voudras, Callie.

Je pris une profonde inspiration.

— A ce propos, j'ai quelque chose à t'annoncer, Mark.

Je traçai un des visages Hello Kitty sur ma jambe de pyjama.

— Je quitte Green Mountain Media. Vu les circonstances, j'aimerais autant que ma démission soit immédiatement effective.

Mark demeura comme pétrifié. C'était à peine s'il

semblait respirer encore. Il finit par se ressaisir et prit une brusque inspiration.

— Callie, ma chérie, ne prends pas de décision irréfléchie. C'est de la pure folie. Tu ne peux pas t'en aller !

— Si. En vérité, je peux.

— Tu es bouleversée. Ton grand-père vient de mourir. Il ne faut surtout pas prendre de décision dans ces conditions.

— Ma décision était déjà prise avant que je trouve Noah, en fait.

Il se frotta le front.

— Bon, d'accord... Soyons directs : ça a quelque chose à voir avec moi ?

J'examinai son visage : ses sourcils rapprochés, ses magnifiques yeux sombres, sa libre chevelure. Il avait un physique à la lord Byron : romantique, expressif et d'une absurde beauté. Le visage de Ian était moins harmonieux, moins équilibré, mais tellement plus intéressant, plein de nuances cachées et de sourires ébauchés. Mark incarnait peut-être la beauté masculine, mais le visage de Ian racontait une histoire. Celui de Mark n'exprimait que la vacuité de la perfection.

— Callie..., chuchota Mark en me prenant la main.

Je la retirai.

— Eh bien, vois-tu, Mark, la réponse est oui : ma décision se rapporte effectivement à toi.

Je pris un coussin et le serrai contre mon ventre.

— Je tiens à être sincère, car je commence tout juste à mesurer à quel point je l'ai peu été avec toi. Je n'ai été qu'un vaste faux-semblant avec toi, même.

Il se rembrunit.

— Ne dis pas de bêtises.

— Non, c'est vrai. Je n'ai jamais été franche avec toi. La vérité, c'est que j'étais amoureuse de toi depuis bien avant Santa Fé.

Mark ouvrit la bouche, commença à dire quelque chose, puis se ravisa.

— Euh... O.K. Continue.
— Eh bien, au début, il y a eu les années lycée, le sous-sol de Gwen et tout ça...

Il sourit un peu et j'enchaînai :

— Plus tard, dès le jour de mon premier entretien d'embauche, je suis restée comme un gentil toutou aimant, à tendre la patte et à faire le beau, en attendant que tu t'aperçoives enfin de ma présence.

Bowie ponctua mes aveux d'un jappement de soutien.

— Comme si je n'avais pas été conscient de ta présence, Callie ! J'ai toujours eu une haute opinion de toi...

Je haussai les épaules.

— Oui, bon, d'accord... Il t'a quand même fallu trois ans puis une expérience de mort imminente avant qu'il ne se passe quelque chose entre nous. Mais je ne me suis pas posé tant de questions, à l'époque. J'étais follement amoureuse et, enfin, tu semblais répondre à mes sentiments. Pendant quelques jours, en tout cas. A notre retour, tu es devenu très fuyant et je me suis dit : « Pas de panique, il lui faut juste un peu de temps. » Alors j'ai recommencé à attendre, en pensant que tôt ou tard tu ouvrirais les yeux...

Je secouai tristement la tête.

— Ce fameux soir, lorsque tu m'as invitée chez toi et que tu as cuisiné ce charmant dîner, je... je pensais que tu allais me demander en mariage, Mark.

Il baissa les yeux et une légère rougeur se dessina sur ses joues.

— Et puis tu m'as sorti ces salades au sujet du timing.
— Ce n'étaient pas des salades, Callie.
— Du blabla, Mark. Rien que du blabla. Admets-le !

Il émit un soupir de frustration.

— Bon, O.K., d'accord, Callie. Toi, moi, Santa Fé, ça a été une erreur. Nous avons vécu une belle expérience, mais le moment n'était effectivement pas le bon. Je n'aurais jamais dû coucher avec toi. Je suis désolé.

Même si je ne l'aimais plus, ses mots m'atteignirent comme autant de petites piqûres d'abeilles.

— Mais cela n'enlève rien à la qualité de notre relation professionnelle, Callie. Tu adores ton boulot. Et tu l'exerces avec talent.

— Je sais. Mais j'ai envie d'autre chose. Et pour être franche, je n'apprécie pas la place que Muriel a prise dans l'agence, façon rouleau compresseur. J'ai envie de passer à autre chose et de faire une coupure franche. J'ai perdu trop de temps avec toi, Mark.

Il secoua la tête.

— J'étais loin de me douter de ce que tu ressentais pour moi.

— Oh si, tu savais !

J'avais riposté si vivement qu'il sursauta.

— Tu as joué sur mes sentiments depuis le début. Et tu continues, d'ailleurs. Ce soir encore, tu m'as dit à quel point j'étais « unique ». Cela fait des années maintenant que tu me manipules de cette façon.

Il me jeta un regard coupable et je soupirai, soudain submergée par une mortelle fatigue.

— Mark, mon grand-père vient de mourir et, pour être franche, tu es la dernière personne que j'ai envie de voir ici en ce moment. Je démissionne. Va-t'en, s'il te plaît. Nous reparlerons la semaine prochaine, si tu le veux bien.

Il posa son verre, se leva.

— D'accord, je te laisse. Mais pour moi le sujet n'est pas clos. Je n'accepte pas ta démission, parce que je considère que tu es triste et bouleversée et que tu ne devrais pas prendre une décision si radicale en un pareil moment. Accorde-toi le temps de la réflexion.

— Je n'ai pas besoin de réfléchir.

— Eh bien, je te demande de le faire quand même.

Il me regarda d'un air peiné.

— Je regrette, Callie. Je ne voulais pas ajouter à ton chagrin. Au contraire. J'étais juste venu te dire à quel point je suis désolé pour Noah. Je sais que tu adorais ton grand-père.

C'était l'éternel problème avec Mark. Il n'était jamais *complètement* mauvais. Mon ton se radoucit.

— J'apprécie ton intention... Merci d'être venu.

Je le raccompagnai jusqu'à la porte. Lorsque Mark tira le battant, Ian se trouvait sur le seuil. En tenue chirurgicale et sans manteau, dans la froide nuit d'automne.

— Ian, murmurai-je.

Bowie hulula de joie. Le regard de Ian se posa sur moi puis sur Mark.

— J'étais en salle d'opération, expliqua-t-il d'une voix hésitante. Un chien qui a eu... Enfin, peu importe. Je viens juste de recevoir ton message, Callie.

— Je m'apprêtai à partir, marmonna Mark. Bonne nuit.

Il se dirigea vers sa voiture d'un pas pesant. Quelques minutes plus tard, ses feux arrière s'éloignaient, brillant d'un éclat dur dans la nuit. Derrière moi, Bowie gémit puis tomba à plat dos, au cas où quelqu'un serait d'humeur à s'occuper de lui.

— C'est trop tard ? demanda Ian.

— Pour quoi ?

— Pour les visites.

— Pas pour la tienne.

Ian m'attira dans ses bras et m'embrassa sur le front.

— Je suis désolé, pour Noah, chuchota-t-il.

— Merci.

Dans son étreinte, je trouvai la chaleur, la force, la douceur. Et mes larmes jaillirent de plus belle.

— Tu as besoin de parler, Callie ?

— Je voudrais juste fermer les yeux et dormir, murmurai-je d'une toute petite voix, le visage pressé contre sa poitrine.

— Eh bien, voilà qui peut se faire, ma chérie.

Jusqu'ici, il ne m'avait jamais appelée autrement que « Callie », et le terme d'affection me fit pleurer de plus belle. Ian ferma la porte, parla gentiment à Bowie et me guida jusqu'au premier étage, le bras passé autour de mes épaules, en éteignant les lumières sur notre passage.

— Il faut que tu te brosses les dents ou autre chose ?

— Non, sanglotai-je. Je suis parée pour dormir.

Il ôta les coussins décoratifs et retourna le couvre-lit.

— Alors, hop ! Au lit.

Et j'obéis sans discuter, soudain lasse, lourde et à bout de forces.

Ian tira les couvertures, me couvrit jusqu'au menton, puis se pencha pour poser un baiser dans mes cheveux. Je lui attrapai la main et il s'assit sur le bord du matelas en me caressant tout doucement les doigts avec le pouce. La pensée me vint que Ian McFarland ferait un mari merveilleux, un père merveilleux, un merveilleux tout ce qu'on voudrait.

— Je suis désolée pour hier soir, Ian. Je n'aurais pas dû parler à ta tante comme cela.

Il releva mes cheveux qui retombaient sur mes yeux.

— Je sais que cela partait d'un bon sentiment, Callie. Moi aussi, je regrette.

Baissant les yeux, il traça du bout des doigts le motif du couvre-lit.

— Jane ne sera jamais facile à vivre.

— Je ne crois pas, non.

— On considère que c'est réglé, alors ?

J'acquiesçai d'un signe de tête.

— Quand tu es partie hier, je pensais que tu voulais rompre, admit-il en évitant mon regard.

J'en eus le souffle coupé.

— Oh non, Ian ! Nous... nous nous sommes juste pris un peu la tête.

— D'accord.

Il déglutit, et je sentis mon cœur se gonfler de quelque chose qui ressemblait à de l'amour.

— Je m'apprêtais à venir te surprendre pour une séance de réconciliation sur l'oreiller. Puis je suis arrivée à la maison et j'ai trouvé Noah... et...

Mes larmes repartirent de plus belle.

— Hé, là, doucement, murmura Ian en m'attirant contre lui pour me tenir serrée.

Et je jure que rien n'aurait pu être plus réconfortant au monde que ses bras solides noués autour de moi. Il me tint ainsi, la tête pressée dans son cou, et me laissa pleurer tout mon soûl.

— Tu veux bien rester avec moi cette nuit, Ian ? hoquetai-je dans un mince filet de voix.

Ian posa sur moi ses yeux bleus comme l'été.

— C'est pour ça que je suis venu, répondit-il simplement.

Il retira sa tenue chirurgicale et se mit au lit avec moi, me serrant pour que ma joue repose sur son cœur. Je crois qu'il me fallut moins d'une minute pour m'endormir.

25

Le jour de l'enterrement de Noah fut froid et gris. Ma petite famille se rassembla le matin, à la maison funéraire. Il n'y aurait pas de cérémonie religieuse, puisque tel avait été le vœu de mon grand-père. Juste une veillée de deux heures avant de prendre le chemin du cimetière.

Les Rats de Rivière, rendant à leur idole un émouvant hommage, avaient placé un des kayaks de Noah juste derrière le cercueil, dans le salon Sérénité. Ce bateau-là était un des plus beaux qui soient jamais sortis de l'Arche. Fin et élégant, il luisait doucement dans la pénombre, avec ses flancs en cèdre rouge incrustés de chêne blanc. J'avais toujours été frappée par la dualité qui existait chez mon grand-père. D'un côté, le vieil homme au parler rude et aux mains calleuses, de l'autre, ces créations étonnantes de grâce et de légèreté. Noah laissait derrière lui un sacré patrimoine.

J'avais une impression étrange à nous voir là, tous ensemble, dans cette maison qui avait toujours été la nôtre — mais du côté des endeuillés, cette fois-ci. Seul point lumineux dans cette grisaille : mes parents se tenaient la main après vingt-deux années de guerre froide. J'aurais tant voulu que Noah puisse les voir ainsi. Mais peut-être savait-il, maintenant ? En costume, Freddie avait l'air sombre et très mûr. Debout à côté de Bronte, il faisait passer des bonbons à Josephine et racontait des blagues aux filles lorsque les larmes les submergeaient. Ma mère avait laissé toute l'organisation à Louis et mon père, beau et avenant comme toujours, saluait les proches et les moins proches venus présenter leurs derniers hommages à Noah.

Jody était présente avec nous pour recevoir les visiteurs. Lorsque j'étais allée la voir pour lui annoncer la nouvelle, je lui avais demandé si elle souhaitait être des nôtres.

— Je veux bien, oui, m'avait-elle répondu d'une toute petite voix.

Puis elle m'avait serré la main avec une force étonnante.

— Merci, Callie.

— N'importe quelle personne capable ET de faire le grand écart ET de supporter mon grand-père mérite un minimum de reconnaissance, non ?

— Il te portait aux nues, Callie.

— Pareil pour toi, avais-je murmuré.

Et nous avions fondu en larmes l'une et l'autre.

Ian était présent aussi avec nous, en faction à l'arrière de la salle, calme, silencieux et protecteur. Il m'apporta un verre d'eau et trouva un de ses beaux mouchoirs blancs dans sa poche pour sécher mes larmes.

— Je ne connais plus personne qui utilise ces trucs-là, murmurai-je en m'essuyant les yeux.

— Je me suis constitué un stock tout de suite après notre première rencontre.

Il me serra la main d'un geste de réconfort puis retourna à son poste, penchant la tête pour écouter une question d'Elmira Butkes sur Fluffers, son Mathusalem d'entre les chats. Toutes ces dames du cours de hip-hop/yoga étaient venues, ainsi que les Rats de Rivière, ainsi qu'une douzaine d'anciens clients de l'Arche de Noah.

Annie arriva avec Jack et Seamus dans son sillage. Elle aussi avait les larmes aux yeux.

— Je suis tellement désolée, ma Callie… Tu tiens le coup ?

— Ça va, oui.

Elle s'essuya les joues.

— Tu sais que je suis là, hein ? Considère que je suis

d'astreinte pour toi. Appelle-moi à n'importe quelle heure du jour ou de la nuit et je laisserai tout tomber pour te rejoindre. Je suis prête à m'enivrer, à manger de la pâte à gâteaux, à jurer, à… tout ce que tu voudras.

Je lui souris à travers mes larmes.

— Je sais. Merci, Annie.

— Mes condoléances, Callie, murmura Jack en m'embrassant.

— Allez, profite des circonstances. Serre-moi fort dans tes bras, Jack.

Il secoua la tête.

— Ah, je vous jure, ces filles ! dit-il en m'adressant un clin d'œil.

Annie et lui poursuivirent leur chemin pour présenter leurs condoléances à mes parents.

— Je suis vraiment désolée, Callie, s'éleva une petite voix froide et pointue.

— Ah, tiens, Muriel… Tu es de retour de Californie ?

— Je suis rentrée hier, dit-elle en examinant ma tenue.

J'arborai une robe jaune soleil en l'honneur de Noah. Et des escarpins rouges qui me tuaient les pieds, mais qui constituaient un hommage à sa force vitale. Ainsi cheminent les pensées d'une fétichiste de la chaussure.

— Merci d'être venue, Muriel.

Je cherchai des yeux le reste de la bande de Green Mountain, tous mes ex-collègues ayant déjà appelé depuis le décès de Noah.

— Ils passeront plus tard, précisa Muriel, en réponse à ma question muette. J'avais… euh… une course à faire et j'en ai profité pour faire un saut… Encore une fois, toutes mes condoléances.

Elle était manifestement mal à l'aise et je pouvais la comprendre, ici, au cœur de mon territoire amical et familial.

— Merci d'être venue, Muriel. C'est très gentil de ta part.

— De rien. A un de ces jours, je pense ?

— J'espère bien.

Mark avait-il annoncé à Muriel que je démissionnais ? La question me sortit de l'esprit lorsque le Dr Kumar me prit dans ses bras.

— Ma pauvre enfant, quelle triste nouvelle ! Je sais à quel point tu l'aimais, ton grand-père.

J'adressai un sourire mouillé à mon vieil ami.

— Merci, docteur Kumar. Comment se déroulent vos voyages ?

— Merveilleusement bien, Callie. Mais que penses-tu de mon remplaçant, Ian McFarland ? s'enquit l'ancien vétérinaire avec le plus doux des sourires.

— Je l'aime vraiment beaucoup.

— A la bonne heure ! J'avais dans l'idée qu'il te plairait !

Là-dessus, le Dr Kumar m'adressa un clin d'œil et alla serrer la main de ma mère.

Lorsque l'heure fut venue, Louis rassembla son petit monde pour le départ au cimetière.

— Je peux rester seule avec Noah une seconde, papa ?

— Bien sûr, chaton. Nous t'attendons dehors.

Avec beaucoup de tact, Louis ferma la porte et me laissa avec Grampy dans le salon Sérénité. Le poids du silence tomba lourdement sur mes épaules. Je m'approchai du cercueil et contemplai le visage de mon grand-père.

— Cette fois, c'est vraiment la der des ders, Noah, chuchotai-je.

Malgré ses façons de vieux râleur, il avait toujours été un roc dans la rivière de ma vie, et j'avais mal en pensant que je ne parlerais jamais plus avec lui.

J'ouvris mon sac et en sortis les petits talismans que je voulais qu'il emporte pour son dernier voyage. Un copeau de cèdre ramassé par terre dans son atelier. Une touffe de poils de Bowie. Un cookie au chocolat.

Et encore une dernière chose : une carte de moi — une de celles que je dessinais pour lui une fois par semaine après le décès de mamie. Celle-ci était un exemple typique d'art enfantin : un cœur, des tulipes, un arc-en-ciel tremblé. Avec quelques mots rédigés d'une écriture appliquée :

« Je t'aime, Grampy ! xxxxx Calliope. »

Je l'avais trouvée la veille dans le fond de son tiroir à chaussettes. Avec chacune des seize autres cartes que je lui avais écrites, réunies par un ruban fané. Noah les avait gardées vingt-trois années et six mois durant. Et les avait eues sous les yeux tous les matins, surtout. A cette pensée, mon pauvre cœur dilaté vacilla et je le sentis soudain si friable et si fragile qu'il me parut prêt à se briser.

Quelques larmes roulèrent sur mes joues. L'une d'elles tomba sur la chemise en flanelle de Noah et je me dis que cela pourrait lui plaire, car malgré ses jurons et ses grogneries, mon grand-père avait été le plus sentimental des hommes.

— Merci, Noah, chuchotai-je, en caressant pour la dernière fois sa barbe blanche et rêche. Merci de m'avoir laissée t'être utile. Merci pour tout.

Le samedi suivant était le jour de la régate annuelle des Rats de Rivière. Une fête bruyante, arrosée, avec beaucoup de bières et de hot dogs et quelques courses occasionnelles sur le Connecticut. Rien à voir avec une régate typique où les participants recherchaient la victoire. C'était plutôt une occasion de batifoler joyeusement, avec des manifestations comme le « Prix du plus vilain bateau », « Le meilleur usage du carton » ou une compétition d'apnée. Celle-ci était généralement remportée par Jim, le patron du Joyeux Gueulard qui, dans sa jeunesse, avait été nageur de combat dans une unité d'élite de l'armée.

Le soleil de fin d'octobre était lumineux et chaud, même si nous vivions probablement notre dernier beau week-end de l'année. Les arbres avaient presque tous perdu leur parure et seuls quelques frênes courageux se raccrochaient encore au jaune ardent de leurs feuillages. Septembre avait été plus sec qu'à l'ordinaire, et le fleuve placide suivait avec grâce ses tranquilles méandres entre New Hamster et Vermont.

Cette année, les Rats de Rivière m'avaient priée de présenter le prix du plus beau bateau, qu'ils avaient rebaptisé la semaine précédente : le prix Noah Grey d'excellence esthétique. Par le passé, ils avaient toujours demandé à Noah de le présider. Et lui avait décliné tout aussi obstinément, même s'il ne manquait jamais de faire un petit tour à la régate pour voir ce qui s'y passait. J'étais touchée qu'ils m'aient demandé de représenter mon grand-père pour l'occasion.

Je souriais et faisais signe à tous ceux, nombreux, que je connaissais. Pour le moment, j'étais seule car Ian avait ses consultations. Mais mon cœur battit plus vite à la pensée de mon homme. J'étais amoureuse et, pour la première fois, j'éprouvais le genre d'amour qui me donnait le sentiment d'être devenue meilleure. Mark avait peut-être représenté pour moi tout ce dont je rêvais chez un mec, mais Ian, lui… était l'homme qu'il me fallait.

— Ah tiens, Callie.

Mon frère surgit à mon côté. Il portait une chemise de Noah et ne s'était pas rasé depuis quelques jours. Sa ressemblance avec notre grand-père me surprit lorsqu'il s'accroupit pour caresser Bowie.

— Ian n'est pas avec toi, Callie ?

— Il est encore à son cabinet. Il me rejoint tout à l'heure.

— Ça a l'air sérieux, entre vous ?

Bowie gémit d'un bonheur presque orgasmique sous les caresses de mon frère. Je rougis.

— Je crois, oui.

— Il est bien cool, ton mec.

Mon frère se redressa en s'époussetant.

— J'ai réfléchi, Callie…

— Toi, tu as réfléchi ? Tu n'es pas malade, au moins ?
— Ho ! J'essaie de te parler sérieusement, là.

Il croisa les bras sur la poitrine et poursuivit sans me regarder tout à fait.

— Noah nous a légué les copyrights pour les plans de ses bateaux. A Hester, toi et moi. Tu le savais ?

Je hochai la tête.

— J'ai pensé que je pourrais essayer de prendre la relève, de continuer l'Arche de Noah.

Je restai un instant bouche bée.

— Et tes études, alors ?
— J'ai changé d'orientation six fois en trois ans, Callie. Ça doit vouloir dire quelque chose.
— Je croyais que tu envisageais de devenir avocat ?
— J'y ai pensé, oui. Mais seulement parce que je suis doué pour la manipulation. J'ai pas mal réfléchi et il n'y a rien d'autre que je préférerais faire de ma peau. C'est quand j'aidais Noah à l'atelier que je me sentais le plus heureux. Et j'avais un peu moins l'impression d'être un adolescent attardé en pleine glandouille… Je crois que ça pourrait donner un sens à ma vie.

Gêné, Fred eut un petit haussement d'épaules, comme pour minimiser la solennité de ses propos, mais je voyais à quel point il était sincère.

— Je pense que tu serais bon, en constructeur de bateaux.
— Tu crois que je pourrais en vivre ?
— Pourquoi pas, puisque Noah s'en sortait ? Au début, il faudra peut-être que tu baisses un peu tes prix, que tu fasses un brin de marketing… Hé, mais je pourrais t'aider ! Noah n'a jamais voulu que je fasse sa pub, mais ce serait sympa. L'Arche de Noah comme « tradition familiale et aventure plurigénérationnelle ». Je t'aiderai à faire un site web avec une galerie de photos et…
— Je ne serai jamais aussi bon que Noah, cela dit.

L'espace d'un instant, je vis, sous les traits de l'adulte, le petit garçon fragile que j'avais tant aimé.

— Au début, peut-être pas. Mais une fois que le métier sera rentré, tu feras des étincelles. Je le sais.

Bowie acquiesça en léchant la botte de Freddie. Mon frère me fit claquer une bise sur la joue.

— Merci, Calorie. J'espère que maman ne fera pas une crise quand je lui annoncerai ma décision.

— Elle est bien trop occupée à redécouvrir papa.

— Ne m'en parle pas, elle m'horrifie ! commenta Hester qui arrivait avec ses filles.

Bronte fit la moue.

— Tu peux parler, toi… Callie, devine qui vient dîner à la maison, ce soir ? Louis ! Il veut apprendre à mieux nous connaître, qu'il dit. C'est trop dégueu.

Hester leva les yeux au ciel et donna un coup de coude affectueux à sa fille.

— Louis m'a fabriqué un masque des Morts, annonça Josephine en embrassant Bowie. Je l'ai accroché dans ma chambre et je vais le mettre pour Halloween. Il s'appelle Mou-i.

— C'est un très beau nom, commentai-je stoïquement. Que penses-tu de Louis, Josephine ?

— Il est gentil.

N'ayant manifestement rien de plus à dire sur le sujet, ma nièce enchaîna :

— Je vais aller avec mamie choisir ma robe de demoiselle d'honneur. Elle m'a dit que je pouvais prendre celle que je voulais.

— En peau de léopard, ce serait bien, recommanda Fred.

— Tu m'achètes du pop-corn, tonton Fred ? ordonna Josephine.

— Oui, ma reine, acquiesça-t-il en la prenant par la main. Tu viens, Bronte ?

— Ouais, j'arrive. Tu es le seul membre fréquentable de cette famille, de toute façon.

J'émis une vigoureuse protestation.

— Merci pour moi ! Je suis vexée !

— Alors arrête de chanter les Black Eyed Peas en public, lança Bronte par-dessus l'épaule.

— Je t'aime ! cria Hester.

Sa fille aînée ne répondit pas mais elle leva la main, pouce, index et auriculaires levés : « je t'aime » en langage des signes américain.

— Ho ho ! fis-je.

Hester sourit.

— Ainsi, Louis te… convient ? lui demandai-je avec un léger frisson.

Elle haussa les épaules.

— Sexuellement, c'est énoooorme avec lui. On l'a fait dans un cercueil, l'autre fois.

— Oh ! dieux tout-puissants, foudroyez-moi sur place ! implorai-je spontanément les divinités. Hester, s'il te plaît ! Je suis normale, moi. Ça me révulse, ce genre d'info.

— Ah bon, parce que Ian et toi, ça ne vous est jamais arrivé de le faire dans un endroit inattendu ?

J'hésitai, les joues en feu.

— Eh bien… Il a un ponton, tu sais ? L'autre soir, on y est allés pour regarder les étoiles, en apportant des couvertures. Et… on a fini par s'intéresser à tout autre chose qu'au ciel.

— Bof, fit Hester. Ce n'est pas très excitant, si ?

— Pas excitant ? Tu plaisantes ! Il m'a fait planer au septième ciel et au-delà. Deux fois. C'était…

Magnifique. Sublime. Porteur de sens ! Betty Boop et moi, nous soupirâmes de joie, avec le même sourire béat sur nos deux visages. En fait, cela devenait une expression fréquente chez moi, le sourire béat. Levant les yeux vers le ciel presque douloureusement bleu, je pensai au regard de mon bien-aimé. Bowie me poussa la main du museau pour me rappeler qui était mon véritable grand amour. Obéissante, je le grattai derrière l'oreille.

— Bon, mais ne mets quand même pas trop vite une croix sur les cercueils. Quand maman n'est pas là, bien sûr. Oh, regarde, en parlant de maman. Voici le couple de l'année...

Hester secoua la tête.

— Qui l'aurait cru, nom d'une trottinette ?

Nos parents déambulaient, tendrement enlacés, sur la rive.

— Tu es contente de les voir de nouveau ensemble, Hes ?

Elle soupira.

— « Contente » n'est peut-être pas le mot. Mais bon, c'est leur problème. Ils ont le droit de foutre leur vie en l'air, si ça les amuse.

— Voilà qui est poétique, Hester. Tu leur feras un petit discours le jour du mariage pour leur dire ça.

Hester me dédia un second sourire.

— Je meurs de faim. Tu veux quelque chose ?

— Non, c'est bon. A tout de suite.

Ma sœur avait à peine tourné les talons et déjà j'entendais appeler mon nom. Ah ! Damien et Dave me faisaient signe à l'unisson. Main dans la main, vêtus de blanc, ils faisaient penser à une pub pour une revue de type « Vie saine et alternative ». Derrière eux arrivaient Pete et Leila, toujours amalgamés l'un à l'autre — étant deux et néanmoins un seul, comme des siamois non séparés. La comparaison n'était pas très romantique, mais elle leur allait comme un gant. Apparemment, toute la bande de Green Mountain était sur les lieux et convergeait vers moi. Nous faisions — oups ! — *ils* faisaient partie des sponsors de la régate et c'était, chaque année, l'occasion d'une grande partie de rigolade entre collègues. Une bouffée de nostalgie me chatouilla le cœur. Pas pour Mark, l'homme... Mais un peu, malgré tout, pour Mark, le patron.

Je saluai le petit groupe.

— Alors, les enfants, ça boume ?

Cigarette aux lèvres, Fleur passa à côté du guichet des entrées. Elle devait être la dernière fumeuse encore en activité dans tout l'Etat du Vermont, et plusieurs personnes firent mine de tousser sur son passage. Karen cueillit la cigarette, la jeta dans l'herbe et l'écrasa sous son talon. Je ne pus m'empêcher de rire.

Cette fois, c'était Mark qui s'approchait le long de la berge. Son visage s'éclaira lorsqu'il me repéra. Je n'étais pas retournée à l'agence depuis le décès de Noah, mais j'avais la ferme intention de finaliser rapidement ma démission. Il me restait à vider mon bureau et à récupérer mes arriérés de salaire.

— Ah tiens, Callie, ça fait plaisir ! Ça va ?

Mark s'agenouilla pour caresser Bowie, qui lui lécha la main en retour. Je lui rendis un petit sourire prudent.

— Oui, ça va. Et toi ?
— *Hello, folks* ! lança Fleur, toujours en mode british.
— Tu nous manques, dit Leila. Ce n'est plus pareil…
— … sans toi, compléta Pete. On rigole nettement moins.
— Et personne ne fait plus de pâtisseries, grommela Karen. C'est sûr qu'on était mieux avec toi.
— Aux clients aussi, tu leur manques, observa ostensiblement Damien. Nous en avons déjà perdu trois.

Fleur haussa les épaules.

— Oui, c'est vrai, mais ce n'est pas vraiment un souci. On en avait déjà presque terminé avec eux, de toute façon.

Je me demandai si elle avait été promue directrice artistique depuis mon départ. Non, le poste, plus probablement, avait dû revenir à Muriel. A propos de la princesse de Glace…

— Et Muriel ?

Un silence gêné tomba. Pete et Leila échangèrent un regard, Fleur haussa un sourcil. Bowie roula dans l'herbe et s'offrit à la cantonade.

Mark me saisit le bras.

— Callie, viens marcher avec moi un instant. Il faut que nous parlions.

Bowie bondit sur ses pattes. Il n'avait pas le choix,

car je le tenais en laisse, et il trottina docilement à mon côté alors que Mark m'entraînait à grands pas le long du grill du Lions Club.

— Bonjour, Callie ! lança Jody qui faisait la queue pour acheter un hamburger.

— Salut, Jody ! La forme ?

— Ça va, merci.

Nous nous étions donné rendez-vous pour déjeuner ensemble la semaine suivante. Petites retrouvailles prévues pour les deux Noah's Girls que nous étions.

— Regarde, Callie ! Je sais faire la roue !

Hayley McIntyre me fit la démonstration de son nouveau talent et je dégageai mon bras de celui de Mark pour applaudir.

— Elle est magnifique, ta roue, Hayley !

— Oui, je sais.

Hayley se redressa et courut rejoindre sa famille.

— On peut poursuivre notre chemin, Callie, s'il te plaît ?

Une pointe d'impatience perçait dans la voix de Mark.

— Pour aller où ? Pourquoi ?

— Je voudrais te parler en tête à tête.

Nous atteignîmes le petit rectangle de pelouse derrière la bibliothèque, fermée le samedi. L'herbe était encore verte et quelques feuilles s'accrochaient aux branches des pommiers sauvages qui entouraient le petit jardin. Petite, je venais souvent lire ici et rêvais d'être Jane Eyre ou Mary Poppins. Un banc en pierre, don de quelque ancien mécène local, offrait une vue sur le fleuve dont les eaux calmes passaient en gargouillant doucement.

— Assieds-toi, Callie.

J'obéis et Bowie se laissa tomber à mes pieds. Le banc était dur et froid, malgré le soleil, et je n'étais pas certaine d'avoir envie d'être là. Mark resta debout, les mains sur les hanches, et soupira, les yeux levés vers le ciel.

Je sentis l'irritation me gagner.

— Mark ? Je suppose que tu as quelque chose à dire puisque tu m'as traînée ici ?

Il abaissa son regard sur moi.

— Exact. Première chose : Muriel est partie. Donc il faut que tu reviennes travailler à l'agence.

La nouvelle me prit par surprise.

— Quoi ?

— C'est fini entre nous. Ça n'a pas marché.

— Je l'ai pourtant vue aux funérailles de Noah ?

— Oui, eh bien, elle est partie juste après.

Les lèvres de Mark ne formaient plus qu'une ligne mince et ses épaules étaient crispées.

— Le compte de BTR est parti avec elle...

— Je ne sais pas trop quoi te dire, Mark.

— Dis-moi juste que tu reprends ta place. Tu m'as demandé de choisir, eh bien, voilà, j'ai choisi. Et mon choix, c'est toi.

— Mais je ne t'ai pas... De quoi me parles-tu, au juste, Mark ?

Il passa la main dans ses cheveux et se laissa tomber lourdement à côté de moi. Ses épaules s'affaissèrent.

— Callie, tu m'as confié certaines choses le soir de la mort de Noah. Et je t'ai écoutée.

— Euh... apparemment, tu n'as pas tout saisi, puisque je t'ai annoncé que je partais. Je ne reviendrai pas, Mark.

Mark prit mes deux mains dans les siennes et les contempla fixement.

— Callie, si je pouvais revenir en arrière...

— ... et inverser l'orbite de la terre, complétai-je machinalement en dégageant mes mains pour les poser sur mes genoux.

Il sourit et brusquement me parut un peu plus... normal.

— Bon, d'accord, c'était drôle.

Je hochai à demi la tête car il avait raison.

— Mais écoute-moi, Callie, enchaîna-t-il avec sa mine contrite à la James Dean. J'ai merdé. Merdé complètement. Je n'avais pas mesuré pleinement ce que tu représentais et je...

Il secoua la tête.

— Je veux que tu reviennes. Que tu reprennes ta place à l'agence. Et, tu sais, si tu as envie qu'on réessaie de se mettre ensemble, toi et moi, ce serait... ce serait sympa. Super, plutôt, rectifia-t-il hâtivement. Alors, on va te remettre sur les rails, au bureau, et on verra bien où les choses nous mèneront sur le front sentimental. Qu'est-ce que tu en dis ?

Bowie, un peu putassier sur les bords, lorsqu'on le prenait par les sentiments, pardonna aussitôt à Mark et lui lécha la main. Pour ma part, j'étais devenue plus exigeante.

— Ce que j'en dis ? C'est qu'il s'agit de la proposition la plus lamentable que j'aie entendue de toute mon existence.

— Je t'augmente, ajouta-t-il avec le plus grand sérieux.

— Tu t'enfonces, là !

— Callie, s'il te plaît, je vois bien que je m'y prends mal. Mais tu es... tu es super. Et je pourrais... Enfin, je suis sûr que ça pourrait marcher du tonnerre entre nous. Vraiment. Tu m'as dit que tu as été amoureuse de moi pendant des années. Donne-moi une seconde chance. Revenons à ce qu'il y avait entre nous à Santa Fé.

— Tu m'as dit que Santa Fé était une erreur, Mark.

— Eh bien, je me trompais. Tu es une femme extraordinaire et j'étais stupide de ne pas le voir plus tôt.

Bon, d'accord : j'avais attendu des années que Mark prononce enfin ces mots. J'aurais vendu un rein — peut-être même deux — pour les entendre. Mais aujourd'hui, sa déclaration n'avait plus du tout le même impact. Elle arrivait comme une nouille trop cuite dans la salade de pâtes de l'amour.

— Ecoute, Mark, c'est très flatteur, tout ça, vraiment. Mais ma question est la suivante : quelle part les trois clients que vous venez de perdre prennent-ils dans ta proposition ?

Il fit la moue.

— Bon, O.K. Tu soulèves un point important. Mais tu vois, toi, moi, l'agence, nous sommes inextricablement mêlés. Je crois que la chose dont je suis le plus fier dans ma vie, c'est Green Mountain Media. Et cette agence, c'est aussi toi, Callie. Ce que tu es dans la vie et ce que tu es au travail, avec les clients, avec la bande, c'est la même chose, non ?

— A vrai dire, je n'en sais rien, Mark. Mais ce que je sais avec certitude, en revanche, c'est que je démissionne.

Je regardai ma montre. Ian ne devait pas tarder à venir me rejoindre.

— Nous formons une équipe hors pair, toi et moi, plaida Mark. Au travail... et ailleurs. Tu ne peux pas le nier.

— C'*était* indéniable, Mark. Mais ça ne l'est plus.

— Ecoute, je regrette, d'accord ?

Le vent froissa les branches et une pluie de petites feuilles jaunes et brunes tomba, comme autant de petits mots d'avertissement.

— J'admets que j'ai été idiot, Callie. Mais le truc, c'est que j'ai été effrayé par l'intensité de ce qui se passait entre nous.

Je haussai un sourcil sceptique.

— Ah, vraiment ? Tu n'avais l'air ni très effrayé ni très intense, pourtant.

— Je l'étais, Callie. Honnêtement.

Il attrapa de nouveau mes mains.

— En fait, j'ai paniqué, je crois. C'est pour ça que je me suis rabattu sur Muriel. Elle était si différente de toi et...

— Mark, arrête !

De nouveau, je libérai mes mains.

— Cela ne m'intéresse plus. Je suis passée à autre chose, d'accord ? Je suis désolée, mais c'est fini.

Mark se figea.

— Oui, je sais. Le véto.

— Ian. Son nom est Ian.

— D'accord.

Au lieu de le décourager, le nom de l'homme que j'aimais parut accroître la détermination de Mark. Il tomba devant moi sur un genou.

— Ah non, lève-toi. Tout de suite !

Je regardai autour de moi avec inquiétude. Bowie sourit et jappa gaiement.

— Je ne veux pas t'épouser, merde !

— Je ne te demande pas en mariage, je veux juste voir ton visage.

Je fis la grimace.

— Cette situation est très inconfortable, Mark.

— Je sais. Elle l'est pour moi aussi.

Il se pencha, en appui sur ses deux mains posées de part et d'autre de mes cuisses.

— Je veux juste que tu te souviennes, Callie, murmura-t-il.

Son visage était beaucoup trop près du mien et je me rejetai en arrière.

— Je veux que tu te souviennes de nous deux ensemble. J'ai beaucoup repensé à nous deux, récemment. Et nous étions… Nous étions comme les deux moitiés d'un tout. Nous nous complétions.

J'émis un « peuh » plus que dubitatif mais il poursuivit quand même.

— Nous étions en phase au travail, en phase au lit.

Il s'arrêta pour tricoter des sourcils et me gratifier de son fameux sourire en coin.

— En phase dans le dialogue, en phase dans les petites choses de la vie courante, aussi. Tu te souviens comment c'était, toi et moi ?

Berk ! Avait-il toujours été aussi doucereux ?

— Toi et moi, nous nous connaissons de très près, Callie. Et depuis si longtemps. Ton premier baiser, c'était avec moi, tu ne l'as pas oublié ? Tu ne peux pas tracer un trait sur tout ce qui a existé entre nous. S'il te plaît, Callie... Je crois que nous valons bien un second essai.

Je le fixai en retour, presque fascinée. Je me souvenais, bien sûr. Oh oui, je me rappelais avoir été certaine que Mark Rousseau ne m'aurait pas embrassée une seconde fois dans le placard à balais de Gwen s'il n'avait pas eu l'intention de donner une suite à ce baiser. Je me rappelais avoir attendu et attendu qu'il rompe avec Julie Revere, pendant que j'errais dans la ville, en exhibant mon petit frère. Je me rappelais avoir attendu et attendu qu'il se décide à voir en moi autre chose qu'une super collaboratrice. Me rappelais ces cinq semaines de torture où je l'avais senti s'éloigner de moi, un peu plus, d'heure en heure. Me rappelais mon désespoir et mes rationalisations désespérées quand j'essayais de lui faire entendre les mille bonnes raisons pour lesquelles il *devait* m'aimer.

Je me rappelais m'être effondrée au DMV.

Incurablement amoureuse, voilà ce que j'avais été. Mais plus maintenant. Ma cure, je l'avais trouvée.

Et en plus, c'est un con, déclara posément ma Betty Boop intérieure. Et pour une fois, je ne lui donnai pas tort.

Mais Mark se méprit, prenant mon silence pour un acquiescement béat, et il se pencha pour m'embrasser. Je ne bougeai pas. Pas parce que j'étais choquée ou subjuguée. Pas même parce que j'étais pétrifiée de dégoût. Non, je restais là en observatrice quasi scientifique, curieuse de vérifier si l'ancienne magie amoureuse me ferait fondre, balayant au loin toute ma froide rationalité. Mais rien ne se produisit : aucune vague de passion ne se leva, aucun éblouissement ne survint, rien du tout. Je gardai la tête sur les épaules.

— Bon, ça suffit maintenant, Mark.

— Oh ! *damn* ! s'éleva la voix de Fleur à ma droite. Désolée de vous avoir dérangés. Ian te cherchait, Callie. C'est un peu embarrassant comme situation, pas vrai, Ian ?

Je bondis sur pied, manquant presque de renverser Mark.

— Ian !

Mon chien se rua vers lui en gémissant de bonheur. Ian resta de marbre.

Fleur et lui se tenaient sur le côté de la bibliothèque. Ils étaient manifestement arrivés par la rue. Un petit sourire satisfait flottait sur les lèvres de mon ex-collègue. Quant à Ian… Oh ! non ! Il m'avait surprise à embrasser un autre homme et pensait que je le trompais ! Comme son ex-femme l'avait trompé !

Il était pétrifié comme la biche dans les phares d'un camion, et cette fois — pour la première fois de ma vie — j'étais le camion.

Je m'élançai vers lui, mais Ian détourna la tête pour fixer le fleuve.

— Ian, je sais que les apparences ne jouent pas en ma faveur, murmurai-je en jouant nerveusement avec ma bague. Mais je peux tout expliquer.

— Bravo, ma petite Callie, ta stratégie a bien fonctionné, on dirait, commenta Fleur d'une voix enjouée.

Elle sortit une cigarette de son paquet et chercha son briquet.

— Ian ? murmurai-je.

Je vis qu'il se faisait violence pour porter son regard sur moi.

— Ce n'est pas du tout ce que tu imagines, chuchotai-je.

— Quelle petite stratégie ? demanda-t-il en se tournant vers Fleur.

— Ah, tu ne savais pas ? Désolée. Je pensais que tu faisais partie de la conspiration, toi aussi.

Elle alluma son bâtonnet de la mort, aspira voluptueusement, puis souffla en me souriant à travers la fumée.

— Sortir avec un autre homme, rendre Mark jaloux. Oh ! nom d'un chien… Le coup vache.

— Ça n'a jamais été mon projet, Fleur !

Elle pencha la tête sur le côté.

— Ah bon ? Bizarre… J'aurais été prête à jurer que nous en avions discuté, pourtant. Longuement, même… Et ça a marché du tonnerre. Joli coup, Callie, conclut-elle en tirant sur sa cigarette.

— Ian, protestai-je à voix basse. Je t'expliquerai de quoi il retourne. Ce n'est pas du tout ce qu'elle raconte.

Son regard se posa sur moi, acéré et dur. Mais pour le reste, il demeura immobile. Et distant.

Fleur se tourna vers Mark, qui s'approchait de nous en rajustant sa chemise dans son pantalon comme si je venais de la lui arracher dans un accès de passion. Tout semblait avoir été mis en scène pour me faire apparaître coupable.

— Alors, Mark ? lança Fleur. Tu as enfin repris tes esprits et compris que Callie était un vrai petit diamant, maintenant que Muriel t'a quitté ?

Que Muriel l'avait quitté ?

— C'est elle qui est partie, donc ? C'est étonnant que tu m'aies laissée entendre le contraire. Cela ne change rien, cela dit. Mais j'aurais dû m'en douter… Ian, pourrions-nous… ?

— Donc, tu t'es remise à la colle avec le patron, Callie, coupa Fleur. Tu dois être folle de joie.

— Ce n'est pas vrai et il n'y a aucune stratégie ! Ian, tu dois me croire ! Tout ça est complètement faux.

Bowie renchérit par un aboiement. Si seulement il avait été capable de témoigner ! Je me mordis nerveusement le pouce.

— Je peux te parler en privé, Ian ?

Il ne répondit pas. En fait, il ne m'avait pas adressé la parole depuis le début de la scène.

— Allez, on vous laisse, trancha Mark. Callie… On se revoit bientôt pour discuter de ma proposition.

J'eus droit à un ultime regard à la James Dean, avec sourcils rapprochés, cette fois. Et les voilà partis, Fleur trottinant derrière lui comme un vilain petit toutou lèche-bottes. Ce qui me laissait seule avec Ian. Une vague de peur me scia les jambes. Je désignai faiblement le banc.

— Tu veux t'asseoir ?
— Non.
— Non, bien sûr. Pas là, en tout cas.

Je pris une inspiration tremblante et levai les yeux vers lui. Ian n'avait plus l'air de quelqu'un qui vient de prendre une énorme claque. Il avait juste l'air... inaccessible. Pas très encourageant, tout ça.

— Bon, Ian, voilà ce qui s'est passé. Mark veut se remettre avec moi et je ne veux pas. Ça ne va pas plus loin.

J'essayai de lui prendre les mains mais il les fourra dans ses poches, les bras raidis, les poings serrés.

— Tu l'embrassais, dit-il.
— Hum... Techniquement, il m'embrassait, lui.
— Tu n'avais pas l'air de t'en offusquer.
— Je n'ai pas envie de revivre quoi que ce soit avec Mark. Je te le jure. S'il te plaît, crois-moi. Je regrette que tu aies surpris ce stupide baiser, et je comprends que cette vision ait réveillé de mauvais souvenirs pour toi.
— Oui, Callie. C'est le cas.
— Mais je ne te trompais pas ! Et l'idée ne me traverserait jamais l'esprit, Ian. Jamais.

Il secoua la tête.

— Fleur dit que c'est pour rendre Mark jaloux que tu es venue me solliciter.
— Mais jamais de la vie ! Elle est d'une mauvaise foi ahurissante, cette fille ! Je n'ai jamais...

A part que j'avais eu cette intention, au départ. Je pris une profonde inspiration, ouvris la bouche, la refermai.

— Je veux la vérité, Callie.

Je me mordis la lèvre.

— Tu te souviens du jour du DMV, n'est-ce pas ?

Il hocha la tête.

— Eh bien, ce soir-là, nous avons eu une discussion entre filles, avec Annie et Fleur. Et elles ont conclu que le meilleur moyen pour moi d'oublier Mark serait de

« pêcher un nouveau poisson ». Enfin… Ce n'est pas super comme métaphore, mais en gros, c'était l'idée.

— C'est pour ça que tu as pris rendez-vous à mon cabinet ? Le jour où Bowie a avalé le journal ? Pour trouver un nouveau « poisson » ?

En entendant son nom, mon chien aboya. *Oui, je suis là et je mangerai tout ce que vous voudrez.*

— Euh… oui, en quelque sorte.

— Donc tu as menti.

— Raconté un petit bobard, plutôt.

Il me jeta un regard glacial.

— Bon, O.K., oui, j'ai menti. Comme tu le suspectais. Désolée.

Ian fixa le sol. A distance s'élevaient les sons de la régate : de la musique, des rires, les pleurs aigus d'un bébé.

— Donc, tu cherchais un dérivatif passager pour oublier Mark ?

Ses yeux trouvèrent les miens et mon cœur se ratatina.

— Je ne le formulerais pas comme ça, Ian, chuchotai-je.

Les larmes me picotaient les paupières, car je savais — je savais avec la dernière certitude — que cette conversation finirait mal.

— Je t'ai pourtant demandé, le premier matin, chez moi, si tu l'aimais encore ou non.

— Et je t'ai dit que c'était fini ! Pourquoi ne veux-tu pas me croire ? A aucun moment, je ne me suis servie de toi.

— Tu viens pourtant d'admettre que c'était le cas.

J'avalai ma salive.

— Bon. Dans les faits, si je veux être franche, ça a *commencé* ainsi. Mais quand je suis venue avec le dindon… Alors là, pas du tout ! Mais tu le *sais*, que je tiens à toi, Ian. On ne va pas s'embourber dans des détails stupides qui n'ont rien à voir avec…

Il cria soudain si fort que je sursautai.

— Il se trouve que les « détails » comptent, pour moi, Callie ! J'ai déjà vécu avec une femme dont le cœur était pris par une autre… Dans le rôle du pis-aller et du second choix, j'ai déjà donné, merci. Et partout où je me tourne, je vois surgir ton Mark ! Là, je te surprends en plein baiser, bordel !

— Ian, arrête ! Je ne l'aime plus. Tu ne nous trouveras jamais au lit ensemble.

— Je ne m'attendais pas non plus à te trouver en train de l'embrasser ! hurla-t-il. Mais c'est chose faite. Et qu'est-ce qui te dit que tu as réellement cessé de l'aimer ? Lorsque l'attrait de la nouveauté sera retombé entre nous, tu découvriras peut-être que Mark reste l'amour de ta vie. Et je n'ai pas envie d'assurer l'intérim en attendant que tu t'aperçoives que le numéro un, tout compte fait, c'est lui.

— Ian, non, attends ! Je...

Ma voix se brisa. Mon estomac se tordit. Un : c'était dur à dire ; deux : ce n'était vraiment pas le moment. Mais je n'avais plus le choix.

— C'est toi que j'aime, Ian. Pas Mark.
— Il y a deux mois, à peine, c'était lui, pourtant.
— Ce n'est pas pareil !

Il enfonça de nouveau les poings dans ses poches.

— Qu'est-ce qui me le prouve ? Et qu'est-ce qui *te* le prouve, d'ailleurs ?
— Je le sais, c'est tout.

J'étais encore plus lamentable dans mes réponses que Mark tout à l'heure.

— Ian, s'il te plaît... Ne fais pas ça, suppliai-je.

Mais sa décision était déjà prise. Il avait repris le masque distant que je ne connaissais que trop bien.

— Je pense qu'il serait préférable que nous arrêtions là.
— Pas moi. Je pense que ce serait une idée affreuse.

Mes larmes jaillissaient déjà.

— Je suis désolé, Callie.

Il me tourna le dos et partit.

26

Bon, cette fois, c'était officiel : la vie, ça craignait. Pas de boulot, mon grand-père décédé ; j'étais finalement tombée amoureuse de quelqu'un de bien, et il m'avait larguée.

Naturellement, mon premier réflexe avait été de plaider non coupable. Eh bien oui, quoi ! J'étais blanche comme neige. Rien à me reprocher. Qu'aurais-je pu faire, sérieusement ? Envoyer mon genou dans l'entrejambe de Mark ? Ian aurait-il été satisfait ? Je n'étais pas tellement du genre brise-noix — un fait que je regrettais amèrement, à présent. Pour être honnête, je n'avais jamais eu besoin de me défendre physiquement contre un homme. Je m'en étais toujours sortie avec des moyens pacifiques (comme jouer, manipuler, baratiner).

Je savais également que je n'avais pas utilisé Ian pour récupérer Mark. Il n'y avait aucun mal à souhaiter oublier un amour malheureux et sans espoir pour essayer de passer à autre chose, si ? Alors, où avais-je péché ?

— Je ne dis pas que tu as péché, rétorqua patiemment Annie alors que nous buvions du chablis bon marché, le lendemain de la stupide régate. Mais ce n'est pas pour rien que dans *Comment réussir son couple en dix leçons*, ils recommandent d'attendre un an après une rupture.

Je m'essuyai les yeux et jetai mon mouchoir en papier sur le sol, où gisaient déjà une demi-douzaine de ses semblables.

— J'ai dû passer à côté de ce chapitre particulier.

Quoi qu'il en soit, je n'ai pas eu besoin d'une année. Et je pense que Ian aurait dû se sentir honoré puisqu'il est l'homme sain, stable et bon que j'ai préféré à mon Capitaine l'Enfoiré.

Annie hocha la tête avec un air de grande sagacité.

— Honoré est le mot, en effet.

Elle passait la nuit à la maison et nous avions loué tout un stock de films avec le beau Gérard Butler. Mais jusqu'à présent, nous n'avions pas encore touché à la pile de DVD.

— Le problème, je pense, c'est que Ian ne s'est pas *senti* choisi, poursuivit doctement Annie.

— Alors comment faut-il faire pour lui prouver mon amour et tout le bazar ?

— Aucune idée.

Je lui jetai un regard tellement noir qu'Annie se hâta de préciser.

— Mais nous trouverons un moyen, c'est certain.

Ian me manquait déjà. Comment traverser le gris des jours sans la lumière de son sourire ? Le taquiner était un plaisir, et lorsqu'il souriait, c'était comme si le soleil sortait de derrière les nuages. Quel âne, mais quel âne, ce Mark ! *Lui* souriait tout le temps, comme un idiot baveux. Des sourires creux et insignifiants de top model. Bon, d'accord, le top model de base ne sourit pas, mais vous voyez ce que je veux dire.

— Et Fleur ? s'emporta Annie. Que penses-tu de son attitude ?

Je fis la grimace.

— Je viens de commander une poupée vaudou sur eBay.

— Elle a toujours été jalouse de toi. Je ne comprends pas comment tu as pu t'aveugler comme ça sur son compte.

— Ça ne m'aide pas, ce genre de remarque a posteriori.

— On va lui rendre la monnaie de sa pièce, à cette sorcière. Je m'y connais en êtres humains. Je l'ai tout de suite percée à jour.

Je secouai la tête en nous resservant toutes les deux en chablis.

— Tu es bibliothécaire scolaire, Annie. Tu ne connais pas l'humanité. Pas sous cette forme-là, en tout cas.

— C'est une garce fielleuse. Une traîtresse consommée.

— C'est vrai. Et le vide de sa petite vie amère sera une punition suffisante.

— A mes yeux, elle mérite une mesure de rétorsion plus concrète. Allons rayer sa voiture.

J'essuyai une fois de plus mes yeux-fontaine.

— Le problème, c'est que je connais Ian. Il est comme le ciment. Cette histoire lui restera sur le cœur, se solidifiera et se durcira... Ce n'est même pas la peine que j'espère...

Un petit sanglot m'échappa.

— Il faut que je lui téléphone, tu penses ?

— Hou là, surtout pas. Donne-moi ton portable... Oh non !

Elle ferma les yeux.

— Tu l'as déjà appelé ou je rêve ?

— Euh... Oui. Trois fois. Et je lui ai envoyé un mail. Deux, même. A 10 heures, hier soir, je suis passée en voiture devant chez lui. Mais il n'y avait pas de lumière.

— Ouille ! Ça frise le harcèlement moral, murmura-t-elle. Tu es allée jusqu'à la porte pour actionner la poignée ?

Preuve, une fois de plus, qu'Annie n'était pas ma meilleure amie pour rien.

— J'ai eu peur de me faire virer par son chien.

— Mmm...

Elle attrapa une chips et mâcha contemplativement.

— Je pense qu'il va falloir que tu patientes un peu.

Je portai mon vingtième mouchoir à mes yeux.

— Je suis sûre que si j'arrivais à lui dire vraiment les choses, comme je les sens, il comprendrait. Mais il ne veut même plus m'écouter.

— Tu lui as dit que tu l'aimais ?

Mes yeux se remplirent encore une fois de larmes.

— Oui. Mais il ne m'a pas crue.

Annie soupira.

— Bon. Je crois qu'il ne te reste plus qu'à prendre ton mal en patience. Si vous êtes vraiment faits l'un pour l'autre, vous finirez par vous retrouver… D'accord ?

— D'accord, acquiesçai-je en me mouchant. C'est juste que Ian est le genre d'homme à ne rien laisser passer. Il a vu Mark m'embrasser. Il ne l'oubliera pas.

— C'est vrai. Ça a dû l'achever.

— Merci.

— Il ne faut pas se voiler la face : il a déjà trouvé sa femme au lit avec une autre. Et maintenant, il tombe sur sa nouvelle copine en train d'embrasser son ex.

— Si j'avais eu envie d'entendre des réalités démoralisantes, j'aurais appelé Hester. Tu ne pourrais pas être plus optimiste ?

— Pas de problème, acquiesça Annie. Quel film on regarde, alors ? *300* ou *PS : I love you* ?

— *PS,* plutôt. Tous ces guerriers qui s'entretuent, c'est juste de la soupe homo-érotique.

— Dave adore ce film, confirma-t-elle avec un petit soupir. Donc, tu as probablement raison.

Les jours suivants traînèrent en longueur. Ian n'appela pas. Il répondit, en revanche, à mon quatrième mail : « Callie, j'apprécierais que tu me laisses respirer un peu, s'il te plaît. Ian. » J'eus beau le tourner dans tous les sens, il me fut difficile de trouver matière à espérer dans ce texte. Même si, à bien y regarder, cela restait plus encourageant que « Fous-moi la paix, espèce de morue ».

Je persistais à penser que si seulement je parvenais à communiquer à Ian ce que je ressentais, les choses ne pourraient que s'arranger. Chaque fois que me revenait ma stupide déclaration : « C'est toi que j'aime, Ian. Pas Mark », je frémissais et plongeais dans la pâte à gâteaux.

Même si c'était la stricte vérité, ça sonnait creux, comme une mauvaise réplique à l'écran.

Je ne m'étais jamais rendu compte à quel point Noah avait été présent dans la maison, avec le bruit de ses scies et de ses rabots à l'atelier, le rythme clopin-clopant de son pas inégal, les jurons qu'il hurlait, et ses sempiternels : « Alors, il est bientôt prêt, ce dîner ? » Même si j'étais contente pour lui qu'il soit parti de cette façon, le vieux bougre me manquait. A Bowie aussi, d'ailleurs, car je voyais souvent mon chien entrer dans la chambre de Noah puis ressortir pour venir se coucher sans bruit à mes pieds.

La lumière dorée d'octobre s'était évanouie, happée par les pluies froides et les ciels gris dont l'Office du tourisme du Vermont vous dissimule pudiquement l'existence. Avec ses arbres nus et ses trois cours d'eau boueux et tourbillonnants, Georgebury paraissait lasse, nue et recroquevillée, résignée à l'interminable hiver à venir.

Freddie s'apprêtait à emménager chez Noah. Logique, puisqu'il travaillerait sur place. Mes parents avaient été étonnés et ravis d'apprendre que Fred souhaitait reprendre l'Arche. Sans regret pour la petite fortune qu'il leur avait déjà coûtée en études, ils avaient continué à financer sa formation, cette fois pour une semaine à la WoodenBoat School, dans le Maine. Il serait de retour juste à temps pour le mariage.

Ah, le mariage… Une simple cérémonie civile était prévue, suivie d'un dîner chez Elements. Mes parents nageaient dans un bonheur si éclatant qu'il en paraissait irréel, à force de rires, de flirts, de témoignages d'affection. Hester les considérait toujours avec le même mélange d'horreur et d'amusement. Cela dit, elle suscitait exactement la même réaction chez nous, depuis quelque temps.

— Tu penses que vous allez vous marier, Louis et toi ? lui demandai-je alors que nous étions allées choisir les robes des filles pour le mariage : rouge pour Josephine et crème pour Bronte.

— Non. Les filles et moi, nous avons notre équilibre, toutes les trois. Peut-être plus tard, quand Bronte partira à l'université. Mais rien ne sert de réparer ce qui n'est pas cassé, comme on dit. Et puis, Louis apprécie d'avoir son propre espace. Il a une vaste collection d'outils mortuaires anciens et…

— O.K. Je vois. Inutile d'entrer dans les détails… Je suis contente que vous soyez si bien ensemble, Hes.

— Merci.

Ma sœur m'assena un coup affectueux sur l'épaule — bleus garantis demain matin.

— Hé, je suis désolée que ça n'ait pas marché avec Owen.

— Ian. Merci.

Elle changea charitablement de sujet.

— Et ta recherche d'emploi ? Ça donne quoi ?

Je soupirai.

— Il n'y a quasiment pas d'offres dans le secteur… Ce qui me fait penser qu'il faut que je file, Hester. Je dois aller vider mon bureau aujourd'hui, et je préfère y aller à l'heure du déjeuner. Moins il y aura de monde présent, mieux je me porterai.

— Bon courage, alors.

D'humeur douce-amère, je me dirigeai à pied vers Green Mountain. Me manqueraient : les ragots féroces de Damien, les grognements de Karen, la symbiose entre Pete et Leila et, plus que tout encore, mon travail. Mais j'en avais terminé avec l'agence. Par mail, j'avais prévenu Mark que je viendrais débarrasser mon bureau et je lui avais demandé de faire préparer tous les documents nécessaires par Karen. Je n'avais même pas mentionné sa stupide proposition ni son regrettable baiser.

Comme j'entrais non sans peine avec mes cartons vides sous le bras, Damien se précipita pour m'aider.

— Nous faisons passer des entretiens d'embauche pour te remplacer, me chuchota-t-il. Mais tu n'aurais qu'un mot à dire pour que Mark te reprenne. Et il doublerait probablement ton salaire.

— Merci, non. Mais je te reverrai avec plaisir.

— Quand tu veux.

Je trouvais un certain réconfort, en rassemblant mes affaires, à revoir les traces concrètes de mes années de labeur. J'hésitai à emporter le poster de l'hôpital, avec le petit garçon. C'était une de mes meilleures réalisations, après tout. Mais cette affiche était aussi celle qui m'avait conduite à Sante Fé. Un souvenir que je n'avais plus du tout envie de cultiver.

J'emballai mes livres et mes plantes, des échantillons rassemblés au fil des ans. De nombreux clients s'étaient manifestés par mail, en apprenant la nouvelle de mon départ, et Damien, avec une prévenance inhabituelle, avait imprimé leurs messages à mon intention. Plusieurs de ces clients avaient même envoyé des cadeaux : un séjour gratuit dans un hôtel à Burlington, un bon d'achat chez un concessionnaire de voitures à Stowe. John Hammill, mon fanatique de la sève d'érable, m'avait expédié des bidons avec huit espèces de sirop différentes. J'avais de quoi garnir mes pancakes pendant quelques années.

John était prêt, par ailleurs, à m'embaucher comme directrice de marketing chez lui. Même s'il avait reconnu que ce ne serait pas un grand challenge pour moi. « Vous auriez quand même du sirop d'érable à volonté », avait-il précisé, avec une petite note d'espoir dans la voix. J'avais ri en lui faisant remarquer que j'étais déjà pourvue pour un moment.

— En tout cas, le poste est pour vous, Callie. Vous n'avez qu'un signe à faire.

Une boule s'était formée dans ma gorge. Une fois de plus, la gentillesse de mes congénères m'émerveillait. Mais Hammill Farms était un peu loin pour faire les allers et retours à partir de Georgebury. Quoique... Un changement de lieu ne serait peut-être pas une si mauvaise chose, vu le tour que prenait ma vie sentimentale.

On frappa un petit coup à la porte de mon bureau. Je levai les yeux. Mark entra.

— C'est une journée noire pour nous, commenta-t-il à voix basse. C'est dur de te perdre.

— Merci, Mark.

Je retournai à mes cartons.

— Il y aurait moyen de te convaincre de rester ? s'enquit-il sombrement.

— Non.

Il se laissa tomber sur le canapé qu'il avait occupé si souvent au cours des quatre dernières années.

— J'aimerais te présenter mes excuses pour l'autre jour, Callie.

— Tu peux, oui, rétorquai-je d'une voix glaciale en enveloppant une photo de Bronte dans du papier de soie.

— Pour être franc, je crois que j'aurais dit n'importe quoi pour essayer de te garder à l'agence.

Il jouait avec la manche de sa chemise et évitait de me regarder. J'attrapai le mug épais que j'utilisais pour le café.

— J'avais remarqué, oui.

Mark soupira et se pencha en avant, les mains serrées entre les genoux.

— Je regrette de ne pas être tombé amoureux de toi, Callie. Je le souhaitais, pourtant. A l'époque, je veux dire.

Il leva les yeux vers moi mais je poursuivis mes rangements sans rien dire.

— J'aurais voulu te retourner tes sentiments, mais je sentais que je m'éloignais, au contraire... Alors je t'ai dit que ce n'était pas le bon moment. Je pensais que ce serait moins douloureux, présenté de cette façon.

— Et Muriel ? Tu l'aimais vraiment, ou elle faisait juste partie intégrante du compte BTR ? Ce qui ferait de toi un prostitué, ni plus ni moins.

J'éprouvai soudain un élan inattendu de sympathie pour la princesse de glace.

— Je... je croyais l'aimer vraiment. Elle était...

Il réfléchit un instant.

— Différente. Sûre d'elle. En Californie, elle m'avait paru intelligente. Et j'avais l'impression que c'était une fondue du boulot. Comme moi. Je nous voyais comme deux âmes jumelles. Je ne m'attendais pas à ce qu'elle soit aussi… paumée.

Il baissa les yeux.

— Peut-être que la seule chose que j'aie jamais vraiment aimé dans la vie, c'est mon agence.

— N'oublie pas ton reflet dans la glace.

— Bien vu, marmonna-t-il. Je l'ai méritée, celle-là.

Je pris place dans mon fauteuil de bureau et fis face à Mark, le premier garçon à m'avoir jamais embrassée. Il était si beau. Et si superficiel. Et dur. Pas par cruauté, mais tout simplement par manque de cœur.

Cela dit, il avait au moins le mérite d'être sincère, aujourd'hui.

Et là, d'un coup, sans préméditation, je décidai de passer l'éponge. Parce que j'avais appris une leçon de Ian : seul le pardon libère vraiment le cœur.

— Tu as été un employeur en or, Mark. Et j'ai été très heureuse de travailler ici toutes ces années. Merci de m'en avoir donné l'opportunité.

Surpris, il releva la tête. Et l'espace d'une seconde, il eut les larmes aux yeux.

— Tout le plaisir était pour moi. Bonne chance, Callie.

Il se leva, nous échangeâmes une vraie poignée de main, puis il n'y eut plus rien à dire.

Juste au moment où j'allais partir, Fleur revint de sa pause déjeuner, avec une odeur de cendrier mouillé flottant autour d'elle et un pot de yaourt à la main. Elle fit mine de ne pas me voir alors que nous n'étions séparées que par une cloison de verre. Je pris le cadeau que je lui avais apporté et frappai un coup sonore à sa porte.

— Fleur ?

— Ah tiens, Callie ! On m'avait dit que tu serais là aujourd'hui. Bonne chance, ma vieille !

Elle sourit, sans une once de remords, comme un grand requin blanc ne fonctionnant qu'à l'instinct. Je lui adressai un sourire feint.

— Ecoute, l'épisode de la régate a été un peu... embarrassant, c'est vrai. Mais j'ai toujours eu plaisir à travailler avec toi, et je t'ai apporté un petit cadeau d'adieu. Comme je sais que tu adores le thé...

Je lui tendis un petit panier contenant une tasse en porcelaine, une boule à thé et un petit sachet en cellophane avec du thé en vrac, noué avec des rubans jaunes et orange.

— Ouah, Callie ! Comme c'est joli ! Merci !

Elle en oublia un instant son maniérisme british. Ses joues s'empourprèrent.

— C'est vraiment gentil de ta part.

— Je t'en prie. Bonne chance pour ta carrière.

— Toi aussi, répliqua-t-elle en détachant les rubans. Je vais en prendre une tasse tout de suite... Mmm... ça sent bon, *my dear*. C'est du thé aux herbes ?

— Absolument. Cent pour cent biologique. Pur nature.

Là-dessus, je hissai mon carton dans mes bras et quittai Green Mountain Media pour la dernière fois, oubliant de mentionner que le thé en question se trouvait être la super boisson dépurative et purgative du bon Dr Duncan. Lorsque, dans une douzaine d'heures, Fleur découvrirait qu'un *alien* se déchaînait dans son ventre, j'espérais bien qu'elle penserait très fort à moi.

Quelques jours plus tard, en m'habillant le matin, j'interrogeai mon chien.

— Bowie, tu es sûr que tu n'es pas malade ? Sûr, sûr ? Tu te sens un peu raide, peut-être ? Un peu éteint ? Il te faudrait un petit check-up ?

Bowie tourna sur lui-même en hululant de joie puis s'immobilisa, la truffe frémissante. *Mmm... Une odeur de bacon ?*

Bon, d'accord. Mon chien était en pleine forme. Aucune excuse pour aller consulter, donc. Hier soir, dans un accès de manque affectif aigu, j'avais trouvé sur YouTube des huskies capables de dire « Je t'aime » et j'avais essayé d'enseigner le truc à Bowie.

— Dis à ta maman que tu l'aimes, mon Bowie, tentai-je, une fois de plus.

Mon chien agita la queue.

— Je t'aime. Je t'aime, Bowie.

Rehrahruuuuu, entonna-t-il avec beaucoup de bonne volonté.

— Gentil, le chien. Dis « je t'aime » à maman.

— Bon sang, Callie, tu vas finir par me faire gerber, si tu continues. Tu ne peux pas aller voir les putes, comme tout le monde ? s'insurgea mon frère en déboulant dans la pièce.

— Plus ça va, plus tu parles comme Noah, toi... Cela dit, notre grand-père ne m'a jamais encouragée à avoir recours à l'amour tarifé.

— Va voir Ian, saute lui dessus et qu'on n'en parle plus.

— Il ne m'aurait jamais conseillé ça non plus. Mais l'esprit est le même.

— Bon. Quand est-ce que tu vires d'ici ? bougonna Fred.

— Je vais visiter des maisons cet après-midi. Mais n'oublie pas, quand même, que c'est à *moi* que Noah a légué ce lieu. Ce n'est pas parce que tu es locataire ici qu'il faut que tu te mettes à jouer au chef comme Hester.

La comparaison me valut un sourire.

— O.K. Tu peux rester aussi longtemps que tu voudras. Essaie juste de dégager avant la fin de la semaine prochaine.

Si tentante que soit la perspective de partager un espace commun avec Freddie... Hum, à la réflexion, elle n'était pas tentante du tout. Et même si j'adorais la maison de Noah, je n'avais pas envie d'y vivre sans mon vieux grognon de grand-père.

L'immobilier faisant partie des innombrables hobbies de

la toujours active Jody Bingham, elle devait m'emmener à la chasse au logement tout de suite après le déjeuner.

— Allez, Bowie, je te laisse. Je te rapporterai un bout de jambon. Si tu essaies encore une fois de me dire « Je t'aime ».

Rooohruh..., proféra bravement mon chien. Voilà ce que c'était, que d'avoir adopté un bâtard.

Jody me fit d'abord visiter un appartement avec une très jolie cuisine et une petite terrasse ensoleillée. Sympa mais trop près de la route à mon goût. Le second logement était un taudis, ni plus ni moins, et l'odeur nous chassa avant même que nous eûmes franchi la porte.

— Désolée, dit Jody. Mais le troisième devrait te plaire. S'il est conforme à la description, en tout cas.

Nous nous dirigeâmes vers le nord de la ville, cette fois.

— Alors ? Qu'est-ce que tu deviens, Jody ?

Elle soupira.

— Globalement, je ne vais pas mal... Mais j'ai vraiment apprécié lorsque les étincelles volaient entre ton grand-père et moi. Il ne devrait probablement pas me manquer autant.

— Il a le droit de te manquer autant que tu le voudras.

Elle me sourit avec affection et je sentis une vague de tendresse me dénouer la poitrine. C'était bien d'avoir une nouvelle amie, même si elle m'avait piraté ma baignoire.

Le troisième logement était situé près d'une petite route sinueuse qui menait au mont Kiernan. Et il me plut au premier regard. C'était une minuscule maison de fée en bardeaux d'un vert fané avec un toit en zinc bleu, dissimulée dans un bouquet de grands pins. Quelques courageux soucis continuaient de fleurir dans un pot, à côté de la porte d'entrée jaune. Le jaune. Ma couleur préférée... Un signe, peut-être ? Il y avait une minuscule galerie en façade, avec juste la place pour une petite table, mon rocking-chair et une tasse de café.

— Vendu, murmurai-je avant même de descendre de voiture.

Pas de voisins à l'horizon, rien que des pins, des bois, des champs. Et, pour me tenir compagnie, la vue sur la rivière Trout ainsi que la flèche de l'église St Andrew, silhouette caractéristique de ma ville.

L'intérieur était accueillant, avec une atmosphère très cocon, aux antipodes de la grande demeure de Noah, pleine de bruits et d'échos résonnant sous les hautes voûtes. La cuisine était petite mais bien conçue, avec de grands plans de travail. Une petite table faisait face au jardin, à l'arrière, qui se résumait à un tapis d'aiguilles de pins et un vieux mur délabré. Et, pour finir, deux toutes petites chambres (l'une d'elles pourrait me servir de dressing), une salle de bains tout à fait fonctionnelle et une mezzanine.

— Je la prends sans une hésitation, annonçai-je en souriant à Jody.

— Super... Dis-moi, Callie, tu as retrouvé un emploi ?

— Oh ! ne t'inquiète pas, je peux payer. J'ai des économies. Et Noah m'a laissé un petit pécule.

— Je ne te posais pas la question pour ça. Juste pour savoir si tu avais quelque chose en vue, professionnellement.

Je fis la grimace.

— Rien du tout, non.

Elle hocha la tête.

— Alors écoute-moi, il y a un poste de directeur qui se libère au Centre d'activités des seniors. Timmy McMann nous quitte pour des horizons plus glorieux et nous cherchons à le remplacer. Il faudrait que tu te charges du budget et des relations avec la mairie, que tu diriges tout le personnel, qui se résume à deux personnes, et que tu rédiges les dossiers de demandes de subvention et autres trucs de ce genre. Je pense que tu ferais cela très bien. Le bâtiment est loin d'être aussi fréquenté qu'il pourrait l'être, et tu sais t'y prendre pour attirer les gens à toi. Tu as envie de poser ta candidature ?

Je cillai.

— Euh... Oui ! Merci, Jody !

— Si je te recommande, ils te prendront, alors il vaut mieux que tu sois sûre d'en avoir vraiment envie. Tu trouveras le profil du poste en ligne.

En un après-midi, j'avais résolu tous mes problèmes… ou presque. J'avais une nouvelle amie, une nouvelle résidence, et très probablement un nouvel emploi. En rentrant, je trouvai la maison vide. Fred était sorti avec Lily Butkes, la fille d'Elmira. Je posai mon sac et mes clés à l'endroit habituel et décrochai le téléphone. Le temps de me rendre compte de ce que je faisais et Carmella répondait déjà.

— Cabinet vétérinaire de Georgebury ?
— Carmella ? C'est Callie Grey.

Il y eut un petit silence.

— Bonjour, Callie.
— Euh… Ian est par là, s'il te plaît ?

Je voyais d'ici la petite carte en bristol scotchée près du téléphone de Carmella : « Callie Grey : non. » Ou peut-être une photo de moi avec une grande croix me barrant le visage.

Nouveau temps de pause.

— Il est en consultation, Callie. Je peux prendre un message ?
— Tu crois qu'il y aurait moyen de le rappeler un peu plus tard ? demandai-je piteusement.
— Ecoute, il doit s'absenter quelques jours. Tu devrais peut-être essayer de l'appeler à son domicile ?
— Oui, d'accord. Désolée de t'avoir dérangée, Carmella.
— Oh, mais tu ne me déranges pas du tout, mon petit.

Super. Si elle se montrait aussi compatissante, c'était sûrement signe que Ian me haïssait. Ou peut-être pas. Il était possible qu'il se soit juste dégoûté de moi. Voilà un homme, après tout, qui essayait de mettre de l'ordre dans le chaos de son existence. Et le moins qu'on pût dire, c'est que je faisais un peu fouillis, avec mes larmes, mes logorrhées verbales, mes retards, mes chaussures de catin, une sœur qui proclamait partout qu'elle mettait des quinquas enceintes et un frère qui attirait les chiens renifleurs de drogue.

Ian cherchait probablement un autre type de femme.

Il était clair, en tout cas, qu'il ne me cherchait pas, moi, car il n'aurait eu aucun mal à me trouver si ç'avait été le cas.

Rrreehhhhurroo ! Bowie poussa ma main de sa truffe joueuse.

— Oui, moi aussi je t'aime, Bowie, lui répondis-je.

Puis je m'essuyai les yeux et jetai un coup d'œil dans mon placard, pour voir ce que je pourrais avaler qui nécessiterait d'être purgé par la suite.

27

Le jour où mes parents se promirent de nouveau amour et fidélité pour la vie fut le dernier que je passai chez Noah.

J'avais déjà déménagé presque toutes mes affaires dans ma minuscule nouvelle maison. Mon vieux canapé en cuir, mes innombrables plantes d'intérieur, les portraits de mes nièces, ma monumentale collection de chaussures. Pour la cuisine, j'avais acheté des petits rideaux façon bistrot avec un motif de fougères. Et j'avais torpillé quelques affaires chez mes parents. Une table de canapé et une lampe chez mon père, et une vieille baignoire en cuivre chez ma mère, qui faisait un très joli effet devant la maison.

Dès la semaine suivante, je devais démarrer au Centre des seniors. Comme Jody me l'avait prédit, j'avais décroché le poste quasiment sur-le-champ. Qui aurait cru qu'un seul médiocre cours de hip-hop générerait tant d'effets positifs ? Mon salaire était moins élevé que chez Green Mountain mais cela m'était égal. Une remarque faite par la tante de Ian avait résonné en moi malgré tout. Mon travail dans la publicité consistait à éveiller chez les gens le désir d'acheter plein de trucs pas forcément indispensables. Et autant regarder les choses en face : la plupart de mes concitoyens avaient mieux à faire de leur vie que d'augmenter leur consommation de produits inutiles.

Le Centre d'activité des seniors, lui, offrait un lieu

aux personnes âgées de Georgebury. Il favorisait l'esprit de communauté et d'échange. En travaillant là, je me sentais plus propre, plus honnête. Et j'avais même idée que mon karma en bénéficiait. A croire que tous ces cours de yoga avaient fini par faire leur effet, malgré tout. J'avais déjà des quantités de projets : adopter un groupe de farfadets, mettre en place des ateliers d'écriture de mémoires. Organiser des sorties, des visites, des concours de jeux vidéo sanglants et de nouveaux cours de hip-hop, donnés cette fois par une pro.

Tout allait pour le mieux chez les Grey, donc, après de longues, longues années de marasme. Mon père était rentré en grâce après avoir été chien galeux pendant vingt-deux ans. Et ma mère avait perdu ses airs pincés et son aigreur de femme trahie. Elle avait accompli un acte généreux et difficile entre tous : pardonner à qui l'avait blessée. Et son pardon était si profond et si sincère que son amour avait refleuri.

Demain serait une belle journée.

Mais aujourd'hui, jour du déménagement, je refermai un chapitre de ma vie. Freddie avait eu la délicatesse de me laisser seule pour mes adieux, et je restai assise un instant dans ma chambre déjà presque entièrement vidée. Le soleil de l'après-midi entrait à flots par les fenêtres, et le ciel était bleu et froid.

J'avais l'impression d'avoir vécu ici beaucoup plus longtemps que les deux années et demie où j'étais restée chez mon grand-père. Le jour où j'étais venue m'installer, Noah avait hurlé : « Je n'ai pas besoin d'une putain d'infirmière et tu as intérêt à bien te mettre ça dans la tête, jeune fille ! » Il se déplaçait encore en fauteuil roulant, à l'époque. Et il l'avait cogné trois fois contre l'encadrement de la porte avant de réussir à entrer dans son atelier, où il s'était auto-séquestré pour le restant de la journée. Ce soir-là, j'avais trouvé une petite mésange sculptée sur mon bureau, en témoignage d'excuse. Cet oiseau était posé à présent sur le rebord de fenêtre de la cuisine de mon nouveau cottage.

La seule chose qu'il me restait à emporter, c'était mon rocking-chair, que je n'avais pas voulu déménager avec le reste, de crainte de l'abîmer. Je me levai, fis sortir Bowie, puis m'approchai de mon bien le plus précieux. Je le pris doucement par ses accoudoirs et le descendis en faisant attention de ne pas heurter la rampe de l'escalier. Je franchis la porte d'entrée et plaçai le fauteuil à l'arrière du minibus d'Hester, qu'elle m'avait prêté pour l'occasion.

J'éprouvais une sensation étrange à rouler ainsi, le long des bâtiments et des magasins du centre-ville, puis devant la gare, la fabrique. Je passai devant Green Mountain Media, vis Café & Tartine au passage, puis ce fut le tour d'Elements. Je ne quittais pas Georgebury, mais je laissais beaucoup de choses derrière moi.

Lorsque j'arrivai au cottage, je fis descendre Bowie et pris quelques bouffées d'air vif imprégné de pin, puis je sortis mon fauteuil et le portai respectueusement jusqu'à la véranda. Et voilà. Ma maison. C'était ce que nous avions toujours attendu, mon rocking-chair et moi. Je souris d'avance, prête à m'émerveiller devant l'effet produit.

Mince. Ce n'était pas tout à fait aussi réussi que je l'avais escompté. Je déplaçai le fauteuil sur la gauche. Non. Pourquoi pas sur la droite, juste sous la fenêtre, alors ? Négatif. Pas là non plus. Je tentai de l'orienter différemment, d'abord vers l'est, puis vers l'ouest. Je le plaçai dans le coin le plus éloigné, revins le mettre juste à côté de la porte.

Rien à faire. Ça ne passait pas. Après toutes ces années d'attente, le rocking-chair était... trop. Trop beau. Trop gracieux.

La pensée se forma de façon si fulgurante que j'avais déjà replacé le fauteuil à l'arrière du minibus d'Hester avant même d'avoir fini de la formuler. Un quart d'heure plus tard, j'arrivai sur Bitter Creek Road.

Dans la lumière douce de fin d'après-midi, la maison de Ian paraissait encore plus belle. Et solitaire, d'une certaine façon. Pas de voiture dans l'allée, pas d'aboiements de chien. Peut-être que Ian était encore au travail. A moins qu'il ne se soit réellement absenté pour quelques jours, comme l'avait dit Carmella. Tout était possible, en fait. Y compris qu'il soit parti en Russie acheter une épouse. Je ne savais plus rien de lui.

J'ouvris le hayon et ressortis une fois de plus le fauteuil. Lorsque je le déposai sur la galerie de Ian, je sus qu'il y était chez lui. Le rocking-chair des lendemains qui chantent avait sa place ici — avec ou sans moi.

Je retournai à ma voiture, fourrageai dans la boîte à gants et trouvai un stylo bille et une serviette en papier. Pas glorieux, mais cela ferait l'affaire. Je réfléchis un instant, songeant à tous les slogans brillants que j'avais formulés dans ma carrière. Mais rien de lumineux ne me vint à l'esprit. Rien non plus de transcendant, d'édifiant ou même de modérément intelligent. Au bout d'une minute, je renonçai et me contentai d'écrire ce que je pensais vraiment.

« Ian, j'aimerais te donner ce fauteuil. Garde-le, vends-le, fais une donation si tu le souhaites. Il est à toi, maintenant.
Callie. »

Je glissai le papier sous la porte, jetai un dernier regard reconnaissant au fauteuil qui avait représenté l'avenir pour moi pendant tant d'années, puis je rentrai chez moi.

Vingt-sept heures plus tard, mes parents échangeaient une nouvelle fois leurs alliances. La cérémonie se déroula au funérarium, ce qui était franchement tordu sur le principe mais, au dernier moment, la chaudière avait rendu l'âme chez Elements. Dave fournit la nourriture, mais mes parents furent bel et bien unis dans le salon

Quiétude. Par chance, il n'y avait pas de veillée ce jour-là. Et, comme le faisait remarquer ma mère : nous disposions ainsi de bouquets à profusion, d'une excellente stéréo et d'espace en abondance pour danser.

Lorsque mon père jura d'aimer et d'honorer ma mère jusqu'à la fin de ses jours, je sanglotai dans mon mouchoir. Enfin, dans celui de Ian, plus exactement, car je l'avais conservé. Que je pleure, moi, c'était un peu couru d'avance, mais Hester fondit aussi en larmes, ce qui l'était beaucoup moins. Freddie fit les grimaces les plus infâmes dans son rôle de garçon d'honneur. Bronte était magnifique dans sa robe. Elle avait l'air tellement adulte et éblouissante que sa seule vue suffit à me faire verser quelques larmes supplémentaires. Josephine respirait la santé et l'équilibre, et Louis… Louis gardait son aspect moite et inquiétant, mais il sourit à ma sœur pendant l'entière durée de la cérémonie, et Hester semblait apprécier.

— Tu nous fais un petit speech, chaton ?

Mon père rayonnait d'amour.

— Ah non, ce serait plutôt à Freddie de dire quelque chose.

Papa leva les yeux au ciel.

— C'est ça. Ou Hester, peut-être ? A moins qu'on ne demande à ton chien ? Non, ma chérie, fais-le, s'il te plaît. Pour ton vieux père. Et ta maman.

Ma mère le rejoignit, le visage illuminé par la sérénité et la quiétude.

— C'est un jour heureux, pas vrai, Calliope ? lança-t-elle en posant la tête sur l'épaule de mon père.

— Oh oui, dis-je, les yeux de nouveau mouillés de larmes. Et je vais vous le faire, votre petit discours, bien sûr. Tu savais bien que je dirais oui, papa.

Je portai donc un toast, saluant la persévérance et l'amour, la confiance et le pardon. Et je dois reconnaître, en toute modestie, que je m'en sortis plutôt bien, ravie de voir l'assistance verser sa larme alors que sur le plan lacrymal, mes propres yeux travaillaient en heures sup. Josephine me prit ensuite le micro des mains, et Bronte actionna quelque chose sur son iPod, si bien que quelques secondes plus tard, la plus jeune de mes nièces chantait, la main sur le cœur, « Quand je m'endors, contre ton corps... ». Et finalement, ce fut sur cette chanson que mes parents s'élancèrent sur la piste de danse.

C'était quelque chose, me dis-je, un peu plus tard, alors que je valsais dans les bras de mon père. Aujourd'hui, il y avait motif à se réjouir dans la maison des afflictions. Vingt et quelques années plus tôt, j'avais vu mon père quitter ce même bâtiment, et maintenant, il était de retour et de nouveau le mari de ma mère. Quant à la petite fille triste qui l'avait regardé s'en aller par la fenêtre de sa chambre, elle pouvait désormais retourner à son insouciance d'enfant et sauter à la corde, jouer à chat perché ou rallumer sa console de jeux. Maman aimait papa et le monde tournait de nouveau sur son axe.

Enfin, presque.

Non. Rectification : tout allait bien sans restriction. Point final. Si Mark m'avait appris quelque chose, c'était que je n'avais pas le super pouvoir d'obliger les gens à m'aimer. Je pouvais être serviable, mignonne et agréable, mais je ne contrôlais rien pour autant. Si Ian voulait de moi, ce serait merveilleux. Et s'il ne voulait pas, ce serait plus dur. Mais je survivrais.

— Merci, chaton, chuchota mon père dans mes cheveux.

— Merci de quoi ?

— D'avoir continué à penser que j'étais quelqu'un de fréquentable, pendant toutes ces années d'exil.

Il m'embrassa sur la tempe.

— Tu es quelqu'un de bien, papa. Un homme bien qui a commis quelques erreurs. Mais qui n'en fait pas ?

— Oui, j'avais raison, remarqua mon père. Ma fille est un génie... Tiens, bonsoir.

— Callie ?

Je m'arrêtai de danser si abruptement que mon père me marcha sur le pied.

— Salut, murmurai-je dans un souffle.

Ian se tenait devant moi, les traits tirés, le front plissé, le visage marqué par la fatigue… et par la nervosité. Mon père m'adressa un clin d'œil.

— Je lâche ma cavalière, jeune homme. Elle vous intéresse ?

Ian ne semblait pas très bien savoir quoi dire. Il restait juste planté là, à me regarder fixement.

— Salut, dis-je encore.

Josephine vint s'accrocher à la manche de Ian.

— Hé, m'sieu McFarland ! Le copain à ma maman, il va me donner un chaton. Bronte, elle dit qu'il essaie de m'acheter mais je m'en fous. Je vais l'appeler Stéphanie. C'est beau, hein ?

Hester escamota prestement sa fille.

— Ils sont occupés, ma chérie. Laissons-leur un peu d'intimité, chuchota-t-elle en m'adressant un clin d'œil si discret que son visage entier parut contracté par une crise épileptique majeure.

Apparemment, nous laisser de « l'intimité » équivalait à demander à la salle entière de se taire pour que tous puissent écouter. Ce fut en tout cas ce qui se produisit.

Ian semblait avoir du mal à s'exprimer.

— Callie, j'étais au Honduras chez… Et je… Quand je suis rentré…

Il poussa un soupir de frustration. Et ne savait, à l'évidence, quoi faire de ses mains.

— J'ai toujours pensé, vois-tu, que je savais très précisément quel type de femme me convenait. D'abord, ce fut Laura, et tu sais comment ça s'est terminé. Puis j'ai cru pouvoir définir la personne qu'il me faudrait et… et tu ne correspondais pas au profil. Mais quand j'étais chez Alejandro, je n'ai pas arrêté de penser à toi. Et… et tu m'as manqué, Callie.

Il paraissait stupéfait de ce constat. Annie s'approcha pour venir me chuchoter à l'oreille.

— Tu veux que je les fasse tous sortir ?

Je ne répondis pas, car j'avais manifestement perdu l'accès à la parole. Ian, lui, eut un geste désabusé de la main.

— Ce n'est pas grave. Cela ne me dérange pas que tout le monde nous entende.

Mon cœur tripla son rythme. Les mots « diarrhée émotionnelle » me traversèrent l'esprit — expression peu romantique, s'il en est. Mais compte tenu des protagonistes en présence, elle était finalement plus sentimentale qu'on ne pourrait le penser. J'entendis un son bizarre, un peu haletant. Comprenant que cela venait de moi, je m'efforçai de mettre une sourdine.

— Euh... salut, dis-je pour la troisième fois.

— Callie, quand je t'ai vue embrasser Mark...

— Oups ! Ça craint ! commenta Jack à mi-voix.

Et il se tut sur un grognement de douleur lorsque Annie lui enfonça un coude dans les côtes.

— ... j'ai paniqué. Parce que j'ai compris que tu pourrais... Je ne sais pas... Mais me briser le cœur, merde !

— Il dit des gros mots comme toi, maman, chuchota Seamus.

Ian secoua la tête, ferma les yeux, puis les rouvrit et me prit la main.

— Je ne veux pas de ce fauteuil. Ou en tout cas pas de ce fauteuil sans toi. Car c'est ça qui pourrait me briser le cœur : être privé de toi.

— Oh..., lâchai-je dans un souffle.

Dans le silence général, on entendit Ian déglutir.

— Il faut juste que tu saches que... que tu es la dernière personne au monde avec qui j'avais imaginé partager mon existence, Callie. Mais je ne peux pas... Je ne conçois pas... La vie est chaotique, compliquée, et j'ai du mal à comprendre ce qui m'arrive, mais tout ce que je sais, c'est que tu me rends... meilleur. Plus intelligent du cœur. Partout où tu vas, tu apportes une flambée de joie, de vie. Et je serais le dernier des idiots si je passais à côté de ce que tu représentes. Alors, s'il te plaît, Callie, ne me laisse pas être cet idiot-là.

Il prit une inspiration tremblante.

— Je t'aime, voilà. Même si ça ne tient pas debout.

— Bon, dis-je.

Je l'embrassai alors et ce fut doux, ce fut juste, ce fut conclusif, à la manière d'un serment. Il me serra si fort que je cessai de respirer. J'entendis vaguement applaudir dans mon dos. Peut-être Bronte affirma-t-elle que c'était « dégueu », et il me parut que mon frère siffla pendant que Josephine réclamait une robe noire pour notre mariage.

Peu m'importait, à vrai dire. Tout ce que je savais, c'est qu'ici, dans cette pièce, en ce moment, avec cet homme, j'avais tout ce que j'avais toujours désiré.

Et même au-delà.

Epilogue

Huit mois plus tard

Jane McFarland ne put se déplacer pour notre mariage car elle était retenue au Nigeria. Mais Alejandro était arrivé le matin. Et demain, il se tiendrait à côté de Ian en qualité de témoin.

— Alors, tu prendras soin de Manito, *si, Cali ?*

J'adorais entendre mon nom prononcé avec cet accent exotique. Nous étions assis sur la galerie de Ian, par une magnifique soirée de juin, et les oiseaux donnaient du gosier. Une brise légère nous apportait, par bouffées, l'odeur magique des lilas. Dans le jardin, à l'arrière, on entendait les petits jappements joyeux de Bowie qui donnait la sérénade à sa belle. Comme Alé devait repartir dès le lendemain soir, nous avions décidé de faire l'impasse sur le dîner de répétition, afin que Ian et lui disposent d'une soirée entière ensemble pour se retrouver. Ce ne serait pas un grand mariage, de toute façon.

— Manito ? relevai-je d'une voix rêveuse.

J'aimais certes Ian, mais cela ne m'empêchait pas de profiter pleinement du plaisir visuel qui s'offrait à moi. Alejandro désigna Ian d'un mouvement du menton.

— Celui-là. Mon petit frère. *Hermanito.*

Ah ! Son petit frère. Pas son cousin, mais son frère. Soupir. Je m'assis sur le sol de bois de la galerie, m'adossant contre le montant, de manière à avoir les deux hommes dans mon champ de vision.

— Je m'occuperai de ton frère, Alejandro, mais parlons d'autre chose pour le moment. Je suis en train de craquer un peu pour toi et je veux prendre le temps de savourer l'expérience.

Je poussai un soupir à la Betty Boop et Ian sourit dans son cocktail.

— Craquer pour moi... cela veut dire quoi ? demanda Alejandro.

Ian lui répondit en espagnol et Alé rit doucement. Il ressemblait à Antonio Banderas. Et je vous jure que ce n'est pas du pipo.

— Vous avez une maison de rêve ici, dit Alé. Je vous imaginerai vivant un grand bonheur ici.

Ian me sourit et je levai le bras pour lui attraper la main. J'avais la ferme intention d'apporter à Ian le bonheur le plus ardent.

— Et cela se passe comment avec La Tormenta, alors ? demanda Alejandro à Ian.

Il se tourna vers moi pour préciser.

— Je parle de ma mère. Brrr... Tu vois ce que je veux dire ?

Je me mis à rire.

— Je vois, oui.

— Ça va, dit Ian. Elle est heureuse pour nous.

C'était pousser l'optimisme un peu loin, à mon avis, mais je laissai passer.

— Elle m'a expliqué, pour la... Comment on dit, déjà ? Le don ? Bon plan, Manito. Tu as toujours été malin, tout petit et silencieux que tu étais.

— L'idée était de Callie, en fait.

Alejandro haussa un sourcil.

— Encore mieux.

Maintenant encore, je ne pouvais y penser sans ressentir un pincement au cœur. Mais ma décision avait été la bonne. De mon point de vue, en tout cas.

Nous avions vendu le fauteuil Morelock.

Colleen McPhee, au Musée des arts et traditions, avait été aux anges.

— Vous en êtes certaine, alors ? avait-elle demandé au téléphone. Nous ne demandons pas mieux que d'en faire l'acquisition, bien sûr. Mais vous aviez l'air tellement déterminée à le garder...

— Je suis certaine.

Le musée avait payé une grosse somme. Même si on m'avait accordé un droit de visite spécial, je n'avais pas pu m'empêcher de pleurer un peu au moment de la séparation effective.

Sourcils froncés, Ian m'avait entouré les épaules.

— Callie... Rien ne t'oblige à le faire. Si cela te rend triste...

J'avais souri en m'essuyant les yeux.

— Non, ça va. Je ne reviendrai pas en arrière.

J'avais alors envoyé un chèque à une très bonne cause humanitaire : celle de Bono. Eh oui. Parfaitement. Et devinez quoi ? J'ai reçu une lettre. De Bono en personne. *Avec* une photo dédicacée. Et devinez quoi d'autre ? La prochaine fois que U2 partirait en tournée, j'aurais deux entrées gratuites ainsi que des autorisations à aller en coulisse. J'irais probablement avec Bronte, cela dit, car Ian restait fidèle à ses symphonies de Mahler et n'apprécierait pas pleinement mon groupe irlandais préféré.

Si je m'étais dessaisie de mon cher fauteuil Morelock, c'était parce qu'il avait rempli sa mission, en somme. Je lui restais reconnaissante pour toutes les années de réconfort qu'il m'avait procurées. Mais je n'avais plus besoin d'un rocking-chair pour symboliser ce qui serait un jour ma vie, puisque cette vie-là était désormais concrétisée. Peut-être que Jane McFarland avait déteint un peu sur moi, aussi, car ce fauteuil était devenu... juste un fauteuil. Un beau fauteuil, un fauteuil pas comme les autres, mais pas mon bel avenir heureux, mon lendemain qui chante. Celui-là, Ian et moi, nous le bâtirions ensemble.

Et s'il s'agissait d'une manœuvre de séduction éhontée pour tenter de circonvenir la femme qui serait pour moi le plus proche équivalent-belle-mère que j'aurais jamais, eh bien, soit. Ian le valait mille fois.

— Vous deux, comment dire ? Vous vous faites les yeux doux, *si* ? C'est beau.

Alejandro m'adressa un clin d'œil.

— Il t'aime, Cali.

— Ça tombe bien, car c'est réciproque.

Je me levai et essuyai la poussière de mon jean.

— Je vais vous laisser, les garçons. Que vous ayez le temps de parler un peu entre vous, les deux *hermanos*. Et il faut que je me prépare pour le mariage, avec nuit de sommeil réparatrice et tout et tout. Pour améliorer mon teint.

Alejandro se leva pour m'embrasser sur les deux joues.

— La perfection ne saurait être améliorée.

— J'espère que tu prends des notes, Ian ?

Mon homme me sourit et mes genoux se dérobèrent. Ce sourire… Rien à faire : il gardait tout son impact sur moi.

— La prochaine fois, je viendrai avec ma famille pour que *mis hijos* fassent connaissance avec leur nouvelle tante.

Je souris.

— Je suis tellement heureuse que tu sois venu du Honduras, Alé.

— Naturellement que je suis venu. Mais Ian, celui-ci, il faudra qu'il dure, *si* ? Il n'y aura plus d'autres mariages.

— Plus d'autres mariages, acquiesça Ian.

— *Hasta mañana, Cali.*

— Bye bye, *hermano*.

Mon futur-quasi-beau-frère sourit. Ian me prit la main en me raccompagnant jusqu'à ma voiture.

— Ainsi, tu as un nouveau meilleur ami, commenta-t-il.

— Il est vraiment génial, ton frère.

Ian eut ce demi-hochement de tête que je lui connaissais bien.

— C'est vrai. Merci.

Toujours un peu solennel, toujours un peu réservé, toujours un peu taciturne, mon Ian.

— Ne va quand même pas tomber amoureuse de lui, Callie.

— Mon cœur est attribué, lui assurai-je solennellement.

Ian sourit et mon bonheur fut si intense, si éperdu, que je me sentis soulevée de terre.

— Je te revois demain, donc ? chuchotai-je. Je serai ta femme demain, en fait.

Il m'embrassa alors, puis une seconde fois, puis appuya son front contre le mien.

— J'ai hâte, Callie.

Mon cœur était si joyeusement débordant, l'air si doux et le ciel… le ciel n'avait jamais été aussi bleu.

Remerciements

Merci, comme toujours à Maria Carvainis, mon brillant agent ainsi qu'à Keyren Gerlach, ma merveilleuse correctrice et tout le reste de l'équipe Harlequin pour leur enthousiasme et leur soutien indéfectibles.

Un grand merci aussi à mon vétérinaire, Sudesh Kumar, pour l'incroyable gentillesse avec laquelle il a répondu à une centaine de questions, ainsi qu'à Nick Schade, propriétaire de Guillemot Kayaks et divin constructeur de bateaux. Faites un tour sur son site, www.guillemot-kayaks.com pour jeter un œil sur son incroyable travail d'artiste. Pour l'utilisation de leurs noms, je remercie Annie, Jack et Seamus Doyle, Jody Bingham, Shaunee Cole et mes deux adorables amies, Hayley et Tess McIntyre.

Adiaris Flores m'a aidée pour quelques expressions espagnoles. *Gracias*, ma belle ! Merci aussi à Lane Garrison Gerard pour avoir inspiré à Josephine ses discutables goûts musicaux.

J'ai eu la grande chance de bénéficier du soutien et de l'amitié de nombre de mes collègues écrivains et s'il m'est impossible de les nommer toutes, en voici quand même quelques-unes : Cindy Gerard, Eloisa James, Susan Mallery, Deeanne Gist, Cathy Maxwell, Susan Andersen, Allison Kent, Sherry Thomas et Monica McInerney. Merci à vous toutes. Sincèrement.

Et, enfin, tout mon amour à mon mari et à mes enfants. Vous trois, vous êtes tout pour moi.

Composé et édité par HarperCollins France.

Achevé d'imprimer en avril 2018.

Barcelone

Dépôt légal : mai 2018.

Pour limiter l'empreinte environnementale de ses livres, HarperCollins France s'engage à n'utiliser que du papier fabriqué à partir de bois provenant de forêts gérées durablement et de manière responsable.

Imprimé en Espagne.

L'Amour et tout ce qui va avec